KB044052

시녀
이야
기

The
Handmaid's
Tale

시녀
이야기

마거릿 애트우드

김선형 옮김

MAY DAY

황금가지

THE HANDMAID'S TALE

by Margaret Atwood

라헬이 자기가 야곱의 아이를 낳지 못함을 보자 제 자매를 투기하여
야곱에 이르되 나로 하여금 아이를 낳게 하지 아니하면 내가 죽겠노라.
야곱이 라헬에게 노하여 가로되 네 자궁이 열매 맺지 못하게 하시는 이는
하나님이시니 내가 하나님을 대신하겠는가.
라헬이 가로되 나의 여종 빌하를 보아 그에게로 들라.
그가 아이를 낳아 내 무릎에 놓으면 나도 그를 통해 아이를 갖게 되리라.
— 창세기 30장 1-3절

하나 나로 말하자면 지금껏 여러 해를 헛되고
쓸모없고 공상적인 생각을 하느라 넌더리가 난 끝에
마침내 성공이란 건 철저히 포기하게 되었지만
다행스럽게도 이런 제안을 내놓기에 이르렀다.
— 조너선 스위프트 『겸손한 제안』

사막에는 '돌을 먹지 말라'고 쓴 표지판이 없다.
— 수피 격언

- 본 출간작은 마거릿 애트우드의 『The Handmaid's Tale』을 저본삼아 번역되었습니다.
- 원서의 표기 원칙을 충실히 따랐으며, 본문 중 대화를 " "로 표기하지 않은 것 역시 원서와 동일하게 반영하였습니다.
- 본문 중 길리어드의 계급을 나타내는 경우는 작은따옴표로 첫 노출시에만 표기하였습니다. 다만, '눈', '장벽' 등은 혼동의 우려 때문에 상시 표기하였으며, '아주머니'는 각 인물에 연결되어 등장시에만 처음 한 번씩 표기하였습니다.

차례

Night　　　　　　　　　밤　　　　　　　　　１
　　　　　　　　　　　　　　　　　　　　　　　　장

1

　우리는 한때 체육관으로 쓰던 곳에서 잠을 잤다. 래커 칠을 한 나무 바닥 위엔 한때 그곳에서 열리던 경기들을 위한 직선이며 동그라미들이 그려져 있었다. 농구 그물은 없었지만 링은 여전히 제자리에 달려 있었다. 실내를 빙 둘러 관중석으로 쓰던 발코니가 있었는데 그곳에 있으면 추잉 껌의 달콤한 흔적과 관전하는 소녀들의 향수 냄새, 그 속에 어우러진 자극적인 땀 냄새의 흔적이 희미하게 코끝에 닿았다. 사진을 보면 여자아이들은 처음에 펠트 스커트를 입다가, 나중에는 미니스커트를, 그다음에는 바지를 입었고, 훨씬 더 훗날에는 한쪽 귀에만 귀걸이를 하고 머리에 요란한 초록색으로 군데군데 물들인 모습을 하고 있었다. 댄스 파티도 열렸을 법한 곳이었다. 음악의 여운은 쉽사리 사라지지 않고 오래도록 머무른다. 덧쓰고 지우고 그 위에 다시 덧쓴 양피지의 글씨처럼 영영 들리지 않은 소리들이 겹겹이 포개져 있고, 스타일 위에 스타일이 겹치고, 나지막히 깔리는 드럼 소리, 허허로운 흐느낌, 휴지로 만든 꽃다발, 마분지로 만든 악마들, 춤추는 사람들 위로 빛의 눈발을 흩뿌리며 빙빙 돌아가는 유리의 공들.

방 안에는 옛날의 섹스와 고독과, 형체도 이름도 없는 뭔가를 기다리는 기대가 있었다. 그 갈망이 기억난다. 당장이라도 일어날 것만 같던 어떤 일을 기다리던 그리움이. 그러나 그때 그 순간 그네들의 손이 옴폭 팬 등허리를 만지고, 저 뒷마당에서, 주차장에서, 들썩거리는 육신 위로 희미한 영상이 명멸하던 소리 죽인 TV 시청실에서 우리 몸에 그 손들이 닿은 후로 모든 것이 딴판으로 달라져 버렸다.

우리는 미래를 갈망했다. 우리는 어쩌다 터득하게 되었을까? 영영 채울 수 없는 허기를 갈구하는 이런 재능을, 도대체 어디서 배워버린 걸까? 갈망이 공기 중에 떠돌았다. 그리고 지금도 대기 중에 감돌고 있다. 서로 이야기도 나눌 수 없도록 멀찍이 간격을 두고 일렬로 배치해 둔 군용 간이 침대 위에서 잠을 청할 때면 허기는 공중을 떠돌다 무심코 표면으로 자주 떠올랐다. 우리는 아이들처럼 플란넬 시트를 깔고 군용 담요를 덮고 자는데, 담요는 구시대 것이어서 아직도 U.S.라는 글자가 찍혀 있다. 옷은 곱게 개켜서 침대 맡 등받이 없는 의자 위에 놓아두었다. 조도는 낮추었지만 소등은 하지 않았다. 순찰을 도는 사라 '아주머니'와 엘리자베스 '아주머니'는 가죽 띠에 달린 가죽 끈에 가축용 전기 충격기를 매달아 덜렁거리며 다녔다.

하지만 그들에게 총은 없었다. 제아무리 '아주머니'라도 총을 덥석 맡길 만큼 신뢰받지는 못했다. 총을 지닐 수 있는 건 '천사' 중에서도 특별히 뽑은 간수들뿐이었다. 그 간수들도 호출 없이는 건물 안으로 발도 들여놓을 수 없었고, 우리 또한 산책할 때가 아니면 외출이 금지되어 있었다. 산책은 하루 두 번, 두 사람씩 짝을 지어 축구장을 도는 것인데, 경기장 주위엔 철조망이 달린 사슬 울타리가 둘러쳐져 있었다. 천사들은 등을 돌리고 철조망 바깥에 서 있었다. 그들은 주로 두려움의 대상이었지만, 솔직히 약간 다른 감정도 없지는 않았다. 그들이 쳐다봐 주기만 한다면. 말을 걸어볼 수만 있다면. 그러면 뭔가 주고받을 수 있을지도 모른다고 생각했다. 우리에겐 아직 몸이 있으니까. 그게 우리가 꿈꾸는 환상이었다.

우리는 소리를 거의 내지 않고 서로 속삭이는 법을 배웠다. 흐릿한 어둠 속에서 아주머니의 눈을 피해 팔을 뻗어 허공을 가로질러 서로의 손을 만질 수 있었다. 머리를 바짝 붙인 채로 옆으로 돌아누워 서로의 입을 지켜보며 입술을 읽는 법을 터득했다. 이런 식으로 우리는 침대에서 침대로 이름을 교환했다.

알마. 재닌. 돌로레스. 모이라. 준.

2

　의자 하나, 탁자 하나, 등 하나. 머리 위 하얀 천장에는 화환 모양
의 부조 장식이 있었고, 그 한가운데에는 덕지덕지 석고 칠을 한 텅
빈 공간이 보였다. 그곳은 얼굴에서 눈알을 뽑아낸 자리 같았다. 틀
림없이 전에는 그 자리에 샹들리에가 있었을 것이다. 밧줄을 걸 수
있을 만한 물건은 그들이 모조리 들어내 버렸다.

　창문 하나, 하얀 커튼 두 장. 창문 아래 작은 방석이 놓인 걸상. 창
문이 살짝 열려 있을 때면(어차피 창문은 활짝 열리지 않는다.) 바람이
통해 커튼이 흔들린다. 나는 의자나 창가 자리에 앉아서 두 손을 모
으고 이런 광경을 바라볼 수 있다. 유리창에 비친 햇살이 마룻바닥
으로 툭 떨어지곤 한다. 좁고 긴 나무 널이 깔린 마룻바닥은 공들여
닦아서 광택제 냄새를 맡을 수 있을 정도다. 마룻바닥에는 천을 땋
아 만든 타원형 바닥 깔개가 하나 있다. 그들은 이런 양식을 아주 좋

아한다. 여자들이 여가를 선용해 더 이상 쓸모가 없는 물건을 재활용해서 손수 만든, 고풍스러운 민속 공예. 전통적 가치로의 복귀. 낭비가 없으면 부족도 없다. 낭비도 아닌데, 어째서 나는 부족한 걸까?

의자 위의 벽에는 그림이 한 장 걸려 있다. 액자 틀은 있지만 유리는 없다. 인쇄된 꽃 그림, 푸른 붓꽃들, 수채화다. 꽃들은 아직 허락된다. 혹시 우리 모두가 똑같은 꽃 그림, 똑같은 의자, 똑같은 하얀 커튼을 갖고 있는 건 아닐까? 정부 보급품으로?

군대에 들어왔다고 생각해. 리디아 '아주머니'는 말했다.

침대 하나. 싱글, 적당히 딱딱한 매트리스에 자투리 털들을 모아 넣은 하얀 침대보. 침대에서는 그저 잠만 잘 뿐 아무 일도 일어나지 않는다. 아니면 잠도 못 자든지. 지나치게 많이 생각하지 않으려고 애쓴다. 지금은 다른 모든 물품들처럼 생각도 군용식량처럼 배급해야 한다. 생각하면 도저히 견뎌내지 못할 일이 너무 많다. 생각이 많으면 끝까지 살아남을 확률이 줄어드는데, 나는 되도록이면 끝까지 버틸 작정이다. 푸른 붓꽃의 수채화 액자에 왜 유리가 끼워져 있지 않은지, 창문은 왜 활짝 열리지 않으며 어째서 안전유리가 끼워져 있는지 나는 안다. 그들이 두려워하는 건 탈주가 아니다. 어차피 멀리 도망갈 수는 없으니까. 뭔가 날카로운 흉기를 손에 넣기만 하면 우리가 우리 몸에다 활짝 그어버릴 또 다른 탈출구가 겁나는 거다.

그리하여. 이런 자질구레한 세부 사항들을 제외한다면 여긴 대학의 손님 접대실이라 해도 좋았다. 물론 귀빈과는 거리가 먼 손님들을 위한 방이라고 해야겠지만. 구시대로 치자면 형편이 어려워진 여자들이 즐겨찾는 싸구려 하숙집 셋방처럼 보이기도 했다. 형편이 어

18

려워진 여자들이라, 따지고 보면 그게 바로 지금의 우리들이다. 하긴 형편이란 게 그나마 남아 있기나 한 사람들에게나 해당되는 말이지만.

그래도 의자, 햇살, 꽃들. 이런 것들을 쉽사리 무시해선 안 된다. 나는 목숨이 붙어 있고, 살아가고 있고, 숨 쉬고 있다. 꼭 모아쥐고 있던 두 손을 펴고 햇살을 받아본다. 내가 있는 이곳은 감옥이 아니라 특혜의 장소다. 흑백 논리를 사랑하는 리디아 아주머니의 말대로.

시간을 재는 종이 울리고 있다. 이곳에선 시간을 옛날의 수녀원처럼 종소리로 알린다. 또한 수녀원이 그러했듯이 거울도 몇 개 없다.

의자에서 일어나 발을 뻗어 햇살 속으로 밀어넣는다. 발을 감싼 빨간 구두는 굽이 낮지만 그건 춤을 추기 위한 게 아니라 척추를 보호하기 위한 거다. 빨간 장갑은 침대 위에 놓여 있다. 장갑을 집어들고 손가락을 하나씩 밀어넣어 손에 낀다. 얼굴을 감싼 가리개를 제외하면 옷은 전부 붉은색이다. 피의 색, 우리를 정의하는 색이다. 치마는 발목까지 오는 풍성한 주름 스커트이고, 드레스엔 가슴까지 이어지는 판판한 앞판과 손목을 덮는 긴 소매가 달려 있다. 하얀 가리개도 규정에 따라 지급된 보급품으로서 시야를 제한할 뿐 아니라 다른 사람이 우리 얼굴을 보지 못하게 하는 목적도 있다. 나는 한번도 빨간 옷이 어울린다고 생각해 본 적이 없다. 빨강은 내 색깔이 아니다. 나는 쇼핑 바구니를 집어들고 팔에 걸친다.

방문(내 방이 아니다, 내 방이라고는 죽어도 말하기 싫다.)은 잠기지 않는다. 사실을 말하자면 제대로 닫을 수도 없다. 방문을 나서면 번들거리는 복도가 나오는데, 복도 한가운데로 탁한 분홍빛 카펫이 길게 깔려 있다. 카펫은 숲속에 나 있는 오솔길처럼, 왕좌로 이어지는 주단처럼 내 갈 길을 일러준다.

카펫은 꺾어져 계단을 내려가고 나 역시 그걸 따라 내려간다. 한 손으로는 목제 난간을 붙잡는다. 한때는 이 난간도 살아 있는 나무였겠지만 수세기를 더 지난 지금은 하도 손때를 타 반질반질 따뜻한 광택이 날 지경이 되었다. 이 집의 건축은 후기 빅토리아 양식으로, 부유한 대가족을 위해 지은 저택이었다. 복도에는 할아버지 같은 패종시계가 서서 시간을 조금씩 배급하고 있고 다음에는 엄마처럼 인자한, 생활의 냄새가 감질나게 풍기는 좌실(坐室)로 통하는 문이 나온다. 나는 결코 의자에 앉을 수 없고 서 있거나 무릎을 꿇고 있어야 하는 좌실. 복도 끝, 현관문 위에는 색유리로 된 부채꼴 모양의 채광창이 있다. 빨갛고 파란, 꽃무늬.

복도 벽에는 그나마 남아 있는 거울이 하나 걸려 있다. 계단을 내려가다가 고개를 돌려 얼굴을 감싼 하얀 가리개로 그리 눈길을 이끌면, 거울을 볼 수 있다. 물고기의 눈처럼 둥근 볼록 거울이라서, 그 속에 비친 내 모습이 일그러진 그림자나 뭔가의 서투른 패러디처럼 보인다. 빨간 옷을 입은 동화 속 등장인물 같은 모습으로, 위험스런 부주의의 찰나를 향해 걸어 내려가고 있는 나. 흠뻑 피에 젖은 수녀.

계단 맨 아래쪽에는 모자와 우산을 거는 스탠드가 있었다. 나무를 구부러뜨려 만든 것으로서 길고 둥근 나무 살이 고리 모양으로 부드럽게 위로 휘어져, 활짝 벌린 고사리 잎 같은 형태를 하고 있었다. 속에는 우산들이 몇 개 들어 있었는데, 검은색은 사령관의 것, 파랑색은 사령관 '아내'의 것, 그리고 내 것은 빨강색이다. 빨간 우산은 그 자리에 그대로 두고 나간다. 아까 창 밖을 보았기에 날씨가 맑다는 사실을 이미 알고 있다. 사령관 아내는 좌실에 있다. 앉아 있지 않을 때도 있다. 가끔씩 방 안을 왔다갔다하는 그녀의 발소리가 들린다. 무거운 발소리 한 번, 가벼운 발소리 한 번, 그리고 탁한 장밋빛 카펫 위를 살며시 두드리는 지팡이 소리.

복도를 따라 걸어, 좌실과 식당으로 통하는 문을 지나 복도 끝의 문을 열고 부엌으로 들어간다. 이곳에선 더 이상 광택제 냄새가 나지 않는다. 리타가 안에 있다. 그녀는 군데군데 칠이 벗겨진 하얀 에나멜로 칠해진 식탁 옆에 서 있다. 늘 입는 '하녀'의 드레스를 입고 있었는데, 구시대 외과 의사들의 수술복처럼 둔탁한 녹색이었다. 길고 몸매를 감춰주는 드레스의 형태는 내 옷과 상당히 비슷하지만, 가슴받이가 달린 앞치마가 있는 대신 하얀 가리개와 베일은 없었다. 바깥에 나갈 때는 베일로 얼굴을 가렸지만, 사실 하녀의 얼굴이야 드러나든 말든 아무도 신경 쓰지 않았다. 소매는 팔꿈치까지 걷어붙여 갈색 팔뚝을 드러내고 있었다. 그녀는 빵을 만들고 있었는데, 지금은 반죽 덩어리를 치대면서 주물러 모양을 만드는 마무리 작업중이었다.

리타는 나를 보고 고개를 끄덕거리지만, 정말 반가워서 그러는지 그냥 나를 봤다는 뜻인지 분간하기 힘들다. 그녀는 밀가루가 묻은 손을 앞치마에 닦고 토큰 책을 찾아 부엌 서랍을 뒤지기 시작한다.

그리고 미간을 잔뜩 찌푸린 채 토큰 세 장을 찢어 내게 건네준다. 조금만 웃음기를 띠면 친절해 보일 텐데. 하지만 그녀의 찌푸린 얼굴은 사적인 감정 때문이 아니다. 다만 빨간 드레스와 그 옷이 상징하는 의미를 싫어할 뿐이다. 내 근처에 있으면 질병이나 불행 따위를 옮을까 봐 기분 나쁜 것뿐이다.

가끔 나는 닫힌 문 뒤에서 나는 소리를 엿듣곤 한다. 구시대의 나라면 꿈에도 생각지 못할 일이다. 행여 들킬까 봐 오래 엿듣지는 않는다. 하지만 언젠가 자기라면 절대로 그렇게 몸을 더럽히지 않을 거라고 리타가 코라에게 말하는 걸 엿들은 적이 있다.

누가 아줌마한테 그러라고 하든가요? 코라가 말했다. 그리고 그런 처지가 된다 한들 뭘 어쩌시겠어요?

'콜로니'로 가면 되지. 리타가 말했다. 선택의 여지는 있잖아.

'비(非)여성'들하고 같이 살라는 말이세요? 죽도록 굶주리고 말도 못할 고생을 해야 하는데 말이에요? 코라가 말했다. 정신 차리세요.

그네들은 콩깍지를 까고 있었다. 문은 거의 닫혀 있다시피 했지만, 딱딱한 콩깍지가 금속 용기 속으로 떨어지며 가볍게 짤랑거리는 소리까지 들을 수 있었다. 리타는 항의하는 불평인지 동의하는 한숨인지 알 수 없는 소릴 냈다.

아무튼 그 여자들은 우리 모두를 위해서 그 짓을 하고 있는 거라고요. 코라가 말했다. 최소한 말은 그렇게들 하잖아요. 내가 열 살만 젊고, 난관 수술을 하지 않았다면 내가 하고 있을지도 모르는 일이에요. 그렇게 나쁜 일도 아니죠. 소위 말하는 중노동도 아니잖아요.

내가 아니라 천만다행이지 뭐야 하고 리타가 말하는 순간 나는 문을 열어젖혔다. 그네들의 얼굴에는 등 뒤에서 험담을 하다가 들켰을 때 여자들이 흔히 짓는 표정이 떠올라 있었다. 당황한 기색이 역력하면서도 한편으로 도발적인 표정, 당연한 권리를 행사하고 있었다는 듯 의기양양한 표정이었다. 그날, 코라는 보통 때보다 유달리 더 친절하게 굴었고 리타는 평소보다 훨씬 더 무뚝뚝했다.

리타는 무뚝뚝한 표정으로 입을 꾹 다물고 있지만, 그래도 오늘은 여기 부엌에 머물고 싶은 기분이다. 집 안 어디 다른 데 잠시 간 코라가 레몬 기름 병과 총채를 들고 금방이라도 들어올 양이다. 리타가 커피를 끓여 주면(사령관들의 집에는 아직도 진짜 커피가 있다.) 우리는 리타의 식탁에 둘러앉아(아, 물론 내 식탁이 내 것이 아닌 것처럼 리타 역시 식탁의 주인이 아니지만) 맘껏 수다를 떨 수도 있을 텐데. 각양각색의 통증이나 질병을 호소하며 다리가 아프다, 허리가 아프다며, 도대체 말을 안 듣는 말썽꾸러기처럼 우리의 몸이 부려 대는 갖가지 장난들을 얘기할 수도 있을 텐데. 서로의 이야기에, 그래, 그런 마음 알아라는 표시로 고개를 구두점처럼 끄덕거려 보일 수도 있을 텐데. 특효약을 서로 알려 주고, 서로 자기가 더 아픈 데가 많다고 궁상맞게 경쟁이라도 하듯 한탄을 늘어놓고, 처마에 앉은 비둘기들처럼 보드랍고 서글픈 단조(短調)의 음색으로 소곤소곤 불평을 늘어놓을 텐데. 아, 무슨 말인지 알아라고 우리는 말하겠지. 아니면 연세 드신 분들한테서 요즘도 가끔 들을 수 있는 그 야릇한 표현처럼, 어디서 온 얘긴 줄 알겠군이라고 하든가. 마치 목소리 그 자체가 아주 먼 곳에서 방금 도착한 여행자인 양 말이다. 어찌 생각하면 그럴지도 모르지. 정말 그래.

전에는 그런 하릴없는 수다를 얼마나 경멸했던가. 지금은 목마르게 갈망한다. 최소한 그건 대화니까. 일종의 교환이니까.

아니면 뜬소문을 숙덕거리고 싶다. 하녀들은 원래 모르는 게 없는 데다 자기네들끼리 수다를 떨면서 비공식적인 뉴스들을 이 집에서 저 집으로 자주 전달한다. 그들도 나처럼 문틈으로 들려오는 소리를 엿듣는 건 물론이고, 심지어 눈길을 다른 데로 돌려놓고도 볼 건다 본다. 가끔 하녀들이 한창 신나게 수다 떠는 소리를 들을 때가 있는데, 그럴 때면 그들의 은밀한 대화가 스치는 바람처럼 귓전에 꽂힌다. '사산을 했대. 아니, 뜨개 바늘로 그 여자를 찔렀다면서. 배 한가운데를 말이야. 틀림없이 질투였을 거야. 질투에 눈이 멀어서.' 아니면 감질나게 말하기를, '그 여자는 변기 청소세제를 썼대. 부적처럼 효험이 있었다나. 솔직히 그 남자가 그 맛을 알아차리지 못했다니 그건 이상하지만. 그만큼 고주망태로 취했나 보지 뭐. 하지만 아무튼 결국 그들이 그 여자를 찾아냈다고 하더라고.'

아니면 리타를 도와 빵을 만들고 싶다. 꼭 사람의 살처럼 탱탱하고 부드러운 온기 속에 두 손을 푹 박아넣고서. 나는 천이나 나무 말고 다른 뭔가를 만지고 싶다는 욕구에 목마르다. 만지는 행위를 저지르고 싶다는 욕구에 굶주렸다.

하지만 만에 하나 부탁한다 해도, 그렇게까지 용기를 내어 예의범절을 어겨본다 해도 리타가 허락할 리가 없다. 겁에 질려 엄두도 내지 못할 것이다. 하녀들은 우리와 친교가 금지되어 있기 때문이다.

'프래터나이즈(fraternize)'는 형제처럼 지낸다는 뜻이다. 루크가 해준 말이다. '자매처럼 지내다'라는 뜻을 지닌 단어는 없다고 했다. 있다면 아마 '소로라이즈(sororize)'쯤 되겠지 하고 그이는 말했다. 원래 라틴 어에서 왔으니까. 그이는 그렇게 시시콜콜한 것들을 좋아했다. 단어의 어원, 특이한 용례들. 나는 쓸데없이 잘난 척한다고 그이를 놀리곤 했다.

리타가 내민 손에서 토큰들을 받는다. 토큰에는 교환을 할 수 있는 물건의 그림이 그려져 있다. 계란 열두 개, 치즈 한 조각, 스테이크라고 알아서 생각하라고 그려 놓은 갈색 물체. 지퍼가 달린 소매 주머니에 토큰들을 넣는다. 거기에는 내 통행증도 들어 있다.

"달걀을 살 때는 꼭 신선한 걸 달라고 해. 지난번 물건 같으면 안 돼. 그리고 암탉이 아니라 영계라고 꼭 말해. 어느 분 진짓상에 올리는지 말해 주면, 쓸데없는 짓거리는 안 할 거야."

리타가 말한다.

"알았어요."

나는 말한다. 웃지는 않는다. 그녀를 유혹해 우정으로 끌어들일 이유가 없으니까.

3

　나는 뒷문으로 나가 정원에 들어선다. 정원은 널찍하니 잘 정돈되어 있다. 한가운데 잔디밭이 있고 버드나무 한 그루, 늘어진 버들개지들이 있다. 가장자리를 따라 화단이 빙 둘러쳐져 있는데, 화단의 수선화는 시들어가고 있고 튤립이 컵 같은 꽃봉오리를 열며 색채를 흩뿌리고 있다. 튤립은 새빨갛고 줄기 쪽으로 갈수록 붉은빛이 점점 짙어진다. 마치 칼에 베었다가 막 아물기 시작하는 상처처럼.

　이 정원은 사령관 아내의 관할 구역이다. 깨지지 않는 안전 유리창을 통해 바깥을 바라보다 보면 방석을 받치고 무릎 꿇고서, 챙 넓은 원예용 모자에 하늘색 베일을 두르고 가위며 꽃들을 제자리에 묶을 노끈이 담긴 바구니를 한쪽 팔에 낀 아내의 모습을 가끔 볼 수 있다. 힘들게 땅을 파는 일은 사령관에게 파견된 '수호자'가 해야 하는 일이다. 사령관 아내는 지팡이로 가리키며 지시를 내린다. 아내 중에는 그런 정원을 가진 사람들이 많다. 정원은 아내들이 명령 내리고 가꾸고 돌볼 수 있는 공간이다.

내게도 한때는 정원이 있었다. 갈아엎은 흙냄새, 두 손에 모아 쥔 구근들의 통통한 모양, 충만함, 손가락 사이로 후드득 떨어지는 씨앗들의 메마른 부스럭거림, 그런 것들이 기억난다. 그런 식으로라면 시간이 훨씬 더 빨리 흘러갈 텐데. 가끔 사령관의 아내는 의자를 밖으로 내놓고 자기 정원에 그냥 앉아 있기도 한다. 멀리서 보면 그 모습이 평화 그 자체처럼 보인다.

그녀는 지금 이곳에 없는데, 그럼 어디 갔을까? 궁금해지기 시작한다. 뜻밖의 장소에서 사령관 아내와 마주치기는 싫다. 어쩌면 거실에서 관절염을 앓는 왼쪽 다리를 발판 위에 올려놓고 바느질하고 있을지 모른다. 아니면 일선에서 싸우는 천사들을 위해 스카프를 뜨고 있을지도 모른다. 솔직히 천사들에게 그런 스카프가 필요할 거같지는 않다. 사령관 아내가 만든 스카프들은 지나치게 화려하고 정교했기 때문이다. 그녀는 다른 아내들이 흔히 쓰는 십자가니 별 무늬 따위에는 별로 관심이 없다. 너무 쉬웠기 때문이다. 그녀의 스카프를 보면 끝단을 가로질러 전나무들이 열 맞춰 행진하거나, 아니면 독수리들이나 빳빳한 인형들이 소년과 소녀, 소년과 소녀, 이렇게 번갈아가며 나란히 수놓여 있었다. 성인 남자가 두를 만한 스카프가 아니라 아이들용이었다.

가끔 나는 이 스카프들이 천사들한테 보내기 위한 용도가 아니라, 실오라기를 풀어 다시 공 모양으로 돌돌 만 후에 제 차례가 오면 다시 짜려는 게 아닐까 생각한다. 어쩌면 이런 일은 단순히 아내들을 바쁘게 만들어, 그들이 존재하는 이유를 부여하기 위한 게 아닐까. 하지만 뜨개질을 할 수 있는 사령관 아내가 나는 부럽다. 손쉽게 성취할 수 있는 작은 목표가 있다는 건 좋은 일이다.

그녀는 내 어떤 점을 부러워할까?

피치 못할 상황이 아니면, 그녀는 내게 말을 걸지 않는다. 그녀에게 나는 치욕의 근원이지만 또한 필요 불가결한 존재이기에.

우리는 5주 전 내가 이번 임지에 도착했을 때 처음 서로의 얼굴을 마주 보고 섰다. 지난번 임지의 수호자가 나를 현관문까지 데려다주었다. 첫날은 현관문을 쓸 수 있지만 그다음부터 '시녀'들은 뒷문을 써야 한다. 아직 안정되지 않은데다, 초기라서 우리의 정확한 위상에 대해 다들 갈팡질팡하고 있는 것이다. 좀 더 시간이 지나면 아예 현관문을 쓰거나 뒷문을 쓰거나 둘 중 하나로 결정이 날 터이다.

리디아 아주머니는 앞문을 쓸 수 있도록 로비하고 있다고 했다. 여러분의 직업은 명예로운 직책이라면서.

수호자는 내가 도착했음을 알리기 위해 초인종을 눌렀다. 하지만 초인종 소리를 듣고 사람이 내려올 만한 시간이 채 되기도 전에 문이 안쪽으로 열렸다. 틀림없이 그녀는 문 뒤에서 기다리고 있던 것이다. 하녀가 문을 열어줄 거라 예상하고 있었는데 그녀가 직접 나를 맞았다. 긴 연하늘빛 가운을 입고 있었기 때문에 누가 봐도 그녀라는 걸 알 수 있었다.

그래, 자네가 새로 온 사람이군. 그녀가 말했다. 비켜서서 나를 들여보내 줄 생각은 하지도 않고 입구를 턱 막은 채 문간에 계속 그렇게 서 있었다. 자기 허락 없이는 집 안에 들어올 수 없다는 인상을 심어 주고 싶었던 거다. 요즘은 자기 입지를 다지려는 그런 기 싸움이 흔히 있다.

네. 내가 말했다.

거기 현관에다 두고 가게. 그녀는 내 가방을 들고 있던 수호자에게 말했다. 가방은 빨간 비닐로 만든 것으로 별로 크지 않았다. 겨울 겉옷과 더 무거운 드레스들이 들어 있는 가방이 하나 더 있었지만, 나중에 오기로 되어 있었다.

수호자는 가방을 내려놓고 그녀에게 목례했다. 나를 혼자 두고 되돌아가는 그의 발소리와 찰칵 현관문이 닫히는 소리가 들려왔다. 보살펴 주던 수호 천사의 손길이 거두어진 듯한 허망한 느낌에 사로잡혔다. 새 집의 문간이란 참 고독한 장소였다.

그녀는 자동차가 시동을 걸고 출발할 때까지 기다렸다. 얼굴을 쳐다보진 않았지만, 고개를 숙인 채로도 몸의 일부분은 볼 수 있었다. 푸른빛 허리는 이제 굵어져 있었고, 옛날에는 고왔을 테고 지금도 정성껏 관리하는 듯한 왼손 손가락에는 커다란 다이아몬드 반지가 끼워져 있다. 마디가 툭툭 불거져 보기 흉한 손가락 끝에 보드라운 곡선을 그리며 깔끔하게 손질된 손톱이 가지런했다. 그런 손가락에 그런 손톱이라니, 아이러니한 미소처럼 느껴졌다. 어쩐지 그런 그녀를 비웃는 냉소 같았다.

들어와도 좋아. 그녀가 말했다. 그녀는 내게 등을 돌리고 절뚝거리며 복도를 걸어간다. 문 닫는 걸 잊지 마.

나는 빨간 가방을 들어 안으로 들여놓았다. 말하지 않았어도 그러라는 뜻인 줄 모를 정도로 눈치 없는 사람은 아니다. 그리고 문을 꼭 닫았다. 나는 그녀에게 아무 말도 하지 않았다. 직접적인 질문을 받지 않는 한 말은 하지 않는 편이 좋다고 리디아 아주머니가 말했다. 그 여자들 입장에서 생각해 보라고, 두 손을 으스러져라 모아쥐고 비틀면서 간절하게 애원하는 듯한 특유의 미소를 띠고 그렇게 말했다. 그 여자들한테도 쉬운 일은 아니라고.

안으로 들어와. 사령관 부인이 말했다. 좌실에 들어가 보니 그녀는 벌써 의자에 앉아 왼발을 발 받침대 위의 작은 쿠션에 올려놓고 있었다. 바구니엔 장미꽃들이 담겨 있었다. 바느질감은 바늘이 꽂힌 채로 의자 옆 마룻바닥에 떨어져 있었다.

나는 두 손을 다소곳이 모으고 그녀 앞에 섰다. 그래. 그녀가 말했다. 그리고 들고 있던 담배 한 개비를 입술 사이에 끼워물고 불을 붙였다. 입술이 얇은데 그렇게 꼭 다물고 있으니, 옛날 립스틱 광고에서 흔히 보던 것처럼 입술에 세로로 잔주름이 생겼다. 라이터는 상아색이었다. 담배는 틀림없이 암시장에서 나온 걸 거야. 그런 생각이 들자 희망이 생겼다. 돈이란 게 사라진 지금도 암시장은 계속 존재하고 있고, 언제나 존재하기 마련이라는 생각에 희망이 샘솟았다. 세상에는 거래와 교환이 존재할 수밖에 없는 거다. 그녀는 편법도 쓸 수 있는 위치에 있었다. 하지만 내게 거래를 할 만한 게 뭐가 있을까?

나는 애타는 갈망으로 담배를 바라보았다. 술이나 커피처럼 담배도 내게는 금지 품목이었다.

그 얼굴 모를 영감탱이하고는 잘 안 됐군그래. 그녀가 말했다.

그렇습니다, 부인. 나는 대답했다.

그녀는 웃음소리 같은 기성을 내더니, 쿨럭거리며 기침을 했다.

그 사람도 재수가 없었군. 이번이 두 번째지, 그렇지?

세 번째입니다, 부인.

자네한테도 별로 좋을 게 없군. 또 한 번 기침 섞인 웃음소리.

앉아도 좋아. 앞으론 허락하지 않겠지만, 이번 한 번만은.

그래서 나는 등받이가 딱딱한 의자 끝에 걸터앉았다.

방 안을 자세히 둘러보고 싶은 생각은 없었다. 그녀를 무시한다는 인상을 주고 싶지 않았다. 그래서 오른편에 있던 대리석 벽난로나 그 위에 놓여 있던 거울과 한 다발의 꽃들은 내 시야의 끝자락에 걸린 그림자일 뿐이었다. 그런 물건들을 살펴볼 시간이야 나중에 차고 넘치도록 주어질 터이다.

이제 그녀의 얼굴은 내 얼굴과 같은 높이에 있었다. 아는 얼굴이라는 생각이 들었다. 아니 적어도 어딘지 낯설지 않은 얼굴이었다. 베일 아래로 머리카락이 약간 보였다. 아직은 금발이었다. 그때는 탈색한 머리일 거라고 생각했다. 암시장에서 구할 수 있는 물건 중에 염색약도 있을 거라고. 하지만 이제는 진짜 금발이라는 걸 안다. 눈썹을 뽑아 아치형의 얇은 선을 그리도록 만들었기 때문에 그녀의 얼굴에는 깜짝 놀란 아이의 표정에서 볼 수 있는 경악이나 분노 또는 호기심의 인상이 지울 수 없이 아로새겨져 있었다. 눈썹 밑의 눈꺼풀은 피로해 보였다. 그러나 두 눈은 전혀 달랐다. 눈부신 햇살이 내리쬐는 한여름의 하늘처럼 적대감을 적나라하게 드러내는 파란색이었다. 접근을 단호히 거부하는 파란색. 코는 한때 귀엽다는 소리를 들었겠지만 이제는 얼굴에 비해 너무 작아보였다. 얼굴은 통통하진 않았지만 컸다. 입가 아래로 주름이 두 줄 그어져 있었다. 두 주름 사이에 불끈 쥔 주먹처럼 굳게 다문 그녀의 턱이 있었다.

웬만하면 자네 얼굴을 보고 싶지 않아. 그녀가 말했다. 자네도 마찬가지겠지만.

나는 대답하지 않았다. 네라는 대답은 무례할 터였고, 반대 의사는 나타내지 않는 편이 신상에 좋았다.

그쪽이 바보가 아니란 건 나도 알아. 그녀는 말을 이었다. 그러고는 담배를 빨아들이고 연기를 내뱉었다. 자네 기록을 읽었거든. 적어도 나한테는 이 일이 사업상 거래나 마찬가지야. 하지만 문제가 생기면, 가만두지 않을 거야. 알겠어?

네, 부인.

부인이라고 부르지 마. 그녀는 짜증스럽게 말했다. 자네는 하녀가 아니잖아.

그럼 뭐라고 부를까요 하고 묻지는 않았다. 내 입에서 자기 이름이 불리는 일이 아예 없었으면 좋겠다는 생각을 읽을 수 있었기에. 나는 실망했다. 그때만 해도 나는 그녀를 큰 언니처럼, 나를 보호해 주고 이해해 줄 엄마처럼 따뜻한 존재로 만들어 보겠다는 생각을 하고 있었다. 이전 임지에 있던 아내는 대부분의 시간을 침실에 처박혀 지냈다. 하녀들 말에 따르면 술을 마신다고 했다. 이번 아내는 다르길 바랐다. 다른 장소, 다른 시간, 다른 인생이었다면, 서로 좋아할 만한 여자로 여기고 싶었다. 하지만 내가 그 여자를 좋아할 리 없고, 그녀 역시 나를 좋아할 리 만무하다는 걸 이미 확실히 알 수 있었다.

그녀는 옆에 있던 탁자 위의 소용돌이 모양의 재떨이에 반쯤 피우다 만 담배를 비벼 껐다. 한 번 꾹 눌러서 비비는 무척 단호한 손놀림이었다. 대부분의 아내들이 자주 하는 가볍게 몇 번에 걸쳐 살며시 탁탁 터는 동작이 아니었다.

내 남편 말인데, 그 사람은 그냥 그거야. 내 남편. 그녀는 말했다. 아주 분명하게 해두고 싶어. 죽음이 우리를 갈라놓을 때까지. 이미 정해진 사실이라고.

네, 부인. 나는 깜박 잊고 말했다. 옛날에 어린 여자애들이 갖고 놀던 장난감 중에, 등에 있는 *끈*을 잡아당기면 말하는 인형이 있었다. 내 목소리가 꼭 그런 인형 같다는 생각이 들었다. 단조로운 인형의 목소리. 그 여자는 아마 내 뺨을 철썩 갈겨주고 싶은 마음에 어쩔 줄 몰랐을 터이다. 아내들은 우리를 때릴 수 있었다. 불문율로 이미 전례가 있었다. 하지만 흉기를 사용하는 건 금지 사항이었다. 쓸 수 있는 건 오직 맨손뿐이었다.

그것도 우리가 투쟁했던 이유야. 사령관의 아내는 이렇게 말하더니, 갑자기 나를 똑바로 쳐다보았다. 그때까지 그녀는 불끈 주먹을 쥔, 다이아몬드가 주렁주렁 달린 제 손을 내려다보고 있었다. 순간 나는 그녀가 전에 본 적이 있는 여자라는 걸 깨달았다.

그 여자를 처음 본 건 내가 여덟 살이나 아홉 살 때쯤, 텔레비전에서였다. 엄마가 아직 일어나지 않은 일요일 아침에 나는 먼저 일어나 엄마 서재에 있는 텔레비전 앞에 앉아 만화를 보려고 이리저리 채널을 돌리고 있었다. 아무것도 볼 게 없으면 나는 「청소년을 위한 복음의 시간」을 보곤 했다. 아이들을 위해 성경 이야기를 들려주고 찬송가를 부르는 프로그램이었다. 거기 나오는 여자들 중에 세레나 조이라는 이름의 여자가 있었다. 그녀는 소프라노 솔로였다. 연한 금발에 체구가 작았고, 들창코를 하고 있었으며 찬송가 때마다 큰 파란 눈동자를 휘둥그레 치켜뜨곤 했다. 그 여자는 미소를 지으면서 동시에 울 수 있었고, 최고 음역에 다다르면 목소리가 바르르 떨리면서 마치 기다리고 있었다는 듯 뺨을 타고 우아하게 흘러내리는 눈물 한두 방울을 떨어뜨리곤 했다. 그 후에 그녀는 다른 역할들로 옮겨갔다.

　내 앞에 앉아 있던 여자는 세레나 조이였다. 아니 한때 세레나 조이였던 여자라고 해야 할까. 그러니 현실은 생각보다 훨씬 더 나빴던 거다.

4

나는 뒷마당을 가르마처럼 깔끔하게 가르는 자갈길을 따라 걷는다. 밤새 내린 비로 양편 풀밭의 잔디가 촉촉하게 젖어 있고 공기는 습하다. 여기저기 눈에 띄는 지렁이들은 토양이 비옥하다는 증거다. 갑작스럽게 난 햇볕에 붙들려 죽어가는 지렁이들은, 입술처럼 뭉클거리는 분홍빛이다.

하얀 울타리 문을 열고 나가 앞마당을 지나 정문 쪽으로 걷는다. 진입로에서 우리 집에 배속된 수호자 한 사람이 세차를 하고 있다. 사령관이 자기 숙소에 있다는 뜻이리라. 숙소는 식당을 지나서 한참 가야 나오는데, 그곳에서 사령관은 대부분의 시간을 보냈다.

자동차는 아주 비싼 '월윈드'였다. '채리엇'보다도 나았고 땅딸막하고 실용적인 '비히머스'는 비교도 되지 않을 정도로 훨씬 좋은 차다. 색깔은 당연히 특권층의 차나 장의차에 쓰이는 검은색이었으며 길고 늘씬한 맵시를 자랑했다. 운전사는 고운 행주를 들고 애지중지 차를 닦고 있다. 좋은 자동차를 애무하는 남자들의 저 손길. 최소한 이 한 가지는 달라지지 않았다.

운전사는 수호자의 제복 차림이지만, 멋을 부려 모자를 삐딱하게 쓰고 소매를 팔꿈치까지 걷어붙여 팔뚝이 드러났다. 갈색으로 보기 좋게 태운 살갗에는 점점이 붓으로 찍은 것처럼 검은 털이 삐죽삐죽 나 있었다. 그는 입가에 담배를 한 대 물고 있었는데, 그건 그에게도 암시장에서 거래할 만한 물건이 있다는 뜻이다.

나는 이 남자의 이름을 안다. 닉이다. 리타와 코라가 그 남자 이야기를 하는 것을 들은 덕분이다. 그리고 언젠가 사령관이 하는 말을 들은 적도 있다. 닉, 오늘은 차가 필요 없네.

그는 이 집에 같이 산다. 차고 뒤에서. 계급이 낮아서 한 번도 여자를 배급받은 적이 없다. 단 한 번도. 등급도 없는 것이다. 뭔가 결함이 있거나 윗선에 아는 사람이 없거나 둘 중 하나다. 하지만 행동만 놓고 보면 그는 이런 사실을 아예 모르거나 전혀 개의치 않는 듯하다. 지나치게 태연하고 별로 비굴하지 않다. 어리석어서 그럴 수도 있겠지만 솔직히 말하자면 내 생각은 다르다. 옛날 표현으로는 수상쩍다, 아니면 구린내가 난다고 했을 거다. 도대체 어울리지가 않는다. 나도 모르게 그의 체취가 어떨까 생각한다. 구린내나 비린내 따위는 아닐 텐데. 구릿빛으로 탄 피부, 햇빛 아래 촉촉하게 젖은, 얇은 담배 연기에 감싸인 피부. 나는 한껏 숨을 들이마시며 한숨짓는다.

그는 나를 보고서 내가 자기를 바라보고 있다는 걸 알아차린다.

전형적인 프랑스 인의 얼굴이다. 마르고, 변덕스럽고, 온통 평면과 각으로 이루어진 얼굴에 웃으면 입가에 잔주름이 진다. 그는 담배를 마지막으로 한 모금 빨고, 진입로에 떨어뜨리더니 발로 밟아 비벼 끈다. 휘파람을 불기 시작하더니, 한쪽 눈을 찡긋해 보인다.

나는 고개를 떨구고 하얀 가리개 속에 얼굴이 가려지도록 옆으로 돌리고서, 계속 발걸음을 재촉한다. 저 사람은 저렇게 위험한 일을 도대체 왜 저지른 걸까? 내가 상부에 보고라도 하면 어쩌려고?

단순히 좀 친해 보자고 그랬는지도 모른다. 내 얼굴에 떠오른 표정을 다른 감정으로 오해했는지도 모른다. 내가 정말로 원했던 건 담배였는데.

어쩌면 내 반응을 떠보려는 시험이었는지도 모른다.

그는 어쩌면 '눈'의 일원인지도 모른다.

나는 현관문을 열고 나와 다시 문을 닫는다. 아래로 시선을 떨군 채로 돌아보지 않는다. 보도는 붉은 벽돌이다. 그 풍경에 온 정신을 집중한다. 끝없이 이어진 직사각형의 바닥, 수십 년간 반복된 겨울 서리로 벽돌 밑 땅이 파여진 곳마다 부드럽게 굽이치는 평원. 벽돌은 오래전에 색칠했는데도 산뜻하고 선명하다. 보도는 옛날보다 훨씬 더 깨끗하게 관리되고 있다.

나는 모퉁이로 걸어가 기다린다. 옛날에는 기다리는 일에 전혀 소질이 없었다. 리디아 아주머니는 줄 서서 기다리는 사람만 대접받는 법이라고 말한 적이 있다. 그녀는 우리더러 그 말을 암기하라고 했다. 그녀는 또 이런 말을 했다. 너희들 모두가 시험에 통과하지는 못할 거다. 맨땅이나 가시밭에 거꾸러지는 사람들도 생길 게야. 뿌리가 얕아서 견디지 못하는 사람들도 있을 테고. 그녀의 턱에 돋은 사마귀가 말할 때마다 위아래로 흔들렸다. 그녀는 또 이렇게 말했다. 여러분은 자신을 씨앗이라고 생각하도록 해. 바로 그 순간 그녀의 목소리는 음모를 꾸미듯 달콤하게 사람을 꼬드기는 것이었다. 옛날에 아이들에게 발레 레슨을 하던 여자들의 목소리처럼. 자, 지금 팔을 허공으로 쳐드는 거야, 우리가 나무라고 상상하자 하고 말하던 그 목소리처럼.

나는 구석에 서서, 짐짓 나무인 척해 본다.

얼굴에 하얀 가리개를 두른 빨간색의 형체, 나와 똑같은 형체가 내 쪽으로 걸어온다. 그녀는 바구니를 들고 빨간 옷을 입고 있다. 그녀가 내 곁에 다다르자 우리는 서로를 감싸고 있는 하얀 천의 터널 너머 서로의 얼굴을 흘낏 바라본다. 그 여자가 맞다.

"결실에 축복 있기를."

여자는 우리 사이에서 허용된 인사말을 건넨다.

"주님의 은총 있기를."

나는 대답한다. 역시 정해진 화답이다. 우리는 몸을 돌려 커다란 저택들을 지나 시내 중심가를 향해 함께 걷는다. 그곳에 갈 때는 반드시 두 사람씩 짝을 지어 가야만 한다. 우리 신변을 보호하기 위해서라고 하지만, 그건 정말 말도 안 되는 이유다. 보호라면 이미 충분히 받고 있다. 사실을 말하자면 그 여자는 나를 감시하는 첩자요, 나는 그녀를 감시하는 첩자다. 우리가 매일 하는 산책 중에 무슨 사고라도 일어나 한 사람이 그물망 밖으로 달아나기라도 하면, 다른 한 사람이 책임을 져야 한다.

이 여자와 동행이 된 지 2주일째였다. 지난번 동행이 어떻게 됐는지 나는 전혀 모른다. 그냥 어느 날 나와야 할 자리에 나타나지 않았고, 이 여자가 대신 그 자리에 서 있었을 뿐. 그런 일은 꼬치꼬치 캐묻지 않는 법이다. 물어봤자 원하는 대답이 돌아올 리 없기 때문이다. 애초부터 해답이 없는 것이다.

이번 여자는 나보다 좀 더 통통하다. 눈동자는 갈색이고 이름은 오브글렌이다. 그녀에 대해 아는 것은 대충 그 정도가 끝이다. 그녀는 고개를 푹 숙이고 빨간 장갑을 낀 두 손을 모은 채, 뒷발로 걷는 훈련을 받은 돼지처럼 종종대며 얌전하게 걷는다. 함께 걸어가는 동안 그 여자는 투철하게 정석적인 발언 말고는 한마디도 하지 않는다. 하지만 생각해 보면 그건 나도 마찬가지다. 그녀는 이름만 시녀가 아니라 진짜 신봉자인지도 모른다. 그런 위험을 감수할 수는 없다.

"전쟁이 아주 유리하게 진행되고 있다고 들었답니다."

그녀가 말한다.

"주께 감사드립시다."

내가 대답한다.

"하느님께서 훌륭한 날씨를 주셨지요."

"기쁨으로 받아들입시다."

"어제부터 반란군들을 더 많이 소탕했다고 하더군요."

"주께 감사드립시다. 어떤 반란군들이었지요?"

어떻게 아느냐고 묻지는 않는다.

"침례교인들이랍니다. '푸른 언덕'에 요새를 구축하고 있었다지요. 연막탄으로 모두 쫓아냈다더군요."

"주께 감사드립시다."

가끔은 차라리 그 여자가 입 닥치고 조용히 걷게나 해 줬으면 싶을 때도 있다. 하지만 나는 뉴스라면 무조건 게걸스럽게 탐한다. 종류는 상관없다. 거짓 뉴스라도 뭔가 의미가 있기 마련이니까.

우리는 첫 번째 목책에 다다른다. 도로 공사를 할 때나 하수구를 파헤칠 때 쓰는 바리케이트와 비슷한, 노란색과 검은색으로 칠하고 '정지'라는 뜻의 빨간 육각형을 그려넣은 나무 울타리다. 검문소 근처에 등불이 몇 개 있지만, 아직 밤이 아니라 불을 켜지는 않았다. 우리 머리 위 전신주에 비상용 조명등이 부착돼 있고, 도로 양편 토치카에는 기관단총을 든 남자들이 숨어 있다는 것을 나는 안다. 얼굴을 감싸고 있는 하얀 가리개 때문에 조명등이나 토치카가 보이지는 않는다. 그래도 그런 건 그냥 알게 된다.

목책 뒤에는, '신앙의 수호자*'의 녹색 제복을 입고 어깨에 계급장을 달고 베레모를 쓴 두 남자가 좁은 관문에서 우리를 기다리고 있다. 하얀 삼각형 위로 칼 두 자루가 겹쳐진 문장. 수호자들은 진짜 군인이 아니다. 그들은 정기 순찰을 비롯한 여타 육체노동을 담당한다. 예를 들어 사령관 아내의 정원을 파헤치는 일 같은 것 말이다. 이들은 약간 지능이 떨어지거나 늙었거나 장애가 있지 않으면 아

---

* '수호자'라는 줄임말로 통칭되는 길리어드 군대의 계급.

예 나이가 어리기 마련이다. 물론 암행 중인 '눈'이라면 얘기가 다르지만.

이 두 사람은 아주 앳되다. 한 사람은 아직 콧수염이 듬성듬성했고, 다른 하나는 아직 얼굴에 여드름투성이였다. 그 젊음에 어쩐지 가슴이 찡했지만, 그런 것에 마음이 혹해서는 안 된다. 어린애들은 가장 위험하고, 가장 광신적이며 쉽사리 총을 갈겨 댄다. 그들은 아직 세월 속에서 존재에 대해 배우지 못했다. 애들은 느긋한 마음으로 대해야 한다.

지난 주에 그들은 바로 이 자리에서 어떤 여자를 총살했다. 여자는 하녀였다. 그녀는 통행증을 찾아 옷 여기저기를 더듬었는데, 수호자들이 그걸 폭탄을 찾는 것으로 오해했다고 한다. 그들은 그녀를 여장 남자로 오인했다. 그런 사건은 전에도 간간이 있었다.

리타와 코라는 그 여자와 아는 사이였다. 두 사람이 부엌에서 하는 이야기를 듣고 알았다.

임무에 충실했을 뿐이에요. 코라가 말했다. 우리를 보호하려 했던 거죠.

하긴 죽는 것만큼 안전한 게 어디 있어. 리타가 분을 삭이지 못하는 목소리로 말했다. 그 여자는 자기 할 일을 하고 있을 뿐이었는데. 총으로 쏴 죽일 필요는 없었다고.

사고였어요. 코라가 말했다.

세상에 사고라는 게 어디 있어. 배후에는 다 고의가 있기 마련이야.

리타가 냄비들을 싱크대 속에서 거칠게 부딪치는 소리가 들렸다.

글쎄요, 예를 들어 이 집을 생각 없이 폭파하는 사람이 어디 있겠어요. 코라가 말했다.

다 마찬가지야. 리타가 말했다. 열심히 일하던 여자였는데, 그렇게 끔찍하게 죽다니.

더 끔찍하게 죽을 수도 있어요. 코라가 말했다. 최소한 즉사했잖아요.

그건 네 생각이고. 리타가 말했다. 나라면 죽기 전에 좀 시간이 있는 편을 택하겠어. 그래야 삶을 정리하지.

두 사람의 젊은 수호자들이, 베레모에 손가락 세 개를 올려붙이며 우리에게 경례했다. 우리는 그런 경의의 표현을 받을 만한 신분이다. 우리의 특별한 임무 때문에 그들은 우리에게 존경심을 보여야 한다.

우리는 넓은 소매 속 지퍼 달린 주머니에서 통행증을 꺼내 보여주고, 그들은 통행증을 검사해 도장을 찍는다. 한 남자가 오른편의 토치카로 가서 우리의 번호를 '컴퓨체크'에 입력한다.

통행증을 돌려주면서, 복숭앗빛 콧수염을 지닌 남자가 내 얼굴을 보려고 고개를 숙인다. 나는 협조하기 위해 고개를 살짝 든다. 그는 내 눈을 보고, 나는 그의 눈을 본다. 남자가 얼굴을 붉힌다. 얼굴은 양처럼 길고 슬퍼 보이지만, 커다란 두 눈은 개, 그것도 테리어가 아니라 스패니얼의 눈 같다. 살결은 창백하고 병적일 정도로 보들보들해 보인다. 마치 딱지 밑에 돋아나는 새살 같다. 그런데도 나는 그 살결에, 그 드러난 얼굴에 손을 얹는 생각을 한다. 먼저 고개를 돌리는 건 그쪽이다.

이것은 사건이다. 규칙에 대한 사소한 반항, 너무 사소해서 눈에 띄지도 않는 반항. 하지만 이런 순간들은 어린 시절 서랍 구석에 차곡차곡 숨겨 둔 사탕처럼 나 혼자 남몰래 즐기는 달콤한 보상과 같다. 이런 순간들은 가능성들, 저 너머 세상을 엿보는 아주 작은 열쇠 구멍들이다.

만일 내가 한밤중에 혼자 보초를 서는 그를 찾아온다면 어떨까? (물론 그런 자유가 용납될 리 없지마는) 그래서 그에게 하얀 가리개 너머의 나를 허락한다면? 빨간 수의의 껍질을 훌훌 벗어 버리고 흐릿한 불빛 아래서 그에게, 그들에게 내 모습을 보여 준다면 어떻게 될까? 목책 옆에 한도 끝도 없이 서 있으면서, 그들도 가끔은 틀림없이 이런 생각을 할 터이다. 지나가는 사람이라고는, 윙윙거리면서 길고 검은 차량을 타고 지나는 '신자들의 사령관*'들과 푸른 옷을 입은 그들의 아내들, 하얀 베일을 쓰고 소위 '구제 사업'이나 '대기도회'의 의무를 다하기 위해 길을 나선 '사령관'의 딸들, 그네들의 땅딸막한 초록색 하녀들, 또는 가끔씩 지나는 '출산차'나 두 발로 걸어다니는 빨간 시녀뿐이니까. 아니 가끔은 옆에 하얀 날개 달린 눈을 그려 넣은 검은색 밴이 지나갈 때도 있겠다. 이런 밴들의 차창은 검게 칠해져 있고 앞 좌석에 앉은 남자들은 선글라스를 끼고 있다. 이중의 익명성인 셈이다.

밴은 다른 차들보다 훨씬 소음이 적었다. 이런 차들이 지나갈 때

---

* '사령관'의 정식 계급명.

우리는 시선을 돌린다. 안에서 무슨 소리라도 들려올라치면, 듣지 않으려고 애쓴다. 누구의 마음도 완벽할 수는 없는 법.

검은 밴들은 검문소에서도 멈춰서지 않고 손짓 하나로 통과한다. 수호자들은 감히 안을 들여다보거나 수색을 하는 등 그들의 권위를 의심하는 듯한 행위를 하지 못한다. 속으로야 무슨 생각을 하든지 간에. 그들에게 행여 무슨 생각이 있다 해도, 겉만 봐서는 절대 짐작할 수 없다.

하지만 풀밭에 아무렇게나 벗어 던진 옷가지를 생각하지는 않을 것이다. 키스를 생각한다 해도, 다음 순간 그들은 환하게 밝혀지는 비상 조명등과 소총 사살을 연상하리라. 그래서 그들은 임무를 잘 수행하여 천사로 승진하고, 결혼을 승인받고, 나아가 충분한 권력을 얻어 나이가 들면 자기 직속의 시녀를 배당받는 꿈을 꿀 터이다.

콧수염이 있는 수호자가 작은 행인용 문을 열어 주고 뒤로 멀찌감치 물러서면, 우리는 문을 통과한다. 멀어져 가는 우리 뒷모습을 그들이 지켜보고 있다는 걸 나는 안다. 아직 여자를 건드릴 수 없는 이 두 남자가 눈으로 여자를 애무하고 있다는 걸 나는 안다. 그래서 나는 엉덩이를 살짝 흔들어 풍만한 붉은 스커트가 내 몸 주위로 흔들리게 한다. 이건 울타리 너머에서 약 올리거나 절대로 먹을 수 없는 뼈다귀를 개의 눈앞에서 흔드는 거나 마찬가지 짓이다. 그런 짓을 하는 내 자신이 문득 부끄러워진다. 왜냐하면 이 모든 일이 저 아이들의 잘못은 아닐 테니까. 저 아이들은 너무 어리다.

그러다 나는 자신이 수치심조차 전혀 느끼지 않는다는 것을 깨달는다. 나는 그 힘을 즐긴다. 개뼈다귀처럼 활기 없는 권력이지만, 그래도 힘은 힘이다. 우리를 보고 그들이 딱딱하게 발기를 해서 남몰래 페인트칠한 울타리에 대고 몸을 문질러야만 할 지경이 된다면 좋겠다. 나중에 밤이 되면, 부대의 침상에 누워 고통스러워하겠지. 지금 그들에게 남은 욕망의 배출구라곤 자기 자신밖에 없지만 자위는 신성 모독이기 때문이다. 이제 더 이상 잡지도, 영화도, 대체물도 없다. 꼿꼿하게 차렷 자세를 취한 채로 목책 옆에 서서 멀어져 가는 우리의 형체를 바라보고 서 있는 두 남자와, 그들로부터 멀어지는 나, 그리고 나의 그림자가 있을 뿐이다.

5

이중의 형체로 거리를 걷는다. 비록 더 이상 사령관들의 관저가 있는 구역은 아니지만 여기에도 큰 저택들이 있다. 그중의 한 저택 앞에선 수호자가 잔디를 깎고 있다. 잔디밭은 깔끔하고 건물 외관은 우아하며, 아주 잘 손질되어 있다. 마치 옛날에, 집과 정원을 가꾸는 법과 인테리어 장식을 주로 다루던 잡지들에 자주 실리던 아름다운 사진 같다. 여기도 다른 곳처럼 사람들이 없다는 게 느껴지고, 잠들어 있는 듯한 분위기가 감돈다. 거리는 차라리 박물관이나 옛날 사람들의 생활상을 보여 주기 위해 제작한 모형 마을의 거리라 해도 좋을 정도다. 그런 사진들, 그런 박물관들, 그런 모형 마을들처럼, 아이들은 한 명도 없다.

이곳은 텔레비전 상에서가 아니면 전쟁이 절대 침범할 수 없는 '길리어드'의 중심부다. 국경이 어디인지 우리는 확신할 수 없다. 반복되는 공격과 역습에 따라 달라지기 때문이다. 하지만 이곳은 중심부로서, 전혀 꿈쩍도 하지 않는다. '길리어드' 공화국엔 국경이 없다. '길리어드'는 너희들 내면에 있기 때문이다. 리디아 아주머니는 그렇게 말했다.

한때는 의사들이 이곳에 살던 시절이 있었다. 변호사들, 대학 교수들도. 그들은 더 이상 변호사가 아니며 대학은 문을 닫았다.

루크와 나는 가끔씩 이 거리를 따라 함께 산책을 했다. 언젠가는 이 저택들처럼 낡은 대저택을 사서 수리해서 살자는 이야기를 자주 했다. 정원이 있는 집을 사서 아이들을 위해 그네를 매달자고 했다. 우리는 아이들을 갖고 싶었다. 그럴 여유가 생길 가능성은 희박했지만, 말만으로도 즐거웠다. 그것은 일요일마다 하는 놀이 같은 것이었다. 그런 자유가 이제는 한없이 가볍고 부질없게 여겨진다.

모퉁이를 돌아 중앙 대로로 들어서자, 통행량이 훨씬 늘었다. 지나치는 자동차들은 대부분 검은색이고, 가끔은 회색이나 갈색도 섞여 있다. 바구니를 든 다른 여자들도 보인다. 어떤 여자들은 빨간 옷을 입고 있고, 어떤 이들은 하녀들의 탁한 녹색 제복을 입고 있으며, 빨강, 파랑, 초록색으로 줄무늬가 쳐진 추레하고 싸구려인 드레스를 입고 있는 여자들도 있는데 이는 가난한 남자들의 여자라는 뜻이다. '이코노아내'가 그들의 이름이었다. 이런 여자들은 기능별로 구분되어 있지 않다. 그들은 할 수만 있다면 무슨 일이든 닥치는 대로 해야 한다. 가끔 온몸을 검은 옷으로 감싼 여자도 있는데, 그건 미망인이다. 옛날에는 더 많았는데 요즘은 숫자가 줄어드는 것 같다. 사령관

아내들을 인도에서 마주치는 법은 없다. 오직 자동차를 탄 모습만 볼 수 있을 뿐이다.

이곳의 인도는 시멘트다. 나는 어린애처럼 갈라진 틈을 밟지 않으려고 조심한다. 나는 구시대에 이 길을 밟고 다니던 내 발과 그 당시에 신고 다니던 신발을 기억하고 있다. 밑창에 쿠션과 공기 구멍이 있으며, 캄캄해지면 빛을 반사하는 형광 천으로 만든 별 모양 장식이 달린 러닝 슈즈를 가끔 신곤 했다. 절대로 밤에는 조깅하지 않았고, 낮에 달릴 때에도 자주 가는 길만 따라 달리곤 했지만 말이다.

그 당시 여자들은 보호받지 못했다.

나는 당시의 규칙들을 기억한다. 여자라면 누구나 알고 있었지만 아무도 입 밖에 내어 말하지 않던 그 규칙들 말이다. 설사 상대가 경찰이라 하더라도, 절대로 낯선 사람에게 문을 열어 주지 마라. 문 아래로 신분증을 밀어 넣으라고 해라. 곤경에 처한 척하는 오토바이 운전자를 도와준답시고 길가에 정차하지 마라. 자동차 문을 잠그고 계속 가라. 누군가 휘파람을 불어도 절대로 고개를 돌려 쳐다보지 마라. 밤에 혼자 빨래방에 가지 마라.

나는 빨래방을 생각한다. 빨래방에 갈 때 입었던 옷들. 반바지, 청바지, 운동복. 세탁기 안에 집어넣었던 것들. 내 옷들, 내 비누, 내 돈, 내가 번 돈. 그런 통제력을 가진다는 것에 대해 생각해 본다.

지금 우리는 빨간 옷을 입고 짝을 지어 같은 거리를 걷고 있지만 아무도 우리를 보고 음담패설을 퍼붓지 않고, 아무도 말을 걸지 않고, 아무도 만지지 않는다. 아무도 휘파람을 불지 않는다.

세상에는 자유가 한 가지밖에 없는 게 아니야. 리디아 아주머니가 말했다. 목표를 향한 자유가 있는가 하면 무언가로부터의 자유가 있지. 무정부 시대의 자유는 무엇을 행할 자유였어. 하지만 지금 여러분에게는 무언가로부터 벗어날 수 있는 자유를 얻은 거야. 그것을 얕보지 마.

우리 앞 오른편에는 우리가 드레스를 주문하는 가게가 있다. 어떤 이들은 그 옷을 '해빗*'이라고도 부르는데, 아주 좋은 이름이라는 생각이 든다. 벗어던지기 힘든 것이 습관이니까. 가게 바깥에는 어마어마하게 큰 간판이 달려 있는데 황금색 백합 모양이다. 가게 이름은 '들판의 백합들'이다. 백합 밑에 보면 글씨가 페인트로 지워진 부분이 보이는데, 그건 가게의 이름마저도 우리에게 지나친 유혹이 될 수 있다고 그들이 결정했기 때문이다. 이제 가게들은 간판 모양으로만 구별할 수 있다.

'백합들'은 예전엔 영화관이었다. 학생들은 그곳을 몹시 자주 찾았다. 봄이 오면 '백합들' 영화관에서는 험프리 보가트 페스티벌이 열렸는데, 그때 상영한 영화들에는 자주적이고 독립적인 여자들, 로렌 바콜과 캐서린 헵번이 나왔다. 그녀들은 앞에 단추가 달린 블라우스를 입고 나왔는데, 그 의상은 '타락**'이라는 단어를 은근히 시사하고 있었다. 이런 여자들은 단추를 풀고(undone) 타락할 수도 있고, 그렇지 않을 수도 있다. 그녀들은 선택권이 있는 것처럼 보였다. 그때는, 우리에게도 선택권이 있는 것만 같았다. 리디아 아주머니의

---

* habit, 습관이라는 뜻.

** undone, '단추 등이 잠겨지지 않은' 상태를 의미한다.

말을 빌면, 그 당시는 차고 넘치는 선택의 여지에 치여 죽어가는 사회였다고 했다.

언제 페스티벌을 중지했는지 알 수 없다. 아마 내가 그사이 어른이 되어 버렸던 모양이다. 그래서 눈치도 채지 못했나 보다.

우리는 '백합들'에 가지 않고 길을 건너 인도를 따라 걸었다. 처음 들러야 할 곳은 또 다른 나무 간판이 달려 있는 가게였다. 달걀 세 알, 꿀벌 한 마리, 그리고 암소. '젖과 꿀'이라는 가게다. 기다리는 줄이 있어서 우리는 두 줄로 서서 차례를 기다린다. 오늘은 가게에 오렌지가 들어와 있는 것이 보인다. 중앙 아메리카가 '리베르떼오*'들의 손에 넘어간 뒤로, 오렌지 구하기가 힘들어졌다. 있을 때도 있지만 없을 때가 많다. 전쟁으로 캘리포니아에서 오렌지를 들여오는 데 차질이 많았고, 도로가 막히거나 철로가 폭파되면 플로리다마저 기대할 수 없기 때문이다. 오렌지들을 보자 먹고 싶은 마음에 어쩔 줄 모르면서 오렌지들을 바라본다. 하지만 오렌지를 살 수 있는 쿠폰은 한 장도 가져오지 않았다. 돌아가서 리타한테 오렌지 이야기를 해야겠다고 생각한다. 리타는 좋아할 것이다. 오렌지라는 사건을 만들어 내다니, 작지만 꽤 근사한 성취가 될 터이다.

카운터에 가면 건너편에 수호자 제복을 입고 서 있는 두 남자에게 토큰을 건네준다. 부스럭거리는 소리뿐 아무도 말이 없다. 그리고 여자들은 재빨리 고개를 돌려 남몰래 좌우를 살핀다. 여기 장을 보러 오면 구시대, 또는 '레드 센터'에서 알고 지내던 사람들을 만날

---

* 남미에서 활동하는 해방군.

수도 있다. 그런 얼굴을 보기만 해도 힘이 난다. 모이라를 볼 수 있다면, 그냥 얼굴만 볼 수 있다면, 그냥 아직 살아 있다는 걸 확인만이라도 할 수 있다면. 지금은 친구를 사귄다는 건 상상하기조차 힘든 일이다.

하지만 내 곁에 서 있는 오브글렌은 두리번거리지 않는다. 어쩌면 벌써 아는 사람이 전부 없어져 버렸는지도 모른다. 모두 사라져 버렸는지 모른다. 그러니까, 그 여자가 알고 지내던 여자들 말이다. 아니면 다른 사람의 눈에 띄기 싫은 건지도 모른다. 오브글렌은 고개를 푹 숙인 채로, 말없이 서 있다.

두 줄로 서서 기다리는 동안, 문이 열리고 두 명의 여자가 더 들어온다. 둘 다 빨간 드레스를 입고 시녀의 상징인 하얀 가리개를 쓰고 있다. 한 여자는 임신해서 배가 어마어마하다. 헐렁한 옷 아래 그녀의 배는 의기양양하게 불러 있다. 상점 안의 공기는 눈에 띄게 달라진다. 중얼거림, 새어나오는 한숨 소리, 우리는 좀 더 잘 보려고 자기도 모르게 노골적으로 고개를 돌린다. 그 여자를 만지고 싶어 손가락이 간질거린다. 그녀는 우리에게 마술 같은 존재, 시기와 욕망의 대상이다. 우리는 그녀를 질투한다. 그녀는 고지 위의 깃발처럼, 아직도 우리가 해낼 수 있는 일이 남아 있음을 보여 준다. 우리도 구원받을 수 있다고 말해 준다.

실내의 여자들은 서로 속삭이지만, 드러내놓고 이야기를 나누는 것과 다름없을 정도다. 그만큼 여자들은 흥분한 것이다.

"누구지?"

내 뒤에서 누군가의 말소리가 들린다.

"오브웨인. 아니. 오브워렌."

"잘난 척하기는."

어디선가 새된 목소리가 들리는데 그 말은 사실이다. 임신한 여자는 외출할 필요도 쇼핑할 필요도 없다. 복부 근육을 온전한 상태로 유지해야 하기 때문에 매일 해야 하는 산책도 더 이상 할 필요가 없다. 꼭 해야 하는 건 마루 체조와 호흡법 연습뿐이다. 제 집에만 머무를 수도 있다. 오히려 바깥 나들이는 위험한 일이어서 문 밖에는 틀림없이 수호자가 그녀를 기다리고 서 있을 것이다. 이제 새 생명을 품은 몸이 되었으니 죽음에 한발 더 가까워진 셈이고, 따라서 특별한 경호가 필요하다. 시기심으로 그녀를 노리는 사람들이 있을 수도 있으니까. 그런 일은 전에도 일어난 바 있다. 요즘은 아이들이라면 무조건 환영이지만, 그래도 모든 사람들이 다 반기는 건 아니다.

하지만 어쩌면 산책은 임신한 여자의 변덕이었을지도 모른다. 이 정도로 임신이 진전되고 유산도 없을 경우에, 그들은 임산부의 변덕에 비위를 맞춰 준다. 아니면 '어디 한번 다 덤벼 보지그래, 나는 얼마든지 받아줄 수 있어.'라고 말하는 유형, 순교자형인지도 모른다. 나는 고개를 바짝 쳐들고 주위를 두리번거리는 그 여자의 얼굴을 흘낏 바라본다. 아까 내 등 뒤에서 난 목소리가 옳았다. 그 여자는 과시욕에서 이곳을 찾은 것이 분명하다. 여자의 얼굴은 장밋빛으로 광채가 났다. 틀림없이 한순간 한순간을 만끽하고 있었다.

"조용히."

카운터 너머의 수호자 한 사람이 주의를 주자, 우리는 여학교 학생들처럼 숨을 죽인다.

어느새 오브글렌과 내가 카운터 앞에 와 있다. 우리는 토큰을 건네주고, 수호자 하나가 토큰 번호를 '컴퓨바이트'에 입력하는 동안 다른 수호자가 우리가 구매한 물건들, 즉 우유와 달걀을 건네준다. 장바구니에 물건을 집어넣고 임신한 여자와 그녀의 파트너 곁을 지나쳐서 다시 바깥으로 나간다. 파트너는 그 여자 옆에 있으니 허약하고 쭈그러든 것처럼 왜소해 보인다. 하긴 우리 모두가 상대적으로 왜소해 보이지만. 임신한 여자의 배는 거대한 과일 같다. 어린 시절에 쓰던 말로, *산더미만* 하다. 그녀는 보호하려는 듯 배 위에 손을 얹고 있다. 아니 마치 뱃속에 뭔가를 두 손으로 모으고 있는 것처럼 보이기도 한다. 모르긴 몰라도 아마 온기와 힘일 것이다.

그녀는 스쳐 지나가는 나를 똑바로 바라본다. 우리는 시선을 정면으로 마주친다. 그때 나는 그 여자가 누군지 깨달았다. '레드 센터'에서 함께 있던 여자다. 리디아 아주머니가 아끼던 여자였다. 옛날부터 전혀 좋아해 본 적이 없는 여자였다. 구시대에 그녀의 이름은 재닌이었다.

재닌은 나를 바라보더니 한쪽 입가에 보일락 말락 희미한 웃음을 머금는다. 그리고는 고개 숙여 빨간 옷자락 아래 판판한 내 배를 본다. 하얀 가리개가 그녀의 얼굴을 감춘다. 살짝 드러난 이마와 핑크빛 도는 그녀의 코끝밖에 보이지 않았다.

다음에 우리는 '순 살코기 정육점'으로 간다. 이곳을 표시하는 간판은 사슬 두 줄에 매달려 있는 커다란 나무 돼지고기 조각이었다. 나무 간판으로 정육점이란 것을 알 수 있다. 여기엔 줄 서 있는 사람들이 별로 많지 않다. 고기는 워낙 비싸서 제아무리 사령관들이라도 매일 상에 올리지는 못한다. 하지만 오브글렌은 스테이크를 사는 게 이번 주 들어 벌써 두 번째다. 하녀들한테 이 이야기를 꼭 해 줘야지. 하녀들이 들으면 좋아할 만한 이야기다. 다른 집들이 살림을 어떻게 하는지 하녀들은 늘 관심이 많다. 하녀들은 이런 시시콜콜한 잡담들을 듣고 자부심에 부풀거나 불만으로 뾰로통해지는 기회로 삼는다.

나는 기름종이에 싸서 끈으로 묶은 닭고기를 받아든다. 요즘은 플라스틱 제품을 보기 힘들다. 옛날 슈퍼마켓에서 끝없이 나눠주던 하얀색 비닐 쇼핑백이 생각난다. 낭비하기 싫어 전부 싱크대 밑에다 처박아뒀는데, 결국 너무 많아져서 찬장 문을 열면 하얀 비닐 봉지들이 쏟아져 나와 마루로 떨어지곤 했다. 루크는 종종 그 문제로 툴툴거렸다. 정기적으로 봉지들을 전부 다 꺼내서 내버리기도 했다.

애가 머리에 뒤집어쓸 수도 있단 말이야. 그는 말했다. 애들이 어떻게 노는지 당신도 잘 알면서.

절대 그럴 리 없어. 나는 대꾸했다. 그러기엔 벌써 다 컸다고.(아니면 우리 아이는 너무 똑똑하다든가 운이 좋다고.)

하지만 그럴 때마다 서늘함이 스쳤다. 그리고 경솔한 짓을 저지른 죄책감도 함께 찾아왔다. 그래, 정말 그랬다. 난 너무 많은 걸 당연하게 여겼다. 그 당시 나는 운명을 굳게 믿었다. 더 높은 찬장에 넣어둘게. 나는 말했다. 그러면 그는 아예 모아두지 마 하고 말했다. 도대체 아무짝에도 쓸 데가 없잖아. 쓰레기 봉투로 쓰지, 내가 말하면 그는 또…….

아냐, 지금 여기서는 안 돼. 사람들이 쳐다보고 있어.

돌아서자 통유리에 비친 내 실루엣이 보인다. 우리는 어느새 바깥으로 나와 길 위에 서 있다.

한 무리의 사람들이 우리 쪽으로 다가온다. 관광객들이다. 겉보기에는 일본 사람들 같은데, 아마 사적지 관광을 나왔거나 지방 풍물을 구경하러 나온 대표단인 모양이다. 그들은 몸집이 작고 단정하게 차려입었다. 각자 자기 카메라를 들고, 나름대로의 웃음을 띠고 있다. 눈을 반짝이며 주위를 둘러보고 울새처럼 고개를 모로 꼬고 있다. 그들의 유쾌함이 공격적으로까지 느껴질 지경이라 나는 빤히 쳐다보았다. 여자들이 저렇게 짧은 치마를 입은 걸 보는 건 정말로 오래간만이다. 치마 길이가 무릎 바로 아래까지 내려오고 치마 밑으로 뻗은 다리는 아주 얇은 스타킹을 걸쳤을 뿐 거의 맨살이 적나라하게 드러나 있다. 뾰족 구두는 정교한 고문 기구처럼 끈으로 발에 붙어 있다. 여자들은 스파이크가 박힌 발로 죽마 탄 사람이 균형 못 잡고 걷는 것처럼 비틀거린다. 등은 허리에서 활처럼 휘어져 엉덩이를 뒤로 쭉 내밀고 있다. 머리에는 아무것도 쓰고 있지 않아서 머리털을 노출시켜 새카만 섹슈얼리티를 유감없이 과시하고 있다. 새빨간 립스틱으로 입의 축축한 구멍 윤곽선을 그려 바르고 있는데, 마치 구시대의 화장실 벽에 갈겨쓰던 낙서처럼 보인다.

나는 걸음을 멈춘다. 오브글렌도 내 곁에 멈춰서는데 나는 그녀 역시 이 여자들에게서 시선을 떼지 못한다는 걸 알아차린다. 우리는 매혹당하면서도 한편으로 왠지 모를 혐오감을 느낀다. 마치 발가벗고 있는 것 같다. 이런 일에 우리의 마음을 바꾸는 것은 정말이지 잠간이었다.

그리고 나는 생각한다. 나도 저런 옷을 입고 살았지. 그게 자유였지. *서구화되었다고*, 옛날에는 그런 표현을 썼는데.

일본 관광객들은 재잘거리며 우리 쪽으로 다가왔고, 우리는 황급히 고개를 돌리지만 이미 늦었다. 그들에게 얼굴을 들켜 버린 것이다.

그들 중 파란 양복에 빨간 넥타이 차림의 표준 제복을 입고 날개 달린 눈 모양의 넥타이핀을 단 통역이 있다. 그가 그룹을 빠져나와 우리 쪽으로 다가오더니 우리의 앞길을 막는다. 관광객들은 그 사람 뒤에 선다. 한 사람은 카메라를 꺼내든다.

"실례합니다. 두 분 사진을 찍어도 괜찮겠냐고 하시는데요."

그는 우리 두 사람에게 정중한 말투로 묻는다.

나는 인도를 내려다보며 거절의 뜻으로 고개를 흔든다. 그들에게는 지금 틀림없이 하얀 가리개와 얼굴 일부분, 내 턱과 입 조금밖에 보이지 않을 것이다. 눈을 보여 줘서는 안 된다. 통역의 얼굴을 쳐다볼 정도로 나는 어리석지 않다. 통역들은 대부분 '눈'이다. 적어도 그렇다는 소문이 돈다.

게다가 승낙하는 것 역시 어리석은 짓이라는 걸 잘 안다. 겸손은 눈에 띄지 않는 거야. 리디아 아주머니는 말했다. 절대로 잊지 말도록. 눈에 띄는 건, 눈에 띄는 건, 말하자면 곧, 그녀의 목소리가 떨렸다. 침범*당한다는 뜻이야. 아가씨들은 무엇보다, 침범할 수 없는 존

---

* penetration, 삽입이라는 뜻도 있다.

재가 되어야 해. 그녀는 우리를 아가씨들이라고 불렀다.

곁에 있는 오브글렌 역시 아무 말이 없다. 그녀는 빨간 장갑을 낀 두 손을 소매 속으로 넣어 가린다.

통역은 그룹으로 돌아가 그들과 스타카토로 또박또박 말한다. 그가 뭐라고 하는지 나는 안다. 토씨 하나까지 정확히 알고 있다. 그는 이곳 여자들은 관습이 달라서 카메라 렌즈를 통해 그들을 응시하면 모욕당하는 느낌을 갖는다고 말하고 있을 것이다.

눈길을 아래로 떨어뜨리고 보도를 바라보다 여자들의 발을 보고 나는 그만 최면에 걸린 듯 매료된다. 그중 한 사람은 발가락이 드러나는 샌들을 신고 발톱에 핑크빛 매니큐어를 칠했다. 매니큐어 냄새가 떠오른다. 마르기 전에 너무 빨리 덧칠하면 쪼글쪼글해지던 모습이며, 실크 스타킹의 보드라운 감촉, 무게 중심이 앞으로 쏠리며 발가락이 샌들의 터진 앞코로 밀리던 느낌. 발가락에 매니큐어를 칠한 여자는 발을 바꾼다. 내 발에, 그 여자의 신발이 느껴진다. 매니큐어 냄새에 허기가 진다.

"실례합니다."

통역이 우리의 관심을 끌려고 한 번 더 말을 붙인다. 나는 들었다는 뜻으로 고개를 끄덕인다.

"행복하시냐고 물으십니다."

통역이 말한다. 상상이 간다. 그들의 호기심이. *저 여자들은 행복할까? 어떻게 행복할 수 있지?* 대답을 들으려고 몸을 앞으로 살짝 기울인 채 우리를 바라본다. 그들의 까맣게 반짝이는 눈동자가 온몸으로 느껴진다. 여자들이 더 심하지만, 남자들도 마찬가지다. 우리는 비밀이고 금기이기에, 그들은 더욱 흥분한다.

오브글렌은 아무 말도 하지 않는다. 침묵이 흐른다. 하지만 말이 없는 게 위험할 때도 있다.

"네, 우리는 아주 행복합니다."

나는 중얼거린다. 무슨 말이든 해야 했다. 내가 달리 뭐라 말할 수 있겠는가?

6

'순 살코기 정육점'에서 한 구역을 지난 지점에서, 오브글렌이 어디로 갈까 주저하듯 잠시 발길을 멈춘다. 우리에겐 선택의 여지가 있다. 곧장 돌아갈 수도 있고, 더 먼 길로 돌아갈 수도 있다. 사실 우리는 어느 길로 가야 할지 이미 알고 있다. 항상 그 길을 택하기 때문이다.

"교회 옆으로 지나가고 싶어요."

오브글렌이 짐짓 경건하게 말한다.

"좋아요."

그녀의 진짜 속내가 뭔지 뻔하게 다 알고 있지만, 나는 대답한다.

우리는 조용히 걷는다. 하얀 솜털 구름이 파슬파슬하게 떠다니는 하늘에 해가 올라 있다. 머리가 없는 양떼처럼 보이는 구름이다. 이 눈가리개 덕분에 올려다보기도 힘들고, 하늘이건 뭐건 전경을 한눈에 보기도 힘들다. 하지만 한 번에 조금씩, 머리를 재빠르게 위아래로, 좌우로 움직이면 볼 수는 있다. 우리는 헉헉거리며 세상을 보는 법을 배웠다.

오른편으로 길을 따라 걸어가면, 강가로 내려가는 길이 나온다. 그곳에는 옛날에 조정 경기용 노를 보관하던 보트하우스 한 채와 다리 몇 개가 있다. 나무들, 푸른 강둑, 그곳에서는 앉아서 강물을 바라볼 수 있었고, 팔뚝을 드러낸 젊은 남자들과, 그들이 승리를 위해 햇살 속으로 한껏 치켜들던 노들을 구경할 수 있었다. 강물로 가는 길에는 지금은 다른 용도로 쓰이는 낡은 기숙사가 있는데, 동화책에 나오는 듯한 뾰족탑들이 하얀색과 금색과 파란색으로 칠해져 있다. 과거를 생각하면 우리는 아름다운 것들만 떠올리기 마련이다. 전부 좋기만 했다고 믿고 싶어한다.

축구장도 그쪽에 있는데, 그곳에서는 요즘 '남성 구제 행사'가 열린다. 물론 축구 경기도 열린다. 아직까지 스포츠 경기는 남아 있다.

나는 이제 강가에 발길을 끊었고, 다리를 건너지도 않는다. 지하철역이 지척에 있는데도 지하철을 타지 않는다. 우리는 승차가 허락되지 않는다. 지금은 수호자들이 지키고 있고, 우리에겐 그 계단을 내려가 강 밑의 지하철을 타고 시내 중심가로 갈 공적인 동기도 없다. 우리가 거기 가고 싶어할 이유가 어디 있는가? 가 봤자 좋을 일이 없으니 그들은 이유를 캐려 할 것이다.

교회는 조그맣다. 수백 년 전 이곳에 처음 세워진 건물들 중 하나지만 요즘은 박물관으로만 쓰고 있다. 교회 안에 들어서면 길고 우중충한 드레스를 입고 하얀 모자로 머리를 감싼 여자들과, 검은색 옷차림에 웃음기가 없이 꼿꼿하게 서 있는 남자들을 그린 그림들을 볼 수 있다. 우리 선조들이다. 입장은 무료.

하지만 우리는 들어가지 않고 길에 선 채로 물끄러미 교회 마당을 바라본다. 풍상에 닳고, 침식됐지만, 그 위엔 여러 그림들이 그려져 있다. 여전히 그곳에는 낡은 묘석들이 있다. 해골과 X자 모양의 뼈다귀의 그림, 메멘토 모리*란 글자가 씌어져 있고, 두리뭉실한 얼굴의 천사들과 이승의 시간이 흘러가고 있음을 상기시켜 주는 날개 달린 모래시계, 그리고 후에 덧붙여진 추모의 유골 단지와 버드나무들의 그림이 있다.

그들도 묘석이나 교회에는 손대지 않았다. 그들이 오로지 문제 삼는 것은 더 최근의 역사이다.

오브글렌은 기도하듯 고개를 숙이고 있다. 그녀는 올 때마다 이렇게 한다. 어쩌면, 그녀에게도 잃어버린 특별한 사람이 있는지 모른다. 남자나 아이가. 하지만 완전히 믿을 수는 없다. 그녀는 행동 하나하나가 남한테 보여 주기 위한 것처럼 보인다. 진짜가 아니라 연기처럼 보인다. 잘 보이려고 저런 짓을 하는 거야. 그런 생각이 든다. 상황을 최대한 활용하려는 거야.

하지만 나 역시 그녀에겐 그런 모습으로 비칠 것이다. 달리 어떻게 보이겠는가?

이제 우리는 교회를 등지고 우리가 정말 보고 싶던 것을 보러 간다. 바로 '장벽'이다.

---

* 죽음을 기억하라란 뜻.

'장벽' 역시도 수백 년은 되었다. 적어도 100년은 넘었을 것이다. '장벽'은 보도와 마찬가지로 빨간 벽돌이었는데, 한때는 수수하지만 근사한 건물이었다. 지금은 관문에 초병이 서 있고 금속 전신주 위엔 흉측한 조명등이 설치돼 있다. 그 벽 밑을 따라 철조망이 쳐져 있고 벽 위로는 콘크리트에 유리 조각이 박혀 있다.

기꺼이 그 관문을 통과하는 사람은 아무도 없다. 이런 조치들은 탈주하려는 사람들 때문이다. 하긴 안쪽에서 전자 경보 장치를 지나 '장벽'까지 온다는 것만 해도, 현실적으로 거의 불가능한 일이겠지만.

정문 옆에는 여섯 구의 시체가 매달려 있다. 목에는 밧줄이 걸려 있고 두 손은 앞으로 묶여 있다. 하얀 주머니 속에 가려진 머리는 외로 꺾여 어깨에 기대 있다. 오늘 아침 일찍 '남성 구제 행사'가 열렸던 모양이다. 종소리를 듣지 못했는데. 아마 익숙해져 버렸나 보다.

우리는 신호라도 떨어진 듯이 발길을 멈추고 서서 시체들을 바라본다. 바라보는 건 괜찮다. 아니, 우리는 바라봐야 한다. 시체들을 '장벽'에 매달아두는 이유가 애당초 그 때문이니까. 가끔 시체들은 다음 시체들이 나올 때까지 며칠씩 걸려 있는 경우도 있다. 되도록 많은 사람들에게 시체들을 보여 주기 위해서다.

시체들은 갈고리에 걸려 있다. 갈고리들은 바로 이러한 목적으로 '장벽'의 벽돌 틈에 끼워져 있다. 시체가 걸리지 않은 빈 갈고리들도 있다. 갈고리들은 외팔이들이 쓰는 의수처럼 생겼다. 강철로 된 물음표 모양을 상하좌우 뒤집은 것이라고 할 수도 있고.

제일 끔찍한 것은 머리에 씌워 놓은 주머니들이다. 그 속에 들어 있는 얼굴보다 주머니가 더 끔찍하다. 그걸 쓰면 사람들이 마치 얼굴을 미처 그려넣지 못한 인형처럼 보인다. 허수아비들 같다. 하긴 어떻게 보면 허수아비들이라고 할 수도 있다. 사람들을 겁주려는 게 목적이니까. 또 어떻게 보면 그들의 머리는 이런저런 잡다한 것들, 밀가루나 반죽 같은 것으로 채워진 주머니처럼 보이기도 한다. 명백히 드러나는 머리들의 무게, 텅 빈 공허감, 중력이 머리들을 밑으로 끌어당기고 있으며 고개를 쳐들 목숨이 이제는 사라지고 없다는 느낌은 끔찍스러웠다. 머리들은 무(無)다.

하지만 그래도 지금의 우리처럼 보고 또 보다 보면, 하얀 천 아래 잿빛 그림자처럼 드리워진 얼굴의 윤곽이 보인다. 이것들은 숯으로 만든 눈과 홍당무로 만든 코가 떨어져나간 눈사람의 머리들이다. 그 머리들은 녹고 있다.

하지만 주머니들 중 하나에는 피가 묻어 있다. 하얀 천에 피가 배어 나왔는데, 아마 입이 있던 부분이었을 거다. 핏자국이 또 하나의 입을 만들었다. 유치원 아이들이 두꺼운 붓으로 그린 것처럼 작고 빨간 입. 아이들이 생각할 법한 웃음. 결국 시선을 붙드는 것은 저 선혈의 미소다. 이 사람들은 어쨌든 눈사람이 아닌 거다.

매달린 사람들은 의사나 과학자들이 입는 하얀 가운을 입고 있다. 의사들이나 과학자들뿐만 아니라 다른 사람들도 있지만, 오늘 아침에 전시가 끝난 모양이다. 각 시체의 목에는 처형 사유를 보여 주는 플래카드가 걸려 있다. 인간 태아의 그림. 그렇다면 이들은 낙태가 합법적이던 시절의 의사들인 모양이다. 그런 사람들을 천사를 만드는 사람들이라고 부르곤 했다. 아니 그게 아니라 다른 이름이던가? 아무튼 이들은 병원 기록 추적으로 색출됐거나 아니면(병원들은 앞일을 예견하고 곧장 기록을 모두 파기해 버렸기에) 밀고자들에게 고발당했을 것이다. 밀고자는 전직 간호사들, 주로 한 쌍의 간호사일 것이다. 독신 여성 한 사람이 제출하는 증거는 이제 유효하지 않기 때문이다. 아니면 자기나 살고 보자고 생각한 다른 의사인지도 모른다. 그도 아니면 이미 고발당한 사람이 생사람을 끌어들여 원한을 풀었던가, 생명을 건 도박을 위해 아무나 걸고 넘어졌는지도 모른다. 밀고한다고 해서 늘 사면을 받는 것도 아니건만.

이런 사람들은 전범이나 마찬가지라고 한다. 당시엔 시술이 합법이었다는 건 변명이 되지 않았다. 그들의 범죄는 소급된다. 참혹한 짓을 저지른 자들은 다른 사람들에게 본보기가 되어야 한다. 그래도 이런 짓이 꼭 필요한 건 아니다. 현재 제정신인 여자라면, 임신과 같은 행운을 안고서 의사를 찾아가 유산시켜 달라고 할 사람은 없을 테니까.

원래 우리가 이 시체들을 보고 느껴야 하는 감정은 증오와 경멸이다. 하지만 내가 지금 느끼는 감정은 그런 게 아니다. '장벽'에 대롱대롱 매달려 있는 이 시체들은 시간 여행자들이자, 시대 착오 그 자체다. 이들은 과거에서 찾아온 방문객들이다.

그들을 보고 내가 느끼는 감정은 텅 빈 백지 상태다. 내가 느끼는 감정은 내가 느껴야만 하는 감정이 아니다. 나는 또한 안도감을 느낀다. 이 사람들 중에는 루크가 없다. 루크는 의사가 아니었다. 지금도 결코 아니다.

나는 붉은 미소를 바라본다. 미소의 붉은색은 세레나 조이의 정원에 피었던 튤립의 붉은색과 똑같다. 꽃받침 쪽 재생되어 가는 부분의 색깔. 빨간색은 같지만 둘 사이엔 전혀 연관성이 없다. 튤립은 피로 물든 튤립이 아니고, 빨간 미소도 꽃이 아니다. 서로가 서로에게 해 줄 말이 전혀 없다. 튤립은 교수형을 당한 시체들을 믿지 않는 이유가 아니며, 그 역도 성립하지 않는다. 두 개체는 각자 유효하며 실존하는 것들이다. 이렇게 유효한 사물들이 널려 있는 들판을 지나나는 내 길을 찾아가야만 한다. 매일매일, 무슨 수를 써서라도. 나는 그런 구분들을 하느라 대단한 노력을 쏟아붓는다. 구분하고 분별할 필요가 있다. 마음속에선 아주 확실하게 해 둘 필요가 있다.

내 곁의 여자에게서 작은 떨림이 느껴진다. 그녀는 울고 있는 걸까? 여기서 운다고 해서 어떤 식으로 내게 잘 보일 수 있는 거지? 그런 걸 알아줄 만한 여유가 내게는 없다. 내 두 손이 바구니 손잡이를 으스러져라 불끈 붙들고 있다는 사실을 깨닫는다. 나는 무엇이든 절대로 그리 순순히 내주지 않을 테다.

예사라는 건, 여러분이 익숙해져 있다는 뜻이야. 리디아 아주머니는 말했다. 지금은 보통으로 보이지 않을지 몰라도, 시간이 지나면 그렇게 될 게야. 예사가 될 거야.

Night 밤 3
장

7

　밤은 내 시간, 나만의 시간, 입만 다물고 있으면 뭐든지 내 맘대로
할 수 있는 시간이다. 움직이지만 않는다면. 조용히 누워 있기만 한
다면. '눕다(lie)'와 '뉘다(lay)'의 차이. 뉘다(lay)는 언제나 수동형으로
쓰인다. 심지어 남자들조차도 '오입질이 하고 싶다(I like to get laid)'
라는 말을 '눕혀지다(get laid)'라는 표현으로 쓰지 않았던가. 물론 가
끔은 '그 여자를 침대에 눕히고 싶다(I like to lay her)'고 능동으로 쓰
기도 했지만. 물론 이것은 전적으로 추정에 근거한 얘기다. 사실은
남자들이 옛날에 어떤 표현을 썼는지 잘 모르겠다. 남자들이 하던
말을 들었을 뿐.

　그리고 나는 방 안에, 천장의 석고 눈 밑에, 하얀 커튼 뒤에, 이불
사이에, 그들처럼 단정하게 누워 나만의 시간에서 삐딱하게 발길을
옮긴다. 시간을 벗어나. 비록 이것은 시간이고, 내가 시간 밖으로 벗

어나 있는 것도 아니지만.

하지만 밤은 나의 휴식 시간이다. 어디로 가야 할까?

어디든 좋은 데로.

모이라는 내 침대 끝에 양반 다리를 하고 앉아 말했다. 그녀는 자줏빛 작업복 차림을 하고 끝이 노랗게 물든 통통한 손가락 사이에 담배를 끼고 있었다. 한쪽 귀에 달랑거리는 귀걸이를 했고, 괴짜처럼 보이려고 손톱 하나를 황금색으로 칠했다. 야, 맥주나 한잔하러 가자.

침대에 담뱃재가 다 떨어지잖아. 내가 말했다.

침대를 정리해 뒀으면 이런 문제가 없을 거 아냐.

30분 후에 가자. 내일까지 제출해야 하는 논문이 있다고.

뭔데?

심리학, 영어, 경제학.

그 당시에 우리는 그런 과목들을 공부했다. 마룻바닥에는 책장을 아래로 깔고 엎어져 있는 책들이 여기저기 산더미처럼 널려 있었다.

지금 가자. 모이라가 말했다. 화장할 필요도 없어. 나 하나니까. 네 논문 주제는 뭐냐? 난 데이트 강간에 대해서 방금 하나 끝냈는데.

데이트 강간이라고. 내가 말했다. 너 정말 유행의 첨단을 걷는구나. 꼭 무슨 디저트 이름처럼 들리는데. 데이트 라페*라.

하하. 모이라는 웃었다. 코트나 가져와.

---

* 데이트 강간이란 뜻의 Date rape를 e에 강세를 두어 불어처럼 들리도록 읽은 것.

그녀는 직접 가서 내 코트를 가져다가 내게 홀쩍 던졌다. 나 너한테 5달러 빌린다, 괜찮지?

아니면 엄마와 어떤 공원에 가기도 한다. 내가 몇 살이었더라? 날씨가 추워서, 숨결이 호호 하얀 김이 되어 나왔고, 나뭇가지는 잎사귀 하나 없이 앙상했다. 회색 하늘, 연못엔 오리 두 마리, 서글픈 풍경. 주머니 속 손가락은 빵 부스러기들을 만지작거리고 있었다. 그래, 엄마는 오리 먹이를 주러 가자고 했지.

하지만 가 보니 책을 태우고 있는 여자들이 몇 있었고, 엄마의 진짜 목적은 거기 있었다. 친구들을 만나러 온 것이다. 엄마는 내게 거짓말을 했다. 토요일은 나를 위한 날이었는데. 나는 화가 나서 엄마를 떠나 오리들 쪽으로 통명스럽게 걸어갔지만, 불길에 마음이 끌려 다시 돌아왔다.

여자들 사이에는 간간이 남자들도 보였고, 쌓아 놓은 책들은 잡지들이었다. 불길이 치솟는 걸로 보아 휘발유를 부었던 모양이다. 그런 후 그들은 상자에서 꺼낸 책들을 한 번에 너무 많이 던져넣지 않도록 조심하면서 불길 속으로 던지기 시작했다. 몇몇 사람들은 구호를 중얼중얼 노래처럼 읊었고, 구경꾼들도 모여들었다.

사람들의 표정은 행복감에 달떠 있었고, 황홀해 보이기까지 했다. 모닥불 앞에 서면 원래 그렇다. 평소엔 핏기 없고 야위어 보이는 엄마의 얼굴마저도 크리스마스카드처럼 화색이 돌고 즐거워 보였다. 그리고 또 다른 덩치 큰 여자가 있었다. 뺨에 검댕을 묻히고 주황색 니트 모자를 쓰고 있던 그 여자, 그 여자도 생각난다.

아가야, 너도 하나 던져보고 싶니? 그녀가 말했다. 내가 그때 몇 살이었더라?

나쁜 쓰레기를 치워 없애는 아주 좋은 일이란다. 그녀는 킬킬 웃으며 말했다.

해도 괜찮지? 그 여자는 엄마를 보고 말했다.

걔가 원한다면. 엄마는 말했다. 엄마는 내가 귀머거리라도 되는 것처럼 종종 내 앞에서 다른 사람한테 내 얘기를 했다.

여자가 내게 잡지 한 권을 건네주었다. 잡지 표지에는 어여쁜 여자가 나체로 손목에 사슬이 감긴 채 천장에 매달려 있는 사진이 있었다. 나는 유심히 사진을 살펴보았다. 사진을 보고 겁이 나거나 하지는 않았다. 텔레비전에서 봤던 타잔이 넝쿨을 타듯이, 그 여자도 그네를 타고 있을 뿐이라고 생각했다.

그 애한테 보여 주진 마. 엄마가 말했다. 엄마는 내게 말했다. 자 여기 어서, 빨리 던져넣어.

나는 잡지를 불길 속에 던져넣었다. 잡지는 불이 붙어 오그라들면서 활짝 펼쳐졌다. 커다란 종이 조각이 떨어져 나와, 여전히 불이 붙은 채로 창공으로 항해를 떠났다. 여자들의 신체 부분부분이, 허공에 날리며 눈앞에서 시커먼 재로 변해 갔다.

하지만 그다음엔 어떻게 되지, 하지만 그다음엔 어떻게 되는 거지?

나는 시간을 잃어버리고 말았다.

주사 바늘, 알약, 아마 뭔가 틀림없이 그런 것들 때문이리라. 약 기운도 없이 그렇게 오랜 시간을 잃어버렸을 리가 없다. 쇼크받은 거요. 그들은 그렇게 말했다.

나는 끓어오르는 파도 같은 혼돈과 노호를 뚫고 깨어나려 했다. 아주 차분한 느낌이 들었던 기억이 난다. 소리소리 질렀던 기억도 난다. 실제로는 속삭임 정도였을지 몰라도, 비명처럼 느껴졌다. 그 애는 어디 있어요? 그 애를 도대체 어떻게 했어요?

명멸하는 빛뿐. 밤도 없고 낮도 없었다. 얼마쯤 시간이 흐르자 다시 의자, 침대, 그다음엔 창문이 나타났다.

훌륭한 사람들이 돌봐주고 있소. 그들이 말했다. 적합한 사람들과 함께 있으니까. 당신은 부적합하지만, 딸을 위해 최선의 길을 바라겠지. 그렇지 않소?

그들은 내게 그 애의 사진 한 장을 보여 주었다. 풀밭에 서 있는 모습으로 갸름한 얼굴은 굳게 닫혀 있었고 연한 머리카락은 머리 뒤로 단단히 묶여 있었다. 아이의 손을 잡고 있는 사람은 내가 모르는 여자였다. 그 애는 그 여자의 팔꿈치까지밖에 오지 않았다.

당신들이 그 애를 죽였군요. 내가 말했다. 천사 같은 모습이었다. 엄숙하고, 꽉 짜이고, 공기로 만든 듯 허허로운 모습.

그 애는 내가 한 번도 본 적 없는 드레스를 입고 있었다. 치맛자락이 땅에 끌리는 흰 옷이었다.

이게 내가 꾸며내는 이야기라고 믿고 싶다. 그렇게 믿을 필요가 있다. 반드시 믿어야만 한다. 이런 것들이 꾸며낸 이야기일 뿐이라고 믿을 수 있어야 살아남을 가능성이 높아진다.

이게 만일 내가 꾸며낸 이야기라면, 결말은 내 마음대로 할 수 있다. 그렇다면 이야기는 언젠가 끝이 나고, 진짜 삶은 그 후에 이어질 것이다. 끝낸 자리에서 다시 시작하면 된다.

이건 내가 지어낸 이야기가 아니다.

한편으로는 내가 머릿속으로 지어낸 이야기이기도 하다.

쓴다기보단 말로 지어낸 이야기이긴 하지만. 내겐 필기도구도 없을 뿐더러, 있다하더라도 경우를 막론하고 글쓰기는 엄금이기 때문이다. 하지만 아무리 내 머릿속으로만 하는 이야기라 해도, 이야기인 이상 누군가 듣는 사람이 있게 마련이다. 이야기를 자기 자신한테 들려줄 수는 없는 노릇이다. 언제나 청자(聽者)가 있기 마련이다.

심지어 아무도 없더라도 말이다.

이 이야기는 꼭 편지 같다. *친애하는 당신에게* 하고 나는 말할 테다. *이름 없이, 그냥 당신에게라고.* 이름을 붙이면 '당신'을 실제 세계에 연루시키게 될 텐데, 그러면 훨씬 더 위험해지고, 훨씬 더 부담이 커진다. 저 바깥 세상에, 당신이 살아 있을 가능성이 얼마나 될지 그 누가 알겠는가. *당신,* 옛날의 고리타분한 사랑 노래들처럼 그냥 *당신*이라고 부르련다. 당신은 꼭 한 사람일 필요는 없다.

*당신*은 수천 명일 수도 있다.

지금 당장 목숨이 경각에 달린 건 아니다, 당신에게 말하겠다.

당신이 내 말을 들을 수 있다고 가정하련다.

하지만 소용없다. 당신은 듣지 못한다는 걸 너무나 잘 알고 있으니까.

Waiting
Room

대기실

4
장

8

좋은 날씨가 계속되고 있다. 유월 날씨 같아서 여름 원피스에 샌들을 신고 아이스크림 콘을 사먹으러 외출하고 싶은 날이다. '장벽'에는 새로운 시체가 세 구 걸려 있다. 하나는 아직도 검은 성복(聖服)을 입고 있는 목사다. 재판을 위해 강제로 입힌 거다. 처음 종파 전쟁이 발발했던 몇 년 전부터 목사들은 성복을 입는 것을 포기했다. 성복 때문에 너무 눈에 잘 띄었기 때문이다. 다른 두 사람은 목에 자줏빛 플래카드를 걸고 있다. 배성자*라고 써 있었다. 그들의 시체는 아직도 수호자 제복 차림이다. 틀림없이 둘이 같이 있다가 들켰을 텐데, 어디에서 들켰을까? 요새에서? 샤워장에서? 알 수 없다. 붉은 미소를 짓고 있던 눈사람은 사라지고 없다.

---

* 背性者. 성(性)을 거역한 죄인들, 동성애자를 말함.

"돌아가죠."

나는 오브글렌에게 말한다. 이 말을 먼저 하는 사람은 언제나 나다. 이 말을 하지 않으면 이 여자가 영영 이곳에 머무를 것 같은 느낌이 들 때도 있다. 하지만 비탄에 잠겨 있는지 희열에 들떠 있는지 그건 아직도 알 수 없다.

한마디 말도 없이 그녀는 스윽 돌아선다. 마치 음성으로 조작되듯이, 마치 기름칠한 작은 바퀴가 발에 달린 것처럼, 마치 뮤직 박스 위에서 돌아가는 인형처럼. 나는 이 여자의 이런 우아함이 싫다. 바람 한 점 없는데 세찬 바람을 정면으로 맞는 것처럼 고개를 푹 숙인 이 여자의 온순한 태도가 싫다.

우리는 '장벽'을 떠나, 아름답고 따사로운 햇살을 받으며 왔던 길을 되돌아간다.

"아름다운 오월의 낮(May day)이로군요."

오브글렌이 말한다. 대답을 기다리며 내 쪽으로 고개를 돌리는 그녀의 몸짓을, 나는 보지도 않고 느낀다.

"그래요."

나는 대꾸한다.

"주께 감사드립시다."

나는 잠깐 생각해 본 후 덧붙여 말한다.

메이데이(Mayday)는 고등학교 때 배웠던 수많은 전쟁들 중 하나에서 조난 신호로 쓰였다. 전쟁들은 항상 헷갈렸지만, 주의를 집중해서 보면 비행기들이 달라서 구분할 수 있었다. 내게 메이데이 이야기를 해 준 건 루크였다. 메이데이, 메이데이, 비행기가 격추당했을 때 조종사들이 보내던 신호, 그리고 바다에서 조난당한 배들도. 배들도 그랬던가? 아마 배들은 SOS라고 했을 거다. 사전 같은 데서 찾아볼 수 있으면 좋을 텐데. 그리고 무슨 전쟁에서인가 베토벤이 전세의 역전을 축하하며 지은 음악에서 따온 말이기도 했다.

어디서 온 말인지 알아? 루크가 말했다. 메이데이 말이야.

아니, 몰라. 내가 말했다. 그럴 때 쓰기에는 좀 이상한 말 아니야? 안 그래?

그 애가 태어나기 전에는 일요일 아침마다 커피를 마시면서 신문을 읽었다. 그때는 아직 신문이란 게 있었다. 우리는 침대에 누워 신문을 읽었다.

불어야. 그가 말했다. m'aidez에서 온 거야.

도와줘요라는 뜻이지.

작은 행렬이 우리 쪽으로 다가온다. 장례식 행렬이다. 여자 세 명이, 머리쓰개 위로 속이 비치는 검은 베일을 쓰고 있다. '이코노 아내' 한 명과 다른 두 사람, 문상객들, 그리고 친구처럼 보이는 또 다른 '이코노 아내'들이 있다. 줄무늬 드레스는 그녀들의 얼굴처럼 닳아빠져 보였다. 언젠가 좋은 시절이 오면, 아무도 '이코노 아내' 노릇을 하지 않아도 될 거야. 리디아 아주머니는 말했다.

첫 번째 여자가 유족, 죽은 이의 엄마인 모양이다. 그녀는 자그마한 검은색 단지를 들고 있다. 단지의 크기로 미루어, 아이가 여자의 몸속에서 버둥대다 끝내 죽음으로 흘러가 버린 게 몇 개월 만인지 알 수 있다. 생후 2~3개월, 너무 어려서 비아(非兒, Unbaby)였는지 아닌지 알아볼 수도 없는 시기다. 더 자란 아기들과 태어날 때 죽은 아이들은 상자로 옮겨진다.

우리는 그들이 지나가는 동안 조의의 표시로 발길을 멈춘다. 오브글렌도 나처럼 복부를 칼로 찌르는 듯한 통증을 느낄지 궁금하다. 우리는 이 낯선 여인들의 상실감을 우리도 함께 느끼고 있음을 보여주기 위해 심장에 손을 얹는다. 첫 번째 여자가 베일 아래로 우리를 노려본다. 일행 중 다른 여자는 고개를 홱 돌리고 인도에 침을 뱉는다. '이코노 아내'들은 우리를 좋아하지 않는다.

가게들을 지나 다시 목책에 다다르고, 무사히 관문을 통과한다. 우리는 커다랗고 텅텅 비어 보이는 저택들과 잡초 하나 없는 잔디밭들 사이로 쉬지 않고 발걸음을 옮긴다. 우리의 임지인 저택 한 모퉁이에서, 오브글렌은 발걸음을 멈추고 내 쪽으로 몸을 돌린다.

"그분의 눈 아래."

그녀는 의례적인 이별 인사를 건넨다.

"그분의 눈 아래."

내가 대답하자 그녀는 가볍게 고개를 끄덕인다. 그녀는 뭔가 더 말하려는 듯 망설이다가, 몸을 돌려 길을 따라 멀어져 간다. 나는 그녀를 지켜본다. 그녀는 마치 등을 돌리고 멀어져 가는 거울 속 나 자신의 상처럼 보인다.

닉은 진입로에서 또다시 '윌윈드'의 광택을 내고 있다. 그는 이제 차체 뒤편 크롬에까지 손을 댄다. 나는 장갑 낀 손을 문의 빗장에 얹고, 문을 안으로 밀어젖혀 연다. 문이 내 뒤에서 철컥 소리를 내며 닫힌다. 경계선을 따라 피어 있는 튤립꽃들은 그 어느 때보다도 빨갛고, 꽃봉오리가 벌어져 이제는 와인 잔이 아니라 넓은 술잔 모양이 되어 있다. 저렇게 온몸을 내던지는 건 도대체 무엇을 위해서일까? 그래봤자, 어차피 텅 비었는데. 어차피 시간이 지나면 꽃들은 완전히 뒤집혀지고, 천천히 흩어져 꽃잎들이 파편처럼 떨어질 텐데.

닉은 올려다보고 휘파람을 불기 시작한다. 그러더니 말한다.

"산책 즐거웠소?"

나는 고개를 끄덕이지만 소리 내어 대답하지는 않는다. 그는 내게 말을 거는 것이 금지돼 있기 때문이다. 물론 수작을 걸어오는 남자들도 있지. 리디아 아주머니가 말한 적이 있다. 육신이란 약한 거야. 나는 머릿속으로 그 말을 이렇게 수정한다. 인간의 육신이란 풀잎 같아. 자기 의지로 되는 게 아니라고 리디아 아주머니는 말했다. 하느님이 남자들을 그렇게 만드셨지만, 여러분들은 그렇게 만들지 않으셨어. 여자들은 다르게 만드셨지. 선을 긋는 건 여러분에게 달린 거야. 그러면 훗날 그들이 여러분에게 고마워할 거야.

저택 뒤의 정원엔 사령관의 아내가 자신이 밖으로 가지고 나온 의자에 앉아 있다. 세레나 조이라니 얼마나 바보스러운 이름인가. 구시대에 머리결을 정돈하려고 바르던 로션 같은 이름이다. *세레나 조이*, 금박 테가 둘러쳐진 분홍색 타원형 바탕에 까만 실루엣으로 그려진 여자 그림이 붙어 있던 용기에 그 이름이 실려 있었다. 하고 많은 이름 중에서 왜 그 이름을 골랐을까? 세레나 조이는 어차피 본명이 아닌데. 그 여자의 진짜 이름은 팸이었다. 일요일 아침 엄마가 늦잠 자는 사이에 그녀가 노래 부르는 모습을 처음 본 때부터도 한참 지난 어느 날, 뉴스 잡지에서 그녀의 신상 명세를 읽고 안 사실이다. 그때쯤에 그녀는 신상 명세란 게 실릴 만큼 명사가 되어 있었다. 아마《타임》이나《뉴스위크》였을 거다. 그즈음 그녀는 가수 활동을 정리하고 설교하러 다니고 있었다. 그 여자는 설교의 귀재였다. 가정의 신성함이니, 여자가 가정을 지켜야 하느니, 그런 주제로 설교를 했다. 세레나 조이 자신은 가정을 지키지 않고 사회 활동을 하며 강연하고 다녔지만, 그녀는 모두를 위해 자신이 희생을 하는 양 그럴싸하게 포장했다.

그맘때쯤 누군가 그 여자를 암살하려 했지만 총알이 빗나갔다. 대신 뒤에 바짝 붙어서 있던 여비서가 죽었다. 또 다른 누군가가 그녀의 자동차에 폭탄을 설치하기도 했지만, 먼저 폭발하는 바람에 실패했다. 하지만 동정심을 사려고 그녀 스스로 차에 폭탄을 설치했다고 말하는 사람들도 있었다. 그만큼 상황은 뜨겁게 달아올랐다.

루크와 나는 심야 뉴스에서 가끔 그 여자의 얼굴을 보았다. 목욕가운을 입고 샤워 모자를 쓰고 앉아서 봤다. 스프레이를 뿌린 그 여자의 빳빳한 머리카락과 히스테리를 보았고, 여전히 마음만 먹으면 뚝뚝 흘릴 수 있는 닭똥 같은 눈물과 뺨을 시커멓게 물들이는 마스카라를 보았다. 그 무렵엔 화장을 더 짙게 하고 있었다. 우리는 그 여자가 우습다고 생각했다. 아니 적어도 루크는 그 여자가 웃긴다고 생각했다. 난 그냥 우스운 척했을 뿐이다. 난 사실 그 여자가 좀 무서웠다. 진심이라는 걸 알 수 있었기에.

세레나 조이는 더 이상 설교를 하지 않는다. 그녀는 말을 잃어버렸다. 이제는 소원대로 집 안에 머물게 되었지만 어쩐지 적성에 맞는 것 같지 않다. 자기가 했던 말 그대로 실천하게 되다니, 그녀는 속으로 얼마나 분노하고 있을 터인가.

그녀는 튤립 꽃들을 바라보고 있다. 지팡이가 그녀 바로 옆, 풀밭 위에 놓여 있다. 지나칠 때 흘끗 곁눈질을 해서 보면 옆모습을 내 쪽으로 향하고 있다는 것 정도는 알 수 있다. 빤히 응시하면 안 된다. 그녀의 옆얼굴은 종이를 오린 것처럼 완벽하게 떨어지는 예전의 실루엣이 아니었고 무너져 내리고 있었다. 지하수가 흐르는 지반 위에 지어져서 하룻밤 새 집들과 거리들이 모조리 사라지고 폐허만 남은 도시들 같은 느낌. 아니면 지반이 내려앉아 발밑의 탄광 속으로 풀썩 내려앉은 광산촌 같은 느낌. 미래에 닥칠 자신의 운명을 깨닫는 순간, 아마 그녀 스스로 그런 함몰을 경험하고 말았던 모양이다.

그녀는 고개를 돌리지 않는다. 알면서도 내가 여기 있다는 사실을 모르는 척한다. 그 여자가 내 기척을 느꼈다는 건 알 수 있다. 그 인식은 냄새처럼 확 풍겨온다. 오래된 우유처럼 뭔가 쉬어 버린 듯한 냄새.

경계해야 하는 사람은 남편 쪽이 아니야. 리디아 아주머니가 말했다. 아내들을 조심해야 해. 어떤 기분인지 미리 상상하고 알아차리도록 부단히 애써야 해. 물론 아내들은 너희들을 아주 싫어하겠지. 자연스러운 일일 뿐이야. 그쪽 기분도 알아주도록 애써 봐. 리디아 아주머니는 자기가 다른 사람의 기분을 아주 잘 알고 배려해 주는 사람이라고 생각했다. 그 여자들을 가능한 한 동정하도록 노력해. 저들을 용서해 주십시오. 저들은 자신들이 하는 짓을 알지 못합니다 라는 성경 말씀도 있잖아. 또다시 떠오르는 저 표정, 구걸하는 거지가 망설이며 떠올리는 미소, 눈이 부신 듯한 깜박임, 동그란 철제 안경테 너머로 교실 뒤쪽을 응시하기 위해 치켜뜬 시선. 녹색 석회로 바른 천장에 지금 당장이라도 구멍이 뻥 뚫리고, 전선과 스프링클러 배수관 사이로 뭉게뭉게 피어오르는 분홍빛의 펄이 들어간 분가루 구름을 타고 하느님이 강림하실 것만 같은 예의 그 표정. 여러분은 그네들이 패배한 여자라는 걸 알아야만 해. 그들은 능력이 없어서…….

갑자기 리디아 아주머니는 감정에 복받쳐 말을 잇지 못했고, 잠시 침묵이 이어지는 동안 주위 곳곳에서 한숨 소리가 새어나왔다. 이렇게 말을 멈추고 있는 동안 부스럭거린다거나 안절부절못하는 건 별로 좋은 행동이 아니다. 리디아 아주머니는 넋 놓고 있는 것 같아도 일거수일투족을 지켜보고 있었던 것이다. 그래서 오직 한숨 소리만 날 뿐이다.

미래가 여러분 두 손 안에 있어. 그녀는 말을 이었다. 그러더니 두 손을 우리한테로 쭉 뻗었다. 봉헌과 초대를 동시에 뜻하는 오래된 몸짓이었다. 앞으로 나와, 포옹하고 시인해 달라는 몸짓. 여러분의 두 손에 말이야. 그녀는 자기 손을 보고 불현듯 그런 생각이 떠오른 것처럼 말했다. 하지만 그 손에는 아무것도 없었다. 텅 비어 있었다. 충만한 미래가 담겨 있어야 하는 건 우리의 두 손이었지만 그 미래는 손으로 담을 수는 있어도 보이지는 않았다.

나는 뒷문으로 돌아가 문을 열고 들어가서 부엌 식탁 위에 바구니를 내려놓았다. 식탁 위를 행주로 말끔하게 닦아 밀가루가 하나도 남아 있지 않았다. 갓 구운 오늘 먹을 분의 빵이 선반 위에서 식어가고 있었다. 부엌에서는 효모 냄새가 났다. 향수를 불러일으키는 냄새. 이런 냄새를 맡으면 다른 부엌들이 생각난다. 나의 부엌이었던 부엌들이. 이건 엄마들의 냄새다. 우리 엄마는 빵을 굽지 않았지만. 이건 나의 냄새다. 옛날, 내가 엄마이던 시절 나의 냄새다.

이것은 배신의 냄새요, 절대로 맡아서는 안 된다는 사실도 안다.

부엌에는 리타가 앉아 있다. 당근 껍질을 벗겨 썰고 있는 중이다. 굵은 당근들, 제철에 뽑아 겨울 내내 저장해 두었던 묵은 당근들이다. 보드랍고 색이 연한 햇당근들이 나오려면 몇 주 더 기다려야 한다. 리타가 쓰는 칼은 날카롭고 빛나며 유혹적이다. 나도 저런 칼을 갖고 싶다.

리타는 당근 썰던 손길을 멈추고 일어나더니 서둘러 바구니에서 꾸러미들을 꺼낸다. 그녀는 내가 갖다주는 물건들 구경하는 것을 낙으로 안다. 꾸러미를 풀 때마다 늘 오만상을 찌푸리기는 하지만. 내가 갖다주는 물건들이 썩 마음에 차는 일은 없다. 자기가 직접 장을 보면 훨씬 더 잘할 거라고 늘 생각한다. 차라리 자기가 직접 쇼핑을 가서 원하는 걸 골라오면 딱 좋겠다고 생각하는 거다. 그녀는 산책을 부러워한다. 이 집 안에서는 누구나 남이 가진 걸 부러워한다.

"오렌지를 팔던데요. '젖과 꿀'에서요. 아직 몇 개 남아 있더군요."

나는 말한다.

나는 이런 이야기를 그녀에게 공물을 바치듯 말한다. 솔직히 나는 생색을 내고 싶은 거다. 오렌지를 본 건 어제였지만 리타에게 말하지 않았다. 어제 그녀는 심통이 나 있었다.

"토큰을 주면 내가 내일 몇 개 가져올게요."

나는 그녀에게 닭고기를 내민다. 오늘은 스테이크용 고기가 필요하다고 했지만, 다 떨어지고 없었다.

리타는 끄응 하고 신음소리를 내뱉는다. 기뻐하거나 인정하는 기색은 전혀 찾아볼 수 없다. 신음소리는 나중에 기분 좋을 때 생각해보겠다는 뜻이다. 리타는 닭고기를 묶은 노끈을 풀고 기름종이를 벗겨낸다. 닭고기를 쿡쿡 찔러보고, 날개를 젖혀 보고, 손가락을 구멍에다 푹 집어넣어 내장 찌꺼기를 긁어낸다. 머리도, 발도 없이 축 늘어져 있는 닭고기는, 벌벌 떨고 있기라도 한 것처럼 소름이 오소소돌아 있다.

"목욕하는 날이야."

리타는 나를 보지도 않고 말한다.

코라가 빗자루며 걸레를 보관하는 뒤쪽 창고에서 나와 부엌으로 들어선다.

"닭고기군요."

그녀는 반색을 하다시피 하며 말한다.

"뼈밖에 없지만 할 수 없지."

리타가 말한다.

"물건이 별로 없었어요."

나는 말한다. 리타는 내 말을 무시한다.

"이만하면 꽤 큰데, 뭘요."

코라가 말한다. 내 편을 들어주는 걸까? 미소를 지어 보여도 좋을지 알아보려고 그녀를 바라보지만, 천만의 말씀. 그녀 머릿속에는 온통 음식 생각뿐이다. 코라는 리타보다 젊다. 서쪽 창문을 통해 비스듬히 들어오는 햇살이 가르마를 타서 뒤로 넘긴 그녀의 머리카락 위에 살짝 머문다. 얼마 전까지만 해도 상당히 예뻤을 얼굴이다. 그녀의 양쪽 귀에는 보조개같이 생긴 작은 흔적이 있다. 귀 뚫은 곳에 새살이 돋아 막힌 자국이다.

"덩치는 큰데 뼈만 많아. 큰 소리로 똑똑하게 말해." 리타는 처음으로 나를 똑바로 보고 말한다. "천민인 것도 아니고." '사령관'의 귀한 신분에 걸맞게 행동하라는 얘기를 하는 거다. 하지만 다른 의미로는, 즉 그녀의 속뜻은 짐짓 내가 천민이라는 이야기를 하는 셈이다. 리타는 벌써 예순이 넘었으니 그 고집을 누가 말리랴.

리타는 개수대로 가서 수도꼭지 밑에 손을 대는 둥 마는 둥 하더니 행주에 손을 닦는다. 행주는 하얀 바탕에 파란 줄무늬가 있다. 행주는 옛날이나 지금이나 똑같다. 가끔 이렇게 문득 비치는 정상적 삶의 흔적이 매복하고 있던 병사처럼 옆에서 나를 덮칠 때가 있다. 평범한 것들, 일상적인 것들, 세찬 발길질처럼 과거를 환기시키는 것들. 문맥에서 떨어져 나온 행주 한 장을 보며 나는 그만 헉 하고 숨을 멈춘다. 어떤 사람들에겐, 어떤 면에선, 세상이 그렇게 많이 달라진 게 아닌 것이다.

"누가 목욕을 시키지? 나는 이 닭을 보들보들 연하게 만들어야 되는데."

리타였다. 내가 아니라 코라한테 한 말이다.

"내가 나중에 할게요. 먼지 털고 나서."

코라가 말한다.

"그럼 되겠네."

리타가 말한다.

두 사람은 내가 귀머거리인 양 말한다. 그들에게 나는 집안일, 그것도 숱한 일거리 중에 하나일 뿐이다.

내 볼일은 끝났다. 나는 바구니를 집어들고 부엌문을 지나 복도를 따라 괘종시계가 있는 쪽으로 걸어간다. 거실문은 닫혀 있다. 햇살이 반달 모양 채광창을 뚫고 들어와 마룻바닥에 색색으로 추락한다. 빨강과 파랑, 보라. 나는 잠깐 색색의 햇살 속에 들어서서 손바닥을 내민다. 두 손 가득 빛의 꽃다발이 가득 찬다. 계단을 올라가다 보니, 내 얼굴이, 어렴풋이 보이는 하얗고 일그러진 내 얼굴이 복도 거울 속에 표구된다. 거울은 안압이 높아진 안구처럼 톡 튀어나와 있다. 탁한 분홍빛 양탄자를 따라 기나긴 복도를 지나서 내 방으로 돌아간다.

내 숙소의 방문 근처, 복도에 누군가 서 있다. 복도는 어두컴컴한데, 방문객인 남자는 내게 등을 돌리고 서 있다. 방을 들여다보고 있는 그는 방에서 나오는 역광을 받아 까맣게 보였다. 이제 보인다, 사령관이다. 여기 있으면 안 되는데. 그는 내가 다가오는 소리를 듣고, 돌아서서, 주저하더니, 뚜벅뚜벅 걸어온다. 내게로 다가온다. 그는 관습을 어기고 있다. 이젠 어쩌면 좋지?

나는 발길을 멈추고, 그는 멈칫한다. 얼굴이 보이지 않는다. 나를 바라보는 그는 도대체 뭘 원하는 걸까? 하지만 다음 순간 그는 다시

뚜벅뚜벅 걷기 시작하더니 내 몸에 닿지 않게 옆으로 비켜서서 고개를 숙여 인사하고는 가 버렸다.

방금 눈앞에서 뭔가 벌어졌는데, 도대체 뭐지? 고지의 둥근 곡선 위로 한순간 나타났다 사라진, 모르는 나라의 국기를 본 것 같다. 공격을 의미할 수도, 협상을 의미할 수도, 아니면 뭔가의 경계, 영역을 뜻하는지도 모른다. 동물들이 서로에게 보내는 몸짓. 내리깐 푸른 눈꺼풀, 뒤로 젖힌 귀, 곧추세운 털. 희번덕거리며 드러낸 이빨. 그는 도대체 무슨 생각으로 그런 짓을 한 걸까? 다른 사람은 아무도 그를 보지 못했다. 아니 못 보았길 바란다. 그는 침범하려 한 건가? 내 방에 들어갔을까?

아, 그만 나도 모르게 '내 방'이라고 불러 버리고 말았다.

9

그래, 내 방이라고 치자. 결국, 이런 시절이라도 내 소유권을 주장할 수 있는 공간이 있긴 있어야 하니까.

나는 지금 내 방에서 기다리고 있다. 내 방은 현재 대기실이다. 내가 잠자리에 들면 침실이 된다. 커튼은 아직도 산들바람에 살랑거리고, 창문으로 직사광선이 들어오진 않지만 밖에는 아직도 태양이 빛나고 있다. 해는 서쪽으로 자리를 옮겼다. 나는 이야기를 하지 않으려 애쓴다. 아니 적어도 이 이야기만큼은 해선 안 된다.

누군가 다른 사람이 이 방에서 살았던 적이 있다. 내가 오기 전에. 나 같은 누군가. 그렇게 믿는 편이 훨씬 마음이 편하다.

나는 이곳에 와서 사흘 뒤에 그걸 발견했다.

한가한 시간을 주체할 수 없었다. 그래서 방을 구석구석 뒤져 보기로 했다. 호텔 객실을 뒤져 보는 것처럼 의외의 발견 따위는 기대하지 않았다. 서둘러 책상 서랍과 찬장문을 하나씩 열었다 다시 닫고, 낱개로 개별 포장한 작은 비누들의 포장을 벗기고, 베개를 쿡쿡 찔러 보고, 그렇게 서두르진 않으리라. 언젠가 다시 호텔 객실에 갈 날이 올까? 아, 나는 얼마나 낭비해 버렸던가. 그 방들, 남에게 모습을 보이지 않을 수 있다는 그 자유로움을.

우리가 빌린 권리를.

루크가 아내에게서 도망치려고 애쓰던 무렵, 그에게 내가 아직 상상 속의 모호한 여자로 남아 있던 그 무렵, 오후마다 누렸던 권리이다. 우리가 결혼하고 내가 구체적인 형태를 띠기 전의 그 시절. 항상 내가 먼저 호텔에 도착해 체크인을 했다. 겨우 몇 번이었지만, 지금 생각하면 그 시기는 적어도 10년의 세월, 아니 하나의 시대처럼 느껴진다. 내가 어떤 옷을 입었는지, 블라우스 하나, 스카프 하나까지 빠짐없이 기억할 수 있다. 나는 방 안을 서성이며 루크를 기다렸고, 텔레비전을 켰다가 다시 껐고, 향수를 귀 뒤에 살짝 묻혔다. 향수의 이름은 '아편'이었다. 빨강과 금색의 중국식 유리병에 들어 있는 향수였다.

초조했다. 그가 나를 사랑한다는 걸 내가 어찌 알았겠는가? 그저 '단순한' 불륜일 수도 있었다. 도대체 우리는 왜 '단순한'이란 말을 썼던 걸까? 당시 남녀들은 상대를 부담 없이 옷처럼 한 번 몸에 '걸쳐보고', 마음에 들지 않으면 미련 없이 벗어버리곤 했던 게 사실이지만.

문간에서 노크 소리가 들려왔다. 나는 안도감에 차서, 욕망에 차서 문을 열어 줬다. 그는 너무도 찰나적이고, 너무도 응집되어 있었다. 그러면서도 끝을 모르는 존재 같았다. 그 후에 우리는 서로의 몸에 손을 얹고 오후의 침대에 나른하게 누워, 했던 이야기를 하고 또하곤 했다. 가능할까, 불가능할까? 어떻게 해야 하지? 우리는 그런 것들이 문제라고 생각했다. 그때 우리가 행복했다는 걸 어찌 알았겠는가?

하지만 지금 나는 그때 그 방 자체가 그립기도 하다. 벽에 걸려 있던 그 끔찍한 그림들마저도 그립다. 가을의 단풍들이나 활엽수 숲에서 녹아내리고 있는 눈을 그린 풍경화들이 아니면 구식 의상을 입고 있는 여자들을 그린 그림들이었다. 중국 인형 같은 얼굴에 엉덩이를 한껏 부풀린 치마를 입고 양산을 든 여자들, 슬픈 눈을 한 광대들, 딱딱하고 푸석푸석해 보이는 과일이 담긴 그릇 따위를 그린 그림들. 어서어서 더럽혀 버리라는 듯 깨끗하게 접혀 있는 새 타월들, 아무렇게나 던지는 쓰레기들을 손짓해 부르고 입을 벌려 초대의 인사를 하는 쓰레기통. 부주의했다. 그 방에서 나는 참으로 부주의했다. 전화기를 들기만 하면 쟁반에 받친 음식이, 내가 직접 고른 음식이 눈앞에 나타났다. 두말할 것도 없이 몸에는 나쁜 음식이었겠지만. 아, 그리고 물론 술도. 옷장 서랍 속에는 자선 단체가 기부한 성경들이 들어 있었다. 아마 읽는 사람은 별로 없었겠지만 호텔 사진이 인쇄되어 있는 엽서들도 있어서, 엽서를 써서 마음 내키는 대로 아무한테나 보낼 수 있었다. 지금은 다 전혀 불가능한 일처럼 느껴진다. 꼭 꾸며낸 이야기처럼.

그래서 나는 이 방을 탐색했다. 호텔 방처럼 서두르며 낭비해 버리고 싶지 않았다. 한꺼번에 해치우기 싫었다. 오래오래 아껴두며 살펴보고 싶었다. 나는 머릿속으로 방을 몇 개 구역으로 나누었다. 그리고 하루에 한 구역 이상은 살펴보지 않겠다고 스스로 다짐했다. 그 한 구역만은 치밀하고도 꼼꼼하게 하나도 놓치지 않고 살펴보리라. 벽지 밑에 회벽이 울퉁불퉁하게 발라진 부분, 창틀의 페인트 코팅 아래 미세하게 긁힌 자국, 매트리스의 얼룩까지도. 나는 심지어 침대 시트와 담요를 조금씩 걷었다가 도로 접어두기까지 했다. 누군가 불쑥 들어오기라도 하면 들키지 않도록.

매트리스의 얼룩들. 바싹 마른 꽃잎 같다. 근래의 것은 아니었다. 옛사랑. 지금 이 방에 다른 종류의 사랑은 없다.

그걸 보았을 때, 두 사람이 남긴 증거를 보았을 때, 어쩌면 이제는 늙거나 죽어 버렸을 두 사람 사이에 존재했던 사랑이나 아니면 그 비슷한 무엇, 욕망이었거나, 최소한 접촉했다는 그 증거를 보았을 때, 나는 다시 침대 시트를 덮어 버리고 그 위에 드러누웠다. 천장의 석고 눈알이 사라진 자리를 쳐다보았다. 내 곁에 누워 있는 루크를 느끼고 싶었다. 가끔 이럴 때가 있다. 현기증처럼, 내 머리를 휩쓸고 지나가는 파도처럼, 이렇게 엄습해 오는 과거에 시달릴 때가 있다. 가끔은 도저히 견뎌낼 수 없을 것만 같다. 어떻게 해야 하지, 어떻게 해야 하지. 나는 생각했다. 어쩔 도리가 없어. 서서 기다리는 사람만 대접받는 법이야. 아니면 누워서 기다리든지. 나는 창문의 유리가 어째서 깨지지 않는 안전 유리인지, 어째서 샹들리에를 치워 버렸는지 안다. 내 곁에 누워 있는 루크를 느끼고 싶었지만 자리가 없었다.

선반장은 사흘째 되던 날까지 아껴두었다. 우선 조심스럽게 선반장의 문부터 앞뒤로 살펴본 다음, 놋쇠 고리가 박혀 있는 벽을 보았다. 그들은 어째서 놋쇠 고리들을 무심히 보아 넘긴 걸까? 어째서 저것들을 제거하지 않았지? 바닥에 너무 가까운가? 그래도 스타킹 한 짝만 있으면 된다. 그다음에는 플라스틱 옷걸이들이 걸려 있는 긴 봉 옷걸이에 걸린 내 드레스들, 추운 날씨에 두르는 빨간 양모 망토, 그리고 숄. 그러고 나서 마룻바닥을 살펴보려고 무릎을 꿇었는데, 바로 거기 그게 있었다. 아주 작은 글씨로, 핀으로 아니 어쩌면 손톱으로, 가장 짙고 시커먼 그림자가 지는 자리에 긁어 쓴 그 글씨들은 상당히 최근에 쓴 듯 또렷이 보였다.

'놀리테 테 바스타르데스 카르보룬도룸(Nolite te bastardes carborundorum).'

무슨 뜻인지, 심지어 어느 나라 말인지도 알 수 없었다. 라틴 어일 거라 추측했지만 나는 라틴 어를 전혀 몰랐다. 하지만 아무튼 그건 메시지였고, 글로 씌어 있었다. 그것만 해도 금기였는데다가 아직 들키지도 않았다. 나 말고 아무도 보지 못했다. 그리고 그 메시지는 나를 향한 것이었다. 누구든 다음에 올 사람에게 보내는 메시지였다.

이 메시지를 생각하면 기분이 좋아진다. 이 미지의 여인, 그녀와 내가 교류를 나누고 있다는 생각에 즐거워진다. 그녀가 미지의 여인이기에. 만약 아는 사람이었다고 해도 나는 그녀에 대해 단 한마디도 듣지 못했다. 그녀의 금지된 메시지가 들키지 않고 최소한 다른 한 사람에게 전해졌다는 사실이 기쁘다. 내 선반장 벽에 밀려와 내가 열고 읽었다는 사실이 기쁘다. 나는 가끔 그 단어를 혼자 되뇌곤 한다. 이 메시지는 내게 작은 기쁨을 준다. 글을 쓴 여자를 상상하면 대략 내 나이 또래, 아니면 약간 더 젊은 여자가 눈앞에 그려진다. 나는 그녀를 모이라로 바꾸어 생각한다. 대학교 때의 모이라, 내 옆 방에 살던 모이라. 영특하고 변덕스럽고 쾌활하고 운동을 잘하던 모이라. 그녀는 자전거 한 대에 배낭 하나 달랑 메고 하이킹을 떠난 적도 있다. 주근깨가 있었지. 나는 생각한다. 불손하고, 아는 것 많았던 모이라.

나는 그 여자가 어떤 사람이었는지 지금은 어떤 사람인지, 어떻게 되었을지 궁금하다.

그래서 메시지를 발견한 날 리타를 슬쩍 떠보기도 했다.

그 방에 있던 여자 누구예요? 나는 말했다. 나보다 먼저 왔던 여자요.

내가 질문을 달리 했더라면, 예컨대, 내가 오기 전에 그 방에 다른 여자가 있었나요?라고 물었더라면 아무 대답도 듣지 못했을 것이다.

어느 여자? 리타는 말했다. 툴툴거리고 의심에 찬 목소리였지만, 사실 생각해 보면 나한테 말할 때는 언제나 그렇다.

그럼 한 사람이 아니었던 모양이다. 2년의 기간을 다 채울 때까지 머물지 못하는 여자들도 있다. 이런저런 이유로 다른 곳으로 보내지는 여자들도 있다. 아니 어쩌면 전근을 간 게 아니라, 사라져 버리는 걸까?

쾌활한 여자요. 나는 추측으로 대충 때려 맞혔다. 주근깨가 있는.

그 여자 알아? 리타가 물었다. 어느 때보다도 의심에 찬 목소리로.

옛날에 알던 여자예요, 여기 있었다는 얘길 들었지요. 나는 거짓
말을 했다.

리타는 이 얘기를 순순히 받아들였다. 은밀히 소문이 퍼지는 정보
망이 틀림없이 있다는 걸 그녀도 안다.

그 여자는 결국 일이 잘 안 풀렸어. 리타가 말했다.

어떤 식으로요? 나는 최대한 무덤덤하게 말하려고 안간힘 썼다.

하지만 리타는 입술을 꾹 다물어 버리고 말았다. 여기서 나는 마
치 어린애 같다. 내가 들을 수 없는 이야기들이 있다. 모르면 다치는
법이 없어. 리타는 그렇게 말했을 뿐이다.

10

가끔 나는 머릿속으로 혼자 노래를 부른다. 애처롭고 비탄에 찬 장로교 풍의 찬송가를.

나 같은 죄인 살리신
주 은혜 놀라워
잃었던 생명 찾았고
자유를 얻었네

가사가 맞는지는 모르겠다. 기억이 나지 않는다. 그런 노래들은 이제 더 이상 드러내놓고 부를 수 없다. 더군다나 가사에 '자유'라는 말이 들어 있는 노래라니. 그런 노래들은 너무 위험하다고 여겨진다. 무법 지대에나 어울리는 노래들이다.

너무 외로워요, 내 사랑

너무 외로워요, 내 사랑

너무 외로워서 죽어 버릴 것만 같아요

이것 역시 법으로 금지된 노래다. 나는 엄마의 낡은 카세트테이프를 듣고 이 노래를 배웠다. 잡음도 심하고 제대로 작동하지도 않지만, 이런 노래들을 틀 수 있는 기계를 엄마 역시 한 대 가지고 있었다. 엄마 친구들이 놀러 와서 술 몇 잔 걸치면 엄마는 기계에다 테이프를 걸곤 했다.

이런 식으로 노래 부르는 일이 자주 있는 건 아니다. 목구멍이 아프기 때문이다.

이 집에는 TV에서 들려오는 음악을 빼면 별로 음악이랄 게 없다. 가끔 리타가 빵 반죽을 빚거나 야채 껍질을 까면서 콧노래를 흥얼거릴 때는 있다. 곡조도 없고 가사도 없어 알 수 없는 콧노래다. 그리고 가끔 전면의 좌실에서 세레나의 가녀린 목소리가 흘러나올 때가 있다. 오래전에 녹음한 음반을 들키지 않게 볼륨을 낮추어 틀어놓고, 그곳에서 뜨개질을 하며 이제는 망가진 과거의 영화를 추억하고 있을 테지. 할렐루야.

평년 이맘때에 비해 날씨가 따뜻하다. 이런 집들은 단열이 제대로 되어 있지 않아 햇빛을 받으면 달아오른다. 내 주위의 공기는 정체되어 있다. 커튼을 지나쳐 흘러 들어오는 숨결, 미미한 기류가 있기는 하지만 턱도 없이 모자란다. 창문을 활짝 한껏 열어젖힐 수 있다면 좋을 텐데. 머지않아 하복으로 갈아입어도 좋다는 허가가 떨어질 것이다.

하복은 벌써 상자에서 꺼내 옷장 속에 두 벌을 걸어두었다. 순면이라서 싸구려 합성 섬유보다는 훨씬 좋았지만, 그래도 7~8월의 무더위에는 땀을 뻘뻘 흘려야 했다. 하지만 자외선에 화상 입을 걱정은 없잖아. 리디아 아주머니의 말이다. 옛날의 여자 꼴불견들은 기가 막힐 정도지. 꼬치에 꿴 바비큐처럼 몸에다 기름을 처바르고 한길 가에서, 사람들 다 보는데 등과 어깨를 훤히 드러내고 다녔으니. 게다가 스타킹도 신지 않은 맨다리를 내놓았다고. 그러니 그런 일들이 일어난 것도 무리는 아니지. 그런 일들, 리디아 아주머니가 혐오스럽거나 더럽거나 끔찍한 단어를 입 밖에 내고 싶지 않을 때 한데 뭉뚱그려 쓰는 말이었다. 그런 일들. 그녀에게 있어 성공적인 삶이란 '그런 일들'을 잘 피하고, '그런 일들'을 배제한 인생이었다. 좋은 여자들에게는 '그런 일들'이 일어나지 않는다. 그리고 '그런 일들'은 피부에도 나쁘다. '그런 일들'은 여자를 마른 사과처럼 쪼글쪼글하게 만든다. 하지만 우리는 이제 피부에 신경을 쓸 처지도 아닌데. 리디아 아주머니 자신도 깜박 잊은 모양이었다.

공원에서, 담요를 깔아놓고 남녀가 함께 누워 있다가 그만……. 리디아 아주머니는 우리가 다 쳐다보고 있는데 자기가 한 이 말에 단상에 서서 울기 시작했다.

난 최선을 다하고 있는 거야. 그녀는 말했다. 여러분들한테 최선의 기회를 제공하려고 내가 얼마나 노력하는데. 조명이 너무 강렬해서 그녀는 눈을 깜박거렸다. 앞니를 둘러싼 입술이 바르르 떨렸다.

약간 뻐드렁니에 기다랗고 누런 이빨이었다. 그걸 보니 우리 집의 문 앞 계단에 가끔 놓여 있던 죽은 쥐가 생각났다. 우리 세 식구가, 아니 쥐를 갖다바치던 장본인인 고양이까지 합쳐서 우리 네 식구가 한 집에 살던 시절.

리디아 아주머니는 죽은 쥐 같은 입에 손을 갖다대고 지그시 눌렀다. 1분 후에 그녀는 손을 치웠다. 그녀가 기억을 환기시키는 바람에 나까지 울고 싶어져 버렸다. 반쯤 먹어치우지나 말고 갖다놓으면 그나마 나을 텐데. 내가 루크에게 그런 말을 했지.

나라고 이런 일이 쉬운 줄 알아. 리디아 아주머니가 말했다.

내 방으로 경쾌하게 걸어 들어온 모이라는 청 재킷을 마룻바닥에 아무렇게나 툭 던져 버린다. 담배 좀 있냐?

내 손가방 뒤져 봐. 내가 말했다. 하지만 성냥은 한 개비도 없어.

모이라는 내 손가방을 뒤진다. 이런 쓰레기는 좀 버리면서 살아라. 나 '언더호어* 파티'를 열어 볼까 하는데 말이야.

무슨 파티? 내가 말한다. 공부를 하려고 애써 봤자 소용이 없다. 모이라가 가만 내버려둘 리 없으니까. 모이라는 책을 좀 읽어 보려고 하면 책장 위로 기어오르는 고양이 같다.

알잖아, 왜 '타파웨어 파티**'랑 똑같은데 속옷을 파는 거야. 창녀들처럼 야한 속옷. 레이스 스타킹이랑 똑딱이 단추 달린 가터. 가슴

---

* underwhore, 속옷이라는 뜻의 underware와 창녀라는 뜻의 whore를 합쳐서 만든 말.

** Tuppermare Party, 다단계로 타파웨어 브랜드의 그릇을 집에서 팔면서 여자들이 모여 이야기를 나누는 파티.

올려 주는 브라 같은 거 말야. 모이라는 내 라이터를 찾아서 내 가방에서 꺼낸 담배에 불을 붙인다. 너도 한 대 피울래? 담뱃갑을 툭 던져 주는 그녀. 원래 내 거라는 걸 감안하면 엄청나게 관대한 행동이다.

거 참 눈물나게 고맙구나. 나는 퉁명스럽게 말한다. 계집애 미쳤어. 그런 생각을 도대체 어떻게 해내는 거냐?

대학에서 좀 사는 것처럼 살아 보려고 노력하는 거라고. 모이라가 말한다. 내가 괜찮은 연줄이 좀 있잖니. 우리 엄마 친구들인데. 교외에서는 엄청나대. 일단 늙어서 기미가 생기기 시작하면 초장에 기선을 잡아야 한다나. 포르노 마트건 뭐건 가리지 않고 말이야.

나는 깔깔 웃는다. 모이라를 만나면 언제나 깔깔거리며 웃게 된다.

하지만 여기서 말이야? 내가 말한다. 누가 오는데? 그런 게 필요한 사람도 있어?

젊어서 배운다고 나쁠 게 있어? 걱정 마, 신날 테니까. 웃다가 팬티에 오줌 쌀걸.

그때 우리가 그렇게 살았던가? 하지만 우리는 평상시처럼 살았다. 다들 대개는 그렇기 마련이다. 무슨 일이 일어나든 평상시와 다름없이. 심지어 지금도 평상시와 다름없이 살고 있는 거니까.

우리는 평상시와 다름없이, 무시하며 살았다. 무시한다는 건 무지와 달리, 노력해야 하는 일이다.

즉시 변화하는 건 아무것도 없다. 천천히 데워지는 목욕물처럼 자기도 모르게 끓는 물에 익어 죽어 버리는 거다. 물론 신문에는 많은 뉴스가 있었다. 도랑이나 숲에서 발견된 시체들, 둔기에 맞아죽거나 사지가 절단되거나, 속된 말로 성폭행당한 시체들. 하지만 그런 건 다 다른 여자들 이야기였고, 그런 짓을 하는 남자들도 다 다른 남자들이었다. 그 누구도 우리가 아는 사람들이 아니었다. 신문에 나는 이야기들은 우리에겐 꿈처럼 느껴졌다. 다른 사람들이 꾸는 악몽처럼. 진짜 끔찍하지 않니 하고 우린 말하곤 했고 실제로 정말 끔찍한 일이었다. 하지만 그 끔찍하다는 게 도통 실감이 나지 않았다. 너무 신파조여서 우리 삶과는 전혀 다른 차원에서 일어나는 일인 것만 같았다.

우리는 신문에 이름이 오르지 않는 사람들이었다. 신문 가장자리의 여백에 사는 사람들이었다. 그게 훨씬 더 자유로웠다.

우리는 이야기와 이야기 사이의 간격 속에서 살았다.

저 아래, 진입로에서 자동차 시동을 거는 소리가 들린다. 이 구역은 아주 조용하다. 지나다니는 차도 거의 없어서 저런 소리들이 아주 선명하게 들린다. 자동차 엔진, 잔디 깎는 기계, 관목을 다듬는 가위 소리, 문을 쾅 닫는 소리. 그럴 리 없지만 행여 근처에서 비명이나 총소리가 나면, 똑똑히 들릴 거다. 가끔 멀리서 사이렌 소리도 들린다.

나는 창문으로 가서 창가 자리에 앉지만, 너무 좁아 편치 않다. 아주 작은 장식용 커버뿐, 쿠션이 될 만한 것은 하나도 없다. 작은 커버에는 백합에 둘러싸인 장식 문자로 '믿음'이라고 씌어 있다. '믿음'은 빛 바랜 파란색이고, 백합의 잎사귀들은 때 묻은 녹색이다. 이건 다른 데서 쓰던 중고 쿠션이었다. 낡았지만 버리기엔 아깝다. 왠지 몰라도 이 쿠션 역시 들키지 않았다.

나는 몇 분, 아니 수십 분이라도, 그 활자를 훑어 보며 시간을 보낼 수 있다. 믿음. 그들이 내게 준 읽을 거리라곤 이것뿐이다. 이걸 읽다가 들키면, 그것도 죄가 될까? 이 쿠션을 여기다 가져다놓은 건 내가 아닌데.

자동차 엔진이 돌아가고, 나는 앞으로 몸을 숙인다. 하얀 커튼을 얼굴 앞으로 잡아당겨 베일처럼 얼굴을 가리고서. 반투명한 천이라 얼굴을 가려도 바깥이 보인다. 유리에 이마를 대고 아래를 내려다보면, '월윈드'의 뒤쪽 절반을 볼 수 있다. 아무도 없다가, 닉이 자동차 뒷문으로 돌아와 문을 열고 빳빳한 차렷 자세로 옆에 선다. 아까와 달리 모자도 똑바로 쓰고 소매도 끝까지 내렸으며 단추도 꼭 여민 모습이다. 바로 머리 위에서 내려다보고 있어서 얼굴은 보이지 않는다.

이제 사령관이 나온다. 자동차로 걸어가는 그의 모습을 볼 수 있는 건 찰나뿐이다. 원근감 때문에 실제보다 작아 보이는 모습. 모자를 착용하지 않은 걸로 봐서 공식적인 행사에 참석하려는 건 아닌 모양이다. 그의 머리카락은 회색이다. 조금 좋은 말로 표현하자면 은발이라 해도 좋을. 하지만 좋게 표현하고 싶은 기분이 아니다. 저번 남자는 대머리였으니, 그나마 조금 나아졌다 해야 할까.

창문 밖으로 침을 뱉거나, 뭘 던질 수 있다면, 하다못해 쿠션이라도 던질 수 있다면, 그를 맞힐 수도 있을 텐데.

모이라와 나는, 물을 잔뜩 넣은 종이 봉지들을 들고 있다. 우린 그걸 물 폭탄이라고 불렀다. 기숙사 창 밖으로 몸을 내밀고, 밑에 있는 남자애들 머리 위에 떨어뜨리곤 했다. 모이라의 아이디어였다. 그 남자애들은 뭘 하려고 했더라? 뭔가 훔치려고 사다리를 올라오고 있었는데. 아, 우리 속옷을 가지러 왔지.

기숙사는 한때 남녀 공용이었기 때문에, 우리 층의 화장실 중에는 남성용 소변기가 설치되어 있는 곳도 있었다고 한다. 하지만 우리가 입사했을 당시엔, 도로 다 제자리에 갖다놓은 뒤였다.

사령관이 몸을 구부리고 자동차 안으로 들어가 시야에서 사라지자 닉이 자동차 문을 닫는다. 잠시 후 차는 후진하더니 진입로를 타고 도로로 나가 숲 뒤로 사라진다.

나는 이 남자를 마땅히 증오해야 한다. 그게 당연한 감정이란 건 알고 있는데, 실제로 느끼는 건 그렇지가 않다. 실제 내 감정은 훨씬 더 복잡하다. 뭐라 불러야 할지는 모르겠다. 사랑은 아닌데.

11

　어제 아침 의사를 찾아갔다. 수호자가 나를 데리고 갔다. 팔에 빨간 완장을 두른 수호자들은 이런 일들을 담당한다. 우리는 빨간 승용차를 타고 갔는데, 그는 앞좌석에 나는 뒷좌석에 앉았다. 함께 갈 짝은 없었다. 이런 일은 혼자 가는 법이다.

　한 달에 한 번씩 검사를 받으러 병원에 가야 한다. 소변 검사, 호르몬 검사, 암 검사, 피 검사. 옛날과 똑같은 건강 검진이지만, 의무적이라는 점이 다를 뿐이다.

　병원은 현대적인 사무실 건물이다. 우리는 말없이 엘리베이터를 타고 올라갔다. 서로 마주 선 채로. 엘리베이터의 검은 거울에 반사되어 그의 뒷모습이 보였다. 병원에 도착하면 나 혼자 들어간다. 그는 다른 수호자들과 함께 바깥 로비에서 기다린다. 그러라고 그곳에 마련된 의자에 앉아서.

대기실 안에는 빨간 옷을 입은 다른 여자들이 세 명이나 더 있다. 이 의사는 이 방면의 전문가다. 우리는 은근슬쩍 서로의 배를 훔쳐 보며 크기를 가늠한다. 억세게 재수 좋은 여자가 이중 하나라도 있는 걸까? 간호사는 우리 이름을 기록하고 통행증의 번호를 '컴퓨터'에 입력해 우리 신분을 확인한다. 남자 간호사는 180센티미터의 장신에 마흔 살가량이었고 뺨을 비스듬히 가로지르는 흉터가 있었다. 어깨의 권총 집에 총을 찬 채로 앉아서 타이핑을 치고 있는 그의 손은 키보드에 비해 투박하게 컸다.

내 이름이 불리면 나는 복도를 지나 안쪽의 진료실로 들어간다. 진료실은 바깥 대기실과 마찬가지로 하얗고, 휑뎅그렁하다. 접이용 스크린 하나와 액자에 표구된 빨간 천이 있다. 천에는 황금색 눈동자 하나가 그려져 있고, 그 바로 밑에 뱀이 똬리를 튼 장검이 똑바로 세워져 있는 그림이 있을 뿐. 뱀과 장검은 구시대의 유물인 어떤 상징의 부서진 잔해인 듯하다.

작은 화장실에서 준비된 작은 병을 채운 후, 스크린 뒤에서 옷을 벗고 잘 개켜서 의자 위에 고이 놓아둔다. 벌거벗은 몸을 차갑고 빳빳한 1회용 종이 시트가 깔린 진료대에 누인다. 그리고 천으로 된 두 번째 시트를 끌어당겨 덮는다. 목 부분에는 천장에서 내려오는 또 하나의 시트가 있다. 이 시트가 내 목을 가로지르기 때문에 의사는 내 얼굴을 절대 보지 못한다. 그는 목 없는 나의 몸체만을 상대해야 한다.

준비가 다 끝나면 나는 팔을 뻗어, 테이블 오른쪽에 달린 작은 레버를 주섬주섬 찾아 뒤로 당긴다. 나한테는 들리지 않지만 어디 다른 곳에서 벨 소리가 울리는 것이다. 잠시 후 문이 열리고, 발소리가 다가오며, 숨결도 느껴진다. 의사는 불가피한 경우가 아니면 내게 말을 거는 것이 금지되어 있다. 하지만 이 의사는 말이 많다.

"자, 어떤가 좀 봅시다."

그 말투에는 어쩐지 다른 시간의 여운이 묻어 있다. 피부에서 시트를 걷어내자 찬바람에 소름이 오소소 돋는다. 고무장갑을 끼고 젤을 바른 차가운 손가락 하나가 몸 안으로 미끄러져 들어와 나를 찌르고 쑤신다. 손가락은 물러났다가, 다른 곳에 들어갔다가, 다시 물러난다.

"전부 정상이에요."

의사는 혼잣말을 하듯이 말한다.

"자기 아픈 데 없죠?"

그는 나를 '자기(honey)'라 부른다.

"네."

손가락이 젖가슴을 차례로 더듬으며, 결실을 찾아 헤매지만 헛수고일 뿐. 숨결이 점점 가까이 다가온다. 옛 담배 냄새, 애프터셰이브 로션 냄새, 머리카락에 묻은 담뱃재 냄새가 확 끼친다. 그러더니 그 목소리가, 아주 부드러운 그 목소리가 내 머리 근처에서 말한다. 의사가 시트를 얼굴로 밀고 귓가에 속삭이고 있다.

"당신을 도와줄 수 있어요."

그는 말한다. 속삭임.

"뭐라고요?"

"쉿. 도와줄 수 있다고요. 다른 여자들을 도와준 적도 있어요."

"날 도와주신다고요? 어떻게요?"

내 목소리도 그만큼 나직하다.

그는 뭔가 알고 있는 걸까, 루크를 본 적이 있을까? 실종된 그를 찾은 걸까? 내게 다시 루크를 돌려줄 수 있나?

"어떻게 도와줄 거라 생각해요?"

여전히 숨소리나 다름없는 낮은 목소리. 다리 위로 미끄러져 올라오는 게 그의 손인가? 그는 장갑을 벗어던졌다.

"문은 잠겨 있소. 아무도 들어오지 않아요. 그 사람 아이가 아니라는 건 절대로 발각되지 않을 거요."

그는 장막을 걷는다. 그의 얼굴 아랫부분은 하얀 가제 마스크로 가려져 있다. 한 쌍의 갈색 눈동자, 코 하나, 그리고 머리카락이 갈색인 머리 하나. 그의 손은 내 두 다리 사이에 있다.

"이 늙은이들 대부분은 제대로 일을 치르지도 못해요. 아니면 불임이거나."

나는 헉 신음소리를 낼 뻔했다. 금지된 단어를 입 밖에 내다니. '불임'. 이제 불임의 남자란 존재하지 않는다. 적어도 공식적으로는. 오직 애를 낳을 수 있는 여자와 낳을 수 없는 여자가 있을 뿐. 그게 법이다.

"아주 많은 여자들이 그렇게 해요."

그는 말을 잇는다.

"아기를 갖고 싶죠, 안 그래요?"

"그래요."

사실이다. 왜냐고 묻지는 않는다. 나는 알고 있기에. 아기를 갖게 해 줘요, 안 그러면 나는 죽어요. 그 말이 갖는 의미는 한두 가지가 아니다.

그는 계속 말한다.

"피부가 부드럽군요. 때가 된 겁니다. 오늘이나 내일이면 아기가 생길 거요. 아까운 배란기를 낭비할 이유가 있소? '자기', 1분이면 충분해요."

한때는 자기 아내를 부르던 말이었을 텐데. 어쩌면 지금도 그럴지 모르지만. 하지만 사실 그건 일반적인 명칭이기도 하다. 우리는 모두 사랑받는 '자기'니까.

나는 주저한다. 그는 상당한 위험을 감수하고 그 자신을 바쳐 내게 봉사하려 하는 것이다.

"당신네들이 겪는 고통을 그냥 보고만 있자니 끔찍해요."

그는 중얼거린다.

진심 어린, 진심 어린 동정의 목소리다. 하지만 한편으로 그는 즐기고 있는 게 분명하다. 동정이며 이 모든 일들을. 두 눈은 동정으로 촉촉하게 젖어 있지만, 한 손은 초조하고 성급하게 내 몸을 더듬고 있다.

"너무 위험해요. 그럴 수는 없어요."

죄의 대가는 사형이다. 하지만 현장에서 들킬 때의 일이다. 그것도 증인 두 명이 있어야 한다. 가능성이 얼마나 될까? 진료실에 도청 장치가 되어 있거나 문 뒤에서 누군가 기다리고 있을 가능성이?

내 몸을 훑던 그의 손이 뚝 움직임을 멈춘다.

"생각해 보세요. 당신 차트를 봤어요. 시간이 얼마 남지 않았더군요. 하지만 당신 인생이니까."

"고맙습니다."

기분이 상하지 않았다는 인상을 남겨야 한다. 제안을 받아들일 수도 있다는 여운을 흘려야 한다. 그는 느릿하게, 아쉽다는 듯이, 손을 치운다. 그의 입장에선 이걸로 끝이 아니다. 검사 결과를 위장할 수도 있고, 내가 암이나 불임이라고 보고해서 나를 '비여성'들과 함께 식민지로 추방시킬 수도 있다. 지금 듣고 본 일은 없었던 일로 쳐야 하지만, 어쨌든 내가 맡게 된 이상 지금 우리 사이의 공기 중에는 그가 지닌 힘에 대한 공통된 인식이 떠돌고 있다. 그는 은근슬쩍 내 허벅지를 가볍게 툭툭 두들기더니 장막 뒤로 물러난다.

"다음 달에 봅시다."

나는 장막 뒤에서 다시 옷을 주섬주섬 챙겨입는다. 손이 떨린다. 나는 왜 겁에 질린 걸까? 경계를 넘어서는 짓을 한 것도 아니고, 덥석 사람을 믿어 버린 것도 아니고, 위험을 받아들인 것도 아니고, 모든 것이 안전한데도. 나를 공포에 질리게 만드는 건 선택 그 자체다. 탈출구, 구원의 길.

12

목욕탕은 침실 바로 옆에 있다. 작고 파란 물망초들이 그려진 벽지로 도배되어 있고 그것과 어울리는 커튼이 쳐져 있다. 파란 목욕 매트가 놓여 있고 화장실 변기 뚜껑에는 파란 인조 털 커버가 씌워져 있다. 구시대의 화장실과 다른 점이라곤 여분의 화장지 뭉치를 스커트 속에 감춰두는 작은 인형이 없다는 것뿐이다. 다만 세면대 위의 거울이 타원형의 양철 판으로 바뀌었으며, 문에는 자물쇠가 없고, 면도날 따위도 없다. 처음에는 목욕탕에서 사고가 많이 일어났다. 칼로 긋고, 물에 빠져 죽고. 당국에서 온갖 귀찮은 문제들을 다 깨끗하게 처리하기 전까지 계속됐다. 코라는 복도 밖 의자에 앉아 다른 사람이 들어가지 않는지 감시한다. 목욕탕에서, 욕조에서, 여러분은 완전히 노출되어 있는 셈이야. 리디아 아주머니는 말했다. 하지만 무엇에 노출되어 있는지는 말하지 않았다.

목욕은 필수 사항이지만, 또한 사치이기도 하다. 무거운 하얀 가리개와 베일을 벗어 버릴 수 있다는 것만으로도, 내 두 손으로 내 머리카락을 만져볼 수 있다는 것만으로도. 지금 내 머리카락은 다듬지 않은 긴 머리다. 머리카락은 꼭 길게 길러야 하지만, 눈에 띄어서도 안 된다. 리디아 아주머니는 이렇게 말했다. 사도 바울께선 아예 길게 기르던지 아니면 바싹 깎으라고 말씀하셨어. 그녀는 큰 소리로 깔깔거리며 웃었다. 그리고 뒤로 물러나 힝힝거리는 특유의 웃음을 지었다. 마치 우스운 농담이라도 된다는 듯이.

코라가 목욕물을 받아 두었다. 목욕물은 수프 접시처럼 김이 펄펄 났다. 나는 나머지 옷을 벗는다. 오버드레스, 하얀 시프트*와 페티코트, 빨간 스타킹, 느슨한 면 판탈롱. 팬티스타킹을 입으면 가랑이가 썩는다고. 모이라가 즐겨하던 말이었지. 리디아 아주머니라면 '가랑이가 썩는다'는 표현은 절대 쓰지 않았을 텐데. '비위생적'이 그녀다운 단어다. 그녀는 모든 것이 아주 위생적이기를 바랐다.

벗은 몸은 이미 나의 것 같지 않다. 내 몸은 시대에 뒤떨어진 것처럼 보인다. 옛날에 내가 정말 해변에서 수영복을 입었나? 나는 생각도 없이 남자들 한가운데서 수영복을 입었다. 내 다리와 내 팔과, 내 허벅지와 등이 훤히 보일 거라는 생각은 전혀 못 한 채. 수치스럽게도, 음탕하게도. 나는 내 몸을 내려다보지 않으려 애쓴다. 부끄럽거나 음탕한 일이라서가 아니라 보기 싫었기 때문에. 내 존재 전체를 철저히 규정하는 무언가를 바라보고 싶지 않다.

---

* shift, 긴 점퍼 스커트처럼 생긴 여성용 옷.

물 속에 들어가 누워서, 몸을 맡긴다. 물은 손길처럼 보드랍다. 두 눈을 감으면, 예고도 없이 갑작스레 그 애가 내 곁에 나타나 함께한다. 비누 냄새 때문인가 보다. 나는 그 애 목 뒤를 덮은 보드라운 머릿결에 얼굴을 묻고 그 애의 향내를 한껏 들이마신다. 베이비 파우더 냄새와 깨끗이 씻은 아이의 살내와 샴푸 냄새, 희미하게 풍기는 지린내까지. 목욕을 할 때는 그 애가 이 나이의 모습으로 나타난다. 찾아올 때마다 그 애의 나이는 달라진다. 그래서 나는 그 애가 유령이 아니라는 걸 안다. 유령이라면 항상 똑같은 나이일 테니까.

언젠가 그 애가 생후 11개월이 되어 막 걸으려고 할 때, 한 여자가 슈퍼마켓 손수레에서 그 애를 훔쳐갔던 적이 있다. 토요일이어서 루크와 내가 함께 일주일 치 장을 보던 날이었다. 맞벌이를 했기 때문에 우리는 주말에 장을 봐야 했다. 그 애는 그 시절 슈퍼마켓 손수레마다 달려 있던, 다리를 넣을 수 있는 구멍 뚫린 아기 자리에 앉아 있었다. 아기의 기분이 좋길래 나는 등을 돌리고 있었다. 아마 고양이 사료 매장을 둘러보고 있었을 거다. 루크는 가게 한쪽 옆에 있는 정육 코너에서 볼일을 보느라 보이지 않았다. 그는 그 주에 먹을 고기를 직접 고르는 걸 즐겼다. 루크는 남자들은 여자보다 고기가 많이 필요하다면서, 그건 미신이 아니며 자기가 쩨쩨하게 구는 것도 아니라고, 연구 결과가 그렇다고 우겼다. 남자랑 여자는 상당히 다르다고 그는 말했다. 내가 아니라고 우기기라도 하는 것처럼 루크는 그런 말을 잘했다. 하지만 대체로 루크가 그런 말을 하는 건 우리 엄마가 같이 있을 때였다. 그는 우리 엄마를 놀리는 걸 재미있어 했다.

나는 그 애가 터뜨린 울음소리를 들었다. 뒤돌아보니 그 애의 모습이 진열대 뒤로 막 사라지려는 참이었다. 한 번도 본 적 없는 낯선 여자에게 안긴 채로. 나는 비명을 질렀고, 그러자 여자가 발걸음을 멈췄다. 서른다섯 정도 되어 보이는 여자였다. 울면서 자기 아이라고, 하느님이 자기한테 주신 자기 아이라고, 하느님의 계시를 받았다고 말했다. 어쩐지 딱한 느낌이 들었다. 슈퍼마켓 지배인이 나와서 사과하고 경찰이 올 때까지 그 여자를 붙들어두었다.

그냥 미친 여자일 뿐이야. 루크는 말했다.

당시에는 그냥 우발적으로 일어난 일이라고 생각했다.

그 애가 희미해진다. 그 애를 여기 붙잡아둘 수는 없다. 이젠 흔적도 없이 사라져버렸다. 어쩌면 나는 그 애가 정말 유령이라고, 죽은 소녀의 유령이라고, 다섯 살 때 죽은 여자 아이의 유령이라고 생각하는지도 모른다. 언젠가 갖고 있던 우리 둘의 사진이 기억난다. 나는 그 애를 안고 있었다. 엄마와 딸이 흔히 취하는 포즈로. 그 사진은 상하지 않도록 액자 속에 단단히 넣어두었다. 눈을 감으면 지금 모습 그대로인 내가 지하실의 열린 서랍이나, 트렁크 옆에 서 있는 광경이 선하게 떠오른다. 서랍이나 트렁크 속에는 곱게 갠 아기 옷이 차곡차곡 쌓여 있고, 두 살 때 자른 머리카락 한 줌이 봉투 속에 들어 있다. 그 애의 머리카락 색깔은 연한 금발이었는데 자라면서 짙어졌다.

이젠 더 이상 그런 물건들이 없다. 옷이며 머리카락이며 그런 것들. 다 어떻게 되었을까. 약탈당하고, 폐기되고, 처분되고, 몰수당하고.

나는 아주 많은 것들이 없어져도 그런 대로 살아가는 법을 배웠다. 자기 소유의 물건이 많으면 물질적인 이 세상에 집착하게 되어 정신적 가치들을 잊게 될 거야. 리디아 아주머니가 한 말이다. 여러분은 영혼을 가난하게 가꾸어야 해. 온유한 자에게 복이 있나니. 하지만 그녀는 토지를 물려받는 일에 대해서까지는 아무 말도 하지 않는다.

나는 수증기에 둘러싸인 채 존재하지 않는 서랍장 옆에 누워 다섯 살 때 죽지 않은 여자아이를 생각한다. 나는 그 애가 아직도 존재하고 있기를 소망한다. 나를 위해서가 아니라도. 나는 그 애를 위해서 존재하는가? 나 역시 그 애의 마음 어두운 한구석 어디쯤에, 사진 한 장으로 남아 있을까?

틀림없이 그 애는 내가 죽었다고 들었을 것이다. 그자들 머릿속에서 나올 만한 짓이다. 그래야 그 애가 더 쉽게 적응할 거라고 말할 것이다.

여덟 살, 지금 그 애는 여덟 살이 되었을 것이다. 잃어버린 시간을 대충 메워넣은 계산이다. 그사이에 얼마나 많은 시간이 흘러갔는지 나는 알지 못한다. 그들 말이 옳다. 그 애가 죽었다고 생각하는 편이 편했다. 그렇게 믿어버리면 희망을 품지 않아도 되고, 쓸데없는 헛수고를 하지 않아도 되니까. 뭐하러 벽에다 머리를 박아? 리디아 아주머니는 말했다. 가끔 그 여자의 표현은 정말이지 끔찍하게 실감난다.

"내가 하루 종일 시간 나는 건 아냐."

문밖에서 코라의 목소리가 들린다. 사실이다. 그녀에게 온전히 주어진 건 아무것도 없다. 내가 코라의 시간을 뺏을 순 없다. 나는 비누칠을 하고 솔질을 하고 경석으로 죽은 각질을 갈아낸다. 그런 간소한 목욕 도구들은 제공된다. 나는 달 표면처럼 박테리아 한 마리 없이 완벽하게 청결한 무균 상태가 되고 싶다. 오늘 저녁은 더 이상 몸을 씻지 못할 것이다. 적어도 하루 동안은. 목욕은 임신을 방해할 수도 있다는데, 굳이 왜 위험을 감수한단 말인가?

이제는, 더 이상 발목의 작은 문신에서 눈을 돌릴 길이 없다. 네 자리 숫자와 눈 하나, 통행증을 뒤집어놓은 모양의 문신이다. 내가 다른 풍경 속으로 사라질 수 없게 묶어놓기 위한 문신이다. 나는 그러기에는 너무 중요하고 너무 희귀하다. 나는 국가적 자원이다.

플러그를 뽑고, 몸을 말리고, 빨간 테리 직물* 목욕 가운을 걸친다. 오늘 입었던 옷은 여기 남겨두면, 코라가 가져가서 빨 것이다. 방에 돌아와 나는 다시 옷을 입는다. 하얀 머리쓰개는 저녁때는 필요 없다. 외출할 일이 없으니까. 이 집안사람들 중에 내 얼굴이 어떻게 생겼는지 모르는 사람은 없다. 하지만 빨간 베일은 계속 써야만 한다. 젖은 머리칼, 깎은 지 한참 된 머리를 가려야 하니까. 그 영화를 어디서 봤더라? 마을 광장에 무릎 꿇고 사람들 손에 붙잡혀서 덕지덕지 더럽게 뭉친 머리칼을 늘어뜨리고 있던 여자들에 대한 영화였는데 그 여자들은 무슨 짓을 했던 거지? 아주아주 오래전에 본 영화인가 보다. 기억이 나질 않는 걸 보니.

---

* 한쪽에 고리 모양의 보풀이 있는 면직물의 일종.

코라가 내 저녁 식사를 쟁반에 받쳐 보를 씌워 가져온다. 코라는 들어오기 전에 노크부터 한다. 그래서 나는 그녀가 좋다. 옛날에 이른바 사생활이라고 부르던 것이 내게 조금이라도 남아 있다고 생각한다는 뜻이니까.

"고마워요."

쟁반을 받아들면서 말했더니, 코라는 심지어 웃어 주기까지 했다. 아무 대답도 하지 않고 돌아서긴 했지만. 우리 둘만 있을 때 코라는 수줍음을 탄다.

나는 쟁반을 하얗게 칠한 작은 탁자에 놓고 의자를 끌어당겨 앉는다. 그리고 쟁반 커버를 벗긴다. 너무 익혀서 퍼석해진 닭다리다. 그래도 피가 뚝뚝 떨어지는 것보다는 낫다. 아예 태우거나 덜 익거나 둘 중 하나니까. 리타는 싫어하는 사람한테 티를 내는데 일가견이 있다. 구운 감자, 껍질째 요리한 완두콩, 샐러드. 후식으로는 통조림 배. 밍숭밍숭하긴 해도 이만하면 좋은 음식이다. 건강에 좋은 음식. 리디아 아주머니가 내숭을 떨면서 한 말대로, 비타민과 미네랄을 많이 섭취해야 한다. 하지만 기존 연구 결과에 따르면 커피나 홍차, 알코올은 안 된다. 음식엔 카페테리아에서나 쓰는 종이 냅킨이 곁들여져 있다.

다른 사람들을 생각해 본다. 밖에 있는 사람들. 여기 내가 이렇게 복에 겨운 삶을 누리고 있는 이곳은 국가의 심장부다. 주님께서 우리에게 진정 감사하는 마음을 내려주시기를. 리디아 아주머니가 말했다. 아니 진정 고마워하는 마음이라고 했던가? 아무튼 나는 음식을 먹기 시작한다. 오늘 밤에는 배고프지 않다. 뱃속이 뒤집히는 것처럼 욕지기가 난다. 하지만 음식을 버릴 곳이 없다. 화분도 없고, 변기에 버릴 엄두는 내지 못한다. 나는 너무 신경이 약한 게 문제다. 접시에 그냥 두고, 코라에게 보고하지 말아 달라고 부탁할까? 씹고 삼키고, 씹고 삼키면서, 보송보송 땀이 배어 나오는 게 느껴진다. 뱃속에서 음식이 커다란 공처럼 한데 뭉친다. 젖은 마분지를 구겨 한 덩어리로 만들어놓은 것처럼.

아래층 식당에는 커다란 마호가니 식탁 위에 촛불이 켜져 있고, 하얀 식탁보에, 은제 식기, 꽃과 와인이 담긴 와인 잔들이 있으리라. 자기 그릇에 나이프가 짤그랑 닿는 소리도 들리고, 접시의 음식 절반을 남기고 들릴락 말락 한숨을 쉬며 그녀가 포크를 내려놓는 딸각 소리도 들리리라. 어쩌면 입맛이 하나도 없다고 말할지도 모른다. 아니면 아무 말도 하지 않을지 모른다. 그녀가 뭐라 말을 하면 그는 말꼬리를 달까? 아무 말도 하지 않으면, 그가 눈치 챌까? 그녀가 어떻게 그의 관심을 끄는지 궁금하다. 틀림없이 힘든 일일 게다.

접시 한구석에 버터 덩어리가 있다. 나는 종이 냅킨 한쪽 모퉁이를 뜯어내 버터를 싸서 찬장에 가져간다. 그리고 전번처럼 여벌의 구두 오른쪽 발끝에 밀어넣는다. 나머지 냅킨은 꼬깃꼬깃 구겨버린다. 이걸 펴서 한쪽 끝이 떨어져 나갔나 확인할 사람은 없을 것이다. 버터는 두었다가 오늘 밤 늦게 쓸 것이다. 오늘 저녁엔 버터 냄새를 풍겨서는 안 된다.

나는 기다린다. 그리고 마음을 가다듬는다. 내 자아는 지금부터 내가 구성해야만 하는 물건이다. 연설을 짜맞춰 구성하듯이. 지금부터 내가 내놓아야 하는 것은 선천적인 것이 아니라, 후천적으로 만들어낸 인공적인 무엇이다.

Nap   낮잠   5
                              장

13

시간이 남는다. 이건 내가 미처 대비하지 못한 일들 중 하나다. 어마어마한 양의 채워지지 않은 시간, 아무 내용도 없는 기나긴 괄호들. 하얀 소리로 존재하는 시간. 수를 놓을 수만 있다면. 베를 짜든 뜨개질을 하든 두 손으로 할 수 있는 일이 하나라도 있다면. 담배를 한 대 피우고 싶다. 화랑에 들어가 19세기 전시관을 지나쳤던 기억이 난다. 19세기는 하렘에 강박적으로 집착했다. 수십 개에 달하는 하렘의 그림들, 긴 의자에 축 늘어져 기댄 뚱뚱한 여자들이 머리에는 터번을 두르거나 벨벳 모자를 쓰고서 공작새 깃털을 부채 삼아 부치고 있고 뒤에는 내시가 보초를 서고 있는 그림들. 한 번도 하렘에 가 보지 못한 남자들의 손으로 그린, 앉아 있는 육신에 대한 수많은 탐구들. 이 그림들은 에로틱하다고 여겨졌고 나도 에로틱하다고 생각했다. 하지만 이제 보니 이 그림들의 진짜 주제가 눈에 보인다. 이 그림들은 유보된 동작에 대한 그림이다. 기다림에 대한, 사용하고 있지 않은 대상들에 대한 그림이다. 그들은 권태에 대한 그림이다.

하지만 어쩌면 권태는 에로틱한 건지도 모른다. 남자들을 위해 여자들이 권태로워한다면.

나는 씻기고, 솔질하고, 배불리 먹인 포상용 암돼지처럼 기다린다. 80년대 언제쯤인가 우리에 갇힌 돼지들을 위한 공이 발명된 적이 있다. 돼지용 공은 커다란 색색의 공이었는데, 돼지들은 납작한 코로 공을 굴리며 놀곤 했다. 양돈업자들은 이 운동이 돼지의 육질을 향상시킨다고 말했다. 돼지들은 호기심이 많아서, 생각할 거리가 될 만한 것을 좋아한다고 했다.

나는 이 이야기를 『심리학 개론』에서 읽었다. 이 이야기와 할 일이 있어 스스로 전기 충격을 받는 우리에 갇힌 쥐들 이야기를 읽었다. 그리고 옥수수 한 알을 나오게 만드는 버튼을 쪼도록 훈련받은 비둘기들 이야기도. 비둘기들은 세 가지 그룹으로 나뉘어 있었다. 첫 번째 그룹은 한 번 쫄 때마다 옥수수가 한 알씩 나왔고, 두 번째 그룹은 두 번에 한 알씩 옥수수가 나왔으며 세 번째 그룹은 정해진 원칙이 없었다. 담당자가 옥수수 배급을 끊으면 첫 번째 그룹은 상당히 일찍 포기했고, 두 번째 그룹은 그보다 약간 늦게 포기했다. 하지만 세 번째 그룹은 절대로 포기하지 않았다. 그들은 포기하기보다는 차라리 죽을 때까지 버튼을 쪼는 쪽을 택했다. 어떻게 해야 옥수수가 나오는지 처음부터 몰랐으니까.

내게도 돼지들이 갖고 노는 공이 하나 있으면 좋겠다.

끈을 꼬아 만든 깔개 위에 드러눕는다. 언제든지 연습할 수 있잖아. 리디아 아주머니는 말했다. 하루에 몇 번씩, 하루 일과로 연습하도록 해. 팔은 겨드랑이에 붙이고, 무릎은 구부리고, 골반을 올리고 허리뼈를 돌리며 내린다. 위로 받치고. 다시 시작. 다섯 셀 때 숨을 들이마시고, 멈췄다가, 내쉰다. 우리는 옛날 가사 실습실로 쓰이던 곳에서 운동을 했다. 물론 지금은 재봉틀이며 식기 세척기 등을 다 치운 지 오래였지만. 우리는 작은 일제 매트 위에 누워, '레 실피드'의 연주 테이프를 틀어놓고 운동을 했다. 몸을 들고, 구부리고, 호흡을 하고 있자니 머릿속에 그 노랫소리가 들려오는 듯했다. 눈을 감으면 하얀 옷을 입은 깡마른 발레리나들이 나무들 사이를 우아하게 가르며, 포획된 새의 날개마냥 두 다리를 파드득거리는 모습이 선하게 떠오른다.

오후가 되면 언제나 우리는 세 시에서 네 시까지 한 시간 동안 체육관 침대에 누웠다. 그들은 그 시간을 휴식과 명상의 시간이라고 불렀다. 그때는 가르치는 아주머니들 스스로 쉬고 싶어서 그런 시간을 만든 게 아닐까 생각했다. 실제로 그 시간에 당직이 아닌 아주머니들은 교관실에 가서 커피 한 잔을, 아니 내용물이 뭔지는 몰라도 최소한 커피라고 불리던 음료를 한 잔씩 하며 쉬었다는 것도 안다. 하지만 지금 생각하면 그 휴식 또한 연습의 일환이었다는 걸 알겠다. 그들은 우리에게 남아도는 시간에 적응할 기회를 주었던 것이다.

고양이 낮잠이지. 리디아 아주머니는 특유의 내숭 떠는 말투로 말했다.

이상한 일은 우리도 휴식이 필요했다는 사실이다. 우리는 그곳에서, 아주 오랜 시간 동안 참 피로했다. 아마 일종의 진정제나 마약에 취해 있었던 것 같다. 우리를 안정시키기 위해 음식에 약을 탔던 모양이다. 하지만 아닐지도 모른다. 어쩌면 그 장소 자체가 피곤했는지도 모른다. 처음 충격을 받은 뒤로는, 상황을 받아들이고 난 뒤에는, 차라리 나른한 편이 나았다. 힘을 아끼고 있는 거라고 스스로를 타이를 수 있었으니까.

내가 3주차 되던 때 모이라가 왔다. 모이라는 보통 그렇듯이, 우리가 낮잠을 자는 동안 아주머니 두 명의 인도를 받아 체육관으로 들어왔다. 그녀는 미처 옷을 갈아입지 않았기에 청바지에 파란 긴 팔 티셔츠를 입고 있었다. 머리카락은 짧았다. 언제나처럼 유행을 거스르는 행색, 그래서 나는 그녀를 당장 알아볼 수 있었다. 모이라도 나를 보았지만, 금세 고개를 돌렸다. 어떻게 해야 안전한지 이미 알고 있었던 거다. 모이라의 왼뺨에는 자줏빛으로 변색해 가는 멍이 있었다. 아주머니들은 그녀를 빨간 드레스가 벌써 놓여 있는 빈 침대로 데리고 갔다. 모이라가 말없이 옷을 벗고 다시 옷을 입는 동안, 아주머니들은 침대 발치에 서 있었고 우리들은 몰래 곁눈질을 해 가며 바라보고 있었다. 허리를 구부리자 모이라의 척추 뼈 마디마디가 훤하게 드러나 보였다.

며칠 동안 한마디도 건넬 수 없었다. 서로 쳐다보기만 했다. 한 모금씩 음미하듯, 짧은 시선만을 교환했다. 우정이 수상쩍은 감정임을 알고 있었기에, 우리는 식사 시간에 카페테리아 앞에 줄을 설 때나 쉬는 시간 복도에서도 서로를 피했다. 하지만 나흘째 되던 날 산책 시간에 축구장을 둘씩 짝 맞춰 돌 때 그녀는 내 곁에 섰다. 우리는 수료 전까지는 하얀 가리개를 쓰지 않고 베일만 썼기 때문에, 서로를 바라보지 않고 목소리를 낮추기만 하면 이야기를 나눌 수 있었다. 아주머니들은 대열의 맨 앞과 맨 마지막에서 걸었기 때문에, 위험한 건 오히려 다른 동기들이었다. 개중에는 진짜 신봉자들도 있었기 때문에 우리를 상부에 보고할 수도 있었다.

여긴 정신병자 집합소야. 모이라가 말했다.

얼마나 반가운지 몰라. 내가 말했다.

어디서 얘기를 할 수 있니?

화장실. 시계를 봐. 화장실 끝 칸에서 2시 30분에.

우리가 한 말은 그게 다였다.

모이라가 여기 있다고 생각하니, 훨씬 안전한 느낌이 들었다. 손만 들면 화장실에는 갈 수 있었다. 하루에 횟수 제한이 있기는 했지만. 그들은 차트에 화장실 가는 횟수를 기록했다. 나는 시계를 본다. 녹색 칠판 위에 걸려 있는 둥근 전자시계를. 2시 30분은 간증 시간이다. 리디아 아주머니는 물론이고 헬레나 '아주머니'까지도 교실에 와 있다. 간증은 특별한 수업이기 때문이다. 헬레나 아주머니는 뚱뚱한 여자로, 한때 웨이트 와처스* 프로그램의 아이오와 주 지부 총

---

* Weight Watchers, 유명한 다이어트 프로그램.

책임자였다고 한다. 그녀는 간증에 특별한 재능이 있었다.

재난이 일어나 열네 살 때 집단 강간당하고 낙태를 해야 했던 경험을 간증한다. 지난 주에도 똑같은 이야기를 했다. 이야기하고 있는 그녀를 보면, 심지어 그런 경험이 자랑스러워 보이기까지 한다. 애초에 꾸며낸 이야기인지도 모른다. 간증 시간에는 털어놓을 얘기가 하나도 없는 것보다 차라리 없는 일을 꾸며내는 편이 안전했다. 하지만 말하는 사람이 재난이라는 점을 감안하면, 역시 어느 정도 사실일 터이다.

하지만 그게 누구의 잘못이었지요? 헬레나 아주머니가 통통한 손가락 하나를 치켜들며 말한다.

그녀의 잘못입니다. *그녀의* 잘못입니다. *그녀의* 잘못입니다. 우리는 제창한다.

그들을 부추긴 게 누구지요? 헬레나 아주머니는 우리가 대견하다는 듯이 환하게 웃으며 말한다.

그녀가 그랬습니다. *그녀가* 그랬습니다. *그녀가* 그랬습니다.

어째서 그렇게 끔찍한 일이 일어나는 걸 하느님께서 허락하는 걸까요?

그녀에게 *가르침*을 주기 위해서입니다. 그녀에게 *가르침*을 주기 위해서입니다. 그녀에게 *가르침*을 주기 위해서입니다.

지난 주, 재난은 큰 소리로 엉엉 울음을 터뜨렸다. 헬레나 아주머니는 재난에게 뒷짐을 진 채 교실 앞에 무릎 꿇게 했다. 새빨간 얼굴과 콧물이 줄줄 떨어지는 코가 우리 눈에 훤히 보이도록 말이다. 그녀의 머리카락은 탁한 금발이고, 눈썹은 너무 희어서 아예 없는 것처럼 보였다. 불에 그슬려 눈썹이 아예 없어진 사람처럼. 불에 탄 눈. 그녀의 몰골은 혐오스러웠다. 갓 난 생쥐처럼 연약하고, 어수룩했고, 피부는 부스럼투성이에 연분홍색이었다. 그런 몰골을 하고 싶은 사람은 우리 중에 절대로, 하나도 없었다. 그녀가 당한 일을 잘 알면서도 우리는 잠시 그녀를 경멸할 수밖에 없었다.

울보. 울보. 울보.

우리의 그 말은 진심이었다. 그게 문제였다.

나는 좋은 사람이라고 자부했다. 하지만 그 순간에는 전혀 그렇지 못했다.

그게 지난 주의 일이다. 이번 주에 재닌은 우리가 그녀를 조롱할 때까지 기다리지 않는다.

제 잘못이었습니다. 제 잘못이었습니다. 제가 그들을 부추겼습니다. 고통받을 만한 짓을 했습니다.

아주 좋아요, 재닌. 리디아 아주머니가 말한다. 아주 훌륭한 본보기가 되어주었어.

끝날 때까지 기다렸다 손을 들어야 한다. 시간을 잘못 골라 손을 들면, 그들은 안 된다고 말한다. 정말 가야 할 때 거절당하면 치명적이다. 어제는 돌로레스가 마루에 오줌을 쌌다. 아주머니 두 명이 그녀의 양쪽 겨드랑이 밑에 손을 하나씩 넣더니 훌쩍 들고 나갔다. 돌로레스는 오후 산책 때 모습이 보이지 않더니, 밤에 자기 침대에 다시 돌아와 누워 있었다. 밤새도록 그녀의 신음소리가 간간이 들렸다.

도대체 무슨 짓을 당한 거야? 우리는 침대에서 침대로 속삭였다.

알 수 없었다.

알지 못한다는 게 더 무서웠다.

내가 손을 들자, 리디아 아주머니는 고개를 끄덕인다. 일어서서 최대한 눈에 띄지 않게 조심하며 복도로 나간다. 화장실 밖에서는 엘리자베스 아주머니가 감시하고 있다. 그녀는 내게 들어가도 좋다는 뜻으로 고개를 끄덕거린다.

이 화장실은 예전에는 남성용이었다. 여기도 거울들은 둔탁한 잿빛 금속의 타원으로 대체되었으나, 하얀 에나멜에 노란 얼룩이 진 남성용 소변기가 아직도 한쪽 벽에 붙어 있었다. 그것들은 이상하게도 아기용 관처럼 보였다. 남자들의 삶이 얼마나 적나라하게 노출돼 있는지 생각하다가 새삼 놀란다. 샤워실은 외부에 훤히 드러나 있어 육체를 비교하고 검사할 수 있으며, 음부를 공공연히 과시할 수도 있다. 도대체 무엇 때문에? 이런 행동으로 어떤 자기 확신을 얻을 수 있다는 거지? 배지를 눈앞에 번쩍거리며, 이봐, 별문제 없어, 난 이곳 소속이야 하고 말하는 것처럼. 어째서 여자들은 서로에게 여자임을 증명해 보일 필요가 없는 걸까? 아무렇지도 않게 단추를 푼다든가, 가랑이를 쫙 벌려 보인다든가, 그렇게 말이다. 개처럼 킁킁 냄새를 맡아 본다든가.

고등학교는 오래된 건물이라, 화장실 칸막이가 나무로 되어 있다. 일종의 송판이었다. 나는 끝에서 두 번째 칸의 문을 밀어젖히고 들어갔다. 물론 더 이상 화장실에 자물쇠라는 건 없다. 송판 뒤쪽으로 벽 바로 옆에 허리쯤 오는 곳에 아주 작은 구멍이 하나 뚫려 있다. 고대의 반달리즘이 남긴 흔적이 아니면 어느 관음증 환자의 유물이리라. '센터'에서 나무판에 뚫린 이 구멍을 모르는 사람은 아주머니들만 빼고 하나도 없었다.

재닌의 간증에 붙들려 그만 너무 늦어 버린 게 아닌가, 왈칵 겁이 난다. 어쩌면 모이라가 벌써 왔다갔을지도 모른다. 그들은 시간을 그리 넉넉하게 주지 않는다. 조심스럽게 화장실 칸막이 밑을 슬쩍 내려다보고 빨간 구두 한 켤레가 있는 것을 확인한다. 하지만 그게 누군지 도대체 어떻게 안단 말인가?

나무 구멍에 입을 댄다. 모이라? 나는 속삭인다.

너니? 그녀가 말한다.

그래. 내가 말한다. 안도감이 온몸을 훑고 지나간다.

세상에, 진짜 눈물나게 담배 생각 난다. 모이라가 말한다.

나도 그래. 나는 대답한다.

한심스러울 정도로 행복하다.

늪 속으로, 소택지 속으로 침전하듯 내 몸 깊은 곳으로 가라앉는다. 발 디딜 만한 곳이 어딘지, 나 말고는 아무도 모른다. 내 영토는 방심할 수 없는 땅이다. 나는 귀를 대고 미래의 풍문을 들어야 하는 대지가 된다. 찌르는 듯한 아픔 하나하나, 미미한 고통의 중얼거림, 허물 벗은 살갗의 잔갈결, 조직의 부종과 축소, 육신이 흘리는 침, 이 모든 것이 계시이고, 내가 알아야만 하는 지표들이다. 매달 나는 겁에 질려 핏자국을 찾아 헤맨다. 피가 비치면 실패라는 뜻이다. 이번에도 다른 사람의 기대를 배반하고 말았고 또한 나 자신의 좌절이기도 하다.

전에는 육신이 쾌락을 위한 일종의 도구이며, 운송 수단이자, 내 의지를 성취하기 위한 보조 수단이라고 생각했다. 몸을 이용해서 달리기도 하고, 이런저런 버튼을 조작해 어떤 일을 일어나게 할 수 있다고 믿었다. 한계가 있긴 했어도 내 몸은 여전히 유연하고 단일하고 견고했으며 나와 하나였다.

이제 육신은 스스로를 다른 형태로 재배열했다. 나라는 존재는 중심이 되는 대상을 둘러싸고 응집된 구름 같은 형상이 되어버렸다. 이 형상은 서양배와 비슷한 모양인데 나 자신보다 오히려 더 단단하고 현시적이다. 핵은 투명한 껍데기에 싸여 빨갛게 빛나고 있다. 그 핵 안에는 밤하늘처럼 거대하고 어둡고 굴곡이 진 공간이 하나 있다. 이 공간은 검은색이 아니라 검붉은색에 가깝지만. 별처럼 헤아릴 수 없는 빛의 미세한 점들이 그 속에서 불어나서 반짝거리고 터져 시들어간다. 달마다 달이 뜬다. 거대하고, 둥글고, 무거운 달이 징조처럼 떠오른다. 그리고 나는 절망이 기근처럼 내게 다가오는 걸 바라본다. 핵이 텅 비어 있다는 사실을, 다시, 또다시 되풀이해 느껴야만 한다. 나는 나 자신의 심장 소리에 귀를 기울인다. 파도에 파도가 이어진다. 짜고 붉은 파도가 시간을 기록하며 끝도 없이 끝도 없이 밀려온다.

나는 우리 첫 아파트의 침실에 있다. 목제 접이문이 달린 선반장 앞에 서 있다. 주위가 텅 비어 있다는 사실을 알고 있다. 가구들은 다 사라지고, 마룻바닥은 카펫 하나 없는 맨바닥이다. 하지만 적어도 선반장은 옷가지로 가득 차 있다. 내 옷이라 생각하지만, 내 옷처럼 보이지가 않는다. 전에 한 번도 본 적이 없는 옷들이다. 어쩌면 이건 내가 한 번도 본 적 없는 루크의 전처가 입던 옷들인지도 모른다. 그녀 역시 나는 한 번도 본 적이 없다. 사진들이나 이혼하기 전에 들은 야심한 시각의 전화 목소리뿐. 하지만 천만의 말씀. 이 옷들은 정말 내 옷이다. 나는 드레스가 필요하다. 뭔가 입을 옷이 필요하다. 나는 드레스들을 꺼낸다. 검은색, 파랑색, 자주색, 상의, 치마. 마음에 드는 게 하나도 없다. 심지어 맞는 옷조차 하나 없다. 전부 너무 크거나 너무 작다.

루크가 내 뒤에 서 있고, 나는 돌아서서 그를 바라본다. 그는 나를 보려 하지 않고, 마룻바닥을 내려다보고 있다. 바닥에는 고양이가 다리를 몸에 문지르며 애처롭게 야옹야옹 울고 있다. 배가 고픈 모양이지만, 아파트가 이렇게 텅텅 비었는데 무슨 음식이 있을까?

루크. 나는 말한다. 그는 대답하지 않는다. 어쩌면 내 목소리가 들리지 않는지도 모른다. 문득 그가 살아 있지 않을지도 모른다는 생각이 든다.

나는 그 애와 함께 달리고 있다. 그 애 손을 잡고 마구 끌어당기며, 고사리 덤불숲 사이로 질질 끌고 갔다. 그 애는 내가 먹인 약 때문에 반쯤 잠들어 있기 때문에 울거나 들킬 만한 짓을 하지는 않을 것이다. 그 애는 자기가 어디 있는지도 모른다. 땅은 고르지 못하다. 바위도 많고, 죽은 나뭇가지들, 축축한 흙내, 낙엽들. 그 애는 도무지 빨리 뛰지를 못한다. 나 혼자라면 훨씬 더 빨리 뛸 수 있을 텐데. 나는 아주 빨리 달리는데. 이제 그 애는 겁에 질려 울고 있다. 안고 가고 싶지만 너무 무거울 거 같다. 나는 등산화를 신고 있고, 물이 있는 데까지 가면 부츠를 벗어 버려야 할 텐데, 너무 물이 차갑지는 않을까, 그렇게 멀리까지 이 애가 수영을 할 수 있을까, 조류는 어쩌지, 이럴 작정은 아니었는데라고 생각한다. *조용히 해.* 나는 화난 목소리로 말한다. 그 애가 익사할지도 모른다는 생각이 들자 발걸음이 조금 느려졌다. 그리고 총소리가 우리 뒤를 쫓아왔다. 시끄럽지도, 불꽃놀이처럼 요란하지도 않고, 다만 마른 나뭇가지가 후드득 부러지는 소리처럼 날카롭고 단호했다. 총소리 같지가 않았다. 생각이랑 똑같이 나는 소리는 없나 보다. 그 순간 엎드려 하는 소리가 들렸다. 그건 진짜 사람 목소리였는지 내 머릿속에서 난 소리였는지 아니면 입 밖으로 크게 낸 내 목소리였는지 알 수 없었다.

나는 그 애를 땅바닥에 잡아끌어 온몸으로 감쌌다. 방패처럼 그 애를 보호했다. *조용히 해.* 나는 다시 말한다. 내 얼굴은 축축하게 젖었다. 땀인지 눈물인지 알 수 없는 액체였다. 마음이 차분히 둥둥 떠오르는 느낌에 휩싸인다. 마치 더 이상 내 육신이 아닌 것 같다. 바로 눈앞에 철 이른 단풍잎 한 장이, 빨간 단풍잎 한 장이 있다. 잎맥하나하나가 다 보일 정도다. 이렇게 아름다운 광경은 처음 본다. 나는 힘을 뺀다. 그 애를 질식시켜 죽이고 싶지는 않으니까. 대신 그애를 온몸으로 감싸고, 그 애 입에다 계속 손을 댄다. 숨결이 느껴지고, 한밤에 드디어 안전한 집 앞에 다다랐을 때처럼 심장이 고동친다. *괜찮아, 엄마가 여기 있잖니.* 나는 속삭인다. *제발 조용히 해.* 하지만 그 애가 어떻게 그럴 수 있으랴? 그 애는 너무 어리고, 시간도 너무 늦었다. 우리는 헤어지고, 내 팔은 꽉 붙잡혀 움직일 수가 없고,

시야의 가장자리가 까맣게 변하더니 작은 창문 말고는 아무것도 남지 않는다. 망원경을 거꾸로 보는 것처럼 아주 작은 창문이다. 크리스마스카드에 있던 것 같은 창문, 낡은 창문이다. 바깥은 밤이고 얼음이 있고, 안에는 촛불과, 빛나는 나무와, 가족이 있고, 심지어 종소리, 라디오에서 들려오는 썰매의 종소리, 오래된 음악까지 귓전에 들려온다. 하지만 이 창문을 통해 보이는 광경은, 작지만 아주 또렷한 창문으로 보이는 그 모습은 내 딸이다. 내게서 멀어져 가는 내 딸, 어느새 노랗고 빨갛게 변색하기 시작한 나무들 사이로, 두 팔을 나를 향해 뻗은 채로 누군가의 손에 이끌려 멀어져 가는 그 애다.

종소리에 잠이 깬다. 코라가 내 방문을 두들긴다. 나는 깔개 위에 일어나 앉아, 축축하게 젖은 얼굴을 소매로 닦는다. 무수한 꿈 중에서도 이것은 최악의 악몽이다.

Household 집안
식구들

6
장

14

종소리가 끝나면 계단을 내려간다. 아래층 벽에 걸린 거울의 눈에 내 모습이 표식처럼 짤막하게 스친다. 시계 진자는 정확한 간격으로 재깍거린다. 깔끔한 빨간 구두를 신은 내 발이 내려가는 계단의 숫자를 센다.

좌실문은 활짝 열려 있다. 나는 들어간다. 아직까지는 아무도 와 있지 않다. 의자에 앉는 건 아니지만 내 자리를 잡는다. 머지않아 세레나 조이가 지팡이에 몸을 기대고 몸을 굽혀 여왕처럼 앉을 발판이 달린 의자 근처에 무릎을 꿇고 앉을 것이다. 어쩌면 세레나 조이는 몸의 균형을 잡기 위해 내 어깨에 한 손을 얹을지도 모른다. 내가 좌실의 가구라도 되는 것처럼. 전에도 그런 적이 있다.

좌실은 한때 틀림없이 응접실이라고 불렸을 법한 방이다. 그다음엔 거실이라고 불렸을 테고. 어쩌면 거미와 파리들이 들끓는 휴게실 같은 것이었는지도 모른다. 하지만 이제 이 방은 공식적으로 좌정실(坐定室)이라 불린다. 왜냐면 어떤 사람들은 이 방에서 '앉아 있기' 때문이다. 하지만 다른 사람들에게 이 방은 입실(立室)일 뿐이다. 지금 육신이 어떤 자세를 취하느냐는 중요하다. 소소한 불편은 가르침을 위해 참아야 한다.

좌실은 차분한 분위기에 좌우 대칭이다. 돈이 얼어붙으면 이런 형상이 되기 마련이다. 지하 동굴로 석회수가 방울방울 떨어져서 딱지가 앉고 굳어져 다양한 형상의 종유석을 만들 듯이, 헤아릴 수 없는 세월 동안 돈이 이 방으로 뚝뚝 흘러 떨어져 이런 형상으로 굳어졌다. 다양한 외형이 소리 없이 모습을 드러낸다. 어둑어둑한 장밋빛의 주름 잡힌 커튼이 드리워져 있고, 그와 어우러지는 18세기풍 의자들의 광택, 복숭앗빛 연꽃 무늬가 수 놓여 있고 술이 달린 중국산 깔개, 매끄러운 가죽으로 된 사령관의 의자, 바로 옆에서 빛나는 청동 상자.

중국 깔개는 진품이다. 이 방에는 진품들도 몇 개 있지만 위조품들도 있다. 예컨대 벽난로 양쪽에 하나씩 붙어 있는, 여자들을 그린 그림 두 점은 둘 다 근대의 그림이지만 옛날 교회에 걸려 있던 그림들처럼 짙은 색 드레스를 입고 있다. 그림들은 진품일 확률이 높다. 세레나 조이가 저 그림들을 손에 넣던 때는, 자신이 지닌 에너지를 철저히 가사(家事)에 쏟아부어야 한다는 사실을 분명히 알게 된 후였을 테니, 아마 자기 조상들이라고 내놓을 속셈이 아니었을까 싶다. 아니, 어쩌면 사령관이 이 저택을 샀을 때부터 원래 걸려 있던 그림들이었는지 모른다. 자세한 사정이야 알 길이 없다. 아무튼 그림들은 저기 저렇게 걸려 있다. 꼿꼿한 등과 굳게 다문 입술, 오그라든 가슴, 초췌한 얼굴, 풀을 먹여 빳빳한 모자, 회백색의 피부. 그들은 가늘게 뜬 눈으로 방을 감시하고 있다.

두 그림 사이 벽난로 선반 위에는 타원형의 거울이 하나 걸려 있고, 양옆으로 은제 촛대 두 쌍이 진열되어 있으며, 한가운데 하얀 도자기로 만든 큐피드 상이 양의 목에 두 팔을 두르고 있다. 세레나 조이의 취향은 기이한 조합의 산물이었다. 명품에 대한 견고한 욕망과 여린 감상적 갈구가 한데 공존하고 있었다. 벽난로 선반 양 끝으로 드라이플라워가 하나씩 장식돼 있었고, 소파 옆에 놓인 작은 칠기 상감 탁자 위에는 진짜 수선화들을 꽂아놓은 꽃병이 하나 놓여 있었다.

방에서는 레몬 오일과 무거운 천, 시들어가는 수선화, 식당이나 부엌에서 배어 들어온 음식 냄새, 그리고 세레나 조이의 향수인 '골짜기의 백합' 냄새가 난다. 향수는 사치품이다. 그녀는 틀림없이 향수를 구하는 비밀 공급로를 가지고 있을 터이다. 나도 조금이나마 향수의 향을 즐겨야겠다는 생각에 한껏 냄새를 들이마신다. 사춘기도 안 된 소녀들의 향기다. 어린 소녀들이 엄마의 날 주곤 했던 선물의 향기. 하얀 면 양말과 하얀 면 속옷, 가루분과, 음모와 월경에 얽매이기 전의 순수한 소녀의 몸에서 나는 향취. 약간 속이 메스꺼워진다. 마치 무더운 여름날 분을 덕지덕지 바른 노파와 함께 문이 잠긴 자동차 안에 앉아 있는 것처럼. 제아무리 우아를 떨어도, 결국 그게 좌실의 실체인 것이다.

이 방에서 뭔가를 훔치고 싶다. 작은 물건을 훔쳐가고 싶다. 소용돌이 모양의 재떨이, 벽난로 위에 있는 작은 알약 상자, 아니면 조화

한 송이라도. 치마폭이나 소매 속 지퍼 달린 주머니에 넣어서, 오늘 저녁이 다 지날 때까지 잘 숨겨두었다가 내 방에 몰래 갖다두면 어떨까. 침대 밑이나 구두 속이나 아니면 딱딱한 '믿음' 쿠션의 커버 틈 속에. 어딘가 숨겨두었다가 아주 가끔 한 번씩 꺼내서 바라보고 싶다. 그러면 내게도 권력이 있다는 기분을 느껴볼 수 있을 것만 같다.

하지만 그런 기분은 환상일 뿐이고, 실제로 하는 것은 너무 위험하다. 나의 두 손은 무릎 위에 포개진 채 가만히 있을 뿐이다. 허벅지는 꼭 붙어 있고 발뒤꿈치는 무릎 꿇은 몸을 받치고 있다. 나는 고개를 숙인다. 입에 치약 맛이 감돈다. 가짜 민트와 석회 냄새.

식구들이 다 모이기를 기다린다. 식구(household). 그게 우리다. 사령관은 이 식구들의 가장이다. 우리는 이 집(house)을 받들고(hold) 있는 것이다. 죽음이 우리를 갈라놓을 때까지, 소유할지어다, 받들지어다.

배의 균형을 잡는 화물창(hold)처럼. 화물창은 텅텅 비어 있다.

코라가 처음 들어오고, 그 뒤를 따라 리타가 앞치마에 손을 닦으며 들어온다. 그들 역시 종소리를 듣고 달려온 것이지만, 불만스런 표정이다. 설거지와 다른 할 일들이 많기 때문이다. 하지만 그래도 이곳에 참석해야 한다. 식구들이 이 자리에 모이는 것은 모두의 의무다. 어떤 식으로든 결국 전부 의례가 끝날 때까지 이 자리에 앉아 있어야 한다.

리타는 슬쩍 들어와 내 뒷자리에 서려 하다가 나를 보고 얼굴을 찌푸린다. 이렇게 그녀의 시간을 낭비하는 건, 전부 다 내 탓이다. 내 탓은 아니지만 내 몸 탓이다. 그게 무슨 차이가 있는지 모르겠지만.

사령관마저도 내 육체의 변덕에 꼼짝 못한다.

닉이 걸어 들어와 우리 셋 모두에게 고개를 끄덕여 인사하고 방 안을 둘러본다. 그 역시 내 뒤에 서서 자기 자리를 잡는다. 그가 어찌나 바짝 붙어섰는지 장화 코가 내 발에 닿았다. 이건 고의적인 행동일까? 고의적이든 아니든 우리는 서로를 건드리고 있다. 서로 다른 두 가죽이 맞닿아 있다. 나는 내 구두가 보드라워지고, 피가 흘러 들어와서 온기가 돌아 내 살이 되는 느낌을 받는다. 나는 발을 살짝 움직여 치운다.

"사령관님께서 좀 서두르시면 좋으련만."

코라가 말한다.

"서둘러 내려오셔서 다 같이 기다리게."

닉이 말한다. 그는 큰 소리로 깔깔 웃으면서 슬쩍 발을 움직여 다시 내 발을 건드린다. 펼쳐진 치마폭 아래에서 벌어지는 일이니 볼 사람은 아무도 없다. 나는 발을 바꾼다. 방 안은 너무 덥다. 정체된 향수 냄새 때문에 속이 좀 메스껍다. 난 다시 발을 치운다.

세레나의 발걸음 소리가 들려온다. 계단을 내려오고 복도를 지나, 지팡이가 깔개를 짚는 둔탁한 소리, 성한 발이 쿵 내딛는 소리. 세레나 조이는 절름거리며 문간을 지나 나를 흘낏 바라보고, 수를 헤아리되 제대로 보지는 않는다. 닉을 보고 고개를 끄덕여 보이지만 아무런 말도 하지 않는다. 세레나 조이는 제일 좋은 옷 중 하나를 차려입었다. 베일 가장자리를 따라 하얀 수가 놓인 하늘색 드레스다. 꽃무늬와 번개 무늬. 그 나이가 되어도 그녀는 여전히 온몸을 꽃으로 휘감고 싶은 충동을 느낀다. 당신은 그래 봤자 소용없어. 나는 얼굴

표정은 하나도 흐트러뜨리지 않고 그녀를 보면서 생각한다. 이제 당신은 꽃무늬 옷 따위를 제대로 써먹을 수 없는걸. 당신은 이미 시들어빠졌어. 꽃은 식물의 성기(性器)다. 언젠가 어떤 책에서 읽은 적이 있다.

그녀는 자기 자리인 발판 달린 의자까지 걸어가서 몸을 돌리고 허리를 굽혀 볼썽사납게 쿵 주저앉는다. 왼발을 손으로 들어 발판 위에 턱 올리고, 소매 주머니를 더듬더듬 뒤진다. 부스럭거리는 소리, 라이터의 철컥 소리가 내 귀에 선명하게 들린다. 나는 담배의 뜨거운 그을음을 코끝으로 맡고 깊은 숨을 들이쉰다.

"오늘도 늦으시는군."

그녀가 말한다. 우리는 대답하지 않는다. 그녀가 등불이 있는 탁자를 손으로 더듬자 딸각 소리가 나고, 찰칵 하는 소리와 함께 텔레비전이 켜져 화면은 대기 상태가 되었다.

남자 합창단의 피부색이 황록색으로 보인다. 색깔 조정을 해야겠다. 「자연림 속에 있는 교회로 오세요」라는 찬송가를 부르고 있다. 그 나이가 되어도 그녀는 여전히 온몸을 꽃으로 휘감고 싶은 충동을 느낀다. 오세요, 오세요, 오세요, 오세요. 베이스가 노래한다. 세레나는 찰칵, 채널 변환기를 누른다. 지직거리는 화면의 파동, 번개 모양의 색조들, 알아들을 수 없는 소리. 몬트리올 위성 기지가 막혔기 때문이다. 그러다가 빛나는 검은 눈을 지닌 열정적인 설교자 한 사람이 나타나 단상 너머에서 우리 쪽으로 몸을 굽힌다. 요즘 설교자들은 꼭 사업가처럼 보인다. 세레나는 그를 몇 초쯤 지켜보더니, 다시 찰칵 채널을 돌린다.

빈 채널이 몇 개 더 지나가더니 뉴스가 나온다. 세레나가 찾던 게 바로 이것이다. 그녀는 의자에 푹 기대앉아 담배 연기를 깊숙이 빨아들인다. 반대로 나는 앞으로 몸을 숙인다. 어른들과 같이 밤늦게까지 자지 않고 있어도 좋다는 허락받은 어린아이처럼. 의례가 있는 이런 저녁이면 유일하게 좋은 점이 바로 뉴스를 볼 수 있다는 거다. 이 집안에서 이 사실은 암묵적인 규율처럼 통용되고 있다. 우리는 항상 제시간에 모이고, 그는 항상 지각을 하고, 세레나는 항상 뉴스를 보여 준다.

이 모양 이 꼴의 뉴스긴 하지만 말이다. 뭐가 진실인지 도대체 어떻게 구별한단 말인가? 다 옛날에 촬영해 둔 화면일지도 모르고, 가짜일지도 모른다. 그래도 나는 본다. 행간에 숨은 의미를 읽을 수 있기를 소망하면서. 지금 같은 때는 어떤 뉴스든 아예 없는 것보다 훨씬 낫다.

먼저 전선 소식. 사실은 '전선'이 아니다. 전쟁은 동시다발적으로 사방에서 벌어지고 있다.

카메라가 나무들이 무성한 언덕을 위에서 비춘다. 나무들은 보기만 해도 메스꺼운 황색이었다. 제발 세레나가 색 조정을 했으면 좋겠다. 애팔래치아의 고원이라고 성우가 말한다. 이곳에서 '묵시록의 천사들*' 4군단이 '빛의 천사들**' 25대대의 공중 지원을 받으며 소규모의 침례교 게릴라 부대를 연막을 써서 몰아내고 있다고 한다. 우리에게 보여 주는 화면에는 양편에 은색 날개를 그려 넣은 두 대의

---

* 육군에 해당하는 천사의 정식 계급명.

** 공군에 해당하는 천사들의 정식 계급명.

검은 헬리콥터가 나타난다. 그 아래로 나무 몇 그루가 폭발한다.

그러더니 포로의 얼굴을 가까이 찍은 장면이 나온다. 수염이 무성한 더러운 얼굴, 깔끔한 검은 제복의 천사 두 명이 양쪽 옆에 붙어서 있다. 포로는 천사 한 명에게서 담배를 받아, 묶인 두 손으로 어색하게 입에다 갖다 댄다. 그는 삐딱하게 씩 웃어 보인다. 아나운서가 뭐라 말을 하고 있지만 내게는 들리지 않는다. 나는 남자의 두 눈을 들여다보며 도대체 무슨 생각을 하고 있나 골똘히 생각하고 있었다. 그는 카메라가 촬영 중이라는 걸 알고 있다. 그 웃음은 반항의 표시였을까, 아니면 굴종의 표시였을까? 붙잡혔다는 사실이 민망한 걸까?

그들은 항상 승리만을 보여 줄 뿐, 패배는 절대 보여 주지 않는다. 나쁜 소식을 원하는 사람이 세상에 어디 있단 말인가?

어쩌면 그 남자는 배우인지도 모른다.

다시 앵커가 화면에 등장했다. 그의 매너는 친절하고 자상하다. 스크린 속에서 바깥에 있는 우리를 내다보며 똑바로 쳐다보는 그 모습, 햇볕에 그을린 가무잡잡한 피부에 하얀 백발과 솔직해 보이는 두 눈, 현명해 보이는 눈가의 주름살, 그는 마치 우리 모두의 이상적인 할아버지 상 같다. 그가 우리에게 들려주는 이야기들은, 온화한 미소가 시사하듯 다 우리를 위한 것이다. 곧 모든 일이 다 잘될 것이다. 내가 약속한다. 평화가 찾아올 것이다. 믿어야만 한다. 착한 아이들처럼 잠자리에 들어야 한다.

그는 우리가 믿고 싶은 일을 말해 준다. 몹시, 대단히 설득력이 있다.

나는 그에 맞서 싸운다. 의치에 성형 수술을 한 옛날의 영화 스타나 마찬가지야, 나는 스스로에게 말한다. 동시에 나는 그에게 이끌린다. 최면에 걸린 것처럼 마음이 끌린다. 사실이라면. 정말 사실이라면. 내가 믿어 버릴 수만 있다면 얼마나 좋을까.

이제 그는 '눈'들의 팀이 지하 첩보 조직 하나를 내부 밀고자의 협력으로 분쇄했다는 소식을 전한다. 이 조직은 귀중한 국가 자원들을 국경 너머 캐나다로 빼돌리고 있었다는 것이다.

"이단 퀘이커 교도 다섯 명이 체포되었습니다. 그리고 더 많은 이단자들의 체포가 예상됩니다."

그는 온화한 미소를 지으면서 말한다.

퀘이커 교도 두 명이 화면에 나타난다. 남자 한 명과 여자 한 명. 겁에 질린 표정이지만 카메라 앞에서 어떻게든 위엄을 잃지 않으려고 애쓰고 있다. 남자는 이마에 커다란 검은 표식이 있다. 여자의 베일은 찢기고 머리카락은 얼굴 위로 아무렇게나 흘러내려 있다. 두 사람 다 쉰 살 정도 돼 보인다.

이제 우리는 다시 하늘에서 찍은 도시 전경을 본다. 옛날에는 디트로이트였던 도시다. 아나운서의 목소리 밑으로 쿵쿵거리는 포성이 깔린다. 지평선에서는 연기 기둥이 뭉게뭉게 솟아오르고 있다.

"'함의 자식들'*을 재이주시키는 작업이 예정대로 진행되고 있습니다."

---

* Children of Ham. 창세기 9장에 보면 노아의 아들 함이 술에 취한 늙은 아버지의 하체를 보고도 가리지 않고 형제들에게 알리는 이야기가 나온다. 그 죄로 함은 신의 저주를 받는다. 19세기를 거치며 함의 자식들이 흑인이라는 낭설이 생겨나 노예제와 인종차별의 근거로 오남용되었다.

기분을 가라앉히는 분홍빛 얼굴이 다시 화면에 나타나 말한다.

"이번 주에 3000명이 '내셔널 홈랜드* 제1지구'에 이미 도착했고, 나머지 2000명이 현재 이동 중입니다."

그들은 어떻게 그렇게 많은 사람을 한꺼번에 옮긴다는 거지? 기차, 버스? 이주 광경은 전혀 화면에 나오지 않는다. '내셔널 홈랜드 제1지구'는 노스 다코타에 있다. 그 많은 사람들이 다 거기 가서 도대체 뭘 하게 될지 도무지 상상이 가질 않는다. 말로는 농사를 짓는다고 하지만.

세레나 조이는 뉴스가 지겨워진 모양이다. 이곳저곳으로 채널을 돌리다가 뺨이 시들은 젖통처럼 축 늘어진 늙은 베이스 바리톤을 보게 되었다. 「희망을 속삭이며」를 부르고 있다. 세레나는 그 남자를 꺼 버린다.

우리는 기다리고, 복도의 시계는 똑딱거리고, 세레나는 담배를 한 개비 더 꺼내 불을 붙인다. 그 사이 나는 자동차 속으로 들어간다. 토요일 아침이고 9월이다. 우리한테는 아직 자동차가 있다. 다른 사람들은 사정이 나빠져서 자동차를 다 팔아야만 했다. 내 이름은 오브프레드가 아닌 다른 이름이다. 지금은 금지된 이름이라 아무도 불러주지 않지만. 나는 상관없다고 스스로를 타이른다. 이름이란 건

---

* 내셔널 홈랜드(national homeland)라는 용어만 보면 암묵적으로 크게 두 가지 역사적 사건을 지시한다. 첫째는 유태인이 이스라엘을 건국하면서 이스라엘을 위한 '민족의 국토', 즉 내셔널 홈랜드를 주창했던 것이고, 둘째는 남아프리카 공화국의 백인 지배계급이 국민의 압도적 다수인 반투족을 탄압하고자, 다른 인종 간의 결혼을 금지하고, 인종에 따른 거주지를 별도로 지정하며, 공공시설의 분리이용을 법제화한 사례다. 이것이 악명높은 아파르트헤이트 정책으로서, 당시 반투족을 강제격리한 자치구역의 이름이 바로 반투 홈랜드였다. 길리어드판 아파르트헤이트인 내셔널 홈랜드 정책은 이밖에도 나치가 자행한 유대인 대학살을 비롯해 인류 역사상 수없이 자행된 인종차별과 종족학살의 악몽을 소환한다.

전화번호와 같아서 다른 사람들에게나 쓸모 있는 거라고. 하지만 스스로를 위로하는 말일 뿐 사실이 아니다. 이름은 중요한 문제다. 나는 그 이름의 기억을 숨겨놓은 보물처럼 언젠가 다시 돌아와 파낼 나만의 보물처럼 간직하고 있다. 그 이름이 묻혀 있다고 여기고 있다. 나의 진짜 이름에는 마력이 있다. 상상할 수도 없이 아득한 과거로부터 지금까지 살아남은 부적 같은 마력이. 밤마다 내 싱글 침대에 누워 두 눈을 감으면 그 이름이 눈앞에 어른거리며 떠다닌다. 손에 닿을락 말락 어둠 속에서 빛을 내며 떠다닌다.

9월의 토요일 아침이라, 나는 내 빛나는 이름을 걸치고 있다. 이제는 죽은 어린 소녀가 제일 좋아하는 인형 두 개를 안고 뒷좌석에 앉아 있다. 봉제 토끼 인형은 낡은 데다 사랑을 듬뿍 받아 손때가 덕지덕지 묻어 있다. 나는 그런 세세한 것까지 다 기억하고 있다. 감상적인 기억이지만, 나로서는 어쩔 수 없다. 하지만 토끼 인형 생각에 넋을 놓을 수는 없는 일이다. 지금 여기서, 세레나의 몸속에 들어갔다 나온 연기를 들이마시면서, 중국산 깔개 위에 무릎을 꿇고 울음을 터뜨릴 수는 없다. 여기서는 안 된다. 지금은 안 된다. 우는 건 나중에도 언제든지 할 수 있다.

그 애는 우리가 소풍을 가는 거라고 생각했고, 실제로 그 애 옆 뒷좌석에 놓인 소풍 바구니에는 완숙한 달걀, 보온병을 위시해 진짜 음식이 가득 담겨 있었다. 우리는 진짜 행선지를 그 애에게 말해 주고 싶지 않았다. 검문을 당할 때 혹시 실수로라도 그 애가 뭔가 들키면 큰일이었으니까. 우리는 그 애에게 진실의 짐을 지워 주고 싶지 않았다.

나는 하이킹용 장화를 신고 있었고, 그 애는 운동화를 신고 있었다. 운동화 끈에는 빨강, 보라, 분홍, 노랑색 하트 무늬가 그려져 있었다. 계절에 비해서는 날씨가 더웠다. 벌써 단풍이 든 나뭇잎들도 있었다. 루크가 차를 몰았고, 나는 그 옆자리에 앉았다. 햇빛이 내리쬐었고, 하늘은 푸르렀고, 지나치는 집들은 여느 때처럼 평온하게 보였다. 스쳐지나 우리 뒤에 남는 집 하나하나가 과거의 시간 속으로 영영 사라져, 순식간에 처음부터 존재하지 않았던 것처럼 바스라진다. 앞으로 결코 그 모습을 다시 보지 못할 테니까…… 적어도 그때 나는 그렇게 생각했다.

우리는 짐이 거의 없었다. 어디로든 멀리 영영 떠나는 것처럼 보이고 싶지 않았다. 우리는 비싼 값에 걸맞게 품질이 보장된 위조 여권을 갖고 있었다. 물론 현금이나 '컴퓨카운트'로 대가를 지불할 수는 없었다. 그래서 다른 것들을 쓸 수밖에 없었다. 할머니의 보석, 루크가 삼촌한테서 물려받은 우표 수집 앨범. 그런 것들을 다른 나라에서는 돈과 바꿀 수 있다고 들었다. 국경에 다다르면 하루 소풍을 다녀오는 척하리라. 가짜 비자들은 유효 기간이 하루였다. 그 전에 애한테 안정제를 먹이면 국경을 넘을 때쯤엔 잠들어 있겠지. 그러면 그 애 때문에 들키는 일은 없을 거다. 아이가 거짓말 잘하기를 기대할 수는 없으니까.

그리고 그 애를 겁에 질리게 하고 싶지도 않다. 지금 이 순간 내 근육을 조여오고, 척추를 팽팽하게 긴장시키고, 온몸을 빳빳하게 잡아당겨 손만 닿아도 부서져 버릴 것 같은, 이 끔찍한 두려움을 느끼게 하고 싶지 않다. 정지 신호는 매번 시련이다. 하룻밤을 모텔에서 묵든가 어떻게든 의심을 사 심문을 당하지 않도록 갓길에 차를 주차해 놓고 지낼 것이다. 그리고 아침에 국경을 건너서 슈퍼마켓에라도 가듯이 유유히 자동차를 몰고 다리를 건널 것이다.

우리는 고속도로로 진입해 북쪽을 향한다. 별로 차가 없어 길이 술술 뚫린다. 전쟁이 시작된 뒤로 휘발유는 비싸졌고 공급량도 모자랐다. 도시 외곽에서 우리는 첫 번째 검문소를 지난다. 그들이 요구한 건 면허증이 전부다. 루크는 잘하고 있다. 면허증은 여권과 맞아떨어진다. 우리는 그것도 이미 계산해 두었다.

다시 도로에 진입한 후 루크는 내 손을 꼭 쥐더니 흘낏 나를 쳐다본다. 당신 얼굴이 백짓장 같아. 그가 말한다.

그의 말대로 내 기분은 꼭 백짓장 같다. 하얗고 판판하고 얇아진 느낌. 꼭 투명 인간이 된 기분이다. 틀림없이 그들은 내 속을 훤히 꿰뚫어보리라. 그보다 견딜 수 없는 건, 이렇게 얄팍하고 이렇게 창백해서야 어떻게 루크를, 그 애를 내 곁에 붙잡아둘 수 있으랴? 내게 남은 게 별로 없다는 느낌이 든다. 팔로 붙잡아도 그들은 슬쩍 미끄러져 사라져 버리리라. 내가 연기로 만든 사람인 것처럼, 내가 그들 눈앞에서 사라지는 신기루인 것처럼. *그런 청승맞은 생각은 하지 마.* 모이라라면 이렇게 말할 텐데. *그런 식으로 생각하면 실제로 그렇게 되어 버린다고.*

긴장 풀어. 루크가 말한다. 그는 지금 약간 과속하고 있다. 아드레날린이 머리끝까지 뻗친 모양이다. 이제 그는 노래를 부르고 있다. 오, 얼마나 멋진 아침인가. 그는 노래 부른다.

그의 노랫소리마저 근심을 더할 뿐이다. 지나치게 행복한 얼굴을 하지 말라는 경고를 받지 않았던가.

15

　사령관이 문을 노크한다. 노크하는 것이 방침이다. 좌실은 세레나 조이의 영역으로 정해져 있어서, 그는 들어올 때 허락을 구해야 한다. 세레나 조이는 사령관이 기다리게 만드는 것을 즐긴다. 사소한 일이지만, 이 집 안에서는 사소한 것들이 큰 의미를 가진다. 하지만 오늘 밤에는 세레나 조이에게 그런 하찮은 즐거움마저 허락되지 않는다. 대답할 시간도 주지 않고 사령관이 성큼 방 안으로 들어왔기 때문이다. 단순히 규칙을 잊었을 수도 있다. 하지만 고의인지도 모른다. 은제 식기를 잔뜩 깐 저녁 만찬 식탁 너머로 그녀가 사령관에게 무슨 말을 했는지, 아무 말도 하지 않았는지 누가 알겠는가?

　사령관은 검은 제복을 입고 있는데, 그런 차림을 하면 꼭 박물관 경비원처럼 보인다. 이미 반쯤 은퇴한 남자, 친절하지만 주위를 경계하면서 그저 시간 때우고 있는 그런 직원. 하지만 그건 첫인상일 뿐 다시 보면 그는 중서부 지역의 은행장처럼 보인다. 반듯하게 빗어넘긴 새하얀 은발, 흔들림 없는 반듯한 자세, 약간 구부정한 어깨. 그리고 수염이 있다. 그다음에는 그의 턱, 정말이지 안 보고 지나칠 수는 없는 턱이 있다. 턱까지 내려가면 그는 이미 오래 지나버린 옛 시절, 광택이 반질반질 나는 잡지들에 나오던 보드카 광고의 모델처럼 보인다.

그의 몸가짐은 온후하고, 두 손은 커다랗고 투박한 손가락들과 탐욕스러워 보이는 엄지를 지니고 있으며 푸른 눈은 좀처럼 속을 비치지 않으면서 짐짓 무해한 듯 위장하고 있다. 그는 재고 물품 목록을 살피듯 우리를 훑어본다. 빨간 옷을 입고 꿇어앉은 여자 한 명, 파란 옷을 입고 의자에 앉아 있는 여자 한 명, 녹색 옷을 입고 서 있는 여자 두 명, 뒤에는 깡마른 얼굴의 남자 한 명. 사령관은 우리가 어떻게 전부 이곳에 모였는지 알 수 없다는 듯, 어리둥절한 표정을 지어 보이기까지 한다. 마치 우리가, 빅토리아 시대의 풍금처럼 갑자기 물려받은 재산이라도 된다는 듯이. 우리를 어떻게 처리해야 할지 전혀 감이 잡히지 않는다는 듯이. 우리의 가치가 얼마나 되는지 도저히 모르겠다는 듯이.

그는 세레나 조이가 있는 쪽을 향해 대충 고개를 끄덕이고, 그녀는 아무 소리도 내지 않는다. 그는 방을 가로질러 걸어서 자기 자리로 준비되어 있는 커다란 가죽 의자로 간다. 주머니에서 열쇠를 꺼내고 의자 옆 작은 탁자에 놓여 있는, 황동으로 정교하게 장식하고 가죽 커버를 씌운 상자를 손으로 만지작거린다. 그리고 열쇠를 구멍에 넣고, 상자를 열고, 성경을 꺼낸다. 성경은 표지가 검고 테두리에

금박을 두른 평범한 사본이다. 성경은 늘 상자 속에 넣고 잠가둔다. 옛날에 하인들이 몰래 훔쳐 먹을까 봐 홍차를 상자에 넣고 잠가두었듯이 말이다. 정말로 선동적인 계책이다. 행여 우리가 성경에 손을 댄다면 그 속에서 어떤 의미를 읽어낼지 모른다는 뜻이니까. 우리는 사령관이 읽어 주는 말씀을 들을 수 있을 뿐, 스스로 읽을 수는 없다. 우리는 고개를 사령관 쪽으로 돌린다. 기대에 부푼 마음으로. 이제 잠자리에 들기 전 사령관님께서 들려주는 우리들의 동화가 시작될 테니까.

사령관은 앉아서 다리를 꼰다. 우리는 그의 일거수일투족을 바라본다. 서표들이 제자리에 꽂혀 있다. 그는 성경을 펼친다. 민망한 듯, 슬쩍 침을 꿀꺽 삼킨다.

"물 한잔 마실 수 있을까?"

그는 허공에 대고 말하고는 이렇게 덧붙인다.

"부탁해요."

내 뒤에서 한 사람이, 코라인지 리타인지 알 수 없는 누군가가 그림처럼 배열된 자기 자리를 이탈해 부엌으로 달려간다. 사령관은 발밑을 내려다보며 앉아 있다. 사령관은 한숨을 쉬더니 안주머니에서 금테 돋보기안경을 꺼내 코에 걸친다. 이제는 옛날 동화책에 나오던 구두장이 할아버지처럼 보인다. 선의를 가장하는 그의 위장은 끝이 없단 말인가?

우리는 그를 바라본다. 작은 흔들림 하나, 일거수일투족을 속속들이.

여자들한테 주시당하는 남자로 산다는 것. 철저하게 낯설고 기이한 경험이리라. 주위의 여자들이 내내 자기를 지켜보고 있다면. 여자들이 모두 '그가 다음에는 무슨 일을 하려고 하지?'라고 궁금해하고 있다면. 재떨이를 집으려고 손을 뻗는 것처럼 무해한 움직임인데도 여자들이 하나같이 움찔거린다면. 항상 여자들이 자신의 능력을 가늠하고 있다면. 여자들이 언제나 자신을 보며 '그건 못할 거야, 저 남자는 안 되겠어, 저만 하면 웬만큼은 되겠지.'라고 생각하고 있다면. 마지막 말은 특히 남자가 너저분하거나 유행에 떨어진 옷이라도 되는 듯한 말투로 내뱉는다면. 허름하긴 하지만 달리 입을 옷이 하나도 없으니 할 수 없지 하는 투로 내뱉는다면.

여자들로 하여금 자기를 입고, 걸쳐 보고, 벗어 버리게 하면서, 그 자신도 여자들을 발에 양말을 끼우듯 자기 몸의 그루터기에 걸쳐 볼 것. 길고 민감한 잉여의 엄지손가락, 그의 촉수, 줄기가 달린 달팽이 눈. 바깥으로 튀어나와 쭉 늘어났다가, 잘못 건드리면 움찔하고 자기 속으로 다시 쭈그러져 들어가 버리고, 다시 커졌다가, 끝이 약간 부풀어 마치 잎맥을 따라 움직이듯, 깨달음을 갈구하며 그들 속으로 들어가 여행을 한다. 이런 식으로 깨달음을 얻어야 한다면. 그로서는 눈먼 장님처럼 더듬거리며 앞으로 나아갈 수밖에 없는 그 암흑 속을 훤히 꿰뚫어보는 여자들, 아니 어느 한 여자로 구성된 그 어둠 속으로의 여행을 통해 시야를 확보해야 한다면.

그 여자는 몸속으로 그를 지켜본다. 우리 모두 그를 빤히 지켜보고 있다. 우리가 실제로 할 수 있는 일이라곤 응시하는 것뿐이니, 그건 무리도 아니다. 그가 휘청거리면, 실패하거나 죽어 버리면, 우리의 운명은 어떻게 될까? 그가 장화처럼 겉으로는 딱딱하게 굴면서 속으로는 여리고 물렁한 발의 모양을 잡으려고 애쓰는 것도 당연하다. 아니 그건 그냥 희망사항일 뿐이다. 그를 지켜본 지 꽤 되었지만 아직 속이 여리다는 증거는 한 번도 본 적이 없다.

하지만 조심해요, 사령관. 나는 머릿속으로 그에게 말한다. 내가 당신을 감시하고 있어요. 당신이 한 발자국만 헛디뎠다간, 내가 죽어요.

그래도, 저렇게 남자로 산다는 건 틀림없이 지옥 같을 거다.

틀림없이 꽤 괜찮을 거다.

틀림없이 지옥 같을 거다.

틀림없이 아주 조용할 거다.

물을 갖다주자 사령관은 물을 마신다.

"고맙네."

그는 말한다. 코라는 부스럭거리며 제자리로 돌아간다.

사령관은 잠시 말을 멈추고 아래를 내려다보더니 성경의 책장을 훑어본다. 우리의 존재는 안중에도 없는 듯 한껏 능청을 부린다. 그는 마치 레스토랑 식당 창문 너머에 앉아 2미터도 채 떨어져 있지 않은 곳에서 기아의 암흑에 시달리며 자신을 빤히 바라보는 눈길을 짐짓 모르는 체하며 스테이크를 가지고 장난치는 사람 같다. 우리는 그라는 자석에 이끌리는 강철 줄톱처럼 살짝 그쪽으로 기운다. 그는 우리에게 없는 힘이 있다. 그에게는 말씀이 있다. 한때 우리는 말의 권력을 얼마나 낭비했던가.

사령관은 별로 내키지 않는다는 표정으로 읽기 시작한다. 그는 성경 말씀 읽는 데에 별로 재능이 없다. 어쩌면 그저 지루해서 그러는지도 모른다.

보통 때와 다를 것 없는 이야기, 보통 때와 다를 것 없는 이야기들이다. 하느님이 아담에게, 하느님이 노아에게.

"너희는 생육하고 번성하여 땅에 편만하여 그중에서 번성하라 하셨더라."

그 뒤로 꼬부랑 노파가 된 라헬과 레아의 이야기가 이어진다. 이 이야기는 센터에서 귀에 못이 박히도록 들었다.

'제게 자식들을 주세요, 그렇지 않으면 저는 죽습니다. 그대에게 자궁의 결실을 내리시지 않는 분은 하느님이신데, 내가 하느님을 대신하겠는가? 제 시녀 빌하를 보시어요. 그녀는 내 무릎 위에 아기를 낳을 것이니, 그러면 나 역시 그녀로 인해 아기를 가질 수 있습니다.'

기타 등등, 기타 등등. 우리는 고등학교 교내 식당에 앉아 크림과 흑설탕을 곁들인 죽을 먹으며 아침 식사 때마다 이 말씀을 귀에 못이 박히도록 들어야 했다. 여러분이 먹는 식사는 최고의 품질이야, 그걸 명심하도록 해. 리디아 아주머니는 말했다. 지금은 전시고, 모든 것이 제한적으로 배급되고 있는데도 말이지. 여러분은 다들 버릇이 잘못 들었다고. 그녀는 고양이를 야단치는 것처럼 눈을 빛냈다. 버릇없는 고양이 같으니라고.

점심 식사는 진복팔단*의 말씀을 듣는 시간이었다. 이런 자는 복되고, 저런 자는 복되고 운운. 아무리 아주머니라 해도, 말씀을 읽는 것은 죄가 됐기 때문에, 그들은 테이프에 녹음된 말씀을 틀었다. 성우는 남자였다. '영혼이 가난한 자는 복이 있나니, 천국이 저희 것이요, 자비로운 자는 복이 있나니. 순종하는 자는 복이 있나니. 침묵하는 자는 복이 있나니.' 나는 그들이 없는 말을 꾸며냈다는 걸 알고 있다. 이 성경 말씀이 어딘가 틀렸다는 것도 알고 있다. 게다가 빼먹은 말들도 있다는 걸 안다. 하지만 확인해 볼 길이 없다. '슬퍼하는 자는 복이 있나니, 위로를 받을 것이니라'.

위로를 도대체 언제 받는지는 아무도 말해 주지 않았다.

나는 점심 식사 때면 늘 후식으로 나오는 통조림 배와 계피를 먹으면서 시계를 보고 식탁 두 개 건너에 있는 모이라의 자리를 확인했다. 모이라는 벌써 자리에 없었다. 나는 손을 들고 화장실에 가도 좋다는 허락을 받는다. 이런 일을 자주 벌이지는 않는다. 하더라도 날마다 시간대를 다르게 잡는다.

화장실에서 나는 평소와 마찬가지로 끝에서 두 번째 칸으로 들어간다.

"거기 있니?"

나는 속삭인다.

"실물이긴 한데 두 배로 흉측한 몰골이야."

모이라도 속삭임으로 대꾸한다.

"무슨 소리 들었니?"

나는 묻는다.

---

* the Beatitudes, 그리스도가 산상 수훈에서 설교한 여덟 가지 참 행복.

"뭐 별로. 나 여기서 나가야겠어. 미칠 것 같아."

나는 겁에 질린다.

"안 돼, 안 돼, 모이라. 꿈도 꾸지 마. 혼자서는 안 돼."

"아픈 척할 거야. 앰뷸런스를 보낼걸. 본 적 있어."

"그래 봤자 병원까지밖에 못 가."

"최소한 기분 전환은 되겠지. 더 이상 저 성깔 더러운 할머니의 말을 참고 들어줄 수가 없어."

"발각될 거야."

"걱정할 거 없어. 난 꾀병에 일가견이 있어. 고등학교 때 비타민 C를 끊어서 괴혈병에 걸린 적이 있어. 초기 단계에서는 진단이 안 돼. 다시 비타민을 먹기 시작하면 문제없어. 비타민 알약을 숨겨두면 돼."

"모이라, 하지 마."

모이라가 여기 나와 함께 있지 않다는 사실을 생각만 해도 참을 수가 없었다. 나를 위해, 이곳에 같이.

"앰뷸런스에는 남자 둘이 같이 타게 되어 있어. 생각해 봐. 틀림없이 그 남자들 섹스에 굶주려 있을 거야. 심지어 주머니에 손도 못 넣게 하잖아. 가능성은……."

"그 안에 너희들. 시간 다 됐어."

문간에서 엘리자베스 아주머니의 목소리가 들렸다. 나는 일어나서 변기 물을 내렸다. 벽에 뚫린 구멍 사이로 모이라의 손가락 두 개가 보였다. 구멍은 손가락 두 개가 겨우 들어갈 수 있는 크기였다. 나는 재빨리 내 손가락으로 그녀의 손가락을 만졌다. 그리고 잠시

대고 있다가 뺐다.

"레아가 가로되 내가 내 시녀를 남편에게 주었으므로 하느님이 내게 그 값을 주셨다."

사령관이 읽었다. 그는 성경을 닫고 툭 떨어뜨렸다. 그러자 아주 김빠지는 듯한 소리가 났다. 멀리서 천을 덧댄 문이 저절로 닫히는 소리처럼. 훅 하고 바람이 끼치는 소리처럼. 그 소리를 들으니 얇고 양파처럼 겹이 많은 책장들의 보드라움이, 손가락 밑에 느껴지는 감촉이 선연하게 떠오른다. 마치 옛날 콧잔등의 번들거림을 없애기 위해 책처럼 묶어서 팔았던 '파피에 푸드르*'처럼 연분홍빛의 뽀송뽀송한 느낌. 보드랍고 건조한 느낌. 옛날에는 조개나 버섯처럼 여러 가지 모양을 한 비누와 촛불을 팔던 가게에서 그런 종이를 팔았다. 꼭 담배 종이 같은. 꼭 꽃잎 같은.

사령관은 피로한 듯 두 눈을 꼭 감고 잠시 앉아 있다. 그는 장시간 근무한다. 막중한 책임을 지고 있으니까.

세레나가 울기 시작했다. 등 뒤에서 그녀의 울음소리가 들린다. 이번이 처음 우는 것도 아니다. 의례의 밤이면 그녀는 어김없이 이런다. 시끄러운 소리를 내지 않으려고 안간힘을 쓰고 있다. 우리 앞에서 품위를 유지하려고 안간힘을 쓰고 있다. 커튼과 깔개로 틀어막아 소리가 상당히 작아지긴 했지만 그래도 우리는 똑똑히 들을 수 있다. 자제력을 잃고 무너지는 그녀의 자아와, 울분을 억누르려 애

---

* papier poudre, 피지를 제거하기 위한 화장지.

쓰는 내면의 갈등은 끔찍스럽다. 교회에서 뀌는 방귀 같다. 언제나 그렇듯 큰 소리로 웃어주고 싶은 충동이 불끈불끈 솟아오르지만, 그건 우습다는 생각이 들어서가 아니다. 그 울음소리의 악취가 머리 위로 퍼져나가지만 우리는 모르는 척 무시한다.

사령관은 눈을 떠 눈치를 채고서는 얼굴을 찌푸리더니 더 이상 신경 쓰지 않는다. 사령관이 말한다.

"이제 우리는 잠시 묵도의 시간을 갖겠습니다. 축복을 구하고, 우리가 하는 일마다 성공하기를 빕시다."

고개를 숙이고 눈을 감는다. 꾹 참은 숨소리, 거의 들리지 않는 신음소리, 내 등 뒤에서 계속되는 떨림에 귀를 기울인다. 저 여자는 내가 얼마나 미울까 생각한다.

나는 말없이 기도한다. '놀리테 테 바스타르데스 카르보룬도룸(Nolite te bastardes carborundorum)'. 무슨 뜻인지는 모르지만, 어쩐지 이럴 때 적당한 소리로 느껴진다. 하느님께 뭐라 드릴 만한 말씀이 달리 없으니 이 정도로 만족해야 한다. 적어도 지금 이 상황에 맞는 말씀은 모르겠다. 옛날 말처럼 이 중대한 시점에. 모이라의 얼굴을 한 미지의 여인이 남기고 떠난 찬장 속에 새겨진 글만 내 눈앞에 떠돈다. 나는 천사 두 명이 그녀를 들것에 실어 앰뷸런스로 옮겨 가는 모습을 보았다.

무슨 일이야? 나는 내 곁의 여자에게 입술을 달싹거려 물어보았다. 광신자만 아니면 이 정도의 질문은 그런 대로 안전하다.

고열이래. 그녀는 입술을 움직여 대답했다. 맹장염이라는데.

그날 저녁, 나는 식사를 하고 있었다. 햄버거 볼과 해쉬브라운. 식탁이 창가에 있어 정문 정도까지의 바깥은 보였다. 나는 앰뷸런스가 돌아오는 모습을 보았다. 이번에는 사이렌 소리가 들리지 않았다. 천사 한 사람이 뛰어내려 보초와 이야기했다. 보초는 건물로 들어갔고 앰뷸런스는 주차한 채 그대로 있었다. 천사는 배운 대로 우리 반대편으로 등을 돌리고 서 있었다. 아주머니 두 사람이 보초와 함께 건물에서 나왔다. 그들은 앰뷸런스 뒤쪽으로 돌아갔다. 그들은 모이라를 질질 끌고 나와 현관문으로 들어가 계단을 올랐다. 양옆에서 모이라의 겨드랑이를 한쪽씩 붙잡고 있었다. 모이라는 걷기가 힘들어 보였다. 나는 먹는 것을 포기했다. 음식이 넘어가지 않았다. 이때쯤엔 내가 앉은 식탁에 있던 여자들 모두 창 밖을 바라보고 있었다. 유리 안에 닭장 그물 같은 망을 넣어놓아서 유리창엔 녹색이 돌았다. 리디아 아주머니가 저녁이나 먹어 하고 말했다. 그러더니 뚜벅뚜벅 걸어가서 블라인드를 내렸다.

그들은 과학 실습실이었던 방으로 모이라를 데리고 들어갔다. 그곳에 제 발로 걸어 들어갈 사람은 아무도 없었다. 그 후로 그녀는 일주일 간 걷지 못했다. 발이 너무 부어서 구두에 들어가질 않았다. 처음 잘못을 저질렀을 때는, 발을 때렸다. 그들은 끝이 갈라진 강철 케이블을 사용했다. 그다음에는 손을 때렸다. 발이나 손이 영영 병신이 되더라도 그들은 전혀 개의치 않았다. 리디아 아주머니가 말했다. 기억해. 우리 목적으로 보면 너희들의 손발은 필수적인 부위가 아니야.

모이라는 본보기가 되어 자기 침대에 누워 있었다. 탈출 기도는 무리였어. 천사들은 넘어가지 않아. 알마가 옆 침대에서 말했다. 우리는 그녀를 수업에 끌고 다녀야 했다. 식사 시간이면 그녀를 위해 카페테리아에서 남는 설탕 봉지를 훔쳤고, 밤이면 침대에서 침대로 그 봉지들을 모이라에 전해 주었다. 모이라에게 설탕이 필요했는지는 몰라도, 우리가 훔칠 만한 건 아무리 찾아봐도 설탕뿐이었다. 우리에겐 그것밖에 줄 게 없었다.

나는 지금도 기도를 하고 있지만 눈앞에 보이는 건 모이라의 두 발이다. 그들이 처음 모이라를 붙잡아왔을 때의 두 발. 그녀의 발은 전혀 발처럼 보이지 않았다. 색깔만 제외한다면, 퉁퉁 부풀어오르고 뼈도 없는 익사체의 발 같았다. 꼭 허파처럼 보였다.

오 하느님. 나는 기도한다. '놀리테 테 바스타르데스 카르보룬도룸.' 이게 당신이 원하시던 일인가요?

사령관은 침을 꿀꺽 삼킨다. 이제 기도를 끝낼 때가 되었음을 알리는 특유의 방식이다.

"주님의 시선이 온 세상을 꿰뚫어보시고, 주님을 향한 마음이 온전한 이들을 위해 스스로 강하심을 아십니다."

그가 말한다. 해산 지시다. 그는 일어난다. 이제 해산한다.

16

의례는 보통 때와 다름없이 진행된다.

나는 몸에 좋다는 하얀 면속곳만 벗고 나머지 옷을 전부 다 차려 입은 채 똑바로 눕는다. 눈에 보이는 건, 혹시라도 눈을 뜬다면 말이 지만, 세레나 조이의 지나치게 크다 싶은 식민지 양식 침대의 커다랗고 하얀 덮개뿐이다. 덮개는 우리 머리 위에 축 늘어진 구름처럼 걸려 있다. 아주 작은 은빛 빗방울이 점점이 박혀 있는 구름은, 아주 자세히 보면 꽃잎이 네 장 달린 작은 꽃무늬라는 걸 알 수 있다. 하얀 양탄자, 꽃무늬가 박힌 커튼, 거울과 은을 뒤에 댄 솔이 놓여 있고 얌전하게 가장자리를 장식한 탁자는 보이지 않는다. 엷은 안개처럼 하늘거리는 천과 무겁게 아래로 늘어지는 곡선 때문에 휘발성과 실존성을 한꺼번에 보여주는 덮개만 보일 뿐이다.

어찌 보면 배의 돛 같기도 하다. 옛 시인들의 표현을 빌자면 배가 불룩 부풀어오른 돛. 바람에 커다랗게 배를 부풀려 전진하는 배.

'골짜기의 백합'의 향기가 안개처럼 우리를 감싼다. 차갑다. 시릴 정도다. 이 방에는 온기가 없다.

내 머리 위 침대 머리맡 쪽으로 세레나 조이가 사지를 벌린 채 자리 잡고 있다. 쫙 벌린 그녀의 두 다리 사이로 내가 눕는다. 머리로 그녀의 배를 베고, 내 두개골 아래쪽으로 그녀의 골반 뼈가 자리를 잡으며, 허벅지는 내 양쪽 겨드랑이로 내려온다. 그녀 역시 옷을 다 차려입고 있다.

나는 두 팔을 위로 치켜든다. 그리고 세레나 조이가 내 손을 한 손에 하나씩 잡는다. 이런 자세는 우리가 하나의 육신, 하나의 존재임을 상징하기 위한 것이다. 하지만 솔직히 속뜻을 들여다보면 그녀 쪽에 결정권이 있다는 의미일 뿐이다. 과정을 자신이 통제하고 있으니 결과물도 자기 것이라는 주장일 뿐이다. 세레나 조이의 왼손에 낀 반지가 내 손가락을 파고든다. 이건 나를 향한 복수일 수도 있고 아닐 수도 있다.

내 빨간 치마는 허리께까지 걷어올려지지만, 더 이상은 올라가지 않는다. 그 밑에서 사령관이 오입질을 하고 있다. 그가 범하고 있는 건 내 아랫도리다. 정사(情事)라고는 말할 수 없다. 왜냐하면 그가 지금 하는 짓은 정사가 아니기 때문이다. 성교라는 말도 적절하다고 할 수 없다. 왜냐하면 성교란 두 사람이 하는 것이지 한쪽만 연루된 일이 아니기 때문이다. 강간이라는 말로도 설명할 수 없다. 지금 벌어지는 일들 중에 내가 자발적으로 계약서에 사인하지 않은 일은 하나도 없기 때문이다. 선택의 여지가 많았던 건 아니지만, 그렇다고 전혀 없었던 것도 아니고 보면 결국 지금 이것이 나의 선택이었다.

그러므로 나는 눈을 꼭 감은 채로 가만히 누워서 머리 위에 늘어져 있을 보이지 않는 침대 덮개를 그려본다. 빅토리아 여왕이 딸한테 해 주었다는 충고를 기억해 낸다. *'두 눈을 감고 영국을 생각하렴.'* 하지만 이건 영국이 아니다. 제발 그가 서둘러 끝내면 좋으련만.

아마 나는 돌아버린 지 오래고 이건 새로운 종류의 심리치료인지도 모른다.

정말 그랬으면 좋겠다. 그럼 언젠가는 병이 나아서 이런 일도 끝나 버릴 테니까.

세레나 조이는 지금 사령관이 오입하고 있는 것이 내가 아니라 자기인 것처럼, 마치 고통이나 쾌락을 자기가 느끼는 것처럼 내 손을 으스러져라 잡는다. 그리고 사령관은 행진곡의 4분의 2박자로, 수도꼭지에서 물이 떨어지듯 끝도 없이 계속 삽입한다. 그는 샤워를 하면서 자기도 모르게 콧노래를 흥얼거리는 사람처럼 정신이 다른 데가 있다. 마치 다른 생각으로 꽉 찬 사람 같다. 어딘가 다른 곳에서 탁자를 손가락으로 툭툭 두들기며 무언가를 기다리는 것 같다. 그의 리듬에는 이제 조급한 마음이 비친다. 하지만 이건 남자들이 꿈꾸는 최고의 섹스 아닌가? 두 여자와 한꺼번에 하다니, 흥분되잖아. 전에는 그런 말들을 했다.

지금 이 방에서, 세레나 조이 바로 그녀의 덮개 밑에서 벌어지는 일은 전혀 흥분되는 일이 아니다. 열정이나 사랑이나 낭만이나 기타 등등 옛날 우리가 생각하며 달아오르곤 했던 그런 감정은 전혀 들어 있지 않다. 성적 욕망과도 전혀 상관없다. 적어도 내 쪽은 그렇다. 세레나 조이 역시 마찬가지고.

이제 발기와 오르가즘이 성교의 필수 조건이라고 여기지는 않는다. 오히려 그건 경박한 마음을 나타내는 징후일 뿐이다. 얼룩무늬 가터라든가 만들어 붙인 애교 점과 마찬가지로 경박한 인간들을 위한 불필요한 눈요기일 뿐이다. 시대에 뒤떨어진 유행이다. 여자들이 한때 발기니 오르가즘 따위에 대한 글을 읽고, 생각하고, 걱정하고, 그런 주제에 대해 글을 쓰느라 그렇게 많은 시간과 정력을 낭비했다는 게 이상하게 여겨질 정도다. 발기니 오르가즘 따위는 누가 봐도 오락에 지나지 않는데 말이다.

지금 이 일은 절대 오락이 아니다. 사령관에게조차 오락은 아니다. 이 일은 진지한 과업이다. 사령관 역시 자신의 의무를 행하고 있다.

행여 가느다랗게 실눈이라도 뜨면, 그를 볼 수 있을 터이다. 그리 불쾌하지는 않은 얼굴이 내 몸통 위에 걸쳐져 있고, 은발 몇 가닥을 앞이마에 늘어뜨린 채, 그가 지금 서둘러 끝내고자 애쓰고 있는 내면의 여행에 몰두하고 있을 터이다. 하지만 목적지는 그가 가까이 갈수록 똑같은 속도로 멀어질 테지. 실눈을 뜨면 그의 뜬눈을 볼 수 있으리라.

그가 더 잘생겼다면 이 일이 좀 더 즐거울까?

최소한 이번 사령관은 지난번보다는 훨씬 낫다. 전의 남자는 비를 흠뻑 맞은 교회 변소 같은 냄새가 났다. 치과 의사가 이를 쑤실 때 나는 입 냄새와 콧구멍 냄새가 났다. 하지만 이 사령관한테서는 나프탈렌 냄새가 난다. 아니, 이 냄새는 혹시 굉장히 독한 어떤 애프터 셰이브의 향일까? 도대체 왜 그는 바보 같은 제복을 입고 있어야 하는 걸까? 하지만 털이 숭숭 난 그의 허연 맨몸이 과연 이것보다 나을지 알 수 없다.

우리 사이에 키스는 금지되어 있다. 그나마 참을 만한 건 그 덕분이다.

나는 나 자신에게서 떨어져 나온다. 스스로 묘사한다.

그는 안도의 한숨처럼 숨죽인 신음소리를 토해 내며 마침내 사정한다. 세레나 조이도 마침내 큰 소리로 참았던 숨을 토한다. 팔꿈치로 몸을 지탱하고 있던 사령관은 우리들의 합체된 몸에서 떨어져 나간다. 차마 우리 위로 쓰러질 수는 없었던 거다. 잠시 숨을 돌리고 물러서더니 다시 지퍼를 올린다. 고개를 끄덕여 인사하고 돌아서 방을 나가면서, 우리 둘이 병든 노모인 것처럼 과장되게 조심을 하며 등 뒤로 문을 닫는다. 이건 어쩐지 정말 재미있다는 생각이 들었지만 그래도 감히 웃음을 터뜨릴 용기가 내겐 없다.

세레나 조이는 내 손을 놓는다.

"일어나도 좋아."

그녀는 말한다.

"일어나서 나가."

그녀는 내가 10분간 휴식을 취하게 해 줘야 한다. 발을 베개 위에 올려놓고 휴식을 취해야 아기를 가질 확률이 높아지기 때문이다. 아내는 그동안 말없이 명상하는 시간을 가져야 하지만 지금은 그럴 기분이 아닌 모양이다. 그 목소리에서는 혐오감이 묻어난다. 내 살을 건드리기만 해도 욕지기가 나고 병이 옮을 것 같다는 식의 진한 혐오감. 나는 그녀의 몸에 얽혀 있는 육신을 훌훌 풀고 일어난다. 사령관의 정액이 다리 가랑이로 주르륵 흘러내린다. 돌아서기 전에 나는 그녀가 파란 치마를 매만지고 두 다리를 꼭 모으는 모습을 본다. 그녀는 머리 위의 덮개를 바라보며, 저주할 때 쓰는 인형처럼 빳빳하고 반듯하게 침대 위에 그냥 누워 있다.

이 일이 누구한테 더 끔찍할까? 그녀일까, 나일까?

17

방에 돌아오면 나는 다음과 같은 일을 한다.

옷을 벗고 잠옷으로 갈아입는다.

저녁 식사 후에 오른쪽 구두 끝에 감춰두었던 버터 덩어리를 찾는
다. 찬장의 온도가 너무 높아서 버터는 반쯤 녹아 있다. 상당 부분이
버터를 쌌던 종이 냅킨에 스며들어 버렸다. 이제 나는 구두 속에 녹
아 있는 버터를 꺼낼 것이다. 처음 해 보는 일은 아니다. 버터나 마
가린이 나올 때면 언제나 일정량을 이렇게 숨겨두기 마련이다. 내
일, 행주나 화장실 휴지를 쓰면 구두 가장자리에 붙은 버터를 대부
분 떼어낼 수 있을 것이다.

나는 버터를 얼굴에 문지르고 손의 피부에 잘 스며들도록 한다.
이젠 더 이상 핸드로션이나 페이스크림 같은 게 없다. 적어도 우리
한테는 그렇다. 그런 것들은 허영으로 여긴다. 우리는 아기를 담는

그릇에 지나지 않는다. 중요한 것은 오로지 우리 육체의 안쪽일 뿐이다. 그들의 목적으로 보자면, 피부가 호두 껍데기처럼 쭈글쭈글하고 딱딱해져도 아무 문제가 없다. 우리에게 핸드로션의 공급이 끊어진 것은, 아내들의 청원 때문이었다. 그들은 우리가 매력적으로 보이기를 원치 않는다. 그들 입장에서 보면 지금 이대로도 충분히 고역이다.

버터는 '라헬과 레아 센터'에서 배운 방법이었다. 사방이 빨간색투성이라 우리끼리는 '레드 센터'라고 불렀던 곳이다. 이 방의 전임자, 그러니까 주근깨와 쾌활한 웃음을 지녔던 이 방의 전임자 친구도 틀림없이 이렇게 버터 칠을 했을 것이다. 우리는 누구나 버터 칠을 한다.

이렇게 버터를 바르고 있으면, 피부를 보드랍게 하기 위해 버터를 바르고 있노라면, 언젠가는 탈출하게 될 거라고, 언젠가는 다시 사랑이든 욕망이든 사람의 손길을 느낄 수 있으리라 믿게 된다. 우리도 우리만의 은밀한 의례를 치르는 셈이다.

버터는 끈적거리고 부패할 것이다. 내 몸에서는 오래된 치즈 냄새가 날 것이다. 하지만 적어도 버터는 옛말로 유기 물질 아닌가.

우리는 이런 지경으로까지 전락한 것이다.

버터를 바르고 나서 토스트 조각처럼 판판하게 나의 1인용 침대에 드러눕는다. 잠이 오질 않는다. 흐릿한 어둠 속에서 나는 천장 한가운데 있는 눈 먼 회벽의 눈알을 올려다본다. 석고로 된 눈알은 볼수도 없으면서 내 시선을 되받는다. 바람 한 점 없어, 나의 하얀 커튼은 마치 거즈 붕대처럼 절름거리며 늘어진 채, 밤마다 이 저택을 비추는 탐조등의 불빛에 희미하게 빛나고 있다. 아니, 탐조등불이 아니라 달빛일지도.

다시금 이불을 걷고, 잠옷 바람에 맨발로 살금살금 일어나서 어린 애처럼 창문가로 간다. 바깥이 보고 싶다. 새로 내린 눈(雪)의 젖가슴 위에 달이 걸려 있다. 하늘은 맑지만 탐조등 불빛 때문에 잘 보이지 않는다. 하지만 희미해진 하늘 위에 달은 확실히 둥둥 떠 있다. 새 초승달, 소원을 비는 달, 오래된 암석으로 된 은 덩어리, 여신, 눈 깜박임. 달은 돌이고 하늘은 치명적인 무기로 가득 차 있지만, 아, 그래도 어쨌든 얼마나 숨 막히게 아름다운가.

지금 여기 내 곁에 루크가 함께 있기를 간절히 원한다. 그의 품에 안겨서 그가 내 이름을 불러주는 걸 듣고 싶다. 지금과는 다른 방식으로 소중한 존재가 되고 싶다. 단순히 소중한 존재 이상이 되고 싶다. 나는 내 옛 이름을 되풀이해 부르고 또 불러본다. 내게 한때 가능했던 일들, 한때 다른 이들이 나를 바라봐주던 그 시선을 떠올리기 위하여.

뭔가를 훔치고 싶다.

복도에는 야간용 조명이 켜져 있고, 길디긴 공간은 보드라운 분홍색으로 빛나고 있다. 한 걸음, 또 한 걸음, 삐걱거리는 소리가 나지 않도록 조심스럽게 양탄자를 따라 내딛으면서 걸어가고 있다. 몰래 숲속을 걸어가듯이, 한밤의 저택을 지나 걸어가는 내 가슴이 요동친다. 나는 자리를 이탈했다. 이건 완전히 불법이다.

복도 벽에 달린 어안 렌즈를 지나치면서 내 하얀 형체와 천막처럼 퍼진 몸, 갈기처럼 등 뒤로 늘어뜨린 머리칼과 번들거리는 두 눈을 보았다. 좋았어. 나는 지금 혼자서 무슨 일인가를 하고 있는 거다. 능동태로, 능동태가 문법상 시제에 속하던가?* 긴장된다. 꼭 훔치고 싶은 건 부엌의 칼이지만, 나는 그럴 준비는 되지 않았다.

좌실에 다다른다. 문이 활짝 열려 있다. 슬쩍 들어가면서 문은 약간 열린 채로 둔다. 나무 삐걱거리는 소리가 난다. 하지만 이런 소리를 들을 만큼 가까이 있는 사람이 어디 있으랴? 나는 방 안에 서 있다. 고양이나 부엉이처럼 동공을 한껏 확장시키면서. 케케묵은 향수, 천의 보풀에 콧구멍이 막힌다. 닫힌 커튼 주름 가장자리 틈새를 통해 바깥의 탐조등에서 미미한 빛의 안개가 흘러 들어온다. 틀림없이 남자 두 명이 순찰을 돌고 있을 것이다. 커튼 뒤에 숨어 내려다본 적이 있다. 어두운 형체들. 종이로 오려낸 실루엣 같은 형체들. 이제는 사물의 형체가 보이고, 희미한 빛도 감지할 수 있다. 거울에서 나는 빛. 램프 바닥에서, 꽃병들에서, 황혼 녘의 구름처럼 어렴풋이 모습을 드러내는 소파에서 나는 빛.

뭘 가져가야 할까? 없어져도 눈치 채지 못할 만한 것을 가져가야 할 텐데. 자정의 숲속에서 찾아내는 마법의 꽃 한 송이. 말린 꽃은 건드리지 말고, 시든 수선화 한 송이만. 수선화들은 곧 썩은 냄새를 풍기기 시작할 테니 모두 버릴 것이다. 세레나의 썩은 악취, 세레나의 뜨개질 냄새와 함께.

---

* 능동태는 시제(Tense)가 아니라 태(Voice)의 일종. (Tense)가 '시제'와 '긴장된'이라는 이중의 뜻을 지닌 것을 이용한 말장난이다.

나는 더듬더듬 작은 탁자를 찾아내어 손으로 형태를 느껴본다. 찰그랑, 떨어지는 소리가 나는 걸로 보아 틀림없이 어디 부딪쳐 뭔가 쓰러뜨린 모양이다. 나는 수선화들을 찾는다. 말라빠진 꽃잎 가장자리는 바삭바삭하고 줄기 쪽은 비실비실 힘이 없다. 손가락을 써서 줄기를 뚝 잘라낸다. 눌러서 어디에다 넣어둬야겠다. 매트리스 밑에. 거기 넣어두고서 다음 여자가, 내 뒤에 오는 여자가 찾아내게 할 테다.

그런데 방 안에, 내 뒤에 누군가 있다.

내 발소리처럼 조용한 마루 삐걱거리는 발소리가 들린다. 문이 등 뒤로 닫히고, 나지막하게 찰칵 소리가 나더니 전원이 끊어진다. 나는 얼어붙는다. 흰색 옷을 입은 건 실수다. 아무리 어둠 속이라 할지라도 흰 옷은 달빛 가운데 내린 하얀 눈이나 마찬가지였다.

그러자 속삭임이 들려왔다.

"소리 지르지 말아요. 괜찮으니까."

정말 내가 비명을 지르기라도 할 것처럼. 정말 다 괜찮은 것처럼. 나는 돌아선다. 희미한 형체 하나가 보인다. 희미하게 빛나는 광대뼈, 핏기가 없다.

그가 내게로 걸어온다. 닉이다.

"여기서 뭐하고 있었어요?"

나는 대답하지 않는다. 그 역시 지금 이곳에 있는 건 불법이다. 그러니 나를 고발하진 않을 터이다. 내가 그를 고발할 리도 없다. 잠시 우리는 서로를 비추는 거울이 된다. 그는 내 팔을 붙잡고 끌어당겨 내 입술에 자신의 입술을 포갠다. 거부하면 또 달리 무슨 일이 생길까? 우리는 한마디도 하지 않는다. 둘 다 바들바들 떨고 있다. 정말 얼마나 저질러 버리고 싶은지 모른다. 말린 꽃 한 다발이 있는 세레나의 거실에서, 중국 깔개 위에서 느끼는 메마른 그의 몸. 전혀 알지 못하는 남자와 저질러 버리는 기분. 그건 마치 고함을 내지르는 기분일 텐데. 누군가를 총으로 쏘아 죽이는 느낌일 텐데. 두 손이 밑으로 내려가면, 그러면 어떨까. 단추를 풀어 버릴 수도 있는데, 그러면 그다음엔 어떻게 되지. 하지만 너무 위험해. 그 역시 알고 있다. 우리는 서로의 몸을 살며시 밀어내지만, 아예 떨어지지는 않는다. 우리는 이미 지나치게 서로를 믿어 버렸고, 지나치게 큰 위험을 감수했고, 너무 지나치게 많은 행동을 저질러 버렸다.

"당신을 찾으러 가던 중이었습니다."

그는 말했다, 아니, 내 귀에 대고 숨을 쉬었다. 손을 뻗어 그의 피부를 느끼고 싶다. 그는 나를 굶주리게 만든다. 그의 손가락이 움직이더니 잠옷 소매 밑 내 팔을 만진다. 손이 이성의 말을 듣지 않는 듯한 움직임. 누군가가 만져 준다는 게, 이렇게 게걸스러운 욕망의 대상으로 느껴지는 것이, 이렇게 욕정을 느끼는 기분이, 너무나 좋다. 루크, 당신도 알 거야, 당신도 이해할 거야. 여기 있는 건 당신이잖아. 다른 사람의 몸을 빌린 당신.

개 같은 소리하고 있네.

"왜요?"

나는 말한다. 한밤중에 내 방을 찾아오는 위험을 감수할 정도로, 그렇게 절실했던 걸까? 나는 교수형을 당해 '장벽'의 갈고리에 걸린 사람들을 생각한다. 일어날 힘도 없다. 완전히 녹아 없어져 버리기 전에, 도망쳐야 한다. 어서 계단으로 돌아가야 한다. 그는 내 어깨에 손을 없는다. 가만히 올려놓은 그 손이 따뜻한 납덩어리처럼 육중하게 내리누른다. 이걸 위해 나는 죽어도 좋은 걸까? 나는 겁쟁이다. 고통은 떠올리기조차 싫다.

"그분이 보내서 온 겁니다."

닉이 말한다.

"당신을 만나고 싶어하십니다. 사무실에서."

"무슨 뜻이에요?"

내가 말한다. 그는 사령관을 말하는 게 틀림없다. 나를 만난다고? '만난다'는 게 무슨 뜻이지? 나하고는 볼일이 끝나지 않았던가?

"내일입니다."

그는 겨우 들릴락 말락 하는 소리로 말한다. 어두운 거실에서 우리는 천천히 서로에게서 멀어져 간다. 마치 어떤 힘이나, 조류에 의해 서로에게 이끌렸고 똑같이 강력한 어떤 손들이 우리를 떼어내는 것처럼.

나는 문을 찾아서 차가운 도자기 손잡이에 손가락을 대고 돌려 연다. 내가 할 수 있는 일은 그게 다다.

Night   밤   7
                          장

18

나는 침대에 누워 아직도 부들부들 떨고 있다. 유리잔의 테두리를 물로 적신 후 손가락으로 어루만지면 소리가 난다. 지금 내가 꼭 그런 느낌이다. 유리잔에서 울리는 이 소리. 지금 내 기분은 꼭 '산산조각 나다'라는 단어 같다. 내 곁에 누군가 함께 있다면 얼마나 좋을까.

나는 침대에 누워 있고, 곁에는 루크가 둥근 내 배에 손을 대고 있다. 우리 세 식구가 침대에 함께 누워 있다. 그 애는 내 안에서 발로 차며, 몸을 뒤치고 있다. 창 밖에 천둥 번개가 치고 있어서, 아기도 잠을 못 이루는 모양이다. 심장 소리가 해변에 밀려드는 파도 소리처럼 포근하게 어루만져주는 그곳에서도, 아기들은 듣기도 하고 자다 놀라서 깨기도 하는 거다. 아주 가까운 데서 번개가 번쩍 비치고,

루크의 두 눈이 한순간 새하얗게 변한다.

나는 무섭지 않다. 우리는 깨어 있고, 빗발이 내리치고 있다. 우린 천천히 조심해서 할 생각이다.

이런 일이 다시는 일어나지 않을 거라 생각하면 난 죽어 버릴 거다.

아니, 하지만 그건 사실이 아니다. 섹스를 못해서 죽는 사람은 아무도 없다. 우리는 사랑의 결핍으로 죽어간다. 여기에는 내가 사랑할 만한 사람이 아무도 없다. 내가 사랑할 만한 사람들은 전부 죽어 버렸거나 다른 곳에 있다. 이름이 뭔지, 지금 어디 있는지 아무도 모른다. 그들에게 내가 그렇듯이, 그들 역시 내겐 어디에도 없는 거나 마찬가지다. 나 역시 실종된 사람이다.

가끔은 얼굴을 볼 수 있다. 어둠을 등지고, 낡고 오래된 성당 속에서 바람에 흔들리는 촛불 빛을 받고 있는 성자 상처럼 보였다 안 보였다 하는 얼굴들. 전에는 그런 촛불을 켜고 무릎 꿇고, 목제 난간에 이마를 대고 불빛을 받으며 사람들이 기도를 했다. 해답을 갈구하면서. 얼굴들을 불러낼 수는 있지만 그것뿐, 그들은 그저 신기루일 뿐이기에 오래가질 못한다. 두 팔로 감싸안을 수 있는 진짜 육체를 원하는 나를 그 누가 비난할 수 있을까? 육체가 없다면 나 또한 육체에서 영혼이 분리된 셈인데. 나는 침대 스프링에 닿는 나 자신의 심장 박동 소리를 들을 수 있고, 메마른 하얀 이불 밑의 어둠 속에서 내 몸을 어루만질 수 있다. 하지만, 나 또한 메마르고 하얗고 딱딱한 과립형 분말이 되어 있다. 마치 그릇 가득 담긴 말린 쌀 속에 손을 담그고 휘젓는 느낌이다. 꼭 눈송이 같다. 어쩐지 죽은 듯한, 버려진 듯한 느낌이 감돈다. 나는 마치, 한때는 갖가지 사건이 일어났으나 이제 더 이상 아무 일도 일어나지 않는 방 같다. 창 밖에서 자라는 잡초의 꽃가루가 바람에 날아 들어와 마룻바닥에 먼지처럼 쌓일 뿐.

내가 믿는 사실은 다음과 같다.

루크가 덤불 속에, 얼기설기 얽혀 있는 고사리 밭에 얼굴을 처박고 엎드려 있다고 믿는다. 방금 벌어진 초록색 이파리 밑으로 작년의 갈색 잎들이, 아니 어쩌면 미나리가 무성할 것이다. 어쨌든 야생딸기들이 열리기에는 아직 너무 이르다. 아직까지 남아 있는 루크의 잔해는 머리카락, 뼈, 푸른색과 검은색 체크 무늬의 양모 셔츠, 가죽벨트, 작업용 장화. 나는 그날 그가 무슨 옷을 입고 있었는지 정확하게 기억한다. 마음속으로 그의 옷차림을 그려볼 수 있다. 옛날의 잡지들에 나오는 석판화나 전면 광고처럼 또렷이. 하지만 그의 얼굴만은, 그렇게 선명히 떠오르지 않는다. 그의 얼굴은 빛이 바래기 시작했는데, 그건 아마 그의 얼굴은 항상 똑같지 않았기 때문일 거다. 그의 얼굴은 각양각색의 표정을 지녔지만, 옷차림은 변함이 없으니까.

총구멍이, 아니 한 발 이상 쏘았을 테니 둘 또는 세 개 이상의 총구멍들이, 이제는 아물었기를 기도한다. 최소한 총구멍 하나는 깔끔하게, 신속하게, 치명적으로 두개골을 관통했기를 기도한다. 모든 영상들이 저장되어 있던 그곳을 뚫고 지나, 오직 단 한 번의 섬광만으로 끝났기를, 그것이 어둠이든 고통이든, 날카롭지 않고 둔탁했기를, '쿵'이라는 소리처럼 둔탁했기를. 단 한 번으로 끝나고 고요가 찾아

왔기를 기도한다.

나는 이 사실을 믿는다.

나는 또한 루크가 어딘가에서 사각형의 물체 같은 것 위에 똑바로 앉아 있다고 믿는다. 회색 시멘트나 일종의 선반이나, 침대나 의자 같은 물건 끝에. 그가 무슨 옷을 입고 있는지는 하느님만 아신다. 그들이 어떤 옷을 입혔는지는 하느님만 아신다. 하지만 하느님 외에도 알고 있는 사람이 있을 테니, 어쩌면 알아볼 길이 있을지도 모른다. 머리는 생각날 때마다 그들이 이가 꾄다며 깎아 주었지만, 면도는 1년 동안 한 번도 하지 못한 모습이다. 아니, 이 부분은 수정해야겠다. 이 때문에 머리를 깎았다면, 수염도 깎아야 할 테니까. 그렇지 않겠는가.

아무튼 그들의 이발 솜씨는 별로 좋지 않다. 머리카락은 들쭉날쭉하고, 뒷덜미에는 면도칼에 벤 상처가 있다. 하지만 더 나쁜 건 그가 10년, 20년은 족히 더 늙어 보인다는 거다. 늙은이처럼 구부정하고, 눈 밑의 살은 축 처졌고, 뺨에는 조그만 자줏빛 혈관들이 불끈 솟아올라 있으며, 흉터가, 아니 상처가 있다. 아직 아물지 않아 튤립 꽃의 붉은 줄기 끝 부분 같은 검붉은 상처가, 왼편 얼굴을 따라 아래로 죽 그어져 있다. 최근에 살갗이 찢어진 상처다. 육신은 참으로 쉽게 다칠 수 있고 쉽게 버릴 수 있다. 육신이란 수분과 화학 물질뿐, 결국 모래사장에서 말라붙어 죽어가는 해파리와 다를 바가 별로 없다.

루크는 고통스러워 손을 제대로 쓰지도 못하고, 제대로 움직이지도 못한다. 무슨 죄목으로 기소되었는지조차 모른다. 이건 알 수 없는 일이다. 뭔가, 뭔가 죄목이 있을 텐데. 그렇지 않다면 그를 왜 붙잡아두겠는가? 어째서 아직도 시체가 되지 않았단 말인가? 틀림없이 그들이 알고 싶어하는 정보가 루크에게 있다. 그게 뭔지 전혀 상상이 되지 않지만. 뭔지 몰라도 루크가 아직까지 말하지 않았다는 걸 상상할 수 없다. 나라면 벌써 불어 버렸을 텐데.

그의 온몸에서는 냄새가, 자신의 냄새, 더러운 우리에 갇힌 동물의 냄새가 펄펄 풍긴다. 나는 휴식 시간의 그를 상상한다. 왜냐하면 그렇지 않은 모습을 상상하면 견딜 수 없기 때문이다. 그의 칼라 아래, 소맷부리 위의 몸을 차마 상상하지 못하는 것도 마찬가지다. 그들이 그의 몸에 어떤 짓을 했는지 생각도 하고 싶지 않다. 그에게 신발은 있을까? 아니, 없다. 그런데 바닥은 차갑고 축축하다. 내가 여기 이렇게 살아서 그를 생각하고 있다는 걸 알까? 그렇다고 믿어야만 한다. 이렇게 비참하게 전락한 상황에서는 뭐든 무조건 믿어야 한다. 나는 이제 텔레파시라든가 에테르의 진동 따위 같은, 말도 안 되는 이야기를 믿는다. 전에는 한 번도 그런 적이 없었는데.

나는 또한 그들이 그를 붙잡기는커녕 따라잡지도 못했다고 믿기도 한다. 그가 탈출에 성공했다고, 강물을 헤엄쳐 강둑에 이르렀고, 국경을 넘어, 발을 질질 끌고 머나먼 해변에, 이를 딱딱 맞부딪치며 헤엄쳐 어느 섬에 다다랐다고 믿는다. 가까스로 근처의 농가에 가서, 들어와도 좋다는 허락을 받았을 거라고 믿는다. 집주인도 처음에는 의심했겠지만 나중에는 그의 본심을 알고선 친절하게 대해 주었을 거라고 믿는다. 그를 고발할 사람들은 아니었고, 어쩌면 퀘이커 교도들이었을지도 모른다고 믿는다. 그들이 몰래 그를 본토로 데리고 가, 이 집 저 집을 전전하며 숨겨 주었고 여자는 뜨거운 커피를 끓여 주고 남편의 옷가지를 그에게 주었을 거라고 믿는다. 그 옷차림을 그려 본다. 루크에게 따뜻한 옷을 입혀 주면 마음이 편해진다.

그는 다른 사람들과 접선했다. 틀림없이 레지스탕스가, 망명 정부가 있을 거다. 저 밖에 누군가가 있어서 이 문제를 처리하고 있을 거다. 그림자가 없으면 빛도 없음을 믿는 것처럼, 아니 빛이 없으면 그림자가 있을 수 없음을 믿듯이 나는 레지스탕스의 존재를 믿는다. 레지스탕스가 있는 게 틀림없다. 그렇지 않으면 텔레비전에 나오는 범죄자들은 다 어디서 나온단 말인가?

오늘이라도 그에게서 전갈이 올지 모른다. 전혀 예상치 못한 방식으로, 상상도 못한 사람을 통해서, 꿈에도 생각 못했던 사람에게서. 저녁 식사를 받쳐 내오는 쟁반 위 음식 접시 밑에 있을까? '순 살코기 정육점' 카운터 너머로 토큰을 내미는 내 손에 누군가가 쥐여 줄까?

전갈에는 인내심을 가져야 한다고 씌어 있으리라. 조만간 나를 꺼내 주겠다고. 그들이 어디로 데리고 갔건 우리 함께 그 애를 찾아내자고 씌어 있으리라. 그 애는 우리를 잊지 않았을 거라고, 우리 세 식구가 함께 살게 될 거라고. 그동안은 꾹 참고 훗날을 기약하며 몸 성히 있으라고. 내가 겪은 일들은, 내가 지금 겪고 있는 일들은 그에게는 아무 문제도 되지 않는다고, 그래도 나를 사랑한다고, 내 잘못이 아니라는 걸 알고 있다고 씌어 있으리라. 전언에는 그 이야기도 꼭 씌어 있으리라. 끝내 도착하지 못할지도 모르지만, 나를 살아 있게 하는 건 바로 이 전갈이다. 나는 전갈의 존재를 믿는다.

내가 믿는 것들이 전부 사실일 리는 없다. 그중 하나는 틀림없이 사실이겠지만. 하지만 나는 셋 다, 세 가지 다른 모습의 루크를 한꺼번에 믿는다. 이렇게 모순에 찬 믿음만이, 지금 내가 무엇이든 믿을 수 있는 유일한 길이다. 진실이 무엇이든, 그에 대한 마음의 준비를 하고 있을 수 있으니까.

이것 역시 나의 믿음일 뿐이다. 이것 역시 진실이 아닐지도 모른다.

가장 오래된 교회 근처 공동묘지 묘석들 중에는 닻과 모래시계, 그리고 '소망 속에서'라는 글자가 새겨져 있는 비석이 하나 있다.

'소망 속에서'. 어째서 죽은 사람 위에다 그런 말을 써놓았을까? 소망하고 있던 것은 시체였을까, 아니면 아직 살아 있는 사람들이었을까?

루크는 소망할까?

출생일

19

나는 잠들지 않고 깨어 있는 꿈을 꾼다.

침대에서 일어나 방을 가로질러 가지만 그 방은 이 방이 아니고, 문을 열고 나가지만 문은 이 방문이 아니다. 나는 집에, 내 집들 중 하나에 있고, 그 애가 나를 맞으러 앞에 해바라기가 새겨진 조그만 잠옷을 입고 맨발로 달려나온다. 그 애를 안아 올린 나는 그 애의 팔다리가 내 몸을 감싸는 걸 느끼고 그제야 꿈이라는 걸 깨닫고선 그만 서럽게 울기 시작한다. 나는 다시 침대에 누워 깨어나려 안간힘을 쓰다가 일어나 침대 끝에 앉는다. 그러면 엄마가 쟁반을 들고 들어와 기분이 좀 괜찮냐고 물으신다. 어렸을 때 내가 아프면, 엄마는 직장을 쉬시고 집에 계셨다. 하지만 이번에도 역시 생시가 아니다.

이런 꿈들을 꾸고 나서 정말로 잠에서 깨어나면, 천장에 걸려 있는 화환과, 익사체의 하얀 머리카락처럼 늘어져 있는 내 커튼을 보고 정말 꿈이 아닌 실제라는 걸 깨닫는다. 약에 취한 느낌이 든다. 그런 생각도 배제할 수는 없다. 어쩌면 그들이 약물을 주입하고 있는지도 모른다. 어쩌면 내가 살고 있다고 생각하는 이 삶은 편집증 환자의 망상일지도 모른다.

아니, 하지만 어림도 없는 희망일 뿐. 나는 내가 어디 있는지, 내가 누군지, 그리고 오늘이 며칠인지 안다. 이런 일종의 시험을 해 보면 나는 정신이 멀쩡하단 걸 깨닫는다. 제정신이라는 것은 소중한 재산이다. 사람들이 한때 돈을 비축했듯 나는 맑은 정신을 비축한다. 때가 되었을 때 모자라지 않도록 저축해 둔다.

커튼을 통해 희미한 빛, 회색의 여명이 들어온다. 오늘은 별로 해가 들지 않는다. 나는 자리에서 일어나 창가로 가서 딱딱하고 작은 '믿음'의 방석 위에 무릎을 꿇고 바깥을 내다본다. 아무것도 보이지 않는다.

다른 쿠션 두 개는 어떻게 되었을까? 잠시 생각한다. 한때는 세 개가 있었을 텐데. '소망'과 '사랑'까지. 그것들은 다 어디 처박혔을까? 세레나 조이는 정리 정돈을 잘하는 사람이다. 아주 해어져서 못 쓰는 물건이 아니라면 절대 버렸을 리가 없다. 하나는 리타에게, 하나는 코라에게 준 걸까?

벨이 울리고, 나는 시간이 되기 전에 벌써 일어선다. 나는 아래를 내려다보지도 않고 옷을 입는다.

나는 의자에 앉아서 '의자(chair)'라는 말을 생각해 본다. 이 말은 회의의 지도자라는 뜻도 있다. 사형의 한 방법을 뜻할 수도 있다. '자애(charity)'의 첫 음절이기도 하다. 육신이라는 뜻의 프랑스 말이기도 하다. 이 모든 사실들은 서로 전혀 관련이 없다.

이런 것들이 내가 마음을 진정시키기 위해, 사용하는 일종의 연도(連禱)다.

내 앞에는 쟁반이 있고, 쟁반 위에는 사과 주스 한 컵, 비타민 정한 알, 숟가락 하나, 갈색 토스트 세 쪽이 담긴 접시 하나가 있다. 또 꿀이 담긴 종지 하나, 달걀 받침이 놓여진 또 다른 접시 하나가 있다. 치마를 입은 여자의 몸처럼 생겨서, 치마 밑에는 달걀 하나를 더 넣어 따뜻하게 보관해 두는 그런 용기다. 달걀 받침은 파란 줄무늬가 있는 백색 도자기다.

첫 번째 달걀은 흰색이다. 달걀 받침을 살짝 옮겼더니, 창문에서 들어오는 축축한 햇살을 반사한다. 햇살은 밝아졌다, 시들었다, 다시 밝아지면서 쟁반으로 툭 떨어진다. 달걀 껍질은 매끈하면서도 까칠까칠하다. 미세한 자갈 같은 칼슘 입자들이 햇살에 도드라져, 달 표면의 크레이터처럼 보인다. 황량한 풍경이지만 흠 하나 없이 완벽하다. 풍요에 마음이 어지러워질까 봐 성자들이 들어갔던 사막이 이러했을 것이다. 하느님의 모습이 이 달걀처럼 생기지 않았을까 생각해 본다. 달의 생명체는 표면이 아니라, 안쪽에 있을지도 모른다.

달걀은 이제 자체적인 에너지가 있는 것처럼 빛을 발하고 있다. 달걀을 바라보고 있자니 커다란 기쁨이 밀려든다.

햇빛이 사라지자 달걀은 빛을 잃는다.

나는 받침에서 달걀을 들고 잠시 손가락으로 어루만진다. 따스하다. 여자들은 달걀을 부화시키기 위해 젖가슴 사이에 품고 다녔다. 아주 기분이 좋았을 거다.

미니멀리즘 신봉자의 삶에서 쾌락은 달걀이다. 한쪽 손가락으로 헤아릴 수 있는 은총이다. 하지만 어쩌면 이것이야말로 내가 원래 반응해야 하는 정상적인 방식인지도 모른다. 달걀만 있으면 되는데, 더 이상 무엇을 바란단 말인가?

이렇게 전락한 상황에서는 살고자 하는 욕구가 이상한 대상에 집착케 한다. 나는 애완 동물을 키우고 싶다. 새나 고양이같이 뭐든 친근한 동물을. 영 형편이 안 된다면 쥐라도 좋지만, 가능성은 전혀 없다. 이 집은 너무 청결하다.

나는 숟가락으로 달걀 윗부분을 잘라내고 내용물을 먹는다.

두 번째 달걀을 먹는 동안, 사이렌 소리가 울려퍼진다. 처음엔 아주 멀리서 아득하게 들리다가, 커다란 저택들과 바짝 깎은 잔디밭들을 꼬불꼬불 지나 내게로 점점 다가온다. 곤충이 윙윙거리듯이 가느다란 소리였다가, 가까워지면서 꽃처럼 피어나 급기야 트럼펫 소리처럼 활짝 벌어진다. 이 사이렌 소리는 일종의 선포다. 나는 먹다말고 숟가락을 내려놓는다. 심장 고동이 빨라진다. 다시 창가로 가 본다. 파란색일까, 나와는 상관이 없는 걸까? 하지만 모퉁이를 돌고 거리를 지나쳐 저택 앞에서 멈추는 걸 보니 빨간색이다. 아직도 소리는 커다랗게 울려퍼지고 있다. 아, 기쁘다, 이런 일은 요즘 정말 흔치 않다. 두 번째 달걀을 반쯤 먹다 말고, 옷장으로 달려가 겉옷을 찾아 입고 있는데 벌써 계단에서 발소리가 나고 나를 부르는 목소리가 들린다.

"서둘러. 하루 종일 기다려줄 줄 알아."

코라가 말한다.

옷을 입혀 주는 코라의 얼굴에는 정말로 미소가 떠올라 있다.

복도를 거의 달려가다시피 한다. 계단은 스키를 타는 기분으로 질주한다. 현관문은 드넓다. 오늘은 나도 정문으로 나갈 수 있다. 수호자가 서서 경례를 붙인다. 비가 부슬부슬 오기 시작했고, 임신한 흙과 풀의 냄새가 공기를 가득 채운다.

빨간 '출산차'가 진입로에 주차하고 있다. 뒷문이 열려 있고 나는 기어 올라탄다. 마룻바닥의 카펫은 빨간색이고, 창문에도 빨간 커튼이 쳐져 있다. 차 안에는 벌써 다른 여자들이 셋이나 타고 있다. 그녀들은 밴의 양쪽 가장자리를 따라 설치되어 있는 긴 의자에 앉아 있다. 수호자는 이중문을 닫아 잠그고 운전석 옆의 앞자리로 올라탄다. 유리가 끼워져 있는 철창 사이로 그들의 뒤통수가 보인다. 머리 위에서 사이렌이 '비켜, 비켜!'라고 고래고래 고함지르는 와중에 우리 차는 한 번 펄쩍 요동을 치더니 출발한다.

"누구죠?"

나는 옆자리의 여자한테 말한다. 귀에다 대고, 아니 하얀 머리쓰개 아래 그녀의 귀가 있을 만한 자리에 대고. 나는 소리치다시피 해야 한다. 소음이 너무 크다.

"오브워렌이래요."

그녀 역시 고함을 질러 대답해 주었다. 모퉁이를 돌며 차가 펄쩍 뛰자 그녀는 충동적으로 내 손을 잡더니 으스러져라 쥐었다. 내게로 몸을 돌리자 그녀의 얼굴이 보인다. 뺨을 따라 눈물이 주르르 흘러내리는데 도대체 무슨 뜻일까? 선망, 아니면 실망? 하지만 아니, 천만의 말씀. 그녀는 깔깔 웃고 있다. 두 팔을 벌려 나를 껴안는다. 전에 한 번도 본 적 없는 여자인데, 나를 포용한다. 빨간 옷 밑에 있는 그녀의 젖가슴은 커다랗다. 그녀는 소매로 얼굴을 훔친다. 오늘 우리는 하고 싶은 일은 뭐든 할 수 있다.

아니, 뭐든지라는 말은 수정해야겠다. 분수를 지키는 선에서 그렇다는 얘기다.

우리 맞은편 다른 의자에, 한 여자가 눈을 꼭 감고 두 손을 입에 갖다댄 채 기도하고 있다. 기도하는 게 아닐지도 모른다. 엄지 손톱을 잘근잘근 깨물고 있는 건지도 모른다. 어쩌면 마음의 평정을 유지하려고 그러는지도 모른다. 세 번째 여자는 벌써 차분해진 지 오래다. 그녀는 팔짱을 끼고 살짝 미소를 띤 채 앉아 있다. 사이렌은 그칠 줄 모르고 울리고 또 울린다. 사이렌 소리는 한때 앰뷸런스나 소방차들에만 쓰이는 죽음의 소리였는데. 하긴 요즘도 죽음의 소리라 할 수 있을지 모른다. 곧 알게 될 터이다. 오브워렌이 무엇을 낳을 것인가? 우리 모두의 바람대로 아기를 낳을 것인가? 아니면 뭔가 다른 것, 뾰족한 머리나 돼지 같은 들창코, 또는 몸이 두 개 달리거나 심장에 구멍이 뚫리거나 팔이 없거나 손발에 물갈퀴가 달린 '비아(非兒)'가 나올 것인가? 알 수 없는 일이다. 옛날에는 기계 같은 것을 써서 미리 알아보곤 했지만, 요즘은 법으로 금지하고 있다. 하긴 미리 알아봤자 무슨 소용이 있겠는가? 어차피 유산은 금지다. 뱃속에 든 것이 무엇이건 일단 낳아야 한다.

확률은 1/4이라고 센터에서 배웠다. 한때 화학 물질, 방사선, 방사능 물질로 대기가 가득 차고, 물 속에는 독성이 있는 분자 화합물들이 녹아들었다. 이를 청소하는 데 수년이 걸리는데, 그동안 이러한 물질들은 우리 몸으로 스며들어 지방 세포 속에 자리를 잡는다고 했다. 누가 알겠는가? 바로 우리들의 육체가 오염되어 기름 범벅이 된 해변처럼 더러울지도 모른다. 해변의 새들이 죽어가듯 태아들에게도 치명적이다. 어쩌면 당신의 몸을 먹은 대머리 수리는 죽을지 모른다. 밤이 되면 낡은 시계처럼 어둠 속에서 당신의 몸이 빛을 발할지도 모른다. 죽음의 시계라는 살짝수염벌레*. 일종의 딱정벌레인데, 시체를 매장한다.

가끔 나 자신을, 내 몸을 생각하면 해골을 떠올리지 않을 수 없다. 전자 현미경으로 보면 어떻게 보일까. 뼈다귀로 만들어진 생명의 요람. 하지만 그 속에는 사방에 치명적인 장애물들이 널려 있을 것이다. 일그러진 단백질이며 유리 조각처럼 날카로운 불량 결정들이 잔뜩 있을 것이다. 여자들은 약을 먹었고, 피임약을 먹었고, 남자들은 나무에 농약을 뿌렸고, 소들은 풀을 먹었고, 그들의 오줌이 죽처럼 한데 뒤섞여 강물로 흘러 들어갔다. 산 안드레아스 단층 지대에서 폭발한 원전들은 말할 것도 없다. 누구의 잘못**도 아니었다. 지진이 일어나 폭발했을 뿐이니까. 그리고 어떤 콘돔도 막을 수 없는 변형 매독 균도 등장했다. 어떤 여자들은 스스로 그런 짓을 했다. 장선으로 난소를 막거나 화학 물질로 흉터를 냈다. 리디아 아주머니는 말

---

* 수놈이 우는 소리가 죽음의 전조라는 생각에서 붙여진 이름이다.

** fault는 단층이라는 의미와 잘못이라는 의미를 모두 가지고 있다.

했다. 어떻게 그런 짓을 할 수 있었을까? 오, 어떻게 감히 그런 짓을 저질렀을까? 무시무시한 이세벨*들 같으니라고! 하느님께서 주신 은총을 경멸하는 독부(毒婦)들! 제 손을 마구 쥐어뜯으면서 리디아 아주머니는 포효했다.

리디아 아주머니는 또 말했다. 여러분들은 엄청난 위험을 감수하는 거야. 하지만 여러분은 기습 돌격 부대니까, 미리 출진해 위험한 적진을 탈환해야 해. 위험이 클수록 영광도 큰 법. 그녀는 우리의 거짓 용기에 얼굴을 환히 밝히며 두 손을 철썩 맞잡았다. 이 모든 일들을 겪고 너덜거리는 기형아를 낳다니. 확실히 별로 기분 좋은 생각은 아니다. 시험에 통과하지 못한 아기들, '비아'로 판정받은 아이들이 정확히 어떻게 되는지는 모른다. 하지만 어딘가로 재빨리, 신속하게 치워진다는 건 알고 있다.

유일한 원인 같은 건 없었어. 리디아 아주머니는 말했다. 그녀는 카키색 드레스 차림에 손에는 막대기를 들고 교실 앞에 서 있다. 예전에 지도가 걸려 있던 흑판 앞에는 그래프가 있다. 수년, 또 수년에 걸친 인구 1000명당 출산율을 보여 주는 그래프이다. 가파른 비탈이다. 제로 성장 선을 지나 아래로 아래로.

물론 미래가 없다고 믿는 여자들도 있었지. 세상이 그냥 폭발해 버릴 거라 믿었던 거야. 그런 여자들이 잘 써먹는 핑계였지. 리디아 아주머니는 말한다. 그 여자들은 출산이 무의미하다고 말했지. 리디

---

* 성경에 나오는 아합 왕의 아내로 요부, 독부의 대명사.

아 아주머니의 콧구멍이 좁아진다. 사악하기 짝이 없는 여자들. 그 여자들은 게을렀어. 게을러 터진 헤픈 년들이었어.

내 나무 책상 표면에는 이니셜들과 날짜가 새겨져 있다. 간간이 어떤 이니셜들은 '사랑한다'는 말로 이어진 두 쌍이 한 조로 연결되어 있었다. 'J.H.는 B.P.를 사랑한다. 1954.', 'O.R.은 L.T.를 사랑한다.' 꼭 옛날에 책에서 읽던 고대 문자 같다. 동굴의 석벽에 새겨진, 또는 그을음과 동물 지방을 섞어 그린 고대의 상형 문자. 이 글들은 도저히 믿을 수 없을 정도로 오래된 글처럼 느껴진다. 책상 표면은 하얀 나무로 되어 있다. 아래로 약간 경사가 져 있고, 오른편에 팔걸이가 있어 종이 위에 펜으로 글씨를 쓸 때 팔을 받칠 수 있다. 책상 안에는 물건을 보관해 둘 수 있는 곳이 있다. 책들, 공책들. 이런 옛 시절의 습관들은 지금 보면 무절제한 사치로 여겨진다. 심지어 퇴폐적인 느낌마저 든다. 미개국의 난교 파티처럼 부도덕하게 느껴진다. 'M.은 G.를 사랑해. 1972.' 책상의 래커가 닳은 곳에 볼펜으로 여러 번 파서 새긴 이 글씨는 모든 사라진 문명들의 서글픈 애수를 띠고 있다. 마치 돌에 새겨진 손바닥 자국 같다. 이 글씨를 새긴 이가 누구인지 몰라도, 한때 그도 살아 있었던 거다.

80년대 중반 이후의 날짜는 하나도 없다. 아이들이 모자라서 그즈음 문을 닫은 학교들 중 하나였던 모양이다.

그들은 실수를 많이 했어. 리디아 아주머니는 말했다. 우리는 그런 실수를 반복하지 않을 것이야. 그녀의 목소리는 위선적이고, 한껏 생색에 차 있다. 우리를 위해 불쾌한 이야기를 해 주는 게 직업인 사람들의 목소리. 저 여자의 목을 조르고 싶다. 그러나 나는 이런 생각이 떠오르자마자 애써 지워 버린다.

물건은 희귀해지고 구하기 힘들어지면 가치가 올라가지. 우리는 여러분들이 희소가치를 인정받기 바라. 리디아 아주머니는 입속에서 자기가 한 말을 음미하기 위해 중간중간 말을 쉬는 걸 매우 즐긴다. 여러분이 진주라고 생각하도록 해. 줄 맞춰 앉아서 시선을 내리깔고 있는 우리들은, 그녀에게 군침 도는 대상이다. 자기 마음대로 규정할 수 있는 대상이다. 우리는 그녀의 형용사들을 도리 없이 참아내야 하니까.

나는 진주들을 생각한다. 진주는 굴 껍질 속에서 응고된다. 이 이야기를 나중에 모이라에게 해 주어야겠다. 할 수 있으면.

여기 앉은 우리 모두가 힘을 합쳐 여러분들을 훌륭하게 빚어낼 생각이다. 리디아 아주머니는 만족스러운 목소리로 쾌활하게 말한다.

밴이 멈춰섰다. 뒷문이 열리고, 수호자가 우리를 차례차례 내려준다. 정문에는 또 다른 수호자가 서 있다. 그 역시 어깨에 땅딸막하고 투박한 기관단총을 메고 있다. 우리는 열을 맞추어 정문으로 걸어간다. 부슬부슬 비가 내리고, 수호자들이 경례를 붙인다. 의료기를 싣고 의사들을 태운 커다란 '응급차'가 좀 더 먼 순환로에 주차돼 있다. 의사 한 사람이 밴의 차창 밖을 내다보는 모습이 보인다. 의사들은 차 안에서 기다리면서 뭘 할지 궁금하다. 아마 카드 놀이를 하거나 책을 읽을 테지. 남자들만의 여흥거리들. 대개는 의사가 전혀 필요치 않은 경우가 많다. 도저히 어쩔 수 없을 때만 의사들의 입실이 허가된다.

옛날에는 달랐다. 의사들이 주도권을 쥐고 있었다. 부끄러운 일이었지. 리디아 아주머니는 말했다. 굴욕이야. 그때 그녀가 우리에게 보여준 것은 구시대의 병원에서 찍은 영화였다. 한 임신한 여자가 기계에 전선으로 연결되어 있었다. 몸 구석구석에 전극이 연결되어 있어 고장 난 로봇처럼 보였다. 팔에는 정맥 주사가 연결되어 체내로 주사액이 흘러 들어가고 있었다. 전조등을 이마에 단 남자가 소녀처럼 음모를 깎은 여자의 가랑이 속을 올려다본다. 반짝반짝 빛나게 소독한 메스가 잔뜩 들어 있는 트레이, 모든 사람들은 마스크를 썼다. 환자는 협조적이다. 먼저 그들은 여자에게 진정제를 투여한 후, 출산을 촉진하고, 회음부를 절개해 열었다가 다시 꿰맨다. 그것이 전부다. 마취제조차도 쓰지 않았다. 엘리자베스 아주머니는 마취제를 쓰지 않는 것이 아기에게 좋았다고 했다. 하지만 한편으로는 이런 말도 해 주었다. '내가 네게 잉태하는 고통을 크게 더하리니 네가 수고하고 자식을 낳으리니(창세기 3:16).' 점심 때 우리는 그녀가 약속한 불행을 맛보았다. 갈색 빵과 양상추 샌드위치라니.

양편으로 돌로 된 단지가 놓여 있는 널따란 계단을 걸어올라가는 사이 또 한 번 사이렌이 울린다. 오브워렌의 사령관은 우리 사령관보다 계급이 더 높은 모양이다. 이번에는 아내들을 위한 파란색 '출산차'가 들어온다. 성장을 하고 당당하게 입장하시는 세레나 조이님일 것이다. 아내들에게는 의자가 아니라 천으로 커버를 씌운 진짜 좌석이 배당된다. 그녀들은 앞을 바라보고 앉고 커튼으로 창문을 가리지도 않는다. 아내들은 행선지가 어디인지 잘 안다.

아마 세레나 조이는 이 집에 차라도 한잔하러 와 본 적이 있을 것이다. 옛날에 징징 대는 밉상 재닌이었던 오브워렌은 세레나 조이 앞을 자랑스럽게 행진해 보였을지도 모른다. 그녀와 다른 아내들이 자기 배를 구경하고 만져 보게 하고 자기 사령관 부인에게 축하 인사를 던지도록 배를 내밀고 눈앞에서 걸어다녔을지도 모른다. 아주 튼실한 여자애네요. 근육도 좋고. 네, 이 여자애 가족 중에는 에이전트 오렌지*의 흔적이 전혀 없답니다. 우리가 기록을 확인해 보았지요. 조심해서 나쁠 건 없으니까요. 그리고 어쩌면 그중에서 좀 친절한 여자가 이렇게 말하겠지. 쿠키 한 개 들래요?

오, 안 돼요. 그러면 버릇이 나빠진답니다. 설탕을 너무 많이 섭취하는 것도 좋지 않아요.

그래도 하나 먹는다고 무슨 해가 되겠어요. 이거 한 개만 먹게 해줘요, 밀드레드.

그러면 아양에 이력이 난 재닌은 이렇게 말하겠지.

오, 그래요. 먹어도 되나요, 부인? 부탁합니다.

저런, 저렇게 행실도 바르네요. 아주 퉁명스러운 애들도 있거든요. 할 일만 하면 된다는 식으로 구는 애들이 얼마나 많은데요. 정말 차라리 친딸 같겠어요. 한 식구처럼. 풍만한 중년 부인이 킬킬거리는 웃음소리. 그게 다다. 얘야. 이제 방으로 올라가거라.

그리고 그녀가 사라지고 나면 이런 얘기가 오간다.

깜찍한 창녀들 같으니, 저 애들 전부가 그렇지만요. 하지만 어쨌든 내 마음대로 고를 수는 없으니까요. 나눠주는 대로 받아야 하잖

---

* 베트남전에서 쓰인 고엽제.

아요? 이 말은 사령관의 아내, 바로 나의 아내 입에서 나온다.

오, 하지만 얼마나 *운이 좋으신지* 몰라요. 어떤 애들은 정말 불결한 애들도 있다니까요. 생글생글 웃기는커녕, 제 방 안에 처박혀서 머리도 감지 않는답니다. 정말이지 그 악취라니. 하녀들한테 시켜서 목욕을 시켜야 해요. 욕조에다 처넣어야 한다니까요. 심지어 목욕하라고 뇌물을 주고 협박까지 해야 해요.

저는 좀 엄하게 다루기로 했지요. 그랬더니 요즘엔 제대로 저녁을 먹질 않아요. 그리고 또 다른 일 말예요. 도대체 기미도 없답니다. 우리가 그렇게 규칙적으로 했는데도. 하지만 이 집 시녀는 정말 큰 복인 줄 아세요. 오, 이제 곧 배가 산더미처럼 불러오겠네요. 조바심이 나서 정말 기다리기 힘드시겠어요.

홍차 한잔 더 할래요? 점잖게 주제를 바꾼다.

그녀들 사이에 오가는 이야기들을 나는 안다.

그리고 재닌은, 위층의 자기 방에 올라간 재닌은 뭘 하고 있을까? 입속에 남은 설탕의 맛을 음미하며, 입술을 핥으며 앉아 있다. 창 밖을 바라본다. 숨을 들이쉬고 내쉬고. 부풀어오른 배를 매만진다. 아무 생각도 하지 않는다.

20

중앙 계단은 우리 집보다 넓고, 양편으로 휘어진 난간이 있다. 위에서 벌써 자리에 모인 여자들이 찬송 부르는 소리가 들려온다. 우리는 한 줄로 서서 서로 드레스 자락을 밟지 않으려 조심하며 계단을 올라간다. 왼편으로 식당의 이중 접이 문이 열려 있어 안에 있는 기다란 식탁이 보인다. 식탁 위에는 하얀 식탁보가 씌워져 있고 뷔페 음식이 차려져 있다. 햄, 치즈, 오렌지. 오렌지가 있다! 그리고 갓 구운 빵과 케이크. 하지만 우리들은 나중에 쟁반에 받친 우유와 샌드위치를 따로 먹을 것이다. 부엌에는 커피 단지도 하나 있고 와인 병들도 있다. 이렇게 경축할 만한 날에 아내들이 좀 취하면 어떠냐는 거다. 그들은 결과를 보고 게걸스럽게 먹고 놀 것이다. 지금 아내들은 계단 반대편에 있는 좌실에 모여, 워렌의 아내인 이 집 사령관 사모님을 격려해 주고 있다. 작고 마른 여자, 그녀는 하얀 면 잠옷을 입고 마룻바닥에 누워 있다. 회색으로 세어가고 있는 머리카락은 카펫 위에 핀 버짐처럼 아무렇게나 퍼져 있다. 아내들은 그 여자가 직접 애를 정말 낳기라도 할 것처럼 작은 배를 마사지해 준다.

물론 사령관은 어디에도 보이지 않는다. 어딘지 몰라도 이럴 때 남자들이 가는 곳으로, 어딘가 숨을 곳을 찾아 사라져 버렸다. 일이 잘될 경우 진급이 언제쯤 발표될 예정인지 알아보러 갔는지도 모른다. 그는 이제 특진이 확실시되고 있다.

오브워렌은 주인 침실에 있다. 정말 어울리는 이름이 아닐 수 없다. 이곳에서 사령관과 아내가 밤마다 잠을 자니까. 그녀는 그들의 킹 사이즈 침대에다 베개를 쌓아 몸을 받치고 앉아 있다. 몸은 커다랗게 부풀었지만 초라하게 작아진 재닌. 옛 이름을 빼앗긴 재닌. 그녀는 하얀 면 잠옷 차림이지만, 잠옷은 허벅지까지 걷어올린 채다. 금작화 색깔의 긴 머리는 방해가 되지 않도록 하나로 모아 머리 뒤로 묶었다. 두 눈은 꼭 감고 있다. 이렇게 해놓고 보니 심지어 이 여자를 좋아할 수도 있을 것 같다. 아무리 그래 봤자 그녀도 우리 일원이다. 최대한 쾌적하게 살아 보자는 것 뿐이지, 무슨 지나친 욕심을 부린 것도 아니다. 우리 중 그걸 바라지 않는 사람이 하나라도 있는가 말이다. '가능한 한'이라는 한계가 있긴 하지만. 이런 상황에서는 재닌이 잘하고 있는 셈이다.

내가 모르는 두 여자가 재닌의 양옆에서 손을 잡는다. 아니 재닌이 그 여자들의 손을 잡는다. 세 번째 여자가 잠옷을 걷고, 봉긋하게 솟아오른 배에 베이비 오일을 붓고 아래로 문지른다. 발치에는 엘리자베스 아주머니가 군복처럼 가슴에 앞주머니가 달린 카키색 드레스를 입고 서 있다. 그녀는 재닌의 '진에드*' 선생이었다. 내가 볼 수 있는 건 재닌의 옆 머리, 옆얼굴뿐이지만 돌출한 코와 잘생긴 턱의 험한 인상을 보니, 그녀라는 걸 알겠다. 재닌 옆에는 좌석이 두 개인 출산용 의자가 자리잡고 있다. 의자 하나 뒤에 다른 의자가 왕좌처럼 군림하고 있는 형상이었다. 때가 될 때까지는 재닌을 거기 앉히지 않을 것이다. 담요가 제자리에 놓여 있고, 목욕시킬 작은 욕조도 준비되어 있고, 재닌에게 물릴 얼음 그릇도 제자리에 있다.

나머지 여자들은 다리를 꼬고 양탄자 위에 앉는다. 이 지역의 시녀들은 모두 참석하게 되어 있어서, 상당히 붐빈다. 스물다섯 명, 서른 명은 될 거다. 사령관이라고 다 시녀를 배당받는 건 아니다. 아내들한테서 자식을 낳은 사령관들도 있으니까. '각자 능력에 맞게, 각자 필요에 맞게.' 구호대로다. 우리는 후식을 먹은 후 그 구호를 세 번씩 암송했다. 성경 말씀이다. 아니 성경 말씀이라고 했다. 이번에도 사도 바울이다. 아니 그들이 사도 바울이라고 했다. 사도행전에 나오는 말씀이라고.

여러분은 과도기의 세대야. 리디아 아주머니가 말했다. 그게 제일 어렵기 마련이지. 여러분이 앞으로 치러야 할 희생이 크다는 건 우리도 알고 있어. 남자들이 못할 짓을 하면 정말 어렵지. 여러분 다음 세대는 좀 더 쉬울 거야. 그들은 기꺼운 마음으로 의무를 받아들일 거야.

그녀는 그들은 추억이 없어서, 달리 어떻게 하는지 전혀 알지 못

---

* Gyn Ed. 체육이라는 의미의 Gym Ed를 산부인과라는 의미의 Gynecology와 합쳐 만들어낸 신조어.

하기 때문이라고 말하지 않았다.

그녀는 그들은 갖지 못할 것은 애초에 원치 않을 테니까 하고 말했다.

1주일에 한 번씩 우리는 영화를 보았다. 점심을 먹고 나서 낮잠을 자기 전까지. 가사 실습실 마룻바닥에 작은 회색 매트를 깔고 앉아서 헬레나 아주머니와 리디아 아주머니가 프로젝터를 다루지 못해 낑낑거리는 동안 준비가 되기를 기다렸다. 운이 좋을 때는 상하가 뒤바뀌지 않고 잘 나오는 영화를 볼 수도 있었다. 왠지 수천 년 전에 받은 것 같은 고등학교 때 지리 수업이 생각났다. 지리 수업 시간에는 세계 곳곳의 영화들을 상영했다. 긴 치마나 싸구려 꽃무늬 면 드레스를 입은 여자들이 땔감 다발이나 바구니, 아니면 물이 가득 든 플라스틱 양동이를 들고 강가나 그런 곳에서 돌아오는 모습. 그녀들은 숄이나 그물망에 아기들을 넣어 어깨에 걸치고서, 눈을 흘기거나 겁먹은 듯한 표정으로 스크린 바깥에 있는 우리들을 응시했다. 유리 눈이 하나 달린 기계가 자신들에게 뭔가 하고 있다는 건 알면서도 무슨 일인지 몰라 불안해했다. 그런 영화들은 푸근했지만 희미하게 권태로웠다. 남자들이 근육을 다 드러내고 원시적인 괭이와 삽으로 굳은 흙을 무자비하게 부수고 암석들을 나르고 있다고 해도 어쩐지 졸리기만 했다. 춤추고, 노래 부르고, 의례용 가면, 음악 연주에 쓰이는 공예품들이 나오는 편이 훨씬 더 좋았다. 깃털, 구리 단추, 조개껍질, 드럼. 나는 사람들이 행복한 모습을 보는 게 좋았다. 비참하고 굶어죽고 꼬치꼬치 말라가고, 우물을 판다거나 관개를 한다거나, 아무튼 문명 세계들이 해결한 지 오래인 지극히 사소한 일 때문에 목숨 거는 모습을 보고 싶지는 않았다. 누가 가서 기술을 전해 주고 그들끼리 먹고살 만하게 해 주어야 한다고 생각했다.

리디아 아주머니는 이런 영화들을 보여 주지는 않았다.

그녀가 보여 주는 영화들은 70년대나 80년대에 만든 낡은 포르노 필름인 경우가 많았다. 무릎을 꿇고 앉아서 권총이나 페니스를 빠는 여자들, 끈이나 사슬에 묶이거나 목에 개목걸이를 하고 있는 여자들, 나무에 벌거벗고 목매달리거나 거꾸로 매달려 다리를 활짝 벌리고 있는 여자들, 강간당하고 매 맞고 살해당하는 여자들. 한 번은 한 여자를 천천히 조각조각 도려내는 장면을 본 적도 있다. 정원 가위로 손가락과 젖가슴을 자르고, 배를 가르고 내장을 전부 밖으로 꺼냈다.

지금처럼 되지 않았다고 생각해 봐. 리디아 아주머니가 말했다. 옛날에 얼마나 끔찍하게 살았는지 알겠지? 저게 바로 당시에 여자를 보는 시각이었어. 그녀의 목소리가 분노로 파들파들 떨렸다.

모이라는 나중에 그건 진짜가 아니고, 인형으로 찍은 거라고 했다. 하지만 구분하기 힘들었다.

어떤 때는 소위 리디아 아주머니가 비여성 다큐멘터리라고 부르는 영화를 보여 주기도 했다. 상상 좀 해 봐. 그 시간에 좀 쓸모 있는 일을 할 수도 있었을 텐데, 저렇게 시간을 낭비하다니. 리디아 아주머니는 말했다. 옛날 비여성들은 시간을 낭비하는 게 일이었어. 심지어 시간 낭비를 권장받기도 했지. 정부는 시간을 낭비하라고 여성들에게 돈을 주었어. 물론, 그 사람들 생각도 건전한 구석이 있긴 했어. 그녀는 판단을 내릴 만한 입장에 있는 사람답게 목소리에서부터 권위적인 냄새를 풍기며 말했다. 오늘날까지도, 그들의 생각을 어느 정도는 인정해 주어야 해. 하지만 그건 일부분일 뿐이야. 명심해야 해. 그녀는 검지를 들고 우리를 향해 까딱거리면서 젠체했다. 하지만 그 사람들은 하느님을 몰랐어. 그리고 그건 결정적인 차이지, 그렇지 않아?

나는 손을 모은 채 내 매트 위에 앉고, 리디아 아주머니는 스크린에서 비켜선다. 그리고 불이 꺼지고 어둠 속에서 나는 최대한 몸을 오른쪽으로 뻗으며 어떻게 들키지 않고 내 옆자리의 여자한테 속삭일 수 있을까 궁리한다. 뭐라고 속삭일 거냐고? 나는, 모이라를 본 적 있어요?라고 물을 거다. 모이라를 본 사람이 아무도 없기 때문이다. 아침 식사 때도 보이지 않았다. 하지만 어둠침침하긴 해도 교실은 충분히 어둡지 않아서, 나는 마음을 바꿔 영화에 집중하고 있는 척한다. 그들은 이런 영화에서는 사운드 트랙을 틀어 주지 않는다. 포르노 영화에서는 소리가 나오지만. 그들은 우리에게 비명이며 신음소리며 교성 등, 극단적 고통이나 극단적 쾌감, 또는 둘 다를 한꺼번에 표현하는 소리들을 들려주고 싶어하지만, 비여성들이 하는 말은 우리에게 들려주고 싶어하지 않는다.

처음에는 제목과 이름들이 올라온다. 이름들은 크레용으로 필름을 칠해 지워서 읽을 수 없다. 그리고 다음 순간 나는 엄마의 모습을 본다. 나의 젊은 엄마, 기억나지 않을 정도로 젊은 엄마의 모습, 틀림없이 내가 태어나기도 전의 젊디젊은 엄마의 모습이다. 그녀는 당시 비여성들의 전형적인 옷이었다고 리디아 아주머니가 말한 옷차림을 하고 있다. 녹색과 연자줏빛의 체크무늬 남방을 멜빵 청바지 안에 받쳐 입고 운동화를 신고 있었다. 한때 모이라가 신었던, 아주 오래전 나도 신었던 것으로 기억하는 운동화. 엄마의 머리는 머리 뒤로 질끈 묶은 연자줏빛 스카프 아래 단정하게 감싸져 있었다. 엄마의 얼굴은 아주 젊고, 매우 진지하고, 심지어 예뻐 보이기까지 했다. 나는 우리 엄마가 한때 저렇게 예쁘고 진지했다는 사실을 잊고 있었다. 그녀는 똑같은 차림을 한 다른 여자들과 무리를 이루고 있다. 손에는 막대기를, 아니 어떤 깃발의 손잡이를 치켜들고 있다. 카메라는 위로 올라가서 페인트로 아마 이불 홑청이었을 법한 천에 씌인 글씨를 보여 준다. '밤을 다시 가져가라'. 우리는 어떤 글씨도 읽어서는 안 되는데, 이 부분은 검게 칠하지 않았다. 내 주위의 여자들이 숨을 헉 들이마신다. 바람이 풀밭을 쓸고 지나가듯 교실 안에 웅성거림이 인다. 이건 일종의 관리 소홀일까, 우리가 방금 뭔가 중대한 잘못을 저지르고도 그냥 용케 빠져나간 걸까? 넘어간 걸까? 아니면 손톱만큼의 안전도 보장받을 수 없던 옛날의 실상을 깨닫게 하려고 우리에게 일부러 보여 준 걸까?

이 구호 뒤로 다른 구호들이 씌어 있는 기치들도 보인다. 그리고 카메라는 그 구호들을 잠시 잡는다. '선택할 자유를 달라.' '어떤 아이든 원해서 낳는다.' '우리의 몸을 돌려 달라.' '여자가 있을 곳이 부엌이라고 믿는가?' 마지막 구호 아래에는 식탁에 누워 피를 뚝뚝 흘리는 여자의 그림이 있다.

이제 우리 엄마는 앞으로 행진한다. 그녀는 웃고 있다. 그들은 다 같이 앞으로 전진하다가, 주먹을 허공으로 치켜든다. 카메라는 하늘로 움직여, 수백 개의 풍선들이 끈을 달랑거리며 하늘로 치솟아오르는 모습을 잡는다. 동그라미가 그려진 빨간 풍선들. 동그라미에는 사과 줄기, 십자가처럼 생긴 줄기가 붙어 있다. 우리 엄마는 저기 지상에 있는 군중의 일원이지만 내 눈에는 더 이상 보이지 않는다.

서른일곱 살 때 너를 가졌단다. 엄마는 말했다. 모험이었지. 기형아가 되거나 뭔가 비정상일 가능성이 높았으니까. 너를 원했던 건 사실이야. 하지만 그래도 어떤 데서는 정말 똥 같은 대접을 받았어. 나와 가장 오랜 친구였던 트리시아는 나더러 태아주의자라는 거야. 나쁜 년. 틀림없이 질투가 나서 그랬을 거야. 그래도 또 다른 친구들은 별 말 안 했어. 하지만 임신 6개월이 되니까 이 사람 저 사람이 서른다섯 이후에 기형아 출산율이 얼마나 급증하는가에 대한 기사를 여기저기서 보내오는 거야. 거 참 눈물나게 고맙더라고. 게다가 미혼모로 아이를 키우는 게 얼마나 어려운 일인지에 관한 자료들도 보냈어. 그래서 나는 웃기지 말라고 했지. 내가 시작한 일이니 내가 끝내겠다고 그랬지. 병원에서는 차트에다가 '노령 초산부'라고 쓰더구나. 쓸 때 슬쩍 봤지. 그건 서른 살이 넘어서 처음 아이를 낳는 산모를 부르는 말이래. 세상에 서른 이상이라고요? 말도 안 돼요. 생물학적으로 저는 스물두 살이에요. 선생님보다도 팔팔할걸요. 당신이 침대에서 일어나시기도 전에 세쌍둥이를 다 낳고 퇴원할 수도 있단 말이에요,라고 내가 그렇게 말해 줬지.

그런 말을 할 때 엄마는 턱을 불쑥 치켜드셨다. 내가 기억하는 엄마는 그런 모습이다. 식탁에 앉아 술을 한 잔 앞에 놓고 턱을 치켜드신 모습. 영화에 나오던 것처럼 젊고 진지하고 어여쁜 여자가 아니라, 슈퍼마켓에서 줄 서 있을 때 새치기라고는 절대 용납하지 않을 것처럼 보이는 억세고 씩씩한 여인. 엄마는 우리 집에 놀러와서 루크와 내가 식사 준비를 하는 동안 술을 한 잔 걸치시는 걸 좋아하셨다. 그러고는 당신 인생이 어떻게 엉망으로 돌아갔는지 넋두리를 하기 시작하시는데, 결국은 우리 인생에 대한 불만으로 끝을 맺으시곤 했다. 그때쯤엔 엄마의 머리도 잿빛으로 세어 있었다. 엄마는 염색을 하려 하지 않으셨다. 굳이 늙지 않은 척할 필요가 있니. 엄마는 말씀하셨다. 어쨌든 내가 염색해서 어디다 쓰겠니. 남자들이 줄줄 따라다니는 걸 바라지도 않아. 10초 동안 정자를 제공하는 것 외에 그들이 무슨 쓸모가 있겠니? 남자라는 건 여자들을 더 만들어내기 위한 여자의 도구일 뿐이야. 네 아버지는 좋은 사람이긴 했지만 아버지가 될 만한 위인은 못 됐어. 뭐 그런 걸 기대한 건 아니지만 말이야. 일이나 제대로 치르고 나면 꺼져도 좋다고 했지. 돈도 그런대로 벌고 탁아소 비용도 충분히 댈 수 있다고 말이야. 그래서 그는 서해안으로 가서 크리스마스카드를 보내게 된 거지. 네 아버지 눈은 아주 아름다운 푸른색이었단다. 하지만 아무리 좋은 남자들이라도 항상 어딘지 부족한 데가 있어. 자기가 누군지 기억하지 못하는 것처럼, 언제나 정신을 딴 데 팔고 있는 것 같거든. 남자들은 하늘을 너무 많이 봐. 그러다 자기 발과 더 이상 소통하지 못하게 되지. 남자들은 자동차를 잘 고치고 풋볼을 한다는 것 말고는 전혀 여자들한테 도움이 안 돼. 자동차 수리나 풋볼이라니, 거 참 인류 발전에 엄청난 도움이 되겠구나, 안 그래?

엄마는 그런 식으로 말씀하셨다. 심지어 루크의 앞에서도 거침이 없었다. 루크는 별로 기분 나빠하지 않았고, 짐짓 남성 우월주의자인 척하여 엄마를 놀렸다. 여자들은 추상적인 사고를 할 줄 모른다고 루크가 말하면 엄마는 술 한잔 더 걸치고 사위를 보고 씩 웃었다.

남성 우월주의자 돼지 같으니라고. 엄마는 곧잘 말했다.

장모님은 진짜 괴짜셔. 루크는 나를 보고 말했고 엄마는 교활한, 심지어 음흉해 보이는 표정을 지었다.

난 그럴 자격이 있거든. 엄마는 그렇게 말씀하시겠지. 이만큼 나이도 들었고, 할 일도 다했으니 이제 좀 괴짜 노릇을 해도 되지 않겠어. 자넨 아직 애송이야. 돼지 새끼라고 했어야 하는데.

그리고 너 말이야. 이번엔 나를 보고 하시는 말씀이다. 넌 인과응보야. 어처구니없는 시도였어. 역사가 나를 사면해 줄 거야.

하지만 세 번째 잔을 들이키고 나면 더 이상 이런 말씀을 하지 않으셨다.

너희처럼 젊은 사람들은 고마운 줄을 몰라. 너희에게 이런 세상을 만들어 주려고 우리가 어떤 일을 겪었는지 상상도 못할 거야. 저 친구 좀 봐, 당근을 썰고 있잖아. 바로 저걸 쟁취하기 위해 얼마나 많은 여자들이 목숨을 잃었는지, 얼마나 많은 여자들의 몸을 탱크가 밀고 지나갔는지 모르는 거냐?

요리는 취미라고요. 재미있어요. 루크는 대꾸했다.

취미, 취미 좋아하네. 엄마는 말하곤 했다. 나한테 둘러댈 필요는 없어. 옛날옛적에는 그런 취미는 꿈도 못 꿀 시절이 있었다네. 요리를 했다간 게이라는 소리를 들을 테니까.

제발, 엄마, 아무것도 아닌 일로 싸우지 좀 말아요. 그러면 내가 말린다.

아무것도 아니라고? 넌 그게 아무것도 아닌 일이라고 하는구나. 도대체 이해를 못해, 안 그래? 내 말을 전혀 이해하지 못한다고. 엄마는 날을 세우며 말한다.

가끔 엄마는 울기도 했다. 너무 외로웠다면서. 내가 얼마나 외로웠는지 넌 상상도 못 할 거야. 난 친구들도 있었고 재수가 좋은 편이었는데. 하지만 그래도 외로웠어.

나는 어떤 면에서 우리 엄마를 존경했지만, 우리 관계는 한번도 쉽지 않았다. 내게 거는 엄마의 기대가 너무 크다는 느낌이 들었다. 그녀는 내가 당신의 생을 옹호하고, 당신의 선택을 편들어 주길 바랐다. 나는 내 인생을 엄마가 내건 조건에 맞춰 살고 싶지 않았다. 엄마의 사상을 온몸으로 보여 주는 완벽한 자식이 되고 싶지 않았다. 우리는 그래서 싸웠다. 나는 엄마의 존재를 정당화하기 위해 사는 게 아니에요. 나는 한때 엄마에게 그런 말을 했다.

엄마가 돌아왔으면 좋겠다. 모든 것이 옛날 그대로 돌아갔으면 좋겠다. 하지만 아무 의미가 없다. 이런 바람은.

21

　여긴 덥고, 너무 시끄럽다. 주위의 여자들 목소리가 점점 높아진
다. 나지막하게 읊는 음송이라도 날마다 침묵 속에서 지내던 내게는
지나치게 시끄럽다. 역시 방구석에는 양수가 터져 나왔을 때 닦은
피로 얼룩진 이불 홑청이 아무렇게나 구겨져 있다. 나는 이제야 그
걸 알아챘다.

　방 안에서는 냄새가 나고 공기도 텁텁하다. 창문을 하나 열어야
하는데. 냄새는 다름 아닌 우리들의 살내다. 유기적인 냄새, 땀과 홑
청의 피에서 나는 희미한 철분 냄새. 그리고 또 다른 냄새가 난다.
좀 더 동물적인 이 냄새는 틀림없이 재닌한테서 풍기는 냄새다. 동
굴의 냄새, 사람이 살고 있는 동굴의 냄새, 난소를 제거하지 않은 고
양이가 침대에서 출산을 했을 때 체크 무늬 담요에서 나던 냄새. 자
궁의 냄새.

"숨 쉬고, 참고, 참고. 내쉬고, 내쉬고, 내쉬고."

우리는 배운 대로 다같이 음송한다.

우리는 다섯을 세면서 음송한다. 다섯 셀 동안 들이마시고, 다섯 셀 동안 숨을 참고 다섯에 내쉬고. 눈을 꼭 감은 재닌은 가빠진 호흡을 느리게 하려고 애쓴다. 엘리자베스 아주머니가 내진으로 자궁 수축 정도를 확인한다.

이제 재닌은 안절부절 어찌할 바를 모르며 걸어다니고 싶다고 한다. 두 여자가 침대에서 재닌을 부축해 일으켜 방 안을 걸어다니는 동안 양팔을 붙잡아 준다. 그때 자궁 수축이 덮쳐 재닌이 푹 고꾸라진다. 여자들 중 한 사람이 달려와 등을 문질러 준다. 우리는 모두 이런 일을 잘한다. 우리 모두 교육을 받았으니까. 두 사람 건너에 나의 쇼핑 파트너 오브글렌이 앉아 있는 것이 눈에 들어왔다. 보드라운 음송이 막처럼 우리를 감싼다.

하녀 한 명이 쟁반에 포도 분말 주스로 보이는 음료수와 종이컵들을 받쳐들고 들어온다. 그녀는 음송하는 여인들 앞의 깔개 위에 쟁반을 내려놓는다. 오브글렌은 한 박자도 놓치지 않고 정확하게 주스를 따르고, 종이컵이 열을 따라 일사불란하게 전달된다.

컵을 하나 받아 전달하기 위해 왼쪽으로 몸을 기울이는데, 내 옆에 앉아 있던 여자가 내 귀에 대고 나지막하게 말한다.

"누구 찾는 사람 있어요?"

"모이라. 검은 머리에 주근깨가 있어요."

나도 그만큼 나지막한 목소리로 속삭인다.

"몰라요."

214

여자가 말한다. 이 여자는 모르는 여자다. 쇼핑할 때 본 적은 있지만 센터 동기는 아니다.

"하지만 알아봐 주겠어요."

"당신은?"

나는 말한다.

"알마."

그녀는 말한다.

"당신 본명은 뭐죠?"

나는 센터 동기 중에도 알마가 있었다고 말하고 싶다. 내 이름을 말해 주고 싶다. 하지만 엘리자베스 아주머니가 고개를 들고 방 안을 찬찬히 둘러본다. 음송을 끊는 소리를 들은 게 틀림없다. 더 이상은 시간이 없다. 가끔은 생일에 여러 가지 사실을 듣기도 한다. 하지만 루크의 행방은 물어봤자 아무 소용이 없다. 이런 여자들이 가 볼 만한 장소에 루크가 있을 리 만무하다.

음송은 계속되고, 나도 모르게 그 속에 휘말린다. 음송하는 것도 중노동이라 집중을 해야 한다. 자기 몸과 동일시하도록 해. 엘리자베스 아주머니가 말한다. 벌써 나는 복부에 경미한 통증을 느끼고 젖가슴이 무겁다. 재닌이 비명을 지른다. 나지막한 비명. 비명과 신음의 중간쯤 되는 소리라 해야 할까.

"이제 아기가 나오려고 하는군."

엘리자베스 아주머니가 말한다.

조산자들 중 한 사람이 재닌의 이마를 축축한 천으로 닦아 준다. 재닌은 이제 땀을 줄줄 흘리고 있고, 머리띠에서 머리카락이 몇 가

닥씩 빠져 나와 앞이마와 목덜미에 들러붙어 있었다. 그녀의 살은 흠뻑 젖어서 번들번들 빛나고 있었다.

"빨리 숨쉬어! 빨리! 빨리!"

우리는 옆에서 읊는다.

재닌이 말한다.

"밖에 나가고 싶어요. 산책하고 싶어요. 아직 괜찮아요. 화장실에 가야 해요."

우리는 아기가 나오고 있으며, 재닌은 자기가 뭘 하는지 모른다는 사실도 안다. 그녀의 말들 중에 어느 쪽이 진짜일까? 아마 마지막일 것이다. 엘리자베스 아주머니가 신호를 보내자, 이동식 변기 옆에 서 있던 여자들이 재닌을 부드럽게 자리에 앉힌다. 방 안의 여러 냄새들에 또 다른 냄새가 더해진다. 재닌은 다시 신음하더니, 고개를 숙여서 우리 모두에게 그녀의 머리카락을 보여준다. 그렇게 허리에 손을 짚은 채 쭈그리고 앉아 있으니, 재닌은 인형처럼 보인다. 약탈당하고 구석에 버려진 낡은 인형 같다.

재닌은 다시 일어나서 걸어다닌다.

"이제 앉고 싶어요."

재닌이 말한다. 우리가 여기 얼마나 오래 있었을까? 몇 분일까 몇 시간일까? 나는 이제 땀을 줄줄 흘리고 있고, 팔 밑의 드레스는 흥건히 젖었다. 윗입술에 짠 맛이 느껴지고, 가짜 진통이 내 몸을 꽉 움켜잡는다. 다른 여자들도 똑같은 느낌을 갖는다. 그들이 음악에 맞춰 움직이는 모습을 보면 알 수 있다. 재닌은 얼음 조각을 입에 물고 빤다. 그리고는 몇 인치, 아니 몇 마일이나 떨어진 아득한 곳에서 그녀가 비명을 지른다.

"안 돼, 안 돼, 안 돼."

재닌은 이번이 둘째 아기였다. 전에 다른 아기를 낳아 본 적이 있다고, 센터에서 들었다. 재닌은 밤마다 그 애를 생각하며 훌쩍거렸다. 나머지 우리들도 다 그랬지만 그녀는 유달리 시끄러웠다. 그러니 최소한 과정을 기억해야 하는 것 아닌가? 진통이 어땠는지, 다음에 무슨 일이 벌어질지 알아야 하지 않는가. 하지만 다 끝나버린 고통을 기억할 수 있는 사람이 어디 있겠는가? 남은 건 그림자뿐인데. 그것도 마음속이 아니라 육체에 새겨진 그림자. 고통은 표식을 남기지만 정작 너무 깊어 보이지 않는다. 보이지 않으면 잊혀지는 법.

누군가 주스에 술을 탔던 모양이다. 아래층의 누군가가 술을 한 병 딴 게 틀림없다. 이런 모임에서 이런 일이 처음은 아니다. 하지만 그들도 모른 척 넘어갈 것이다. 우리도 나름대로 술을 마시고 법석대며 잔치를 벌일 필요가 있는 것이다.

"불을 어둡게 해. 때가 됐다고 말해 줘."

엘리자베스 아주머니가 말했다.

누군가 일어서서 벽으로 걸어갔고, 잠시 후 방의 불빛이 황혼 녘처럼 어두침침해졌다. 우리의 목소리는 이제 한밤중에 들판에서 울어대는 귀뚜라미들처럼 끽끽거리는 소음의 합창과 쉬어서 거칠어진 속삭임으로 잦아들었다. 두 사람은 방에서 나갔고, 다른 두 사람이 재닌을 출산용 의자로 부축해 옮겼다. 재닌은 두 개의 의자 중 낮은 쪽에 앉았다. 이제 그녀는 상태가 좀 진정되어 공기가 폐로 고르게 빨려 들어가고 있었다. 긴장 속에 앞으로 몸을 기울여 뒷등과 배의 근육이 당겼다. 아기가 나온다, 아기가 나온다, 뿔나팔 소리처럼, 진격 명령처럼, 쓰러지려는 벽처럼. 무거운 바윗돌이 밑에서 뭔가 잡아당기는 것처럼 천천히 몸속을 내려오는 기분이 든다. 그 때문에 몸이 터질 것만 같다. 우리는 서로의 손을 꼭 잡는다. 더 이상 우리는 혼자가 아니다.

우스꽝스러운 하얀 면 잠옷을 입은 사령관의 아내가 황급히 달려들어온다. 잠옷 밑으로 깡마른 두 다리가 드러나 있다. 푸른 드레스와 베일을 쓴 아내 두 명이 진짜 부축이 필요하기라도 한 것처럼 양팔을 붙들고 있다. 얼굴에는 내키지 않는 파티를 주최하는 여주인처럼 경직된 미소가 떠올라 있다. 스스로도 우리가 자기를 어떻게 생각하는지 다 알고 있을 터이다. 그녀는 허둥지둥 재닌의 뒤쪽으로 높이 솟은 출산 의자에 앉았다. 그러자 마치 재닌을 액자처럼 표구한 듯한 모습이 되었다. 사령관 아내의 깡마른 다리가 망측하게 생긴 의자 팔걸이처럼 양옆으로 내려왔다. 그녀는 어울리지 않게 하얀 면양말에다 변기 뚜껑 커버에 쓰는 것처럼 복슬복슬한 소재로 만든 침실용 슬리퍼를 신고 있었다. 하지만 우리는 사령관의 아내에게는 전혀 신경 쓰지 않는다. 제대로 눈길조차 주지 않는다. 우리 모두의 시선은 재닌에게 못 박혀 있다. 하얀 잠옷을 입은 재닌은 희미한 불빛을 받아 구름 속의 달처럼 빛을 발한다.

이제 그녀는 힘을 주면서 끙끙거리고 있다.

"힘줘, 힘줘, 힘줘. 힘 빼고. 내쉬고. 힘주고. 힘주고. 힘주고."

우리는 속삭인다.

우리는 그녀와 함께다. 우리는 그녀와 한 몸이다. 우리는 술에 취

218

했다. 엘리자베스 아주머니는 아기를 받기 위해 수건을 넓게 펼치고 무릎을 꿇는다. 이제 최고의 순간이 온다. 영광이 온다. 요구르트 범벅이 된 듯한 자줏빛 머리가 나온다. 한 번 더 힘을 주니 체액과 피로 미끈거리는 태아가 기다리는 우리들 손으로 주르륵 미끄러져 나온다. 오, 찬미 있으라.

우리는 엘리자베스 아주머니가 태아를 검사하는 동안 숨을 죽인다. 딸이다. 불쌍한 것. 그래도 아직까지는 좋다. 눈으로 봐서는 태아에게 아무 이상이 없어 보인다. 손, 발, 눈, 우리는 소리 없이 헤아린다. 전부 다 제자리에 있다. 엘리자베스 아주머니는 아기를 안고 우리를 올려다보며 미소 짓는다. 우리도 미소 짓는다. 우리는 다같이 미소를 짓는다. 눈물이 뺨을 타고 흘러내린다. 우리는 너무나 행복하다.

우리 행복은 부분적으로 기억에 근거한다. 내가 기억하는 건 나와 함께 병원에 있어 주었던 루크다. 그는 내 머리맡에 서서, 병원에서 준 녹색 가운과 하얀 마스크 차림을 하고 내 손을 붙잡아 주었다. 루크는 말했다. 오, 오, 세상에. 경이로 숨을 헐떡거리면서. 그날 밤, 그는 잠 한숨 못 잤다고 했다. 기분이 하늘을 날 것만 같았다고 했다.

엘리자베스 아주머니는 부드럽게 아기를 씻긴다. 아기는 심하게 울지 않는다. 곧 울음을 그쳤다. 아기를 놀라게 하지 않으려고 우리는 최대한 조용히 자리에서 일어나 재닌 곁에 모여, 그녀를 주무르고 가볍게 두드려 준다. 그녀 역시 울고 있다. 파란 옷을 입은 아내두 명이 세 번째 아내, 즉 이 집의 아내가 출산 의자에서 내려와 침대로 가는 것을 돕는다. 그네들은 사령관의 아내를 눕히고 이불을 잘 덮어 준다. 그네들이 깨끗하게 씻은 아기는 어느새 울음을 그치고 아기는 정중하게 사모의 팔에 안긴다. 아래층에서 올라온 아내들이 주위에 몰려들고, 우리 사이로 밀치고 들어와 우리를 구석으로 몰아낸다. 아내들은 지나치게 큰 소리로 와자지껄 떠들어 댄다. 개중에는 아직도 접시며 커피 잔, 또는 포도주 잔을 들고 다니는 이들도 있었고, 어떤 이들은 아직도 입 안에 든 음식물을 우적우적 씹고 있었다. 그들은 모녀가 누워 있는 침대 주위에 바글바글 모여들어 킥킥대면서 축하의 인사말을 건넸다. 여자들이 뿜어내는 질투의 향기는 코로 맡을 수 있을 정도였다. 희미한 산성의 독기가 향수와 섞인 냄새. 사령관의 아내는 아기가 꽃다발이라도 되는 것처럼 사랑스러운 눈길로 내려다보았다. 자기가 뭔가를 잘해서 따낸 전리품, 포상이라도 되는 것처럼.

아내들은 아기를 명명하는 자리에 증인이 되어주기 위하여 올라온 것이다. 이곳에서 이름을 붙이는 역할은 아내들이 한다.

"앤젤라."

사령관의 아내가 말했다.

"앤젤라, 앤젤라."

아내들이 새처럼 지저귀며 복창했다.

"정말 사랑스러운 이름이에요! 오, 아기는 완벽해요! 오, 아기는 정말 훌륭해요!"

우리는 재닌과 침대 사이에 서서, 그녀가 이 광경을 보지 못하도록 가려 준다. 누군가 그녀에게 포도 주스를 한 잔 가져다준다. 술을 탄 음료였으면 좋겠다. 재닌은 아직도 후산의 통증에 마를 대로 말라 버린 초라한 눈물을 힘없이 흘리고 있다. 그렇지만 우리는 환희에 차 있다. 이건 우리 모두의 승리다. 우리가 해낸 거다.

아마 몇 달 동안, 재닌은 아기에게 모유를 먹일 수 있을 것이다. 그 후에는 임지가 변경되어, 다음 차례의 사람을 위해 또 한 번 이 일을 할 수 있는지 검사받을 것이다. 하지만 절대로 식민지로 유배당하거나, 비여성으로 분류되지는 않을 것이다. 그게 바로 그녀에게 주어지는 보상이다.

우리를 각자의 집으로 데려다줄 '출산차'가 바깥에서 기다리고 있다. 의사들은 아직도 밴에 앉아 있다. 창문으로 의사들의 얼굴이 보인다. 집 안에만 처박혀 있는 병든 아이들의 얼굴처럼 허연 덩어리들 같다. 그들 중 한 사람이 문을 열더니 우리 쪽으로 다가온다.

"다 잘됐습니까?"

그는 걱정스럽게 묻는다.

"네."

나는 말한다. 이젠 나도 진이 빠지고, 완전히 초주검이 되었다. 젖가슴이 탱탱하게 아파왔고, 심지어 젖이 약간 새기까지 했다. 가짜 젖, 간간이 이런 식으로 나오기도 한다. 우리는 서로의 얼굴을 마주 보면서 벤치에 앉아 이송되어 간다. 우리는 이제 아무런 느낌도 없어져 빨간 옷 뭉치라고 해도 과언이 아닐 정도다. 우리는 아파한다. 우리 모두 무릎 위에 유령 하나씩을, 존재하지도 않는 아기를 하나씩 품고 있다. 흥분이 사그라진 지금, 우리는 저마다의 실패와 대면해야 한다.

나는 속으로 중얼거린다. 엄마, 당신이 어디 계신지는 모르지만.

내 말이 들리시나요? 당신은 여자들의 문화를 꿈꾸셨지요. 자, 이제 여기 이렇게 있어요. 당신이 꿈꾸시던 문화는 아니지만, 여기 이렇게 존재하고 있어요. 자그마한 자비로움에 감사하세요.

22

　'출산차'가 집 앞에 도착했을 때는 늦은 오후였다. 태양은 힘없이 구름을 뚫고 빛을 발하고, 젖은 잔디의 냄새가 따스해진 공기 속으로 피어오르고 있었다. 하루 종일 출산 현장에 있다 보면, 시간을 까맣게 잊게 된다. 오늘은 코라가 나 대신 장 보러 갔을 것이다. 오늘만큼은 모든 의무를 면제받기 때문이다. 나는 난간에 기대어 한 계단 한 계단 무겁게 발을 끌며 올라간다. 며칠 동안 밤을 새운 후에 격렬한 달리기를 한 것 같은 느낌이다. 가슴이 아프고, 근육에 당분 공급이 끊긴 것처럼 쥐가 난다. 적어도 지금만큼은, 혼자라는 게 이토록 다행스럽게 여겨질 수가 없다.

　침대에 눕는다. 쉬고 싶고 잠을 자고 싶지만, 너무 피곤한데다 지나치게 흥분해서 두 눈이 감기지를 않는다. 천장을 올려다보고, 화환의 꽃잎 윤곽을 눈으로 쫓는다. 오늘은 화환을 보니 모자 생각이 난다. 여자들이 옛날 어느 시대엔가 썼던 챙 넓은 모자 말이다. 과일과 꽃띠, 이국적인 새의 깃털들로 장식한 거대한 후광 같은 모자. 머리 바로 위에 둥둥 떠다니는, 상상 속의 낙원을 현실에 구체화시킨 것 같은 모자.

잠시 후 화환은 색색으로 물들기 시작하고 나는 눈앞에 여러 가지 형상을 본다. 난 그 정도로 피로한 거다. 뭔가 사정이 있어 밤새도록 차를 달려 동이 틀 때까지 운전을 계속했던 때처럼. 무슨 사정이었는지 지금은 생각하기도 싫다. 이야기를 해서 서로 잠을 쫓아 주고 교대로 운전을 했지. 그러다 태양이 솟아오르기 시작하면 흘깃 곁눈질로 주위를 살핀다. 길가 덤불 숲속의 자줏빛 동물들, 사람들의 희미한 윤곽선. 하지만 똑바로 바라보면 사라져버리는 신기루들.

너무 피곤해서 이 이야기를 계속할 수가 없다. 너무 피곤해서 내가 어디 있는지도 생각나지 않는다. 잠깐, 여기 좀 다른 얘기, 훨씬 더 좋은 얘기가 있다. 모이라에게 일어난 일에 대한 얘기다.

일부는 내가 메꿨고, 일부는 알마한테 들은 얘기다. 알마는 돌로레스한테 들었고, 돌로레스는 재닌한테 들었다고 한다. 재닌은 리디아 아주머니한테서 이 이야기를 들었다. 그런 데서도, 그런 상황에서도 동맹은 맺어지기 마련이다. 이것만은 정말 불변의 진리라 믿어도 좋다. 종류야 어떻든, 세상에는 동맹이라는 게 생기기 마련이다.

리디아 아주머니는 재닌을 자기 사무실로 불러서 말했다. 결실에 축복 있으라, 재닌.

리디아 아주머니는 책상에서 올려다보지도 않고 인사했을 거다.

그녀는 책상에서 뭔가를 쓰고 있었다. 예외 없는 법칙이란 세상에 없는 법이다. 이 역시 불변의 진리다. 아주머니들은 읽고 써도 좋다는 허락을 받았다.

주님의 은총 있기를. 재닌은 특유의 투명한 목소리, 날달걀 흰자 같은 목소리로 단조롭게 대답했으리라.

너는 믿어도 좋다는 느낌이 든다, 재닌. 리디아 아주머니는 이렇게 말하면서 마침내 책장에서 눈길을 들고 특유의 시선을 재닌에게 고정시켰을 거다. 안경 너머로, 위협과 호소를 동시에 보여주는 그 특유의 시선을 말이다. 나를 좀 도와다오라고 그녀의 표정은 말했다. 우리는 다 같은 배를 탄 거야. 너는 믿을 만한 애야. 다른 애들하고는 달라. 리디아 아주머니는 계속 말했겠지.

리디아 아주머니는 재닌의 시도 때도 없는 훌쩍거림과 요란한 회개에서 뭔가 의미를 찾으려 했던 거다. 그녀는 재닌이 완전히 무너졌다고 생각했다. 재닌이 진짜 신봉자라고 여겼다. 하지만 그때쯤 재닌은 하도 많은 사람한테 너무 많이 발길질을 당해서 아무나 보면 배를 드러내고 홀러덩 눕는 개와 다를 바가 없었다. 한순간의 칭찬을 위해 못할 일이 없었고, 못할 말이 없었다.

그래서 재닌은 아마 이렇게 말했으리라. 그러면 좋겠어요. 리디아 아주머니. 선생님께서 주신 신뢰, 그런 감정에 값할 만한 사람이 되고 싶어요.

리디아 아주머니가 말했다. 재닌, 무서운 일이 일어났어.

재닌은 시선을 떨구고 마룻바닥을 내려다보았다. 그 일이 무엇이든, 재닌은 자기 잘못이 아니라는 걸 알았다. 그녀는 비난받지 않을 거라는 걸. 하지만 과거를 돌이켜보면 잘못이 없다는 게 도대체 무슨 소용이었는가 말이다. 그래서 동시에 그녀는 금세 벌을 받을 것처럼 죄책감을 느꼈다.

그 일을 알고 있니, 재닌? 리디아 아주머니는 부드럽게 말했다.

아니요, 리디아 아주머니. 재닌은 이 순간 고개를 들고 리디아 아주머니의 두 눈을 똑바로 쳐다보아야 한다는 걸 안다. 잠시 후 겨우 용기를 내어 그녀는 고개를 든다.

네가 알고 있다면 난 너한테 대단히 실망할 거야. 리디아 아주머니가 말했다.

주님께서 저의 증인이십니다. 재닌은 자신의 열성을 내보이며 말했다.

리디아 아주머니는 말을 뚝 끊고, 그 좋아하는 침묵의 시간을 만끽했다. 그녀는 펜을 가지고 손가락으로 이리저리 장난 쳤다. 모이라는 이제 더 이상 여기 없단다. 그녀는 마침내 말했다.

오. 재닌은 말했다. 이 사건에 대해 별 반응이 없다. 모이라는 재닌의 친구가 아니었으니까. 죽었나요? 잠시 후 재닌이 물었다.

그러자 리디아 아주머니가 이야기해 주었다. 모이라는 체조 시간에 화장실에 가겠다고 손을 들었다고 한다. 그러고는 갔다. 그날은 엘리자베스 아주머니가 화장실 보초였다. 엘리자베스 아주머니는 보통 때와 마찬가지로 화장실 문 밖에 머물러 있었다. 모이라가 들어갔다. 잠시 후 모이라가 엘리자베스 아주머니를 불렀다. 화장실이 넘치는데, 와서 고쳐 주실 수 있느냐는 것이었다. 화장실이 가끔씩 넘치는 건 사실이었다. 누군지 몰라도 휴지를 아예 통째로 변기에다 버리는 바람에 이런 일이 종종 발생했다. 아주머니들은 이를 방지하기 위한 방법을 궁리하느라 골머리를 썩였지만, 기금도 빠듯했고 당장은 주어진 여건에서 해결해야 하는 처지여서 휴지를 손닿지 않는 곳에 보관할 길을 찾을 수가 없었다. 문 밖의 탁자 위에 두고 화장실 들어가는 사람에게 한 장이나 여러 장씩을 나누어줄 수도 있었다. 하지만 그것이 시행된 건 훨씬 후의 일이었다. 뭐든 새로운 계획이 정착하려면 시간이 걸린다.

엘리자베스 아주머니는 아무런 의심 없이 화장실에 들어갔다. 리디아 아주머니는 솔직히 약간 바보 같은 짓이었다고 인정했다. 하지만 리디아 아주머니 자신도 몇 번인가 별일 없이 화장실에 들어가 변기를 고치고 나온 적이 있었다.

모이라가 거짓말을 한 건 아니었다. 변기의 물은 정말 마룻바닥으로 흘러넘치고 있었고, 부스러진 똥덩어리 몇 개도 뒹굴고 있었다. 썩 유쾌한 광경이 아니었기에 엘리자베스 아주머니는 짜증이 났다. 모이라는 공손하게 한쪽으로 비켜서 있었고, 엘리자베스 아주머니는 서둘러 모이라가 가리키는 칸으로 들어가 변기 뒤쪽을 보려고 허리를 굽혔다. 도자기 뚜껑을 들어내 열고 내장된 밸브와 플러그를 만져 볼 생각이었다. 그녀가 두 손으로 뚜껑을 들고 있는데, 뒤에서 금속성으로 추정되는 딱딱하고 날카로운 물건이 갈비뼈를 짓누르는 느낌을 받았다. 꼼짝 마. 모이라였다. 끝까지 찌를 거야. 어딜 찔러야 하는지 알아. 당신 폐에 구멍을 뚫어줄 거야.

그들은 나중에야 모이라가 변기 내부를 해체하고 길고 얇고 뾰족한 금속 레버, 즉 한쪽은 손잡이와 이어지고 다른 쪽은 사슬과 이어지는 부품을 들어냈다는 걸 알아냈다. 할 줄만 알면 어려운 일이 아니었고, 모이라는 워낙 기계에 밝았다. 자기 차도 사소한 고장은 스스로 곧잘 고쳤다. 이 사건 이후 변기 뚜껑을 열 수 없게 고정시키는 사슬이 장착되었고, 변기가 흘러넘치면 이걸 열지 못해서 아주 오랜 시간이 걸리게 되었다. 그렇게 몇 번이나 대홍수를 겪어야 했는지 모른다.

엘리자베스 아주머니는 등을 찌르는 물건을 볼 수가 없었다. 리디아 아주머니가 말했다. 그녀는 정말 용감한 여인이야······.

아, 그럼요. 재닌이 말했다.

······하지만 무모하지는 않지. 리디아 아주머니가 약간 미간을 찌푸리며 말했다. 재닌의 열성은 너무 지나쳐 가끔 부정처럼 강하게 느껴졌다. 그래서 엘리자베스 아주머니는 모이라가 하라는 대로 했다. 모이라는 엘리자베스 아주머니의 혁대에 달려 있던 가축용 전기 충격기와 호루라기를 끄르게 하고 그것들을 가져갔다. 그러고나서 엘리자베스 아주머니를 황급히 지하실로 몰아갔다. 3층이 아니라 2층에 있었기 때문에 두 층만 내려가면 되었다. 수업중이었기 때문에 복도에는 아무도 없었다. 다른 아주머니를 마주치긴 했지만, 복도 저 끝에 있었고 이쪽을 쳐다보지 않았다. 엘리자베스 아주머니는 이때쯤엔 소리칠 수도 있었지만, 모이라가 한다면 하는 사람이란 걸 잘 알고 있었다. 모이라는 평판이 좋지 않았으니까.

오, 그렇죠. 재닌이 말했다.

모이라는 엘리자베스 아주머니를 데리고 빈 사물함들이 있는 복도를 지나서, 문을 열고 체육관의 보일러 실로 갔다. 모이라는 엘리자베스 아주머니에게 옷을 모두 벗으라고 했다…….

오. 재닌은 이런 신성 모독에 항의라도 하듯 힘없이 내뱉었다.

……그리고 모이라는 자기 옷을 벗고 엘리자베스 아주머니의 옷으로 갈아입었다. 꼭 맞지는 않았지만 그런 대로 입을 만 했다. 모이라는 심하게 굴지는 않았다. 그녀는 엘리자베스 아주머니에게 자기의 빨간 드레스를 입혔다. 베일을 갈기갈기 찢어서 보일러 뒤에 엘리자베스 아주머니를 꽁꽁 묶었다. 천을 뭉쳐서 입 안에 집어넣고 또 다른 끈으로 입을 묶었다. 그리고 엘리자베스 아주머니의 목을 다른 끈으로 묶고, 발도 뒤로 돌려 묶었다.

교활하고 위험한 여자야. 리디아 아주머니는 말했다.

재닌이 말했다. 앉아도 되나요? 마치 자기한테는 너무 잔혹한 이야기라 서서 듣기가 힘들다는 듯이 말했다. 마침내 거래할 거리가 생긴 거다. 최소한 토큰 한 장이라도 얻어낼 수 있지 않을까.

물론이지, 재닌. 리디아 아주머니는 깜짝 놀랐지만, 이 시점에선 거절할 수 없다는 걸 알고 있었다. 그녀는 재닌의 관심과 협조를 요청하고 있었으므로. 리디아 아주머니는 구석의 의자를 손으로 가리켰다. 재닌은 의자를 앞으로 끌어당겨 앉았다.

그거 알아? 당신 죽여 버릴 수도 있었어. 엘리자베스 아주머니를 보일러 뒤에 보이지 않게 숨겨놓은 모이라는 이렇게 말했다. 심한 상처를 내서 평생 살기 불편하게 만들어줄 수도 있었어. 확 찔러 버릴 수도 있고, 눈깔에다 이걸 박아 줄 수도 있었어. 행여 나중에 생각할 일이 있으면, 내가 안 그랬다는 걸 명심해.

리디아 아주머니는 이 부분을 재닌한테 상세하게 말해 주지는 않앉지만, 나는 모이라가 그 비슷한 협박을 했을 거라 생각한다. 어쨌든 그녀는 엘리자베스 아주머니를 죽이거나 불구로 만들지는 않았다. 엘리자베스 아주머니는 일곱 시간 동안 보일러 뒤에 묶여 있던 충격과 심문(아주머니들이건 상부자들이건 공모의 가능성을 완전히 배제하지는 않았을 테니까)의 후유증을 극복하고 며칠 후 센터로 돌아와 다시 활동했다.

모이라는 똑바로 일어나 단호한 눈길로 앞을 바라보았다. 그녀는 어깨를 활짝 펴고 척추를 꼿꼿이 편 뒤 입술을 꼭 다물었다. 이건 평상시 우리의 자세가 아니다. 보통 우리는 고개를 숙이고 손이나 땅에 시선을 깔고 걷는다. 모이라는 갈색 베일을 제대로 쓴 후에도 엘리자베스 아주머니와는 전혀 닮지 않아 보였지만, 허리를 꼿꼿이 세운 자세만으로도 보초를 서고 있던 천사들을 속이기에 충분했을 것이다. 천사들은 절대로 우리 얼굴을 자세히 보지 않으며, 특히 아주머니들의 경우에는 더 그러하다. 모이라는 당당한 태도로 정문을 똑바로 걸어 나갔다. 행선지를 분명히 알고 있는 듯한 태도로 엘리자베스 아주머니의 통행증을 제시했고, 천사들은 감히 아주머니의 앞길을 막을 엄두를 내지 못하고 제대로 확인도 하지 않았다. 그리고 모이라는 홀연히 자취를 감추어 버렸다.

아. 재닌이 말했다. 당시 재닌의 기분을 누가 짐작이나 하랴. 환호성이라도 지르고 싶었을지. 그러나 설령 그랬다고 해도 그녀는 훌륭하게 감정을 감추었다.

그래서 말인데, 재닌. 너한테 부탁이 하나 있다. 리디아 아주머니가 말했다.

재닌은 눈을 똥그랗게 뜨고 순진하고 말 잘 듣는 소녀처럼 보이려고 애썼다.

귀를 쫑긋 세우고 다니면 좋겠다. 어쩌면 다른 공모자가 있을지 몰라.

네, 리디아 아주머니. 재닌이 말했다.

그리고 와서 나한테 보고를 좀 해 주겠니? 뭐든 들리는 말이 있으면 말이야.

알겠어요, 리디아 아주머니. 재닌은 더 이상 교실 앞에서 무릎을 꿇고 앉아서 학생들에게 '네 탓이야'라고 비난받지 않아도 된다는 사실을 깨달았다. 이제 한동안 다른 사람이 그 역할을 할 것이다. 그녀는 일단 도마에서 벗어난 셈이다.

리디아 아주머니의 사무실에서 생긴 일을 재닌이 죄다 돌로레스에게 털어놓았다는 사실 자체는 아무 의미가 없다. 그렇다고 건수가 생겼을 때 우리 중 누군가를 밀고하지 말라는 법은 없었다. 우리는 잘 알고 있었다. 이때쯤 우리는 재닌을 거리 한구석에서 연필 파는 발 없는 장애자 대하듯 했다. 최대한 피하다가 어쩔 수 없을 때는 자선을 베풀었다. 우리한테 재닌은 위험한 존재였고, 우리는 그 사실을 잘 알고 있었다.

돌로레스는 틀림없이 재닌의 등을 두드려 주고 사실대로 말해 줘서 고맙다고 했을 거다. 이런 대화가 어디서 일어났던 걸까? 잠자리에 들 준비를 하고 있을 때, 체육관에서 있었다고 한다. 돌로레스의 침대는 재닌 바로 옆자리에 있었다.

그날 밤, 이 이야기는 희미한 어둠 속에서 숨죽인 목소리로 침대에서 침대로 퍼져나갔다.

모이라가 저 바깥 어딘가에 있다. 마음대로 활보하고 있거나 아니면 죽었으리라. 모이라는 도대체 무슨 짓을 할까? 그녀가 벌일 거라 떠오르는 일들이 점점 부풀어서 방 전체를 가득 채웠다. 언제 건물을 산산조각 내는 폭발이 일어날지 모른다. 창문 유리가 부서져 방 안으로 쏟아져 내리고 문이 활짝 열어젖혀질지 모른다…… 모이라에게는 이제 힘이 있었다. 그녀는 해방되었다. 스스로를 해방했다. 이제 그녀는 풀려난 여성이었다.

우리는 그 사실이 공포스럽다고 생각했던 것 같다.

모이라는 마치 양쪽이 툭 터진 엘리베이터 같았다. 우리는 현기증이 났다. 우리는 이미 자유에 대한 미각을 잃어버리고 있었다. 벌써부터 이 벽들이 안전하다고 생각하고 있었다. 대기권 상층부로 올라가면 사람은 산산조각으로 분해되고 휘발해 버리지 않는가. 형체를 한데 묶어 붙들어줄 기압이 전혀 없으니까.

그럼에도 불구하고 모이라는 우리의 판타지였다. 우리는 그녀를 온몸으로 껴안았으며, 그녀는 우리 곁에 비밀스럽게 언제나 낄낄거리는 웃음소리로 존재했다. 모이라는 일상의 딱딱한 암반 아래로 이글이글 흐르는 용암이었다. 모이라에 비하면 아주머니들은 별로 무섭지 않았고, 오히려 훨씬 더 우스꽝스런 존재로 여겨졌다. 아주머니들의 권위는 흠집이 났으니까. 그들은 변기에 처박혀 달갑지 않은 일을 억지로 해야 하는 사람들이었다. 우리는 그런 뻔뻔스런 대담함이 좋았다.

우리는 곧 모이라가 지난번처럼 질질 끌려올 줄만 알았다. 이번에는 그들이 모이라를 어떻게 할지 상상조차 할 수 없었다. 뭔지 몰라도 차마 말 못할 정도로 끔찍할 터이다.

하지만 아무 일도 일어나지 않았다. 모이라는 다시는 모습을 나타내지 않았다. 아직까지도.

23

이것은 내 머릿속에서 다시 짜맞추어 재현한 이야기다. 전부 다 재구성한 이야기이다. 지금 이 순간, 머릿속으로 했어야 하는 말, 하지 말았어야 하는 말, 했어야 하는 행동, 하지 말았어야 하는 행동, 어떻게 했어야 할까를 끝없이 되새기며 내 방의 싱글 침대에 똑바로 누워서 머릿속으로 재현한 이야기이다. 언젠가 이곳을 빠져나가게 된다면…….

일단은 거기서 멈추자. 나는 이곳에서 나갈 작정이다. 영영 이렇게 지낼 수는 없다. 다른 사람들도 이전에, 흉흉한 시대를 만나면 탈출할 궁리를 했고 그 사람들이 언제나 옳았다. 어떻게든 그들은 탈출했고 폭압은 영원히 지속되지 않았다. 비록 그들 입장에서는 자신들에게 주어진 삶 동안 계속되긴 했겠지만.

내가 이곳을 빠져나가면 이 일을 어떤 형식으로든, 구전으로라도 기록해 놓으면, 그때는 또다시 머릿속에서 재구성한 이야기가 되어 버릴 터이다. 그래서 또 한발 진실에서 물러서게 될 것이다. 무언가를 있는 그대로 정확하게 말한다는 건 불가능하다. 말이란 결코 정확할 수 없으며 언제나 뭔가 빠뜨리기 때문이다. 현실에는 너무 많은 단편들이 있고, 관점들이 있고, 반목들이 있으며, 뉘앙스가 있다. 이런 의미도 저런 의미도 될 수 있는 몸짓들이 너무 많고, 말로는 절대로 완벽하게 표현할 길 없는 형상들도 너무 많으며, 허공에 떠다니거나 혀끝에 감도는 향(香)도 수없이 많고, 어중간한 색채들도 한없이 많다. 하지만 이 글을 읽는 당신이 혹시 남자라면, 그리고 여기까지 포기하지 않고 읽어 왔다면, 제발 명심해 달라. 당신은 여자로서, 남자를 용서해야만 한다는 유혹이나 기분에 절대 시달리지 않을 것이란 사실을 잊지 마라. 정말이지 그런 충동은 참으로 거역하기가 힘들다. 하지만 용서 역시 일종의 권력이다. 용서를 구하는 일 역시 권력이며, 용서를 유보하거나 베푸는 일 또한 일종의 권력이다. 아마 그만큼 커다란 권력은 없을 것이다.

어쩌면 이 모든 일은 통제의 문제가 아닐지 모른다. 누가 누구를 소유하고, 누가 누구한테 어떤 짓을 해도, 심지어 살인을 해도 벌을 받지 않아도 된다든가 하는 그런 문제가 아닐지 모른다. 누구는 앉을 수 있고 누구는 꿇어앉거나 일어서거나 다리를 활짝 벌리고 드러누워야 한다는 문제가 아닐지 모른다. 진짜 문제는 누가 누구한테 어떤 짓을 저질러도 용서받을 수 있다는 것일지도 모른다. 결국 다 마찬가지라는 말만큼은 절대 내 앞에서 하지 마라.

당신이 키스를 해 주면 좋겠소. 사령관이 말했다.

아, 물론 그 전에 뭔가 일이 있었다. 그런 부탁은 마른하늘에 날벼락처럼 급작스레 떨어지는 법이 없다.

어쨌든 나는 잠이 들었고 귀걸이를 하고 있는 꿈을 꾸었는데, 한쪽 귀걸이가 망가졌다. 그 후로는 이렇다 할 일 없이 두뇌가 옛 기억들을 뒤지고 있었는데, 코라가 저녁 식사를 쟁반에 받쳐들고 들어와서 잠이 깨었고, 다시 시간이 궤도를 돌기 시작했다.

"아기는 괜찮았어?"

코라는 쟁반을 내려놓으면서 말했다. 틀림없이 벌써 알고 있을 텐데. 그들은 이 집에서 저 집으로 소식을 전하는, 일종의 비밀 연락망을 갖추고 있었다. 하지만 이야기를 해 주면 코라는 기뻐한다. 마치 내가 전해 주는 말 덕분에 그런 사실을 한층 더 실감나게 느낄 수 있다는 듯이.

"아주 좋았어요. 튼튼한 녀석이더라고요. 딸이고요."

나는 말한다.

코라는 나를 보고 미소 짓는다. 나를 감싸안아 주는 미소다. 이런 순간들을 통해 아마 코라는 자기 일에 보람을 느끼고 살아갈 터이다.

"잘됐네."

코라의 목소리에는 아쉬움 같은 것이 묻어 있었는데, 내 머릿속에는 '그야 당연하지'라는 생각이 스쳐 지나갔다. 그녀도 출산 현장에 정말 가 보고 싶었으리라. 그녀로서는 절대로 가 볼 수 없는 파티 같은 것이니까.

"어쩌면 우리도 곧 아기가 생길지 모르지."

그녀는 수줍게 말한다. '우리'란 나를 가리키는 말이다. 팀 전체에 보상을 하고, 얻어먹는 밥값을 하는 건 나에게 달린 일이다. 내가 무슨 알 낳는 여왕벌이라도 되는 것 마냥 말이다. 리타는 나를 인정하지 않을지 몰라도 코라는 다르다. 오히려 코라는 나한테 의존한다. 그녀는 소망하고, 나는 그녀의 소망을 짊어지고 있다.

그 희망은 단순하기 짝이 없다. 여기서 손님들과 음식과 선물들이 있는 생일잔치를 벌이고, 부엌에서 애지중지하며 응석받이로 키우고, 옷을 다려 주고, 아무도 안 볼 때 쿠키를 입에 넣어 줄 꼬마가 있으면 하는 것이다. 그런 기쁨들을 그녀에게 줄 수 있는 사람이 나다. 나로 말하자면 차라리 비난을 받는 편이 낫겠다. 그쪽이 내 값어치에 더 적당하다는 생각이 든다.

저녁 식사는 비프 스튜였다. 반쯤 먹다가 분주했던 오늘 하루 일 덕분에 잊었던 일이 다시 떠올라서 다 먹어치우기가 힘들었다. 사람들이 하는 말은 정말이었다. 아기를 낳거나 출산 현장에 참석하는 일은 최면 상태 같아서, 나머지 인생을 까맣게 잊어버리고 그 한순간에만 집중하게 된다고. 하지만 지금 돌아온 이 기억에, 나는 전혀 무방비 상태다.

아래층 복도의 시계가 9시 종을 쳤다. 나는 두 손을 허벅지에 대고서 숨을 들이마신 후 복도로 나가 살살 계단을 내려간다. 세레나 조이는 어쩌면 '출산'이 있었던 집에 아직 남아 있을지 모른다. 운이 좋았던 거다. 그가 출산을 미리 예상하지는 못했을 테니까. 이런 날

아내들은 몇 시간이나 함께 어울리면서 선물을 열어 보는 일을 도와주고 시시콜콜한 수다를 떨면서 술에 취하곤 한다. 질투심을 쫓아버리기 위해 뭐든 해야 하기 때문이다. 아래층의 복도를 다시 따라 돌아가 부엌으로 통하는 문을 지나 다음 문에, 그의 방문 앞에 다다른다. 나는 학교에서 교장 선생님 집무실로 불려가는 아이 같은 기분으로 방문 앞에 선다. 내가 뭘 잘못했을까?

내가 여기 있다는 사실 자체가 위법이다. 우리는 사령관과 단둘이 만나는 일이 금지되어 있다. 우리는 종족을 번식시키기 위해 존재한다. 우리는 첩이나, 게이샤나 창녀가 아니다. 그와는 반대로 우리를 그 범주에서 배제시키기 위해 가능한 한 모든 조치를 취했다. 우리들에게서 쾌락의 요소를 철저히 제거했고, 은밀한 욕망이 꽃필 여지도 전혀 없다. 특별한 총애 따위는 그쪽이나 우리 쪽에서 미리 알아서 정리할 테니 사랑이 싹틀 발판조차 있을 수 없다. 우리는 다리 둘 달린 자궁에 불과하다. 성스러운 그릇이자 걸어다니는 성배(聖杯)다.

그런데 왜 그는 한밤중에 단둘이서 만나고 싶어하는 걸까?

만약 들키면 나는 세레나의 자비로운 처분에 맡겨질 것이다. 사령관은 집안의 기강을 흐트러뜨리는 이런 문제에 간섭할 수 없다. 여자들끼리의 문제기 때문이다. 그 후에, 아마 나는 재분류를 당할 것이다. 어쩌면 '비여성'으로 분류될 수도 있다.

하지만 만나자는 그의 요청을 거절하는 건 더 위험할 것이다. 진짜 권력을 쥔 사람이 누구인가 하는 문제는 의심할 여지가 없다.

하지만 그는 틀림없이 내게서 뭔가 원하는 게 있다. 원한다는 말은 약점이 있다는 뜻이다. 그게 뭐든 간에, 이 약점에 나는 마음이

끌린다. 이건 마치 전에는 뚫을 수 없던 '장벽'에 작은 틈새가 생긴 것 같은 느낌이다. 그 틈새에, 사령관의 약점에 눈을 바짝 대고 살펴본다면, 밖으로 탈출할 수 있는 길이 똑똑히 보일지도 모른다.

그가 원하는 게 뭔지 알고 싶다.

손을 들고 한 번도 들어가 본 적이 없는 금녀의 방 방문을 두들긴다. 세레나 조이조차도 이곳에는 출입하지 않고 청소는 수호자들이 한다. 어떤 비밀이, 어떤 남성의 숭배물들이 이 방 안에 모셔져 있을까?

들어오라는 소리를 들었다. 나는 문을 열고, 발을 들여놓는다.

방문 너머에 있는 건 정상적인 생활이다. 아니, 방문 너머에 있는 건 정상적인 생활처럼 보이는 삶이다라고 말해야겠다. 책상이 있고, 그 위에 '컴퓨토크'가 한 대 놓여 있고, 검은 가죽 의자가 그 뒤에 있다. 책상 위에는 화분 하나, 펜꽂이 세트, 종이가 있다. 바닥에는 동양풍의 깔개가 하나 깔려 있고 불기 없는 벽난로도 있다. 갈색 플러시 천을 씌운 작은 소파가 하나 놓여 있고, 텔레비전 한 대, 작은 탁자 하나, 그리고 의자들이 몇 개 놓여 있다.

그리고 벽을 빙 둘러 책장들이 있다. 책장에는 책들이 가득 꽂혀 있다. 책들, 책들, 끝도 없는 책들이 훤히 다 보이게 꽂혀 있다. 자물쇠도, 상자도 보이지 않는다. 우리에게 이곳 출입이 금지된 것도 당연하다. 나는 책들을 바라보지 않으려 애쓴다.

사령관은 불기 없는 벽난로를 등지고 서 있다. 한쪽 팔꿈치는 나무를 조각한 벽난로 선반에 얹고 다른 손은 주머니에 찔러넣은 자세로. 그건 지나치게 궁리해서 나온 어수룩한 자세로 보인다. 시골 대지주 같기도 하고, 윤기가 줄줄 흐르던 남자 잡지에 실리던 낡은 광고 사진 같기도 하다. 내가 들어오는 순간 바로 그런 자세로 서 있어야겠다고 아까부터 마음먹고 있었는지도 모른다. 문 두드리는 소리가 들리자, 서둘러 벽난로로 달려가 몸을 괴고 섰는지도 모른다. 말발굽 무늬의 넥타이를 매고 한쪽 눈에는 검은 안대를 해야 할 것 같은 모습이었다.

나로서는 이런 생각들을 하는 게 아주 큰 도움이 된다. 스타카토처럼 빠르게, 두뇌가 안절부절못하고 쏟아내는 생각들. 내면의 조소. 하지만 사실 이건 공황 상태다. 공포에 질려 와락 울어 버릴 것만 같다.

나는 아무 말도 하지 않는다.

"문을 닫고 와요." 사령관의 말투는 꽤 듣기 좋다. 나는 문을 닫고 돌아선다.

"안녕하시오." 그는 말한다.

구식 인사다. 오랫동안, 수 년 동안 듣지 못했다. 상황을 고려하면 뜬금없고, 심지어 희극적이기까지 하다. 시간을 거슬러 뒤로 재주를 넘는 듯한, 스턴트. 아무리 해도 적합한 대꾸를 생각해낼 수가 없다.

난 울어버릴 것 같다.

사령관은 내 기분을 눈치 챘던 모양이다. 그는 나를 보고 당황한 표정으로 살짝 미간을 찌푸렸는데, 나는 그걸 걱정하는 거라고 생각했다. 단순히 짜증 내는 것일지도 모르지만.

그는 말한다.

"자, 여기. 앉아도 좋소."

그는 내가 앉을 의자를 하나 끌어당겨 주더니 자기 책상 앞으로 밀어 주었다. 그러더니 자신은 책상 뒤로 돌아가서 천천히 자리에 앉았다. 그런 동작이 어쩐지 화려해 보였다. 이 동작이 내게 시사해 준 사실은 그가 여기로 나를 부른 이유가 적어도 내 의지에 반해 몸에 손을 대려는 수작은 아니라는 것이다. 그는 미소를 짓는다. 미소는 사악하거나 음흉해 보이지 않는다. 그냥 미소일 뿐이다. 내가 마치 진열장의 고양이인 양 호의적이면서도 약간의 거리를 두는, 형식적인 미소다. 보기만 할 뿐 살 생각은 없는 고양이.

나는 의자에 똑바로 앉아 두 손을 무릎 위에 모은다. 굽 없는 빨간 구두 속 두 발이 마룻바닥에 닿지 않는 듯한 기분이 든다. 물론 발은 땅을 단단히 딛고 있다.

"이상하다고 생각하겠지."

나는 그저 빤히 그를 쳐다볼 뿐이다. 올해 들어 최고로 절제된 표현이군, 이럴 때 엄마는 그런 표현을 쓴다. 아니 쓰곤 했다.

솜사탕이 된 기분이다. 설탕과 공기로 만들어진 솜사탕처럼 꼭 쥐어짜면 눈물을 뚝뚝 흘리면서 빨강과 분홍색의 조그맣고 지저분하고 축축한 덩어리로 변해 버릴 것만 같다.

"약간 이상한 일이기는 하지."

내가 대답이라도 한 것처럼 그가 말한다.

턱 밑에 리본으로 단정하게 끈을 묶은 모자라도 쓰고 있어야 할 것 같은 기분이다.

"내가 바라는 건……."

그는 말한다.

나는 몸을 앞으로 숙이지 않으려고 안간힘 쓴다. 네? 네, 네? 그다음엔 뭐지? 그는 뭘 원하는 거지? 하지만 나는 절대 속내를 들키지 않으리라. 이렇게 몸이 달아 있다는 걸 눈치 채지 못하게 하리라. 지금은 흥정할 시간, 막 거래가 성사되려 하는 것이다. 망설임 없는 여자는 패배한다. 아무것도 공짜로 내주지는 않으리라. 오직 대가를 받고 팔기만 할 테다.

그는 말한다.

"내가 하고 싶은 건……, 바보같이 들리겠지만."

그러더니 그는 민망한 표정을 짓는다. '수줍은 표정'이라는 쪽이 더 어울리는 표현이리라. 한때 남자들이 저런 표정을 짓던 때가 있었지. 어떻게 하면 그런 표정을 지을 수 있는지 기억할 수 있을 만큼 그는 나이가 들었으니까. 그리고 옛날에 여자들이 그런 표정을 얼마나 매력적으로 느꼈는지도 기억할 테니까. 젊은 남자들은 이런 기교를 부릴 줄 모른다. 한 번도 실전에서 써 볼 기회가 없었으니까.

"나하고 '스크래블'* 게임을 한판 해 주면 좋겠는데."

사령관이 말한다.

나는 전혀 움직이지 않는다. 얼굴 근육조차 움직이지 않는다. 그래, 금지된 방에 있는 게 그거란 말이지! 스크래블 게임! 나는 미친 듯이 폭소를 터뜨리고 싶다. 쳇소리로 비명을 지르며 가깝게 깔깔거리고 웃다가 의자에서 고꾸라져 떨어지고 싶은 마음이다. 스크래블

---

* 알파벳이 쓰여진 말들을 맞추어 상하좌우로 단어를 맞추는 일종의 오락.

은 할머니, 할아버지들이 여름날이나 은퇴한 노인들의 빌라에서 텔레비전에 괜찮은 프로그램이 하나도 없을 때 소일거리로 하던 오락이다. 아니면 아주, 아주 오래전에 청소년들이 하던 놀이이기도 했다. 엄마도 한 세트를 복도 선반장에다 보관하고 있었다. 마분지 상자에 크리스마스 트리 장식이 그려진 세트였다. 한때 엄마는 나한테 관심을 갖게 해 보려고 애썼지만, 그때 나는 열세 살이었고 인생이 비참하고 혼란스러웠다.

물론 지금은 전혀 다르다. 지금, 우리에게 스크래블은 금기다. 이제 스크래블 게임은 위험하다. 음탕하다. 이제 이 게임은 그가 아내와 함께할 수 없는 일이 되었다. 이제 이 게임은 욕망의 대상이다. 이제 그는 자신과 타협한 거다. 그는 방금 내게 마약을 권한 거나 마찬가지다.

"좋아요."

나는 무관심한 척하며 말한다. 사실은 말도 제대로 나오지 않으면서.

사령관은 어째서 나와 스크래블을 하고 싶은지 말하지 않는다. 나도 묻지 않는다. 그는 책상 서랍 하나에서 상자를 꺼내더니 뚜껑을 연다. 내 기억과 똑같이 가소 처리된 목제 말들이 있고, 사각형으로 나눠진 보드가 있고, 글자들을 고정시키는 작은 홀더들도 있다. 그는 말들을 책상 위에 쏟더니 뒤집기 시작한다. 잠시 후 나도 끼어들어 함께 뒤집기 시작했다.

"게임 방법은 아는가?"

사령관이 묻는다.

나는 고개를 끄덕인다.

우리는 두 판을 한다. Larynx(후두)라고 말들을 늘어놓는다. Valance(커튼 위를 장식하는 천). Quince(모과). Zygote(접합자). 나는 반들거리는 말들의 매끄러운 가장자리를 잡고 글자들을 손가락으로 만져본다. 그 느낌은 육감적이다. 이건 자유, 찰나의 자유다. Limp(다리를 절다)라고 철자를 맞힌다. Gorge(식도). 이런 호사를 누리다니. 말들은 박하사탕처럼 시원하다. 박하사탕을 험벅스(humbugs)라고 할 때도 있다. 말들을 입 안에 넣어 보고 싶다. 라임 맛이 날 것 같기도 하다. C라는 글자. Crisp(상쾌), 혓바닥에 느껴지는 약산성의 맛, 맛있다.

첫 판은 내가 이기고, 두 번째 판은 사령관한테 져 준다. 아직도 거래 조건이 뭐가 될지, 그에게 대가로 무엇을 요구해야 할지 미처 생각하지 못했다.

마침내 그는, 내가 집에 갈 시간이라고 말한다. 그게 바로 그가 사용한 단어들이다. '집에 가다'라고. 내 방을 두고 그렇게 말했다. 나더러 괜찮겠느냐고, 계단이 어두컴컴한 거리라도 되는 듯이, 그렇게 물었다. 네 하고 나는 대답한다. 우리는 서재의 문을 아주 살짝 열고 복도에서 나는 소리에 귀 기울인다.

이건 마치 데이트 같다. 늦은 밤까지 함께 보낸 후에 기숙사로 숨어 들어가는 기분이다.

이건 공모다.

"고맙소. 같이 게임을 해 줘서."

그러더니 그는 말한다.

"당신이 키스를 해 주면 좋겠군."

나는 어떻게 하면 변기 뚜껑을 떼어낼 수 있을까 생각한다. 목욕하는 날 내 방 욕실에 있는 변기 뒤의 뚜껑을 밖에 앉아 있는 코라한테 들키지 않고 재빠르고 소리 없이 떼어낼 궁리를 한다. 날카로운 레버를 꺼내 소맷자락에 숨겼다가, 다음에 사령관의 서재로 몰래 가지고 들어올 수도 있다. 다음 번, 그렇다. 거절을 하건 응낙을 하건, 이런 일에는 항상 다음이라는 게 있기 마련이다. 나는 사령관에게 접근한다. 그리고 여기서 단둘이 키스를 하면서 더 이상의 행위를 허락하거나 부추기는 것처럼, 진짜 사랑의 행위에 근접하는 척한다. 그래서 사령관의 상의를 벗기고 그의 몸에 두 팔을 두르며 소매에서 레버를 꺼내 순식간에 날카로운 끝을 갈비뼈 사이에 푹 찔러넣는 상상을 한다. 수프처럼 끈적거리는 피가, 관능적으로 그의 몸에서 콸콸 흘러나와 내 손을 적시는 상상을 한다.

솔직히 그런 생각 따위는 하지 않았다. 나중에 덧붙인 부분일 뿐이다. 어쩌면 그 당시에 그런 생각을 했어야 했는지 모른다. 하지만 그런 생각은 하지 않았다. 아까도 말했지만, 이건 지금 내가 재구성한 기억일 뿐이다.

"좋아요."

나는 그에게 다가가서 꼭 다문 입술을 그의 입술에 포갠다. 흔한 셰이빙 로션 냄새, 살짝 풍기는 나프탈렌 냄새, 내겐 낯설지 않은 체취다. 하지만 그는 방금 처음 만난 사람 같다.

그는 몸을 빼며 물러서더니 나를 물끄러미 내려다본다. 예의 그 미소가, 수줍은 듯한 미소가 떠올라 있다. 저렇게 꾸밈없을 수가.

"그렇게는 말고. 진심인 것처럼."

그는 참 슬퍼 보였다.

아니, 그것도 지금 내가 재구성한 이야기다.

Night　　　　밤　　　　9
　　　　　　　　　　　　　　장

24

    나는 어두침침한 복도와 양탄자가 깔린 계단을 지나, 몰래 내 방으로 돌아간다. 그리고 불을 끄고, 단추와 후크를 하나도 끄르지 않은 채, 빨간 드레스를 그대로 입은 채로 의자에 앉는다. 옷을 다 입고 있을 때만 맑은 정신으로 생각할 수 있으니까.

    내게 필요한 건 올바른 시각이다. 액자 하나와 평면 위에 배열된 형상들을 통해 만들어진 깊이의 환영. 원근법이 필요하다. 그렇지 않으면 고작해야 2차원뿐일 테니. 원근법이 없으면 벽에 부딪혀 납작하게 으깨진 얼굴로 살아야 할 것이다. 세상 만물이 거대한 전경(前景)이 되어 시시콜콜한 세부 사항, 클로즈업, 털이며 이불 홑청의 짜임까지 눈앞에 훤히 보일 것이다. 심지어 얼굴의 분자들까지도 보일 것이다. 내 이 피부 위에 마치 지도(地圖)처럼 불모의 도해가 되어, 어디로도 이어지지 않는 작은 길들이 지그재그로 교차하리라.

게다가 이 순간만을 살아야 한다. 결코 머물고 싶지 않은 이 순간만을.

하지만 어차피 나는 이 순간 속에 있고, 탈출구는 없다. 시간은 덫이고, 나는 갇혀 옴짝달싹도 하지 못한다. 내 비밀 이름과 과거로 향하는 길은 모두 잊어야 한다. 내 이름은 이제 오브프레드고, 여기가 내 살 곳이다.

현재를 살아, 현재를 최대한 활용해, 그게 네가 가진 전부잖아.

재고 조사를 해 볼 때가 왔다.

나는 서른세 살이다. 머리카락은 갈색이다. 맨발로 선 키가 5피트 7인치다. 옛날에는 어떻게 생겼는지 잘 기억나지 않는다. 쓸 만한 난소를 가지고 있다. 내게는 기회가 한 번 더 있다.

하지만 오늘 밤, 뭔가 달라졌다. 상황이 변했다.

내가 뭔가를 요구할 수 있다. 별로 대단한 요구가 아니더라도 무엇인가를.

남자들은 섹스 기계들일 뿐, 그 외엔 별 볼일 없는 존재라고 리디아 아주머니는 말했다. 남자들이 원하는 건 단 하나뿐이지. 스스로를 위해 남자들을 마음대로 부리는 법을 배워야 해. 코끝만 까딱하면 뭐든지 다해 주도록 말이야. 물론 그건 은유지만, 그게 바로 자연의 법칙이야. 하느님께서 그렇게 만드신 거야. 만물의 섭리야.

리디아 아주머니는 실제로 이런 말을 하지는 않았지만, 그녀가 한 말 한마디 한마디에 그런 뜻이 내포되어 있었다. 마치 중세 시대 성자들의 머리 위에 떠돌던 황금률처럼 그녀의 머리 위에 항상 떠돌고 있었다. 중세의 성자들과 마찬가지로, 그녀 역시 각진 얼굴에 살이 없었다.

하지만 이 서재에 앉아 있던 사령관의 존재를 이런 틀에 어떻게 끼워넣는단 말인가? 낱말 게임을 즐기고 욕망을 지니고서 서재에 앉아 있던 사령관을 무엇으로 분류할 수 있을까? 내가 게임을 함께 하고 진심인 것처럼 부드러운 키스를 해 주기를 원하는 그를.

그의 이러한 욕망을 심각하게 생각해야 한다는 걸 잘 알고 있다. 아주 중요한 의미를 지닐 수 있을 것이다. 내겐 통행증이 될 수도 있고, 추락의 계기가 될 수도 있다. 이 일을 진지하게 다뤄야만 한다. 심사숙고해야 한다. 그러나 내가 무슨 일을 하든, 탐조등이 길쭉한 내 유리창을 밝히며 밖에서 새어 들어와 신부의 드레스처럼 얄팍한 커튼을 심령체처럼 뚫고 들어오는 지금, 한 손을 다른 손 위에 포개고 흔들의자를 살짝 흔들며 앉아 있는 내가 무슨 일을 하더라도 어딘지 우스꽝스러운 데가 있을 터이다.

그는 내가 스크래블 게임 상대가 되어 주고 진심인 것처럼 키스해 주기를 바랐다.

이때까지 내가 겪어 본 중에서도 이렇게 기이한 일은 처음이다. 생전 처음이다.

정말이지 맥락이 그 무엇보다 중요하다.

언젠가 봤던 텔레비전 프로그램 생각이 난다. 몇 년 전에 제작된 프로그램의 재방송이었다. 나는 일곱 살인가 여덟 살밖에 되지 않았을 때라 프로그램을 이해하기에는 너무 어렸지만. 엄마가 좋아하는 종류의 프로그램이었다. 역사적이고 교육적이고. 엄마는 나중에 그

프로그램을 설명해 주고 싶어하셨다. 실제 있었던 일이라고, 하지만 내게는 그저 이야기였을 뿐이다. 누군가가 꾸며낸 일이라고 생각했다. 아이들은 아마 다 그럴 거다. 자기가 태어나기 이전에 일어난 모든 일들은 꾸며낸 이야기일 뿐이라 생각할 것이다. 꾸며낸 이야기라면 덜 무서우니까.

그 프로그램은 옛날에 있었던 어떤 전쟁에 관한 다큐멘터리였다. 사람들의 인터뷰와 당시 찍은 흑백 필름들의 일부 장면들, 그리고 스틸 사진들을 보여 주었다. 기억이 정확하진 않지만, 화질은 생각난다. 모든 피사체가 햇살과 먼지의 혼합물로 뒤덮여 있는 것 같았고, 사람들의 눈썹 아래와 광대뼈에 진 그림자가 얼마나 짙었던지.

그때 당시 생존해 있던 사람들의 인터뷰는 컬러였다. 유태인을 학살하기 전에 그들을 수용했던 캠프 감독자의 정부(情婦)가 했던 인터뷰가 가장 기억에 남는다. 오븐 속에다 가둬놓고 죽였지 하고 엄마가 말했지만 오븐의 사진은 한 장도 없었다. 그래서 나는 혼란스런 마음에 이 수많은 죽음들이 다 부엌에서 일어났다는 생각을 갖게 되었다. 그런 생각은, 특히 아이들에게는 끔찍하게 무서운 데가 있다. 오븐은 요리를 뜻하는데, 요리는 먹기 전에 하는 일 아닌가. 그래서 나는 이 사람들이 요릿감이 되었다고 생각했다. 하긴 어떤 면에서는 사실이기도 하다.

그 사람들의 말에 따르면, 그 남자는 잔인하고 야만스러웠다고 한다. 그 정부는(엄마는 '정부'라는 단어의 뜻을 설명해 주었다. 엄마는 신비주의를 신봉하는 사람이 아니어서, 나는 네 살 때 이미 성기를 묘사한 입체 그림책을 가지고 있었다.) 한때 몹시 아름다웠다고 한다. 투피스 수영복 차림에 단화를 신고 그 시절 유행했던 챙이 넓은 모자를 쓴 그녀와 또 한 여자의 사진이 화면에 나왔다. 그 여자는 고양이처럼 눈초리가 치켜 올라간 선글라스를 쓰고 수영장 가의 접이 의자에 앉아 있었다. 수영장은 그들의 집 옆에 있었는데, 그곳은 오븐이 있는 수용소 근처에 자리 잡고 있었다. 여자는 수상한 점을 별로 눈치 채지 못했다고 했다. 그리고 오븐에 대해서 아는 바가 전혀 없었다며 극구 부인했다.

인터뷰 당시, 즉 그로부터 40~50년 후, 그녀는 폐기종으로 죽어가고 있었다. 기침을 많이 했고, 아주 깡말라서 거의 뼈만 남은 모습이었다. 하지만 여전히 자신의 미모에 자긍심을 간직하고 있었다. (저 여자 좀 봐. 엄마는 반쯤 투덜거리듯, 반쯤 감탄스럽다는 듯 말씀하셨다. 아직도 자기가 대단히 예쁜 줄 아네.) 꼼꼼하게 화장하고, 눈썹에는 무거운 마스카라를 바르고, 광대뼈에는 루주를 바르고, 그 위로 피부가 팽팽하게 당겨진 고무장갑처럼 널려 있었다. 목에는 진주 목걸이를 걸고 있었다.

그 사람은 괴물이 아니었어요. 그녀는 말했다. 사람들은 그이를 괴물이라고 하지만, 그렇지 않았어요.

그 여자는 도대체 무슨 생각으로 그런 짓을 했을까? 아마 틀림없이 별생각 없었을 거다. 옛날에도, 인터뷰할 당시에도. 어떻게 하면 생각하지 않고 살 수 있을까 생각하고 있었을 거다. 시대가 비정상이었다. 그 여자는 미모에 자신이 있었다. 그 여자는 그 남자가 괴물이라고 생각지 않았다. 어쩌면 그 남자도 정을 붙일 만한 구석이 있었는지 모른다. 샤워를 하면서 맞지도 않는 가락으로 휘파람을 불었다거나, 초콜렛 과자라면 사족을 쓰지 못했다거나, 개한테 리브헨이라는 이름을 붙이고 스테이크 날고기를 갖다주며 뒷다리로 서는 묘기를 시켰는지도 모른다. 누구에게든 인간성을 만들어 붙이기란 정말 얼마나 쉬운 일인가. 얼마나 손쉬운 유혹인가. 몸만 어른이지 마음은 아기라고, 그 남자를 보며 여자는 마음속으로 생각했을지 모른다. 마음이 약해져서, 앞이마에 흘러내린 그의 머리칼을 뒤로 쓸어넘겨 주고 귀에 키스를 해 주었으리라. 단순히 대가에 혹해서 그런 건 아니다. 토닥여주고 싶은 본능, 더 낫게 만들어주고 싶은 본능. 남자가 악몽을 꾸고 잠을 깨면 그녀가 자, 이제 괜찮아, 괜찮아요 하며 말해 주었을 테지. 당신 요즘 너무 힘든가 봐요. 전부 진심이었겠지. 안 그랬으면 어떻게 삶을 지탱할 수 있었겠는가 말이다. 그 미모 밑에 숨은 그녀의 참모습은 정말 평범했다. 그녀는 예의 발랐고, 유태인 하녀에게도 친절했다. 아니, 친절을 아주 넉넉히, 필요 이상으로 베풀었다.

그 인터뷰를 녹화한 후 며칠 후에, 그 여자는 자살했다. 텔레비전에서 그렇게 말했다.

아무도 그 여자에게 그 남자를 사랑했느냐는 질문을 하지 않았다.

지금 내가 기억하는 건, 무엇보다도 그녀의 짙은 화장이다.

나는 어둠 속에서 일어나 옷의 단추를 푼다. 그때 내 몸 속에서 무슨 소리가 들린다. 나는 망가졌다. 뭔가 뚝 금이 갔나 보다. 틀림없이 그런 소리다. 그 시끄러운 소음이 내 얼굴의 갈라진 틈새들 사이로 올라온다, 비어져 나온다. 경고도 없이 불쑥. 나는 이런 저런, 아니 어떤 생각도 하지 않았다. 소리가 공기 중으로 새어나오게 내버려두면, 그것은 폭소가 되어 버릴 것이다. 지나치게 크고 시끄러운 웃음소리를 누군가 듣고 말 테고 그러면 서둘러 달려오는 발걸음 소리가 들릴 테고, 명령을 내리고, 그다음에는? 판결. 상황에 걸맞지 않은 감정. 옛날 사람들은 자궁이 제멋대로 돌아다녀서 그런 거라고 생각했지. 히스테리. 그러고는 주사, 알약. 치명적인 결과를 불러올 수도 있다.

나는 곧 토하려는 사람처럼 입을 두 손으로 틀어막고 무릎을 풀썩 꿇는다. 웃음이 목구멍에서 용암처럼 끓는다. 나는 선반장으로 기어 들어가 웃음을, 꼭 붙인 무릎에 얼굴을 묻고 숨을 참는다. 숨을 참다못해 갈비뼈가 아프다. 온몸이 흔들리고, 들썩거린다. 지진처럼, 화산처럼 폭발해 버리고 말 거다. 장 속에 온통 붉은 빛이 번지겠지, 환희(mirth)는 출산(birth)과 운율이 맞는구나, 아, 웃음으로 죽어 버리다니.

나는 걸려 있는 옷자락에 얼굴을 묻고 웃음을 참는다. 으스러져라 꼭 감은 두 눈에서 즙을 짜듯 눈물이 흘러나온다. 진정하려고 애를 쓴다.

얼마 후, 폭소는 간질 발작처럼 가라앉는다. 나는 옷장 속에 이렇게 들어앉아 있다. 놀리테 테 바스타르데스 카르보룬도룸. 어두워 글씨는 보이지 않지만, 나는 점자를 읽는 것처럼 손끝으로 조그맣게 새겨진 글씨들을 짚는다. 머릿속에 울리는 소리는 이제 기도라기보다는 지령처럼 들린다. 하지만 뭘 하라는 지령이지? 어쨌든 내겐 아무 소용이 없다. 마치 해독의 열쇠를 잃어버린 고대 상형 문자처럼.

그녀는 왜 이런 글씨를 썼지, 뭐하러 이런 수고를 했지? 어차피 여기서 빠져나갈 방법은 없는 것을.

나는 지나치게 밭은 호흡을 하며 바닥에 드러눕는다. 그러고는 출산 체조를 할 때처럼 천천히, 숨결을 고른다. 지금 내 귀에 들리는 건 오직 나 자신의 심장 박동뿐이다. 열렸다 닫혔다, 열렸다 닫혔다.

영혼의
두루마리

25

　다음 날 아침 내 귀에 처음 들려온 소리는 비명소리와 뭔가 와장
창 깨지는 소리였다. 코라가 아침 식사 쟁반을 떨어뜨리는 소리. 그
소리에 잠에서 깼다. 나는 아직도 반쯤 옷장 속에 처박혀, 옷을 둘
둘 뭉쳐 베고 누워 있었다. 아마 옷을 옷걸이에서 끌어내려 그 위에
서 잠이 들었던 모양이다. 잠시 동안 도대체 여기가 어딘지 기억 나
지 않았다. 코라가 내 곁에 무릎 꿇고 있었다. 등에 닿는 코라의 손
이 느껴졌다. 내가 몸을 뒤척이자 그녀는 또다시 비명을 질렀다.

　왜, 무슨 일이에요?

　나는 말했다. 나는 돌아누워 손을 짚고 몸을 일으켰다.

　오, 나는 그만……

　그만 어쨌다는 거죠?

　꼭…….

코라는 말했다.

바닥에 달걀이 깨져 있었고, 오렌지 주스와 산산조각 난 유리 조각이 흩어져 있었다.

식사를 다시 가져올게. 이게 웬 낭비야. 도대체 바닥에 드러누워서 뭘 하고 있었던 거야?

코라는 나를 끌어당겨, 볼썽사납지 않게 두 발로 세우려고 애쓰고 있었다.

잠자리에 아예 들지 않았다는 말은 하고 싶지 않았다. 해명할 길이 없었으니까. 아마 정신을 잃었나 보다고 말했다. 하지만 그것도 하등 나을 게 없는 핑계였다. 코라가 그 말을 붙잡고 늘어지기 시작했기 때문이다.

초기 증세 중의 하나야.

코라는 흐뭇한 표정으로 말했다. 현기증하고 구토 증세. 아직 임신 증세가 나타날 만큼 시간이 흐르지 않았다는 걸 알고 있을 텐데, 그래도 희망에 들떠 법석이다.

아니, 그런 게 아니에요.

나는 의자에 앉아 있었다.

제가 알아요. 그건 절대 아니에요. 그냥 어지러웠을 뿐이에요. 여기 가만히 서 있었을 뿐인데 갑자기 눈앞이 캄캄해졌어요.

너무 긴장했나 봐. 어제도 그렇고 계속. 진이 빠져서 그래.

코라의 말은 출산을 뜻하는 거였고, 나도 그렇다고 맞장구를 쳤다. 이때쯤에는 나도 의자에 앉아 있었고, 코라는 마룻바닥에 무릎 꿇고 깨진 유리잔과 달걀 부스러기를 쟁반 위에 주워담고 있었다.

오렌지 주스 쏟은 걸 대충 종이 냅킨으로 꾹꾹 눌러 훔친 뒤였다.

코라가 말했다.

걸레를 가져와야겠어. 달걀이 왜 더 필요한지 이유를 대야 할 거야. 안 먹어도 된다면 모르지만.

그녀는 은근히 의미심장한 눈빛으로 내 쪽을 곁눈질했다. 그리고 나는 우리 둘 다를 위해 내가 아침 식사를 먹은 것으로 해두는 편이 좋다는 걸 깨달았다. 코라가 마룻바닥에 쓰러져 있던 나를 발견했다는 사실이 알려지면, 수많은 질문들이 빗발칠 것이다. 깨진 유리컵에 대해서는 어쨌든 코라가 변명을 해야 할 테지만, 아침 식사를 두 번이나 요리해야 한다면 리타가 심술을 낼지 모른다.

나는 말했다.

나 안 먹어도 괜찮아요. 그렇게 배고프지 않아요.

현기증을 일으킨 사람다운 말이었다.

하지만 토스트는 먹을 수 있을 것 같은데.

나도 아침 식사를 아예 굶고 싶지는 않았다.

마루에 떨어진 건데.

코라가 말했다.

괜찮아요.

내가 말했다. 내가 그 자리에 앉은 채로 갈색 토스트 한 조각을 먹는 동안, 코라는 욕실로 들어가서 도저히 먹을 수 없게 된 달걀 한 줌을 변기에 버리고 물을 내렸다. 그리고 그녀는 다시 돌아왔다.

내가 들고 나가는 길에 쟁반을 떨어뜨렸다고 할게.

코라가 나를 위해 기꺼이 거짓말을 해 준다는 게 기뻤다. 이런 사소한 일이라도, 아무리 자기 몸을 사리기 위한 일이라 해도. 그건 우리 둘 사이에 유대감이 생겼음을 뜻한다.

나는 그녀를 보고 미소 지었다. 그리고 그녀에게 말했다.

비명소리를 들은 사람이 없었으면 좋겠는데요.

그녀는 쟁반을 들고 문지방에 서서 말했다.

정말 심장이 내려앉는 줄 알았어. 처음에는 그냥 옷가지만 놓여 있는 줄 알았다고. 그래서…… 혼자 생각했지. 옷을 왜 방바닥에 이렇게 던져 놓은 거지? 어쩌면 그쪽이…….

달아났는 줄 아셨군요.

글쎄. 하지만 바닥에 누워 있던 게 자기였잖아.

그래요. 저였어요.

코라는 쟁반을 들고 나갔다가 남은 오렌지 주스를 닦으러 걸레를 들고 돌아왔고, 그날 오후 리타는 도대체 일을 시켜도 시켜도 서투른 사람들이 있다며 툴툴거렸다. 무슨 생각을 그리 하는지, 제대로 앞을 보고 다니지도 않고 말이야. 리타가 그렇게 불평했지만 우리는 아무 일도 없었던 것처럼 행동했다.

그게 5월에 있었던 일이다. 봄은 이제 끝을 바라보고 있다. 튤립들은 개화기를 지나 시들어, 이빨이 빠지듯 꽃잎을 한 장 한 장 떨어뜨리고 있었다. 어느 날인가 정원에서 방석을 깔고서 무릎 꿇고 앉아 있는 세레나 조이와 마주친 적이 있다. 지팡이가 바로 옆 풀밭에 놓여 있었다. 세레나 조이는 원예 가위로 씨눈을 잘라내고 있었다. 나는 오렌지와 양고기가 든 바구니를 들고 그녀 곁을 지나치면서, 슬쩍 곁눈질로 그녀를 보았다. 그녀는 겨냥을 하고, 가위날을 제자리에 잘 놓은 뒤 경련을 하듯 손을 움직여 씨눈을 잘라냈다. 관절염이 슬금슬금 손까지 퍼진 걸까? 아니면 꽃들의 보풀어오르는 생식기에 가한 일종의 전격전, 카미카제식 급습이었던 걸까? 생식 세포. 씨눈을 잘라내는 건 구근이 에너지를 비축하도록 하기 위해서라고 한다.

무릎을 꿇고 앉아 속죄하는 성 세레나.

나는 가끔 이런 식으로 세레나에 대한 치사하고 비열한 농담을 하면서 혼자 즐거워하지만, 오래 그럴 수는 없다. 세레나의 뒷모습을 바라보면서 머뭇거리면 좋지 못하니까.

내가 정말 탐냈던 건 그 가위였다.

그러고 나면 붓꽃들이 핀다. 긴 줄기에 아름답고 시원하게 쭉쭉 뻗어 올라오는 붓꽃들은, 마치 입으로 불어만든 유리 공예 같다. 첨벙 물을 튀기는 찰나 얼어 붙어버린 파스텔 워터 같다. 하늘색, 연보랏빛, 그리고 색이 더 짙은 건 벨벳과 자줏빛으로 태양빛을 받아 빛나는 검은 고양이의 귀, 쪽빛 그림자, 피 흘리는 심장들. 모양이 어찌나 여체 같은지 오래전에 뽑아 버리지 않았다는 게 놀라울 정도였다. 이 세레나의 정원에는 어딘지 전복적인 분위기가 있다. 묻혀 있던 것들이 한마디 말도 없이 찌르듯 위로 솟아나 햇볕을 받으며 말을 하고 싶어하는 것처럼. 침묵을 강요당한 것은 자기 소리를 들어 달라고 쿵쾅거리기 마련이다. 물론 조용하게. 허브 향기로 자욱해진 테니슨*의 정원은 나른하다. 그것은 '혼절'이라는 단어를 상기시킨

---

* 빅토리아 여왕 시대의 시인 로드 알프레드 테니슨을 말함. 테니슨은 나른한 권태와 쾌락에 취한 무기력한 세계에 대한 시를 썼다.

다. 정원에는 햇살이 쏟아져 내리지만, 꽃 자체가 발산하는 열기가 올라오기도 한다. 팔이나 어깨 가까이 손길이 닿는 것처럼 보지 않아도 느낌이 온다. 꽃은 온기 속에서 호흡하고, 자신이 내뱉은 숨을 들이쉰다. 요즈음엔 모란과 패랭이꽃, 카네이션이 만개한 정원 속을 걷다 보면 머리가 어질거린다.

푸른 잎이 완연하게 돋아난 버드나무가 은근한 유혹의 속삭임을 던져오는 것도 전혀 도움이 되지 않는다. 버드나무는 '테라스에서 만나요'라고 속삭인다. 치찰음들은 열병 같은 전율로 등골을 훑는다. 여름용 원피스는 허벅지 살에 닿아 바스락거리고, 발 밑에서는 잔디가 자라고, 나뭇가지 위의 움직임이 눈가에 걸린다. 깃털들, 화드득 날아가는 움직임, 우아한 곡조로 나무가 새로 탈바꿈하느라 부산하다. 이제는 여신들이라도 나올 수 있을 것 같은 분위기고 공기에는 욕망이 흠뻑 젖어들어 있다. 저택의 벽돌들마저 보드라워서 노곤노곤해진다. 벽에 몸을 기대면 따스하고 나긋나긋한 느낌일 테지. 금지의 힘이란 정말 얼마나 대단한지. 어제 검문소에서 내가 통행증을 떨어뜨리고 그에게 대신 주워 달라고 했을 때, 그는 내 발목을 보고 머리가 핑 돌았을까? 어지러웠을까? 남자를 유혹할 손수건도 없고, 부채도 없으니, 나야 손 닿는 대로 간편하게 쓸 수 있는 걸 사용할 수밖에.

겨울은 그렇게 위험하지 않다. 내게는 딱딱하고 차가운 경직이 필요하다. 하지만 줄기에 매달린 멜론처럼, 수액이 차올라 익어터진 이런 무거운 느낌은 싫다.

사령관과 나는 계약을 맺었다. 이런 계약이 체결된 것이 역사상 처음은 아니겠지만, 그 내용이 평범하지 않았다.

나는 일주일에 두 번 또는 세 번, 밤에 사령관을 찾아가되, 언제나 저녁 식사 시간 이후 신호가 있을 때만 가야 한다. 신호하는 것은 닉이다. 만약 내가 쇼핑하러 나갈 때나 돌아올 때 닉이 자동차의 광택을 내고 있거나, 또는 모자를 비뚤게 쓰고 있거나 아예 안 쓰고 있으면 나는 간다. 닉이 자리에 없거나 모자를 똑바로 쓰고 있으면, 보통 때와 똑같이 내 방에 머무르면 된다. 물론 의례가 있는 밤은 이런 규칙이 전혀 적용되지 않는다.

문제는 항상 그렇듯 아내다. 저녁 식사를 마친 후 그녀는 부부 침실로 가는데, 그곳에서는 내가 몰래 복도를 걷는 소리가 들릴지도 모른다. 아주 조용히 걸으려고 조심하긴 하지만. 아니면 좌실에 앉아 한도 끝도 없는 '천사'의 스카프를 짜면서, 얼기설기 얽히고 아무 짝에도 쓸모없는 양모 인간들을 줄줄이 생산해 내고 있을지도 모른다. 그게 아마 그녀 나름대로의 번식 방법일 터이지만. 좌실에 있을 때면 언제나 문을 활짝 열어놓는데, 나는 감히 그 앞을 지나갈 엄두가 나지 않는다. 신호를 받았는데도 가지 못할 때는, 계단을 내려가거나 좌실의 문 앞을 지나 복도로 걸어갈 수 없을 때는, 사령관이 이해해 준다. 그는 내가 처한 입장을 누구보다 잘 알고 있는 사람이다. 그는 규칙을 속속들이 이해하고 있다.

하지만 가끔, 세레나 조이가 외출할 때가 있다. 다른 사령관의 병든 아내를 문병하러 가는 것이다. 상식적으로 저녁 때 그녀가 혼자서 갈 곳은 거기밖에 없으니까. 세레나는 음식을 챙겨 간다. 리타가 구운 케이크나 파이나 빵, 또는 정원에서 기른 민트 잎으로 만든 젤리 한 단지. 그 여자들은 앓아눕는 일이 아주 많다. 사령관의 아내들 말이다. 질병은 그녀들의 삶에 그나마 살맛을 더해 준다. 우리로 말하자면, 그러니까 시녀는 물론이고 하녀들 역시 앓아눕는 일은 절대 피하려 노력한다. 하녀들은 강제로 은퇴하게 될까 봐 두려워한다. 도대체 어디로 보내질지 모르니까. 둘러보면 옛날과 달리 할머니들이 별로 눈에 띄지 않는다. 그리고 우리로 말하자면, 뭐든 진짜 질병에 걸린다면, 숙환이 되거나 몸이 쇠약해진다거나, 살이 빠지거나 입맛을 잃는다거나, 머리가 빠진다거나 호르몬에 이상이라도 생긴다 치면 그건 끝장이다. 이른 봄 심한 독감에 걸려 휘청거리면서도 돌아다니고, 아무도 보지 않을 때만 조심스럽게 문틀을 잡고 기침을 참던 코라의 모습이 기억난다. 가벼운 감기일 뿐이에요. 세레나가 묻자 코라는 그렇게 대답했다.

세레나만 해도 가끔 며칠씩 쉬면서 침대에 처박혀 있곤 한다. 그럴 때는 그녀가 손님을 맞을 차례. 활기에 찬 아내들이 혀를 끌끌 차면서 계단을 살랑거리며 올라오고, 세레나는 케이크와 파이, 젤리며 그녀들의 정원에서 따온 꽃다발 따위를 한 아름 받는다.

그들은 교대로 앓아눕는다. 보이지는 않지만 일종의 묵약으로 만들어진 리스트가 있다. 모두 자기 몫 이상의 관심을 끌지 않으려고 조심한다.

세레나가 외출하기로 한 밤이면, 나는 어김없이 소환된다.

처음에는, 혼란스러웠다. 그가 무엇을 필요로 하는지 불투명했고,

내가 파악한 그 욕구들은 레이스 구두에 대한 페티시처럼 우스꽝스럽고 한심하기만 했다.

게다가 적잖게 실망스럽기도 했다. 처음에 나는 저 닫힌 문 뒤에 무엇이 있으리라 기대했던 걸까? 말로 할 수 없는 끔찍한 것? 네 발로 기어다닌다거나, 성도착증이거나, 채찍이나 사지 절단? 하다못해 치졸한 성적(性的) 착취라든가, 이젠 법으로 금지되고 사지 절단의 형벌로 다스리는 구시대의 간음이라도 있을 줄 알았다. 그런데, 스크래블 게임 상대가 되어 달라는 요청을 받다니! 결혼한 지 오래된 부부들이나 아이들이 하는 놀이인데. 이거야말로 정말 극단적인 변태처럼 느껴졌다. 그 나름대로는 범칙이자 일탈이었다. 그리고 그 청탁은 모호하기 이를 데 없었다.

그래서 방을 나왔을 때, 나는 여전히 그가 원하는 게 무엇인지, 왜 원하는지, 그리고 내가 그 욕구를 하나라도 채워줄 수 있을지 알 수 없었다. 흥정이 있다면, 거래의 조건을 제시해야만 한다. 하지만 사령관은 그러지 않았다. 혹시 나를 갖고 노는 게 아닐까, 고양이가 쥐를 갖고 놀듯 하는 건 아닐까 생각했지만, 지금 생각하니 그의 동기와 욕망은 그 자신에게조차 분명치 않은 것 같다. 그 욕망들은 아직 말로 표현할 수 있는 수준까지 떠오르지 않은 것이다.

두 번째로 함께 보낸 저녁은 첫날밤과 똑같이 시작되었다. 나는 문 앞으로 가서, 닫혀 있는 문을 두들기고, 들어오라는 허락을 받았다. 매끄러운 베이지색 말들을 가지고 똑같이 내리 두 판의 게임을 했다. Prolix(지루한), quartz(석영), Quandary(곤경), sylph(정령),

rhythm(리듬). 머리를 쥐어짜고, 기억을 샅샅이 뒤져 자음들로 만드는 해묵은 술수들을 부렸다. 철자법을 맞추느라 어찌나 안간힘을 썼든지 혓바닥이 두꺼워지는 느낌이었다. 한때 잘 알고 있었으나 이제는 거의 다 잊어버린 언어, 오래전 지구상에서 사라진 풍습, 노천 카페에서 마시는 카페오레, 브리오슈 빵, 키 큰 유리잔에 따라마시는 압상트 술, 신문지를 말아 만든 원뿔에 담은 새우, 예전에 책에서 읽긴 했지만 한 번도 본 적이 없는 것들을 연상시키는 낯선 언어를 오랜만에 사용하는 기분이었다. 옛날 TV 드라마에 나오는 황당한 장면들에서처럼 목발 없이 걸으려고 안간힘을 쓰고 있는, 그런 기분이었다. *넌 할 수 있어. 틀림없이 할 수 있다니까.* 그런 식으로 내 마음은 날카로운 R들과 T들 사이에서 발이 걸려 넘어져, 자갈밭에 미끄러지듯 새알처럼 생긴 모음들 위로 미끄러지곤 했다.

사령관은 내가 한참을 망설이거나 맞는 철자를 물어봐도 참을성 있게 대해 주었다. 필요하면 우리는 언제든 사전을 찾아볼 수 있소. 사령관은 말했다. 그는 '우리'라고 했다. 처음으로 나는 그가 일부러 져 주었다는 걸 깨달았다.

그날 밤도 나는 굿 나이트 키스까지 포함해 모든 것이 똑같이 반복될 거라 생각하고 있었다. 하지만 두 번째 게임을 끝낸 후, 사령관은 의자에 깊숙이 기대앉았다. 그는 팔꿈치를 의자 팔걸이에 올려놓고 손끝을 모았다. 그리고 나를 바라보았다.

당신한테 줄 작은 선물이 있소.

그는 살짝 미소를 지었다. 그러더니 책상 맨 위 서랍을 열어 뭔가를 꺼냈다. 그러고는 별일 아니라는 듯이 엄지와 검지로 그 물건을 집은 채 나한테 줄까 말까 고민이란 듯이 잠시 들고 있는 것이었다. 내가 앉아 있는 곳에서 볼 때는 위아래가 거꾸로 뒤집혀 있었지만, 나는 그 물건을 알아보았다. 한때는 흔하디흔했던 물건. 그건 잡지였다. 사진으로 보아 여성 잡지인 것 같았다. 광택 나는 표지에 모델 한 사람이 머리카락을 뒤로 넘기고, 목에는 스카프를 하고, 입에는 립스틱을 바르고 있었다. 가을 패션이다. 그런 잡지들은 전부 폐기 처분된 줄 알았는데, 여기 이렇게 한 권이 남아 있다. 사령관의 개인 서재에. 여기서 이런 책을 보게 될 줄 꿈에도 몰랐는데. 그는 모델을 내려다본다. 그의 자리에서는 위아래가 똑바로 보일 것이다. 모델은 그의 쪽에선 왼편을 보고 있다. 그의 얼굴에는 아직도 미소가 떠올라 있다. 동경에 찬 듯한 그 특유의 미소가. 동물원에서 멸종 위기에 처한 동물을 보고 떠올릴 법한 그런 표정이다.

그가 내 앞에서 물고기 미끼처럼 흔들어 대는 잡지를 바라보고 있노라니, 그게 갖고 싶어졌다. 손가락 끝이 아려올 정도로 강렬한 소유욕을 느꼈다. 동시에 나는 이런 나의 갈망이 한심하고 부조리하다는 걸 깨닫는다. 한때는 그런 잡지들을 가볍게 여기던 때가 있었는데. 치과 병원에서 기다리면서 그런 잡지들을 읽었고, 가끔은 비행기에서도 읽었다. 루크를 기다리면서 빈 시간을 때우려고, 호텔 방에 가져갈 목적으로 그런 잡지들을 사곤 했다. 대충 책장을 넘기며 훑어보고 나서는 미련 없이 던져버렸다. 잡지들은 얼마든지 버려도 상관없었다. 어차피 하루 이틀만 지나면 무슨 기사가 났는지 깡그리 잊고 말 테니까.

지금에서야 나는 기억할 수 있다. 잡지 속에 들어 있던 건 약속이었다. 잡지 기사들은 변화를 다루었다. 끝없이 이어지는 수많은 가능성들을 제안했다. 가능성은 마주 보게 세워놓은 거울 두 개에 맺히는 상처럼 확장되고, 길게 뻗어나가서 마침내 복제에 복제를 만들어 사라져 없어지는 지경에 이르렀다. 그들은 모험 하나가 끝나면 또 다른 모험을, 패션이 하나 있으면 또 다른 패션을, 하나의 개선이 또 다른 개선을 넌지시 암시했고, 하나가 나아지면 다른 것도 낫게 만들라고 했다. 한 남자 다음에는 또 다른 남자를 들이댔다. 그들은 회춘하는 방법, 고통을 극복하고 조절하는 법, 영원한 사랑 따위를 말했다. 잡지들이 진짜로 약속하는 바는 불멸이었다.

그게 사령관 자신도 진가를 모르는 채 손에 들고 있던 그 물건의 정체였다. 그는 페이지를 펄럭펄럭 넘겨 댔다. 나도 모르게 몸이 앞으로 쏠렸다.

오래된 잡지요. 그는 말했다. 일종의 골동품이오. 70년대 것 같소. 《보그》로군. 마치 포도주 감식가의 입에서 나오는 이름 같다. 보면 좋아할지도 모른다고 생각했소.

나는 뒤로 물러나 앉았다. 나를 시험하고 있는 건지도 모른다. 탈교리화가 얼마나 진행되었는지 가늠하려는 건지도 모른다. 금지된 일이에요. 나는 말했다.

여기서는 그렇지 않소. 그는 조용히 말했다. 나는 요점을 파악했다. 가장 큰 금기를 깨뜨린 지금, 어째서 이렇게 사소한 범칙 하나 더 저지르는 것을 망설이겠는가? 아니 다른 한 가지, 또 다른 한 가지의 금기가 깨어진들 어떠랴? 그 끝이 어디인 줄 누가 알랴? 이 문 뒤에서 이미 금기는 해체되어 버렸다.

270

그에게서 잡지를 받아들어 똑바로 돌려보았다. 거기서 나는 또다시 보았다. 내 유년기의 이미지들을. 대담하고, 씩씩하고, 자신감이 넘치는 그들은 자기 영역을 주장하듯 팔을 활짝 펴고 다리를 쫙 벌려 두 발로 단단히 땅을 딛고 있었다. 그 포즈에는 어쩐지 르네상스 시대 회화 같은 데가 있었지만, 내 머릿속에 떠오른 건 동그랗게 머리를 말고 곱슬머리를 늘어뜨린 처녀들이 아니라 군주들이었다. 화장으로 그늘지긴 했지만 거리낌 없이 당당한 두 눈은 당장이라도 먹이를 덮치려는 고양이들의 눈빛 같았다. 풀이 죽은 모습도, 어리광을 피우는 모습도 찾아볼 수 없었다. 망토와 거친 모직 옷을 입고 무릎까지 올라오는 부츠를 신은 그 여자들에겐 그런 기색이 없었다. 약탈품을 챙길 서류 가방을 우아하게 들고 탐욕스런 하얀 이빨을 드러낸 이 여자들은 해적이었다.

페이지를 넘기는 나를 지켜보는 사령관의 눈길이 느껴졌다. 내가 금지된 일을 하고 있고, 그런 나를 지켜보며 사령관이 즐거워하고 있다는 걸 알았다. 죄악감이 들어야 했는지 모른다. 리디아 아주머니의 관점에서 보면 나는 악녀였다. 하지만 그런 기분은 들지 않았다. 대신 오래된 에드워드 조*의 해변 엽서처럼 '발칙한' 기분이 들었다. 그는 다음에 내게 뭘 줄까? 거들?

왜 이런 걸 갖고 계세요? 내가 물었다.

우리들 중에는, 골동품 수집을 하는 사람들이 있소.

하지만 전부 불태워 버려야 하잖아요. 집집마다 수색도 했고, 모

---

* 1차 세계 대전 직전, 에드워드 왕이 통치하던 영국의 전성기.

닥불에…….

그는 비꼬는 것일 수도 아닐 수도 있는 말투로 말했다.

대중이 가지고 있으면 위험한 물건이라도……. 안전하다고 여겨질 수 있지. 동기를…….

문책할 수 없는 사람들의 손에서는 말이지요. 내가 말했다.

그는 굳은 얼굴로 고개를 끄덕거렸다. 진심으로 한 말인지 아닌지 파악할 수가 없다.

하지만 왜 저한테 보여 주시는 거죠? 그렇게 묻고 나자 내가 바보스럽다는 느낌이 들었다. 그가 무슨 대답을 하겠는가? 나를 이용해 자신의 쾌락을 쫓는 거라고? 옛 시절을 다시 떠올리는 게 내게 얼마나 고통스런 일인지 그는 틀림없이 알고 있을 텐데 말이다.

그러나 그가 실제로 한 대답은 뜻밖의 것이었다.

그럼 달리 누구한테 보여 주겠소? 그는 말했다. 또 예의 그 서글픔.

여기서 더 나아가야 할까? 나는 생각했다. 그를 너무 빨리, 너무 멀리까지 밀어붙이고 싶지는 않았다. 내가 소모품이라는 걸 잘 알고 있었다. 그런데도 나는 지나치다 싶을 만큼 온화한 목소리로 물었다. 사모님이 계시잖아요.

사령관은 잠시 생각하는 것 같았다. 아니, 그 사람은 이해 못할 거요. 어쨌든 요즘은 나한테 말도 잘하지 않으니까. 요즘 우리 사이엔 별로 공통점이 없는 것 같소.

자, 이제 적나라하게 나왔다. 그의 아내는 그를 이해하지 못한다.

그래서 내가 불려온 거다. 예나 지금이나 다를 바가 없다. 사실이라기엔 너무나 진부한 현실.

세 번째 밤 나는 핸드로션을 좀 구해 달라고 부탁했다. 구걸하는 것처럼 보이고 싶지 않았지만 얻어낼 수 있는 건 얻어내야겠다고 생각했다.

뭘 구해 달라고? 언제나처럼 정중하게 그가 물었다. 그는 나와 책상 하나를 사이에 두고 앉아 있었다. 단 한 번 의무적으로 하는 키스 말고는 내게 거의 손을 대지 않았다. 애무니 가쁘게 몰아쉬는 숨소리니, 그런 건 전혀 없었다. 어쨌든 그건 내게도 그에게도 안 어울리지.

핸드로션이요. 나는 말했다. 아니면 얼굴에 바르는 로션도 좋아요. 우린 피부가 몹시 건조해서요. 왠지 모르지만 나는 '저는'이 아니라 '우리'라고 말했다. 바스 오일이 있느냐고 묻고 싶은 마음도 간절했다. 옛날엔 쉽게 구할 수 있던 색색의 공 모양 바스 오일. 엄마 욕실의 둥근 유리 그릇에 담아뒀던 바스 오일이 내게는 너무나 마술 같았다. 하지만 바스 오일이 뭔지 그는 알지 못하리라. 어쨌든 그것은 더 이상 제조되지 않을 테니까.

건조하다고? 사령관은 미처 그런 건 생각도 못했다는 말투로 물었다. 그럼 보통 어떻게 하오?

우리는 버터를 써요. 구할 수 있을 때는요. 아니면 마가린을 쓰죠. 대체로 마가린을 쓸 때가 많아요.

버터라. 그는 생각에 잠겨 말했다. 그거 참 기발한 생각인데. 버터라. 그는 웃음을 터뜨렸다. 나는 그의 뺨을 한 대 찰싹 갈겨주고 싶었다.

그건 구할 수 있을 것 같소. 그는 풍선 껌을 달라고 떼쓰는 아이를 달래듯 말했다. 하지만 아내가 냄새를 맡을지도 모르오. 그의 이런 걱정이 과거의 경험에서 나온 건지 나는 궁금해졌다. 아주 오래전의 과거, 칼라 위의 립스틱, 소맷부리의 향수 냄새, 깊은 밤 부엌이나 침실에서 일어나는 소동. 그런 경험이 없는 남자라면 이런 생각을 해낼 리 없다. 겉보기보다 더 교활한 남자라면 모르지만.

조심하겠어요. 나는 말한다. 게다가, 사모님은 저한테 그렇게 가까이 오시는 법이 없답니다.

가끔 가까이 갈 때도 있소. 사령관이 말한다.

나는 시선을 툭 떨군다. 까맣게 잊고 있었다. 얼굴이 후끈 달아올랐다. 그날 밤에는 쓰지 않겠어요. 나는 말했다.

네 번째 저녁에 그는 내게 상표 없는 플라스틱 병에 든 핸드로션을 건네주었다. 질이 썩 좋지는 않았다. 식용유 냄새가 희미하게 났다. 내겐 '골짜기의 백합' 같은 건 어림도 없는 일이지. 로션은 병원에서 욕창 방지용으로 쓰는 물건 같았다. 그래도 나는 고맙다고 인사했다.

문제는, 저는 보관할 데가 없다는 거예요. 내가 말했다.

방에 보관하면 되잖소. 당연하다는 듯 그가 대답했다.

들킬 거예요. 누군가 찾아내고 말 거예요.

어째서? 정말 모른다는 듯 그가 물었다. 정말 모르는지도 모른다. 우리가 어떤 삶을 사는지 실제 상황에 대해 정말로 무지한 기미를 비춘 건, 이번이 처음은 아니다.

그들이 수색해요. 우리 방은 샅샅이 수색해요.

뭣 때문에? 사령관이 말했다.

그때 나는 평정을 좀 잃었던 것 같다. 면도날, 책, 글, 암시장의 물건들을 찾으러 말이에요. 우리가 가져선 안 되는 걸 갖고 있을까 봐 말이에요. 세상에, 그것도 모르신단 말인가요. 내 의지보다 더 화난 목소리가 튀어나왔지만 사령관은 움찔하지도 않았다.

그럼 여기 보관해 두어야겠군. 그는 말했다.

그래서 나는 그러기로 했다.

그는 철창을 통해 바라보듯 내가 손과 얼굴에 로션을 바르는 모습을 지켜보았다. 그건 욕실에 같이 들어온 듯한 느낌이어서 사령관에게서 등을 돌리고 싶었지만, 감히 엄두가 나지 않았다.

그에게 나란 존재는 스쳐 지나가는 변덕일 뿐이라는 걸 똑똑히 기억해야 했다.

26

2~3주 후 의례의 밤이 다시 돌아왔을 때, 나는 상황이 많이 달라졌다는 걸 눈치챘다. 전과는 달리 어색하기 짝이 없었다. 전에는 되도록 빨리 해치워야 하는 일로 취급했다. 마음 굳게 먹어(Steel yourself), 라고 엄마는 말씀하시곤 했다. 내가 치기 싫어하는 시험을 칠 때나 차가운 물에서 헤엄쳐야 할 때마다 말씀하셨다. 당시에는 무슨 뜻인지 별로 생각해 보지 않았지만 지금 생각하니 그 표현은 금속이나 갑옷과 관련 있는 말이었던 것 같다. 그리고 이제 나는 마음을 굳게 먹어야 한다. 마음을 단단히 제련해 육신 속에 존재하고 있지 않은 척하리라.

이런 의식 부재의 상태, 육신과 분리된 상태는 사령관도 마찬가지라는 걸, 이제 나는 알고 있었다. 아마 나와 함께 있는 동안 내내 다른 생각을 했는지 모른다. 아니 우리와 함께 있는 동안이라고 바꾸

자. 의례의 밤에는 세레나 조이도 같이 있었으니까. 낮에 했던 일이나, 골프 치는 일이나, 저녁 때 먹었던 음식 생각을 했을지도 모른다. 마지못해 하긴 했어도 그 성행위는 대부분 그에게는 등을 긁는 것처럼 무의식적인 행동이었을 것이다.

하지만 그날 밤, 우리 사이에 뭐랄까 계약 관계(달리 이름을 붙일 수가 없는 관계다.)가 시작된 이후 처음으로 돌아온 의식의 밤에, 나는 어쩐지 부끄럽다는 생각이 들었다. 예를 들어 그가 나를 빤히 바라보는 것, 나는 그게 싫었다. 언제나처럼 불이 환하게 켜져 있었다. 세레나 조이가 아무리 사소한 것이라도 로맨틱하거나 에로틱한 분위기를 자아내는 장치를 아주 싫어했기 때문이다. 머리 위의 불빛은 덮개가 쳐져 있더라도 눈에 심하게 거슬렸다. 마치 환하게 조명을 밝힌 수술대 위에 누운 기분이었다. 또는 무대 위에 선 기분이었다. 다리에 털이 많은 것이 신경 쓰였다. 한때 면도를 했지만 다시 멋대로 삐죽삐죽 돋아나 보기 흉했다. 사령관의 눈에는 보이지도 않을 텐데, 겨드랑이에도 신경이 쓰였다. 이 교미 행위, 아니 수태 행위는 벌이 꽃한테 하는 행위 이상의 의미가 되어서는 안 되는데도, 내게는 창피스러운 도착 행위, 음탕한 행각이 되어 버렸다. 전에는 그렇지 않았는데.

그는 더 이상 내게 단순한 존재가 아니었다. 그게 문제였다. 그날 밤 난 그 사실을 깨달았고, 그 깨달음은 사라지지 않고 머물렀다. 문제가 복잡해지고 있었다.

세레나 조이 역시 완전히 달라져 버렸다. 전에는 내가 겪어야 하는 고통의 일익을 담당한 그녀를 단순히 미워하면 되었다. 그녀도 나를 미워하고 내 존재를 탐탁지 않게 여겼을 뿐만 아니라, 만에 하나 내가 아기를 갖는다면 내 아이를 기를 여자였으니까. 하지만 지금은, 아직도 세레나를 미워하긴 했지만, 특히 손가락을 세차게 움켜쥐며 반지로 내 살점을 쥐어뜯거나 최대한 나를 불편하게 만들려고 일부러 내 손을 뒤로 꺾을 때는 여전히 미웠지만, 예전처럼 순전하고 단순한 증오는 아니었다. 어떤 면에선 그것은 질투였다. 하지만 그렇게 쭈글쭈글하고 불행한 여자한테 어떻게 내가 질투를 느낄 수 있단 말인가? 질투란 내가 갖지 못한 것을 남이 가졌을 때 느끼는 감정이 아닌가? 그런데도 나는 질투가 났다.

하지만 한편으로는 그 여자에 대해 죄책감도 있었다. 마땅히 그녀의 것인 구역을 침범한 침입자 같은 느낌이 들었다. 물론 게임 상대가 되어 주고 이야기를 들어줄 뿐이지만, 남몰래 사령관을 만나고 있는 지금에 와서는, 우리의 역할이 더 이상 원칙처럼 깔끔하게 분리된 게 아닌 셈이다. 그녀는 알지 못해도 나는 그 여자에게서 뭔가를 빼앗고 있었다. 좀도둑질을 하고 있었다. 내가 빼앗은 것은 그녀가 전혀 원하지 않았고, 그녀에게는 쓸모도 없으며, 심지어 스스로 거부한 것이라 해도 달라질 건 없다. 여전히 그건 그녀 것이었고, 뭐라 딱 꼬집어 말할 수 없는 이 신비스런 '그것'을 내가 빼앗아 버린다면, (사령관이 내게 느끼는 감정은 사랑이 아니었으니까. 그렇게 극단적인 감정이라고 여기는 것을 나는 단호히 거부했다.) 그럼 그녀에게 더 이상 뭐가 남는다는 말인가?

그걸 왜 내가 걱정해? 나는 혼자 생각했다. 그녀는 내게 아무것도 아닌데. 나를 싫어하고, 핑계만 있으면 당장이라도 이 집에서 쫓아내든가 더한 짓도 서슴지 않을 여잔데. 만에 하나 그녀가 알아채기라도 한다면. 사령관은 그런 일에 개입해서 나를 구제해 주지는 않을 것이다. 집안에서 여자들이 규칙을 위반하면 하녀와 시녀를 가리지 않고 오직 아내들의 처분에 따랐다. 세레나 조이는 악의에 차고 독한 여자였다. 그건 확실히 알고 있었다. 그런데도 희미한 양심의 가책을 떨쳐낼 수 없었다.

게다가 그녀는 모르지만, 나는 이제 그녀를 좌지우지할 수 있는 권력을 쥐고 있었다. 그리고 그건 정말 즐거웠다. 뭐하러 숨기랴? 나는 그 기분을 만끽했다.

하지만 사령관이 표정 하나, 몸짓 하나만 까딱 잘못해도 너무나 쉽게 탄로 날 수 있었다. 자그만 실수 하나로도 보는 사람들이 우리 사이에 뭔가 진행되고 있다는 걸 눈치 챌 수 있었다. 의례의 밤, 사령관은 하마터면 큰일을 저지를 뻔했다. 내 얼굴을 만지려는 것처럼 손을 뻗었던 것이다. 나는 세레나가 못 봤기만 바라면서 그에게 그만 두라는 뜻을 전하려 고개를 돌렸고 그는 손길을 거두고 다시 여행을 계속했다.

다시는 그러지 마세요. 나는 그다음에 단둘이 만났을 때 말했다.

뭘 말이오? 그가 물었다.

그걸 할 때……. 그렇게 만지려고 하지 마세요……. 사모님도 계시는데.

내가 그랬소? 그가 말했다.

강제로 임지를 옮겨야 할지도 몰라요. 식민지로. 아시잖아요. 더 나쁠 수도 있어요. 사람들 앞에서는, 그가 나를 커다란 꽃병이나 창문 보듯 해야 한다고 생각했다. 그저 배경의 일부이며, 생명도 없고 투명한 물체를 바라보듯 해야만 한다고.

미안하오. 그가 말했다. 그럴 생각은 아니었소. 하지만 그 일이 너무…….

어떻다고요? 사령관이 얼버무리자 내가 따져 물었다.

비인간적이라고 생각했지.

그걸 깨달으시는 데 참 오래도 걸리셨군요. 내가 말했다. 사령관을 대하는 나의 말투만 봐도, 벌써 우리 관계가 완전히 달라졌다는 걸 확연히 알 수 있을 터이다.

우리 후손들에게는 지금보다 훨씬 더 좋은 세상이 올 거야. 리디아 아주머니는 말했다. 여자들은 모두 한 가족이 되어 조화롭게 살게 될 거야. 여러분들은 그 집의 딸 같은 존재가 될 테고. 출생률이 다시 일정 수준을 회복하면 이 집 저 집으로 옮겨다니지 않아도 될 테지. 인력이 많아질 테니까. 이런 상황에서 진정한 애정의 유대가 생겨날 거야. 그녀는 애교를 떨며 우리에게 눈을 찡긋해 보였다. 공통의 목표를 위해 연대한 여인들! 각자 맡은 일을 수행하면서, 자질구레한 집안일들을 서로 도와 기나긴 인생 길을 함께 걸어가는 여인들. 어째서 한 집안의 살림을 꾸려나가는 고귀한 일을 한 여자가 도맡아 해야 한다고 생각하느냐 말이야? 그건 합리적이지도, 인도적이지도 않아. 여러분의 딸들은 훨씬 더 큰 자유를 누릴 거야. 우린 지금 한 사람이 작은 정원을 하나씩 가질 수 있도록 노력하고 있어. 여러분 모두에게 정원이 하나씩. 그녀는 두 손을 꼭 모아쥐고, 숨 가쁜 목소리로 말했다. 그리고 그건 일례에 불과해. 우리를 향해 처들고, 까닥거리는 손가락. 하지만 욕심 많은 돼지처럼 준비도 안 됐는데 너무 많은 걸 요구해서는 안 되겠지?

사실을 말하자면 나는 그의 정부다. 최고위층의 남자들은 언제나 정부가 있었다. 지금이라고 다를 게 뭐가 있겠는가. 물론 계약의 내용이 약간 다르기는 하다. 옛날에는 정부들이 작은 집이나 아파트를 따로 갖고 있었지만, 요즘은 사정이 뒤죽박죽되었다. 하지만 들춰보면 속은 다 마찬가지다. 정도의 차이가 있을 뿐. 옛날 어떤 나라에서는 '바깥 여자들'이라고 불렀다지. 나는 바깥 여자다. 안에서 채워줄 수 없는 걸 제공하는 게 나의 일이다. 그게 스크래블 게임이라 할지라도 마찬가지다. 치욕스러울 뿐만 아니라 정말 한심스런 신분이기도 하다.

가끔은 세레나 조이가 다 알고 있다는 생각이 들기도 한다. 가끔 부부가 짜고 벌이는 짓거리라는 생각이 들기도 한다. 가끔은 그 여자가 배후에 앉아서 사령관에게 이런 짓을 시키고 나를 비웃는 거라는 생각이 들 때도 있다. 가끔씩은 나 스스로 자조 섞인 웃음을 짓기도 하니까. 세레나 조이가 나한테 부담을 다 떠맡기려는 건지도 모른다. 어쩌면 남편으로부터 완전히 물러나 버렸는지도 모른다. 그게 어쩌면 세레나 조이가 찾은 자유인지도 모른다.

하지만 그렇다 하더라도, 어리석게도 나는 전보다 행복하다. 일단, 할 일이 있으니까. 밤에 혼자 내 방에 멍하니 앉아 있지 않고, 시간을 때울 수 있으니까. 생각할 거리가 있으니까. 사령관을 사랑한다거나 하는 건 아니지만 그는 흥미를 불러일으킨다. 그는 일정 공간을 차지하고 있는 실체이며 단순한 그림자가 아니다.

그리고 나 또한 그에게 그러하다. 그에게 나는 그저 쓸모 있는 육체에 지나지 않는 존재가 아니다. 그에게 나는 짐을 싣지 않은 배, 포도주가 담겨져 있지 않은 잔이 아니며, 속된 말로 빵 하나 못 굽는 오븐이 아니다. 그에게 나는 그저 텅 빈 존재가 아니다.

27

나는 오브글렌과 함께 여름의 한길을 따라 걷는다. 따뜻하고 축축한 날씨다. 옛날 같으면 가벼운 여름 원피스와 샌들을 신고 나섰을 만한 날씨다. 우리 바구니에는 딸기와(딸기 철이라서 우리는 물리도록 딸기만 먹고 있다.) 포장한 생선이 들어 있다. 우리는 '빵과 생선'이라는 목제 간판이 달린 상점에서 생선을 샀다. 목제 간판 속의 생선은 속눈썹이 있고 미소를 짓고 있다. 하지만 이 상점에서 빵은 팔지 않는다. 대개의 집들이 빵은 직접 구워먹기 때문이다. 그래도 빵이 떨어지면 '일용할 빵'에서 말라빠진 롤빵과 시든 도넛을 사먹을 수는 있다. '빵과 생선' 가게는 문이 열려 있는 걸 보기가 힘들다. 팔 물건이 하나도 없는데 상점 문을 뭐하러 열어놓겠는가? 원양 어업은 이미 몇 년 전에 끝장났다. 지금 들여놓은 얼마 안 되는 생선들은 양어장에서 출고한 거라 별맛이 없다. 뉴스에 따르면 해안선 지역은 조업 중지에 들어갔다고 한다. 나는 기억한다. 혀가자미, 대구, 황새치, 가리비, 참치, 속을 채워 구운 가재, 분홍빛 통통한 살을 지글지글 구운 연어 스테이크. 그것들이 전부 고래처럼 멸종되어 버렸다는 게 있을 수 있는 일인가? 은밀히 전해진 그런 소문을 들은 적이 있다. 진열장의 하얀 살코기에 현혹되어 문 바깥에 줄 서서 가게 문이 열리기를 기다릴 때 입술도 별로 많이 움직이지 않고 전해진 소문. 그들은 물건이 있으면 창문에 그림을 걸고, 물건이 없으면 그림을 치웠다. 그림이 언어를 대신한 것이다.

오늘 오브글렌과 나는 천천히 걷는다. 긴 드레스 때문에 덥고 지쳐서 겨드랑이가 축축했다. 그나마 다행스러운 것은 이런 열기 속에서는 장갑을 끼지 않아도 된다는 것이다.

이 모퉁이 어딘가에, 전에는 아이스크림 가게가 있었다. 상호는 기억나지 않는다. 세상이 워낙 빨리 바뀌는 바람에, 건물들이 철거되고 또 다른 건물로 바뀌기도 하니, 옛날에 어땠는지 정확히 기억하기가 아주 힘들다. 아이스크림을 더블로 얹어주기도 하고, 원하면 초콜릿을 위에 뿌려주기도 했다. 아이스크림 가게 이름은 사람 이름이었는데. '자니스'? '재키스'? 기억 나지 않는다.

그 애가 어렸을 때는 간간이 아이스크림 가게에 가서, 아이스크림 통들이 진열되어 있는 유리로 된 카운터를 보여주기 위해 안아 올리곤 했다. 아이스크림의 색들은 참 때깔이 고왔다. 연한 오렌지색, 연녹색, 연분홍색. 그러면 나는 그 애가 고를 수 있게 이름들을 읽어주곤 했다. 그 애의 원피스와 바지도 그런 색이었다. 파스텔 아이스크림의 빛깔들.

'지미스'. 그래, 그게 가게 이름이었다.

오브글렌과 나는 이제 서로에게 더 편한 사이가 되었다. 서로 상대방에게 익숙해진 것이다. 샴 쌍둥이. 만나 인사를 할 때도 굳이 의례를 따지지 않는다. 미소를 지어 보이고는 곧장 출발한다. 둘이 일렬로 나란히 서서 매일 밟는 길을 자연스럽게 걸어갈 뿐이다. 가끔 우리는 다른 길로 가보기도 한다. '장벽' 안에만 있으면 어느 길로 가든 상관없다. 미로 안에 갇힌 쥐는 미로를 벗어나지 않는 한 어느 길로 가든 상관이 없는 것과 마찬가지다.

우리는 벌써 가게들을 다 돌았고, 교회에도 들른 후였다. 이제 '장벽'에 이르렀다. 오늘은 '장벽'에 걸려 있는 시체가 한 구도 없었다. 여름에는 겨울처럼 시체들을 오래 걸어두지 않는다. 파리가 꾀고 악취가 심하기 때문이다. 여기는 소나무 향과 꽃향기가 풍기는 에어 스프레이를 만들던 땅이었기 때문에 사람들은 아직까지도 냄새에 까다롭다. 특히 만사에 청결을 강조하는 사령관들은 더더욱 그러했다.

"목록에 있는 물건들은 다 샀나요?"

다 샀다는 걸 잘 알면서도 오브글렌이 내게 말을 건넨다. 우리 목록은 쓸데없이 긴 법이 없다. 요즘은 오브글렌도 수동적인 태도와 우울증을 많이 털어 버렸다. 내게 먼저 말을 거는 일도 종종 있다.

"네."

내가 말한다.

"우리 돌아서서 가요."

그 말은 아래로, 강 쪽으로 가자는 말이다. 그쪽에 가 본 지도 한참 되었다.

"좋아요."

나는 말한다. 하지만 곧장 몸을 돌리지 않고, 잠시 그 자리에 가만히 서서 마지막으로 '장벽'을 한 번 더 바라본다. 붉은 벽돌들이 있고, 탐조등들이 있고, 철조망이 있고, 갈고리들이 있다. 그런데 '장벽'은 이렇게 텅 비어 있을 때 훨씬 더 불길한 느낌을 준다. 누군가가 매달려 있으면 최악의 상황은 지나갔다는 뜻이다. 하지만 텅 비어 있는 '장벽'은 임박한 폭풍처럼 잠재적인 두려움을 준다. 시체들을, 진짜 시체들을 볼 수 있다면, 형태와 크기로 보아 시체들 중에 루크가 없다고 추정할 수만 있으면, 아직 살아 있다고 믿을 수 있다.

어째서 루크가 이 '장벽'에 나타날 거라 생각하는지 나도 모른다. 루크를 처형할 만한 장소가 따로 수백 곳은 있을 텐데. 하지만 나는 지금 이 순간, 저 텅 빈 빨간 벽돌 너머 저 밖 어딘가에 루크가 있을 거라는 생각을 떨쳐 버릴 수가 없다.

어느 건물 안에 루크가 있을까 상상하려 애쓴다. 나는 '장벽' 너머 건물들의 위치를 기억할 수 있다. 그곳이 대학교였던 시절에는, 마음대로 들어가 거닐어도 좋았다. 요즘도 가끔 '여성 구제 행사'가 열릴 때면 '장벽' 안에 들어갈 수 있다. '장벽' 안은 빨간 벽돌 건물이 대부분이다. 19세기 로마네스크 풍의 효과를 내는 아치형 문이 있는 건물도 있다. 요즘은 건물 안에 들어갈 수 없다. 어차피 들어가고 싶어하는 사람이 어디 있겠냐만은? 그 건물들은 '눈'들의 소유인데.

어쩌면 그는 도서관에 있는지도 모른다. 지하실 어딘가에. 책들이 쌓여 있는 서고에.

도서관은 마치 사원 같다. 기나긴 하얀 계단이 일련의 문들로 이어지고 안에 들어가 보면 또 다른 하얀 계단이 위로 이어진다. 계단 양쪽 벽에는 천사들이 있다. 싸우는 남자들, 또는 막 싸우려는 남자들이 깨끗하고 고귀한 모습을 하고 걸려 있기도 하다. 실제 전투에서는 더럽고 피로 얼룩지고 악취가 풍겼을 텐데 그림에서는 전혀 그렇지 않다. 승리의 여신이 안쪽 문 한 켠에 그려져 있고, 죽음의 여신이 반대편에 있다. 어떤 전쟁을 기념하기 위한 벽화라고 했다. 죽음의 여신 곁에 있는 남자들은 아직 살아 있다. 그들은 천국에 가려 하는 것이다. 죽음의 여신은 날개가 달리고 한쪽 가슴을 다 드러내다시피 한 아름다운 여자다. 아니, 그건 승리의 여신이었던가? 기억이 잘 나지 않는다.

아무리 그들이라도 그것마저 파괴하진 않았겠지.

우리는 '장벽'을 등지고 왼쪽으로 향한다. 이곳에는 진열 유리창에 비누로 글씨가 씌어 있는 텅 빈 가게들이 늘어서 있다. 전에 이 가게들에서 뭘 팔았던가 기억해 내려 애쓴다. 화장품? 보석? 남자 물건을 파는 가게들은 대개 아직도 영업하고 있다. 문 닫은 가게들은 소위 사치품을 다루던 곳들이다.

모퉁이에는 '영혼의 두루마리'라는 이름으로 알려진 가게가 있다. 이곳은 체인점이다. 주요 도시의 중심부나 교외에는 어디나 '영혼의 두루마리'가 있다, 아니 있다고들 한다. 엄청난 이윤을 챙기고 있는 게 분명하다.

'영혼의 두루마리'의 창문은 깨지지 않는 안전 유리로 되어 있다. 그 뒤로는 인쇄기들이 줄줄이 늘어서 있다. 이 기계들은 '성스러운 인쇄기'라는 이름으로 흔히 불리는데, 물론 우리끼리만 쓰는 말이다. 불경스런 별명이니까. 기계가 찍어내는 건 기도문들이다. 인쇄기가 끊임없이 돌아가며 기도문들을 끝도 없이 찍어낸다. 기도문은 '컴퓨폰'으로 주문하면 된다. 사령관 아내가 전화로 주문하는 소리를 지나다 들은 적이 있다. '영혼의 두루마리'에서 기도문을 주문하는 것은 체제에 대해 경건한 마음가짐과 충성심을 보여 주는 증표로 여겨지기 때문에, 사령관 아내들은 주문을 아주 많이 한다. 남편의 출세에 도움이 되기 때문이다.

기도문은 다섯 가지 종류가 있다. 건강을 위한 기도, 부귀를 위한 기도, 죽음을 위한 기도, 출생을 위한 기도, 죄악을 위한 기도. 원하는 기도문을 골라서 번호를 입력한 뒤, 각자 자기 번호를 입력하면 계좌에서 금액이 빠져나간다. 그다음에 기도문을 반복해 듣고 싶은 횟수를 다시 찍어넣으면 된다.

기계들은 기도문을 찍어내면서 말을 한다. 마음이 내키면 안에 들어가서 기계들의 소리를 들어볼 수도 있다. 단조로운 금속성 음성이 똑같은 말을 하고, 또 하고, 또 하고, 계속해서 반복한다. 기도문을 인쇄하여 한 번 읽으면, 그 종이는 또 다른 틈으로 들어가 새 종이로 재활용된다. 건물 안에 사람은 하나도 없고 기계들만 자동으로 돌아간다. 바깥에서는 기계들의 목소리가 들리지 않는다. 무릎을 꿇고 기도하는 경건한 회중처럼 웅얼거리는 소리만 들릴 뿐. 각각의 기계 옆면에는 작은 금빛 날개를 양쪽에 단 눈동자가 금박으로 그려져 있다.

여기가 '영혼의 두루마리'로 바뀌기 전에, 무슨 물건을 팔았는지 떠올리려 애쓴다. 아마 속옷이었던 것 같다. 분홍빛과 은빛의 상자들, 색색의 스타킹, 레이스가 달린 브래지어, 실크 스카프들? 지금은 잃어버린 것들인데.

오브글렌과 나는 '영혼의 두루마리' 밖에 서서 안전 유리 너머로 안을 지켜본다. 안에서는 기도문들이 기계에서 뽑혀 나오자마자 다시 파여 있는 홈으로 들어가 '말하지 못한 말'의 영역으로 복귀한다. 나는 시선을 돌린다. 내 눈앞에 있는 건 기계들이 아니라, 창유리에 비친 오브글렌의 모습이다. 그녀는 나를 똑바로 쳐다보고 있다.

서로의 눈동자가 똑똑히 보인다. 곁눈질로가 아니라 똑바로, 이렇게 꾸준하게 오브글렌의 눈동자를 바라본 건 처음이다. 그녀의 얼굴은 타원형으로 분홍빛에 통통했지만 뚱뚱하지는 않았고, 눈동자는 둥글었다.

그녀는 유리창에 맺힌 나의 시선을 평온하게 흔들림 없이 받았다. 이제는 오히려 눈길을 돌리기가 힘들다. 이런 응시는 충격을 수반한다. 마치 처음으로 누군가의 나체를 본 것 같다. 갑작스레 우리 사이에 전에 없던 위험 부담이 생긴다. 이런 눈길의 만남도 위험을 내포한다. 근처에 인기척이 전혀 없다 해도.

마침내 오브글렌이 말한다.

"하느님께서 듣고 계시는 것 같나요? 이 기계들이 기도하는 소리를?"

그녀는 속삭이고 있다. 센터에서의 버릇대로.

과거 같으면 그냥 사소한 발언에 지나지 않았을 것이다. 일종의 학문적 고찰이랄까. 하지만 지금 이런 말은 반역이다.

비명을 지를 수도 있다. 걸음아 날 살려라 도망을 칠 수도 있다. 조용히 돌아섬으로써, 내 앞에서는 절대 그런 얘기는 꺼내지 말라고 경고할 수도 있다. 전복, 선동, 신성 모독, 이단, 그 모두가 한데 뒤섞인 발언이다.

나는 마음을 강철처럼 다진다.

"아니요."

나는 말한다.

그녀는 안도의 한숨을 길게 내쉰다. 우리는 서로 보이지 않는 선을 넘어선 셈이다.

그녀가 말한다.

"나도 믿지 않아요."

"하지만 티베트의 기도 바퀴처럼 일종의 신앙일 거라는 생각은 해요."

"그게 뭔데요?"

"책에서 읽은 적이 있을 뿐이에요. 바람으로 움직인다고 하더군요. 이제는 모두 사라졌대요."

"다른 모든 것처럼."

그녀가 말한다. 그제야 우리는 서로를 바라보던 눈길을 거둔다.

내가 속삭여 묻는다.

"여기 안전한가요?"

"여기가 제일 안전하다고 봐요. 우리는 기도하는 것처럼 보일 뿐이에요."

"그들은요?"

"그들?"

그녀는 아직도 속삭이며 말한다.

"언제든 야외가 제일 안전한 법이죠. 마이크도 없고. 여기 뭐하러 마이크를 설치하겠어요? 감히 엄두도 못 내겠다고 생각할걸요. 하지만 이만하면 충분히 지체했어요. 괜히 늦게 돌아가 봤자 좋을 게 없으니까."

우리는 함께 뒤로 돌아선다.

그녀가 말을 잇는다.

"걸을 때 고개를 숙인 채로 걷되 내 쪽으로 살짝만 몸을 기울여 줘요. 그러면 그쪽 말이 더 잘 들리니까. 누가 다가오면 말하지 마세요."

우리는 보통 때처럼 고개를 숙이고 걷는다. 나는 너무 흥분해서 숨도 못 쉴 정도였지만, 걸음걸이는 차분하게 유지한다. 지금은 그어느 때보다도 남의 이목을 끌어선 안 된다.

오브글렌이 말한다.

"난 그쪽이 진짜 신봉자인 줄 알았어요."

"나도요."

"항상 더럽게 경건하시더라고요."

"누가 할 소리."

나는 대꾸한다. 깔깔거리고, 소리를 치고, 그녀를 와락 껴안고 싶다.

"우리 일원이 될 수도 있는데."

"우리?"

나는 되묻는다. 그럼 '우리'가 존재하나 보다, '우리'가 정말 있나 보다. 그럴 줄 알았다.

"설마 나밖에 없다고 생각한 건 아니겠죠."

그녀가 말한다.

그런 생각은 하지 않았다. 오히려 그녀가 함정을 파서 나를 빠뜨리려는 첩자일지도 모른다는 생각이 문득 떠올랐다. 우리가 발붙이고 사는 토양이라는 게 그렇게 척박하다. 그렇게 생각은 하지만 그래도 실감이 안 난다. 나무에 수액이 배어들 듯 내 마음속에 희망이 솟아나고 있다. 상처에 흐르는 피. 우리는 절개를 하고 구멍을 낸 거다.

모이라를 본 적이 있느냐고, 루크에게, 내 아이에게, 심지어 엄마에게 무슨 일이 일어났는지 알아봐 줄 수 있는 사람이 있느냐고 묻고 싶지만 시간이 충분치 않다. 곧 첫 번째 '장벽' 바로 앞의 한길 모퉁이에 닿을 테니까. 그러면 사람이 너무 많아진다.

"한마디도 입 밖에 내면 안 돼요. 절대로."

오브글렌은 경고한다. 경고할 필요도 없는데.

"물론이야."

내가 도대체 누구한테 발설하겠는가?

우리는 침묵 속에 '백합들' 가게를 지나고 '순 살코기 정육점'을 지나쳐 대로를 걷는다. 오늘 오후에는 여느 때보다 인도에 사람들이 많다. 따뜻한 날씨에 이끌려 다들 외출한 모양이다. 여자들, 녹색, 빨강색, 파랑색, 줄무늬 옷을 차려입은 여자들. 남자들도 있다. 제복을 입은 남자들, 신사복을 입은 남자들. 햇볕은 공짜고, 집 밖으로 나오기만 하면 즐길 수 있다. 공공 장소에서 일광욕하는 사람들은 더 이상 찾아볼 수 없지만.

차들도 더 많이 다닌다. 기사가 딸리고 쿠션을 깔고 앉은 손님을 태운 '윌윈드'들, 그보다 못한 사내들이 모는 그보다 못한 차들.

무슨 일인가 벌어지고 있다. 뭔가 소요가 있다. 자동차들이 화드득 흩어진다. 마치 길을 비키려는 듯이 길가에 정차하는 차들도 있다. 나는 재빨리 고개를 들고 바라본다. 측면에 하얀 날개가 달리고 눈동자가 그려진 검은 밴이다. 사이렌도 켜지 않았지만, 다른 차들은 무조건 비킨다. 밴은 뭔가를 찾고 있는 듯 천천히 거리를 순찰한다. 먹이를 찾아 배회하는 상어 같다.

온몸이 얼어붙는다. 냉기가 온몸을 훑고 발끝까지 꿰뚫는다. 틀림없이 마이크가 있었던 거야. 우리가 하는 얘기를 듣고야 만 거야.

오브글렌은 소매 속에 감춘 손으로 나의 팔꿈치를 꽉 붙잡는다.

"계속 움직여. 못 본 척해요."

그녀가 속삭인다.

하지만 보지 않을 수가 없다. 우리 바로 앞에 밴이 정차한다. 뒤편의 이중문이 열리자마자 회색 양복을 입은 '눈' 두 명이 훌쩍 뛰쳐나온다. 그들은 걸어가고 있던 한 남자를 확 붙잡는다. 서류 가방을 든 남자, 평범하게 생긴 남자, '눈'들은 그 남자를 밴의 검은 몸체 측면에 메다꽂는다. 남자는 자동차에 붙어 버린 듯이 사지를 쫙 펴고 늘어져 잠시 움직이지 않는다. 그러자 '눈' 한 사람이 다가가 날카롭고 무자비한 일격을 날리자 남자는 푹 고꾸라져 하늘거리는 천 뭉치 같은 존재로 변해 버린다. 그들은 편지가 든 부대처럼 남자를 들어올려 밴 뒤에 싣는다. 그러더니 자기들도 안으로 들어가 문을 닫고, 밴은 떠났다.

몇 초 만에 상황은 끝났다. 아무 일도 없었다는 듯 거리의 차들도 통행을 재개했다.

나는 안도감을 느낀다. 내가 아니었기 때문이다.

28

오늘 오후에는 낮잠을 자고 싶은 기분이 아니다. 아직도 아드레날린이 지나치게 분비된 상태가 계속되고 있다. 창가 자리에 앉아 반투명의 커튼으로 얼굴을 가리고 바깥을 내다본다. 하얀 잠옷. 창문은 잔뜩 열려 있고, 불어오는 산들바람은 햇살에 덥혀져 뜨겁고, 하얀 천이 바람에 날려 얼굴을 스친다. 바깥에서 보면 얼굴을 이렇게 하얀 천으로 칭칭 감고 있는 내 모습이 꼭 누에고치 아니면 무슨 귀신처럼 보일 터이다. 보이는 건 윤곽선뿐, 두드러진 코, 붕대를 칭칭 감은 입, 맹인의 눈. 하지만 이 느낌이 좋다. 보드라운 천이 얼굴을 스치는 이 기분이 좋다. 꼭 구름 속에 있는 것 같다.

무더위를 견디는 데 도움이 될 거라며 그들은 작은 전기 선풍기를 하나 줬다. 방구석에서 윙윙거리며 돌고 있는 그것의 날개는 창살로 뒤덮여져 있다. 내가 모이라였다면, 저걸 다 뜯어서 날카로운 날개만 남기는 법을 틀림없이 찾을 텐데. 나에겐 스크류드라이버 같은 것은 없지만 모이라라면 스크류드라이버 따위 없이도 할 수 있을 테지. 나는 모이라가 아니다.

모이라가 여기 있다면, 사령관에 대해 뭐라고 할까? 아마 탐탁지 않게 여길 것이다. 옛날 루크랑 사귈 때도 모이라는 반대했다. 루크 자체를 반대한 게 아니라, 유부남이라는 사실이 문제였다. 내가 다른 여자 땅에서 밀렵을 하고 있는 거나 마찬가지라고 했다. 그래서 나는 루크는 물고기도 아니고 한 뙈기 땅도 아니라고, 그이는 사람이고 자기 일은 알아서 결정한다고 했다. 모이라는 합리화하지 말라고 했고, 나는 사랑에 빠졌다고 대꾸했다. 그러자 모이라는 그건 변명이 될 수 없다고 했다. 모이라는 언제나 나보다 훨씬 논리적이었다.

그래서 나는 그녀에게 이제 너는 여자를 더 좋아하기로 했으니 그런 문제가 없어서 참 좋겠다고 쏘아붙였다. 내가 보기엔 너는 마음 내킬 때마다 여자를 훔치기도 하고 빌리기도 하면서 전혀 생각 없이 군다고 말했다. 그랬더니 모이라는 그건 다른 얘기라고 했다. 여자들끼리는 권력의 균형이 동등하기 때문에 섹스가 손해 볼 것 없는 거래가 된다고 말했다. 나는 그런 태도로 말하는 '손해 볼 것 없다'는 말이 성차별주의자의 발언이며, 어쨌든 그런 논쟁은 벌써 한참 시대에 뒤떨어졌다고 반박했다. 그러자 모이라는 내가 문제를 간과하고 있으며, 그런 문제가 시대에 뒤떨어졌다니 도대체 머리를 모래밭에 처박고 세상을 사느냐고 비판했다.

우리는 이 모든 얘기들을 내 부엌에서, 커피를 마시면서, 식탁에 앉아, 20대 초반에 그런 일로 싸울 때처럼 나직하지만 열띤 목소리로 나누었다. 대학교 시절의 버릇대로 말이다. 내 부엌은 강변에 판자로 만든 다 쓰러져 가는 아파트에 있었다. 뒤쪽으로 흔들흔들거리는 계단이 있는 3층 건물이었다. 나는 2층에 살고 있었는데, 그 말은 위아래 양쪽에서 들려오는 소음을 참아야 한다는 뜻이었다. 달갑지 않은 디스크 플레이어들이 두 대나 한밤중까지 쿵쾅거렸다. 내가 알기론 둘 다 학생이었다. 나는 아직 봉급이 적은 첫 직장인 보험 회사에서 컴퓨터를 조작하고 있었다. 그래서 루크와 함께 다녔던 호텔들은 단순한 사랑이나 섹스만을 뜻한 게 아니었다. 그건 또한 바퀴벌레, 물이 새는 싱크대, 군데군데 벗겨진 바닥의 비닐 장판, 벽에 포스터를 붙이고 창문에 프리즘을 걸어 칙칙한 집 안을 좀 환하게 해 보려고 갖은 애를 써보는 강박 관념에 벗어나, 적어도 그와 만나고 있는 동안은 편히 쉴 수 있다는 의미였다. 나는 집에 화분도 갖다놓았다. 언제나 진드기가 꾀거나 물을 제대로 안 줘서 죽어 버리곤 했지만. 나는 루크와 외출하느라 화분들을 제대로 돌보지 않았다.

나는 모래밭에 머리를 처박는 방법도 한두 가지가 아니라고, 여자들밖에 없는 동굴 속에 처박혀서 유토피아를 건설할 수 있다고 믿는다면 정말로 딱한 오해를 하고 있는 거라고 이야기했다.

하루아침에 남자들이 없어져 버리겠니. 나는 말했다. 그냥 무시해 버린다고 되는 게 아냐.

그건 마치 매독 균이 존재하니까 나가서 성병에 걸려야 한다는 얘기나 마찬가지야. 모이라가 말했다.

루크가 사회적 병폐라고 하는 거야? 내가 물었다.

모이라는 웃음을 터뜨렸다. 우리 말 좀 들어봐, 제길. 우리들 하는 얘기가 꼭 너희 엄마 말투 같잖아.

우리는 그때 같이 깔깔 웃음을 터뜨렸고, 보통 때와 똑같이 서로 꼭 껴안아주고 헤어졌다. 모이라가 동성애자라고 털어놓고 나서, 한동안은 포옹을 하지 않았다. 하지만 그 후에 모이라가 내겐 성적인 매력이 없다고 해서 나를 안심시켰다. 그리고 우리는 다시 서로 껴안기 시작했다. 싸우기도 하고 말다툼도 하고 욕을 퍼붓기도 했지만, 마음속은 아무것도 변하지 않았고 모이라는 여전히 내 가장 오랜 친구였다. 그리고 지금도 그렇다.

그 후엔 나도 좀 더 나은 아파트를 갖게 되었다. 루크가 이혼할 때까지 2년 동안 나는 거기서 살았고 새 직장에서 받는 봉급으로 아파트 임대료를 냈다. 직장은 도서관이었다. 죽음의 신과 승리의 여신이 그려진 커다란 도서관이 아니라 작은 도서관 말이다.

나는 책들을 컴퓨터 디스크에 옮기는 일을 했다. 저장 공간과 교체 비용을 줄이기 위해서라고 당국에선 말했다. 우리는 농담 삼아 도서관을 디스코텍, 우리 스스로를 디스코쟁이라고 불렀다. 디스크로 옮기는 작업이 끝나면 책들은 서류 파쇄기에 넣어야 했지만, 나는 가끔씩 책들을 집에 가져오기도 했다. 어째서인지 책의 촉감이, 장정이 좋았다. 루크는 나한테 골동품 애호가 기질이 있다고 했다. 그는 그런 걸 좋아했다. 그 자신도 옛날 물건 수집에 취미가 있었다.

지금 생각해 보니 직장에 다녔다는 게 이상하다. '일(Job)'. 웃기는 단어다. '일(Job)'이란 남자들을 위한 것이다. 아이들 배변 훈련시킬 때, '어디 큰일 한번 치러볼까'라고 말한다. 개한테도 쓴다. 카펫에다 일을 치렀다고. 그러면 신문지를 말아서 때려주는 거라고 엄마는 말했다. 개는 한 번도 기른 적이 없고 고양이뿐이었지만, 신문지가 있던 시절은 기억이 난다.

욥기*.

그렇게 많은 여자들이 다 직장에 다녔다니, 지금은 상상하기도 힘들지만, 옛날엔 수천 수백만에 달하는 여자들이 직업을 가지고 있었다. 그땐 그게 정상이었다. 지금 생각하면 그건 과거의 종이돈처럼 비현실적으로 느껴진다. 엄마는 옛날 사진들과 함께 지폐 몇 장을 스크랩북에 붙여 보관하고 계셨다. 그때쯤에는 이미 지폐를 더 이상 쓰지 않았고, 그걸로 살 수 있는 물건은 아무것도 없었다. 그저 종이 조각들일 뿐이었다. 두툼하고, 만지면 미끌거리고, 녹색에 양쪽으로 그림이 인쇄되어 있었다. 그 한쪽에는 가발을 쓴 노인의 모습이, 다른 쪽에는 눈동자가 그려져 있는 피라미드의 문양이 있었다. 그 위에는 '우리는 하느님께 전적으로 믿고 맡긴다'라는 글이 씌어 있었다. 엄마는 옛날 현금 등록기 옆에다 사람들이 농담 삼아 이런 글들을 써놓았다고 했다. '우리는 하느님을 전적으로 믿고 맡기니 모두 현금으로 지불할 것'. 지금 같으면 신성 모독죄에 걸릴 일이다.

쇼핑을 갈 때는 그런 지폐들을 가지고 다녀야 했다. 내가 아홉 살인가 열 살이 되었을 무렵엔 이미 대부분의 사람들이 플라스틱 카드를 쓰고 있었지만 말이다. 하지만 식료품 가게에서까지 카드를 쓰게

---

* Book of Job, 욥이라는 선인의 신앙을 시험하는 내용을 담은 성경의 한 장.

된 건 더 나중의 일이다. 지폐라니, 지금 생각하면 조개 껍질 화폐처럼 너무도 원시적이고 미개하게 느껴진다. 틀림없이 나도 그런 돈을 좀 써 봤을 텐데. 전부 '컴퓨뱅크'로 들어가기 전에 말이다.

그래서 그들이 그런 식으로, 한꺼번에, 아무도 예측하지 못하고 있을 때, 해치워 버릴 수 있었던 거다. 몸에 지니는 화폐가 아직 통용되고 있었더라면, 훨씬 더 어려웠을 텐데.

대재앙 직후, 그들은 대통령을 쏘아죽이고 의회를 기관단총으로 쓸어 버렸고, 군대는 계엄령을 선언했다. 당시 그들은 이슬람 광신주의자들에게 책임을 돌렸다.

침착하십시오. 그들은 텔레비전에 나와 말했다. 상황은 완벽히 통제되고 있습니다.

나는 충격을 받았다. 누구나 충격을 받았을 거다. 믿기 어려운 일이었다. 정부 전체가 한순간에 사라져 버리다니. 그들은 어떻게 침입했을까. 도대체 어떻게 그런 일이 일어났을까?

그때가 바로 그들이 헌법의 효력을 정지시켰을 때다. 그들은 한시적인 조치라고 했다. 거리에선 소요조차 없었다. 사람들은 밤마다 집에서 텔레비전을 보며 지시를 기다렸다. 사태의 주범이라고 지목할 수 있는 확실한 적도 없었다.

정신 바짝 차려. 모이라가 전화로 말했다. 이제 곧 닥친다.

뭐가 닥친다는 거야? 내가 물었다.

기다리면 알아. 그들은 이 사태를 차근차근 준비해 온 거야. 이제 너와 내가 장벽에 맞서 싸워야 해. 모이라는 우리 엄마의 표현을 인용하고 있었지만, 이번엔 농담이 아니었다.

계엄 상태로 몇 주일이 그렇게 흘러갔다. 간간이 사건들이 터지긴 했지만. 신문은 검열받았고 몇몇 신문사는 폐쇄되었다. 그들 말로는 보안을 위한 조치라고 했다. 길을 막는 장애물들이 여기저기 나타나고, '신분증'도 생겨났다. 모두들 그런 처사의 정당성을 인정했다. 그런 시기에는 아무리 조심해도 지나치지 않았다. 새로운 선거가 열릴 것이고 준비하는 시간이 많이 걸린다고 말했다. 그들은 지금 해야 할 일은 아무 일도 없었다는 듯이 그냥 일상 생활을 영위하는 거라고 했다.

하지만 포르노 마트가 문을 닫았고, 이동식 놀이 기구를 싣고 다니던 밴이나 광장을 둘러싸고 있던 잡상인들의 수레도 더 이상 눈에 띄지 않았다. 하지만 크게 아쉽지는 않았다. 우리 모두 그들이 얼마나 귀찮은 존재들이었는지 잘 알고 있었다.

이젠 누가 나서서 뭔 조치를 취하든지 해야지 원. 내가 자주 담배를 사던 구멍가게 카운터 너머에 서 있던 여자가 말했다. 길모퉁이에서 신문, 사탕, 담배 등을 파는, 신문 판매 체인점이었다. 여자는 회색 머리칼의 할머니였다. 엄마 세대다.

그들이 무조건 가게 문을 닫아 버린 건가요? 내가 물었다.

그녀는 어깨를 으쓱해 보였다. 누가 알겠어. 상관 있는 것도 아닌데. 그녀가 말했다. 어쩌면 그냥 다른 데로 옮겼는지도 모르지 뭐. 잡상인을 싹 쓸어 버리려고 한다는 건 쥐를 박멸하려는 거나 마찬가지니까, 안 그러우? 그녀는 내 '컴퓨넘버'를 제대로 보지도 않고 계산기에 찍어넣었다. 그때쯤엔 단골을 트고 있었기 때문이다. 사람들이 불만이 많다우. 그녀가 말했다.

다음 날 아침, 도서관으로 출근하러 가는 길에 나는 담배가 떨어져서 같은 가게에 들렀다. 당시에는 긴장감 때문에 담배를 훨씬 더 많이 태우고 있었다. 세상은 쥐 죽은 듯 고요했지만 지하에서 윙윙대는 소리처럼 긴장감을 온몸으로 느꼈다. 나는 커피를 훨씬 많이 마셨고 불면증에 시달리기도 했다. 모두들 약간 신경이 민감해져 있었다. 라디오에서는 보통 때보다 음악이 훨씬 많이 나왔고, 해설자의 말은 적었다.

우리는 보통 때와 다름없이 자리에서 일어나, 내 기억이 맞는다면 그라놀라*로 아침 식사를 했다. 그리고 루크가 그 애를 학교에 데려다주었다. 그 애는 내가 바로 2~3주 전에 사준 줄무늬 바지와 파란 티셔츠를 입고 있었다. 그게 몇 월이었을까? 아마 9월이었을 거다. 학교에서 아동 통학 버스 함께 타기 운동을 하고 있었지만, 나는 루크가 데려다줄 것을 고집했다. 학교 통학 버스라도 더 이상은 믿기가 힘들었다. 아이들은 더 이상 걸어서 등하교를 하지 않았다. 실종 사건이 너무 많았다.

모퉁이의 가게에 다다랐을 때, 늘 보던 노파는 자리에 없었다. 대신 남자가, 그것도 스무 살도 안 돼 보이는 젊은 남자가 가게를 보고 있었다.

아줌마가 아프세요? 나는 카드를 건네주면서 물었다.

누구요? 그의 말투가 어쩐지 공격적으로 들렸다.

가게 보시던 여자분이요.

---

* granola, 귀리에 건포도나 붉은 설탕을 섞은 건강 식품.

내가 그걸 어떻게 압니까? 그는 말했다. 그는 내 번호를 자세히 보면서 한 손가락으로 기계에 번호를 찍어넣었다. 전에 한 번도 해 본 적이 없는 솜씨였다. 나는 카운터에다 손가락을 딱딱 두들기면서 성마르게 담배를 기다렸다. 도대체 목에 난 여드름 좀 어떻게 해 보라고 얘기해 주는 사람 하나 없었냐라고 생각하면서. 그 남자의 모습이 눈에 선하다. 키가 크고, 허리가 약간 구부정하고, 짧게 자른 검은 머리카락에 내 콧등 너머 2인치 되는 곳에 초점을 맞추는 듯한 시선, 그리고 그 여드름. 내가 그를 이렇게 생생하게 기억하는 건 아마 그가 다음에 한 말 때문일 것이다.

죄송합니다만, 이 번호는 유효하지 않습니다.

말도 안 돼요. 내가 말했다. 틀림없이 유효할 거예요. 계좌에 수천 달러나 남아 있는걸요. 바로 이틀 전에 잔고 확인을 했다고요. 다시 한 번 해 보세요.

무효입니다. 그는 완고하게 했던 말을 되풀이했다.

저 빨간 불빛 보이세요? 이 카드는 쓸 수 없다는 뜻입니다.

뭔가 실수를 하셨을 거예요, 내가 말했다. 다시 해보세요.

그는 어깨를 으쓱해 보이고는 내게 알 만하다는 듯한 미소를 지었다. 하지만 그래도 그는 한 번 더 번호를 입력했다. 이번에 나는 그의 손가락이 번호 하나하나 찍는 모습을 잘 지켜보면서 창에 뜨는 번호들을 주의 깊게 살펴보았다. 내 번호가 틀림없었지만, 이번에도 역시 빨간 불이 들어왔다.

자, 봐요. 그는 예의 그 미소를 여전히 띤 채로 말했다. 꼭 은밀한 농담을 혼자만 알고 있으면서 나한테는 말해 주지 않으려는 것 같은 표정이었다.

사무실에 가서 전화를 걸어봐야겠군요. 내가 말했다. 전에도 시스템에 문제가 생긴 적이 있지만 전화 몇 통만 걸면 해결됐다. 하지만 어쩐지 나도 모르는 죄목으로 부당하게 기소당한 사람처럼 화가 치밀어올랐다. 실수를 한 게 내 쪽인 것처럼.

그러세요. 그는 무심하게 말했다. 값을 치르지 않았으므로 나는 담배를 그냥 카운터에 내려놓았다. 직장에 가면 몇 대 빌릴 수 있을 거라 생각했다.

나는 사무실에서 진짜로 전화를 걸었지만, 녹음된 안내만 나올 뿐이었다. 통화량이 많아 연결되지 않습니다. 녹음된 목소리는 이렇게 말했다. 조금 후에 다시 걸어주십시오.

오전 내내 통화량이 너무 많아 연결되지 않았다. 몇 번이나 다시 걸어봤지만 소용없었다. 하지만 그것마저도 그렇게까지 이상한 일은 아니었다.

점심 식사를 하고 난 후 2시쯤 됐을 때 관장이 디스크 작업실로 들어왔다.

여러분한테 드릴 말씀이 있습니다. 그는 말했다. 참담한 몰골을 하고 있었다. 흐트러진 머리카락에 두 눈은 술을 마신 것처럼 충혈되고 번들거렸다.

우리는 모두 기계를 끄고, 고개를 들어 그를 바라보며 방 안에 있던 직원들이 아마 여남은 명은 되었을 거다.

미안합니다. 그는 말했다.

하지만 법이라 어쩔 수 없습니다. 정말 죄송합니다.

무슨 일이세요? 누군가 물었다.

여러분을 내보내야 합니다. 그가 말했다. 이건 법이고 저는 어쩔 수가 없습니다. 여러분들을 보내야만 합니다. 이 말을 하는 그의 목소리는 달래는 듯한 목소리였다. 우리가 무슨 야생 동물들인 것처럼. 우리는 자기가 잡아 병에 가둬 둔 개구리쯤 되고 자기는 무슨 대단히 인도적인 사람이나 되는 것처럼.

우리를 해고하는 겁니까? 내가 말했다. 그리고 벌떡 일어섰다. 도대체 왜죠?

해고하는 게 아닙니다. 그는 말했다. 내보내는 거죠. 여러분들은 더 이상 이곳에서 일할 수 없습니다. 법으로 금지되었어요. 그는 손가락으로 머리를 마구 쓸어올렸고, 나는 그 순간, 맙소사, 이 남자 미쳤구나 하고 생각했다. 스트레스를 너무 심하게 받아서 신경이 너덜너덜해지고 만 거야.

그냥 *이러실* 수는 없어요. 내 옆자리에 앉아 있던 여자가 말했다. 이 말은 마치 텔레비전 드라마의 대사처럼 비현실적이고 황당하게 들렸다.

내가 결정한 게 아니요. 그가 말했다. 이해를 못하는군요, 다들. 제발 가요, 당장. 그의 언성이 높아졌다. 여기서 소란을 피우기는 싫습니다. 말썽이 생기면 책들이 훼손될지도 몰라요. 기물이 파손될지도 모릅니다…… 그는 어깨 너머 등 뒤를 살폈다. 그들이 밖에 있어요. 내 사무실에. 지금 다 가지 않으면 그들이 직접 들이닥칠 거요. 나한테 10분간 말미를 줬어요. 이쯤 되자 완전히 미친 사람이 헛소리를 늘어놓는 걸로 보였다.

돌았군. 누군가 큰 소리로 말했다. 모두 똑같은 생각을 했던 게 틀림없다.

하지만 내 눈에는 바깥 복도가 보였다. 그리고 거기엔 제복을 입은 두 남자가 기관단총을 들고 서 있었다. 현실이라고 하기에는 너무도 연극적이었지만, 틀림없이 그들이 서 있었다. 그들은 불쑥 나타난 망령들처럼, 화성인처럼 서 있었다. 그 모습에는 어쩐지 몽환적인 구석이 있었다. 지나치다 싶을 정도로 선명해서, 이상하게 배경과 어울리지가 않았다.

기기는 그냥 두고 가시오.

소지품을 챙겨 일렬로 밖으로 나가는 우리를 보고 사장이 말했다. 우리가 기계를 들고 가기라도 할 것처럼 말이다.

우리는 도서관 밖 계단에 옹기종기 모여섰다. 서로 뭐라 말해야 할지 알 수가 없었다. 무슨 일이 일어났는지 아무도 몰랐기 때문에, 할 말도 별로 없었다. 우리는 서로의 얼굴을 바라보면서 당혹스러워 어쩔 줄 몰라했고, 해서는 안 될 일을 하다가 들킨 것처럼 약간 부끄럽기도 했다.

말도 안 돼. 어떤 여자가 말했지만, 별로 믿기지 않는다는 말투였다. 왜 우리는, 그런 일을 당해 마땅하다는 느낌이 들었던 걸까?

돌아왔을 때 집에는 아무도 없었다. 루크는 아직 직장에 있었고 딸애는 학교에 있었다. 피곤했다. 뼛속까지 녹초가 된 상태였다. 하지만 나는 앉았다가는 금세 벌떡 일어났다. 도무지 가만히 앉아 있을 수가 없었다. 괜히 집 안을 이 방 저 방 돌아다녔다. 이것저것 만지고 다녔던 기억이 난다. 그저 무의식중에 그냥 손가락으로 짚어보고 다녔다. 토스터, 설탕 그릇, 거실에 있는 재떨이. 얼마 후 나는 고양이를 안아 올려 껴안고 걸어다녔다. 루크가 집에 오길 얼마나 바랐는지 모른다. 뭔가 조치를 취하고, 절차를 밟아야 할 것만 같았지만, 어떡 해야 할지 전혀 알 수가 없었다.

다시 한 번 전화를 걸어봤지만, 여전히 녹음된 안내만 응대할 뿐이었다. 커피를 한 잔 더 마시기엔 너무 흥분한 상태라고 스스로를 달래며 우유를 한 잔 따라서, 거실로 가서 소파에 앉아 커피 테이블에 우유를 조심스럽게 내려놓았다. 나는 고양이가 내 목에 대고 가르릉거리는 그 기분이 좋아 가슴에 꼭 껴안고 있었다.

얼마 후 엄마의 아파트로 전화를 걸어 보았지만, 대답이 없었다. 엄마도 그때쯤엔 웬만큼 정착을 하신 뒤여서 몇 년이 길다 하고 이사를 다니는 버릇도 잠잠해졌다. 엄마는 강 건너편 보스턴에 살고 계셨다. 나는 잠시 기다리다가 모이라에게 전화했다. 모이라도 집에 없었지만, 30분 후에 다시 걸었더니 들어와 있었다. 전화를 거는 사이에는 그냥 소파에 가만히 앉아 있었다. 그때 내가 생각하고 있던 건 딸아이의 점심 도시락이었다. 땅콩버터 샌드위치를 너무 많이 싸서 보낸 게 아닐까 생각하고 있었다.

나 해고당했어. 모이라가 전화를 받자 나는 말했다. 모이라는 우리 집으로 오겠다고 했다. 그 당시 모이라는 여성 단체의 출판부에서 일하고 있었다. 산아 제한이라든가 강간 같은 문제에 대한 책자를 발간하고 있었지만, 이미 그런 책들에 대한 수요는 전에 비해 상당히 줄어든 터였다.

내가 그리로 갈게. 모이라는 말했다. 내 목소리를 듣고 그녀가 왔으면 하는 내 마음을 읽었던 모양이다.

얼마 후 그녀가 도착했다. 그래서. 그녀가 말했다. 그녀는 윗옷을 벗어던져 커다란 의자에 아무렇게나 늘어놓았다.

말해 봐.

일단 술이나 한잔하자.

모이라는 부엌으로 가더니 스카치 두 잔을 따랐다. 그러고는 돌아와서 자리에 앉았고 나는 오늘 일어난 일을 설명하려고 애를 썼다. 내가 말을 마쳤을 때 모이라가 말했다. 오늘 혹시 '컴퓨카드'로 물건 산 적 있어?

응. 내가 말했다. 나는 그 이야기도 털어놓았다.

그들이 동결시킨 거야. 그녀가 말했다. 내 것도 마찬가지야. 여성 단체의 카드도 마찬가지야. M*이 아니라 F**라는 글자가 박힌 계좌는 전부 그래. 몇 번 단추만 누르면 되는 일이야. 우리는 철저히 차단당한 거야.

하지만 은행에 2000달러나 입금해 두었는데, 나는 말했다. 세상에 중요한 게 내 계좌밖에 없다는 듯이.

여자들은 더 이상 재산을 가질 수 없게 됐어. 새로 입법된 법이야. 오늘 TV 켜 봤어?

아니.

TV에 나와. 하루 종일 나오고 있어. 모이라는 나처럼 경악하고 있

---

* 남성, Male.

** 여성, Female.

지 않았다. 이상하지만 어떤 면에선 들떠 있었다. 자기는 오래전부터 이런 일을 예상하고 있었는데 보란 듯이 들어맞았다는 것처럼. 오히려 이전보다 훨씬 더 생동감 넘치고 결연해 보였다. 루크가 너 대신 '컴퓨카운트'를 사용할 수 있어. 네 계좌 잔고를 그의 명의로 이체할 거래. 적어도 그들 말로는 그래. 남편이나 가장 가까운 친척이.

하지만 너는 어떻게 하니? 그녀에게는 남편도 친척도 없었다.

지하로 들어갈 거야. 그녀는 말했다. 동성애자들 몇 명이 우리 계좌 번호를 위임받아서 필요한 물건을 사줄 거야.

하지만 왜? 왜 이런 짓을 한 거지?

왜 그랬는지 따지는 건 우리 몫이 아니야. 모이라가 말했다. 그들 입장에서는 그렇게 할 수밖에 없었던 거야. '컴퓨카운트'와 직장을 한꺼번에 빼앗아야 했던 거지. 안 그랬으면 지금쯤 공항이 어떻게 됐겠어? 우리가 어디로든 가 버리는 건 그들이 원하는 바가 아니야. 내기를 걸어도 좋다고.

나는 딸아이를 데리러 학교로 갔다. 나는 지나치다 싶을 정도로 조심스럽게 운전을 했다. 루크가 퇴근했을 무렵 나는 부엌 식탁에 앉아 있었다. 딸아이는 한쪽 구석에 있는 자기 책상에서 펠트 펜으로 그림을 그리고 있었다. 거기 있는 냉장고 옆에 딸애가 그린 그림들을 테이프로 붙여두고 있었다.

루크는 내 곁에 무릎을 꿇고 앉아 나를 안아 주었다.

소식 들었어. 집에 오는 길에 자동차 라디오에서. 걱정 마. 임시 조치일 거야.

왜 그랬는지는 라디오에 나오지 않았어? 내가 물었다.

루크는 대답하지 않았다. 우린 잘 헤쳐나갈 수 있을 거야. 그는 나를 꼭 껴안아주면서 말했다.

당신은 내 기분 몰라. 나는 말했다. 누가 내 발을 잘라 버린 기분이었다. 울지 않았다. 하지만 루크를 껴안을 수도 없었다.

일은 일일 뿐이야. 그는 나를 달래려고 했다.

당신이 내 돈을 다 갖는단 말이지, 내가 죽은 것도 아닌데. 농담처럼 말했지만, 막상 내뱉고 보니 소름이 끼쳤다.

쉿. 루크가 말했다. 아직도 마루에 무릎을 꿇은 채로 있었다. 내가 언제까지나 당신을 돌봐줄 텐데 뭘.

난 생각했다. 벌써 이이가 나를 봐주는 척하고 있어. 그러고는 또 생각했다. 벌써 나는 피해망상에 시달리는구나.

알아. 나는 말했다. 사랑해.

나중에, 딸아이를 재우고 나서 저녁 식사를 함께 하면서, 기분이 조금 가라앉자 나는 루크에게 오후에 있었던 일을 털어놓았다. 관장이 다짜고짜 들어와서 불쑥 해고 통지하던 모습을 설명해 주었다. 그렇게 끔찍한 일이 아니었으면 웃긴다고 생각했을 거야. 내가 말했다. 술 취한 줄 알았어. 진짜 그랬는지도 몰라. 군대가 들어와 있고, 난리도 아니었어.

그러고 나서 당시에 눈으로 보면서도 알아채지 못했던 사실을 기억해 냈다. 우리 군대가 아니었어. 좀 다른 군대였어.

물론 시위 행진이 있었다. 다수의 여성들과 일부 남자들이 참여

한 시위였다. 하지만 생각보다 참여자 수가 훨씬 적었다. 사람들은 겁을 먹었던 것 같다. 그리고 경찰인지 군대인지, 정체도 알 수 없는 누군가가 행진이 미처 시작되기도 전에 군중에게 무차별 총격을 가한다는 사실이 알려지면서 시위도 뚝 끊겼다. 우체국, 지하철 역들 같은 몇몇 공공시설들이 폭파되었다. 하지만 누가 했는지도 확실히 알 수 없었다. 컴퓨터 수색이며 가택 수색 등 여타의 행위들을 정당화하기 위해 군대가 저지른 일일 수도 있었다.

나는 행진에 한 번도 참여하지 않았다. 루크는 그래 봤자 헛수고라고, 식구들, 루크 자신과 딸애를 생각하라고 말했다. 그래서 나는 정말로 가족을 생각했다. 나는 집안일을 더 많이 하고, 빵도 더 많이 구웠다. 식사 시간엔 울지 않으려고 애썼다. 이때쯤 나는 예고 없이 울음을 터뜨리기 시작했고, 침실 창가에 앉아 창문 밖을 하염없이 바라보곤 했다. 안면을 트지 않고 지내는 이웃들도 많았고, 바깥에 나갔다가 길에서 아는 사람들을 만나도 평범한 인사말 외에는 입도 뻥긋하지 않았다. 불순분자로 고발당하고 싶은 사람은 아무도 없었다.

회상에 잠기다 보니, 그보다 수년 전의 엄마 생각이 절로 난다. 나는 열네 살, 열다섯 살, 그러니까 딸들이 엄마를 가장 거북하게 여기는 그런 나이였다. 그때 엄마가 우리의 많기도 하던 아파트들 중 한 채로 돌아오던 모습이 생각난다. 다른 여자들을 떼거지로 달고 돌아왔는데, 날이면 날마다 변하는 소위 엄마 친구들 중의 일부였다. 그날은 시위 행진을 하고 온 날이었다. 한창 포르노 반대 시위를 하던 중이었다. 아니 낙태 시위였던가. 어쨌든 두 시위는 아주 비슷한 시기에 진행되었다. 그때쯤엔 폭파 사건이 빈발하고 있었다. 병원들, 비디오 가게들, 손꼽아 헤아리기조차 어려울 정도였다.

엄마 얼굴에는 멍이 들어 있었고, 피도 좀 나고 있었다. 베일 게 무서우면 유리창에 어떻게 손을 집어넣겠냐. 그것이 엄마가 한 말의 전부였다. 우라질 돼지 같은 놈들.

우라질 '협잡꾼'들. 엄마 친구 한 명이 말했다. 그들은 자기네들이 들고 다니던 구호에서 따와서 상대편을 협잡꾼(bleeders)이라고 불렀다. '그들로 하여금 피를 흘리고 출산케 하라(Let them bleed)'라는 구호였다. 그러니 아마 낙태 시위였던 게 맞나 보다.

나는 엄마와 친구들에게 방해될까 봐 내 침실로 들어갔다. 그녀들은 말도 너무 많았고 목소리도 너무 시끄러웠다. 그녀들은 나를 무시했고, 나는 그녀들을 싫어했다. 엄마와 시끌벅적한 친구들. 나는 왜 엄마가 꼭 그렇게 젊은 사람들처럼 위아래가 붙은 청바지 입는 것을 고집하는지 알 수 없었다. 그리고 왜 그렇게 입이 험해서 욕을 달고 사는지도 알 수 없었다.

새침데기 같으니. 엄마는 항상 유쾌한 말투로 말했다. 엄마는 나보다 당신이 더 과격하고 반항적이라는 사실을 즐겼다. 사춘기 애들은, 언제나 새침데기들이지.

내 반감의 일부는 그런 거였다. 하기 싫어도 해야 하는 일을 하고, 좀 평범한 삶을 살아 줬으면 하는. 하지만 거기에 더해 나는 엄마가 임시변통과 이사가 이어지는 삶을 정리해서 좀 더 안정된 삶을 살아 주었으면 하는 바람이 있었다.

너는 내가 진심으로 원해서 낳은 아기였어. 하느님이 알고 계신 단다.

내 어릴 적 모습을 표구해 놓은 사진 앨범들을 하염없이 바라보며 엄마는 간간이 그런 말씀을 하시곤 했다. 앨범들은 아기 사진들로 두꺼웠지만 나의 복제 인간들은 내가 성장할수록 점점 여위어 갔다. 마치 나의 복제 인간들이 역병의 급습을 받은 것만 같았다. 엄마는 그 말씀을 약간 아쉽다는 말투로 하시곤 했다. 마치 내가 당신의 기대에 약간 못 미친다는 듯이. 어떤 엄마도, 아이가 바라는 완벽한 엄마의 모습이 될 수는 없을 터이다. 그리고 그건 반대의 경우도 마찬가지가 아닐까. 하지만 그렇게 불만이 많았지만 우리는 서로에게 그리 형편없지는 않았다. 아니, 심지어 서로에게 최선을 다했다고 말할 수 있을지도 모른다.

엄마가 여기 계셨으면 좋겠다. 마침내 내가 깨달은 이 사실을 말씀드릴 수 있게.

누군가 집에서 나왔다. 멀리 문이 닫히는 아득한 소리가 옆쪽에서 났고, 보도를 걷는 발소리가 들린다. 닉이다. 이제는 내 눈에도 닉의 모습이 보인다. 그는 보도를 벗어나 잔디밭으로 들어가서, 꽃과 과육이 풍기는 성장의 냄새, 바다 속에 산란한 굴처럼 몇 움큼씩 바람 속에 흩뿌린 꽃가루 냄새가 코를 찌르는 습한 공기를 한껏 들이마신다. 사방에 이렇게 방탕한 번식이라니. 그는 햇빛을 받으며 기지개를 펴고, 나는 고양이가 등을 동그랗게 말 때처럼 그의 온몸을 근육의 잔물결이 훑고 지나가는 느낌을 받는다. 그는 셔츠 바람으로, 걸

어울린 소매 밖으로 맨 팔뚝이 부끄러움도 모르고 툭 튀어나와 있다. 햇볕에 그을린 부분은 어디서 끝나는 거지? 그날, 달빛이 가득 찬 좌실에서 있었던 꿈 같은 사건 이후로 그와는 한마디도 해 본 적이 없다. 그는 나의 깃발, 수기(手旗) 신호에 불과하다. 바디 랭귀지.

지금은 그의 모자가 삐딱하게 돌아가 있다. 그렇다면 나는 부름받은 것이다.

전령 역할을 맡는 대가로 닉은 뭘 얻을까? 사령관을 위해 이렇게 이상야릇한 포주 노릇을 하는 그는 어떤 기분이 들까? 혐오감으로 구역질이 날까, 아니면 나를 더 가지고 싶고, 더욱, 더더욱 가지고 싶어할까? 왜냐하면 그는 첩첩이 쌓인 책들 사이에서 정확히 어떤 일이 벌어지고 있는지 모르기 때문이다. 그가 아는 건 뭔가 도착적인 행위라는 사실이 전부다. 사령관과 내가 서로의 몸에 잉크 칠을 하고 혓바닥으로 핥는다든가, 아니면 보는 것이 금지된 신문지를 쌓아 놓고 그 위에서 정사를 나눈다거나. 글쎄, 그렇게까지 심한 상상은 하지 않겠지.

하지만 누가 뭐래도 그에게도 떨어지는 떡고물이 있다. 모두들 어떻게든 뇌물을 받을 기회만 노리고 있으니까. 담배를 넉넉히 타 가나? 보통 사람들에겐 허락되지 않는 자유를 누리는 건가? 어쨌든 닉이 뭘 증명할 수 있으랴? 민병대라도 이끌고 들이닥치지 않는 한, 일개 수호자가 사령관을 고발할 수 있으랴. 그가 문을 발로 차고 들어와서 내가 뭐랬냐고 말하는 것이다. 우리는 죄스러운 '스크래블' 게임을 하고 있는 현장을 발각당하는 것뿐이다. 그러면 신속하게, 그 단어들을 다 먹어 버리면 되지.

어쩌면 은밀한 비밀을 자기만 알고 있다는 데서 만족감을 느끼는 사람인지도 모른다. 옛날 표현을 빌자면, 내 꼬투리를 잡고 있다는 사실을 즐기고 있는지도 모른다. 그런 종류의 권력은 딱 한 번밖에 쓸 수 없기 때문에 아껴두어야 한다.

하지만 그럴 사람은 아니라고, 더 좋게 생각하고 싶다.

내가 직장을 잃은 그날 밤, 루크는 사랑을 나누고 싶어했다. 나는 왜 기분이 내키지 않았을까? 절망감에라도 루크에게 달라붙었어야 하는데. 하지만 여전히 온몸이 무감각했다. 내 몸을 만지는 그의 손길조차 거의 느껴지지 않았다.

왜 그래? 그가 물었다.

나도 몰라. 내가 대답했다.

우리에겐 아직도……. 하지만 그는 우리에게 아직 뭐가 남았는지 말을 끝맺지는 못했다. 갑자기 나는 루크가 '우리'라는 말을 쓸 자격이 없다는 생각이 들었다. 내가 아는 한, 루크는 아무것도 빼앗긴 게 없었다.

우리에겐 아직도 서로가 있잖아. 내가 말했다. 그건 사실이었다. 그런데 왜 그때 내 말투는, 내 귀에조차 그렇게 냉담하게 들렸을까?

그때 루크는 내게 키스했다. 내 입에서 그 말이 나온 이상, 이제 만사가 괜찮아질 거라는 것처럼. 하지만 뭔가가 달라졌다. 어떤 균형이 무너졌다. 나는 쪼그라든 기분이 들었고, 그가 팔을 내게 두르고 안아 올렸을 때는 인형처럼 작아진 듯이 느껴졌다. 사랑이 나만 버려두고 저만치 앞으로 달려나가 버린 느낌이었다.

그이는 마음에 걸리지 않는 거야. 그이는 전혀 마음 쓰지 않아. 어쩌면 오히려 잘됐다고 여길지도 몰라. 우리는 더 이상 서로의 것이 아니야. 이젠, 내가 그의 것이 되어 버린 거야.

무가치하고 부당하고 비현실적이었다. 하지만 실제로 일어나 버린 일이다.

그래서 루크, 지금 당신한테 묻고 싶은 건, 내가 정말 알고 싶은 건, 이런 거야. 내가 정말 옳았던 거야? 우리는 한 번도 그 일을 서로 털어놓고 이야기하지 않았잖아. 그 말을 꺼낼 수도 있었을 즈음엔, 나는 겁이 났어. 당신까지 잃어버릴 수는 없었으니까.

29

　나는 사령관의 사무실에, 대규모 융자를 협상하러 온 은행 고객이나 된 것처럼 탁자 건너 손님의 자리에 앉아 있다. 하지만 방 안의 내 위치와는 상관없이, 우리 사이에는 그런 형식이 거의 남아 있지 않다. 나는 더 이상 빳빳하게 고개를 치켜들고 허리를 똑바로 곧추세우고 마루바닥에 두 다리를 붙이고 시선을 경례하듯 고정시킨 자세로 앉지 않는다. 대신 나의 몸은 이완되고, 심지어 느긋하기까지 하다. 빨간 신발은 벗어던지고, 의자 위에 두 다리를 양반 다리를 하고 깔고 앉았다. 물론 빨간 스커트의 버팀목으로 잘 가리고 있기는 했지만, 그래도 어쨌든 옛날 캠프 파이어장이나 소풍 갔을 때처럼 다리를 깔고 앉은 건 사실이다. 벽난로에 불을 피우면, 불빛이 윤기 흐르는 가구 표면에 맺혀 반짝거렸고, 살을 화끈 달아오르게 했다. 나는 벽난로 불빛도 이곳에 덧붙여 본다. 사령관으로 말하자면,

오늘 밤에는 철저히 격의 없는 모습이다. 상의는 벗어던지고 팔꿈치는 책상 위에 놓았다. 한쪽 입에 이쑤시개만 하나 물고 있으면 판화로 찍은 농촌 지방 선거 홍보 포스터의 모델 같다. 얼룩얼룩한 배경에, 타 버린 낡은 책들 몇 권. 내 앞 게임판 위에 놓인 사각형은 산더미처럼 쌓여 있다. 나는 오늘 밤 아껴두었던 회심의 일격을 가한다. Zilch*, 라는 단어를 만든다. 값비싼 Z가 들어간, 아주 유용한 모음 한 개짜리 단어다.

"그게 단어 맞소?" 사령관이 묻는다.

"사전에서 찾아보면 되잖아요. 고어예요."

"그건 당신한테 내주지." 그가 말한다. 그리고 미소를 짓는다. 사령관은 내가 귀를 쫑긋 세우고 재롱을 부리려 안달하는 착한 애완동물인 양, 탁월한 수를 두고 나 자신의 능력을 과시하면서 아주 좋아한다. 그의 평가(評價)는 따뜻한 목욕물처럼 나를 감싼다. 남자들에게서 느끼는, 심지어 가끔은 루크한테서도 느낄 수 있던 적대감이 그에게선 전혀 감지되지 않는다. 그는 머릿속으로 '나쁜 년'이라는 말을 하지 않는다. 그는 정말 아빠 같은 느낌이다. 내가 즐거워하고 있다는 생각이 들면 그는 기뻐한다. 그리고 나는 정말 즐겁다. 정말, 정말로. 그는 능숙하게 우리의 최종 점수를 포켓 컴퓨터로 정산한다.

"이번 판은 당신이 쓸었군."

나는 그가 내 비위를 맞추기 위해, 내 기분을 좋게 만들어주기 위

---

* nothing의 속어.

해 속임수를 썼다는 생각이 든다. 하지만 왜? 그건 모르겠다. 이런 식으로 내 비위를 맞춰서 그가 얻는 게 뭐란 말인가? 틀림없이 뭔가 있을 텐데.

그는 뒤로 등을 기대고 손가락을 모은다. 이제는 익숙해진 동작이다. 우리는 이런 몸짓들, 우리 사이에 쌓여가는 친숙함의 표시들을 목록으로 만들어야 한다. 그는 나를 빤히 바라보고 있다. 날카로운 눈초리는 아니고 다만 내가 풀어야 할 퍼즐이라도 되는 것처럼 호기심에 가득한 시선이었다.

"오늘 밤엔 뭘 읽고 싶소?"

이것도 으레 이어지는 일과가 되었다. 지금까지 나는 잡지 《마드모아젤》과, 80년대의 낡은 《에스콰이어》, 《미즈》(이 잡지는 어렸을 때 엄마의 무수한 아파트들 중 한 군데에 돌아다녔던 걸 어렴풋이 기억한다.) 그리고 《리더스 다이제스트》 한 권을 독파했다. 그는 소설들도 갖고 있다. 나는 레이먼드 챈들러를 한 권 읽었고, 지금은 찰스 디킨스가 쓴 『어려운 시절』을 절반쯤 읽었다. 이럴 때 나는 아주 빨리, 게걸스럽게, 행간을 건너 뛰어가며 정신없이 읽는다. 다음에 이어질 기나긴 궁핍이 닥치기 전에, 머릿속에 하나라도 더 집어넣으려고 안간힘을 쓰면서. 음식을 이렇게 먹는다면, 아마 기아에 시달리던 사람의 식탐일 것이다. 섹스로 치자면 어두컴컴한 복도 어딘가에서 선 채로 순식간에 은밀한 욕구를 채우는 행위일 것이다.

내가 책을 읽는 동안 사령관은 앉아서 그런 나를 말없이 지켜보며 내게서 시선을 뗄 줄 모른다. 이런 응시는 기묘한 성적인 행위라서, 그가 그럴 때마다 나는 벌거벗은 듯한 느낌이 든다. 내게 등을 돌리거나, 방 안을 서성이거나, 자기도 뭘 좀 읽든가 하면 좋으련만. 그러면 좀 더 긴장을 풀고 느긋하게 책을 읽을 수 있을 텐데. 사실을 말하자면, 나의 이 은밀한 독서는 일종의 퍼포먼스 같다.

"차라리 그냥 얘기나 할래요."

내가 말한다. 그리고 그런 말을 하는 나 자신에 깜짝 놀란다.

그는 다시 미소 짓는다. 별로 놀란 표정이 아니다. 어쩌면 그는 내가 이렇게 나올 줄 미리 알고 있었을 수도 있다.

"오? 무슨 얘기를 하고 싶소?"

나는 주춤한다.

"아무거나요. 글쎄요, 예컨대 사령관님에 대한 얘기는 어떨까요?"

그는 계속 미소를 띠고 있다.

"나? 오, 나란 사람에 대해서는 별로 할 얘기가 없는데. 나는 그냥 평범한 사내일 뿐이오."

이 말의 허위성, 그리고 이 표현의 허위성(사내라고?)에 나는 말이 딱 막혀 버린다. 평범한 사내들은 사령관이 되지 않는다.

"뭔가 잘하시는 게 틀림없이 있을 거 아녜요."

나는 내가 그를 부추기고 맞장구 쳐서 꾀어내고 있다는 걸 잘 알고 있고, 그런 나 자신이 싫어진다. 사실은 구역질이 난다. 하지만 우리는 펜싱 시합을 하는 중이다. 그가 말을 하지 않으면 내가 할 것이다. 나는 안다. 내 속에 '말'이 고여드는 느낌이 온다. 누군가와 진짜 대화를 해 본 지가 까마득하다. 오늘 집으로 걸어오는 길에 오브글렌과 나눈 짧막한 속삭임은 대화라고 할 수 없다. 하지만 그건 희롱이었고, 전희였다. 겨우 그 정도의 말이 얼마나 큰 안도감을 주는지

320

느껴버리고 만 나는 그걸로 만족할 수 없다.

그에게 말을 하다 보면 나는 뭔가 해서는 안 될 말을 하고, 들켜서는 안 될 사실을 누설할지 모른다. 그것도 예감으로 느낄 수 있다. 나 자신을 저버릴 날이 머지않았다는 것. 그가 너무 많이 아는 건 전혀 바라는 바가 아니다.

"오, 처음에는 시장 조사부에 있었소. 얼마 후엔 내가 사업을 확장시켜서 지부를 만들어 나갔지."

그는 숫기 없이 말한다.

갑자기 그가 사령관이라는 건 알아도 무슨 사령관인지는 모른다는 생각이 스쳤다. 그가 무엇을 통제하고, 옛날 표현대로 어떤 분야가 전문인지 말이다. 그들은 구체적인 직함을 쓰지 않는다고 한다.

"오."

나는 다 알겠다는 듯한 표정으로 말했다.

"일종의 과학자라고 할 수 있소. 물론 한계가 있지만."

그가 말했다.

그 후 사령관은 한동안 아무 말도 하지 않고, 나 역시 입을 열지 않는다. 서로가 먼저 입을 떼기를 기다리고 있는 거다.

침묵을 먼저 깨는 쪽은 나다.

"글쎄요, 제가 궁금하던 게 하나 있는데 가르쳐주실 수 있으세요?"

그는 관심을 보인다.

"그게 뭐요?"

나는 위험을 자초하고 있다는 걸 알고 있지만, 도저히 자제할 수가 없다.

"어디서 본 구절인데요."

어디서인지는 말하지 않는 편이 좋다.

"라틴 어 같아요. 그래서 사령관님이라면……."

나는 그가 라틴 어 사전을 가지고 있다는 걸 알고 있다. 벽난로 좌측 책장 맨 윗칸에 여러 종류의 사전들을 구비하고 있었다.

"말해 보시오."

여전히 거리감이 있는 목소리지만 좀 더 촉각을 곤두세운 느낌이었다고 느낀 건 나 혼자만의 상상일까?

"놀리테 테 바스타르데스 카르보룬도룸."

"뭐라고?"

제대로 발음하지 못했나 보다. 나는 라틴 어를 읽을 줄 모른다.

"철자는 알아요. 써 드릴 수 있어요."

그는 이 새로운 아이디어에 잠시 주저한다. 어쩌면 내가 쓸 줄 안다는 사실을 기억하지 못하는지도 모른다. 이 방에서는 펜이나 연필을 잡아 본 적도 없다. 점수를 계산할 때조차도. 여자들은 덧셈을 못하지. 그는 농담조로 말한 적이 있다. 무슨 뜻이냐고 묻자 그는 여자들에게 하나 더하기 하나 더하기 하나 더하기 하나는 넷이 아니라고 했다.

그럼 뭐죠? 나는 다섯이나 셋이라는 대답을 기대하며 물었다.

그냥 하나 더하기 하나 더하기 하나 더하기 하나일 뿐이오.

하지만 지금 그는 "좋소."라고 말하더니, 도전에 응하듯 반항적인 태도로 볼펜을 탁자 너머 내 쪽으로 툭 던져 준다. 쓸 만한 종이가 없나 두리번거렸더니, 그는 내게 점수 적는 공책을 던져 준다. 작은 스마일 배지 그림이 장마다 맨 위에 인쇄되어 있는 메모지 공책이었다. 아직도 이런 걸 만들고 있구나.

나는 문구를 머릿속에서, 내 옷장 속에서 복사해 꼼꼼하게 한 자 한 자 적는다. Nolite te bastardes carborundorum. 여기 이곳에서 이런 맥락에서 보면 이 글은 기도도 아니고 지령도 아니고 그저 휘갈겨 끼적거린 후 버려둔 서글픈 낙서일 뿐이다. 내 손가락 사이에 쥐어진 펜은 육감적이고 생명체처럼 살아 움직인다. 펜의 권력이, 펜이 내포하고 있는 글의 권력이 생생하게 느껴진다. 펜은 질투를 불러일으켜. 리디아 아주머니는 또 다른 센터의 구호를 인용하며 그런 물건을 가까이하지 못하도록 우리에게 경고했다. 그들의 말은 옳다. 펜은 질시의 마음이다. 펜을 들고만 있어도 시기심이 샘솟는다. 나는 펜을 가지고 있는 사령관을 질시한다. 펜 또한 내가 훔치고 싶은 물건이다.

사령관은 스마일 배지가 그려진 종이를 받아들고 그걸 바라본다. 그러더니 큰 소리로 웃기 시작하는데, 지금 얼굴이 붉어진 건가?

"그건 진짜 라틴 어가 아니오. 그냥 농담이지."

"농담이라고요?"

나는 어리둥절해진 채 묻는다. 단순한 농담일 리가 없다. 이런 위험을 무릅쓰고 알려고 손을 뻗었는데, 기껏해야 농담이라고?

"어떤 농담이죠?"

"남학생들이란 족속들이 원래 그렇잖소."

그의 폭소는 향수에 젖어 있다. 이제야 알겠다. 그 웃음은 옛날의 자신을 너그럽게 돌아보는 폭소였다. 그는 일어나 책장으로 걸어가서 그의 귀한 수집품 중에서 책 한 권을 꺼냈다. 낡은 책이다. 군데군데 귀가 접히고 잉크 얼룩이 있는 걸로 보아 교과서처럼 보였다. 사령관은 내게 책을 보여 주기 전에 추억에 잠긴 듯 엄지손가락으로 책장을 훑는다. 그러더니 그는 자, 여기라고 말하며 내 앞 책상 위에 펼쳐놓는다.

처음 눈에 띄는 건 사진 한 장이다. 밀로가 만든 비너스의 흑백 사진 위에 턱수염과 까만 브래지어, 그리고 겨드랑이 털이 서툰 솜씨로 그려져 있다. 반대편 페이지에는 영어로 이름이 쓰여진 콜로세움이 있고 그 밑에 동사의 활용 변화가 씌어 있었다. 숨 에스 에스트, 수무스 에스티스 순트(sum es est, sumus estis sunt).

"자, 여길 좀 보시오."

그는 손가락으로 가리키며 말했고 여백에는 비너스의 털과 똑같은 잉크로 씌어진 글씨가 있었다. 놀리테 테 바스타르데스 카르보룬도룸(Nolite te bastardes carborundorum).

"라틴 어를 모르는 사람에겐 왜 웃기는지 설명하기가 좀 힘들다오. 저런 글을 수도 없이 써 댔지. 어디서 배웠는지 모르겠소. 아마 선배들한테 배웠겠지." 사령관은 나를 잊고 그 자신조차 잊은 채로 정신없이 책장을 넘기고 있다. "이것 좀 보시오." 그가 말한다. 사진은 「사비네의 여인들」*이라는 그림이고, 여백에는 아무렇게나 휘갈긴 글씨체로 핌 피스 핏, 피무스 피스티스 판츠(pim pis pit, pimus pistis pants)라고 씌어 있었다.

---

* J.L.데이빗이 그린 그림으로, 로마와 사비네 족 사이의 전쟁을 말리려는 반나의 여인들이 그려져 있음.

"여기 또 이런 것도 있군. 킴, 키스, 킷(Cim, cis, cit)……."

그는 하던 말을 멈추더니, 쑥스러워하며 현재로 돌아온다. 그는 다시 미소를 띤다. 이번에는 싱긋 웃었다고 해도 좋을 정도다. 나는 얼굴에 주근깨가 나고 삐죽 머리를 한 그의 모습을 상상한다. 지금 이 순간은 그를 좋아할 수도 있을 것 같다.

"하지만 그게 무슨 뜻이죠?"

"어느 거 말이오? 아, 이 말은 '그 빌어먹을 놈들한테 절대 짓밟히지 말라'는 뜻이오. 그 당시 우리는 자기네들이 대단히 똑똑한 줄 알았던 모양이오."

나는 억지로 웃음을 지어 보이지만, 이제는 똑똑히 사태를 파악했다. 왜 그녀가 선반장 벽에 이 글을 썼는지 이제 나는 알게 됐다. 하지만 한편으로 그녀가 그 말을 바로 이 방에서 배운 게 틀림없다는 사실도 깨달았다. 다른 곳 어디에서 배웠겠는가? 그녀가 남학교에 다녔을 리가 없다. 그와 함께 있으면서, 이전에 소년 시절을 회상하는 동안 비밀스런 대화 중에 배웠으리라. 그렇다면 내가 처음이 아니라는 말이다. 그의 침묵 속에 들어가 애들이나 하는 단어 게임을 그와 함께했던 건.

"그 여자는 어떻게 됐죠?"

나는 말한다.

그는 한 박자도 주저하지 않는다.

"어쨌든 그녀를 알고 있군, 그래."

"어쨌든 그래요."

"목을 매달았소." 그는 말한다. 생각에 잠긴 말투로. 슬픈 기색은 없었다. "그래서 천장의 조명을 없애야 했지. 당신 방에 말이오." 그는 잠시 말이 없다. "세레나가 알아차렸소." 그는 그게 무슨 설명이라도 된다는 듯이 말한다. 그리고 그건 실제로 상당히 많은 것을 시사해 주는 해명이다.

기르던 개가 죽으면, 한 마리 더 사면 되는 거다.

"뭐로 목을 맸죠?"

하지만 그는 내게 힌트를 줄 생각이 전혀 없다.

"그게 뭐 중요한가?"

시트를 찢었겠지. 나는 생각한다. 나도 그런 생각을 해 보았으니까.

"시체를 발견한 사람이 코라였군요."

그래서 코라가 비명을 질렀던 거다.

"그렇소. 딱한 사람이오."

코라를 두고 한 말이다.

"저도 이제부터 여기 오지 않는 게 좋겠어요."

"당신이 즐거워하는 줄 알았는데." 그는 가벼운 말투로 말한다. 하지만 반짝이는 두 눈으로 나를 쏘아보고 있다. 하마터면 나는 그가 두려워한다고 생각할 뻔했다. "앞으로도 그러길 바라오."

"제 삶을 견딜 만하게 만들어주고 싶으신 거군요."

내 입에서 튀어나온 그 말은 질문이 아니라 직설적인 지적처럼 느껴졌다. 단호하고 의도가 분명한 진술. 내 삶이 견딜 만하다면, 그럼 그들이 저지르는 짓거리들이 다 정당화된다.

"그래. 맞아. 나는 그랬으면 좋겠소."

"좋아요, 그럼."

상황이 바뀌었다. 이제 내가 그의 약점을 쥐었다. 그에 대항해 내가 내놓을 수 있는 카드는 나 자신의 죽음이다. 내가 잡은 약점은 바로 사령관의 죄책감이다. 드디어.

"당신은 뭘 갖고 싶소?"

그의 말투는 여전히 가볍기만 하다. 이게 단순한 금전 거래에 지나지 않는 문제인 것처럼, 그리고 사탕이나 담배를 사듯이 거래 규모도 아주 하찮은 정도에 지나지 않는 것처럼.

"핸드로션 말고 말씀이시죠?"

"핸드로션 말고."

그가 동의한다.

"저는…… 저는 알고 싶어요."

제대로 생각해 보지 않고 한 말이라, 우유부단하고 심지어 어리석다는 느낌마저 들었다.

"뭘 알고 싶은 거지?"

"저한테 알려줄 일이 있으시다면 뭐든지." 하지만 그건 너무 경솔하게 들린다. "대체 무슨 일이 벌어지고 있는 건지 말이에요."

30

  밤이 내린다. 아니 이미 내린 지 오래다. 어째서 밤은 여명처럼 솟아오르는 게 아니라 떨어져 내리고 저문다고 말하는 걸까? 하지만 일몰 시각에 동편을 보면, 밤이 내리는 게 아니라 솟아오르는 모습을 볼 수 있다. 구름의 장막 너머 검은 태양처럼 어둠이 지평선에서부터 몸을 일으켜 뭉게뭉게 하늘로 솟아오른다. 눈에 보이지 않는 불길로부터 솟아오르는 연기처럼, 산불이나 도시가 불탈 때 지평선 바로 아래 죽 늘어서 타오르는 불길에서 올라오는 것처럼. 아마 밤은 무게를 견디지 못하고 떨어져 내리는지 모른다. 두꺼운 커튼이 눈앞을 가린다. 양모 담요. 어둠 속에서 잘 볼 수 있으면 좋겠다.

  그럼, 밤이 내렸다고 해야겠지. 돌덩이처럼 나를 짓누르는 밤의 무게가 느껴진다. 산들바람 한 점 없다. 나는 반쯤 열린 창문 곁에 앉아 있다. 커튼은 활짝 걷어두었다. 밖에 아무도 없으니, 정숙을 가장할 필요는 없다. 잠옷 바람이지만 우리가 자기 육체에 유혹당하지 않도록, 맨팔로 제 몸을 껴안지 못하도록 여름에도 우리 잠옷은 긴 팔이다. 탐조등 달빛 아래 움직이는 것은 전혀 없다. 정원의 향기는 육체의 열기처럼 후끈거리며 올라온다. 밤에 피는 꽃들이 있는 모양인지, 향기가 너무도 강렬하다. 발간 복사열처럼, 백주 대낮 고속도로 아스팔트 위로 어른거리는 아지랑이처럼 하늘거리며 위로 솟아오르는 향기가 눈에 보일 것만 같다.

저 아래 잔디밭에서, 버드나무 아래 흥건하게 엎질러진 어둠 속에서 누군가가 나오더니 빛을 가로질러 걸어간다. 그의 기다란 그림자가 발꿈치에 뚜렷하게 붙어 있다. 닉일까, 아니면 다른 전혀 중요치 않은 인물일까? 그는 발길을 멈추더니 이 방 창문을 올려다보고, 나는 그 타원형의 하얀 얼굴을 본다. 닉이다. 우리는 서로를 바라본다. 내게는 던져 줄 장미 한 송이가 없고 그는 류트를 켜지 않는다. 하지만 굶주림만은 마찬가지다.

하지만 그런 걸 즐길 여유가 내게는 없다. 나는 왼쪽의 커튼을 잡아당겨 우리 사이를 가로질러 커튼이 자리잡게 만들어 버린다. 잠시 후 그는 다시 걷기 시작하더니 모퉁이 너머 보이지 않는 곳으로 사라진다.

사령관이 한 말은 사실이다. 하나 더하기 하나 더하기 하나 더하기 하나는 넷이 아니다. 각각의 하나들이 독특하기 때문에 무조건 한데 묶을 수 없다. 그들은 일대일로 교환할 수 없다. 그들은 서로를 대체할 수 없다. 루크 대신 닉, 닉 대신 루크. '당위'는 이 경우에 적용되지 않는다.

감정은 어쩔 수 없는 거야. 모이라는 언젠가 말했다. 하지만 행동은 조절할 수 있지.

그만하면 괜찮다. 맥락이 전부다. 아니 성숙이 전부였던가?* 아무튼 둘 중 하나다.

집을 떠나기 전날 밤, 나는 마지막으로 방들을 둘러보고 있었다. 짐은 하나도 꾸리지 않았다. 가져갈 것도 별로 없었고, 심지어 그때도 떠나는 기색을 보여서는 안 되었기 때문이다. 그래서 나는 그냥 집 안 여기저기를 거닐며 물건들을, 우리가 함께 살기 위해 마련했던 살림을 바라보고 있었다. 그래야 나중에 어떤 모습이었는지 기억할 수 있을 거라고 생각했던 것 같다.

루크는 거실에 있었다. 그는 팔을 둘러 나를 안아주었다. 우리 둘 다 참담한 기분이었다. 심지어 그때조차 우리는 행복했다는 사실을, 그때 우리가 어떻게 알았겠는가? 왜냐하면 우리는 그때 최소한 서로를 감싸줄 팔이라도 있었으니까.

고양이. 그가 말했다.

고양이? 나는 그가 입은 스웨터의 보드라운 양모 섬유에 얼굴을 묻고 말했다.

그냥 여기 이렇게 내버리고 갈 수는 없잖아.

고양이 생각은 우리 둘 다 미처 못했다. 결정은 급작스럽게 내려졌고, 그러고 나서는 행동 계획을 짜야 했으니까. 같이 간다고 생각

---

* 리어왕 5막 2장에 나오는 유명한 대사. '오직 중요한 건 성숙이다(The ripeness is all).'에 대한 인용.

해 버렸던 게 틀림없다. 하지만 그럴 수는 없다. 국경 넘어 소풍을 가면서 고양이와 함께 가는 일은 없다.

바깥에 풀어 주면 어때? 내가 말했다. 그냥 놓아주고 가면 되잖아.

근처를 돌아다니면서 문 앞에서 울지도 몰라. 그러면 우리가 없어졌다는 사실을 사람들이 눈치 챌 거야.

다른 사람한테 줘 버릴 수도 있잖아. 이웃집 누구한테. 말을 하면서도 그게 얼마나 바보 같은 소리인지 나도 알았다.

그건 내가 알아서 처리할게. 루크가 말했다. '그 녀석'이라고 하지 않고 '그것'이라고 말했기 때문에, 나는 죽일 작정이라는 걸 알아챘다. 죽이기 전에는 그렇게 해야겠지 하고 나는 생각했다. 전에는 없던 '그것'을 만들어 내야 한다. 머릿속으로 '그것'을 일단 만들어 낸 다음에, 그게 현실이 되게 하는 거지. 그렇게 해서 그들이 그런 짓을 할 수 있는 거야라고 나는 생각했다. 전에는 전혀 모르던 사실을 새삼 깨달은 것 같았다.

루크는 우리 침대 밑에 숨어 있던 고양이를 찾아냈다. 동물들은 항상 미리 안다. 그는 고양이를 데리고 차고로 들어갔다. 나는 그가 무슨 짓을 했는지 몰랐고 물어보지도 않았다. 나는 손을 허벅지 위에 얌전히 모은 채 거실에 앉아 있었다. 루크와 함께 나가서 그 작은 책임을 나누어졌어야 마땅했다. 최소한 나중에 물어보기라도 했어야 옳았다. 혼자서 그런 부담을 전부 떠맡지 않아도 되도록. 왜냐하면 고양이의 그 작은 희생, 그 사랑에 찬 킁킁거림은 나를 위한 것이기도 했으므로.

그것도 그들이 하는 짓거리 중 하나다. 그들은 우리 안에서 살해를 하도록 강요한다.

그래 봤자 결국은 다 쓸데없는 짓이었지만. 누가 그들에게 귀띔을 했는지 모르겠다. 이웃집 사람이었는지도 모른다. 아침에 우리 차가 진입로를 나서는 모습을 보고 짚이는 바가 있어, 명부에서 황금 별을 따려고 일러바쳤는지도 모른다. 심지어 여권을 만들어준 사람이 밀고를 했을 수도 있다. 이중으로 사례비 받을 일을 왜 굳이 마다하겠는가? 심지어 여권 위조자들을 첩자로 심어놓는 것조차 할 수 있는 그들이다. 경솔한 사람들을 잡기 위한 그물망. '하느님의 눈'은 온 세상을 굽어보시는 것이다.

왜냐하면 그들은 우리가 올 것을 미리 알고 기다리고 있었기 때문이다. 배반을 깨닫는 순간만큼 기분 나쁜 때는 없다. 배신당했다는 사실을 의심의 여지없이 알게 되는 그 순간. 다른 인간이 당신에게 그렇게 끔찍한 일이 일어나기를 못내 바랐다는 사실을 깨닫는 순간은 처참하다.

그건 마치 사슬이 끊어져 꼭대기에서 추락하는 엘리베이터를 타고 있는 기분이었다. 추락하고, 추락하지만 어디 부딪치게 될지 모르는.

나는 초혼(招魂)을 하려 애쓰고 있다. 어디 갔는지 알 길 없는 나만의 혼령들을 불러내려 한다. 어떻게 생겼는지 기억해 낼 필요가 있다. 그들을 눈 뒤에 가만히 붙잡아두려 안간힘 쓴다. 앨범 속의 사진들처럼 그들의 얼굴을 붙잡으려 애써보지만, 도무지 나를 위해 가만히 머물러주질 않고 자꾸만 움직인다. 미소가 떠오르는가 하면 순식간에 사라져버리고, 형상들은 마치 종이가 타들어가면서 그을음이 다 삼켜버리는 것처럼 일그러지고 왜곡된다. 흘낏 비치는 모습, 허공의 창백하게 어른거리는 희미한 빛, 광채, 오로라, 전자(電子)들의 춤, 그리고 또 다른 얼굴 하나, 얼굴들. 하지만 그들은 희미해진다, 손을 뻗어 잡으려 해도, 손가락 새로 빠져나가 버린다. 동이 틀 무렵의 유령들처럼. 어디서 왔는지 몰라도 그곳으로 돌아가 버린다. 내 곁에 있어 줘 하고 말하고 싶다. 하지만 어차피 머물러줄 리가 없다.

내 잘못이다. 너무나 많이 잊어버리고 있다.

오늘 나는 기도할 생각이다.

전처럼 침대 맡에 무릎 꿇는 게 아니라, 체육관 바닥의 딱딱한 나무에 무릎을 배기며 앉아서 하는 기도지만. 엘리자베스 아주머니는 이중문 옆에 팔짱을 끼고 허리에는 가축용 전기 충격기를 달랑거리고 서 있었다. 또 리디아 아주머니는 줄지어 무릎 꿇고 앉은 잠옷 차림의 여자들 사이를 활보하면서, 행여 등을 구부리거나 자세를 느슨하게 하는 사람이 있으면 등이나 발이나 엉덩이나 팔 같은 데를 가볍게 철썩 또는 탁탁 목제 지시봉으로 때리곤 한다. 그녀는 우리가 고개를 빠르게 숙이고, 발끝을 바짝 모으고, 팔꿈치 각도를 제대로 유지하기를 바랐다. 이런 일에 리디아 아주머니가 지대한 관심을 보이는 건 미학적인 이유도 있었다. 그녀는 보기에 좋은 걸 선호했다. 우리가 묘석에 새겨진 앵글로 색슨적 이미지처럼 보이기를 바랐다. 아니면 순수의 의상을 차려입고 도열한 우리가 크리스마스카드에 나오는 천사들처럼 보이길 원했다. 하지만 육체의 경직성과 근육의 긴장이 갖는 영적 가치 또한 잘 알고 있었다. 약간의 고통은 정신을 맑게 해 주지. 그녀는 말하곤 했다.

우리는 다시 채워질 가치가 있도록 텅 빈 공허를 달라고 기도했다. 은총으로, 사랑으로, 자기 부정으로, 정액과 아기들로 채워질 수 있도록 텅 비워 달라고 기도했다.

오, 하느님, 우주의 왕이시여, 저를 남자로 태어나지 않게 해 주셔서 감사합니다.

오, 하느님, 저를 지워주소서. 저를 다산하게 하소서. 제 육신에 고행을 주셔서, 저로 하여금 번식하게 하소서. 채워지게 하소서…….

기도에 흥분해 제정신을 잃는 사람들도 있었다. 굴욕의 황홀경. 신음소리를 내고 흐느껴 우는 사람들도 있었다.

꼴불견으로 굴어봤자 좋을 것 없어, 재닌. 리디아 아주머니는 말했다.

나는 내 자리에서 기도를 한다. 창가에 앉아 커튼을 치고 텅 빈 정원을 바라보면서. 눈도 감지 않는다. 바깥이든 내 머릿속이든, 캄캄하기는 마찬가지다. 아니 빛으로 충만하든가.

하느님. 당신은 천국에 계시죠. 천국은 제 마음속에 있고요.

당신의 이름, 진짜 이름을 말해 주시면 좋겠어요. 하지만 '당신'도 충분히 좋은 이름이지요.

'당신'께서 어떤 일을 준비하고 계시는지 알고 싶습니다. 하지만 그게 어떤 일이든, 제발 제가 견뎌낼 수 있도록 도와주세요. 비록 당신께서 하시는 일이 아니지만, 저 밖에서 일어나는 일들이 당신께서 바라는 일이라고는, 단 한 순간도 생각해 본 적이 없습니다.

　일용할 양식은 충분히 있으니, 그런 걸 빌며 시간을 낭비하진 않겠어요. 그건 중요한 문제가 아니거든요. 문제는 목이 메어 빵을 삼킬 수가 없다는 거죠.

　이제 용서를 말할 차례가 되었군요. 지금 당장 저를 용서해 주실 걱정하지 않으셔도 돼요. 더 중요한 일들이 있으니까요. 예를 들어서, 다른 이들이 지금 무사하다면, 그들의 안전을 지켜주세요. 지나치게 고생하지 않게 해 주세요. 그들이 죽어야만 한다면, 빨리 죽여주세요. 그들에게 천국을 주실 수도 있으시죠. 그래서 우린 당신이 필요하단 말이에요. 지옥은 우리 스스로 만들 수 있으니까.

　이런 짓을 한 인간이 누군지 몰라도, 그들이 지금 무슨 짓을 하고 있는지 몰라도, 무조건 용서한다고 말해야 할 것 같네요. 노력은 해 보겠지만, 쉬운 일은 아니랍니다.

　다음에는 시험에 들지 않게 해 달라는 이야기가 나오죠. 센터에서는, 먹고 자는 것만 아니면 무조건 유혹이라고 했죠. 아는 것도 유혹이다. 모르는 일에 유혹당하지는 않는다고 리디아 아주머니가 말했어요.

　사실 무슨 일이 벌어지고 있는지 알고 싶지 않은지도 몰라요. 차라리 모르는 편이 좋을지도 몰라요. 어쩌면 앎을 감당하지 못할지도 몰라요. 인류의 타락은 무지에서 앎으로의 전락이었죠.

　이젠 사라지고 없는데도 샹들리에 생각을 너무 많이 한답니다. 하지만 옷장 속의 갈고리를 쓸 수도 있을 거예요. 가능성을 생각해 봤답니다. 그냥, 목을 맨 다음에 무게 중심을 앞으로 쏟은 후 버둥거리지만 않으면 될 거예요.

우리를 악에서 구원하소서.

그리고 그 나라와 권세와 영광 이야기가 나와요. 지금 당장은 그런 걸 믿기가 아주 힘들답니다. 하지만 그래도 애써 보겠어요. 묘석에 씌어 있는 그 말처럼, '소망 속에서'.

하느님께선 사기를 당한 느낌이 드시겠지요. 이번이 처음인 것도 아니겠지만.

만일 제가 당신이라면 신물 날 거예요. 정말로 신물 나 버렸을 거예요. 당신과 제가 다른 점이 바로 그건가 봐요.

하느님, 당신께 이렇게 말씀을 건네고 있으니 매우 비현실적인 기분이 드는군요. 마치 벽에 대고 말하는 것 같아요. 하느님, 당신께서 답을 해 주시면 좋겠어요. 너무 외로워요.

전화기 옆에 홀로 앉아 있지만 전화기를 쓸 수도 없어요. 전화기를 쓸 수 있다 한들, 누구한테 전화를 걸겠어요?

오, 하느님, 이건 농담이 아니에요. 오, 하느님. 오, 하느님. 전 어떻게 계속 목숨을 부지하나요?

Jezebel's 이세벨의 집 12 장

31

밤에 잠자리에 들 때마다 나는 생각한다. 아침이면 우리 집에서 눈을 뜰 테고 전부 옛날로 돌아가 있을 거야.

하지만 그런 일은 오늘 아침에도 일어나지 않았다.

나는 옷을 입는다. 여름옷이다. 아직도 여름이다. 여름에서 시간이 멈춰버린 것 같다. 7월, 숨 막히는 낮과 열탕 같은 밤, 잠을 이루기가 힘들다. 날짜 관념을 가져 보려 한다. 매일 벽에다 표시하다가 일곱이 되는 날 쭉 가로로 선을 긋는 거다. 하지만 그게 무슨 소용이랴. 이건 형량이 선고된 옥살이도 아닌 것을. 정해진 시간이 지나면 나갈 수 있는 것도 아닌데. 아무튼, 오늘이 며칠이었는지에 대한 해답을 얻기만 하면 되니까. 어제는 7월 4일이었다. 그들이 폐지하기 전에는 독립 기념일이었는데. 9월 1일은 노동절*이다. 그날은 아직 경축일이다. 전에는 엄마와 상관이 없는 기념일이었지만.

하지만 나는 달로 시간을 측정한다. 양력이 아니라 음력으로.

나는 빨간 구두끈을 매려고 몸을 굽힌다. 요즘은 좀 가벼운 재질의 구두를 신는다. 샌들처럼 대담하진 않지만 통풍구가 살짝 뚫려 있기도 하다. 허리를 구부리는 건 힘든 일이다. 체조를 하는데도 몸이 점점 뻣뻣해지고 말을 듣지 않는 것이 느껴진다.

옛날 내가 생각했던 꼬부랑 할머니의 삶과 비슷한 삶이다. 심지어 걸음걸이마저 늙은이처럼 변했다는 기분이 든다. 허리를 구부정하게 구부리고, 척추 뼈는 물음표 모양으로 휘고, 뼈는 칼슘이 다 빠져나가 석회암처럼 구멍이 숭숭 뚫려 있는 느낌. 더 젊었을 때엔 노년을 상상하면, 남은 시간이 별로 없으니 사물을 더 관조하게 될 거라고 생각했었다. 그때는 정력의 상실을 덧붙이는 걸 깜박했다. 어떤 날은 정말 사물의 가치를 더 높이 평가하게 되기도 한다. 달걀이니 꽃들이니 하는 것들. 하지만 그럴 때면 쓸데없는 감상에 빠져 버린 것뿐이라고, 캘리포니아에서 신나게 찍어내던 아름다운 일몰의 모습이 담긴 축하 카드처럼 내 두뇌가 파스텔빛 총 천연색으로 변한 거라고 결정해 버린다. 번쩍번쩍 하는 고광택의 심장들.

위험한 것은 온통 회색이 되어 뭐가 뭔지 모르게 되는 것.

나는 루크가 여기 있으면 좋겠다. 내가 옷을 입는 동안 침실에 루크가 있어서, 한판 싸울 수 있다면 좋겠다. 말도 안 되는 얘기지만,

---

* Labor Day, Labor에는 출산이라는 뜻도 있다.

그게 정말 내가 바라는 일이다. 식기 세척기에다 접시를 누가 넣을 건지, 이번에는 누가 빨래를 정리할 차례인지, 변기 청소 당번은 누구인지, 그렇게 사소하고 일상적인 문제를 놓고 싸우고 싶다. 심지어 그 문제를 놓고 싸울 수도 있었는데, 뭐가 중요한지, 뭐가 하찮은 문제인지 따위를 놓고. 얼마나 기막힌 호강일까. 전에 그런 일로 많이 싸운 건 아니지만. 요즘 나는 머릿속에서 우리들이 함께했던 말다툼의 대사들을 처음부터 끝까지 받아 적어 보고, 그 후의 화해까지 빠짐없이 받아써 각본으로 만들어 본다.

나는 의자에 앉는다. 머리 위로 천장의 화환이 얼어붙은 후광, 영(零, 0)처럼 떠다니고 있다. 별이 폭발한 후 뻥 뚫린 우주의 구멍. 돌멩이를 던지면 생기는 수면 위의 고리, 하얗고 둥근 모든 것들. 나는 정확하게 움직이는 시계의 둥근 자판에 따라 하루가 펼쳐지고, 지구가 자전하기를 기다린다. 등비수열처럼 이어지는 나날들, 매끄럽게 기름칠한 것처럼 돌고, 돌고, 또 돌아가는 나날들. 윗입술에는 벌써 땀방울이 송골송골 맺히고, 나는 피할 길 없는 달걀이 오기를 기다린다. 달걀은 이 방처럼 뜨뜻미지근할 것이고 노른자위에는 녹색의 얇은 막이 덮어씌워져 있으며 약간 유황 맛이 날 것이다.

오늘, 나중에 오브글렌과 함께 장을 보러 산책 갔을 때의 일.

우리는 보통 때와 다름없이 교회로 가서 무덤들을 바라본다. 그러고는 '장벽'으로 간다. 오늘은 매달린 시체가 두 구밖에 없다. 하나는 거꾸로 뒤집힌 십자가의 명판을 메고 있는 걸로 봐서 가톨릭 신자지만 신부는 아닌 모양이고, 다른 하나는 내가 알아보지 못하는 종파 사람이다. 시체에는 빨간 색으로 J라는 글자 하나가 달랑 씌어져 있을 뿐이다. 유태인(Jewish)을 뜻하는 표시는 아닐 터이다. 유태인은 노란색 별로 표시하니까. 게다가 유태인은 별로 본 적이 없다. 왜냐하면 유태인은 '야곱의 아들들'로 선포되어 특별 취급받았으며, 선택의 기회를 얻었기 때문이다. 그들은 개종을 하거나, 이스라엘로 이민을 가든가 둘 중 하나를 선택할 수 있었다. 뉴스를 믿는다면, 유태인들 중 상당수는 이민을 선택했다. 나는 TV에서 유태인들이 배에 한가득 타고 있는 것을 보았다. 유태인들은 검은 코트를 입고 모자를 쓰고 긴 수염을 달고 먼 과거에서 건져내 온 의상을 입고 최대한 유태인처럼 보이려고 애쓰고 있었다. 여자들은 머리에 숄을 두르고 웃으면서 손을 흔들고 있었는데, 뉴스가 사실이라면 연기하고 있는 것처럼 딱딱해 보였다. 그리고 또 다른 장면은 좀 부유한 유태인들이 공항에서 비행기를 타려고 줄서 있는 모습이었다. 오브글렌은 유태인인 척하고 빠져나간 사람들이 있기는 하지만, 그들의 테스트를 통과하기란 쉽지 않은 일이고 그나마 요즘은 더 까다로워졌다고 했다.

그러나 유태인이라는 이유만으로 교수형을 당하지는 않는다. 선택을 거부하는 시끄러운 유태인들만 처형당할 뿐이다. 아니면 짐짓 개종하는 척하는 이들이나. 이런 뉴스도 TV에 나온 적이 있다. 한밤중의 습격, 침대 밑에서 끌어낸 은밀한 유태교의 상징들, 토라*, 탈리

---

* 유태교의 율법.

스*, 다윗의 별. 그리고 이런 물건들을 소지한 사람은 전혀 뉘우침의 기색이 없는 뾰루퉁한 얼굴로 '눈'들에게 이끌려 자기 침실 벽에 밀어붙여졌고, 그동안 우리에게 그들의 반역과 배덕 행위를 말해 주는 아나운서의 해설이 흘러나왔다.

그러니 J는 유태인을 뜻하는 글자가 아니다. 그렇다면 뭘까? 여호와의 증인(Jehovah's Witness)? 예수회(Jesuit)? 무슨 뜻이든, 그는 죽은 사람이다.

이런 의례적인 구경을 끝낸 후, 우리는 계속 발걸음을 재촉한다. 여느 때와 마찬가지로 이야기하며 지나갈 만한 공터를 찾는다. 그걸 이야기라고 할 수나 있다면 말이지만. 하얀 가리개의 깔때기를 통해 전달되는, 짤막하고 뚝뚝 끊기는 속삭임들. 이건 오히려 전보 같다. 말로 하는 수신호 같다. 사지가 절단된 말.

우리는 절대 한 장소에 오래 서 있지 않는다. 하릴없이 어슬렁거리다가 눈에 띄어서는 안 된다.

오늘 우리는 '영혼의 두루마리' 반대 방향으로 향한다. 그쪽에는 낡은 대형 건물이 있는 공원이 하나 있다. 장식이 많은 후기 빅토리아풍의 스테인드 글래스가 있는 건물이다. 전에는 기념관이라고 불렀는데, 뭘 기념하는 건물인지는 전에도 몰랐다. 뭐 어떤 죽은 사람을 추모하는 거겠지.

모이라가 언젠가 그 건물이 대학 초창기에는 학부 건물이었다고

---

* 유태인 남자가 기도할 때 걸치는 숄.

말한 적이 있다. 여자가 거기 들어가면 빵 세례를 받았다고, 그녀는 말했다.

왜? 내가 물었다. 모이라는 해가 갈수록 그런 일화들에 통달했다. 나는 그게 별로 좋지 않았다. 과거에 대해 한을 품고 있다는 게 마음에 들지 않았다.

쫓아내려고. 모이라가 말했다.

오히려 코끼리한테 땅콩 던지는 거랑 비슷하지 않았을까. 내가 말했다.

모이라는 깔깔거리며 웃었다. 그녀는 항상 그랬다. 이국적인 괴물들이란 말이군. 그녀가 말했다.

우리는 빌딩을 바라보며 서 있다. 형태만 보면 어쩐지 교회나, 성당일 법하다.

"저기서 '눈'들이 연회를 한대." 오브글렌이 말한다.

"누구한테 들었어?" 내가 말한다. 근처에 아무도 없으니 좀 더 자유롭게 이야기를 해도 되지만, 버릇이 돼서 계속 목소리를 낮춘다.

"포도넝쿨." 그녀가 말한다. 그리고 잠깐 말을 멈추더니 나를 곁눈질한다. 그녀 가리개의 움직임에 따라 번지는 하얀색이 느껴진다.

"암호가 있어." 그녀가 말했다.

"암호? 어째서?"

"확인하기 위해서. 누가 우리편이고 누가 아닌지."

내가 암호를 알아봤자 쓸데없을 거라는 생각은 들었지만, 그래도 묻기로 한다.

"암호가 뭔데?"

"메이데이. 전에 너한테 한 번 써 봤지."

"메이데이." 나는 되풀이해 말한다. 그날은 기억난다. 메데(M'aidez).

"꼭 써야 할 일 아니면, 쓰지 마. 네트워크의 다른 사람들을 너무 많이 아는 것도 좋지 않거든. 혹시 붙잡힐 경우를 대비해서." 오브글렌이 말한다.

이런 속삭임, 이런 새로운 깨달음들은 어쩐지 믿기 힘들다. 그 당시에는 나도 참여하지만, 나중에 생각하면 장난을 치는 것처럼 황당무계하고 심지어 유치하게까지 느껴진다. 여자들만의 모임이나, 학교에서 알게 된 비밀처럼. 아니면 주말에 숙제를 땡땡이 치고 읽던 첩보 소설이나 늦은 밤 TV 드라마처럼. 암호들, 말해서는 안 되는 것들, 남모르는 비밀 신분을 지닌 사람들, 암흑의 조직. 세계의 참모습이 그렇다고는 도무지 실감 나질 않는 것이다. 하지만 이런 건 나 자신의 환상일 뿐이다. 구시대에서 배운 현실이 유물로 남아 있기 때문이다.

그리고 네트워크. '네트워크 구축'. 엄마가 자주 쓰던 표현이고 흘러간 시절의 케케묵은 속어다. 엄마는 예순이 넘은 나이에도 그런 일을 하고 계셨다. 내가 보기엔 그 말은 또 다른 여자랑 점심 식사를 함께한다는 뜻에 지나지 않았지만.

나는 모퉁이에서 오브글렌과 헤어진다.

"나중에 봐." 그녀는 말한다. 보도를 따라 미끄러지듯 그녀는 멀어지고, 나는 집을 향해 반대편으로 걷는다. 닉이 있다. 모자를 삐딱하게 썼다. 오늘 그는 나를 쳐다보지도 않는다. 하지만 침묵의 전언을 전하기 위해 기다리고 있던 것이 틀림없다. 왜냐하면 내가 자신을 보았다는 걸 알자마자 고운 걸레로 '윌윈드'를 한 번 훔치고서 차고 문을 향해 휘적휘적 걸어가 버렸기 때문이다.

나는 지나치게 푸르른 잔디밭 한가운데에 난 자갈길을 따라 걸어간다. 세레나 조이가 팔꿈치에 지팡이를 끼고 버드나무 밑 자기 의자에 앉아 있다. 그녀의 드레스는 빳빳하고 시원한 면이다. 그녀의 옷 색깔도 나처럼 열기를 빨아들이면서 동시에 불타오르는 빨간색이 아니라, 파란색, 물의 색채다. 그녀는 옆얼굴을 내 쪽으로 돌리고 뜨개질을 하고 있다. 어떻게 이런 더위에 털실을 만질 수가 있을까? 하지만 어쩌면 그녀의 피부는 감각이 없어졌는지도 모른다. 어쩌면 전에 심한 화상을 입은 사람처럼 이제는 아무것도 느낄 수 없게 되어 버렸는지도 모른다.

나는 고개를 푹 떨구고 길만 내려다보면서, 그녀를 스쳐 지나간다. 어차피 무시당할 테니, 차라리 투명 인간이 되었으면 좋겠다고 생각하면서. 하지만 이번에는 달랐다.

"오브프레드."

나는 긴가민가해서 주저한다.

"그래, 자네."

나는 깜박거리는 시선을 그녀 쪽으로 돌린다.

"이리 좀 와 보게. 자네가 필요해."

나는 잔디밭을 가로질러 걸어가서 눈을 내리깔고 그녀 앞에 선다.

"앉아도 좋아. 자 여기, 쿠션을 깔고 앉아. 자네가 이 털실 좀 잡아

주면 좋겠구먼."

그녀가 담배 한 대를 꺼냈다. 재떨이는 바로 옆 풀밭에 놓여 있고 차인지 커피인지 알 수 없는 액체가 담긴 컵이 하나 있다.

"저 안은 뒈지게 답답해. 자네도 바람을 좀 쐬어야지."

나는 앉아서 바구니를 내려놓는다. 이번에도 딸기, 닭고기가 들어 있다. 그제야 나는 세레나 조이가 욕설을 내뱉은 것을 알아챘다. 전에 없던 일이다. 그녀는 앞으로 뻗은 내 두 팔에 실타래를 걸치고서, 실을 감기 시작한다. 나는 사슬에 매이고 족쇄를 찬 것 같은 모습이 되었다. 거미줄에 걸렸다는 게 더 정확한 표현일까. 털실은 회색에 공기 중의 습기를 빨아들여 젖은 아기 담요 같은 촉감이 느껴졌고 축축한 양떼들의 냄새가 살짝 풍겼다. 최소한 내 손에 양모 기름이 스며들기는 하겠다.

세레나는 실을 감고, 그녀가 입가에 물고 있던 담배는 타들어가며 유혹적인 연기를 내뿜는다. 서서히 못 쓰게 되어가는 손 때문에 털을 감는 동작이 느릿느릿하고 힘겨워 보이지만, 그녀는 결연하다. 아마 그녀에게 뜨개질은 의지력의 문제인가 보다. 어쩌면 통증까지 수반할지도 모른다. 의사의 처방으로 뜨개질을 하는지도 모른다. 하루에 보통 뜨기 열 줄, 장식단 열 줄이라는 식으로. 그것보다는 틀림없이 더 많이 할 테지만. 나는 그 상록수들과 등비수열처럼 늘어선 소년과 소녀 무늬들을 좀 다른 시각으로, 즉 완고함의 증거로 바라본다. 그런 완고함이 전적으로 비참해 보이지는 않았다.

우리 엄마는 한 번도 뜨개질 같은 걸 해 본 적이 없다. 하지만 세탁소에서 좋은 블라우스며 겨울 코트 같은 빨랫감을 찾아오실 때면,

안전핀들을 모아두었다가 사슬로 엮곤 하셨다. 그러고는 사슬을 잊어버리지 않도록 어딘가에(당신 침대라든가, 베개, 의자 등판, 부엌의 오븐 장갑 등) 꽂아두곤 하셨다. 그 후 엄마는 그것들을 까맣게 잊어버리셨다. 나는 집 안, 아니 집들 안 여기저기에서 안전핀 사슬들을 발견하곤 했다. 엄마의 궤적, 잃어버린 의도의 잔해, 막다른 골목으로 이어지는 길 위의 표지판처럼. 가사(家事)로의 퇴행들.

"좋아, 그럼." 세레나 조이가 말한다. 그녀는 동물의 털로 만든 화환에 칭칭 감겨 있는 내 두 팔을 그대로 둔 채, 실을 감던 손길을 멈추더니 입에 문 담배꽁초를 집어 재떨이에 꾹꾹 비볐다. "아직 소식 없어?"

그녀가 무슨 말을 하는지 나는 안다. 우리 사이에 나눌 화제는 별로 없으니까. 우리는 이 신비스럽고 위태위태한 문제 말고는, 공통분모가 거의 없다.

"아뇨. 없습니다."

"거 참 안됐군."

아기와 함께 있는 그녀의 모습을 상상하기가 어렵다. 하지만 대체로 아이를 돌보는 것은 하녀들의 일이다. 그렇지만 세레나도 내가 임신하기를 바랄 터이다. 빨리 끝내고 해치우고 제껴 버리고, 더 이상 굴욕적이고 땀내 나게 엉겨붙을 필요도 없고, 은빛 꽃이 수놓인 별들의 덮개 아래 육신의 삼각 관계를 연출할 필요도 없을 테니까. 평화와 고요를 원하는 것이다. 내게 그런 행운을 빌어 주다니, 다른 이유가 있을 리 없다.

"시간이 얼마 안 남았지." 질문이 아니라 사실을 말하는 것이다.

"그렇습니다." 나는 사감 없이 대답한다.

그녀는 라이터를 손으로 더듬더듬 찾으면서, 다른 담배에 불을 붙이려고 한다. 그녀의 손은 증세가 악화되고 있는 것이 틀림없다. 하지만 그런 걸 해 주겠다고 나서는 건 바보짓이다. 세레나의 기분이 상할 테니까. 그녀의 약점을 알아채는 실수를 해서는 안 된다.

"그분은 안 되는지도 몰라."

누구를 말하는지 모르겠다. 사령관을 말하는 건가? 아니면 하느님? 하느님이라면, '안 하실지도'라고 말해야 한다. 어느 쪽이든 불경한 말이다. 안 되고, 못 하는 건 오직 고집스럽게 몸을 열지 않고, 훼손되고 결함 있는 여자 쪽이기 때문이다.

"네. 그런지도 몰라요."

나는 그녀를 올려다본다. 그녀는 내려다본다. 이렇게 오래 서로의 눈동자를 바라본 건 처음이다. 처음 만났을 때부터 지금까지. 황량하고 단조롭게, 그 순간이 지속된다. 그녀는 내가 현실을 직시할 각오가 되어 있는지 아닌지 알아보려는 거다.

그녀는 불을 붙이는 데 실패한 담배를 들고 말했다.

"어쩌면 다른 길을 찾아봐야 할지도 몰라."

엎드린 체위로 해 보라는 말인가? "어떤 다른 길 말씀이세요?" 진지해야만 해.

"다른 남자."

"제가 그럴 수 없다는 거 아시잖아요. 법에 저촉됩니다. 형벌은 알고 계시지요?" 나는 짜증나는 심사를 들키지 않도록 조심하며 말한다.

"그래. 공식적으로는 그럴 수 없다는 거 알아. 하지만 다들 하고 있어. 그런 짓을 하는 여자들은 아주 흔해. 안 하는 사람이 없을 정도야." 뜻밖의 질문은 아니라는 태도다. 벌써 전부 예상해 둔 거다.

"의사들하고 말씀인가요?"

나는 연민에 찬 갈색 눈동자와 장갑을 끼지 않은 맨손을 떠올리며 말한다. 지난번 갔을 때는 다른 의사였다. 어쩌면 누군가가 그를 적발했거나, 어떤 여자가 고발을 했는지도 모른다. 물론 그들이 증거도 없이 그녀의 말을 곧이곧대로 믿지는 않았겠지만.

"그런 여자들도 있지."

그녀의 말투는 이제 상냥하게 느껴질 정도였다. 거리감은 여전했지만. 이건 마치 어떤 매니큐어를 고를까 의논하는 것 같았다.

"오브워렌은 그런 식으로 했어. 물론 아내는 알고 있었지."

그녀는 내가 자기 말을 새겨들을 시간을 주기 위해 잠깐 말을 멈췄다.

"내가 도와줄 수도 있어. 일이 잘못되지 않도록 보장할게."

나는 이 제안을 고려한다.

"의사하고 하긴 싫어요."

"그래."

그녀도 동의한다. 그리고 이 순간 우리는 마치 식탁에 앉아 데이트 문제를 의논하는 단짝 친구들 같다. 미끼며 유혹같이 소녀다운 전략들을 세우는.

"의사들은 가끔 공갈을 치거든. 꼭 의사일 필요는 없어. 우리가 아는 사람일 수도 있으니까."

"누구요?"

"나는 닉을 생각하고 있는데."

그녀의 목소리가 이젠 부드러울 정도다.

"우리와 아주 오랫동안 같이 한 친구고 충성심이 강해. 내가 그 친구와 자리를 마련해 줄 수 있어."

그래, 그녀의 암시장 담배 거래를 도맡아 해 주는 사람이 닉이란 말이군. 그 보상으로 닉은 늘 이런 대가를 받는 건가?

"사령관님은 어떻게 하지요?"

"글쎄." 그녀는 단호하게 말한다. 아니 그 이상이다. 짤각하고 닫히는 지갑처럼 꾹 다문 얼굴. "우리 그분께는 말하지 말자고. 자네도 말 안 할 거지?"

이 생각이 우리 두 사람 사이에 걸려 있다. 눈에 보이고 손에 잡힐 것만 같다. 무겁고, 형체 없고, 어두침침한 생각. 엄청난 결탁, 엄청난 배신. 이 여자는 이토록 아이를 원한다.

"모험이에요. 아니 그 정도가 아니죠."

내 목숨이 달려 있다. 하지만 하든 안 하든, 어차피 조만간 내 목숨은 위험하다. 우리는 둘 다 이 사실을 알고 있다.

"그래도 하는 게 자네한테도 나을 거야."

나도 같은 생각이다.

"좋습니다. 그래요."

그녀는 앞으로 몸을 기울인다.

"자네한테 뭘 갖다줄 수도 있어."

내가 착하게 군 대가로군.

"자네가 원하는 것을." 그녀는 덧붙인다. 감언이설로 꾀다시피.

"그게 뭐죠?"

내가 진심으로 원하는 걸 그녀가 가져다줄 수 있으리라고는 생각되진 않는다.

"사진."

어린애들한테 큰상을 주듯이, 아이스크림이나 동물원 구경을 시켜주겠다고 하는 것처럼. 나는 어리둥절한 표정으로 그녀를 다시 올려다본다.

"그 애 사진이야. 자네 딸. 하는 거에 따라 줄 수도 있다는 얘기야."

그럼 그 애가 어디 있는지, 그들이 그 애를 어디서 키우고 있는지 아는구나. 그동안 처음부터 알고 있었던 것이다. 울컥 목이 메어온다. 나쁜 계집, 말도 안 하고, 소식도 안 전해 주고, 한마디도 안 해 주고, 아는 척도 하지 않다니. 목석 같은 년, 넌 상상도 못할 거야. 하지만 이런 말을 할 수는 없다. 아주 사소한 것이라도 시야에서 놓쳐 버릴 수는 없다. 이런 희망을 그냥 놓칠 수는 없다. 말할 수가 없다.

이제 그녀의 얼굴에는 미소마저 떠올라 있다. 교태스럽기까지 한 미소. 그 미소에는 옛날 TV 화면을 장악하던 마네킹 같은 매력이 살짝 비친다. 찰나의 정전기(靜電氣)처럼 얼굴에 번쩍 떠올랐다 사라진다.

"진짜 뒈지게 더워서 이러고 있을 수가 없군, 안 그래?"

그리고 내 두 손에서 털실을 받아든다. 나는 그동안 내내 털실을 걸고 있었다. 그녀는 그동안 만지작거리던 담배를 어색하게 내 손바닥에 놓고 꾹 누르더니 내 손가락들을 하나씩 구부려 쥐어 주었다.

"자네가 알아서 성냥을 찾아봐. 부엌에 가면 있어. 리타한테 하나 달라고 해. 내가 주라고 했다고 하고. 하지만 딱 그거 한 대뿐이야."

그녀는 불량하게 건들거리며 말했다.

"자네 건강을 해치면 큰일이잖아, 안 그래?"

32

리타는 부엌 식탁에 앉아 있다. 그녀 앞의 식탁 위에는 얼음 조각들이 둥둥 떠다니는 유리 그릇이 하나 놓여 있다. 그 속에는 꽃 모양, 장미 모양, 튤립 모양으로 깎은 무가 떠 있다. 앞에 놓인 도마 위에서 그녀는 나이프를 들고 커다란 두 손을 능수능란하게, 무심하게 움직이며 무를 더 깎고 있다. 손을 제외한 리타의 나머지 몸뚱이는 전혀 움직이지 않고, 얼굴 표정 역시 그대로이다. 마치 잠든 채로 칼을 놀리고 있는 것 같다. 하얀 에나멜 표면 위에는 씻어두긴 했지만 아직 깎지 않은 무들이 한 무더기 쌓여 있다. 아즈텍 인의 작은 심장 같은.

그녀는 내가 들어가도, 귀찮다는 듯 고개를 들어 쳐다보지도 않는다.

"빼먹지 않고 다 사온 거지?"

검사를 받으려고 꾸러미들을 꺼내자, 단 한마디 했을 뿐.

"성냥 한 개비 주실래요?"

순전히 그 찡그린 표정과 무심한 태도만으로, 이렇게 상대를 초라하게 애원하는 어린애가 된 듯한 기분을 들게 하다니, 참 놀라울 정도다. 내가 얼마나 성가시고 칭얼거리는 존재처럼 느껴지는지 모른다.

"성냥? 자네가 성냥을 어디다가 쓰려고?"

"한 개비 얻어도 좋다고 하셨어요."

담배 얘기는 하기 싫어서 나는 얼버무렸다.

"누가?"

그녀는 계속 무를 깎는다. 리듬에 한 치의 흐트러짐도 없이.

"자네한테 성냥이라니 어림도 없어. 집을 다 태워먹게."

"그럼 직접 가서 여쭤 보세요. 바깥 풀밭에 계시니까."

리타는 천장에 있는 신한테 말없이 의견을 구하는 것처럼, 슬며시 눈을 굴렸다. 그러더니 한숨을 푹 쉬고 무거운 몸을 끌고 일어나더니 손을 요란하게 앞치마에 닦는다. 내가 얼마나 귀찮게 구는지 티를 내고 싶은 거다. 그녀는 개수대 위의 찬장으로 가서 느릿느릿 늑장을 부리며 주머니의 열쇠 꾸러미에서 열쇠를 찾아 찬장 자물쇠를 연다.

"성냥을 이 안에 보관해. 여름이라. 불을 피울 일이 없어서 말이야." 그녀는 혼잣말을 하듯 말한다.

그러고 보니, 지난 4월에 쌀쌀한 날씨면 거실과 식당에 코라가 불을 피웠던 게 생각난다.

성냥은 마분지로 만든 미닫이 성냥갑에 든 나무 성냥개비였다. 어릴 적 내가 인형의 서랍장을 만들고 싶어서 늘 탐내던 성냥갑이다. 리타는 성냥갑을 열고 나한테 어느 걸 줄까 고민이라도 하는 듯이 속을 들여다보았다.

"그 속을 어떻게 알아. 내가 어디 이래라 저래라 할 수가 있어야지."

리타가 중얼거린다. 그녀는 커다란 손을 쑥 집어넣더니 성냥 한 개비를 골라서 내게 건네준다.

"집에다 불이나 내지 마. 그 방 커튼 같은 데 말이야. 안 그래도 더운데."

"그럴 생각 없어요. 그런 데 쓰려는 게 아니에요."

그녀는 어디다 쓸 생각이냐고 묻지 않는다.

"집어먹든 뭘 하든 내가 무슨 상관이야. 마님이 하나 주라고 하셨으니, 하나 주면 되는 거지."

그녀는 나를 등지고 돌아서서 다시 식탁에 앉는다. 그리고 그릇의 얼음 조각을 하나 건져서 입에 넣는다. 리타로서는 흔치 않은 행동이다. 일하면서 음식을 집어먹는 건 한 번도 본 적이 없다.

"자네도 하나 먹어도 좋아. 이 더운 날 자네 머리에다 그렇게 베갯잇을 칭칭 감고 다니게 하다니, 딱하기도 하지."

나는 놀란다. 그녀는 보통 때 내게 뭘 권하는 법이 없다. 어쩌면 내가 성냥 한 개비를 얻어도 좋은 위치를 확보한 이상, 자기도 작게나마 내게 호의를 보여야겠다고 생각했는지 모른다. 내가 갑자기 이 집 안에서 달래서 진정시켜야 할 대상으로 돌변한 걸까?

"고마워요."

성냥이 젖지 않도록 조심스럽게 담배를 넣어둔 소매 속 지퍼 달린 주머니에 집어넣고, 나는 얼음 조각을 받아든다.

"무들이 참 예쁘네요."

나는 그녀가 선의로 내게 준 선물에 보답하기 위해 말한다.

"맡은 일은 제대로 해야 직성이 풀리는 성격이라서. 그뿐이야. 다른 뜻은 전혀 없어."

그녀는 다시 퉁명스러운 태도로 돌아가 말한다.

서둘러 계단을 올라 복도를 지난다. 볼록한 복도의 거울 속에 내가 휘익 스쳐 지나간다. 시야 끝에 맺힌 빨간 형상, 빨간 연기의 생령(生靈). 벌써 마음속에서는 담배 연기가 모락모락 피어오른다. 연기가 벌써 입 안에 느껴진다. 폐 속 깊이 빨려 들어가 길고 짙고 더러운 계피 향의 한숨이 나를 채우고, 마침내 니코틴이 혈류를 타면 물밀듯이 밀려드는 쾌감.

너무 오랜만에 피우면 구토가 날지도 모른다. 그래도 놀랄 일은 아니다. 오히려 그런 생각조차 반갑기 그지없다.

복도를 따라가면서 생각한다. 도대체 어디서 피우지? 목욕탕에서 물을 틀어 냄새를 없애면서? 아니면 침실에서, 창문을 열어놓고 연기를 뻐끔뻐끔 내뿜으면서? 누구한테 들킨단 말인가? 도대체 누가 알겠는가?

미래의 호사를 이런 식으로 만끽하며, 입 안에 기대감을 굴리면서도, 나는 다른 방법을 생각한다.

꼭 이 담배를 피울 필요는 없다.

잘게 부숴서 변기에 흘려 버릴 수도 있다. 아니면 먹어 버리고 니코틴에 취할 수도 있다. 그래도 효과는 있을 거다. 한 번에 아주 조금씩 씹어먹고, 나머지는 아껴두자.

그러면 성냥을 보관할 수 있다. 매트리스에 작은 구멍을 내고 조심스럽게 밀어 넣어두면 된다. 이렇게 얇팍한 물건이 쉽게 눈에 띌 리 없다. 그러면 성냥은 내 침대 밑에 있으리라. 밤마다 깔고 잠을 잘 수 있으리라.

온 집 안을 다 태워 버릴 수도 있다. 너무나 근사한 생각이라 온몸이 부르르 떨린다.

탈출. 신속하고 아슬아슬한 탈출.

나는 내 침대에 누워 낮잠을 자는 척한다.

어젯밤, 사령관은 열 손가락을 한데 모으고 앉아서 기름기 번지르르한 로션을 손에 바르는 나를 지켜보고 있었다. 신기한 일이다. 나는 사령관에게 담배 한 대 피우게 해 달라고 부탁하려다가 말았던 거다. 한꺼번에 너무 많은 걸 요구해서는 안 된다는 걸 나는 잘 알고 있다. 사령관에게 내가 자기를 이용하고 있다는 인상을 주고 싶지 않다. 그리고 그를 방해하고 싶지도 않다.

어젯밤 그는 술 한 잔을 마셨다. 물을 탄 스카치. 그는 내 앞에서 술을 마시는 데 재미를 붙였다. 하루 일과를 끝내고 긴장을 풀고 싶어서. 그는 말했다. 그러니까 나더러 사령관이 스트레스를 받고 있다고 생각하라는 거다. 하지만 그는 절대 내게 술을 권하진 않으며, 나 또한 청하지 않는다. 우리 둘 다 내 몸이 어디에 쓰는 물건인지 잘 알고 있다. 마치 진심인 것처럼 내가 그에게 굿 나이트 키스를 할 때면, 그의 숨결에서는 알코올 냄새가 풍기고 나는 그 냄새를 담배 연기처럼 들이마신다. 솔직히 말하면 나는 그 느낌을 만끽한다. 흩 어지는 향취를 핥는 그 느낌.

가끔 몇 잔을 걸친 그는 실없이 굴면서 스크래블 게임에서 속임수 를 쓰기도 한다. 나한테도 해 보라면서. 그러면 우리는 남는 글자들 을 가져다가 존재하지 않는 단어를 만들어 낸다. smurt나 crup같은 단어를 만들어놓고 좋아라 낄낄거리며 웃는 것이다. 가끔 그는 단파 라디오를 켜고 「라디오 자유 아메리카」를 1~2분 내 앞에서 틀어보 이기도 한다. 마음먹으면 할 수도 있다는 걸 나에게 보여 주려고. 그 러고 나서 그는 라디오를 끈다. 빌어먹을 쿠바 놈들. 그는 말한다. 국 공립 어린이집을 의무화한 보편 보육 정책에 욕을 퍼붓는다.

가끔, 게임이 끝난 뒤에 그는 내 의자 옆 마룻바닥에 앉아서 내 손 을 잡기도 한다. 그의 머리가 내 머리보다 약간 아래에 위치하게 되 어, 그는 어린애 같은 각도에서 나를 올려다본다. 이렇게 가식적인 비굴한 자세가 그는 재미있나 보다.

그는 저 꼭대기에 있는 사람이야. 오브글렌이 말했다. 저 꼭대 기, 그러니까 최고 간부라는 말이야. 하지만 이럴 때는 상상하기 힘 들다.

아주 가끔 나는 그의 입장이 되어보려 애쓴다. 나로서는 그가 앞 으로 나를 어떻게 대하려는 걸까 미리 예측하려는 거다. 내가 그에 게 어떤 형태로든 권력을 행사할 수 있다는 사실은, 믿기 힘들지만, 사실이다. 애매모호한 성격의 힘이긴 하지만 말이다. 가끔 나는 그의 눈에 비치는 내 모습이 어렴풋하게나마 보인다는 생각이 들곤 한다. 그는 내게 증명해 보이고 싶은 것들과 해 주고 싶은 일들이 있고, 내 부드러운 태도로 보답받고 싶어한다.

그는 틀림없이 뭔가를 원한다. 특히 몇 잔 걸친 후에는.

가끔 그는 시비조가 되기도 하고 또 철학적이 되기도 한다. 아니면 뭔가를 해명하고 스스로를 정당화하고 싶어하기도 한다. 어젯밤처럼.

문제는 여자들한테만 있었던 게 아니오. 그는 말한다. 제일 큰 문제는 남자들한테 있었소. 더 이상 남자들에게는 아무것도 남아 있지 않았거든.

아무것도 없었다고요? 하지만 그들은…….

남자들이 할 일은 하나도 없었어. 사령관은 말했다.

돈을 벌 수는 있었죠. 나는 약간 독기 서린 말투로 말한다. 지금 당장은 그가 두렵지 않다. 여자가 핸드로션을 바르는 모습을 지켜보고 있는 남자를 두려워하기란 어려운 일이다. 이런 두려움의 결핍은 위험하건만.

그걸로 불충분했다오. 그는 말한다. 그건 너무 추상적이거든. 남자들이 여자들과 할 일이 더 이상 없어져 버렸단 말이오.

그게 무슨 뜻이죠? 나는 묻는다. 그럼 그 수많던 포르노 샵은 뭔가요? 얼마나 많이 깔려 있었는데요. 심지어 이동 포르노 샵도 있었어요.

섹스를 얘기하는 게 아니오. 그는 말한다. 그것도 부분적인 문제이긴 했지. 섹스가 너무 쉬웠소. 누구든지 그냥 돈으로 사면 되었던 거지. 수고하고, 싸워야 할 필요가 없었소. 우리한테 당시의 통계가 있소. 가장 큰 불만이 뭐였는지 아오? 감정을 느낄 수가 없다는 거였소. 남자들은 심지어 섹스에도 흥미를 잃어버리고 있었소. 결혼은 물론이고.

요즘 남자들은 감정을 느낀단 말인가요?

물론이오. 그는 말한다. 나를 바라보면서. 물론 느끼지. 그는 일어서서 책상을 돌아 걸어와 내가 앉아 있는 의자로 다가온다. 그리고 등 뒤에서 내 어깨에 손을 얹는다. 나는 그를 볼 수가 없다.

당신이 무슨 생각을 하는지 알고 싶소. 그의 목소리가 등 뒤에서 들려온다.

별로 생각을 안 하는 편이라서요. 나는 가볍게 말한다. 그는 친밀감을 원하지만 나는 줄 수가 없다.

내가 무슨 생각을 하든 별 의미가 없잖아요, 그렇지 않나요? 내 생각은 중요치 않으니까.

이런, 말해 보시오. 그는 손에 약간 힘을 주면서 말한다. 나는 당신 생각에 관심이 있소. 지적인 사람이니까, 틀림없이 의견이 있을 거요.

뭐에 대해서요?

우리가 한 일에 대해서. 그동안 노력해 온 것들에 대해서.

나는 꼼짝도 하지 않는다. 마음을 텅 비우려고 애쓴다. 달도 뜨지 않은 한밤의 하늘을 생각한다. 제겐 의견 같은 건 없어요.

그는 한숨을 쉬고 손의 힘을 빼면서도 어깨를 잡은 손길을 거두지는 않는다. 내가 무슨 생각을 하는지 그는 잘 알고 있다. 됐어.

달걀을 깨지 않고 오믈렛을 만들 수는 없소. 우리는 더 좋은 세상을 만들 수 있다고 생각했다오.

더 좋은 세상이라고요? 나는 조그맣게 되뇐다. 어떻게 이걸 더 좋은 세상이라 생각할 수 있는 거지?

더 좋은 세상이라 해서, 모두에게 더 좋으란 법은 없소. 언제나 사정이 나빠지는 사람들이 조금 있게 마련이지.

나는 똑바로 눕는다. 내 위를 덮은 축축한 공기는 뚜껑 같다. 흙 같다. 비가 왔으면 좋겠다. 뇌우가 쏟아지고, 새카만 구름에, 번개에, 귀가 찢어지는 천둥이 울리면 더 좋겠다. 전기가 나갈지도 모른다. 그러면 부엌으로 내려갈 수도 있을 텐데. 가서 무서워서 혼자 있을 수가 없다고 하면서, 부엌 식탁에 리타하고 코라와 둘러앉을 수도 있을 텐데. 그들도 같은 마음일 테니 내 두려움을 용납해 줄 텐데. 나를 들여보내 줄 텐데. 촛불이 타오르고, 우리는 깜박이는 불빛 속에 서로의 얼굴들을 바라볼 수 있겠지. 창 밖에서 톱니처럼 날카로운 하얀 섬광이 내리치겠지. 오 주님, 코라가 말하겠지. 오 주님, 우리를 구원하소서.

폭풍우가 지나가면 공기는 훨씬 맑아지겠지, 가벼워지겠지.

나는 천장을, 둥글게 붙어 있는 석고의 꽃들을 바라본다. 원을 그리고 그 안에 들어가면, 그 누구도 날 해칠 수 없을 거다. 중간에 샹들리에가 있었고, 그 샹들리에로부터 꼰 이불 홑청이 늘어뜨려져 있었다. 바로 거기에 그녀는 진자처럼, 그렇게 가볍게, 흔들리고 있었다. 어렸을 때 나뭇가지에 손을 걸고 그네를 타듯 앞뒤로 흔들며 놀던 것처럼. 그때까지 그녀는 안전했다. 아무도 해칠 수 없었다. 코라가 문을 열어젖힐 때까지는. 가끔 나는 그녀가 아직도 이 방 안에, 나와 함께 있다는 생각이 든다.

나는 매장당한 기분이다.

33

늦은 오후, 하늘은 아지랑이가 피고, 햇살은 퍼져, 마치 황동 먼지처럼 사방에 무겁게 깔려 있다. 나는 오브글렌과 함께 인도를 미끄러지듯 걸어간다. 우리 둘이 한 쌍, 우리 앞에는 한 쌍이 더 있고, 길건너에 또 한 쌍이 있다. 멀리서 보면 우리는 보기 좋을 것이다. 마치 벽지의 부조 장식에 붙어 있던 네덜란드의 젖 짜는 처녀들처럼. 옛날 도자기로 된 소금 그릇, 후추 그릇이 가득 얹혀 있는 찬장 선반처럼. 최소한의 품위를 유지하면서 변화 없이 이어지는 백조들의 선단 뭐 그런 것처럼, 그림같이 보기 좋긴 하겠지. 눈에, 눈들에, '눈'들에게 보기 좋겠지. 이 모든 쇼는 그들을 위한 것이니. 우리는 '기도부흥성회'에 참석해 우리가 얼마나 순종적이고 경건한지 보여 주러가는 길이다.

여기엔 민들레 한 포기 보이지 않는다. 잔디밭은 잡초 하나 남기지 않고 깨끗이 벌초되어 있었다. 민들레 한 포기, 단 한 포기만이라도 볼 수 있다면 얼마나 좋을까. 쓸데없이 제멋대로 자라나고, 뽑기 어려우며, 태양처럼 불변의 노랑색을 자랑하는 민들레. 밝고 서민적이며 누구를 위해서든 똑같이 빛나는 민들레가 보고 싶다. 우리는 민들레로 반지도 만들고, 왕관도 만들고, 목걸이도 만들다가 손가락에 쓰디쓴 즙으로 얼룩을 남기기도 했다. 그 애 뺨에 한 송이를 대고 이렇게 묻기도 했다. *버터 좋아해?* 그 애는 꽃 냄새를 맡다가 콧잔등에 꽃가루를 묻히곤 했지. 아니, 그건 미나리아재비였던가? 어떤 때는 민들레 씨앗 놀이를 하러 가기도 했지. 눈앞에 선하게 떠오른다. 바로 내 눈앞에 펼쳐진 이 잔디밭, 이 잔디밭을 뛰어다니며, 두세 살 이었던가, 민들레 씨앗 한 개를 하얀 불꽃으로 만들어진 작은 마술 지팡이처럼 흔들어 대면 그 애를 둘러싼 주변의 공기가 미세한 낙하산들로 가득 찼지. 훅 불어, *그리고 시간을 재 봐.* 그 많은 시간들, 여름의 산들바람에 실려 사라져 버린 시간들. 사랑 점을 볼 때는 데이지를 썼지. 우리는 그런 일도 했다.

우리는 산책을 나갔다가 들어갈 시간을 놓친 사립학교 여학생들처럼, 둘씩 둘씩 짝을 지어 검문소 절차를 밟기 위해 줄을 선다. 벌써 몇 년이나 졸업도 못하고 시간만 가 버렸는지 모두 다 지나치게 커 버리고 말았다. 다리며, 몸이며, 옷이며, 전부. 마치 마법에 걸린 것처럼. 동화 속 이야기라고 믿고 싶다. 하지만 우리는 두 명씩 줄 서서 온몸을 수색당하고 계속 걸어간다.

얼마 후, 우리는 우회전해서 '백합들' 가게를 지나 강변 쪽으로 내려간다. 멀리 드넓은 강둑이 있는 곳까지 가 볼 수 있으면 좋겠다. 예전에 우리는 그곳에서 햇살을 쬐며 누워 있었고, 우리 머리 위로 다리들이 둥근 아치를 이루고 있었다. 강을 따라 한참 내려가면, 힘차게 굽이치는 강물을 따라 내려가다 보면 바다에 닿으리라. 하지만 바다에 간다 한들 뭘 할 수 있으랴? 조개를 줍고, 기름진 바위 위에 축 늘어져 누워 있겠지.

하지만 우리는 강으로 가는 게 아니다. 그쪽에 있는 건물들 꼭대기의 작고 둥근 천장들을 보지는 못할 터이다. 하얀 색깔에 파란색과 금색의 테두리가 있는 그 지붕들은 참 정갈하고도 산뜻하다. 하지만 우리는 좀 더 현대적인 건물 쪽으로 방향을 돌린다. 문에 커다란 현수막이 걸려 있다. 오늘은 여성용 '기도부흥성회'의 날. 현수막은 건물의 옛날 이름, 즉 그들이 암살한 어떤 대통령의 이름을 가리고 있다. 빨간 글씨 아래를 보면 더 작은 검은색 활자로 씌어진 한 줄의 글(하느님은 국가적 자원이다.)이 있고 그 글 앞뒤로 날개가 달린 눈의 윤곽선이 그려져 있다. 문 양옆으로 예의 수호자들이 두 쌍, 즉 모두 네 명이 시선은 정면을 향한 채로 양옆구리에 총기를 끼고 서 있다. 깔끔한 머리와 잘 다려진 유니폼, 석고처럼 경직된 젊은 얼굴을 지닌 그들은 가게의 마네킹이라 해도 좋을 모습이다. 오늘은 여드름 난 수호자들은 보이지 않는다. 수호자들은 하나같이 실탄을 장전한 소형 경기관총을 어깨에 늘어뜨려 걸고 있다. 우리가 안에 들어가서 뭐든 위험 행위나 전복 행위를 벌일 경우를 대비한 조치다.

'기도부흥성회'는 실내 체육관에서 열리는데, 여기는 타원형의 공간으로 햇살이 들어오는 지붕이 있다. 이건 시 전체가 참여하는 '기도부흥성회'가 아니다. 그런 행사는 축구장에서 열린다. 이건 오직 이 구역에만 해당하는 행사다. 오른쪽을 따라 나무 의자들이 줄지어 도열되어 있는데, 이들은 아내들이나 고급 간부나 장교들의 딸들을 위한 자리다. 별로 큰 차이는 없다. 그 위쪽으로 콘크리트 난간이 달린 2층 좌석들은 하녀들과 색색 줄무늬 옷을 입은 이코노 아내처럼 상대적으로 계급이 낮은 사람들의 자리다. '기도부흥성회'에 참석하는 건 강제적인 요구 사항은 아니었다. 특히 근무 중이거나 어린아이들이 있을 경우에는 정상이 참작되었다. 하지만 그래도 2층 좌석들은 꽉꽉 채워지는 듯하다. 말하자면 이것은 일종의 쇼나 서커스처럼 여흥으로 여겨지기 때문이다.

상당수의 아내들이 벌써 자리를 잡고 앉아 있다. 최고급의 수놓은 파란 드레스를 차려입고서. 그들 맞은편 자리로 둘씩 짝지어 빨간 옷을 입고 걸어가면서, 우리는 아내들의 시선을 느낀다. 그들은 우리를 보고, 감정하고, 우리에 대해 귓속말을 한다. 그건 마치 맨살에 작은 개미떼가 기어가는 것처럼 온몸으로 느껴진다.

여기엔 의자가 없다. 우리 구역은 명주를 꼬아 만든 빨간 밧줄로 구분되어 있다. 옛날 영화관에서 손님들이 들어가지 못하도록 둘러쳐놓던 그런 밧줄이다. 이 밧줄은 우리를 격리하고, 구분시키며, 다른 이들이 우리에게 감염되지 않도록 방지하고, 우리에게 일종의 우리나 울타리를 만들어준다. 그리하여 우리는 그 속으로 들어가 줄지어 늘어서서(우리는 어떻게 하는지 아주 잘 알고 있다.) 시멘트 바닥에 무릎을 꿇고 앉는다.

"뒤쪽으로 가자. 그럼 얘기를 하기가 좀 더 쉬워." 오브글렌이 옆에서 중얼거린다.

고개를 살짝 숙인 채 무릎을 꿇고 있는 동안, 사방에서 메마르고 키 큰 풀밭 속의 곤충들이 부스럭거리는 소리처럼, 사삭거리는 소리가 들려온다. 속삭임의 구름. 여기는 우리가 옆 사람과 좀 더 자유롭게 소식을 교환하고 전달할 수 있는 장소이다. 여기서라면 그들도 우리 중 한 사람을 지목해 내거나, 정확하게 무슨 말을 했는지 듣기가 힘들다. 그리고 그들은 방송 카메라 앞에서 의례를 방해하는 짓은 하려 들지 않을 터이다.

오브글렌이 내 주의를 끌려고 팔꿈치로 내 옆구리를 쿡쿡 찌르길래 남몰래 살짝 고개를 들어 올려다본다. 우리가 무릎 꿇고 앉아 있는 자리에서는 체육관 입구가 아주 잘 보였고, 사람들이 꾸준히 입장하고 있었다. 오브글렌이 보라고 한 사람은 재닌이 틀림없다. 왜냐하면 그녀가 지난번과는 다른 여자와 쌍을 이루었기 때문이다. 재닌의 새 짝은 한 번도 본 적이 없는 여자였다. 그렇다면 재닌은 새로운 임지, 새로운 집으로 전출된 것이 틀림없다. 그러기엔 너무 이른 시기인데, 모유에 문제가 있었던 걸까? 아기를 두고 싸움이 나지 않은 이상, 전출 사유는 그것밖에 생각할 수 없었다. 생각보다 아기를 놓고 분란이 많이 일어난다고 들었다. 아기를 낳고 나서 포기하기 싫다고 반항했는지도 모른다. 그런 마음은 이해할 수 있다. 빨간 드레스 속 그녀의 몸은 아주 야위어서 꼬챙이처럼 말라보였다. 임신했을 때의 화색도 사라지고, 얼굴은 창백하고 광대뼈가 두드러졌다. 마치 몸의 체액이 빠져나가 말라버린 것처럼.

"안됐어. 결국 제대로 된 애가 아니었던 모양이야."

오브글렌이 내 머리 측면에 대고 말한다.

재닌의 아기를 두고 하는 말이다. 다른 목적지로 가기 위해 재닌의 몸을 거쳤던 그 아기. 앤젤라. 그렇게 일찍 이름을 지어준 것이 잘못이었다. 뱃속 깊은 곳에서 통증을 느꼈다. 아픔이 아니라 공허함인가. 그 애의 어디가 어떻게 잘못되었던 건지는 알고 싶지 않다.

"맙소사." 나는 말한다.

그런 고통을 겪었는데, 결국 아무것도 아니었다니. 아니 이건 없던 것보다 더 나쁘다.

"두 번째 낳은 애야. 전에 낳은 친자식은 빼고. 8개월짜리를 조산한 건 알지?" 오브글렌의 말이다.

우리는 재닌이 불운을 뜻하는 접근 금지의 베일을 둘러쓰고 밧줄이 둘러쳐진 격리 구역에 들어오는 모습을 바라본다. 그녀는 나를 본다. 틀림없이 내가 보일 것이다. 하지만 그녀의 시선은 나를 똑바로 지나쳐간다. 이번에는 득의양양한 미소 따위는 보이지 않았다. 그녀는 몸을 돌려 무릎을 꿇고, 이제 내 눈에 보이는 건 그녀의 등과 둥글게 휜 메마른 어깨뿐이다.

"자기 잘못이라고 여기고 있어." 오브글렌이 속삭인다.

"두 아이가 계속해서 잘못됐으니까. 자기가 지은 죄가 커서 그렇다는 거야. 사람들 말로는 재닌이 의사를 이용했고, 사령관의 아이가 아니었대."

나도 알고 있다고 말할 수는 없다. 오브글렌은 내가 어떻게 아는지 궁금해할 테니까. 그녀는 내게 이런 정보를 전해 주는 사람이 자기쁨이라고 믿고 있었다. 오브글렌은 정말 깜짝 놀랄 만큼 많은 걸 알고 있었다. 어떻게 재닌의 사연을 알게 된 걸까? 하녀들이 말해 줬을까? 재닌의 쇼핑 파트너가? 홍차와 와인을 마시며 수다 떠는 아내들의 대화를 닫힌 문 너머에서 엿들은 걸까? 내가 자기 제안대로 해 주면, 세레나 조이도 내 얘기를 그렇게 떠들어 댈까?

'당장 그렇게 하자고 하더라고요. 진짜 그 여자들은 상대가 누구든 아무 상관없나 봐요. 그저 다리가 둘 달리고 그게 멀쩡하면 다 좋은 거야. 정말 뻔뻔해요. 우리 같은 감정이 없다니까요.'

그러면 나머지 아내들이 의자에 기대고 있던 몸을 일으켜 앞으로 숙이면서 말하겠지. 오, 저런. 사색이 된 얼굴로 있을 수 없는 일이라는 듯이. 어떻게 그럴 수가 있지? 언제? 어디서?

물론 재닌을 놓고도 그렇게 떠들었겠지.

"끔찍해." 나는 말한다.

하지만 책임을 덮어쓰는 건, 아기의 결함이 무조건 자기 탓이라고 생각하는 건 재닌다웠다. 하지만 자기 인생이 무의미하다는 사실을 인정하지 않기 위해서라면, 사람들은 무슨 짓이든 하게 마련이다. 삶이 무의미하다는 건 아무 쓸모가 없다는 뜻. 아무런 줄거리가 없다는 얘기다.

언젠가 아침에 우리가 옷을 입고 있을 때, 나는 재닌이 아직도 하얀 면 잠옷 차림이라는 걸 알아차렸다. 그녀는 침대 가장자리에 멍하니 앉아 있었다.

나는 평소에 아주머니가 서 있는 체육관의 이중문 쪽을 바라보았다. 아주머니한테 들켰는지 알아보기 위해서. 하지만 아주머니는 자리에 없었다. 그때쯤은 아주머니들도 우리를 좀 더 믿게 되었던 때다. 가끔은 교실에 우리를 그냥 내버려둔 채 자리를 비우기도 했고, 카페테리아에 몇 분씩 우리끼리 남겨놓기도 했다. 아마 아주머니는 어디 숨어서 담배를 한 대 태우거나 커피를 마시고 있을 터였다.

저것 봐. 나는 내 옆 침대의 알마에게 말했다.

알마는 재닌을 바라보았다. 그리고 우리는 함께 그녀에게 갔다. 옷 입어, 재닌. 알마가 재닌의 하얀 등을 보고 말했다. 너 때문에 우리 모두 회개 기도를 더 할 수는 없어. 하지만 재닌은 꿈쩍도 하지 않았다.

그때쯤엔 모이라도 와 있었다. 모이라가 두 번째 탈출을 기도하기 전의 일이었다. 그들이 발을 망가뜨려 놓아서 아직도 다리를 절고 있었다. 그녀는 재닌의 얼굴을 마주 볼 수 있도록 침대를 돌아갔다.

이리 와 봐. 그녀는 알마와 내게 말했다. 다른 사람들도 모여들어서, 작은 무리를 이루고 있었다. 다들 제자리로 돌아가. 모이라가 그들에게 말했다. 괜히 큰일 만들지 말고. 아주머니가 들어오면 어쩌려고들 이래?

나는 재닌을 바라보고 있었다. 그녀는 눈을 뜨고 있었지만, 아무것도 보고 있지 않았다. 재닌은 둥근 두 눈을 커다랗게 뜨고 있었으며, 멍한 미소를 지어서 이빨이 드러났다. 그 미소 사이로, 그 이빨 사이로, 그녀는 혼자 속삭이고 있었다. 허리를 굽혀 귀를 갖다대야 겨우 들을 수 있었다.

안녕. 그녀는 말했다. 하지만 나한테 하는 말이 아니었다. 내 이름은 재닌이에요. 오늘 아침 여러분 식탁을 담당한 웨이트리스랍니다. 우선 커피 한 잔 가져다 드릴까요?

빌어먹을. 모이라가 내 옆에서 말했다.

욕하지 마. 알마가 말했다.

모이라는 재닌의 어깨를 붙잡고 흔들었다.

정신 번쩍 차려, 재닌. 그녀는 거칠게 말했다. 그리고 그런 말 하지 마.

재닌은 미소를 지었다. 좋은 하루 되세요. 그녀가 말했다.

모이라는 재닌의 뺨을 두 번이나 철썩 갈겼다. 재닌의 얼굴이 휙 돌아갔다가 제자리로 돌아왔다.

여기로 돌아와. 모이라가 말했다. 정신 차리고 여기로 돌아오란 말야! 거기 있으면 안 돼. 이젠 그 세상에 사는 게 아니란 말야. 그 세상은 이미 다 사라져 버렸단 말이야!

재닌의 미소가 움찔했다. 그녀는 뺨에 손을 갖다 댔다.

왜 때리시는 거예요? 재닌이 말했다.

커피가 맛이 없었나요? 한 잔 더 갖다 드릴까요? 그렇다고 때리실 건 없잖아요.

그들에게 들키면 널 어떻게 할지 모르겠어? 모이라의 목소리는 나직했지만, 결연하고 집요했다.

날 봐. 내 이름은 모이라고 여기는 '레드 센터'야. 날 봐.

재닌의 눈에 초점이 돌아오기 시작했다. 모이라? 그녀는 말했다. 난 모이라라는 사람 몰라요.

그들이 널 병원에 보내줄 것 같아? 꿈도 꾸지 마. 모이라가 말했다. 널 치료해 주려고 쓸데없는 짓을 할 줄 알아? 귀찮아서 콜로니로 보내지도 않을 거야. 네가 그렇게 정신을 잃고 헤매면 널 그냥 '화학 실험실'로 데려다가 총살시켜 버릴 거야. 그리고 '비여성'들처럼 쓰레기랑 같이 태워 버리면 된다고. 그러니까 죄다 잊어버려.

나 집에 가고 싶어요. 재닌이 말했다. 그녀는 울기 시작했다.

하느님 맙소사. 모이라가 말했다.

진짜 신물이 난다. 걱정 마, 쟨 금세 제정신 차릴 테니까. 내가 보장해. 그러니까 다들 옷이나 주워입고 입 닥쳐.

재닌은 계속 칭얼거리며 일어서서 옷을 입기 시작했다.

내가 없을 때 쟤가 저런 짓을 한 번 더 저지르면, 아까처럼 철썩철썩 때려줘. 알았지? 모이라는 내게 말했다.

저런 식으로 제정신을 잃게 그냥 내버려두면 안 돼. 저런 건 다른 사람들한테도 옮는다고.

그때 이미 모이라는 탈주 계획을 짜고 있었던 게 분명하다.

34

체육관의 좌석은 이제 다 찼다. 우리는 수군거리며 기다린다. 마침내 의례의 진행을 맡은 사령관이 입장한다. 그는 대머리 기미가 있고 다부지게 각진 어깨를 한 것이 노년에 접어든 미식축구 코치처럼 생겼다. 그는 휘장과 훈장이 줄줄이 붙어 있는 짙은 검은색 제복을 입고 있다. 당당한 풍채를 지닌 사람이지만, 나는 끌리는 마음을 다잡는다. 나는 그가 아내와 시녀와 함께 침대에서 전혀 쾌감을 느끼지 못하는 척하며 산란하는 연어처럼 사정에 열중하는 모습을 상상하려 애쓴다. 주님께서 다산과 증식을 말씀하셨을 때, 그건 이 남자를 염두에 두고 하신 말씀일까?

사령관은 계단을 밟고 단상으로 올라간다. 단상에는 거대한 하얀색 날개 달린 눈동자가 수놓인 빨간 휘장이 걸려 있다. 그가 실내를 훑어보자 우리의 나직한 목소리들은 숨을 죽인다. 손을 들 필요도 없다. 그리고 그의 목소리가 마이크를 통해 스피커로 퍼지는데, 그 사이에 저음은 사라지고 날카로운 금속성이 쨍쨍 울린다. 그의 입, 그의 몸에서 나오는 소리가 아니라 스피커들 자체에서 나오는 것처럼 들린다. 그의 음성은 날카로운 금속성이다.

"오늘은 추수감사절입니다. 찬미의 날입니다." 그는 말머리를 연다.

나는 그가 승리와 희생에 대한 연설을 하는 동안 다른 생각을 한다. 그러고는 쓸모없는 여성에 대한 기나긴 기도가 이어지고, 찬송 차례가 된다.

"길리어드에는 향료(balm)가 있나니."

"길리어드에는 폭탄(bomb)이 있나니."

모이라는 이렇게 부르곤 했다.

이제 주된 식순이 진행될 차례다. 전선에서 갓 돌아와, 얼마 전에 훈장을 받은 스무 명의 천사들이 의전 경비대의 호위를 받으며 하나 둘, 하나 둘, 발맞춰 행진해 중앙의 빈자리로 들어선다. 차려, 열중 쉬어. 그리고 이제 스무 명의 베일을 쓴 딸들이 하얀 옷을 입고 수줍게 걸어나온다. 엄마들은 딸들과 팔짱을 끼고 걸어온다. 요즘은 아버지가 아니라 엄마가 결혼식 때 딸들을 인도한다. 물론 결혼은 모두 중매로 이루어진다. 이 처녀들은 오래전부터 남자와 단둘이 시간을 보내는 게 금지되었다. 우리가 모두 이렇게 된 게 몇 년 전부터인지 정확히는 모르겠지만.

저 처녀들은 옛 시절을 기억할 수 있을까? 청바지를 입고 운동화를 신고 자전거를 타며 야구 시합하던 그 시절을? 혼자서 책을 읽던 그 시절을? 저 애들 중에는 열네 살이 채 못 된 소녀도 있다. '일찍 시작해야 한다'는 게 그들의 모토였다. '한시라도 낭비해선 안 되니까'. 하지만 그래도 그 애들은 기억하리라. 그리고 앞으로 3년, 4년, 5년 동안은 그다음에 결혼할 처녀들도 기억하리라. 하지만 그다음 처녀들은 아무것도 기억하지 못하겠지. 그들은 평생 흰옷을 입고 여자아이들끼리 살아왔을 테니까. 언제나 침묵을 지켰을 테니까.

우리는 빼앗은 것보다 더 많이 주었소. 사령관이 말했다. 전에 얼마나 골치가 아팠는지 생각해 보시오. 독신 전용 술집이니, 품위 없는 고등학교 미팅 같은 것들을. 그런 것들을 육체 시장이라고 했지. 쉽게 남자를 얻는 여자들과 그렇지 못한 여자들 사이의 괴리감 같은 게 기억나지 않나? 어떤 여자들은 절망해서, 죽도록 굶어 말라깽이가 되거나 가슴에 실리콘을 넣어서 풍만하게 만들기도 하고 코를 깎아내기도 했소. 그 비참함을 생각해 보라고.

그는 낡은 잡지들이 쌓여 있는 쪽을 손짓했다. 그들은 불만투성이지. 이게 문제고, 저게 문제고. 개인 광고란의 광고 기억하오? '총명하고 매력적인 여인, 서른다섯……' 그들은 모두 이런 식으로 남자들을 얻었소. 한 사람의 예외도 없이 말이오. 그리고 결혼을 한 뒤에는 자식을 하나둘 낳고, 남편은 신물이 나서 그냥 사라져 버리면, 여자들은 복지 기관에 신세를 져야 했소. 안 그러면 남편이 식구들을 두들겨패기도 했지. 여자가 직장을 가지고 있으면, 아이들은 탁아소나 야만적이고 무식한 여편네한테 맡겨야 했지. 그리고 그 한심한 봉급에서 가정부 월급을 직접 줘야 했단 말이오. 누구를 막론하고 돈이 인간의 값어치를 매기는 유일한 기준이었고, 엄마로서 응당

받아야 할 존경도 받지 못했소. 아예 엄마 노릇을 안 하겠다고 두 손 두 발 든 것도 무리가 아니오. 지금 같은 방식이라면 그들은 보호받을 수 있고, 평화롭게 생물학적으로 주어진 운명을 성취할 수 있소. 전폭적인 지원과 격려를 받으면서 말이오. 자, 이제 말해 보시오. 당신은 지적인 사람이니 의견을 듣고 싶소. 우리가 간과한 게 뭐라고 생각되시오?

사랑이요. 내가 말했다.

사랑? 사령관이 말했다. 어떤 종류의 사랑 말이오?

사랑에 빠지는 것. 내가 말했다. 사령관은 그 천진한 소년 같은 눈길로 나를 바라보았다.

오, 그렇소. 그가 말했다. 나도 그 잡지들을 읽었소. 그 잡지들에서 추구하던 게 그런 것이지? 안 그렇소? 하지만 통계를 보시오, 아가씨. 정말 그럴 만한 가치가 있었소? *사랑에 빠질 만한 가치가?* 중매 결혼도 언제나 연애 결혼만큼이나 성과가 있었소. 적어도 나으면 나았지 못할 건 없소.

사랑이라. 리디아 아주머니는 혐오스럽다는 듯이 말했다. 그런 짓 하다 걸리면 큰일 날 줄 알아. 여기서 쓸데없이 엉덩이 까고 나쁜 짓 하면 큰일 나. 그녀는 우리를 향해 손가락을 까딱거리면서 말했다. 사랑은 중요치 않아.

역사적으로 말하면, 그 시절은 그저 돌연변이에 불과하오. 사령관은 말했다. 어쩌다 보니 잠깐 그렇게 됐을 뿐이지. 우리가 한 일은 그저 만사를 자연의 섭리대로 되돌린 것뿐이오.

　여성 '기도부흥성회'는 보통 이런 단체 결혼식을 위해 열리고, 남성 '기도부흥성회'는 전쟁에서의 승전보를 축하하기 위해 열린다. 남녀는 각각 이런 일들에 가장 기뻐해야 하는 것으로 되어 있다. 하지만 여자들의 경우엔 가끔은 과거를 회개하는 수녀의 간증을 듣기 위해 개최되기도 한다. 이런 행사는 그들이 수녀들을 색출해 내던 초창기에 많이 열렸다. 하지만 그들은 요즘에도 몇 명씩 찾아내 두더지 잡듯 지하의 은신처에서 질질 끌어내곤 했다. 그런 수녀들은 얼굴 표정도 어딘지 두더지 같은 데가 있었다. 너무 밝은 빛에 시력을 잃은 듯 멍한 그 표정. 그들은 늙은 수녀들을 당장 콜로니로 보냈지만, 젊고 임신이 가능한 여자들은 개종시키려고 애썼고, 그들이 성공하면 우리는 모두 이곳으로 몰려와서 수녀들이 의례를 치르고 파계하여 공공의 선을 위해 순결을 희생하는 모습을 지켜보곤 했다. 그들이 무릎을 꿇으면 사령관은 기도를 하고, 그들은 우리들이 그랬던 것처럼 빨간 베일을 받는다. 하지만 수녀들은 아내의 자리에는 앉을 수 없다. 여전히 그런 권력을 휘두를 수 있는 자리에 앉히기에는 너무 위험하게 여겨지기 때문이다. 수녀들에게는 어딘지 신비스럽고 이국적인 마녀의 냄새가 풍겼다. 아무리 몸을 씻고 심한 구타를 당하고 독방에서 오랫동안 감금 생활을 해도 그 냄새는 없어지지 않았다. 그 여자들은 언제나 그렇게 맞고 살았고. 원래 그렇게 독방 생활을 했다. 최소한 풍문은 그렇게 떠돌아 다녔다. 그리 쉽사리 그녀들을 보내지 않을 거라고. 많은 수녀들이 차라리 콜로니행을 택했다. 장보러 갈 때 수녀가 파트너가 되는 걸 반기는 사람은 우리 중에 아무도 없었다. 그 여자들은 우리들보다 훨씬 더 처참하게 망가져 있어서, 함께 있으면 도무지 편치가 않았다.

엄마들은 하얀 베일을 쓴 소녀들을 정해진 자리에 세워두고 각자 자기 자리로 돌아와 앉았다. 약간 흐느끼는 사람도 있었고, 서로서로 어깨를 도닥거리고 손을 잡아주고, 티를 내면서 손수건으로 눈물을 훔치는 사람들도 있었다. 사령관은 계속 의례를 진행한다.

"여성들은 소박한 차림에 수줍은 얼굴과 맑은 정신으로 스스로를 치장하도록 합시다. 땋은 머리채나, 황금이나, 진주알이나, 값비싼 의상이 아니라, (신성을 표방하는 여인들에게 잘 어울리는) 훌륭한 선행으로 스스로를 꾸미도록 합시다. 배우자를 향한 철저한 순종으로 침묵 속에 배우도록 합시다."

여기서 그는 우리를 둘러본다.

"철저한 순종."

그는 되풀이해 말한다.

"그러나 단 한 사람의 여성이라도 침묵을 깨고 감히 가르치려 들거나, 남자들의 권위를 침범하려 한다면 용서치 않을 것입니다. 왜냐하면 아담이 최초로 창조되었고, 그다음에 이브가 창조되었기 때문입니다. 그리고 아담은 속지 않았지만, 여자가 속아 죄악을 저질렀기 때문입니다. 그렇지만 맑은 정신으로 믿음과 자비와 신성함의 길을 지켜나가기만 하면, 여성은 출산으로서 구원을 받을 것입니다."

출산으로 구원을 받다니, 나는 생각한다. 구시대에 우리는, 무엇이 우리를 구원해 줄 거라 믿었던 걸까?

"저런 소리는 아내들한테 해야지." 오브글렌이 중얼거린다. "특히 셰리주에 잔뜩 취해 있을 때 말이야."

그녀는 맑은 정신이라는 말을 가지고 말꼬리를 잡고 있다. 이제는 다시 말을 해도 괜찮다. 사령관이 주요 의례를 마치고 반지를 교환하고 베일을 거둘 차례가 왔기 때문이다. 우우. 나는 머릿속으로 야유를 퍼붓는다. 잘 봐둬, 이젠 너무 늦어버렸으니까. 천사들은 나중이 되면 시녀를 얻을 자격이 생길 거야. 특히 새로 얻은 아내가 자식을 낳지 못할 경우라면 더더욱. 하지만 너희 계집애들은 이제 볼 장 다 본 거야. 이제 눈앞에 보이는 남자 외엔 그 누구도 없어. 하지만 그들은 너희에게 사랑받기를 기대하지도 않아. 그냥 말없이 의무를 수행해 주면 되는 거야. 의혹이 생기면, 똑바로 누워 천장을 바라볼 수는 있지. 그 위에서 뭐를 보게 될지 누가 알겠어? 장례식용 화환들과 천사들, 먼지처럼 흩어진 별자리, 별과 다른 것들, 거미들이 남기고 간 퍼즐들.

옛날 그런 농담이 있었지.

'어디 불편해?'

'아니, 왜?'

'움직였잖아.'

그냥 꼼짝달싹도 하지 마.

리디아 아주머니는 말한다. 우리가 이루고자 하는 바는, 여성들 간의 우정이다. 우리는 모두 함께 뭉쳐야 해.

동료 의식, 엿 같은 소리 하고 있네. 화장실 칸막이에 난 구멍으로 모이라가 말했다. 옛날에 쓰던 말대로 잘났어, 정말. 리디아 아주머니. 야, 재닌이 리디아 아주머니한테 완전히 넘어가, 집무실에서 무릎을 꿇었을 거라는 데 돈 얼마 걸래? 그 집무실에서 둘이 무슨 꿍꿍이짓을 하고 있을 거 같냐? 틀림없이 재닌한테 그 말라빠지고 늙어빠지고 시들어빠진…….

모이라! 내가 말한다.

왜? 그녀가 속삭인다. 너도 똑같은 생각을 했잖아.

그런 식으로 말한다고 무슨 소용이 있니. 나는 그렇게 말하지만, 속으로는 웃고 싶은 충동을 참느라 애쓰고 있다. 하지만 그 당시만 해도 나는 최소한 품위 같은 걸 지켜야 한다고 스스로를 기만했다.

넌 언제나 그렇게 내숭이었어. 모이라가 말한다. 하지만 그 목소리에는 애정이 묻어 있다. 참 그래서 덕을 많이도 봤겠다. 많이도 봤어.

모이라가 옳았다. 지금, 이 정말로 딱딱한 바닥에 무릎 꿇고 앉아, 지루한 의례가 이어지는 소리를 듣고 있자니, 모이라가 옳았다는 확신이 든다. 권력을 지닌 자들에 대해 음담패설을 속삭이는 데에는, 확실히 강력한 무언가가 있다. 짜릿한 쾌감이 있고, 뭔가 발칙하고, 은밀하고, 금지된 전율이 있다. 그것은 마치 일종의 주문 같다. 그런 음담패설은 권력자들의 바람을 빼고 쭈그러뜨려, 우리가 조롱할 수 있는 평범한 수준으로 떨어뜨린다. 화장실의 페인트칠한 칸막이에 이름 모를 누군가가 이런 낙서를 긁어놓았다. '리디아 아주머니는 빠는 걸 즐긴다'. 그건 마치 저항의 고지에서 흔들리는 깃발 같았다.

리디아 아주머니가 그런 짓을 한다는 생각만으로도 원기가 고양되었다.

그리고 지금 나는 상상한다. 이 천사들과 그들의 껍데기만 남은 신부들 한가운데서. 지루한 레슬링과 끈적이는 땀을, 축축하고 털이 난 살덩이의 부대낌을, 아니 그보다 더 기분 좋은 치욕적인 실패들을. 캔 지 3주도 넘은 당근 같은 음경들과, 날생선처럼 차갑고 무반응한 살점을 괴롭게 더듬는 손길을.

마침내 식이 끝나고 나오는 길에, 오브글렌이 가볍고 날카로운 특유의 속삭임으로 말한다.

"네가 그 사람이랑 단둘이 만나고 있다는 거 다 알아."

"누구?"

나는 그녀를 쳐다보고 싶은 충동을 억누르며 말한다. 물론 누군지 나도 알고 있다.

"너희 사령관. 그동안 만났다는 거 알고 있어."

어떻게 아느냐고 묻는다.

"다 아는 수가 있어. 그치가 뭘 원해? 찐한 섹스?"

그가 무엇을 원하는지, 오브글렌에게 설명하기는 힘들 것이다. 왜냐하면 나도 아직 이름을 붙이지 못했으니까. 우리 둘 사이에 일어나고 있는 일을 도대체 어떻게 설명할 수 있단 말인가? 오브글렌은 폭소를 터뜨릴지도 모른다. 차라리 '비슷해'라고 말해 버리는 게 쉽다. 그건 강제의 품위라도 띠고 있으니까.

그녀는 잠시 생각에 잠긴다.

"아마 놀랄 거야. 그런 짓을 하는 사령관이 얼마나 많은지 알면."

"어쩔 도리가 없어. 안 가겠다고 말할 수가 없는걸."

최소한 그녀도 이 사실은 알아야 한다.

우리는 이제 인도에 다다랐고, 더 이상 말을 한다는 건 안전하지 않다. 다른 사람들과의 거리가 너무 가까웠고, 우리를 보호해 주던 군중의 속삭임도 사라지고 없다. 우리는 침묵 속에, 천천히 뒤로 처진다. 마침내 말을 해도 좋다고 판단한 오브글렌이 입을 열었다.

"당연히 그런 소리는 못하지. 하지만 알아내서 우리한테 말해 줘."

"뭘 알아내?"

보지는 못했어도 오브글렌이 살짝 고개를 돌리는 게 느껴진다.

"할 수 있는 한 뭐든지."

35

이제 여기 내 방의 이 지나치게 더운 공기 속에는 채워야 할 공간이 있다. 채워야 할 시간도. 저녁 식사로 끊어진, 여기와 지금, 거기와 그때 사이의 시공. 환자식처럼 쟁반에 받쳐서 방까지 가져다주는 식사의 도착. 필요 없는 사람, 환자. 유효한 여권은 없다. 탈출구는 없다.

그게 바로 그날 일어난 일이다. 우리가 우리가 아니라고 씌어져 있는, 갓 찍어낸 여권을 들고 국경을 넘으려고 했던 그날. 그 여권에 따르면, 루크는 한 번도 이혼한 적이 없고, 우리는 합법적인 부부였다.

우리는 남자에게 소풍 계획에 대해 말해 주었고, 그는 자동차 안을 슬쩍 들여다보고, 봉제 인형의 동물원 안에서 잠들어 있는 그 애를 보더니 여권을 가지고 안으로 들어갔다. 루크는 내 팔을 톡톡 두드려주고는 기지개를 펴려는 것처럼 자동차 밖으로 나가 출입국 관리소 건물의 창문을 통해 그 남자를 살펴보았다. 나는 자동차 안에 그냥 앉아 있었다. 마음을 진정시키기 위해 담배에 불을 붙이고, 짐짓 느긋한 척하면서 연기를 깊이 빨아들였다. 나는 그때쯤에는 눈에 익기 시작한 낯선 제복을 입고 있는 두 명의 군인들을 바라보고 있었다. 그들은 노랑색과 검정색 무늬를 띈 차단기식 관문 옆에서 한가롭게 서 있었다.

그들은 별로 하는 일이 없어 보였다. 한 사람은 푸드득 날아올라, 소용돌이치다 다리 난간에 착지하는 새 떼들, 갈매기 떼들을 지켜보고 있었다. 나도 그를 바라보며 그 모습도 같이 바라보았다. 세상은 보통 때와 마찬가지로 총천연색이었다. 다만 훨씬 더 선명했을 뿐.

괜찮을 거야. 나는 마음속으로 말하고, 기도했다. 오, 제발. 넘어가게 해 주세요, 건너가게 해 주세요. 이번 한 번만, 그러면 뭐든지 할게요. 그때 내 마음의 기도를 들은 존재가 누구였든지 그 존재는 전혀 도움이 되지 못했고 심지어 관심도 없었지만, 그를 위해 내가 도대체 무슨 일을 할 수 있을 거라 생각했는지.

그때 루크가 차로 너무 빨리 돌아왔다. 그는 자동차 키를 돌려 후진했다. 그가 전화기를 집어들고 있었어. 루크가 말했다. 그러더니 그는 굉장한 속도로 차를 몰았고, 흙먼지 자욱한 도로와 숲이 나오자 우리는 차에서 뛰어내려 달리기 시작했다. 몸을 숨길 수 있는 오두막, 보트, 우리가 무슨 생각을 했는지 나는 모르겠다. 루크는 여권이 절대 안전하며 계획을 짜기에는 너무 시간이 촉박하다고 했다. 어쩌면 그는 계획이 있었는지 모른다. 머릿속에 일종의 지도를 그리고 있었는지도 모른다. 하지만 나는, 그냥 무작정 달렸을 뿐이다. 멀리. 멀리.

이 이야기는 하기가 싫다.

이야기를 할 필요는 없다. 내게든 다른 누구에게든 아무 말도 할 필요가 없다. 그냥 평화롭게 여기 가만히 앉아 있을 수도 있다. 깊이 후퇴할 수도 있다. 그들이 절대로 끌어 내올 수 없도록 한없이 깊숙이 가라앉고, 까마득하게 먼 곳까지 되돌아가 처박혀버릴 수도 있다.

Nolite te bastardes carborundorum. 덕분에 그 여자 신세 퍽도 좋아졌겠다.

뭐 하러 싸운단 말이냐?

그래 봤자 아무 소용없을 텐데.

사랑? 사령관이 말했다.

그래, 그건 좀 낫군. 최소한 내가 좀 아는 얘기니까. 우리 그 얘기는 좀 해도 될 것 같다.

사랑에 빠지는 일 말이에요. 나는 말했다. 사랑에 빠지는 것, 그때는 우리 모두 사랑에 빠졌죠. 어떤 식으로든. 어떻게 그는 사랑을 그렇게 우습게 생각할 수가 있지? 심지어 조롱하기까지 한다. 마치 사랑이 우리에게 하찮기 그지없는 것이었던 양, 변덕이나 유행이었던 것처럼. 천만의 말씀. 사랑은 중차대한 일이었다. 핵심적인 사건이었다. 사랑을 통해 우리는 스스로를 이해하게 되었다. 사랑을 영영, 끝내 해보지 못한 사람은 마치 돌연변이나 외계에서 온 생물체 같은 존재가 될 터였다. 그건 누구나 아는 진리였다.

'사랑에 빠진다'고 우리는 말했지. '나는 그이한테 푹 빠져 버렸어'라고. 우리는 추락하는 여자들이었다. 우리는 그런 추락의, 하향의 움직임을 굳게 믿었다. 하늘을 날듯 행복하고도 동시에 괴롭기 그지없는 참으로 극단적이고, 꿈처럼 아득한 운동. 하느님은 사랑이시다, 한때 그런 말이 있었는데 우리에겐 사랑은 하느님이시다였다. 사랑은 마치 천국처럼 언제 어느 때 찾아올지 알 수 없는 무언가였다. 지금 곁에 존재하는 특정한 남자를 사랑하기가 힘들면 힘들수록, 우리는 더더욱 '사랑'을, 관념적이고 절대적인 개념으로서의 사랑을 열렬히 신봉했다. 항상 사랑의 육화를 기다리고 있었다. 그 말이, 육신을 가진 존재로 나타나기를 기다렸다.

그리고 가끔 정말로 그런 일이 일어나기도 했다. 당분간은. 그런 종류의 사랑은 왔다가 사라져버려서 고통처럼 나중에는 기억해 내기가 힘들다. 어느날 그 남자를 바라보고 '당신을 사랑했었어'라고 과거형으로 말하면, 갑자기 경이로운 느낌에 휩싸이게 된다. 왜냐하면 그와 사랑에 빠지는 일이란 정말이지 기가 막히고 위험천만하고 어리석은 짓처럼 느껴지기 때문에. 그러면 그제야 그 당시 친구들이 왜 그 일에 대해 말을 얼버무렸는지 자기도 깨닫게 되는 것이다.

지금 이런 기억을 떠올리다보니 정말 큰 위안을 받는다.

아니 가끔씩, 그를 사랑하고 있을 때라도, 또는 사랑에 빠져들고 있을 때라도, 한밤중에 문득 잠을 깨어 창문으로 비쳐 들어오는 달빛이 잠든 그의 얼굴을 비춰서, 낮에 볼 때보다 그의 안구에 드리워진 그림자가 훨씬 짙어 보이고 그의 두 눈은 훨씬 더 움푹 꺼져 보이는 것을 보면 생각한다. 남자들이 혼자 있을 때나 다른 남자들하고 어울려서 무슨 짓을 할지 알게 뭐야? 무슨 말을 하고 어디로 갈지 누가 알아? 그들의 본색을 누가 꿰뚫어 보겠어? 그들의 일상 속에 숨겨진 본색을.

그럴 때면 결국 이런 생각이 들고 만다. '그이가 날 사랑하지 않는다면 어쩌지?'

그것도 아니면 전에 신문 기사에서 읽은 이야기들이 기억날지도 모른다. 시궁창이나 숲속이나 냉장고나 인적 없는 하숙집에서 발견된(보통은 여자들이었지만, 남자들도 있었고 최악의 경우 아이들도 있었다.) 여자들에 대한 기사들. 옷을 걸친 여자들도 있고 알몸도 있고, 성추행을 당한 경우도 있고 아닌 경우도 있었지만, 어쨌든 다들 피살당했다. 특정한 장소는 가지 않았고, 창문이나 문의 자물쇠에 각별히 신경 쓰고 커튼을 치고 불을 켜두는 등 항상 조심해야 했다. 이런 대책들은 마치 기도 같은 것이었다. 이런 일들을 의례처럼 치르며 이들이 구원해 주기를 바랐으니까. 그리고 실제로 구원해 주기도 했다. 하여간 뭔가 효과가 있었던 건 틀림없다. 아직 목숨이 붙어 있다는 사실만으로도 알 수 있듯이.

하지만 그런 의혹들은 모두 밤의 일일 뿐 최소한 대낮의 햇살 아래에서는 사랑하는 남자와는 전혀 무관하게만 보였다. 함께하고 싶고 잘되고 싶은 그 남자와는 전혀 상관없는 이야기들처럼 생각되었다. 성공적인 연애를 꾸려나간다는 건 그 남자를 위해 몸매를 가꾸려고 노력한다는 뜻이기도 하다. 충분히 열심히 노력하기만 하면,

남자 쪽에서도 노력할 것이다. 또는 두 사람이 함께 노력을 할 수도 있다. 마치 두 사람이 짝을 맞추어 풀어야 하는 퍼즐 조각처럼 말이다. 그렇지 않으면 두 사람 중 한 사람이(그건 남자 쪽일 가능성이 대단히 높은데) 자기만의 길을 찾아 황황히 떠나 버리게 된다. 그가 자신의 잊을 수 없는 육체를 가지고 떠나 버리면 당신은 지독한 금단 증상만 떠안은 채 홀로 남겨지고, 그런 금단 증상을 조금이라도 없애는 길은 역시 운동뿐이었다. 관계에 실패한다면 그건 두 사람 중 하나가 잘못된 태도를 지녔기 때문이었다. 당신의 인생에서 벌어지는 모든 일들은 당신 머릿속에서 발산되는 긍정적이거나 부정적인 힘에서 비롯한다고 간주되곤 했다.

마음에 들지 않으면 바꾸면 되지. 우리는 서로에게 또 스스로에게 말하곤 했다. 그래서 우리는 남자가 마음에 들지 않으면 다른 남자로 바꿨다. 변화는 언제나 좋은 거라고 우리는 굳게 믿고 있었다. 우리는 수정주의자였다. 우리가 수정한 건 물론, 우리 자신이었다.

옛날 우리의 사고방식을 돌이켜 보면 낯설기만 하다. 손만 뻗으면 뭐든 가능할 것처럼 생각했다. 우연이라든가 한계 따위는 존재하지 않는 것처럼, 한없이 뻗어가는 우리 삶의 경계를 마음대로 빚고 수정하는 일을 영원히 계속할 수 있을 것처럼, 우리는 믿고 생각했지. 나 역시 그렇게 생각했다. 나 역시 그렇게 행동했다. 루크는 내게 첫 남자가 아니었고, 어쩌면 마지막 남자가 아닐 수도 있다. 그런 식으로 얼어붙어 버리지 않았더라면 말이다. 시간 속에, 허공 한가운데, 그때 그 나무들 사이에 떨어지던 모습으로, 그렇게 정지해 죽어 버리지 않았더라면.

전에는 사망 당시 몸에 지니고 있던 소지품을 작은 상자에 포장해 보내오곤 했다. 전시에는 그렇게들 했다고 엄마께서 말씀하신 적이 있다. 얼마 후에 탈상을 해야 했을까, 그리고 사람들은 뭐라고들 했을까? 사랑하는 이에게 당신의 삶을 바치라고 했을까. 그이는, 나의 사랑했던 단 한 사람이었다.

'지금도 사랑하는 사람이다'. 아니 '지금도 사랑하는 단 한 사람이다'이다. 겨우 한 문장밖에 안 되는데. 이 바보 천치 같은 년, 그런 것도 기억 못하니? 그런 짧은 문장 하나도 제대로 기억을 못해?

나는 소매로 얼굴을 훔친다. 전 같으면 얼룩이 번질까 봐 이렇게 못했겠지만, 요즘은 그런 일은 없다. 내 눈에 보이지는 않지만, 내 얼굴에 떠오른 표정은 무조건 진짜다.

제발 나를 용서해 주길 바란다. 나는 과거에서 온 망명자다. 다른 망명자들이 다 그러하듯 내가 두고 떠나온, 두고 떠날 수밖에 없었던 풍속과 관습을 자꾸만 그리워하게 된다. 하지만 지금 이 자리에서 바라보면, 그런 것들이 하나같이 기괴하게만 느껴지고, 나 역시 그런 풍속들에 강박적으로 집착하게 되는 거다. 20세기의 파리에 홀로 앉아 차를 마시는 백러시아 인처럼, 나는 하릴없이 과거를 부유하며 그 아득한 행로들을 되찾으려 한다. 나는 요즘 툭하면 눈물을 찔찔 짜고, 스스로를 잃어버린다. 흐느낌. 그래, 이건 우는 게 아니라 흐느끼는 거다. 나는 이 의자에 앉아 스펀지처럼 눈물을 짠다.

그리하여. 더욱더 기다린다. 기다리는 숙녀. 옛날에는 임신복을 파는 가게들에 그런 이름을 붙였는데. 기다리는 여자라니, 기차역에 있는 사람한테 더 잘 어울리는 말이다. 기다림이란 장소를 뜻하기도 한다. 기다리는 곳이라면 어디든 '기다림'이 될 수 있다. 내게는 이 방이 '기다림'의 장소다. 여기 있는 나는, 괄호 사이의 백지다. 다른 사람들 사이의 여백이다.

내 방문을 누군가 두들긴다. 쟁반을 들고 온 코라겠지.

하지만 코라가 아니다.

"내가 직접 식사를 가져왔어." 세레나 조이가 말한다.

나는 고개를 들고 주위를 두리번거리고 나서, 의자에서 일어나 그녀 쪽으로 걸어간다. 그녀는 그걸 손에 들고 있다. 네모난 모양에 광택이 나는, 폴라로이드 인화지 한 장. 그렇구나. 아직도 저런 카메라를 만드는구나. 그럼 아이들이 전부 나오는 가족 앨범도 있겠구나. 하지만 시녀는 한 명도 없겠지. 미래의 역사라는 관점에서 보면, 우리는 투명 인간들이다. 하지만 아이들은 빠짐없이 가족 앨범 속에 있으리라. 아내들이 1층에서 모여 뷔페 음식을 먹으며 '출생'을 기다리는 동안에, 구경거리로 내어주겠지.

"잠깐만 보고 돌려줘야 해. 사라진 걸 알기 전에 도로 갖다놔야 하니까." 세레나 조이가 나지막하게 공모를 꾸미는 듯한 목소리로 말했다.

세레나 조이한테 이걸 갖다준 건 아마 어떤 하녀였던 모양이다. 그렇다면 하녀들의 정보망이 어떤 목적을 가지고 존재하는 모양이다. 어쨌든 그건 좋은 일이다.

나는 그녀에게서 사진을 받아들고, 뒤집어 위아래가 똑바로 오도록 한다. 이게 그 애란 말인가, 그 애가 이렇게 변했을까? 나의 보물.

어쩌면 이렇게 키가 크고, 달라졌는지. 살짝 미소를 짓고 있다. 하얀 드레스를 입은 모습은 꼭 옛날 첫 영성체를 하던 때 같다.

시간은 가만히 멈춰서 있지 않았다. 그것은 나를 휩쓸고 지나가, 나를 깨끗이 지워 버리고 말았다. 나라는 존재는 경솔한 아이가 너무 밭은 물가에 남기고 가버린, 모래로 만든 여자에 지나지 않는다. 나는 그 애에게 있어 이제는 하얗게 지워져 버린 존재다. 이 사진의 반짝이는 표면 너머 까마득한 저 뒤에 존재하는 그림자에 지나지 않는다. 죽은 엄마들이 다 그렇듯 그림자의 그림자가 되어버렸다. 그 애의 눈을 보면 알 수 있다. 그 속에 나는 찾아볼 수 없다.

하지만 그 애는 하얀 드레스를 입고 살아 있다. 그 애는 살아서 성장하고 있다. 그건 좋은 일 아닐까? 축복이지 않은가?

하지만 그래도, 여전히 나는 견딜 수가 없다. 내가 그렇게 지워져 버렸다는 사실을. 그녀가 차라리 아무것도 가져다주지 않았다면 좋으련만.

나는 작은 식탁에 앉아 포크로 크림콘을 먹고 있다. 포크와 스푼은 나오지만, 나이프는 절대 나오지 않는다. 고기가 나올 때면 미리 썰어져 나온다. 마치 내가 손도 못 쓰고 이빨도 없는 사람처럼. 사실 나는 둘 다 가지고 있다. 그게 내게 나이프를 주지 않는 이유다.

36

그의 방문을 두드리고, 그의 목소리가 들리자 얼굴을 가다듬고 안으로 들어간다. 그는 벽난로 가에 서 있다. 손에는 거의 바닥이 드러난 술잔이 들려 있다. 보통은 내가 들어오기 전에는 위스키를 마시지 않는데. 물론 저녁식사 때 포도주를 곁들인다는 건 알고 있지만. 그의 얼굴이 약간 붉게 달아올라 있다. 몇 잔이나 마셨는지 대중해 본다.

"어이, 안녕하시오. 오늘 저녁 우리 예쁜 아가씨는 어떠신가?"

벌써 몇 잔 했구나. 얼굴에 떠오르는 미소가 화려해지는 것을 보니 알 수 있다. 그는 기사도 정신을 발휘하는 것이다.

"좋아요."

"어떻소, 좀 특이한 경험을 해 볼 준비가 됐소?"

"네?"

그의 이런 행동에서 나는 어색함을 느낀다. 나와 함께 어디까지 갈 것인가, 그리고 어느 방향으로 갈 것인가, 확신하지 못하는 태도.

"오늘 밤에는 좀 놀래 줄 만한 일이 있어서."

그가 그러더니 소리를 내어 웃는다. 하지만 오히려 비웃음에 가깝게 들린다. 나는 오늘 일어난 일들에는 전부 '좀'이라는 부사가 붙는다는 사실을 깨닫는다. 그는 만사를 가볍게 여기고 싶어한다. 물론 나까지 포함해서.

"그쪽이 좋아할 만한 일."

"그게 뭐죠? 다이아몬드 게임인가요?"

이 정도는 마음대로 말해도 좋다. 그는 오히려 즐기는 것 같다. 특히 몇 잔 거나하게 들이킨 뒤에는. 그는 내가 경박하게 까부는 쪽을 좋아하는 것이다.

"그것보다는 좀 낫지."

그는 감질나게 하려고 애쓰면서 말한다.

"보고 싶어 죽겠어요."

"좋소."

그는 책상으로 가서 서랍을 뒤적거리더니 한 손을 등 뒤에 숨기고 내 쪽으로 걸어왔다.

"알아맞혀 보구려."

"동물, 식물, 아니면 광물?" 내가 말한다.

"오, 동물. 누가 뭐래도 동물성이야."

그는 짐짓 심각한 척하면서 말한다. 그는 등 뒤로 숨겼던 손을 내민다. 그의 손에 들려 있는 물건은 연자줏빛과 분홍빛이 섞인 깃털

한 줌처럼 보인다. 그가 이 물건을 흔들어 턴다. 이건 틀림없이 여자 옷이다. 가슴 부위에 브래지어 컵도 달려 있고, 그 위로 보랏빛 스팽글이 뒤덮고 있다. 스팽글들을 살펴보니 아주 작은 별 모양이다. 깃털은 허벅지가 빠져 나오는 구멍 주위에서부터 위쪽으로 달려 있다. 거들로 봐도 무방한 디자인이다.

도대체 어디서 이런 물건을 찾아냈을까? 이런 옷들은 다 폐기 처분해야 마땅한 건데. 전에 뉴스에서 본 적이 있다. 여러 도시에서 촬영한 뉴스였다. 뉴욕에서는 이 행사를 '맨해튼 대청소'라고 불렀다. 타임즈 스퀘어에 모닥불이 치솟고, 군중들이 주위에 둘러서서 구호를 외치고 여자들은 카메라에 찍히고 있다고 생각되면 두 팔을 허공으로 쳐들어 감사를 표했다. 머리를 짧게 깎고 굳은 표정의 석조상 같은 젊은이들이 이런저런 물건들을 불길 속으로 던지고 있었다. 양팔에 한가득 안은 실크와 나일론과 인조 모피, 회녹색, 빨강색, 보라색, 검은색 새틴, 황금색 망사, 빛나는 은색 비키니 속옷, 젖꼭지 부위에 빨간 하트 모양이 붙어 있는 속이 비치는 브래지어들. 그리고 제조업자들과 수입업자들, 영업직원들은 무릎을 꿇고 앉아, 공개 속죄를 하고 있었다. 머리에는 빨간색으로 '치욕'이라는 글씨가 씌어 있는 원뿔형 종이 모자를 쓰고.

하지만 소각되지 않고 살아남은 물건들도 있는 게 틀림없다. 전부 태워 버렸을 리가 없다. 그는 잡지를 손에 넣은 것과 마찬가지로 이 옷을 얻었을 것이다. 떳떳치 못한 수단으로. 암시장의 냄새가 난다. 그건 새 옷이 아니었다. 누군가 입던 헌 옷이었다. 팔 밑의 천은 구겨졌고, 다른 여자의 땀이 희미하게 얼룩져 있었다.

"사이즈는 눈대중으로 짐작했소. 잘 맞으면 좋겠군."

"저더러 저걸 입으란 말씀이세요?"

내 목소리가 새침데기처럼 앙탈스럽게 들린다는 걸 안다. 하지만 저 옷을 입어 보라는 제안은 어쩐지 끌리는 구석이 있다. 나는 이런 옷을 단 한 번도, 비슷한 옷조차 입어 본 적이 없다. 이렇게 번쩍거리고 연극 의상 같은 옷이라니. 아마 틀림없이 무대 의상이었을 것이다. 옛날 극장 의상이나, 사라진 나이트클럽 배우들이 입던 의상. 내가 입어 본 옷 중에 그나마 제일 비슷한 건 수영복과 루크가 언젠가 사다준 복숭앗빛 레이스가 달린 속옷 세트 정도였다. 하지만 이런 물건은 어딘가 유혹적인 데가 있기 마련이다. 성장을 차려입는다는 사실 자체에 유치한 매력이 서려 있기 때문이다. 그리고 어디 보라는 듯, 아주머니들한테 속 시원한 비웃음을 날려줄 수 있는 것 아닌가. 이렇게 죄스럽고 이렇게 방종하게 굴다니. 세상 만사가 그러하듯 자유도 상대적인 거니까.

"글쎄요."

나는 반색하는 티를 내고 싶지 않아 시들하게 말한다. 그로 하여금 내가 부탁을 들어주고 있다고 믿게 만들고 싶어서이다. 이제야 드디어 나오는 모양이다. 마음 깊숙이 숨겨졌던 그의 진짜 욕망이. 문 뒤에 망아지를 길들이는 채찍을 숨겨두고 있을까? 부츠를 찾아내, 책상 위에서 자기 몸을, 아니 내 몸을 굽히게 할까?

"그건 위장이오. 얼굴에 화장도 해야 할 거요. 화장 도구는 내게 있소. 안 그러면 입장이 불가능해."

"어디로요?"

"오늘 밤에 내가 데리고 나가려고."

"데리고 나가요?"

그건 케케묵은 표현이다. 이제는, 더 이상 남자가 여자를 데리고 나갈 만한 곳이라고는 남아 있지 않을 텐데.

"여기서 나가자는 말이오."

누가 말해 주지 않아도 그의 제안이 위험천만하다는 건 잘 안다. 그에게도 그렇지만, 내게는 특히 더 그렇다. 그래도 나는 가고 싶다. 이 단조로운 일상을 깨뜨리고 겉보기에 점잖기만 한 이 질서를 전복하기 위해서라면 무슨 짓이든 하고 싶다.

옷을 갈아입는 동안에는 보지 말아 달라고 말한다. 그 앞에서는 아직도 내 몸을 보이기가 부끄럽다. 사령관은 뒤돌아서 있겠다며 등을 돌렸고, 나는 구두와 스타킹과 면 속곳을 벗고, 드레스의 천막 속에서 깃털 옷 속으로 미끄러져 들어간다. 그러고는 드레스를 벗어 던진 후, 뒤돌아서 스팽글이 달린 어깨 끈을 어깨 위에 걸친다. 구두도 준비되어 있다. 터무니없게 뒷굽이 높은 연자줏빛 하이힐이다. 꼭 맞는 건 하나도 없다. 사이즈가 좀 크고, 옷의 허리는 너무 꼭 끼지만, 그래도 대충 입을 수는 있다.

"자, 됐어요."

내가 말하자 그가 돌아선다.

바보가 된 기분이다. 거울에 내 모습을 비춰보고 싶다.

"매력적인걸. 자, 이제 얼굴 차례요."

그가 가진 거라곤 오래되고 녹아서 줄줄 흐르는 데다 인공 포도 향이 코를 찌르는 립스틱 한 개, 그리고 아이라이너 약간과 마스카라뿐이다. 아이섀도도, 블러셔도 없다. 잠시 이것들을 어떻게 쓰는지 도저히 기억해 내지 못할 것 같다는 불안감에 빠진다. 그리고 아이라인을 그려보려는 첫 번째 시도는, 얻어맞은 듯 얼룩이 번진 시커먼 눈두덩만 남기고 수포로 돌아간다. 하지만 나는 식물성 오일 핸드로션으로 그것을 지우고 다시 시도한다. 립스틱을 약간 묻혀 광대뼈에 바르고 잘 문질러 색을 퍼지게 한다. 그러는 동안 그는 줄곧 나를 위해 커다란 은제 손거울을 들어주고 있다. 세레나 조이의 손거울이라는 걸 나는 금세 알아차린다. 틀림없이 그녀의 방에서 슬쩍 훔쳐왔을 것이다.

머리는 어떻게 손질할 길이 없다.

"훌륭해."

이때쯤 이미 그는 상당히 흥분하고 있었다. 파티에 가려고 정장을 차려입은 연인 같다.

그는 장으로 가더니 모자가 달린 외투를 꺼낸다. 아내의 색깔인 연하늘색 겉옷이다. 이것 또한 세레나 조이의 것임이 틀림없다.

"후드를 푹 눌러써서 얼굴을 가리도록 해요. 화장이 번지지 않도록 조심하고. 검문소를 지나가야 하니까."

"하지만 통행증은 어떻게 하죠?"

"그건 걱정 마시오. 내가 준비해 뒀으니까."

그리하여 우리는 출발한다.

우리는 어두워지는 거리를 따라 미끄러지듯 걸어간다. 사령관은 극장 구경을 가는 십 대처럼 내 오른손을 꼭 붙잡고 있다. 나는 얌전한 아내처럼 하늘색 망토를 몸에 둘러 손으로 꼭 붙들고 있다. 모자 사이로 생긴 터널을 통해 닉의 뒤통수가 보인다. 그가 쓴 모자는 반듯하고, 꼿꼿이 앉아 있는 자세도 반듯하고, 목도 반듯하고, 그의 모든 것이 반듯하다. 그의 자세에서 나를 향한 불만이 느껴지는 건, 나만의 생각일까? 이 외투 밑에 내가 무슨 옷을 입고 있는지 그는 알고 있을까? 그가 나가서 얻어 온 옷일까? 그렇다면 이 일로 그는 화가 나든지 욕망에 불타오르든지 질투에 휩싸였을까? 아니면 아무 감정도 없을까? 우리에게는 정말로 공통점이 있다. 우리 둘 다 눈에 띄지 않아야 한다. 우리 둘 다 맡은 바 할 일만 하면 되는 존재다. 그가 이 사실을 알고 있는지 궁금하다. 사령관을 위해 자동차 문을 열어줄 때, 그리고 내가 나올 때까지 차 문이 닫히지 않도록 붙잡고 있을 때 나는 그와 눈을 맞추려고 애쓴다. 그로 하여금 나를 보게 하려고 애쓴다. 하지만 그는 마치 내가 아예 보이지 않는 것처럼 굴었다. 하긴 그럴 만도 하다. 그에게는 이 일이 별로 힘들지 않은 직장이다. 약간 심부름을 해주고, 약간 사정을 봐주기만 하면 되니까. 그런 좋은 직장을 잃을 위험을 무릅쓸 이유가 없다.

검문소는 전혀 문제가 되지 않는다. 내 머릿속은 무겁게 쿵쾅거리고, 혈압이 치솟아오르고 있지만, 모든 일은 사령관 말대로 매끄럽게 진행된다. 간이 콩알만 한 계집애. 모이라라면 그렇게 말했을 테지.

두 번째 검문소를 지나자, 닉이 여기냐고 묻는다. 사령관은 그렇다고 대답한다.

자동차가 정지하자 사령관이 말한다.

"이제 자동차 바닥에 엎드리라는 부탁을 좀 해야겠소."

"엎드려요?"

"정문을 통과해야 하오." 그 말이 내게 뭔가 중대한 의미라도 있는 것처럼 그는 말했다. 우리가 어디로 가는 거냐고 물어봤지만, 그는 놀래 주고 싶다고 했을 뿐이다. "아내들은 출입이 금지된 곳이오."

그래서 나는 바닥에 몸을 바짝 붙이고, 차는 다시 시동을 건다. 그 후 몇 분 간은 아무것도 보이지 않는다. 외투를 덮어쓰고 있자니 숨이 막히도록 덥다. 면으로 된 여름 외투가 아닌 겨울 코트인데다가, 나프탈렌 냄새가 난다. 아마 겨울 옷 넣어둔 곳에서 슬쩍한 것이리라. 세레나가 눈치 채지 못할 거라는 계산을 하고. 그는 사려 깊게도 다리를 움직여 내게 자리를 내어 주었다. 하지만 그래도 내 이마가 그의 구두에 닿는다. 그의 구두에 이렇게 바짝 붙어 있었던 적은 한번도 없었다. 구두는 딱정벌레 껍데기처럼 딱딱하고 비집고 들어갈 데가 없어보인다. 까맣고, 윤이 반들반들 나고, 뭐가 들어 있는지 알 수가 없다. 그 구두는 발과 전혀 무관한 존재처럼 보인다.

우리는 또 다른 검문소를 지나친다. 사무적이고 공손한 목소리들이 들리고, 통행증을 보여 주기 위해 창문이 전자동으로 올라갔다 내려갔다 하는 소리도 들린다. 이번에 그는 내 통행증, 내 것으로 되어 있는 통행증을 보여 주지 않는다. 나는 당분간 공식적으로 존재하지 않는 걸로 되어있으니 말이다.

이윽고 차는 출발하고 얼마 후 다시 정차한다. 그리고 사령관이 나를 붙잡고 일으켜준다.

"서두릅시다. 여기는 뒷문이오. 외투는 닉한테 맡겨두도록 하오.

그럼 평소와 마찬가지로 그때 보세."

그는 닉에게 말한다. 이 일 역시 그는 여러 번 해 본 것이다.

그는 내가 외투를 벗는 걸 도와준다. 자동차 문이 이미 열려 있다. 벌거벗은 거나 마찬가지인 살갗에 바깥바람이 닿자, 그동안 땀 흘리고 있었다는 걸 새삼 깨닫는다. 자동차 문을 닫으려고 돌아서는 순간, 나는 닉이 유리창 너머에서 나를 바라보고 있다는 걸 깨닫는다. 그는 지금 나를 보고 있다. 그의 표정에서 읽히는 감정은 과연 경멸일까, 무관심일까? 그는 애초부터 내가 이 정도밖에 안 되는 여자라고 생각했던 건가?

우리는 빨간 벽돌로 지은 상당히 현대적인 건축 양식의 건물 뒤쪽 골목을 지난다. 쓰레기통이 문간에 산더미처럼 쌓여 있고 썩어가는 프라이드치킨 냄새가 난다. 사령관에게 문 열쇠가 있다. 문은 평범한 잿빛에 벽과 같은 높이인데, 아마 철제인 듯싶다. 안으로 들어가니 형광등이 머리 위에 달려 있는 콘크리트 벽돌 복도가 나온다. 일종의 터널로 쓰는 통로인 모양이다.

"다 왔소." 사령관이 말한다.

그는 내 손목에 고무줄이 달려 있는 딱지를 붙여 준다. 공항에서 짐에 붙이는 표처럼 생긴 딱지였다.

"누가 물어보거든 하루 저녁 출장 나온 거라고 하시오."

그는 맨살이 드러난 내 위 팔뚝을 붙잡고 앞으로 끌고 간다. 거울이 보고 싶다. 립스틱이 번지지는 않았는지, 깃털이 너무 우스꽝스럽지는 않은지, 너무 추레하지는 않은지 보고 싶다. 이런 조명을 받고 있는 내 모습은 아마 괴상망측할 텐데. 이젠 너무 늦어 버렸지만.

바보 천치 같으니라고. 모이라는 말할 것이다.

37

　우리는 복도를 따라 판판한 회색 문을 지나고 또 다른 복도를 지나간다. 이번에는 조명도 부드럽고 카펫도 깔려 있다. 버섯 색깔이랄까, 갈색빛이 감도는 분홍색이다. 복도에는 문들이 있는데, 각각의 문 위에 번호가 붙어 있다. 101, 102, 천둥 번개 속에서 벼락이 떨어지는 지점과 얼마나 가까운지 알아보기 위해 숫자를 세어 보는 것처럼. 그렇다면 여기는 호텔일 터이다. 어떤 문 뒤에서 깔깔거리는 웃음소리가 새어나온다. 남자와 여자의 웃음소리. 저런 웃음소리를 들어 본 지가 정말 얼마 만인지.

　우리는 중앙 로비로 나온다. 널찍하고 천장이 높다. 천장의 채광창까지의 높이는 몇 층인지 알 수 없다. 로비 한가운데에는 분수가 있다. 민들레 씨앗 모양의 둥근 분수가 물을 흩뿜어내고 있다. 화분들과 나무들이 여기저기 자라나고 있고, 발코니에서는 넝쿨 식물들이 늘어뜨려져 있다. 타원형의 유리로 된 엘리베이터들이 거대한 연체동물처럼 스르르 미끄러지듯 벽을 타고 올라갔다 내려갔다 하고 있다.

나는 여기가 어딘지 안다. 전에 와 본 적이 있다. 아주 오래전, 루크와 함께 오후가 되면 자주 찾던 곳이다. 그때는 호텔이었다. 지금은 여자들로 가득 차 있다.

나는 꼼짝 않고 서서 그들을 바라본다. 여기서는 나도 빤히 응시할 수 있고, 주위를 둘러볼 수도 있다. 시야를 막는 하얀 가리개도 없다. 하얀 가리개를 벗어버린 머리가 신기할 정도로 가볍다. 짐을 벗어 버린 것처럼, 아니 실체를 벗어버린 것처럼.

여자들은 앉아 있거나, 빈둥거리며 한가로이 어슬렁거리거나, 걸어다니거나, 서로에게 기대고 있다. 굉장히 많은 수의 남성들이 여자들과 섞여 있지만 짙은 제복이나 정장을 입고 있어 서로 너무 비슷해 보여서 일종의 배경 역할밖에 하지 못한다. 그에 반해 여자들은 열대의 여인들 같다. 알록달록 화려한 축제의 색채로 차려입고 있다. 어떤 여자들은 나처럼 허벅지까지 깊이 파이고 가슴 위에 살짝 걸치는 깃털과 스팽글 옷을 입고 있다. 어떤 여자들은 옛날의 란제리, 짧은 나이트 가운, 인형 같은 파자마를 입고 있고, 간간이 속이 훤히 비치는 네글리제도 눈에 띈다. 어떤 여자들은 수영복을 입고 있다. 원피스도 있고 비키니도 있다. 한 여자는 망사 레이스 옷을 걸치고 젖꼭지를 커다란 가리비로 가리고 있다. 어떤 여자들은 조깅용 반바지와 홀터네크 셔츠를 걸치고 있으며, 어떤 여자들은 텔레비전에 등장하던 이들처럼 니트로 된 파스텔 레그 워머를 하고 몸에 딱

붙는 에어로빅 운동복을 입고 있다. 심지어 기계 주름이 잘게 잡힌 치마를 입고 가슴에 커다란 글자가 씌어져 있는 치어리더 복장을 한 여자들도 몇 명 보인다. 긁어모으고 구할 수 있는 옷이면 아무거나 다 구하다보니, 이렇게 온갖 종류의 의상들이 뒤범벅된 잡탕이 된 모양이었다. 여자들은 하나같이 화장을 하고 있었는데, 화장한 여자들을 보는 게 얼마나 낯선 일인가 새삼 실감할 수 있었다. 여자들의 눈은 너무 커 보였고, 너무 시커멓고 번쩍거렸으며, 그녀들의 입술은 너무 빨갛고, 너무 촉촉하고, 피에 담갔다 꺼낸 것처럼 번들거리고 있었고, 다른 한편으로 지나치게 우스꽝스러워 보였기 때문이다.

얼핏 보면 이 장면은 쾌활하고 활기차 보인다. 마치 가면무도회 같다. 트렁크에서 어른 옷을 아무거나 꺼내 입은 덩치 큰 아이들처럼 보인다. 여기서 즐거움을 찾을 수 있을까? 그럴지도 모른다. 하지만 이 여자들은 자발적인 걸까? 겉만 봐서는 알 수가 없다.

이 방에는 너무 많은 엉덩이들이 보인다. 난 더 이상 여자 엉덩이가 익숙지 않다.

"꼭 과거로 걸어 들어가는 것 같지 않소?"

사령관의 목소리는 유쾌하게 들린다. 심지어 기쁨에 들떠 있는 것 같기도 하다.

"안 그렇소?"

과거가 정말 이런 모습이었는지 기억하려 애쓴다. 잘 모르겠다. 과거에 이런 요소들이 있었던 건 사실이지만, 뭔가 배합이 잘못됐다. 과거에 대한 영화(映畵)가 과거와 똑같을 수는 없다.

"그래요."

나는 아주 단순한 감정을 느끼고 있을 뿐이다. 이 여자들을 보고 침울해지거나, 충격을 받은 건 전혀 아니다. 나는 이 여자들을 규율을 벗어난 일탈자들로 인식한다. 공식적인 강령은 이들을 부정하고, 이들의 존재 자체를 부정하지만, 자, 봐라, 여기 이렇게 이들은 존재하고 있다. 그것만 해도 대단한 일이다.

"그렇게 빤히 쳐다보지 마시오. 그러다간 들키겠소. 자연스럽게 행동해요."

또다시 그는 나를 밀어 앞으로 걷게 한다. 다른 남자가 그를 보고 인사를 건네더니 우리 쪽으로 다가온다. 팔뚝을 붙잡은 사령관의 손에 힘이 들어간다.

"자, 침착해요. 겁먹지 말고." 그가 속삭인다.

나는 스스로를 타이른다. 그저 입 꼭 다물고 어리숙하게 보이면 돼. 별로 어려운 일 아니잖아.

사령관은 나 대신 할 말을 다해 준다. 이 남자에게도 그렇고 그다음에 만난 남자들에게도. 나에 대해 별말을 하는 건 아니다. 그럴 필요도 없다. 신참이라고 한마디 해 주면, 남자들은 날 한 번 흘낏 바라보고는 더 이상 신경 쓰지 않고 자기네들끼리 다른 일들을 논하기 시작한다. 나의 위장(僞裝)은 제 효과를 내고 있다.

그는 여전히 내 팔을 붙들고 있지만, 말을 할 때면 눈에 띄지 않을 정도로 희미하게 척추를 곧추세우고 가슴을 쫙 편다. 목소리는 갈수록 청년처럼 쾌활해지고 명랑해진다. 그가 자기를 과시하고 있다는 생각이 뇌리를 스친다. 그는 남자들에게 나를 자랑하고 있으며, 다른 남자들도 그 점을 양해한다. 이 남자들은 꽤나 점잔 빼는 족속들이라 감히 손은 대지 않지만, 눈으로는 내 젖가슴과 두 다리를 평가하고 있다. 그러지 못할 이유가 어디 있느냐는 듯이 당당하게. 하지만 그는 또한 내게 자신을 과시하고 있다. 세상을 지배하고 있는 자신의 힘을 보란 듯이 내게 과시하고 있는 것이다. 그들의 코앞에서 규율을 깨뜨리고 조롱하고 여유 있게 처벌을 빠져나가고 있다. 권력에 취해 자신은 불가결한 존재라고 믿고 무슨 짓이든지, 하고 싶은 짓은 닥치는 대로 해 버려도 좋다고 믿는 상태에 이르렀는지도 모를 일이다. 아무도 보고 있지 않다고 생각될 때 그는 두 번이나 내게 윙크를 해 보였다.

이건 정말, 유치하기 짝이 없는 자기 과시로군. 한심해.

하지만 적어도 이런 행동을 이해할 수는 있다.

한참을 만족할 때까지 그러고 있더니 그는 다시 나를 데리고 다른 곳으로 간다. 옛날 호텔 로비에서 흔히 볼 수 있던 꽃무늬의 푹신한 소파다. 실제로 이 로비에서 내가 기억하는 건 이 꽃무늬 디자인이다. 짙은 파란색 바탕에 분홍색 아르누보 양식의 꽃들이 그려져 있던.

"그런 구두를 오래 신고 서 있으면 다리가 피로할 거라 생각했지."

그 말은 사실이었고, 나는 그런 배려에 고마움을 느낀다. 그는 나를 소파에 앉히고 자기도 옆자리에 앉는다. 그리고 내 어깨에 팔을 두른다. 살갗에 닿는 천이 거슬린다. 남의 손길이 닿는 게 너무 오래되어 도무지 익숙하지가 않다.

"자, 어떻소? 우리의 아담한 클럽이?"

다시 주위를 돌아본다. 처음 생각과 달리 남자들은 같은 무리가 아니다. 분수 너머 저쪽으로는 일본인들 무리가 연한 회색 정장을 입고 있고, 저 멀리 구석에는 하얀 옷을 입은 중동인 한 무리가 있다. 그들은 그네들 고유의 기다란 목욕 가운 같은 옷을 입고 터번을 두른 데다 줄무늬의 머리띠를 하고 있다.

"여기가 클럽인가요?"

"뭐, 우리끼리는 그렇게 부르지. 클럽이라고."

"이런 일은 엄격히 금지되어 있는 줄 알았는데요."

"글쎄, 공식적으로는 그렇지만. 결국은 다들 사람이니까."

나는 그가 이 말에 대해 좀 더 자세히 설명해 주길 바라지만, 그는 입을 꾹 다물어 버린다. 그래서 내가 먼저 말을 꺼낸다.

"무슨 말씀이세요?"

"자연은 속일 수가 없다는 말이오. 자연의 섭리에 따르면 남자들에겐 다양한 여성이 필요하오. 그건 이치에도 부합하고, 번식 전략의 일환이기도 하지. 자연의 계획이란 말이오."

나는 아무런 말도 하지 않는다. 그래서 그는 말을 계속한다.

"여자들도 그걸 본능적으로 알고 있소. 그게 아니면 왜 옛날에 그렇게 각양각색의 옷들을 많이 사 댔겠어? 남자들로 하여금 자기가 서로 다른 여자들이라고 생각하게 하기 위한 일종의 속임수였지. 매일매일 새로운 여자라고 느껴지도록 말이야."

그는 진심으로 믿는 듯이 말한다. 사실 그는 이런 식으로 하는 말들이 많다. 어쩌면 그런 말들을 정말 믿는지도 모른다. 아니, 사실은 믿지 않는지도 모른다. 아니 어쩌면 믿는 동시에 믿지 않는지도 모른다. 그가 진실로 믿는 것이 무엇인지 파악하는 건 불가능하다.

"그래서 이제 우리는 각양각색의 옷가지들이 없는데. 남자들은 여러 다른 여자들을 갖게 됐군요." 이건 비꼬는 말이였지만, 그는 눈치 채지 못한다.

"여러 가지 문제점을 해결해 주는 방책이지." 그는 눈도 꿈쩍 않고 말한다.

이 말에 나는 대답하지 않는다. 질려서 신물이 날 지경이다. 남은 저녁 시간 내내 그를 쌀쌀맞게 대하고 한마디 대꾸도 하지 않고 보냈으면 좋겠다. 하지만 그런 사치를 부릴 처지가 못 된다는 걸 잘 알고 있다. 이게 무슨 짓이든 간에, 어쨌든 데이트는 데이트다.

기분 같아서는 저 여자들과 이야기를 나누고 싶은 마음이 굴뚝같지만 가능성은 극히 희박하다.

"이 사람들은 다 누구죠?"

"장교들과 고위 간부들만이 들어올 수 있소. 물론 무역 상사 대표들도 있소. 이 덕분에 상거래가 촉진되고 있지. 사람들을 만나기에 아주 좋은 곳이오. 클럽 없이는 사업하기가 힘들 정도요. 적어도 다른 데와 비교할 때 처지지 않을 만큼 구비해 놓으려고 애쓰고 있소. 여러 가지 얘기들도 주워들을 수 있고, 여긴 정보가 많소. 다른 남자들한테 하지 못할 말을 여자한테는 털어놓는 경우가 왕왕 있다오."

"아뇨, 여자들 말이에요."

"오. 글쎄, 개중에는 진짜 프로들도 있소. 직업여성들 말이야."

그는 소리 내어 웃는다.

"옛날부터 그 일에 종사하던 여자들. 그네들은 도대체 사회에 동화할 수가 없었거든. 대부분은 여기 있는 걸 더 좋아한다오."

"다른 여자들은요?"

"다른 여자들? 글쎄, 우리의 수집품들은 상당히 수준이 높지. 저기 있는 저 여자, 녹색 옷 입은 여자 말이오. 저 여자는 사회학자라오. 아니 전직 사회학자라고 해야 옳겠군. 저기 있는 여자는 변호사였고, 저 여자는 사업을 했지. 관리직이었다고 하더군. 패스트푸드 체인이었다나, 아니 호텔이던가? 저녁 내내 대화만 나누고 싶을 때는 아주 훌륭한 상대가 되어 준다고 들었소. 저 여자들도 여기를 좋아하지."

"어디와 비교해서 말이죠?"

"다른 곳과 비교해서."

그는 말한다.

"당신도 지금 신세보다는 여기가 나을지 모르지."

그는 이 말을 수줍게 말한다. 속내를 떠보고 있는 거다. 그가 바라는 건 칭찬이고 나는 이제 진지한 대화가 끝났다는 걸 깨닫는다.

"모르겠어요. 중노동일 것 같은데요."

나는 가능성을 고려해 보는 것처럼 말한다.

"몸무게 관리는 확실히 해야겠지. 그 부분에 대해서는 아주 엄격하다오. 살이 10파운드 찌면 독방 신세라오."

이건 농담인가? 아마 틀림없이 그럴 거다. 알고 싶진 않다.

"이제, 분위기에 확실히 젖어 보는 게 어떻겠소. 술 한 잔 괜찮겠소?"

"그러면 안 되잖아요. 아시면서."

"한 잔쯤이야 나쁠 거 없잖소. 안 그러면 이상하게 보일 거요. 여기엔 담배와 술에 대한 금기 따위는 없으니까! 보시오, 여기 있는 여자들은 여러 가지 혜택을 누리고 있소."

"좋아요."

나는 말한다. 마음속에서는 그 생각을 하니 은근히 기분이 좋아진다. 술을 마셔 본 지 몇 년 만인지 모른다.

"그럼, 무슨 술로 하겠소? 여기엔 무엇이든 있다오. 수입품들이지."

"진 토닉요. 하지만 약하게 해 주세요. 사령관님을 망신시키면 큰일이잖아요."

"그럴 리가 있나."

그는 씩 웃으며 말한다. 그는 일어서더니 놀랍게도 내 손을 잡고 손바닥에 키스한다. 그리고 바 쪽을 향해 휘적휘적 걸어가 버렸다. 웨이트리스를 부를 수도 있었을 텐데. 앞가슴에 방울 술이 달린 까만 미니스커트를 입은 웨이트리스들이 몇 명 있었다. 하지만 그들은 다들 바빠 보여서 부르기가 아주 힘들었다.

그때 나는 그녀를 보았다. 모이라였다. 분수대 근처에 모이라가 다른 두 여자와 함께 서 있다. 정말 모이라인지 확인하려고, 다시 뚫어져라 쳐다본다. 나는 간격을 두고 주시한다. 번쩍이는 시선의 명멸. 아무도 알아채지 못하도록 해야 한다.

그녀의 옷차림은 우스꽝스럽다. 한때는 반들반들 윤이 났겠지만 지금은 닳아빠져서 보기 흉해진 최악의 검은 공단 옷이었다. 어깨끈이 없고, 안에 와이어가 대어져 있어서 가슴을 위로 밀어올리게 되어 있었지만, 모이라의 체격에 맞지 않았다. 너무 컸다. 그래서 한쪽 가슴은 불룩하지만, 다른 쪽 가슴은 그렇지 못했다. 모이라는 무심결에 상의를 잡아당겨 끌어올린다. 반쯤 몸을 돌릴 때 보니 뒤에는 목화솜 덩어리 같은 게 붙어 있었다. 마치 팝콘처럼 튀겨서 부풀린 생리대 같은 모양이다. 나는 그제야 그게 원래 꼬리 모양이었다는 걸 깨닫는다. 그녀의 머리에는 토끼 귀인지 사슴 귀인지 알아보기 힘든 귀가 두 개 붙어 있다. 귀 하나는 풀을 먹인 게 힘이 빠졌는지, 철사가 부러졌는지 절반쯤 푹 고꾸라져 있다. 목에는 까만 나비넥타이를 매고 까만 망사 스타킹을 신고 까만 하이힐을 신고 있다. 모이라는 늘 하이힐을 싫어했는데.

고풍스럽고 기이한 그 옷차림은 과거의 무언가를 연상시키는데, 그게 무엇인지는 도무지 생각나지 않는다. 연극, 뮤지컬 코미디? 부활절에 토끼 옷을 차려입은 소녀들. 여기서는 도대체 어떤 의미일까? 도대체 왜 남자들은 토끼에게서 성적인 매력을 느끼는 걸까? 어떻게 이 지저분하기 짝이 없는 의상이 남자를 유혹하는 걸까?

모이라는 담배 한 대를 피우고 있다. 한 모금 빨더니 왼쪽에 서 있는 여자한테 건네준다. 그 여자는 길고 뾰족한 꼬리를 붙이고 빨간 반짝이가 달린 의상을 입고 머리에 은색 뿔을 달고 있다. 악마의 의상이다. 이제 그녀는 와이어를 넣어 받친 젖가슴 밑으로 팔짱을 낀다. 한쪽 다리로 섰다가 발을 바꾼다. 하이힐 때문에 발이 아픈 모양이다. 등을 살짝 굽힌다. 모이라는 흥미도, 깊은 관심도 없이 방 안을 둘러본다. 그녀에겐 익숙한 광경임에 틀림없다.

머릿속으로 나를 보라고, 내 쪽을 바라보라고 애타게 외치지만,

그녀의 눈길은 내가 마치 종려나무나 의자라도 되는 것처럼 나를 무심코 지나쳐갈 뿐이다. 틀림없이 몸을 돌릴 거야. 이렇게 애타게 바라고 있는데. 반드시 나를 바라봐 줄 거야. 남자들이 그녀에게 다가오기 전에, 어디론가 사라져 버리기 전에. 벌써 그녀와 함께 있던 다른 여자는, 싸구려 인조 모피가 달린 짧은 분홍색 침실용 가운을 입은 금발 머리는 벌써 누군가의 손에 이끌려 유리 엘리베이터로 들어가서 위로 올라갔다. 그리고 보이지 않는 곳으로 사라져 버렸다. 모이라는 다시 고개를 이리저리 돌리면서 자기도 불려가게 될 건지 파악하려 한다. 아무도 다가오지 않는데 저렇게 서 있으려면 힘들 것이다. 마치 고등학교 댄스 파티에서 홀대당하는 기분이 들 텐데. 이번에는 그녀의 시선이 나를 붙잡는다. 그녀가 나를 본다. 하지만 내색할 정도로 철없는 모이라가 아니다.

우리들은 무표정하게, 아무 일 없다는 듯이 서로를 빤히 응시한다. 그러더니 모이라는 머리를 보일락말락하게 움직여 보인다. 고개를 살짝 오른쪽으로 젖히는 것이다. 빨간 옷을 입은 여자한테 도로 담배를 받아서 입에 물더니 손가락 다섯 개를 활짝 편 채로 잠시 손을 허공에 쳐든다. 그리고 모이라는 내게서 등을 돌린다.

옛날에 쓰던 우리의 신호. 5분 이내로 화장실로 오라는 것이다. 화장실은 틀림없이 모이라의 오른편 어딘가에 있을 것이다. 주위를 둘러본다. 화장실 표지는 눈에 띄지 않는다. 사령관 없이 혼자서 돌아다닐 수는 없다. 나는 아직 이곳을 잘 모르고, 요령도 모른다. 잘못하면 의심받을 수도 있다.

1분, 2분. 모이라는 주위를 쳐다보지도 않고 깡충깡충 경쾌하게 걸어간다. 내가 알아듣고 따라오기만을 바랄 뿐이겠지.

사령관이 술 두 잔을 가지고 돌아온다. 나를 내려다보고 미소 짓더니 소파 앞에 있는 기다란 커피 테이블에 술잔을 내려놓고 자리에 앉는다.

"즐겁소?"

그는 내가 즐거워하기를 바란다. 어쨌든 이것도 황송한 대접이니까.

나도 그를 보고 미소 짓는다.

"여기 화장실 있나요?"

"물론이오."

그는 술잔을 한 모금 마신다. 자발적으로 방향을 가르쳐 줄 생각은 없나 보다.

"잠깐 다녀와야겠어요."

머릿속으로는 시간을 재고 있다. 분이 아니라 초 단위로.

"저기 있소."

그는 고갯짓을 해 보인다.

"누가 길을 막으면 어떻게 하죠?"

"팔의 딱지를 보여 주시오. 괜찮을 거요. 데리고 온 여자라는 걸 알 테니까."

나는 일어서서, 비틀거리면서 방을 가로질러 걷는다. 분수 근처에서 그만 앞으로 고꾸라질 뻔한다. 하이힐 때문이다. 사령관의 부축 없이는 균형을 제대로 잡지 못한다. 남자들 몇 사람이 내 쪽을 바라보지만, 욕정을 느껴서라기보다는 놀라서 그런 것 같다. 바보 천

418

치가 된 기분이다. 왼쪽 팔꿈치를 구부린 채 딱지가 눈에 잘 보이도록 앞면으로 돌려서 앞으로 내밀고 걷는다. 그 누구도 뭐라 하지 않는다.

38

여자 화장실 입구를 찾아낸다. 문에는 아직도 황금빛 흘림체로 '숙녀용'이라고 씌어 있다. 문까지 이어지는 복도가 있고, 문간에는 한 여자가 탁자에 자리 잡고 앉아 들어가고 나가는 여자들을 감시하고 있다. 그녀는 자줏빛의 터키풍 드레스를 입고 황금색 아이섀도를 칠하고 있지만, 아주머니라는 건 한눈에 알아볼 수 있다. 탁자 위에는 가축용 전기 충격기가 놓여 있고, 끈은 허리에 두르고 있다. 여기서 허투루 행동했다가는 큰일 난다.

"15분이야."

그녀가 나를 보고 말한다. 그러더니 탁자 위에 가득 쌓인 보라색 타원형 마분지 중에서 하나를 꺼내 건네준다. 옛날 백화점에 있던 피팅룸* 같다. 내 뒤에 선 여자한테 아주머니가 하는 말이 들려왔다.

"넌 좀 전에도 왔잖아."

"또 마려운 걸 어떻게 해요."

그 여자가 말한다.

"휴식은 한 시간에 한 번이야. 규칙을 알면서 그래."

아주머니가 말한다. 여자는 절박한 목소리로 칭얼거리며 읍소하기 시작한다. 나는 화장실 문을 밀어 열어젖힌다.

여긴 기억이 난다. 분홍빛 도는 부드러운 조명이 밝혀진 휴식 공간이 저기 있다. 푹신한 의자 몇 개와 회녹색 죽순 무늬의 소파가 있고, 그 위에 황금빛으로 세공한 틀에 들어 있는 벽시계가 걸려 있다. 여기는 그들이 거울을 치워 버리지 않았다. 소파 맞은편엔 기다란 전신 거울이 하나 있다. 여기에서는, 여자들은 자신이 어떤 모습인지 알아야 할 필요가 있다. 그 뒤편으로 둥근 복도를 따라 역시 분홍빛으로 칠해진 화장실 칸막이들이 있고, 세면대와 더 많은 거울들이 있다.

여자들 몇이 의자와 소파에 앉아 신발을 벗은 채로 담배를 피우고 있다. 그들은 내가 들어가자 빤히 바라본다. 공기 중에는 향수와 정체된 담배 연기, 여자들의 살 냄새가 훅 끼쳐왔다.

"당신 신참이야?" 한 사람이 말한다.

"네, 그래요." 나는 모이라를 찾아 두리번거리며 대답한다. 모이라는 아무 데도 보이지 않는다.

여자들은 웃지 않는다. 그녀들은 심각한 일이라도 되는 것처럼 담배 피우는 일에 다시 몰입한다. 그 너머에 있는 방에는, 오렌지색 인

---

* 옷가게에서 옷을 입어보는 장소.

조 모피로 만든 고양이 옷을 입은 여자가 화장을 고치고 있다. 여긴 마치 무대 뒤편 같다. 끈적끈적한 화장, 담배 연기, 환각을 만드는 소재들.

나는 어쩔 줄 몰라 머뭇거리며 서 있다. 모이라에 대해 묻고 싶지는 않다. 그래도 무사할지 알 수가 없으니까. 그때 화장실 물 내려가는 소리가 들리고, 모이라가 분홍빛 화장실 칸막이 안에서 나온다. 그녀는 내 쪽으로 건들거리며 다가오고, 나는 신호를 기다린다.

"괜찮아. 내가 아는 애야."

그녀는 나한테, 그리고 다른 여자들한테 말한다.

다른 여자들은 비로소 미소를 짓고, 모이라는 나를 꼭 껴안아 준다. 내 팔이 그녀를 감싸고, 모이라의 젖가슴을 받치고 있는 와이어가 내 가슴을 파고든다. 우리는 키스를 나눈다. 한쪽 뺨에, 반대편 뺨에. 그러고 나서야 떨어진다.

"망측하기도 해라. 꼭 바빌론의 창녀 같다, 얘." 그녀는 나를 보고 씩 웃어 보인다.

"원래 그렇게 보여야 되는 거 아냐? 너는 꼭 고양이가 주워 온 쓰레기 같은걸." 내가 말한다.

"맞아. 내 스타일이 전혀 아닌데다, 이 물건은 지금 산산조각 나기 일보 직전이야. 그 치들이 좀 샅샅이 훑어서 이런 물건을 제대로 만들 줄 아는 인간을 하나 잡아 왔으면 좋겠어. 그럼 그나마 좀 괜찮은 걸 걸칠 수 있으련만."

그녀는 가슴 가리개를 추켜올리면서 말한다.

"네가 고른 옷이야?"

옷들 중에서 그나마 이게 덜 화려해서 모이라가 이 옷을 고른 게 아닐까 생각했다. 최소한 이 옷은 흑백이니까.

"미쳤냐? 아냐. 정부 보급품이야. 그치들은 이게 나한테 어울린다고 생각했나 보지."

아직도 나는 내 앞의 그녀가 진짜 모이라라는 게 믿기지 않는다. 다시 한 번 손을 내밀어 그녀의 팔을 만져 본다. 그리고 나는 울기 시작한다.

"그러지 마. 마스카라 번져. 게다가 시간도 없어. 저리들 좀 꺼져."

이 마지막 말은 소파에 있는 두 여자를 보고 한 소리다. 언제나 그렇듯이 독단적이고 안하무인격으로 거칠게 내뱉는 그녀 특유의 말투였다. 그런데 늘 그렇듯 아무런 뒤탈이 없다.

"어차피 난 휴식 시간 끝났어." 한 여자가 말했다.

그녀는 엷은 푸른빛의 레이스 옷을 입고 하얀 스타킹을 신고 있었다. 그녀는 일어서더니 나와 악수했다.

"환영해." 그녀가 말한다.

다른 여자가 순순히 옆으로 비키자, 모이라와 나는 자리에 앉는다. 앉자마자 일단 우리는 구두부터 벗어던진다.

"너 도대체 여기서 뭐하고 있냐? 네가 반갑지 않다는 게 아냐. 하지만 너한테는 좋은 일이 아니잖아. 뭘 잘못했냐? 그 친구 물건을 보고 비웃었어?"

모이라가 그제야 말한다.

나는 천장을 올려다본다.

"여기 도청되니?" 내가 묻는다.

나는 손끝으로 조심조심 눈가를 닦아냈다. 까만 아이라이너가 묻어나온다.

"아마 그럴걸. 한 대 피울래?" 모이라의 대답이다.

"당연하지."

"어이, 여기. 한 대 빌려 주라." 모이라는 옆자리에 앉은 여자한테 말한다.

여자는 투덜거리지도 않고 담배를 건네준다. 모이라는 여전히 물건을 잘도 빌린다. 옛 생각을 하니 미소가 비어져 나왔다.

"생각해 보니까, 도청 안 할 거 같아. 우리가 무슨 말을 하든 신경 쓸 것 같지 않아. 벌써 들을 얘기는 다 들었을 테니까. 어쨌든 까만 밴을 타고 나가지만 않으면 아무도 여기서 못 나가. 뭐 여기 온 이상, 그 정도야 알겠지."

나는 귀에다 대고 속삭일 수 있게 그녀의 머리를 끌어당긴다.

"난 임시로 온 거야. 오늘뿐이야. 원래는 여기 절대 못 와. 그가 몰래 데리고 들어온 거야."

"누구? 너랑 같이 있던 그 개새끼? 나 그 새끼랑 잔 적 있는데. 최악이야." 그녀가 속삭임으로 화답한다.

"그 사람이 우리 사령관이야." 내가 말한다.

모이라는 고개를 끄덕거린다.

"그런 짓 하는 사람들이 가끔 있어. 그러면서 흥분을 느끼는 거야. 제단 위에서 오입질하는 거나 마찬가지라고. 왜, 니들은 소위 순결한 사람이라고들 하잖아. 그런 너희가 야하게 화장한 모습을 보면 기분이 좋은 거야. 또 다른 지저분한 힘자랑이지, 뭐."

이런 해석은 전혀 생각지도 못했다. 사령관한테 적용해 보지만, 어쩐지 그에 대해서는 너무 단순하고 조잡한 해석처럼 느껴진다. 누가 뭐래도 그의 동기는 좀 더 복잡하고 미묘하다. 하지만 나는 그저 허영심 때문에 그렇게 생각하고 싶어하는 건지도 모른다.

"별로 시간이 많지 않아. 나한테 다 얘기해 봐."

모이라는 어깨를 으쓱한다.

"뭐하러?"

말은 그렇게 하지만, 모이라도 그럴 필요가 있다는 걸 알고 있다. 그래서 그녀는 이야기를 시작한다.

다음은 그녀가 말해 준, 아니 속삭여 준 이야기의 얼개라 할 수 있다. 글로 적을 수 없었기에, 정확하진 않다. 내가 이야기의 살을 최대한 대신 붙여 넣었다. 시간이 별로 없어서 모이라는 이야기의 대강만 설명해 주었을 뿐이다. 게다가 모이라는 이야기를 두 번에 걸쳐서 해 주었다. 우리는 간신히 두 번째 휴식 시간도 함께할 수 있었다. 나는 할 수 있는 한 모이라의 말투와 비슷하게 써 보았다. 그녀를 살아 있는 채로 간직할 수 있는 한 방편으로서.

"나는 그 늙은 할미 엘리자베스 아주머니를 보일러 뒤에다 크리스마스 칠면조처럼 꽁꽁 묶어놓고 그 자리를 떴어. 죽이고 싶었지. 정말 죽여 버리고 싶은 마음이 치밀어올랐지만, 지금 생각하니 안 그러길 잘한 것 같아. 안 그랬으면 더 험한 꼴을 봐야 했을 테니. 센터를 빠져 나오는 게 얼마나 쉬웠는지 정말 믿기지가 않았어. 그 갈색 옷을 입고 그냥 걸어 나왔던 거야. 목적지를 정확히 알고 있는 사람처럼 시야를 벗어날 때까지 무작정 걸었지. 거창한 계획 따위는 없었지. 그들 생각처럼 계획적으로 저지른 일이 아니었어. 물론 그 치들에게 심문받을 때는 온갖 헛소리를 꾸며냈지만 말이야. 원래 그렇게 돼. 전극 따위를 붙여 놓고 고문을 하니까. 입에서 무슨 소리가 나오는지 신경도 안 쓰게 되거든.

아무튼 어깨를 활짝 펴고 턱을 치켜든 채로 씩씩하게 걸으면서, 다음엔 어떻게 할까 생각해 봤지. 언론사를 덮쳤을 때 내가 아는 여자들이 아주 많이 붙잡혀 갔거든. 그래서 그때쯤에는 아마 나머지도 체포됐을 거라고 생각했지. 명단 같은 것이 있었던 게 틀림없었어. 아무리 지하로 들어갔다지만, 그런 식으로 계속해 나갈 수 있을 거라고 생각했던 우리가 바보지. 사무실의 물건들을 다 챙겨서 지하실이나 골방으로 옮겼어도 결과는 마찬가지였어. 그러니 아무리 내가 바보라도 그런 집에 찾아갈 리가 있겠니.

한 번도 본 적 없는 길을 걷고 있긴 했지만, 도시를 놓고 볼 때 대충 내가 어디 있는지 감이 왔어. 어느 쪽이 북쪽인지는 해를 보고 알았지. 걸스카우트도 이럴 때는 꽤 도움이 되더군. 그쪽으로 가 보는 게 좋겠다고 생각했지. 그래야 주택지건 광장이건 사람 사는 데가 나오지. 그리고 외곽으로 나가느니 차라리 사람이 많은 도심으로 향하는 편이 좋을 거라는 생각이 들었어. 그게 훨씬 더 그럴싸해 보일 테니까.

우리가 센터에 틀어박혀 있는 동안 검문소가 훨씬 더 많이 생겼더군. 사방에 검문소가 좍 깔렸어. 첫 번째 검문소에서는 진짜 무서워서 오줌을 쌀 뻔했지 뭐야. 모퉁이를 돌았는데 갑자기 눈앞에 검문소가 불쑥 튀어나오는 거야. 뻔히 다 보이는 데서 오던 길을 돌아가면 수상하게 볼 것 같아서, 이번에도 순전히 베짱으로 통과했어. 센터 정문을 통과할 때처럼, 오만상 다 찌푸리고 꼿꼿한 자세로 입술을 꽉 다물고 그들이 무슨 나병 환자나 되는 것처럼 똑바로 쌔려봤지. 아주머니들이 '남자'라는 말을 할 때 짓는 그 표정 너도 알잖아. 부적처럼 효과가 좋더군. 그런 식으로 다른 검문소들도 통과했지 뭐.

하지만 머릿속은 미친 듯이 핑핑 돌아가고 있었어. 그 쭈그렁탱이 할멈을 찾아내서 경보를 울리면 그걸로 끝장이니까 시간이 별로 없었지. 금세 나를 찾아나설 테니까. 가짜 아주머니 한 명. 도보로 이동 중. 그래서 누군가 도와줄 사람을 생각해 내려고 애썼어. 내가 아는 이름들을 샅샅이 뒤져 보았지. 마침내 우리 조직의 우편 발송 명단을 기억해 낼 수 있었지. 물론 우리는 초창기에 명단 따위는 폐기해 버렸어. 아니 폐기했다고 말하기는 힘들구나. 우리끼리 나눠서 각각 한 지역씩 암기했거든. 그땐 아직 우편을 이용하고 있었지만, 봉투에 우리 조직 로고는 더 이상 박지 않았어. 위험 부담이 너무 커졌거든.

그래서 내가 외운 구역을 기억해 내려고 애썼지. 내가 고른 이름은 너한테 말해 주지 않을 거야. 아직까지 무사하다면, 지금에 와서 괜히 곤란에 처하면 안 되니까. 하긴 내가 벌써 다 불어 버렸을지도 모르지. 고문당할 때 한 말은 나중에 기억이 잘 안 나. 아무 말이나 지껄이게 되거든.

그들을 선택한 건 부부였기 때문이야. 부부는 독신보다는 안전하니까. 특히 동성애자는 너무 위험해. 게다가 그들의 이름 뒤에 붙은 신분 표식에도 주목했지. Q라는 표식은 퀘이커 교도라는 뜻이야. 시위 행진할 때를 위해서, 어떤 종파에 속해 있으면 늘 표시를 해두었지. 그런 식으로 어떤 시위에 누가 나타날 건지 예측할 수 있으니까. C(가톨릭)라고 씌어 있는 사람한텐 낙태 관련 일을 시켜봤자 아무 소용없어. 물론 그때에는 시위 자체를 할 수 없긴 했지만 말이야. 그 사람들 주소도 전부 기억하고 있었어. 주소 외우느라 얼마나 서로들들 볶았는지 말도 마. 우편 번호니 뭐니, 정확하게 암기하는 게 정말 중요했거든.

그때쯤 나는 매사추세츠 가에 도달했고, 자신의 위치도 정확히 파악했어. 그리고 그들이 어디 있는지도 알고 있었지. 그런데 다른 게 걱정되기 시작했어. 아주머니가 자기네 집으로 걸어오는 걸 보면, 문을 잠가 버리고 집에 없는 척하지 않겠어? 그래도 어쨌든 시도는 해 봐야 했지. 내게 남은 단 하나의 기회였으니까. 적어도 총으로 날 쏘지는 않을 거 아냐. 그때가 한 5시쯤 되었거든. 걷는 것도 슬슬 피곤하더라고. 게다가 빌어먹을 군인처럼 엉덩이 곧추세우고 아주머니처럼 빳빳하게 걸으려니 더 죽겠더군. 뿐만 아니라 아침만 먹고 입에 아무것도 대지 못해서 더욱 힘들었지.

그때 나는 그런 초창기에 아주머니는 물론이고 심지어 '센터'의 존재조차 알고 있는 사람들이 별로 없었다는 것을 몰랐어. 처음에는 철조망 뒤에 숨겨진 비밀이었지. 그때까지만 해도, 그들은 저항을 두려워했던 거지. 그래서 거리에 돌아다니는 이상한 아주머니들을 보면서도, 그들이 뭘 하는 사람들인지 잘 몰랐던 거야. 간호 장교의 한 부류인가 보다 그랬겠지. 이미 사람들은 꼭 필요한 질문이 아니면 하지 않는 버릇을 터득하고 있었던 거야.

아무튼 그래서 이 사람들은 나를 쉽사리 집 안으로 들여 보내줬어. 문을 열어준 건 여자 쪽이었지. 나는 설문지 조사를 하고 있다고 말했어. 그 여자가 놀라면 안 되니까. 혹시 목격자가 있을 경우를 대비해서 말이야. 문을 들어서자마자 머리에 쓴 두건을 다 벗고 내 신분을 밝혔지. 그들 입장에서는 경찰에 전화를 하거나, 다른 일을 할수 있었지. 모험이라는 건 알고 있었지만, 선택의 여지가 없었어. 아무튼 그들은 고발하지 않았어. 옷가지 몇 개와 그 여자의 드레스 하나를 주고, 아주머니의 옷과 통행증을 벽난로에 넣어 태워 버렸지. 당장 처리해야 한다는 걸 잘 알고 있었어. 하지만 내가 그 집에 묵는걸 달가워하지 않는다는 것만은 분명하더군. 불안해서 어쩔 줄 몰라했으니까. 일곱 살 미만의 아이가 둘이나 있는 부부였으니. 나도 이해했어.

일단 화장실에 갔지. 어찌나 안심이 되던지. 욕조에는 플라스틱물고기 같은 게 잔뜩 채워져 있더라고. 그러고 나서 나는 위층 아이들 방에서 애들이랑 플라스틱 블록을 갖고 같이 놀아 줬어. 그사이에 부부는 아래층에서 나를 어떻게 할 건지 의논하더군. 그때쯤엔이미 두렵지 않았어. 오히려 기분이 아주 좋던걸. 운명론자가 되었다고나 할까. 좀 있다 여자가 샌드위치와 커피 한 잔을 가져다주었고 남자는 나를 다른 집에 데려다주겠다고 하더군. 전화를 거는 모험은 할 수 없었던 거지.

그 다른 집도 역시 퀘이커 교도들이었는데, 그들을 만난 건 나로서는 뜻밖의 행운이었어. 왜냐하면 '언더그라운드 피메일로드'라는 단체의 한 지부였거든. 첫 번째 남자가 떠나고 나자, 그들은 나를 국외로 빼내 주겠다고 하더군. 혹시 지금까지 활동하고 있는 지부들이 있을지 모르니까, 자세한 방법은 말해 주지 않겠어. 각 지부는 오직 다른 지부 하나와 교신할 뿐이야. 항상 가장 가까운 지부 하나와. 그렇게 하면 이점도 있지만(예컨대 붙잡혔을 때 좋지.) 불리한 점들도 있어. 왜냐하면 한 지부가 체포되면, 전체 조직이 일단 후퇴를 해서 밀사들과 연락을 취하고 다른 루트를 만들 때까지 기다려야 하니까. 하지만 그래도 네가 상상도 못할 정도로 탄탄한 조직이었어. 그들은 한두 군데 쓸모 있는 장소들에 잠입했어. 그중 하나는 우체국이었는데, 거기에 근무하는 소형 트럭 운전사를 포섭해 두었던 모양이야. 나는 우편물 자루 속에 들어간 채로, 다리를 건너 도시 중심부로 들어갔지. 그 얘기는 해 줄 수 있는 게, 그 일이 있은 지 얼마 안 되어 그 기사는 금세 붙잡혔거든. 결국 '장벽'에 매달리는 신세가 됐지. 이런 얘기는 소문으로 돌게 되어 있어. 특히 여기서는 어찌나 많이 들리는지, 깜짝 놀랄 정도라니까. 사령관들이 자기 입으로 그런 얘기들을 하거든. 아마 '뭐 어때, 여기서 얘기가 나가봤자 우리 사인데, 상관없잖아.'라는 생각으로 하는 것 같아.

　말로는 아주 쉬운 일 같지만 그렇지가 않아. 그동안 내내 기진맥진해서 탈진할 지경이었다고. 가장 힘들었던 건, 이 사람들이 그럴 필요도 없는데, 자진해서 나를 위해 목숨을 내걸고 있다는 부담감이었어. 하지만 종교적인 이유로 하는 일이니까, 사적인 감정으로 생각하진 말라고 하더군. 그나마 마음의 위로가 됐지. 매일 저녁 그들은 묵도를 했어. 처음에는 '센터'에서 하던 그 개 같은 짓이 생각나서 익숙해지기가 매우 힘들더라고. 솔직히 말하면, 묵도를 할 때마다 뱃속이 뒤집혀서 죽는 줄 알았어. 나는 이건 전혀 다른 상황이라고 스스로 타이르느냐고 안간힘을 썼지. 처음에는 그게 정말 끔찍하게 싫었어. 하지만 그들이 기도의 힘으로 버티고 있다는 사실을 차차 깨닫게 되었지. 붙잡히면 어떤 꼴을 당한다는 건 다들 대충 알고 있었으니까. 세세한 부분까지는 아니지만, 그래도 웬만큼 다 알았어. 그때쯤에는 TV에도 재판이니 뭐니 그런 게 조금씩 흘러나오고 있었으니까.

그때만 해도 다른 종파에 대한 검거를 본격적으로 시작하기 전이었어. 종파야 어쨌든 기독교인이고 결혼한 부부라고 하면(첫 번째 결혼이어야 했지만) 웬만큼 간섭하지 않고 내버려뒀지. 처음에 그들은 다른 사람들한테 총력을 쏟았으니까. 일단 그쪽을 장악하고 나서 일반인들 전반으로 손을 뻗쳤지.

지하 생활을 한 지 아마 8~9개월 됐을 거야. 그들은 나를 여기저기 안전 가옥들로 데리고 다녔지. 그때는 꽤 많았거든. 전부 퀘이커 교도는 아니었고, 심지어 종교가 아예 없는 사람들도 있었어. 그냥 돌아가는 상황에 불만을 품은 평범한 사람들이었지.

정말 거의 탈출에 성공할 뻔했어. 그들은 나를 저 북부의 세일럼까지 데려다줬거든. 그다음에 닭들이 가득 찬 트럭을 타고 메인 주로 갔지. 진짜 냄새가 어찌나 지독한지 죄다 토할 뻔했지 뭐야. 트럭 안에 가득 찬 닭들이 죄다 멀미를 해 똥을 싸 대는데, 그거 너 상상이나 가냐? 아무튼 거기서 국경을 넘게 해 줄 작정이었나 봐. 자동차나 트럭은 이미 너무 감시가 심해서 어려웠고, 보트를 타고 해안선을 따라 위로 올라가야 했어. 그날 밤이 될 때까지 나는 그 사실을 몰랐어. 눈앞에 닥치기 전까지는 다음에 취할 행동을 미리 말해 주지 않았거든. 그렇게들 조심스러웠어.

그래서 나는 무슨 일이 벌어졌는지 정확하게 몰라. 어쩌면 막판에 누가 겁을 먹고 발을 뺐는지도 모르고, 외부인이 의심을 품었을 수도 있지. 어쩌면 보트 때문이었는지도 몰라. 사람들이 그가 밤마다 보트를 끌고 너무 자주 나간다고 의심했는지도 모르고. 아무튼 그때쯤에는 그곳뿐만 아니라, 국경 근처에는 '눈'들이 득시글거렸으니까. 이유야 어떻든, 부두로 향하려고 뒷문을 나서는데 그들한테 붙잡히고 말았어. 나와 그 남자, 그리고 아내까지. 50대의 나이가 지긋한 부부였는데. 그쪽의 해변 낚시가 다 엉망이 되기 전까지는, 바닷가재 사업을 했다더군. 그 후로는 소식을 몰라. 나는 다른 밴으로 호송됐거든.

나는 내 인생의 끝이라고 생각했어. 아니면 '센터'로 돌아가서 리디아 아주머니의 보살핌을 받고 강철 케이블로 두들겨 맞든가. 그여자 그걸 즐겼잖아. 말로는 죄인은 사랑하고 죄를 미워하라 어쩌고저쩌고 했지만 그 짓이 좋아 죽겠잖아. 그래, 확 죽어 버릴까 하는 생각도 했지. 그럴 수 있었으면 정말 저질렀을지도 몰라. 하지만 밴뒤 칸에 두 사람이나 같이 타서 매처럼 감시하고 있더라고. 말은 거의 안 하면서, 그냥 그 특유의 흐리멍덩한 눈으로 쳐다만 보고 앉은 거 있지. 그러니 자살도 포기할 수밖에.

하지만 '센터'로 돌아가지는 않았어. 다른 곳으로 보내졌지. 그 후에 무슨 일이 벌어졌는지는 말하지 않을래. 별로 말하고 싶지 않아. 다만 그치들이 상흔은 하나도 남기지 않았다고만 해 두지.

그 일이 끝나고 나자 영화 한 편을 보여 주더군. 무슨 영화였는지 알아? 콜로니에서의 삶을 찍은 거였어. 콜로니에서는 청소하느라 세월을 다 보내더군. 요즘은 아주 청결을 중시하는 분위기거든. 가끔은 전투 후에 시체들만 청소하기도 하지. 하지만 도시 게토들은 더 지독해. 시체들을 더 오랫동안 방치해 둬서 훨씬 많이 썩었거든. 이 인간들은 죽은 시체들이 그렇게 나뒹구는 꼴을 참지 못해. 전염병 같은 게 돌까 봐 두려워하지. 그래서 그 지역 콜로니의 여자들이 소각을 해. 다른 콜로니는 더 해. 독극물 쓰레기와 방사능 폐기물을 취급하거든. 그런 데서는 끽해야 3년을 버티면 코가 떨어져 나가고 피부가 고무장갑처럼 벗겨져 나간다고들 하더군. 식량을 많이 주지도 않고, 보호 장구 같은 걸 제공하지도 않아. 경비 절감 때문이래. 아무튼 그런데 보내는 사람들은 어차피 제거해야 할 인간들이니까. 그렇게 심하지 않은 콜로니도 있긴 있다고 하더군. 농사를 짓는다나. 면화와 토마토 같은 걸 재배한다고 해. 하지만 그 영화에서는 그런 곳은 보여 주지 않았어.

그런데 보내지는 사람들은 나이든 노파들(요즘 별로 할머니들이 눈에 띄지 않는다는 생각, 아마 너도 했을 거야.)과 세 번의 기회를 날려 버린 시녀들, 그리고 나 같은 구제 불능의 독종들이야. 우리 모두 폐기 처분된 인간들이니까. 그들은 물론 임신 불능이야. 처음엔 그렇지 않았더라도, 얼마 있으면 자연스럽게 그렇게 되지. 그들은 확신이 서지 않으면 간단한 수술을 해서 실수가 없게 만들어. 콜로니의 한 4분의 1 정도는 남자들인 것 같아. '배성자'들이라고 전부 '장벽'에 매달리는 건 아니거든.

그들은 모두 긴 드레스를 입어야 해. '센터'에서 입는 것하고 비슷한데 회색이라는 점이 다를 뿐이야. 단체 사진을 보아하니 남녀 상관없이 드레스를 입히는 모양이야. 아마 남자들의 사기를 떨어뜨리려고 드레스를 입히는 것 같아. 제길, 나라도 기가 꺾이겠더라. 어떻게 그걸 참겠냐? 어느 모로 보나 차라리 이 옷이 100배 나아.

아무튼 그러고 나더니 '레드 센터'로 복귀하는 특혜를 내리기엔 내가 너무 위험한 인물이라고 하더라. 내가 주변 사람들까지 타락시킬 거라는 거야. 그러더니 선택을 하라고 하더군. 이 노릇을 하던가, 콜로니로 가든가. 빌어먹을, 수녀들 말고 콜로니를 고를 인간이 어디 있겠냐. 그러니까, 내가 무슨 순교자 될 일 있냐고. 몇 년 전에 난관을 묶어 버렸으면, 수술도 필요 없었을 텐데 말이야. 여기 있는 여자들 중에 난관이 쓸 만한 여자는 하나도 없거든. 그러면 얼마나 복잡한 문제가 생기겠냐고.

그래서 이 모양 이 꼴이 된 거야. 그 치들은 얼굴에 바르는 크림까지 준다고. 너도 이리로 들어올 길 없는지 좀 알아봐라. 넉넉잡아 3~4년만 지나면 네 질도 너덜너덜 닳아빠질 텐데, 그럼 무덤으로 직행이라고. 음식도 나쁘지 않고, 마음만 먹으면 술이랑 마약도 할 수 있어. 게다가 밤에만 일하면 되거든."

"모이라. 설마, 진심은 아니겠지."

나는 모이라가 무서워진다. 그녀의 목소리 속에서 무심함, 의지 결여가 느껴지기 때문이다. 그렇다면 그들이 정말로 모이라에게 그런 짓을 해 버렸단 말인가? 그녀 존재의 핵심에 있던(그게 무엇이었을까?) 무언가를 앗아가 버렸단 말인가? 하지만 나 자신도 그렇게 못하는 주제에, 어떻게 그녀가 버텨나가길 기대한단 말인가? 내 마음대로 꾸며낸 그녀의 용기로 끝까지 살아나가기를, 온몸으로 실천하기를, 어떻게 그녀에게 바란단 말인가?

모이라가 나처럼 되는 건 싫다. 굴복하고, 순응하고, 근근이 제 목숨이나 연명하게 되는 건 싫다. 결국은 그게 문제다. 나는 모이라에게서 용감무쌍함을 기대한다. 허세를 부리고, 영웅적인 행동을 하고, 홀홀단신 적진에 뛰어들어 전투를 벌이기를 기대한다.

"내 걱정은 마." 그녀가 말한다. 내가 하는 생각을 대강 알아차린 모양이다. "나 아직 제정신이야. 나야. 보면 알잖아. 어쨌든 이렇게 생각해 봐. 이건 별로 나쁘지 않은걸. 주위에 여자들이 얼마나 많은데. 동성애자의 천국이라고 해도 과언이 아니란 말야."

모이라는 이제 나를 놀리고 있다. 자신의 원기를 과시하고 있다. 그러자 기분이 좀 나아진다.

"그래도 그냥 너를 내버려둬?"

"내버려두냐고? 오히려 나서서 권장한다, 야. 자기네들끼리 여기를 뭐라고 부르는 줄 알아? '이세벨의 집'이래. 아주머니들이 보기에 우리는 어차피 저주받은 존재니까 아예 포기하고 우리가 무슨 죄악을 저지르건 상관도 안 해. 사령관들도 우리가 여가 시간에 하는 일에 대해서는 신경 안 쓰고. 오히려 여자들이 여자들을 깔고 누운 풍경은 자극적이라고 한다니까."

"다른 여자들도 다 그래?"

"이렇게만 말해 두지. 여기 여자들은 남자들을 별로 좋아하지 않아."

그녀는 어깨를 으쓱해 보인다. 체념의 표시일지도 모른다.

내가 하고 싶은 얘기는 사실 좀 다르다. 나는 모이라가 어떻게 탈출했는지, 그 이야기를 하고 싶다. 탈출해서 이번에는 영영 돌아오지 않았다고. 아니, 그런 얘기를 할 수 없다면, 차라리 모이라가 '이세벨의 집'을 폭파시켜서, 그 속에 있던 사령관 50명을 한꺼번에 날려 버렸다고 말하고 싶다. 뭔가 대담무쌍하고 어마어마한 일을 저지르고 끝내 버렸다고 말하고 싶다. 뭔가 엄청난 일을, 그녀에게 어울리는 일을 저지르고 말았다고. 하지만 내가 아는 한 그런 일은 결코 일어나지 않았다. 나는 모이라가 결국 어떻게 끝을 맺었는지, 끝을 맺기나 했는지, 전혀 알지 못한다. 왜냐하면 그 후로 다시는 볼 수 없었기 때문이다.

39

사령관은 방 열쇠를 하나 갖고 있다. 내가 꽃무늬 소파에 앉아 기다리는 동안 프론트 데스크에 가서 가져왔다. 그는 내게 은근슬쩍 방 열쇠를 보여 준다. 나보고 알아서 이해하라는 것이다.

우리는 유리로 만든 계란 반쪽처럼 생긴 엘리베이터를 타고 올라가서, 넝쿨이 드리워진 발코니를 지나친다. 사람들이 다 쳐다봐도 나는 이해해 주어야만 한다.

그는 방문을 열쇠로 연다. 모든 게 똑같다. 옛날 옛적과 달라진 게 하나 없다. 커튼도 똑같다. 침대 시트와 어우러지는 짙은 파랑색 바탕에 오렌지색 양귀비가 그려진, 묵직한 꽃무늬 커튼과 햇빛을 차광하는 얇고 하얀 커튼. 덩치 크고 네모난 서랍 달린 책상과 침대 맡 협탁, 스탠드들, 벽에 걸린 그림들. 그릇에 담긴 과일, 보기 좋게 배열된 사과들, 꽃병에 담긴 꽃들, 커튼의 무늬에 맞춰 배열된 미나리

아재비와 악마의 붓꽃. 하나도 달라진 게 없다.

사령관에게 잠깐만 기다려달라고 말하고 화장실로 들어간다. 담배 연기 때문에 귓전이 윙윙 울린다. 아까 마신 진 토닉이 온몸을 나른하게 한다. 손수건을 물에 적셔 이마에 갖다 댄다. 잠시 후, 개별 포장된 작은 비누들이 있는지 살펴본다. 있다. 겉에 집시들이 그려진 스페인 수입품이다.

나는 비누 향기와, 소독약 냄새를 코로 들이마시며 하얀 욕조에서, 아득하게 들려오는 변기 물을 내리고, 그 물이 흐르는 소리를 들으며 서 있다. 이상하게 집에 온 것처럼 마음이 편하다. 변기라는 건 어딘지 안심이 되는 구석이 있다. 최소한 신체 기능은 평등한 상태 그대로 남아 있다. 똥 안 싸는 놈 봤냐. 모이라라면 그렇게 말했겠지.

욕조 가장자리에 앉아 텅 빈 타월을 뚫어져라 바라본다. 한때 저것들은 나를 흥분시켰는데. 한때 저것들은 사랑의 여파를 의미했거늘.

너희 엄마 봤어. 모이라가 말했다.

어디서? 내가 말했다. 한 대 세게 얻어맞고 나가떨어진 느낌이었다. 그동안 엄마가 돌아가셨다고 생각하고 있었다는 걸 순간 깨달았다.

직접 뵌 건 아니고. 그들이 보여준 영화 속에서 봤어. 콜로니 영화 말이야. 클로즈업한 걸 보니까 너희 엄마셨어. 그 회색 드레스로 몸을 칭칭 감고 계셨지만 알아보겠더라고.

하느님, 고맙습니다.

왜, 뭐가 고마워?

돌아가신 줄 알았어.

차라리 돌아가신 편이 나을걸. 모이라가 말했다. 어머님 생각을 한다면 제발 돌아가시게 해 달라고 빌어라.

엄마를 마지막으로 뵌 게 언제인지 모르겠다. 다른 만남들과 섞여서 헷갈린다. 별것 아닌 일로 만났을 게다. 엄마가 그냥 우리 집에 들렀던 게 분명하다. 엄마는 원래 그랬다. 내가 엄마고 당신이 자식인 것처럼 우리 집에 횡하니 왔다가 사라지시곤 했다. 그때도 엄마는 여전히 특유의 쾌활함을 간직하고 계셨다. 가끔씩 당신 아파트가 없을 때, 그러니까 방금 이사를 나왔다거나 이제 이사를 가야 한다거나 하실 때면 우리 집 세탁기에서 빨래를 하셨다. 어쩌면 나한테 뭘 빌리러 오셨는지도 모른다. 냄비나 헤어드라이어 같은 것. 그것도 엄마 버릇이었다.

그게 마지막이 될 줄은 꿈에도 몰랐다. 알았다면 훨씬 더 잘 기억했을 텐데. 우리가 무슨 말을 했는지조차 기억나지 않는다.

1주일이 지나고, 2주일, 3주일이 지나 상황이 갑작스레 악화되자 나는 엄마에게 전화를 걸었다. 하지만 받는 사람이 없었다. 다시 걸어봐도 마찬가지였다.

어디로 가신다는 말씀은 없었다. 하긴, 그럴 위인도 아니다. 늘 말없이 떠나곤 하셨으니까. 당신 차를 갖고 계셨고, 아직 운전을 못할 정도로 연세가 드신 것도 아니었다.

나는 아파트 관리인한테 전화 연락을 했다. 그는 엄마를 최근에 본 적이 없다고 했다.

걱정이 되었다. 혹시 심장마비나 뇌일혈로 쓰러지신 건 아닐까 생각했다. 내가 아는 한 병이라곤 앓아본 적이 없는 분이지만, 알 수 없는 일이었다. 엄마는 언제나 건강하셨다. 아직도 '노틸러스'에서 운동을 하셨고, 두 주에 한 번씩 수영장을 찾으셨다. 나는 친구들에게 엄마가 나보다 훨씬 건강하다고 말하고 다녔는데, 아마 그건 사실이었을 것이다.

루크와 나는 차를 몰고 도시로 들어갔고, 루크는 관리인을 윽박질러 아파트 문을 열게 했다. 마룻바닥에 쓰러져 돌아가셨는지도 모릅니다. 루크가 말했다. 너무 오래 두면 상황이 더 나빠질 거요. 냄새 생각은 해 봤습니까? 관리인은 허가가 필요하다는 둥 뭐라고 중얼거렸지만, 루크는 잘 설득했다. 우리는 오래 기다려줄 수 없으며 아예 가 버릴 수도 있다고 분명하게 말했다. 나는 울기 시작했다. 아마 그 작전이 주효했던 것 같다.

사내가 문을 열어젖혔을 때 우리가 발견한 건 혼돈 그 자체였다. 가구는 뒤집혀 있고, 매트리스는 갈기갈기 찢어져 속이 튀어나와 있었으며, 책상 서랍은 마룻바닥에 거꾸로 뒤집힌 채 내동댕이쳐져 있고, 내용물은 사방에 흩어진 채 군데군데 쌓여 있었다. 하지만 엄마는 아무 데도 없었다.

경찰을 불러야겠어. 나는 울음을 그쳤다. 머리에서 끝까지 오한이 나고, 이빨이 딱딱 마주치도록 떨렸다.

그러지 마. 루크가 말했다.

왜? 나는 루크를 쏘아보았다. 화가 치밀어올랐다. 그는 폐허가 되어 버린 거실에 서서, 나를 바라보고 있었다. 그러더니 주머니에 손을 쑤셔넣었다. 달리 어찌 해야 좋을지 알 수 없을 때 사람들이 흔히 취하는 몸짓 중의 하나다.

하지 말라면 하지 마. 그게 루크의 대답이었다.

너희 엄마 근사하시다. 모이라는 대학교 때 가끔 그런 말을 했다. 그러다 나중에는 너희 엄마는 번득이는 활력이 있어라고 말했고, 더 나중에는 너희 엄마 귀여우셔라고 했다.

귀엽지 않아. 나는 대꾸했다. 우리 엄마인걸.

저런, 넌 우리 엄마를 한번 봐야겠구나.

나는 치명적인 독극물을 쓸고 있는 엄마를 생각한다. 러시아에서 늙은 여자들한테 먼지 쓰는 일을 맡겨 써먹었던 것처럼. 하지만 이 먼지는 엄마를 죽이겠지. 그래도 실감 나질 않는다. 엄마는 그 도도함으로, 낙천성과 원기로, 특유의 활기로 그 궁지를 빠져나올 것이다. 뭔가 묘책을 생각해 낼 것이다.

하지만 그건 사실이 아니라는 걸 잘 안다. 애들이 다 그렇듯 엄마한테 책임을 떠맡기는 행동일 뿐이다.

나는 이미 엄마의 죽음을 한 번 애도했다. 하지만 다시, 또다시 슬퍼하련다.

나는 정신을 차리고, 이곳, 호텔로 돌아온다. 여기가 내가 있어야 할 곳이다. 지금, 이 하얀 조명 아래 넘치도록 넓은 거울에, 내 모습을 비춰본다.

천천히 차근차근 잘 살펴본다. 형편없는 몰골이다. 모이라가 고쳐 주었는데도 마스카라는 다시 번졌다. 자줏빛 도는 립스틱은 입가에 피처럼 흘러내리고, 머리카락은 제멋대로 뻗쳤다. 털이 죽죽 빠지는 핑크빛 깃털들은 카니발 인형들처럼 추레하고 별 모양의 반짝이 장식은 몇 개가 떨어져 나갔다. 어쩌면 처음부터 없었는데, 이제야 알아챈 것인지도 모른다. 나는 흉측한 화장을 하고 남의 옷을, 그것도 야하고 천박한 옷을 얻어입은 우스꽝스러운 몰골이다.

칫솔이 있으면 좋겠다.

여기 서서 생각할 수도 있겠지만, 시간이 흘러가고 있다.

자정이 되기 전에 집에 돌아가야 한다. 그렇지 않으면 호박으로 변해 버릴 것이다. 아니, 그건 수레였던가? 달력에 따르면 내일이 의례일이니, 오늘 밤 세레나는 내가 그녀의 서비스를 받기를 원할 것이다. 약속 장소에 가지 않으면 그 이유를 알아낼 테고, 그러면 어떻게 될까?

게다가 기분 전환을 원하는 사령관이 기다리고 있다. 거실에서 서성이는 사령관의 발소리가 들린다. 이제 그는 목욕탕 문 앞에 서서 침을 꿀꺽 삼키고, 무대에서 연기하듯 과장스럽게 '에헴'하고 헛기침을 한다. 나는 준비가 되었다든가 그 비슷한 뜻으로 뜨거운 수도꼭지를 튼다. 이 일을 해치워야 한다. 손을 씻는다. 불감증을 주의해야 한다.

밖으로 나갔을 때 사령관은 킹사이즈 침대에 누워 있었다. 나는 그가 신발을 벗고 있다는 것을 즉각 알아챈다. 나는 그의 옆에 눕는다. 지시를 듣지 않아도 안다. 이래라 저래라 하는 소리를 듣기는 싫다. 하지만 누우니까 기분이 좋다. 너무 피곤하다.

드디어 혼자야. 나는 생각한다. 사실은 그와 함께 단둘이 있고 싶지는 않다. 그것도 침대 위에. 차라리 세레나와 같이 있는 편이 낫다. 차라리 스크래블 단어 게임을 하는 편이 낫다.

하지만 내가 침묵한다고 해서 그가 주저할 리 없다.

"내일이지, 안 그렇소?" 그는 부드럽게 말한다. "하지만 약간 서둘러도 나쁠 건 없겠지."

그는 나를 향해 돌아선다.

"어째서 저를 여기 데려오신 거죠?" 나는 차갑게 말한다.

그는 이제 내 몸을 애무하고 있다. 시쳇말로 '이물에서 고물까지' 속속들이 어루만지고 있다. 왼쪽 허리를 따라 살금살금 애무하던 손길이 왼쪽 다리를 따라 아래로 내려간다. 그는 발에서 멈칫하더니, 손가락으로 발목에 살짝, 발찌처럼 동그라미를 그린다. 거기에는 문신이 있다. 그가 읽을 수 있는 점자, 가축의 낙인. 그것은 내가 그의 소유임을 의미한다.

나는 그가 매정한 사람은 아니라는 사실을 애써 상기한다. 다른 상황이었다면 심지어 호감이 가기까지 했을 것이다.

그의 손이 움직임을 멈춘다.

"기분 전환으로 좋아할 줄 알았는데."

그 정도로는 충분치 않다는 걸 그 자신도 안다.

"일종의 실험이었던 셈이지."

그것도 역시 충분치 않은 설명.

"당신이 알고 싶다고 했지 않나."

그는 일어나 앉아서, 단추를 끄르기 시작한다. 이건 더 나쁠까? 옷의 권력을 모두 벗어버리고 나체가 된 그를 상대하는 건 더 나쁠까? 이제 셔츠까지 내려갔다. 그리고 그 아래로는 슬프게도 약간 튀어나온 배. 몇 가닥의 털.

그는 내 어깨 끈 하나를 내리고, 다른 손을 깃털 속으로 미끄러뜨려 넣어보지만, 아무 소용이 없다. 나는 그냥 죽은 새처럼 누워 있을 뿐. 이 남자는 괴물이 아니야, 나는 생각한다. 자존심이나 혐오감 같은 사치를 부릴 수는 없어. 이런 상황에서 버려야만 하는 것들이 얼마나 많은데.

"불을 꺼야겠군."

사령관은 침울해져서 눈에 띄게 실망한 기색으로 말한다. 나는 그가 불을 끄기 전 잠깐 그의 모습을 본다. 제복이 없으니 그는 말린 물건처럼 더 왜소하고 늙어보인다. 문제는 내가, 그를 대할 때 보통 때 그를 대하던 것과 전혀 달라지지 않는다는 거다. 대체로 나는 그와 할 때 불감이다. 분명 여기서는 이런 김빠진 결말과 진부함 말고 우리 사이에 뭔가 있어야만 할 텐데.

연기해 봐. 머릿속으로 스스로에게 고함을 쳐 댄다. 기억할 거 아냐. 빨리 끝내지 않으면 밤새도록 여기 있어야 한다고. 어서 네 몸을 이리저리 뒤치고, 소리가 들리도록 밭은 숨을 쉬어야 해. 최소한 그 정도는 할 수 있잖아.

Night   밤   13
                               장

40

밤의 더위는 낮보다 더 지독하다. 선풍기를 켜두어도 아무것도 움직이지 않고, 벽은 열기를 축적했다가 사용한 오븐처럼 열을 발산한다. 틀림없이 곧 비가 내릴 터이다. 하지만 왜 내가 그걸 바라지? 더 축축해지기만 할 텐데. 아득하게 먼 곳에서 번개가 번쩍거리지만 천둥 소리는 들리지 않는다. 창문 밖을 바라보면 바닷물을 휘저을 때 나타나는 푸른 인광처럼 희번덕거리는 불빛이 하늘 뒤로 보인다. 하늘엔 구름이 잔뜩 낮게 드리워져 있으며, 흐릿한 회색 적외선이 비친다. 탐조등들은 꺼져 있다. 이건 흔치 않은 일이다. 정전인 모양이다. 아니면 세레나 조이가 미리 손을 써두었거나.

나는 어둠 속에 앉아 있다. 괜히 불을 켜놓아서 내가 깨어 있다고 동네방네 광고할 필요는 없다. 나는 다시 나의 빨간 옷을 겹겹이 차려입었다. 반짝이 옷은 벗어버리고 휴지로 립스틱도 닦아냈다. 흔적이 남지 않았으면 좋겠다. 립스틱 냄새가 나지 않았으면 좋겠다. 그의 냄새도.

그녀는 약속대로 자정이 되자 찾아왔다. 그녀의 발걸음 소리가 들린다. 희미하게 똑똑 걷는 소리, 복도의 방음용 카펫 위로 슬며시 옷을 끄는 소리가 들리더니 드디어 가벼운 노크 소리가 들린다. 나는 아무 말도 하지 않고, 그저 그녀를 뒤따라 복도를 지나 계단을 내려갈 뿐이다. 그녀는 생각했던 것보다 상당히 빨랐고 생각했던 것보다 훨씬 강인했다. 그녀의 왼손은 난간을 꽉 움켜쥐고서, 상당히 아플 텐데도 붙잡은 손길을 놓치지 않고 몸을 지탱해 준다. 입술을 깨물고 있는 걸 보니, 괴로운가 보다는 생각이 든다. 그래, 세레나 조이는 아기를 원한다 이거지. 내려가는 길에 있는 거울에 아주 짧은 순간, 푸른 형체와 붉은 형체, 우리 두 사람의 모습이 비치는 걸 본다. 나 자신과 나의 이면(異面).

우리는 부엌을 거쳐 바깥으로 나간다. 부엌은 텅텅 비어 있고, 희미한 야간 조명만 켜져 있다. 한밤의 텅 빈 부엌들 특유의 차분함이 감돌고 있다. 카운터의 그릇들, 양철 식기들, 그리고 도기들이 어둑한 빛 속에 웅장하고 묵직하게 떠오른다. 칼들은 목제 상자 속에 잘 치워져 있다.

"같이 밖으로 나가지는 않겠어." 그녀가 속삭인다.

그녀가 꼭 시녀인 것처럼 속삭이니까 기분이 이상하다. 보통 아내들은 목소리를 낮추는 법이 없다.

"문 밖으로 나가서 오른쪽으로 돌아. 거기 문이 또 하나 있는데, 열려 있을 거야. 계단을 올라가서 문을 두들겨. 그가 기다리고 있을 거야. 아무도 보지 못할 거야. 내가 여기 앉아 있을게."

그렇다면 일이 잘못될 때를 대비해 나를 기다려주겠다는 말이다. 만에 하나 코라와 리타가 어떤 이유로 잠을 깨서 부엌 뒷방에서 나온다거나 하는 불상사가 있으면 안 되니까. 그러면 세레나는 그들에게 뭐라고 둘러댈까? 잠이 오지 않았다고. 따뜻한 우유를 한 잔 마시고 싶었다고. 거짓말은 능숙하게 잘하겠지. 안 봐도 알 수 있다.

"사령관님은 위층 침실에 계셔. 이렇게 늦은 때 내려오시지는 않을 거야. 그러는 법이 없거든."

하지만 그건 당신 생각이지.

나는 부엌문을 열고 바깥으로 나가서 어둠에 눈이 익숙해질 때까지 잠시 기다린다. 밤에 혼자 밖에 나와 본 지가 너무도 오래되었다. 천둥 소리가 들린다. 폭풍이 다가오고 있다. 수호자들은 어떻게 처리했을까? 도둑으로 오인받고 사살당할 수도 있는데. 세레나가 어떻게든 수호자들도 매수했기를 바랄 뿐. 담배든 위스키든 뭐든 썼기를 바랄 뿐. 아니면 그들도 속사정을 다 알고 있을지도 모른다. 수호자들은 그녀의 종마 농장일지도 모른다. 이번에 잘 안 되면 수호자 쪽을 써 볼지도 모른다.

몇 발자국 안 되는 곳에 차고 문이 있다. 나는 풀밭을 소리 없이 밟고 지나 차고 문을 황급히 열어젖히고 안으로 들어간다. 계단은 어둡다. 너무 어두워서 아무것도 보이지 않는다. 더듬더듬 계단을 하나하나 발로 짚어보며 위로 올라간다. 여기 있는 카펫은 버섯 색깔일 거라 상상한다. 여기는 한때 학생이나 직장이 있는 젊은 독신자들을 위한 아파트였던 것이 틀림없다. 이 근방의 큰 건물들에는 그런 사람들이 많이 살았다. 독신자 아파트, 원룸, 그런 이름들로 불렸다. 이런 걸 기억하고 있다는 게 기쁘다. '다른 출입문 있음', 광고에는 그런 문구가 들어 있었고, 그건 곧 남의 눈에 띄지 않고 섹스를 할 수 있다는 뜻이었다.

계단 꼭대기에 다다르자 나는 문을 두들긴다. 그가 직접 문을 열어 준다. 그럼 달리 누가 나올 거라 기대했단 말인지? 등이 하나 켜져 있다. 딱 하나뿐이지만 밝아서 나는 눈을 깜박거린다. 나는 그의 어깨 너머를 바라본다. 눈길을 마주치고 싶지가 않다. 방은 조립식 접이 침대가 놓인 원룸으로 저 멀리 반대편 끝에 작은 부엌인 카운터가 있었고, 욕실 문이라 생각되는 문이 하나 더 있었다. 방은 불필요한 가구 하나 없이 군대처럼, 지극히 간소했다. 벽에 사진도 한 장 걸려 있지 않고, 화분 하나 없다. 야영을 하는 것처럼. 침대의 담요엔 회색으로 U. S.라는 글자가 찍혀 있다.

그는 뒤로 물러서서 내가 지나갈 수 있도록 길을 비켜준다. 와이셔츠 차림에 불이 붙은 담배 한 개비를 들고 있다. 방의 후덥지근한 공기 속에, 그에게서 담배 냄새가 풍긴다. 옷을 훨훨 벗어던지고, 그 냄새를 온몸에 뒤집어쓰고 싶다. 내 피부 위에 문지르고 싶다.

복잡한 절차는 생략이다. 그는 내가 온 이유를 잘 알고 있다. 그는 말 한마디 하지 않는다. 뭐하러 쓸데없는 짓을 하느냐 말이다, 이건 임무일 뿐인데. 그는 내게서 떨어져 저 멀리로 가더니 등을 끈다. 구두점을 찍는 것처럼 쉴 새 없이 번개가 이어지더니 천둥이 울려퍼진다. 그가 내 드레스를 벗기고 있다. 어둠으로 빚어진 남자, 그 얼굴

450

은 보이지 않는다. 호흡이 곤란하고 서 있기도 힘겨운 나는 이미 서 있는 게 아니다. 그의 입술이 내게 닿고, 그의 손이 나를 만지고, 애가 달아 도저히 기다리지 못할 정도인데 벌써 그가 움직이고 있다. 사랑, 참으로 오랜만이다. 나는 다시 한 번 내 피부 속에서 살아 움직이고, 그에게 두 팔을 두른 채로 끝없이 떨어져 내리고 사방을 보드랍게 촉촉이 적신다. 이번 한 번뿐일지도 모른다는 건 잘 알고 있었다.

이건 내가 꾸며낸 얘기다. 사실은 일이 그렇게 돌아가지 않았다. 실제로 일어난 일은 다음과 같다.

나는 계단 꼭대기에 올라가 문을 두들긴다. 그는 직접 문을 열어준다. 등불이 하나 켜져 있고 나는 눈을 깜박인다. 그의 시선을 피해 방을 살펴본다. 원룸에 침대는 조립식이고, 불필요한 장비는 전혀 없는 군대식이다. 그림 한 장 걸려 있지 않고 담요에는 U.S. 라는 글자가 찍혀 있다. 그는 와이셔츠 차림에 담배 한 개비를 들고 있다.

"여기, 한 모금 빨아요." 그는 내게 말한다.

복잡한 절차는 생략이다. 그는 내가 찾아온 이유를 잘 알고 있다. 애를 배기 위해, 사고를 치기 위해, 속도 위반을 하려고, 옛날에는 그런 말들이 한 가지 뜻이었다. 그에게서 담배를 받아 연기를 깊숙이 들이마시고 다시 건네준다. 우리는 손가락도 제대로 스치지 않는다. 겨우 그 정도 연기를 마셨을 뿐인데도 어지럽다.

그는 아무 말도 하지 않고 무표정하게 나를 바라본다. 그가 애무를 해 준다면 훨씬 좋을 텐데 좀 더 친근할 텐데. 스스로가 어리석고

꼴사납게 느껴진다. 그렇지 않은 걸 알면서도. 하지만 그는 속으로 어떻게 생각할까? 어째서 뭐라고 말 한마디 하지 않는 걸까? 어쩌면 그는 내가 '이세벨의 집'에서 사령관이나 더 많은 남자들과 더러운 짓을 했을 거라고 생각할지도 모른다. 그가 무슨 생각을 할까 걱정하고 있는 나 자신한테 짜증이 난다. 제발 현실적으로 굴자.

"시간이 별로 없어요." 내가 말한다.

정말 어색하고 민망한 말이다. 그럴 생각이 아니었는데.

"내가 병에 쏟으면 직접 그걸 집어넣어도 좋아요."

그는 웃지도 않는다.

"모질게 굴 필요는 없잖아요."

어쩌면 그는 이용당한다는 기분이 드는 것일지도 모른다. 어쩌면 그는 내게 뭔가를 일말의 감정을 원하는지도 모른다. 그 또한 인간임을, 그저 씨앗 주머니가 아니라는 걸 알아주기 바라는지 모른다.

"당신도 힘들 거라는 건 알고 있어요."

그래서 노력해 본다.

그는 어깨를 으쓱한다.

"돈 받고 하는 일인데요. 뭘." 그는 불량스럽고 퉁명하게 말한다. 하지만 여전히 꿈쩍도 하지 않는다.

나는 돈 받고, 당신은 씨 받고, 나는 머릿속에서 운율을 맞춰본다. 그래, 이렇게 하게 된단 말이지. 그는 화장과 반짝이를 좋아하지 않았다. 우리는 거칠게 간다.

"여기 자주 옵니까?"

"나같이 점잖은 아가씨가 이런 데서 뭘 하겠어요." 나는 대답한다.

우리는 둘 다 미소를 띤다. 이제 좀 낫다. 이건 우리가 연기를 하고 있음을 서로 안다는 의미다. 이런 상황에서 달리 무엇을 할 수 있으랴.

"절제는 사랑을 더 달콤하게 하지요."

우리는 옛날 한밤중에 방영하던 영화들의 대사를 인용한다. 그때 하던 영화들은 그때보다 더 이전 시대의 영화다. 이런 대화는 우리가 태어나기도 한참 전으로 훌쩍 거슬러 올라간다. 우리 엄마도 이런 식으로 말한 적은 한 번도 없었다. 적어도 내가 아는 한은 어쩌면 실제 삶에서 이런 식으로 대화를 나누었던 사람들은 아예 없었는지도 모른다. 애초부터 다 꾸며낸 허구였을 뿐일지도 모른다. 하지만 그래도, 이렇게 유치하고 허황되게 유쾌한 성적인 말대꾸들이 어찌나 쉽게 마음속에 떠오르는지 정말 신기할 정도다. 이제 이런 대화의 목적을 알 것 같다. 이런 대화가 처음부터 왜 필요했는지 실감이 난다. 자아의 핵심을 범접할 수 없게 하기 위해, 잘 감싸고 보호하기 위해서 필요했던 거다.

이제는 슬퍼진다. 우리가 말하는 방식이 나를 한없이 슬프게 만든다. 빛바랜 음악, 빛바랜 종이 꽃들, 해진 공단, 메아리의 메아리. 모두 다 사라져 버리고, 더 이상 가능하지 않다. 갑자기 나는 울기 시작한다.

마침내 그가 내게로 다가와 두 팔로 나를 감싸고, 등을 쓰다듬으며 다정하게 안아준다.

"이러지 말아요. 우리 시간이 별로 없어요."

내 어깨에 팔을 두른 채로 그는 나를 간이 침대로 데리고 가서 눕힌다. 심지어 담요를 먼저 들춰주기까지 한다. 그는 단추를 끄르고, 애무를 하면서 귓가에 키스를 퍼붓는다.

"로맨스 같은 건 없는 겁니다. 알겠죠?"

옛날에는 다른 의미로 다가왔을 터이다. 한때 그 말은 '책임을 지고 싶지 않다'는 뜻으로 통했다. 하지만 이제는 '영웅인 척하지 말자'라는 뜻이다. 혹시 그럴 일이 있더라도, 나를 위해 위험을 자초하지는 마라. 그런 뜻이다.

그리고 그렇게 된 거다. 그래서.

이번 한 번뿐일 거라는 걸 알고 있었다. 안녕. 나는 생각했다. 그때 이미, 안녕이라고.

하지만 천둥 소리 같은 건 나지 않았다. 그건 내가 덧붙인 것일 뿐. 입 밖에 내기 부끄러웠던 소리를 덮어 주는 천둥 소리.

아니, 사실은 그런 식으로 일이 돌아간 것도 아니다. 어떻게 됐는지 나도 잘 모르겠다. 정확하게 생각나지 않는다. 그저 내가 할 수 있는 거라곤 기억의 재구성뿐. 사랑의 느낌이란 언제나 근사치에 그칠 뿐이니까.

하지만 중간에 뜬금없이, 나는 부엌에 앉아 있는 세레나 조이를 생각했던 것 분명하다. 틀림없이 '싸구려 계집들 같으니라고'라고 생각하고 있을 그녀를. 아무한테나 가랑이를 쩍쩍 벌려 대는구나. 담배 한 개비만 갖다주면 만사 오케이야 하고 생각하고 있을 그녀를.

그리고 나중에는 그런 생각을 했다. 이건 배신이야. 행위 그 자체가 배신이 아니라 나의 반응이. 그이가 죽었다는 걸 내가 확실히 알고 있다면, 조금은 달라졌을까?

나도 수치심 따위는 훨훨 털어 버리고 싶다. 부끄러움 따위 없는 여자가 되고 싶다. 무지한 여자가 되고 싶다. 그러면 내가 얼마나 무지한지조차 알지 못할 텐데.

Salvaging   구제   14
                                장

41

 이 이야기가 달라졌다면 얼마나 좋을까. 좀 더 품위 있는 이야기였더라면 얼마나 좋을까. 이야기 속의 내가 더 행복해 보이지는 않더라도, 최소한 더 적극적이고, 덜 우유부단하고 사소한 일들에 이렇게 넋을 놓는 사람이 아니고 똑똑한 사람이라면 얼마나 좋을까. 이 이야기가 좀 더 구체적이라면 좋겠다. 사랑에 대한 이야기이거나, 갑자기 삶에서 정말 중요한 깨달음을 얻는 이야기라거나, 아니면 최소한 일몰이나 새나 폭풍우나, 눈(雪)에 대한 이야기라면 좋겠다.

 어떻게 보면 이 이야기도 그런 것들에 대한 이야기인지 모른다. 하지만 그사이에 중간에 너무 많은 다른 것들이, 너무 많은 속삭임들이, 타인에 대한 수많은 추측들이, 진위를 확인할 수 없는 숱한 뜬소문들이, 너무나 많은 말하지 못한 이야기들이, 너무 많은 탐색과 비밀들이 끼어들고 만다. 그리고 너무도 오랜 시간을, 기름에 튀긴 음식이나 짙은 안개처럼 지루한 시간들을 버텨내야만 한다. 고요하고 한가하고 몽롱한 거리에서 터진 폭발 사고처럼 시뻘건 사건들이 한꺼번에 터져 버린단 말이다.

이 이야기가 이토록 고통으로 점철되어 있어서 당신에게 미안하다. 교차 사격 한가운데 꼼짝없이 갇혀서 사살당하거나, 사지가 찢겨 능지처참을 당한 시체마냥, 내놓은 이야기란 것이 산산이 흩어진 파편들이라서 미안하다. 하지만 아무리 노력해도 내가 바꿀 수 있는 건 없다.

그래도 좋은 일들도 집어넣으려고 애를 써왔다. 예를 들어, 꽃 같은 것. 그마저 없다면 도대체 지금 어떤 기막힌 지경에 이르렀을까?

그렇지만 이 이야기를 하고, 또 하고, 되풀이할 때마다 나는 고통스럽다. 단 한 번만으로도 충분했으니까. 그때도 단 한 번으로 충분하지 않았던가? 하지만 나는 이 서글프고 굶주리고 황폐하고 절뚝거리고 사지가 절단된 이야기를 계속하려 한다. 왜냐하면 그래도 나는 이야기를 당신에게 들려주고 싶기 때문이다. 만에 하나 기회가 닿는다면, 미래에든 천국에서든 감옥에서든 지하에서든 다른 어떤 곳에서라도 당신을 만나거나, 당신이 탈출했을 때 내가 당신의 이야기를 들어줄 테니까. 미래, 천국, 감옥, 지하, 거기가 어디든 여기가 아닐 것은 분명하다. 무슨 이야기라도 털어놓다 보면, 적어도 당신이 존재한다는 것을, 거기 있어서 내 말을 듣고 있다는 것을, 구체적인 사실로 믿을 수 있다. 이 이야기를 당신한테 털어놓음으로써, 당신이 존재할 것을 의지로 명하는 바이다. 나는 이야기한다, 고로 당신은 존재한다.

그래서 나는 이야기를 계속할 생각이다. 그래서 스스로 견뎌낼 작정이다. 이제부터 이야기할 부분은 결코 당신의 마음에 들 리가 없다. 왜냐하면 내가 착하게 굴지 않으니까. 하지만 그래도 무엇 하나 빼먹거나 생략하지는 않으려 한다. 아무튼 당신은 이때까지 포기하지 않고 읽어왔고, 내가 빠뜨린 이야기들, 별 건 아니라도 진실을 내포하고 있는 이야기들을 들을 자격이 있기 때문이다.

그렇다면, 이것이 바로 그 이야기다.

나는 닉을 다시 찾아갔다. 몇 번씩, 나 혼자서, 세레나 몰래. 누가 시킨 것도 아니었고, 댈 핑계도 없었다. 그를 위해 한 일도 아니고, 전적으로 나 자신을 위한 일이었다. 내 몸을 그에게 준다는 생각조차 없었다. 내가 가진 것이 있어야 주지 않겠는가? 그가 나를 들여보내 줄 때마다 나는 베푼다는 생색이 들기는커녕 그저 고마운 마음뿐이었다. 그는 그럴 필요가 없었으므로.

그렇게 하기 위해 나는 무모해졌고, 어리석게 모험을 했다. 사령관과 헤어지고 난 후, 나는 보통 때와 마찬가지로 위로 올라갔지만, 그러고 나서 나중에 복도를 따라 뒤쪽에 달린 하녀들의 계단으로 걸어 내려와 부엌을 통과했다. 부엌문이 등 뒤에서 짤각 하고 닫힐 때면 나는 거의 매번 정말 되돌아가고 싶은 마음이 치솟는다. 그 소리는 쥐덫이나 무기 같은 쇳소리가 났다. 하지만 나는 되돌아가지 않았다. 몇 피트 길이의 야간 조명이 비추는 잔디밭을 서둘러 가로질러 갔다. 탐조등이 다시 들어와 있어서, 언제라도 총소리도 나기 전에 총알이 내 몸을 관통할지 모른다고 마음을 졸여야 했다. 어두운 계단을 더듬어 올라가서 문간에 기대면, 피가 치솟아 귓가가 울리곤 했다. 공포는 강력한 흥분제다. 그러고는 거지가 문을 두들기듯, 조심스럽게 노크를 했다. 매번 그가 가 버리고 없을 거라 생각하면서, 아니, 그보다 그가 이젠 더 이상 들여보내 주지 않겠다고 말할까 봐 두려워하면서. 더 이상 규율을 위반할 수는 없다고, 목숨을 걸고 나를 위해 위험한 짓을 계속할 수는 없다고 닉은 언제라도 말할 수 있었다. 아니 더 이상 흥미가 없다고 말할까 봐 더더욱 두려웠다. 그가 그런 말을 하지 않는다는 것을 나는 도무지 믿기지 않는 관용과 행운으로 여겼다.

그것 보라. 정말 파렴치하다고 미리 얘기하지 않았는가.

그리하여 일은 다음과 같이 진행되었다.

그가 문을 열어 준다, 셔츠 바람으로. 그는 셔츠를 바지 속에 집어넣지 않고 그냥 느슨하게 걸치고 있다. 칫솔이든, 담배이든, 아니면 음료가 든 유리잔이든 하여간 뭔가를 손에 들고 있다. 그는 이곳에 이것저것 숨겨두고 있는 물건들이 많았는데, 아마 암시장에서 거래한 물건이리라. 언제나 그의 손에는 뭔가 들려 있다. 내가 올 거라 기대하지 않고, 기다리지도 않고, 평소의 자기 삶을 살고 있었던 것처럼. 어쩌면 정말 그는 내가 올 거라 기대하지도, 기다리지도 않을지 모른다. 어쩌면 미래에 대해서는 아무런 생각도 없고, 신경 쓰지도 않고, 감히 상상하려고도 하지 않는지도 모른다.

"너무 늦었나요?"

내가 묻는다.

그는 아니라는 뜻으로 고개를 젓는다. 하긴 이제 우리 사이에 너무 늦는다는 말은 없는 걸로 되어 있었지만, 그래도 나는 예의상 한번 묻고 넘어간다. 그러면 마치 선택의 여지가 있는 것처럼, 뭔가 이렇게든 저렇게든 결정할 수 있는 것처럼, 내가 상황을 통제할 수 있는 것처럼 느껴져서 좋다. 그는 옆으로 비켜섰다가 내가 그 옆을 지나쳐 방 안으로 들어가면 문을 닫는다. 그러고 나서 그는 방을 가로질러 창문을 닫는다. 그다음에 그는 불을 끈다. 이 시점에 와서는, 이제 더 이상 많은 말이 필요 없다. 벌써 나는 절반쯤 옷을 벗었다. 말은 나중을 위해 아껴두기로 한다.

사령관과 함께 있을 때 나는 눈을 감는다. 심지어 굿 나이트 키스만 할 때라 해도. 아주 가까이서 그를 보고 싶지 않기 때문이다. 하지만 지금 여기서는 나는 매번 눈을 크게 뜨고 있다. 어딘가에 불이 켜져 있으면 좋겠다. 대학 시절의 아련한 추억처럼 병에 꽂은 촛불이라도 있다면. 하지만 그런 짓을 했다가는 너무 큰 위험을 감수해야 한다. 그러니 그냥 탐조등으로 만족할 수밖에. 저 바깥 땅바닥에서, 내 것과 똑같은 그의 하얀 커튼에 걸려져 들어오는 희번덕거리는 빛으로 만족할 수밖에. 볼 수 있는 한 그를 보고 싶다. 한껏 그를 흡수하고 기억하고 축적해 두고 싶다. 훗날 그 이미지를 떠올릴 수 있도록. 그 육체의 선들, 육신의 질감, 털투성이 피부에 맺힌 반짝이는 땀, 길고 냉소적이어서 그 속을 알 수 없는 얼굴. 루크와 함께 있을 때도 그랬어야 하는데. 사마귀와 흉터들, 특이한 주름들까지 세세한 부분들 전부에 신경을 쓰고, 살폈어야 했는데. 그러질 않아서 루크는 빛이 바래가고 있다. 날이면 날마다, 밤이면 밤마다 그는 멀어져 가고, 나는 점점 더 절개 없는 여자가 되어가고 있다.

이 사람이 원한다면, 나는 그를 위해 핑크색 깃털과 자줏빛 별들이 달린 옷을 입을 테다. 그가 원한다면 뭐든지, 심지어 토끼 꼬리라도 기꺼이 달 테다. 하지만 그는 그런 장식품을 요구하지 않는다. 우리는 일말의 회의도 없이, 우리 둘 다 다른 어떤 상대와도 다시는 섹스를 하지 못할 것처럼 매번 사랑을 한다. 그리고 또 한 번의 기회가 생기면, 그 또한 언제나 놀라움이오, 생각지도 못했던 덤이오, 은총이라 생각한다.

그와 함께 여기 있는 건 안전 그 자체다. 이곳은 바깥에서 폭풍우가 몰아치는 동안 둘이 꼭 껴안고 지내는 동굴이다. 물론 이건 망상이다. 이 방은 내가 갈 만한 곳 그 어디보다 위험하다. 붙잡히면 정상 참작 따위는 생각도 말아야겠지만, 나는 거리낌이 없다.

어쩌다가 나는 그를 이토록 신뢰하게 되었을까? 그 믿음 자체가 무모한 것인데. 어떻게 나는 그를 알고 있다고 제멋대로 착각할 수 있는 걸까? 털끝만큼도 아는 바가 없고, 진짜 하는 일이 뭔지도 모르는 주제에.

나는 이런 꺼림칙한 속삭임들을 모두 쫓아버린다. 나는 너무 말이 많다. 해서는 안 될 말들을 그에게 털어놓는다. 모이라에 대해, 오브글렌에 대해 이야기한다. 하지만 루크 이야기는 하지 않는다. 내 방에 묵었던 여자, 내 앞에 부임해 왔던 그 여자에 대해 말하고 싶지만 하지 않는다. 나는 그녀에게 질투를 느낀다. 그녀가 나보다 먼저 이곳에, 이 침대에 온 적이 있더라도, 그 얘기를 듣고 싶지 않다.

나는 그에게 나의 본명을 말해 주고, 이제는 그도 나를 이해한다는 느낌을 받는다. 나는 바보 천치처럼 군다. 좀 더 현명하게 처신해야 하는데. 나는 그를 나의 우상, 마분지 실루엣으로 만들어 버린다.

반면 그는 별로 말이 없다. 서로 속을 떠보며 농담을 거는 일은 더이상 없다. 질문도 거의 하지 않는다. 내가 하는 말에는 대체로 무관심하고 내 육체가 품은 매력에만 관심 있는 것처럼 보인다. 그래도내가 말할 때 나를 보기는 한다. 그는 내 얼굴을 바라본다.

이토록 한없는 감사의 마음을 품고 있는 대상이 나를 배반한다니, 상상할 수가 없다.

우리 둘 다 '사랑'이라는 말을 입 밖에 내지 않는다. 단 한 번도. 그것은 파멸을, 로맨스를, 그리고 불운을 초래할 것이다.

오늘은 여러 가지 꽃들이 피었다. 더 물기가 적고, 더 윤곽이 뚜렷한 한여름의 꽃들이 피어 있다. 데이지, 까만 눈의 수잔*들이 기나긴내리막길로 우리를 이끈다. 오브글렌과 배회하면서 정원들마다 피어 있는 그 꽃들을 본다. 나는 오브글렌의 말을 듣는 둥 마는 둥 한다. 나는 이제 그녀의 말들을 믿지 않는다. 그녀가 속삭이는 이야기들은 너무 비현실적으로 느껴진다. 지금 내게 그런 말들이 무슨 소용이란 말인가?

밤에 그 사람 방에 들어갈 수도 있잖아. 오브글렌이 말한다. 책상을 뒤져 봐. 서류나 암호 같은 게 있을 거야.

---

* 루드베키아 꽃

문이 잠겨 있어. 나는 중얼거린다.

우리가 열쇠를 하나 만들어 줄 수 있어. 그가 누군지, 무슨 일을 하는지 알고 싶지 않아?

하지만 사령관은 더 이상 내게 있어 주요 관심사가 아니다. 나는 그에 대한 무관심을 들키지 않도록 조심한다.

예전과 조금도 변함없이 살아가야 해. 닉이 말한다. 절대 달라져서는 안 돼. 그러지 않으면 그들이 눈치 챌 거야. 그는 내게 키스를 하고, 계속 나를 응시한다. 약속하는 거지? 절대 실수하면 안 돼.

나는 그의 손을 내 배에 갖다 댄다. 애가 생겼어요. 내가 말한다. 아기가 생겼다는 느낌이 들어요. 몇 주만 있으면 확신할 수 있을 거예요.

나도 이것이 희망 사항임을 잘 알고 있다.

그가 당신을 매우 총애하겠군. 닉이 말한다. 그 여자도 그렇고.

하지만 당신의 아기인걸요. 정말, 당신 아기예요. 그러길 바란다.

하지만 우리는 이 화제를 계속 이어가고 싶지 않다.

못하겠어. 나는 오브글렌에게 말한다. 너무 겁이 나. 그런 일에는 영 서툴고. 들키고 말 거야.

유감스러운 말투로 가장하는 수고조차 나는 사양하고 만다. 그렇게 게을러져 버렸다.

우리가 너를 꺼내줄 수 있어. 오브글렌이 말한다. 정말로 위험에 처하면 빼내주기도 해. 급박한 위기가 닥치면.

솔직히 말하자면, 더 이상 떠나고, 탈출하고, 국경을 넘어 자유를 찾고 싶지가 않다. 닉과 함께 여기 있고 싶다. 손닿는 곳에 그가 있는 이곳에 머무르고 싶다.

이런 이야기를 하는 내가 부끄럽다. 하지만 사실은 거기서 그치지 않는다. 지금 이 순간에도, 나는 이런 인정이 일종의 과시라는 생각이 든다. 일종의 자긍심이 내포되어 있다는 말이다. 왜냐하면 그렇게 인정하는 것은 내게 있어 그 일이 얼마나 극단적이고 정당화되어 있는가를 잘 보여 주기 때문이다.

그 일이 얼마나 가치 있는 일이라고 생각하는지를. 그건 마치 죽다 살아난 사람들이 질병과 죽을 뻔한 경험에 대해 이야기를 늘어놓는 것과 같다. 전쟁담과 마찬가지다. 그런 이야기들은 중차대한 심각성을 자랑스럽게 떠벌인다.

한 남자에 대해 그렇게 심각할 수 있다는 게, 전에는 내게 꿈도 꿀 수 없는 일이었다.

어떤 날은 좀 더 합리적이 되기도 한다. 스스로도 '사랑'이라는 말로 설명하지는 않았다. 자기 자신에게 말하기를, 여기서 나도 삶 비슷한 것을 가꾸었을 뿐이라고 했다. 숱한 전쟁 통에서 살아남은 여자들과 정착민의 아내들도 남자가 생긴다면 그렇게 생각했을 터이다. 인류란 참 잘도 적응하고 살지, 엄마는 그런 말씀을 자주 하셨다. 정말 대단해, 소소한 보상이 조금만 있어도, 어떤 상황에든 적응하고 사는 걸 보면.

이제 멀지 않았어. 코라가 말한다. 한 달 동안 쌓인 생리대를 빨아 널면서. 조금만 기다리면 되겠어, 조심스러우면서도 의미심장한 미소를 던진다. 그녀는 알고 있나? 밤마다 그들의 계단을 내려가 무슨 짓을 하고 있는지 리타도 알고 있는 건가? 나도 모르게 전부 들켜

버린 건가? 백일몽을 꾸면서 아무것도 아닌 일에 비실거리며 웃다가, 아무도 보는 사람이 없다고 생각하고 살짝 얼굴을 혼자 쓰다듬다가 그만 다 들켜 버린 건가?

오브글렌은 나를 포기하려 한다. 속삭임은 줄어들고 날씨 이야기가 많아진다. 하지만 그리 아쉽지가 않다. 오히려 안도감이 밀려든다.

42

　종이 울리고 있다. 아주 먼 곳에서도 종소리가 들린다. 아침이다. 오늘 아침에는 아침 식사가 없다. 정문에 다다르면 우리는 2열 종대로 줄을 서서 관문을 통과한다. 상당한 많은 수의 특수 부대 소속 천사들이 소요 진압용 장비를 갖추고(꼭 딱정벌레처럼 보이는, 툭 튀어나온 어두운 색의 강화 유리 마스크에, 길다란 몽둥이, 그리고 가스 깡통이 달린 총들) '장벽' 바깥을 둘러친 줄 앞에 도열해 있었다. 혹시나 집단 히스테리가 일어날 경우를 대비해서다. '장벽'의 갈고리들은 텅 비어 있다.

　오늘은 여성 전용 구역 '구제 행사' 날이다. '구제 행사'들은 항상 남녀를 분리해 치른다. 이번 행사는 바로 어제 공고되었다. 원래 바로 전날이 아니면 공고가 나지 않는다. 준비하기에는 너무 짧은 시간이다.

종소리에 맞추어 우리는 한때 학생들이 밟고 다녔던 길을 따라, 한때 강의실이고 기숙사였던 건물들을 지나쳐 걷는다. 다시 이 안에 들어오니 정말 이상한 느낌이 든다. 바깥에서 보면 변화가 전혀 느껴지지 않는다. 창문의 블라인드들이 대부분 굳게 내려져 있다는 사실 말고는 별로 달라진 게 없다. 이 건물들은 이제 '눈'들이 차지하고 있다.

우리는 한때 도서관이었던 건물 앞에 있는 넓은 풀밭으로 줄지어 걷는다. 위로 올라가는 하얀 계단들은 아직도 그대로고, 정문도 바뀐 게 없다. 풀밭에는 나무 무대가 하나 있는데, 옛날에 봄이면 졸업식을 위해 세우곤 하던 그런 단상과 비슷하다. 나는 모자들을 생각한다. 엄마들이 쓰고 오던 파스텔 빛깔의 모자들, 그리고 학생들이 입던 검은 가운과 빨간 옷들도 떠올린다. 하지만 이 무대는 절대 졸업식 단상과 다르다. 그 위에 밧줄 올가미들이 늘어뜨려진 나무 기둥이 세 개 서 있기 때문이다.

무대 전면에는 마이크가 있고, 텔레비전 카메라가 주도면밀하게 측면에 배치돼 있다.

이런 행사에 와본 건 2년 전 단 한 번뿐이다. 여자들의 '구제'는 흔한 일이 아니다. 요즘은 별로 그럴 필요가 없기 때문이다. 너무나 언행들이 정숙하기 때문이다.

나는 이 이야기를 하는 게 싫다.

우리는 정해진 순서대로 자리를 잡는다. 아내와 딸들은 뒤쪽에 배치된 접이 의자에 앉고, 이코노 아내와 하녀들은 가장자리와 도서관

계단에 둘러앉고, 시녀들은 맨 앞에 모든 사람들의 눈길이 닿는 곳에 자리를 잡는다. 우리는 의자에 앉지 않고, 무릎을 꿇는데, 이번에는 다행히 방석이 준비되어 있다. 빨간 벨벳으로 된 작은 방석으로 아무런 글자도, 심지어 '믿음'이라는 말조차 씌어 있지 않다.

다행히 날씨는 괜찮다. 너무 덥지도 않고, 구름이 조금 낀 맑은 날씨다. 빗속에 이렇게 꿇어앉아 있으면 정말 참담한 기분이 들 텐데. 어쩌면 그래서 이렇게 늦게야 공고를 띄우는지도 모른다. 날씨를 미리 알 수도 있도록 말이다. 매우 그럴듯한 이유 아닌가.

나는 받은 빨간색 벨벳 방석을 깔고 앉는다. 오늘 밤, 하얀 벽에 반사되는 빛을 받으며 나눌 어둠 속의 사랑을 생각하려 애쓴다. 그의 품에 안기는 느낌을 떠올린다.

첫 번째 방석들이 줄지어 있는 앞으로 기다란 밧줄이 있다. 그것은 뱀처럼 꾸불거리며 두 번째 줄을 따라 이어져서, 하늘에서 바라본 매우 오래되고, 아주 느린 강물처럼 줄지어선 의자들 사이를 통해 뒤편으로 빠져 나간다. 갈색 밧줄은 두껍고 타르 냄새가 났다. 밧줄의 앞쪽 끝은 무대에까지 이어져 있었다. 도화선이나 풍선의 끈처럼 보였다.

무대 왼쪽으로 구제를 받을 사람들이 늘어서 있었다. 시녀 두 사람, 아내 한 사람. 아내가 구제받는 것은 흔한 일이 아니라, 처음의 생각과는 달리 관심이 생긴다. 그 여자가 무슨 짓을 했는지 알고 싶어진다.

그들은 정문이 열리기 전부터 이 자리에 끌려와 있었다. 모두들 마치 곧 상을 받을 졸업생처럼 나무 접이 의자에 앉아 있다. 모범생들처럼 두 손을 무릎 위에 모으고 단정하게 앉아 있다. 그들은 약간 몸을 흔드는데, 아마 소란을 피우지 못하도록 주사나 약을 처방받았을 것이다. 일이 순조롭게 진행되는 편이 아무래도 좋으니까. 그들은 의자에 묶여 있는 걸까?

이제 공식 행렬이 무대를 향해 행진해 오른편에서 계단을 오르기 시작한다. 여자 세 명으로 맨 앞의 한 명은 아주머니이고, 검은 후드가 달린 망토를 입은 '구제자' 두 사람이 한 발짝 뒤를 따르고 있다. 그들 뒤에는 다른 아주머니들이 있다. 우리 사이에 오가던 속삭임이 조용해진다. 세 명은 자리를 잡고, 우리 쪽으로 향한다. 아주머니 양쪽으로 두 사람의 구제자들이 호위하고 있는 대열이다.

리디아 아주머니다. 그녀를 본 지 몇 년이나 된 걸까? 리디아 아주머니가 내 머릿속에서만 존재했던 인물은 아니었을까 하는 생각이 막 들려던 참이었는데, 이렇게 내 눈앞에 나타난 것이다. 약간 나이가 더 든 모습으로. 내가 앉은 자리에서는 단상이 아주 잘 보여서, 그녀의 코 양옆으로 깊어진 주름들과 깊이 팬 미간을 볼 수 있다. 그녀의 두 눈이 깜박거린다. 그녀는 신경질적인 미소와 함께, 왼편 오른편을 훑으며 관중들을 살펴보고, 한 손을 들어 머리에 쓴 장식을 만지작거린다. 확성기 너머에서 목이 졸리는 듯한 이상한 소리가 흘러나온다. 그녀가 침을 꿀꺽 삼키고 있는 것이다.

벌써 몸이 부르르 떨리기 시작한다. 증오가 침처럼 입 안에 가득 괸다.

태양이 솟고, 무대와 무대 위를 채운 사람들은 크리스마스 때 교회의 예수 탄신 그림처럼 빛난다. 리디아 아주머니의 눈 밑에 생긴

주름과, 자리에 앉은 여자들의 창백한 안색, 바닥 풀밭 내 앞으로 늘어져 있는 밧줄의 가시, 풀잎의 칼날을 본다. 내 바로 앞에는 민들레 한 송이가 피어 있다. 계란 노른자 색깔이다. 나는 공복감을 느낀다. 종소리가 멈춘다.

리디아 아주머니가 일어서서, 양손으로 치마 매무새를 가다듬더니 마이크 앞으로 걸어 나온다.

"안녕하세요, 숙녀 여러분."

그녀가 말하자 즉시 귀가 찢는 듯한 찡찡거리는 반향 음이 확성기 너머에서 돌아온다. 놀랍게도 우리들 사이에 폭소가 터진다. 웃지 않을 수가 없다. 팽팽한 긴장 때문에라도. 소리를 조정하는 리디아 아주머니의 얼굴에 짜증스러운 기색이 비친다. 원래 엄숙한 행사여야 하기 때문이다.

"안녕하세요, 숙녀 여러분."

그녀는 다시 말한다. 이제는 낮은 음조의 금속성 목소리다. 아내들이 있기 때문에 '숙녀'라는 말을 쓰는 것이다.

"이렇게 아름다운 아침에 우리 모두 이곳에 모이게 한 불행한 사건을 여러분들 모두 잘 알고 계시리라 믿습니다. 이런 아침에는 뭔가 다른 일을 한다면 좋을 텐데요. 적어도 제 마음은 그렇습니다. 하지만 의무란 엄격한 감독자이죠, 아니 이럴 때는 여 감독자라고 해야 할까요? 어쨌든 우리는 오늘 이곳에 의무의 이름으로 모였습니다."

그녀는 몇 분 동안 이런 얘기를 늘어놓지만 나는 듣지 않는다. 이 연설은, 아니 이와 비슷한 연설은 전에도 신물 나도록 들었다. 변함없는 상투어, 변함없는 슬로건들, 변함없는 구호들. 미래의 횃불, 인류의 요람, 우리 앞에 놓인 사명 등등. 이런 연설이 끝난 뒤에 예의 바른 박수갈채가 이어지고 잔디밭에서 홍차와 쿠키를 대접하지 않는다는 게 이상하게 여겨질 정도다.

서론이 대충 끝났군. 나는 생각한다. 이제 본론으로 들어가겠지.

리디아 아주머니는 주머니를 뒤적거리더니 꾸깃꾸깃한 종이를 한 장 꺼낸다. 그녀는 종이를 펼쳐 살펴보면서 지나치게 뜸을 들인다. 그렇게 해서 우리를 길들이고, 자신이 어떤 존재인지 확실히 알게 하려는 거다. 말없이 종이의 글을 읽는 자기 모습을 우리가 지켜보게 함으로써 자신의 특권을 과시하려는 거다. 천박해, 나는 생각한다. 제발 빨리 해치워 버려.

"과거에는 실제의 '구제'에 앞서 죄수들이 기소된 범죄의 자세한 내역을 설명하는 절차가 있었습니다. 하지만 우리는 그렇게 공공연한 설명을 하면, 특히 TV로 방영할 경우에 예외 없이 모방 범죄가 폭발적으로 증가한다는 사실을 알게 되었습니다. 그리하여 우리는 이러한 절차를 생략하는 것이 모두를 위해 최선의 일이라고 결론 내렸습니다. 더 이상 복잡한 절차 없이 '구제'를 진행하겠습니다."

모두들 한꺼번에 웅성웅성 소리를 낸다. 다른 사람들의 범죄는 우리들끼리의 은밀한 언어였다. 그 내역을 통해 우리는 우리 자신이 어떤 것을 할 수 있는지 이해하기 때문이다. 이건 대중이 호응할 발언이 아니었다. 하지만 박수갈채를 만끽하고 있는 듯 눈을 깜박거리며 미소를 짓고 있는 리디아 아주머니의 얼굴만 봐서는 절대 알 수 없을 것이다. 이제 우리는 전부 머리로 다 상상해 내야 한다. 각자 알아서 추정해야만 한다. 첫 번째 여자, 그들이 지금 의자에서 일으켜 세우고 있는 여자, 검은 장갑을 낀 손들에 위 팔뚝을 붙들린 여자. 그녀는 책을 읽었을까? 아냐, 그건 3급 범죄로 겨우 한쪽 손을 자를 뿐이다. 부정(不貞), 아니면 사령관의 목숨을 노렸던 건가? 아니, 그보다는 사령관의 아내를 죽이려고 했다는 게 더 그럴싸하다. 우리는 아마 그럴 거라고 생각한다. 아내의 경우에는 '구제'당할 만한 범죄가 대체로 단 하나밖에 없다. 그들은 우리에게 무슨 짓을 해도 문책받지 않지만, 단 하나 우리를 죽이는 건 법적으로 금지되어 있다. 뜨개질 바늘이나 정원 가위나, 주방에서 훔친 칼들로 우리를 살해해서는 안 된다. 특히 우리가 아기를 가지고 있을 때에는 더더욱 그렇다. 물론, 간통 죄일 수도 있다. 그럴 가능성은 상존하는 법.

아니면 탈출을 기도했거나.

"오브찰스."

리디아 아주머니가 이름을 부른다. 내가 아는 사람 중에는 그런 이름이 없다. 여자가 앞으로 끌려나온다. 그녀는 온 신경을 걷는 데만 집중하는 사람처럼 한 발, 그다음에 다른 발, 힘겹게 옮긴다. 약에 취한 게 틀림없다. 입가에는 술 취한 듯 몽롱한 미소가 떠올라 있다. 그녀는 한쪽 얼굴을 찡그리면서, 카메라를 향해 어울리지 않는 윙크를 던진다. 물론, 방송에는 절대 나가지 않을 것이다. 이건 생중계가 아니다. '구제자' 두 사람이 그녀의 손을 등 뒤로 돌려 묶는다.

내 뒤에서 구역질하는 소리가 들린다.

이래서 우리가 아침 식사를 하지 않는 거다.

"아마, 틀림없이 재닌일 거야."

오브글렌이 속삭인다.

전에도 본 적이 있다. 하얀 주머니를 머리 위에 뒤집어쓰고, 버스 계단을 오를 때 부축을 받는 것처럼 여자가 부축을 받아 높은 의자 위로 올라간다. 그녀가 그 위에서 중심을 잡으면, 올가미가 제의(祭 衣)처럼 목 둘레에 조심스럽게 자리잡고, 의자가 발길에 채여 나가 떨어진다. 그 순간, 주위에서 내뱉는 기나긴 한숨 소리도 전에 들어 본 적이 있다. 에어 매트리스에서 공기가 빠지듯 새어 나오는 한숨. 리디아 아주머니가 마이크에 손을 얹고, 그녀 뒤에서 나는 다른 소 리를 막으려 하는 모습도 본 적이 있다. 다른 사람들과 호흡을 맞춰 내 앞에 놓인 밧줄에 두 손을 다 얹는 것도 이번이 처음은 아니다. 뜨거운 태양 아래 아스팔트가 녹아 끈적끈적하고 털투성이인 밧줄 을 만졌다가 손을 가슴에 올려놓음으로써 '구제자'들에게 지지를 보 내고 이 여인의 공범으로써 함께 죽음을 받아들인다는 의사 표시를 하는 셈이다. 발길질하는 두 발과 이제 그 두 다리를 붙잡고 온몸의 무게를 실어 밑으로 끌어당기는 검은 옷의 두 사람 역시 전에 본 적 이 있다. 이제 더 이상 그런 모습은 보고 싶지 않다. 나는 대신 풀밭 을 내려다본다. 나는 밧줄을 묘사한다.

43

시체 세 구가 거기 매달려 있는데, 머리에 하얀 부대를 뒤집어썼다 해도 이상하리만치 축 늘어져보인다. 정육점 진열장에 목을 꿰어놓은 닭들처럼, 날개가 잘린 새들처럼, 날아오를 수 없는 새들처럼, 파멸한 천사처럼 보인다. 그 시체들에서 눈길을 떼기란 참으로 어렵다. 치마 밑으로 두 발이 대롱대롱 매달려 있다. 두 쌍의 빨간 구두, 한 쌍의 파란 구두. 밧줄과 부대만 아니면 플래시 카메라에 잡힌 무슨 댄스나 발레의 한 장면이라 해도 됐을 것이다. 그만큼 의식적으로 배열한 것처럼 보인다. 쇼처럼 보인다. 파란 구두를 한가운데 배치시킨 건 틀림없이 리디아 아주머니였을 것이다.

"오늘의 구제는 이것으로 마칩니다. 하지만……."

리디아 아주머니가 마이크에 대고 알린다.

우리는 그녀를 향하고, 그녀의 말에 귀 기울이고, 그녀를 바라본다. 리디아 아주머니는 언제나 훌륭하게 연설의 공백을 이용할 줄 아는 사람이었다. 우리 위로 잔물결이 휩쓸고 지나간다. 동요가 인다. 아마 뭔가 다른 일이 또 일어나려는 모양이다.

"이제 일어서서, 원형 대형으로 서십시오."

그녀는 우리를 내려다보며 미소 짓는다. 너그럽고 후한 미소다. 우리에게 뭔가 선물을 주려나 보다. '베풀려나 보다'.

"질서를 지켜서, 자."

그녀는 우리, 시녀를 보고 말하고 있다. 아내들 중 일부는 이제 자리를 뜨고, 딸들 역시 일어서는 이들이 있다. 대부분은 남아 있지만, 방해가 되지 않도록 멀찌감치 떨어져서 그냥 보고 있을 뿐이다. 그들은 원의 일부가 아니다.

수호자 두 사람이 앞으로 뚜벅뚜벅 걸어 나와 두꺼운 밧줄을 말아 방해가 되지 않도록 치운다. 다른 수호자들은 방석들을 치운다. 우리는 이제 무대 앞의 잔디밭 공터에서 빙빙 돌고 있다. 가운데 부근의 앞자리를 차지하려고 밀치는 사람들도 있고, 방호를 받을 수 있는 중간 자리로 밀치고 들어오려고 심하게 밀어젖히는 사람들도 있다. 이런 집단에서 눈에 띌 정도로 꾸물거리는 건 잘못이다. 그러면 미적지근하고 열정이 부족하다고 낙인찍힐 수도 있기 때문이다. 이 안에 있는 모두는 일종의 에너지를 축적시키고 있다. 중얼거림, 의욕과 분노의 전율. 몸은 긴장으로 뻣뻣하고, 두 눈은 마치 조준을 하듯 빛나고 있다.

나는 맨 앞줄에 서고 싶지 않다. 무슨 일이 일어날지 확실히는 모르지만, 아주 가까이서 자세히 보고 싶을 정도의 일은 아니라는 생각이 든다. 하지만 오브글렌이 내 팔을 잡고서 끌어당기는 바람에 이제 우리는 둘째 줄에 서게 되었다. 우리 앞에는 이제 얄팍한 몇 사람의 몸이 있을 뿐. 보고 싶지는 않지만, 그렇다고 뒤로 물러나고 싶지도 않다. 나도 들은 풍문들이 있는데, 이제까지는 절반밖에 믿지 않았다. 이 모든 일들을 나는 이미 알고 있지만 스스로 타이른다. 그들이 설마 그렇게까지 하지는 않을 거라고.

"'참여 처형'의 규칙들은 다들 알고 있겠죠. 호루라기를 불 때까지 기다리도록. 그 후에는, 다음 호루라기 소리가 날 때까지 여러분 마음대로 해도 좋아요. 알겠지요?"

우리에게서 두런두런하는 소리가 들려온다, 형체 없는 동의다.

"좋아요, 그럼."

리디아 아주머니가 말한다. 그녀는 고개를 끄덕인다. 두 명의 수호자들(그러나 밧줄을 걷어간 이들과는 다른 사람들이었다.)이 이제 무대 뒤에서 앞으로 걸어나온다. 두 사람 사이에는, 반쯤은 질질 끌고 반쯤은 들어옮기고 있는 세 번째 남자가 늘어져 있다. 그 역시 수호자의 제복을 입고 있지만, 모자도 쓰고 있지 않고 제복은 더럽고 갈기갈기 해져 있다. 얼굴은 군데군데 상처가 나고 멍이 들어 있었다. 짙은 암적색 멍이 들고, 살갗은 붓고 우둘투둘 혹이 솟아 있었으며, 깎지 않은 수염이 무성했다. 얼굴이 아니라 미지의 채소 같아 보였다. 난도질당한 구근이나 근채류가 아니면 비정상적으로 자란 채소 같은 모습이었다. 내가 선 자리에까지 그의 체취가 훅 풍겨왔다. 똥과 구토 냄새가 심하게 났다. 머리카락은 얼굴 위로 흩어져 내려와 있었는데, 삐죽삐죽하게 뭉쳐 있는 건……, 뭘까? 말라붙은 땀?

나는 혐오감에 차 그를 바라본다. 그는 술에 취한 것처럼 보인다. 대판 싸운 주정뱅이 같은 모습이다. 어째서 여기 술 취한 주정뱅이를 데리고 들어온 거지?

리디아 아주머니가 입을 열었다.

"이 남자는 강간으로 기소되었습니다."

그녀의 목소리는 분노로, 일종의 득의양양한 승리감에 차올라 파르르 떨렸다.

"한때는 수호자였습니다. 그는 제복에 먹칠을 했습니다. 신뢰받는 입장이라는 점을 악용했습니다. 그의 공범은 벌써 사살당했어요. 아시다시피, 강간에 대한 법정 형벌은 죽음입니다. 신명기 22장 23절에서 29절 사이에 나와 있습니다. 이 범죄에는 두 사람의 시녀가 연루되었으며, 피고는 피해자 총으로 협박해 범행을 저질렀습니다. 또한 야만적이기도 했습니다. 세세한 부분까지 말해서 여러분의 귀를 더럽히지는 않겠습니다만, 그중 한 여자는 임신 중이었고 아기는 목숨을 잃었다는 점은 말해 두죠."

우리가 내쉬는 한숨이 공중으로 올라간다. 무의식중에 나는 주먹을 불끈 쥔다. 너무 심하다, 그런 폭행을. 게다가 우리가 어떤 고생을 하는데, 아기까지. 인간의 본성 중엔 피를 보고 싶은 욕망이 있다더니, 사실이었나 보다. 찢어발기고, 끌로 파내고, 잘게 부수고 싶다는 생각이 든다.

좌우로 고개를 흔들고, 콧구멍을 벌렁거려 죽음의 냄새를 맡으며, 우리는 서로 밀고 밀치면서 앞으로 나아간다. 우리는 서로 바라보며 각자의 얼굴에서 증오를 읽는다. 총으로 쏴 죽이다니, 그건 지나친

선처였다. 남자의 고개가 비틀비틀 흔들거린다. 리디아 아주머니의 말을 듣기나 했을까?

리디아 아주머니는 잠깐 기다린다. 그러더니 보일락 말락 미소를 띠면서 호루라기를 입술에 갖다댄다. 우리는 그 소리를 듣는다. 새 된 은빛의 소리, 아주 오래전 배구 시합에서 들은 메아리.

수호자 둘이 세 번째 남자의 팔을 놓고 뒤로 물러선다. 그는 휘청거리다가(약을 주입당했나?) 무릎을 꿇고 풀썩 주저앉는다. 두 눈은 마치 빛이 너무 밝다는 듯이 부풀어 오른 얼굴의 살 속에 감겨져 있다. 그는 어둠 속에 감금되어 있었던 거다. 그는 자신이 아직 살아 있는지 확인하려는 것처럼 한 손을 들어 얼굴에 가져다댄다. 이런 일은 모두 순식간에 벌어졌지만, 굉장히 느릿느릿하게 느껴졌다.

아무도 앞으로 나서는 사람은 없다. 여자들은 그 남자가 주방 바닥까지 질질 기어온 반쯤 죽은 쥐인 것처럼, 공포에 질려 바라보고 있다. 그는 빨간 옷을 입고 원을 그리고 선 여자들, 우리 모두를 기억할 것이다. 한쪽의 끝이 위로 치켜 올라간다. 믿을 수가 없다. 미소를?

나는 그의 내면을, 짓이겨진 얼굴 속을 보려고 애쓴다. 실제로는 어떤 모습인지 보려고 한다. 서른 남짓 되어보인다. 루크는 아니다.

하지만 루크였을 수도 있다는 걸, 나는 안다. 닉이였을 수도 있다. 그가 무슨 짓을 했건, 나는 도저히 그를 건드릴 수 없다.

그는 뭔가 말을 한다. 목구멍이 멍든 것처럼, 거대한 혓바닥이 입 안을 꽉 채우고 있는 것처럼 탁한 소리가 어렵사리 비어져 나온다. 하지만 그래도 나는 그 말을 알아듣는다. 그는 '나는 안 했어……'라고 말한다.

옛날 록 콘서트에서 모인 문이 열렸을 때의 관중들처럼 뒤에서 앞으로 밀쳐낸다. 화급한 마음이 파도처럼 우리를 휩쓸고 지나간다. 공기는 아드레날린으로 밝게 빛나고, 우리는 무슨 일을 하든지 이미 허락받은 터, 이것이야말로 자유다. 내 몸속에도 아드레날린이 솟구쳐서, 나는 어지러워 휘청거리고, 빨강색이 사방으로 퍼져나간다. 하지만 그때 천과 육신의 일렁이는 물결이 그를 덮치기 전에 오브글렌이 우리 앞의 여자들을 좌우 팔꿈치로 밀치고서 온몸으로 그를 향해 달려나간다. 오브글렌은 남자를 옆으로 고꾸라지도록 밀어젖힌 후, 그의 머리를 독하게 발길질한다. 한 번, 두 번, 세 번, 발로 잘 겨냥해 날카롭게 강하고 짤막한 가격을 가한다. 이제는 소리가, 한숨소리가, 신음소리 같은 나지막한 소음이, 고함치는 소리가 들리고, 빨간 몸들이 앞으로 쓰러질 듯이 달려나가 그의 모습은 이제 더 이상 보이지 않는다. 그는 팔과 주먹과 발들 사이에 묻혀 보이지도 않는다. 겁에 질린 말처럼 높은 톤의 비명소리가 어디선가 들려온다.

나는 뒤에 그냥 물러서서, 두 발로 제자리에 서 있으려고 애쓴다. 뒤에서 뭔가 나를 쾅하고 친다. 나는 휘청거린다. 간신히 균형을 다시 잡고 주위를 둘러보니, 아내들과 딸들이 의자에서 앞으로 몸을 한껏 숙이고 내려다보며, 아주머니들이 단상에서 흥미롭게 지켜보고 있는 모습이 보인다. 저 위에서는 훨씬 더 잘 보일 것이다.

그는 '그것'이 되어 버렸다.

오브글렌이 다시 내 뒤에 돌아와 있다. 입을 꼭 다문 무표정한 모습이다.

"네가 한 짓을 봤어."

나는 그녀에게 말한다. 이제는 다시 감정이 되돌아오기 시작한다. 충격, 분노, 구역질. 야만인들.

"어째서 그런 짓을 했어? 네가! 나는 네가……."

"나를 보지 마. 저들이 보고 있어."

그녀가 말한다.

"상관없어." 내가 말한다. 언성이 높아지는 건 나도 어쩔 수 없다.

"정신차려." 그녀가 말한다. 그녀는 나를, 내 어깨와 팔을 밀치고 지나가려는 듯한 몸짓을 취하면서, 얼굴을 내 귓전에 가까이 갖다 댄다. "어리석은 짓 하지 마. 그는 결코 강간범이 아니었어. 그는 정치범이야. 우리 편이었어. 나는 그를 기절시킨 거야. 고통에서 구원해 준 거라고. 그들이 무슨 짓을 하고 있는지 몰라?"

우리 편이라고? 나는 생각한다. 수호자가? 있을 수 없는 일 같다.

리디아 아주머니가 다시 휘파람을 불지만, 그들은 단번에 그치지 않는다. 두 수호자들이 들어가서, 잔해로부터 그들을 끌어낸다. 잘못해서 채이거나 맞아 잔디밭에 뻗어 있는 이들도 있다. 어떤 여자들은 기절했다. 그들은 둘씩 셋씩 아니면 혼자서 뿔뿔이 흩어져 해산한다. 그들은 넋이 나간 표정을 하고 있다.

"각자 파트너들을 찾아 다시 열을 짓도록 해요."

리디아 아주머니가 마이크에 대고 말한다. 그 말에 주목하는 사람은 별로 없다. 한 여자가 어둠 속에서 발로 땅을 더듬으며 걷는 것처럼 천천히 우리 쪽으로 다가온다. 재닌이다. 뺨에는 핏자국이 얼룩져 있고, 하얀 머리 장식에도 역시 피가 번져 있다. 그녀는 미소를 짓고 있다. 밝고 여린 미소다. 그녀의 두 눈은 풀어져 있다.

"안녕. 잘들 지내?"

그녀는 뭔가를 오른손에 꽉 쥐고 있다. 한 뭉텅이의 금발 머리카락이다. 그녀는 조그맣게 킬킬거리며 웃는다.

"재닌."

내가 부른다. 하지만 그녀는 이미 제정신이 아니다. 이제 철저히 미쳐, 자유 낙하하고 있다. 후퇴하고 있다.

"잘 지내."

그녀는 이렇게 말하고는 우리를 지나쳐 정문을 향해 걸어간다.

나는 그녀의 뒤를 바라본다. 손쉬운 탈출구지. 나는 생각한다. 불쌍하다는 생각도 들지 않는다. 그래야 마땅한데도. 화가 난다. 이러는 내가 자랑스럽거나 한 건 아니다. 하지만 생각해 보면, 그게 문제의 핵심이다.

내 손에서 따스한 타르의 냄새가 난다. 집으로 돌아가서 목욕탕에 들어가 거친 비누와 경석으로 몸을 문지르고 비벼 닦아 이 체취를 흔적 하나 남지 않도록 말끔히 없애 버리고 싶다. 냄새 때문에 메슥거린다.

하지만 배도 고프다. 이건 터무니없는 일이지만 사실은 사실이다. 죽음을 보니 배가 고프다. 어쩌면 속을 다 비웠기 때문일지도 모른다. 아니면 몸이 나름대로 자신이 살아 있음을, 그래서 '나는 존재한다. 나는 존재한다. 나는 존재한다. 아직도.'라는 최소한의 희망을 계속 기원할 수 있음을 깨닫게 해 주는 수단인지도 모른다.

잠을 자고 싶다, 사랑을 하고 싶다, 지금 당장.

나는 '만끽하다'라는 단어를 생각한다.

말 한 마리라도 다 먹어 치울 수 있을 것 같다.

44

만사가 평상시로 돌아왔다.

어떻게 내가 이걸 '평상시'라고 부를 수가 있지? 하지만 오늘 아침에 비하면, 이건 정상이다.

점심 때는 갈색 빵으로 만든 치즈 샌드위치, 우유 한 잔, 샐러리, 통조림 배를 먹었다. 학생들의 도시락 같다. 나는 남김없이 먹어치웠다. 허겁지겁 먹지는 않고, 맛을 한껏 만끽하고 향을 혀끝으로 음미하며 먹었다. 이제 평소처럼 쇼핑을 하러 간다. 심지어 기대가 되기까지 한다. 일상을 잠시라도 벗어날 수 있으니 일말의 위안감이 느껴진다.

뒷문으로 나가 길을 따라 걷는다. 닉이 모자를 삐딱하게 쓰고 차를 닦고 있다. 그는 나를 보지 않는다. 우리는 요즘, 서로의 눈길을 피한다. 그럼으로써 우리는 아무도 보지 않는 툭 터진 야외에서조차 비밀을 폭로할 수 있는 위험을 피한다.

나는 모퉁이에서 오브글렌을 기다린다. 그녀가 늦는다. 마침내 그녀가 다가오는 모습이 보인다. 마치 하늘을 나는 연처럼 빨간색과 하얀색 천으로 된 사람의 형체가, 우리 모두 터득한 특유의 발걸음으로 차분하게 걸어오고 있다. 처음 그녀를 보았을 때는 전혀 눈치채지 못했다. 그런데, 점점 가까이 다가올수록, 뭔가 잘못되었다는 생각이 든다. 어딘가 틀려 보인다. 뭐라 형언할 순 없지만 그녀는 달라졌다. 다친 것도 아니고, 다리를 저는 것도 아닌데, 마치 쭈그러든 것처럼 보인다.

그리고 그녀가 더 가까이 다가왔을 때야 나는 사실을 파악한다. 여자는 오브글렌이 아니다. 키는 비슷했지만 더 마르고, 얼굴은 분홍빛이 아니라 연한 갈색이었다. 그녀는 내게 다가오더니, 걸음을 멈춘다.

"결실에 축복 있기를."

그녀가 말한다. 단정한 얼굴, 단정한 레이스.

"주님께서 열어 주시기를."

나는 대답한다. 놀란 기색을 비치지 않으려 애쓰면서.

"당신이 오브프레드겠군요."

그녀가 말한다. 나는 그래요 하고 대답하고 우리는 산책을 시작한다.

이제 어떻게 하지, 나는 생각한다. 머리가 핑핑 돌아간다. 징조가 좋지 않아, 그녀는 어떻게 된 거지, 너무 걱정하는 티를 내지 않으면서 알아보는 방법이 없을까? 우리는 서로 우정이나 의리 같은 감정을 키워선 안 된다. 오브글렌이 현재 임지에서 남은 임기가 얼마였는지 기억해 내려 애쓴다.

"하느님께서 좋은 날씨를 주셨군요."

내가 말한다.

"주께 감사드립시다."

목소리는 차분하고, 단조로와서, 속내를 알 수 없다.

우리는 더 이상 아무 말도 나누지 않고 첫 번째 검문소를 통과한다. 그 여자는 과묵한 모양이지만, 나 역시 그렇다. 내가 먼저 말을하고, 내 정체를 드러내어 보이길 기다리는 걸까? 아니면 내면의 명상에 잠긴 진짜 신봉자일까?

"오브글렌이 그새 전출되었나요?"

내가 묻는다. 하지만 그녀가 전출된 게 아니란 건 잘 알고 있다. 바로 오늘 아침에 보았는데. 그랬다면 말을 했을 것이다.

"제가 오브글렌이에요."

그 여자가 말한다. 완벽한 각본에 따른 대사. 하긴 물론 그렇긴 하다. 그녀는 새 오브글렌이고, 오브글렌은, 그녀가 지금 어디 있든 더이상 오브글렌이 아니다. 끝내 나는 그녀의 본명을 알지 못했다. 이런 식으로, 우리는 이름의 바다 속에서 길을 잃기도 하는 거다. 이제, 그녀를 다시 찾는 건 쉬운 일이 아닐 터이다.

우리는 '젖과 꿀'에 들렀다가 '순 살코기'에 가서 나는 닭고기를 사고 새 오브글렌은 햄버거용 고기 3파운드를 산다. 평상시와 다름없이 줄은 이어진다. 나는 얼굴을 아는 여자들 몇 명을 보고 살짝 목례를 한다. 그럼으로써 우리는 아직도 존재한다는 사실을 서로에게 알려준다. '순 살코기' 밖에서 나는 새 오브글렌에게 말한다.

"우리는 '장벽'으로 가야 해요."

무슨 생각으로 내가 이런 말을 하는지 모르겠다. 어쩌면, 그녀의 반응을 시험해 보기 위한 일종의 방편이랄까. 그녀가 우리 편인지 아닌지 알아볼 필요가 있다. 만약 우리 편이라면, 그 사실을 확인할 수만 있다면, 그녀는 오브글렌한테 정말로 무슨 일이 일어났는지 가르쳐줄지도 모른다.

"좋으실 대로."

그녀가 말한다. 이건 무관심일까, 신중함일까?

'장벽'엔 오늘 아침 처형된 세 여자가 여전히 그 옷들을 입고, 그 구두들을 신고, 머리에 하얀 부대를 둘러쓴 채 '장벽'에 걸려 있다. 끈이 풀린 그들의 팔은 양옆구리에 뻣뻣하고 단정하게 늘어져 있다.

파란 옷을 입은 여자가 가운데 걸려 있고, 빨간 옷을 입은 여자 두 명이 양옆으로 자리 잡고 있다. 하지만 이제 옷 색깔은 아까처럼 선명하지 않다. 죽은 나비나 땅 위에서 말라가고 있는 열대어처럼 빛이 바래고 때가 묻었다. 광택이 사라지고 없었다. 우리는 서서 말없이 그들을 바라본다.

"저 모습을 보고 다시금 상기합시다."

마침내 새로운 오브글렌이 말한다.

처음에 나는 아무 말도 하지 않았다. 그녀가 한 말의 속뜻이 뭘까 골똘히 궁리하고 있었던 거다. 저 모습을 보고 체제의 부당함과 야만성을 상기하자는 뜻일 수도 있다. '그래요.'라고 말해야 한다. 아니면 정반대의 뜻일지도 모른다. 우리는 명령대로만 행동하고 말썽을 일으키지 말아야지, 그렇지 않으면 마땅히 처벌을 받는다는 사실을 상기해야 한다는 뜻일지도 모른다. 그렇다면 '찬미 있으라.'라고 대답해야 한다. 그녀의 목소리는 온화하고, 단조로워서 아무런 실마리도 주지 않는다.

나는 모험을 해 본다. '그래요.'라고 대답한다.

그녀는 이 말에 아무런 반응도 보이지 않지만, 내 시야의 한쪽 끝에 하얀 빛이 번뜩이는 것이 감지된다. 마치 그녀가 내 쪽을 재빨리 살펴보기라도 한 것처럼.

잠시 후 우리는 돌아서서 정해진 방식대로, 두 사람이 하나처럼 보이도록 발걸음을 맞추어 긴 나들이 길을 되돌아간다.

더 이상 시험을 해 보는 것보다 좀 기다리는 편이 낫겠다는 생각이 든다. 성급하게 알아보기에는 너무 이르다. 일주일, 2주일, 아니 더 오랜 시간을 두고 그녀를 조심스럽게 살펴보고, 목소리와 어조, 무심코 튀어나오는 단어에 귀 기울여야 할 거라 생각했다. 오브글렌이 내게 귀 기울였던 것처럼 말이다. 이제 오브글렌이 사라져 버렸기 때문에 나는 또다시 경계 태세에 들어간다. 나태함은 사라졌다. 내 몸은 쾌락뿐만 아니라 위험도 감지하고 있다. 성급해서는 안 된다. 불필요한 위험을 감수해서는 안 된다. 하지만 알아야 할 필요가 있다. 마지막 검문소를 지나고 이제 겨우 몇 블록밖에 남지 않았을 때까지 나는 꾹 참았지만 더 이상은 억누를 수가 없다.

"오브글렌을 잘 알지는 못했어요. 그러니까 전임 오브글렌 말이에요."

"그래요?" 경계하면서 한 말이지만, 그녀가 뭔가에 반응했다는 사실 자체가 고무적이다.

"5월에 처음 만났을 뿐이에요." 내가 말한다. 피부가 화끈 달아오르고, 맥박이 빨라지는 것이 느껴진다. 이건 상당히 까다롭다. 일단, 거짓말이니까. 그런데 여기서 그다음의 중요한 말로 어떻게 넘어간담? "5월 1일 정도였을 거예요. 소위 '노동자의 날(May Day)'이라고들 불렀던 날 말이죠."

"그랬나요?" 그녀는 가볍고, 무심하고, 가시 돋친 말투로 말한다. "저는 그런 말을 기억하지 못하는데요. 기억하시다니 놀랍군요. 노력하셔야겠군요……." 그러고는 잠시 말을 끊는다. "마음으로부터 그런……." 그녀가 다시 말을 멈춘다. "메아리들을 몰아내도록."

그러자 오싹한 한기가 찬물처럼 내 피부를 적신다. 그녀는 지금 내게 경고를 하는 것이다.

그녀는 우리 편이 아니다. 하지만 그녀는 안다.

나는 공포에 질려 마지막 한 구역을 걷는다. 또다시 어리석은 짓거리를 저지르고 말았다. 어리석은 정도가 아니다. 전에는 생각지 못한 일이었지만 이제는 확실히 깨달았다. 오브글렌이 체포당했다면, 입을 열지도 모른다. 다른 사람들도 그렇지만 나에 대해서도 불고 말 것이다. 그녀 힘으로는 어쩔 수 없을 테니까.

하지만 아무 짓도 하지 않았잖아. 나는 마음속으로 스스로를 달랜다. 실제로 한 일은 하나도 없어. 나는 알고 있는 것뿐이야. 말하지 않았던 것뿐이라고.

그들은 내 아이가 어디 있는지 안다. 그 애를 데려와서, 내 앞에 데려다놓고 그 애한테 무슨 짓을 하겠다고 협박하면 어떻게 하지?

아니면 정말 해코지를 해 버린다면? 그들의 만행은 상상조차 하고 싶지 않다. 아니면 루크를, 그들이 루크를 붙잡고 있다면? 아니면 우리 엄마나 모이라나 그 외 누구라도. 아, 하느님, 제발 선택을 강요하지 말아 주세요. 난 견뎌내지 못할 거예요, 나는 잘 알고 있어요. 모이라는 나를 제대로 알고 있었던 거야. 나는 그들이 원하는 말은 뭐든지 털어놓을 사람이다. 누구든 고발해 버릴 거다. 사실이다, 첫 비명소리가 터져 나오는 대로, 아니 흐느껴 우는 소리 하나에도, 나는 젤리처럼 흐물흐물해져 버리고 말 거다. 무슨 죄목이든 닥치는 대로 자백하고, '장벽'의 갈고리에 매달린 신세가 되고 말 거다. 고개를 숙이고 똑바로 봐 하고 스스로에게 타이르곤 했다. 이젠 다 소용없다.

나는 집으로 오는 길 내내 마음속으로 이렇게 혼잣말을 했다.

모퉁이에서 우리는 여느 때와 다름없이 서로를 보고 인사한다.

"그분의 눈 아래."

방심할 수 없는 새로운 오브글렌이 말한다.

"그분의 눈 아래."

나는 열띤 어조로 말하려고 애쓴다. 이 지경에 이르렀는데도 그런 연기(演技)가 도움이 된다는 듯이.

그러자 그녀는 이상한 짓을 한다. 그녀는 몸을 앞으로 숙이고, 우리 머리에 쓴 하얗고 딱딱한 눈 가리개가 거의 닿을 정도로 가까이 다가왔다. 창백한 다갈색 눈과, 거미줄 같이 미세한 뺨의 잔주름이 똑똑히 보였다. 그녀는 마른 낙엽처럼 서걱거리는 목소리로, 재빨리 말했다.

"그 여자는 목매달아 자살했어요. '구제'가 있은 다음에. 체포하러

오는 밴을 봤거든요. 그 편이 훨씬 나았지요."

그러고 나서 그녀는 내게서 멀어져 갔다.

45

나는 누군가의 발길에 채인 것처럼, 숨도 쉬지 못하고 그 자리에 잠시 서 있다.

그렇게 죽어 버렸구나, 그럼 어쨌든 나는 안전하구나. 그들이 오기 전에 죽어 버렸어. 난 크나큰 안도감에 휩싸인다. 감사한 마음을 느낀다. 내가 살 수 있도록 목숨을 버린 것이다. 나중에 그녀를 애도해야겠다.

이 여자가 거짓말을 하고 있는 게 아니라면. 물론 그럴 가능성도 얼마든지 있다.

나는 깊은 심호흡을 해서 몸에 산소를 공급한다. 내 앞에 놓인 공간이 까맣게 됐다가 다시 훤해진다. 이제 앞을 볼 수가 있다.

나는 돌아서서 문을 열고, 마음을 가라앉히기 위해 잠시 문을 붙들고 섰다가 걸어 들어간다. 닉은 아직도 그대로 있다. 차를 닦으면서, 휘파람을 불면서. 까마득하게 멀어 보인다.

하느님, 당신이 원하신다면 난 못할 일이 없어요. 나는 기도한다. 이제 주님이 내 주인이 되셨으니, 정말로 원하시기만 한다면 나 자신을 하얗게 지워 버리겠어요. 진정 내 모든 것을 비우고, 참된 성배가 되겠어요. 닉을 포기하겠어요, 다른 사람들도 까맣게 잊겠어요, 불평도 그만두겠어요. 내게 주어진 운명을 받아들이겠어요. 희생하겠어요. 참회하겠어요. 모든 권리를 포기하겠어요. 모든 인연을 끊겠어요.

옳지 못하다는 건 알지만, 그래도 어쨌든 그런 생각을 한다. 그들이 레드 센터에서 가르친 모든 것들, 내가 이제까지 저항했던 모든 것들이 물밀 듯이 밀려들어 한꺼번에 나를 덮친다. 고통은 싫다. 머리는 얼굴 없는 계란형의 천주머니가 되고, 두 발은 허공에 매달린 댄서가 되고 싶지는 않다. '장벽'에 걸린 인형이 되고 싶지는 않다. 날개 없는 천사가 되고 싶지는 않다. 어떤 식으로든, 계속 살아가고 싶다. 내 몸은 다른 사람들 마음대로 쓰라고 맡기겠다. 그들이 내 몸을 가지고 무슨 짓을 해도 좋다. 나는 비굴하다.

처음으로, 나는 그들의 진정한 힘을 실감한다.

나는 꽃밭을 넘어 버드나무를 지나쳐 뒷문을 향해 걷는다. 저 안에 들어가면 안전할 것이다. 방 안에서 무릎을 털썩 꿇고, 감사한 마음으로 가구 광택제 냄새가 실린 묵은 공기를 허파 가득 들이마실 터이다.

세레나 조이가 정문으로 나와 계단 위에 서 있다. 그녀가 나를 부른다. 나한테 무슨 볼일이 있는 걸까? 좌실로 들어가 회색 양털 감는 일을 도와줬으면 하는 걸까? 두 손을 제대로 들고 있지 못할 텐데. 그러면 뭔가 낌새를 채지 않을까. 하지만 선택의 여지가 없는 나는 그녀에게 다가간다.

계단 꼭대기에 그녀는 탑처럼 서서 나를 굽어보고 있다. 두 눈이 이글거린다. 쭈그러든 하얀 피부와 대조되는 이글거리는 푸른 눈이다. 나는 그녀의 얼굴에서 시선을 돌려 땅을 내려다본다. 그녀의 발끝을, 지팡이 끝을.

"너를 믿었는데. 도와주려고 애썼건만."

여전히 나는 그녀를 올려다보지 않는다. 온 맘이 죄책감에 휩싸인다. 발각당한 거다. 하지만 무슨 죄목으로? 수많은 죄목 중에 지금 어느 것으로 힐난당하고 있는 걸까? 답을 알아내기 위해서는 입을 꾹 다무는 수밖에 없다. 이런저런 변명을 늘어놓다가는, 실수하고 말 것이다. 생각도 못한 죄까지 불어 버릴 수 있으니까.

아무 일도 아닐지 모른다. 침대에 숨겨둔 성냥 때문일지도 모른다. 나는 고개를 떨군다.

"자, 둘러댈 핑계도 없어?" 그녀가 묻는다.

나는 그녀를 올려다본다.

"무슨 일 때문이죠?" 나는 더듬으며 겨우 말한다.

하지만 입 밖으로 튀어나온 말은 오히려 당돌하게 들린다.

"이걸 봐."

그녀가 말한다. 그녀는 지팡이를 잡지 않은 손을 등 뒤에서 내민다. 손에 들려 있는 것은 그녀의 겉옷, 겨울 외투다.

"여기 립스틱이 묻어 있어. 어쩌면 그렇게 추잡할 수가 있지? 내가 그이한테 그렇게 말을 했는데……."

그녀는 외투를 떨어뜨리지만, 뼈다귀만 남은 앙상한 손에는 아직도 뭔가가 들려 있다. 그녀는 그것도 떨어뜨린다. 퍼플 반짝이 옷이 떨어져, 뱀가죽처럼 빛을 발하며 계단을 미끄러져 내려간다.

"내 등 뒤에서 그런 짓을 하다니. 나한테 더러운 걸 옮겼을 수도 있겠군."

그럼 그녀는 그를 사랑하나? 그녀는 지팡이를 치켜든다. 나를 때릴 거라 생각했지만, 그녀는 그러지 않는다.

"그 구역질 나는 것을 주워들고 네 방으로 꺼져. 지난번 계집이랑 똑같아. 헤픈 화냥년. 결국 똑같은 신세가 될 거야."

나는 허리를 구부려 땅에 떨어진 걸 주워든다. 등 뒤에서 있던 닉은 휘파람을 멈춘다.

나는 돌아서서 그에게로 달려가 두 팔을 벌려 그를 한껏 껴안고 싶다. 바보 같은 짓일 테지만. 그가 나를 도와줄 수 있는 길은 전혀 없다. 그마저 물에 빠져 익사할 터이다.

나는 뒷문으로 걸어가 주방으로 들어가서 바구니를 내려놓고 위층으로 올라간다. 나는 정숙하고 차분하다.

Night   밤   15
장

46

나는 내 방 창가에 앉아 기다리고 있다. 무릎 위에는 구겨진 별들이 한 뭉치 흩어져 있다.

이번이 내가 뭔가를 기다리는 마지막이 될지 모른다. 하지만 내가 기다리고 있는 것이 무엇인지 나는 알지 못한다. 뭘 기다리고 앉아 있는 거야? 옛날에는 그런 말들을 썼지. 그건 '서둘러라'라는 뜻이었다. 대답을 기대하는 질문은 아니었지. 뭘 기다리고 있는 거니?라는 말은 다른 질문이지만, 난 그 질문에도 대답할 수 없다.

하지만 생각해 보면 꼭 기다림이라고 할 수도 없다. 그보다는 일종의 미결 상태라 하는 편이 좋을까. 긴장감도 없는. 마침내 시간도 사라지고 없다.

나는 정숙과 기품의 화신이 아니라 치욕과 굴욕의 상징이다. 이보다 더 참혹한 기분이 되어야 하는데.

하지만 나는 고요하고, 차분하고, 이렇게 무심할 수가 없다. 그 치들이 너를 짓밟게 내버려두지 마라. 이 말을 혼자 되풀이하지만, 아무런 감흥이 없다. 거기 공기가 들어가게 하지 말라든가 아예 존재하지를 말라고 말해도 마찬가지일 터이다.

그런 말을 해도 좋을 것 같다.

정원에는 아무도 없다.

비가 올지 궁금하다.

바깥에선 햇빛이 희미해지고 있다. 벌써 붉은 빛이 돈다. 곧 어둠이 찾아오리라. 지금은 조금 전보다 훨씬 어둡다. 이렇게 어두워지는 데는 오래 걸리지 않았다.

내가 할 수 있는 일들은 꽤나 많다. 예컨대 집에다 불을 지를 수도 있다. 내 옷들이랑, 침대 시트를 한데 모아놓고 숨겨둔 성냥에 불을 붙이면 된다. 불이 붙지 않으면 그걸로 끝이다. 하지만 불이 붙으면 최소한 사건이 생긴다. 나의 죽음을 알리는 하나의 신호가 된다. 약한 불길이야 쉽게 끌 수 있겠지만 그사이에 나는 뭉게뭉게 피어나는 연기 속에서 질식해 죽으면 된다.

침대 시트를 잘게 찢어 밧줄로 만들어 한쪽 끝을 침대에다 묶고 유리창을 깨려고 해 볼 수도 있다. 유리창은 깨지지 않는 안전 유리지만.

사령관에게 가서 마룻바닥에 쓰러져, 머리를 풀고 바짓가랑이를 붙잡고 늘어지며 고백하고 울고 애원할 수도 있다. 놀리테 테 바스타르데스 카르보룬도룸 하고 말할 수도 있다. 기도가 아니다. 까맣고 반들반들 윤이 나고 그 속내를 알 수 없는, 그의 구두가 눈앞에 선하다.

아니면 침대 시트로 올가미를 만들어 목에 감고 옷장에 그것을 걸어 무게 중심을 앞으로 쏠리게 해 질식사할 수도 있다.

문 뒤에 숨어 복도를 절름거리며 걸어오는 세레나를 기다릴 수도 있다. 참회든 형벌이든 처분을 무조건 받아들이며 고분고분하게 굴다가 불시에 덮쳐 머리에 날쌔고 정확하게 발길질을 할 수도 있다. 그녀를 고통에서 구해 주기 위해, 그리고 나 자신도 고통에서 빠져 나가기 위해. 우리들의 고통에서 그녀를 구해 주기 위해.

그러면 시간도 절약될 텐데.

차분하게 계단을 내려가서 분명한 목적지라도 있는 듯이 당당하게 거리를 활보할 수도 있다. 도대체 어디까지 갈 수 있나 시험을 해 볼 수도 있을 것이다. 빨간색은 너무 눈에 잘 띄니까.

예전처럼 차고 너머 닉의 방에 갈 수도 있다. 나를 방에 들여 보내 줄지, 은신처를 제공해 줄지 시험해 볼 수도 있다. 이제는 정말로 은신처가 절박하게 필요해지고 말았으니.

이런 허망한 대안들을 상상해 본다. 각각의 선택은 나머지와 꼭 같은 비중이다. 무엇 하나 다른 것보다 나아보이지 않는다. 피로가 내 몸 속에, 다리와 눈에 자리 잡고 있다. 결국은 거기 굴복하고 만다. 믿음은 그저 장식된 글자일 뿐이다.

황혼을 내다보고 겨울이라는 생각을 한다. 부드럽고 가볍게 내리는 눈은, 보드라운 결정으로 만물을 덮어 버리고, 비가 내리기 전의 달무리처럼 사물의 윤곽선을 흐리고 색채를 말소해 버린다. 얼어 죽는 건, 첫 번째 오한만 지나고 나면 고통이 없다고들 한다. 어린애들이 만든 천사처럼 눈 속에 드러누워 잠이 들어버릴 수도 있다.

등 뒤에 그녀의 존재가 느껴진다. 나의 선임자, 내가 대역을 맡은 그녀는 별들과 깃털로 만든 옷을 입고 샹들리에 밑 허공에서 빙글빙글 돌고 있다. 공중에 멈춘 새, 천사가 되어 버린 여자가 사람들한테 발견되기만을 기다리고 있다. 이번에는 내가 발견했다. 어째서 나는 이곳에 나 혼자밖에 없다고 믿어왔던 걸까? 언제나 우리 둘이 함께였는데. 그녀는 극복해야지 하고 말한다. 나는 이 신파극이 지겨워지려고 해. 침묵을 지키는 게 지겨워. 네가 보호할 수 있는 사람은 없고 네 삶은 아무 짝에도, 누구에게도 쓸모가 없어라고 대꾸한다. 삶을 끝내 버리고 싶다.

일어서려고 할 때 검은 밴의 소리를 듣는다. 보지도 못했는데 소리부터 들린다. 석양과 섞여 밴은 마치 그 소리로 밤이 응결되고, 덩어리로 뭉쳐 구체화한 것처럼 보인다. 밴은 진입로로 돌아들어 정지한다. 하얀 눈과 두 개의 날개만 알아볼 수 있다. 아마 야광 페인트인가 보다. 두 사람이 그 형체로부터 떨어져 나오더니 정문의 계단을 올라와 초인종을 누른다. 딩동. 복도 저 밑에서 화장품 외판원의 유령이 있는 것처럼 종이 울리는 소리가 들린다.

그렇다면 더 나쁜 상황이 닥쳐오고 있군.

나는 시간을 낭비해 버렸다. 기회가 있을 때 내 손으로 일을 처리했어야 하는데. 주방에서 칼을 하나 훔쳤어야 하는데, 재봉 가위를 어떻게든 하나 찾아냈어야 하는데. 정원용 원예 가위도 있고, 뜨개질 바늘도 있는데. 찾아보기만 하면 세상은 흉기로 가득 차 있는데. 더 주의를 기울였어야 했다.

하지만 그런 걸 생각하기에는 이미 너무 늦었다. 벌써 그들의 발소리가 탁한 장밋빛의 계단 카펫 위에서 들린다. 육중하고 둔한 발걸음, 심장 박동이 머릿속에 울린다. 나는 창문을 등지고 있다.

나는 낯선 얼굴을 예상했지만, 문을 활짝 열어젖히고 조명 스위치를 켜는 사람은 닉이다. 닉도 그들과 한 패가 아니라면, 이걸 어떻게 설명해야 할지 모르겠다. 하긴, 그럴 가능성은 언제나 있는 거니까. 닉, 잠복 근무중인 '눈'. 더러운 인간들이 더러운 짓을 하는 법이니까.

나쁜 새끼. 나는 생각한다. 입을 열어 그 말을 내뱉으려고 하는데, 닉이 내게 다가와, 내게 가까이 다가와 속삭인다.

"괜찮아요. 걱정 말아요. 오늘은 '메이데이'니까. 그들과 함께 가요."

그는 내 진짜 이름을 부른다. 어째서 그게 특별한 의미를 갖는 거지?

"저들?"

나는 말한다. 그 뒤에 두 남자가 서 있는 모습이 보인다. 복도 천장의 조명 때문에 그들의 머리가 해골처럼 보인다.

"당신 미쳤군요."

나의 의혹은 그의 머리 위 허공을 떠돈다. 나를 경고해 의혹을 몰아내려는 어둠의 천사. 그래, 알 것만 같다. 그리고 해서 '메이데이'를 모르라는 법이 어디 있나? '눈'이라면 누구든 그 말을 알고 있을 터이다. 그들은 지금쯤 숱한 육신으로부터, 숱한 입들에서 그 말을 짜내고, 짓뭉개고, 비틀었을 터이다.

"나를 믿어요."

그 자체로는, 그 어떤 효력도 없고, 어떤 보장도 해 줄 수 없는 한마디.

하지만 나는 그 말에, 그 제안에 허겁지겁 매달린다. 내게 남은 건 그게 전부니까.

한 사내는 앞에, 다른 한 사내는 뒤에 서서 나를 호위하며 계단을 내려간다. 발걸음은 여유자적하고, 불은 환히 켜져 있다. 이렇게 무시무시한 공포심에 시달리는데도 이 광경은 얼마나 평범한가. 여기서는 시계를 볼 수 있다. 전혀 특별할 것 없는 일이다.

닉은 이미 우리와 함께 있지 않다. 눈에 띄지 않으려고 몰래 뒷문으로 나갔을 것이다.

세레나 조이가 거울 앞에서 믿을 수 없다는 표정으로 우리를 올려다보고 서 있다. 사령관이 그녀 뒤에 있고 좌실 문이 열려 있다. 그의 머리는 하얗게 세었다. 근심에 찬 무력한 모습이지만, 벌써 내게서 멀찍이 물러나 거리를 두고 있다. 내가 달리 그에게 어떤 존재인지는 몰라도, 지금 이 순간만은 대재앙에 다름없다. 분명 두 사람은 나를 두고 싸움을 벌였을 것이다. 그는 아내한테 혼쭐이 났을 것이다. 그래도 아직 나는 그에게 일말의 동정심을 느낀다. 모이라 말이

옳다. 나는 여려터진 겁쟁이다.

"도대체 무슨 짓을 한 거죠?"

세레나 조이가 말한다.

그렇다면 그녀가 부른 사람들은 아닌가 보다. 어떤 복수를 준비하고 있었는지는 모르지만, 어쨌든 훨씬 더 사적인 조치였을 터이다.

"말씀드릴 수 없습니다, 부인. 죄송합니다."

내 앞에 서 있는 남자가 말한다.

"위임장을 봐야겠소. 영장을 갖고 있습니까?"

사령관이 말한다.

이젠 당장이라도 내 입에서 비명이 터져 나올 지경이다. 품위 따위는 다 포기하고 난간을 붙들고 늘어지며 소란피우고 싶다. 그러면 한순간이라도 그들의 발길을 붙잡을 수 있을 텐데. 진짜 '눈'들이라면 이 자리에 남을 터이고, 그렇지 않다면 달아나 버리겠지. 나만 홀로 남겨 두고.

"영장은 없습니다만, 모두 절차대로 집행되고 있습니다. 국가 기밀법 위반입니다."

첫 번째 남자가 다시 말한다.

사령관은 손으로 이마를 짚는다. 내가 누구에게, 무슨 말을 했던가? 그의 적 중 누군가가 알아낸 걸까? 그는 이제 위험 인물 취급받을지도 모른다. 나는 그보다 높은 곳에 서서 그를 굽어보고 있다. 그는 쪼그라들고 있다. 그들 내부에서도 숙청이 진행되어 왔고 앞으로는 더 있을 것이다. 세레나 조이가 하얗게 질린다.

"나쁜 계집, 그분이 얼마나 잘해 주셨는데."

코라와 리타가 주방에서 황급히 나온다. 코라는 울기 시작한다. 내가 그녀의 희망이었는데, 꿈을 실현시켜 주지 못했다. 이제 그녀는 영영 아기 없는 여자로 남으리라.

밴이 이중문을 활짝 열어놓고 진입로에서 기다리고 있다. 이제는 내 양편에 자리 잡고 선 두 남자가 내 팔을 부축해 태운다. 이것이 내 끝이 될지 새로운 시작이 될지 나로서는 알 길이 없다. 다른 도리가 없었기에 이방인들의 손에 내 몸을 맡겼을 뿐.

그래서 나는 차에 오른다. 그 속에서 기다리고 있는 암흑으로 아니 어쩌면 빛으로.

『시녀 이야기』의 역사적 주해

다음은 2195년 6월 25일 누나비트의 디네이 대학에서 개최된 '국제 역사 학회 총회'의 일환으로 열린, '길리어드 연구학' 제12회 심포지엄의 속기록 중 일부이다.

의장: 누나비트국(國) 디네이 대학 코카서스 인류학과 마리안 크레센트 문 교수

발제자: 영국 캠브리지 대학 20세기, 21세기 기록 보관소 소장, 제임스 다아시 파익소토

크레센트 문: 오늘 아침 여러분을 이곳에 모시게 되어서 대단히 기쁩니다. 그리고 파익소토 교수님의 강연을 들으러 이렇게 많은 분이 내왕해 주셔서 흡족하기 이를 데 없습니다. 틀림없이 여러분의 마음을 사로잡는 유익한 강연이 되리라 확신합니다. 저희 길리어드

학회 회원 일동은 이 시대가 궁극적으로 향후 전 세계의 지도를 재편시켰으며 특히 서반구에 끼친 영향은 대단히 큰 만큼, 더욱 심층적인 연구를 한다면 훌륭한 성과가 있으리라 믿습니다.

하지만 총회를 더 진행하기 전에 몇 가지 알려드릴 말씀이 있습니다. 내일로 예정된 낚시 여행은 변함없이 진행됩니다. 우비와 벌레 쫓는 약을 미처 준비하지 못하신 분들께서는 '접수 창구'를 찾으시면 저렴한 가격으로 이들 장비를 이용하실 수 있습니다. 자연 관찰 도보 여행과 야외 옛날 의상 재현 노래 경연 대회는 내일 모레로 일정이 재조정되었습니다. 한 번도 일기 예보를 틀린 적 없는 우리의 조니 러닝 독 교수님께 확언을 받은 바, 그때쯤에는 궂은 날씨가 잠시 누그러질 거라 합니다.

제12회 총회의 일환으로 '길리어드 연구 협회'의 후원을 받아 이 학회에서 참석하실 수 있는 다른 행사들 몇 가지에 대해서도 안내해 드리겠습니다. 내일 오후, 인도의 바로다 대학 서양 철학과의 고팔 채터지 교수님께서 "초기 길리어드 시대의 국가 종교에 있어 크리슈나와 칼리적 요소"라는 주제로 강연해 주실 예정이며, 목요일에는 텍사스 공화국, 샌 안토니오 대학 군사(軍史)학과에서 오신 시글린다 교수님께서 오전에 발표를 해 주시겠습니다. 반 뷔렌 교수님께서는 "바르샤바 전법: 길리어드 내전에 있어 도심 포위 정책"이라는 제하에 강의해 주시겠습니다. 매혹적이고 자세한 강의가 되리라 기대해 마지않습니다. 분명 우리 회원 여러분 모두는 이 모든 강의에 참석하실 거라 확신합니다.

또한(그럴 필요가 없으리라 생각됩니다마는) 주요 강연자께서는 정해진 시간 내에 발표를 마쳐 주시기를 다시 한 번 부탁드립니다. 어제처럼 점심 식사를 건너뛰는 불상사가 일어나길 바라는 분은 아무도 없겠지요. (폭소)

직접 뵙지 못한 분들이라도 그 방대한 저술 업적을 통해 파익소토 교수님의 명성은 익히 들어 알고 계실 테니, 따로 소개가 필요 없으리라 사료됩니다. 교수님의 저서 중에는 『각 시대별로 본 사치 금지법: 문서 기록의 분석』이 있으며 저명한 논문 "이란과 길리어드: 일기를 통해 바라본 20세기 후반의 두 유일신정국(唯一神政國)에 대한 연구" 역시 교수님의 업적입니다. 다들 아시다시피, 교수님께서는 캠브리지의 동료 노틀리 웨이드 교수와 함께 오늘 저희가 고찰하고자 하는 원고를 공동 편집하셨으며, 필사, 각주를 달아 출판하는 데 결정적인 도움을 주셨습니다. 오늘 강연하실 주제는 "『시녀 이야기』와 관련한 사실 입증의 문제"입니다.

여러분, 파익소토 교수님을 소개합니다.

(박수갈채)

파익소토: 감사합니다. 어젯밤 만찬에서는 맛 좋은 "극지의 바비큐(Arctic Char)"를 만끽했는데, 오늘은 그에 버금가게 매혹적인 "극지의 회장(Arctic Chair)"님을 만끽하고 있군요. 여기서 저는 '만끽한다'는 말을 두 가지 서로 다른 의미로 사용했습니다. 물론 사어(死語)가 된 세 번째 뜻은 배제하고 말이죠.* (폭소)

---

* 회장인 마리안이 여성이라는 점을 의식해 '여자를 즐긴다'는 뜻으로는 쓰지 않았다는 농담이다.

하지만 이제부터는 저도 진지하게 말씀을 드리겠습니다. 저의 소박한 이야기의 제목이 내포하듯, 저는 이제부터 소위 그 원고와 관련된 몇 가지 문제점들을 짚어보고자 합니다. 그 원고란 바로 지금쯤은 여러분들께서도 익히 알고 계실 『시녀 이야기』라는 제목의 원고입니다. '소위'라는 표현을 쓴 이유는, 우리 앞에 놓인 이 원고가 원본 그대로가 아니기 때문입니다. 엄밀하게 말하자면, 처음 발견되었을 당시 이 글은 원고도 아니었으며 제목도 없었습니다. 표제인 『시녀 이야기』는 웨이드 교수가 위대한 시인 제프리 초서*를 기리기 위해 지은 것입니다. 하지만 저처럼 웨이드 교수와 허물없이 아는 사이라면, 그가 고의적으로 말장난을 친 것이라는 사실을 파악하시리라 믿습니다. 특히 '이야기'를 뜻하는 'tale'과 유사한 'tail'**에 관련된 중의적 의미는 더더욱 그렇고요. 그리고 실제로 이것이야말로 우리의 무용담이 다루고 있는 당대 길리어드 사회에 있어 치열한 암투의 원인이기도 했고 말이지요. (폭소, 박수갈채)

이 물건('문서'라는 말을 쓰기가 망설여지는군요.)은 길리어드 정권 출범 이전에는 메인 주라 불리던 지역의 뱅거*** 유적지에서 발굴되었습니다. 우리는 이 도시가 우리 작가가 "언더그라운드 피메일로드(The Underground Femaleroad)"라고 부르는 단체의 주요 거점이었음을 알고 있습니다. 물론 우리의 익살꾼 역사학도들이 훗날 "언더그라운드 피메일로드(The Underground Frailroad)"라는 별명을 붙인 바

---

* 『캔터베리 이야기』를 지은 중세 영국의 저명한 작가.

** 꼬리, 그러나 비속어로 여성의 질, 또는 성적 대상으로서의 여성을 비하하는 말로도 쓰인다.

*** Bangor. 미국 동북부 메인 주 페놉스코트 강변에 위치한 도시.

있습니다만.* (폭소, 불평의 소리) 이러한 이유로, 우리 협회에서는 이 문서에 특히 깊은 관심을 갖고 있습니다.

처음 발견됐을 때 이 물품은 1955년경으로 추정되는 미합중국 육군 보급품인 금속 트렁크에 들어 있었습니다. 이 사실은 그 자체로는 아무런 의미가 없습니다. 그런 금속 트렁크가 '잉여 군수품'으로 팔리는 일이 잦아서, 상당히 널리 퍼져 있었던 게 분명하기 때문입니다. 이 트렁크 속에는 소포를 포장해 보낼 때 쓰는 테이프로 밀봉한 대략 서른 개의 카세트테이프들이 들어 있었습니다. 콤팩트디스크의 출현으로 80년대나 90년대쯤에 사라진 테이프들이었지요.

이런 발견이 처음은 아니라는 점을 여러분들께 상기시켜 드리겠습니다. 예를 들자면 시애틀 교외의 차고에서 발견한 『A. B. 회상록』이나 옛 뉴욕 주 시라큐즈 근교에 새로운 회의장을 건설하다가 뜻밖에 발굴한 『P의 일기』는 여러분들도 매우 잘 알고 계시리라 믿습니다.

웨이드 교수와 저는 이 새로운 발견에 무척 흥분했습니다. 다행히도 몇 년 전에 저희는 훌륭한 골동품 전문가의 도움을 받아 그런 테이프를 재생할 수 있는 기계를 복원해 놓았고, 그래서 즉시 테이프의 내용을 글로 옮기는 힘겨운 작업에 들어갈 수 있었지요.

컬렉션에는 모두 30개의 테이프가 있었으며, 다양한 음악과 함께 사람의 말이 녹음되어 있었습니다. 전체적으로 보면, 각각의 테이프는 두세 곡의 노래로 시작했는데, 이는 물론 위장하기 위한 것이었

---

* 윌리엄 셰익스피어의 유명한 대사 "약한 자여, 그대의 이름은 여자니라(Frailty, thy name is woman)."를 인용한 농담.

겠지요. 음악이 끝나면 말소리가 나오기 시작합니다. 목소리는 여성의 목소리이고, 저희 음성 감식 전문가들에 따르면 처음부터 끝까지 동일인이라고 합니다. 카세트테이프에 붙어 있는 레이블 역시 당대의 것이 틀림없으며, 초기 길리어드 시대 이전 정권하에서 그런 세속적 음악이 완전히 금지되기 이전의 시기로 거슬러 올라갑니다. 예를 들어, 그 테이프들 중에는 『엘비스 프레슬리의 황금기』라는 제목의 테이프가 네 개, 『리투아니아 민요』가 세 개, 『보이 조지의 모든 것』이라는 테이프가 세 개, 그리고 『만토바니의 달콤한 현악』이라는 제목의 테이프도 두 개 있습니다. 그리고 테이프 하나로만 구성된 타이틀들도 있었는데, 그중에서도 제가 특히 좋아하는 건 『트위스티드 시스터즈 카네기홀 공연』입니다.

레이블들은 진품이지만 항상 제목과 맞아떨어지는 노래들이 테이프에 들어 있는 것은 아니었습니다. 게다가 트렁크 아래에 들어 있었던 관계로, 테이프는 무질서하게 널려 있었고 번호가 매겨져 있지도 않았습니다. 그래서 이야기들을 시간 순으로 맞추는 일은 웨이드 교수와 제가 해야만 하는 일이었습니다. 전에도 말씀드린 바 있습니다만, 그런 배열은 어느 정도의 추측에 바탕을 둔 것이므로, 근사치로 간주되어야 할 것입니다. 따라서 앞으로도 더 심층적인 연구가 필요할 것으로 사료됩니다.

일단 내용을 받아적은 대본을 손에 넣고 나자(대본은 몇 번이나 손을 보아야 했습니다. 악센트며 모호한 지명이나 인명, 그리고 고어 때문에 여러 가지 어려운 점이 발생했기 때문입니다.) 그렇게 힘겹게 획득한 이 물건의 본질에 대해 어떤 결정을 내려야만 했습니다. 우리는 몇 가지

가능성에 직면했습니다. 첫째, 이 테이프가 위조일 가능성입니다. 아시다시피 그런 위조품의 전례는 몇 번이나 있었습니다. 그리고 출판사들은 그런 이야기들의 센세이셔널한 측면을 팔아먹기 위해 엄청난 돈을 지불했습니다. 한 시대의 어떤 역사라는 것이 다른 사회들이나 그 후대의 사회들의 구성원들에게 특별히 교훈적인 전설이 아니라 위선적인 자기 만족의 기회로 받아들여지게 된 듯합니다. 잠시 주제를 벗어나 제 의견을 말씀드려도 좋다면, 제가 생각하기에는 길리어드 인들에 대한 도덕적 판단을 내릴 때는 신중해야 한다고 봅니다. 틀림없이 지금까지 우리는 그런 도덕적 판단이 필연적으로 문화의 구체적인 특성과 연관되어 있음을 알 수 있습니다. 또한, 길리어드 사회는 당시 상당한 압력을 받고 있었습니다. 인구 분포와 그 외여러 가지의 압력이 있었으며 현재의 우리들은 좀 더 자유로운 요소들에 얽매여 있었습니다. 우리가 해야 할 일은 비난이 아니라 이해입니다. (박수갈채)

이런 테이프는 그럴싸하게 위조하기가 상당히 어려우며, 전문가들에게 의뢰해서 조사한 결과 테이프 자체는 진품이라는 사실을 확인했습니다. 음악 테이프 위에 음성을 녹음한 이 녹음 기술 자체만 봐도 과거 150년 내에 이루어진 것일 리가 없습니다.

일단 테이프들이 진품이라고 가정해 봅시다. 그렇다면 테이프의 내용 자체는 어떻게 보아야 할까요? 명백히 이 내용은 이야기가 실제로 진행되던 시기에 녹음된 것일 리가 없습니다. 작가가 사실을 말하고 있다면, 사용할 수 있는 테이프나 기계가 전혀 없었을 테고 그런 장비들을 숨길 만한 장소도 없었을 테니까요. 또한 이 이야기에는 마음 속에서 '동시성'을 배제하는 어느 정도의 회고적 특질이 있습니다. 고요 속에서는 아니더라도, 적어도 '사후에' 회상된 정서*의 기미가 보인다는 말씀입니다.

만일 화자의 신분을 밝힐 수 있다면, 이 문서(간단하게 일단 이렇게 부르기로 하겠습니다.)가 어떻게 만들어졌는지 해명할 수 있는 길을 찾을 수 있으리라고 저희는 생각했습니다. 그래서 이를 밝히기 위해, 저희는 두 가지 조사 방법을 택했습니다.

첫째, 저희는 뱅거의 옛 도시 계획도와 기타 현존하는 기록들을 통해 이 테이프가 발굴된 집의 당시 위치를 파악해 보려고 시도했습니다. 우리의 추론은, 이 집이 그 당시 '언더그라운드 피메일로드'의 "안전 가옥"이었을 가능성이 있다는 것이었습니다. 또 우리의 작가가 예컨대 몇 주, 또는 몇 달 동안 다락방이나 지하실에 숨어서 이 테이프들을 녹음할 기회를 얻지 않았을까 하는 것이었습니다. 물론, 테이프를 제작한 후에 이 가옥으로 옮겼을 가능성도 배제할 수는 없습니다. 그래서 이곳에 살았을 것으로 추정되는 거주민들의 후손들을 찾아낼 수 있기를 바랐습니다. 그렇다면 다른 물증들, 예컨대 일기라든가 수세대에 걸쳐 내려온 가족 일화 같은 것들을 찾을 수도 있으니까요.

불행하게도 이러한 추적은 아무런 성과 없이 끝났습니다. 정말로 지하 조직이 있었다면, 그들은 발견되어 체포되었을 가능성이 높았고, 그런 경우 그들의 문서는 모두 폐기 처분되었을 것입니다. 그래

---

* 영국의 낭만주의 시인 윌리엄 워즈워스가 『서정담시집』의 서문에서 내세운 유명한 시론 「고요 속에서 회상된 정서」를 인용한 것이다.

서 저희는 두 번째 방법으로 공략을 하기 시작했지요. 당대의 기록을 찾아 저명한 역사적 인물들을 작가의 이야기에 나오는 개인들과 연결시키려고 했던 것입니다. 현존하는 당대의 기록은 대단히 결함이 많습니다. 길리어드 정권은 수차례의 숙청과 내부 반란이 있을 때마다 컴퓨터의 정보를 전부 지우고 인쇄물들을 폐기하는 습관이 있었기 때문입니다. 그러나 인쇄물의 일부는 남아 있습니다. 그중엔 다양한 '여성 구제 운동' 단체들이 선전 목적으로 쓰기 위해 영국으로 밀반입한 것들도 있습니다. 당시 영국에는 이러한 여성 단체들이 상당수 활동하고 있었습니다.

우리는 화자의 신분을 직접 찾아내겠다는 희망은 버렸습니다. 내부 증거로 볼 때 그녀가 출산을 위해 징집된 최초의 여성들 중 하나였다는 사실은 분명합니다. 여성들은 그런 서비스가 필요했고 엘리트 집단 내에서 차지한 높은 위상으로 권리를 주장할 수 있는 인물들에게 할당됐습니다. 정권은 재혼과 혼외 정사 관계 전체를 간음으로 규정하고 여성 배우자들을 체포함으로써 일단의 여자들을 손쉽게 그러모을 수 있었습니다. 그리고 그녀들이 도덕적으로 부적절하다는 이유로, 그들이 기르던 아이들을 강제로 빼앗아 수단과 방법을 가리지 않고 후사를 보려던 자식 없는 고위층 부부들에게 입양시켰습니다. (중반부에, 이 정책은 국가 교회 내에서 혼약을 하지 않은 모든 부부들에게로 확대되었죠.) 정권의 고위직에 있던 남자들은, 이로써 하나 또는 그 이상의 건강한 아이들을 생산함으로써 자신이 재생산에 적절하다는 사실을 입증한 여자들 사이에서 마음대로 선택할 수 있었던 것입니다. 이런 여성들의 자질은 급락하고 있던 코카서스 인종의 출산율에 비추어볼 때 매우 바람직한 것이었으며, 이러한 출산율 하락은 길리어드 사회뿐만이 아니라 당시 북반구 코카서스 사회 전반에 걸쳐 볼 수 있는 현상이었습니다.

이러한 감소의 원인은 명확히 밝혀진 바 없습니다. 재생산 실패의 원인 중에는 길리어드 이전 사회에 팽배했던 낙태 등 손쉽게 이용 가능했던 산아 제한 방법들의 비중이 큽니다. 일부 불임은 고의적인 것이었으며, 이렇게 보면 코카서스 인종과 비 코카서스 인종의 재생산률 차이가 일부 해명될 수 있습니다. 그러나 나머지 원인들은 그렇지 않았습니다. 이때가 그 유명한 R계열 매독과 악명 높은 에이즈 전염병의 시대였음을 다시 상기시켜 드릴 필요가 있을까요? 이러한 질병들은 일단 다수의 인구 집단 속에 퍼지고 나면, 성생활에 활동적인 젊은이들 상당수를 출산 집단에서 제거시켰습니다. 사산, 유산, 그리고 유전적 기형이 널리 퍼졌으며 계속 증가했습니다. 이런 경향은 당시 합법, 불법을 합쳐 수천 개에 달했던 독극물 폐기처리장(심지어 이런 물질들이 하수구에 무단 방류된 경우도 많습니다.)과 생화학 무기의 재고 등에서 흘러나온 물질들은 말할 것도 없고, 기타 다양한 원자로 사고와 원자로 폐쇄, 그리고 당대에 특히 자주 일어났던 온갖 폭동들과 관련이 있습니다. 그리고 또한 화학적 살충제, 제초제, 그 외 화학 물질들의 스프레이가 무제한 남용된 데에도 원인이 있습니다.

그러나 원인이 무엇이었건, 결과는 눈에 띄게 두드러졌습니다. 또 당시 이러한 인구 격감에 반응해 조치를 취한 나라는 길리어드만이 아닙니다. 예컨대 루마니아는 1980년대 모든 형태의 산아 제한을 법으로 금지하고, 여성 인구에 대해 강제 임신 검사를 실시했으며, 다산한 여성에게는 승진과 승급을 보장한 전례가 있습니다.

제가 소위 출산 서비스라 이름붙인 제도의 필요성은 이미 길리어드 사회에서도 인정되고 있었습니다. 하지만 '인공 수정', '불임 클리닉' 그리고 이런 서비스를 위해 고용된 '대리모'의 사용만으로는 수요를 따라잡을 수 없었습니다. 길리어드는 앞의 두 가지 방법은 불경하다 하여 법으로 금지했으나, 세 번째 방식은 좀 더 성경의 전례를 따르는 것으로 간주하여 합법화하고 장려했습니다. 그들은 이로써 길리어드 이전 사회에서 흔히 발견되던 연속적 일부다처제를 초창기 구약 시대와 19세기 구(舊) 유타 주에서 행했던 더 오래된 형태의 동시적 일부다처제로 대체했습니다. 역사를 연구함으로써 우리가 배운 바와 같이, 새로운 체제를 기존의 체제에 덮어씌우려고 할 때는 구체제의 요소를 상당수 수용해야만 합니다. 중세 기독교의 이교적 요소라든가 러시아 'KGB'가 전신인 차르의 비밀 첩보원들에서 생겨났다든가 하는 점을 보아도 그렇습니다. 길리어드 역시 이 법칙의 예외가 아니었습니다. 예를 들어, 길리어드의 인종 차별주의적 정책은 길리어드 이전 시대에 굳건히 뿌리 박고 있으며, 인종 차별주의자들의 공포는, 길리어드 정권이 그토록 성공적으로 정권을 장악할 수 있게 해준 감정적 연료를 제공했습니다.

그렇다면 우리의 작가는 여러 사람들 중의 한 사람일 뿐이며, 그녀가 속해 있던 역사적 순간이라는 넓은 윤곽 속에서 바라보아야 합니다. 하지만 그녀의 나이, 특별한 것 없는 몇 가지 외양, 그리고 주거지 외에 우리가 그녀에 대해 아는 것이 무엇입니까? 별로 없습니다. 그녀는 교육받은 여성으로 보입니다. 당시 북아메리카의 대학을 졸업한 사람들이 교육을 받았다고 말할 수 있느냐, 그게 문제지만요. (폭소, 몇몇 불평의 소리) 하지만 이런 여자들이 한두 명이 아니니, 이 역시 전혀 도움 되지 않는 정보입니다. 그녀는 본명을 밝히는 것이 적절하지 않다고 여기고 있으며, 실제로 본명의 기록은 '라헬과 레아 재교육 센터'에 입교하는 순간 말소되었을 겁니다. '오브프레드' 역시 아무런 실마리를 던져주지 못하는데, '오브글렌'이나 '오브워렌'과 마찬가지로 이것은 소유격과 주인에 해당하는 신사의 이름으로 구성된 가부장제적인 이름이기 때문이지요. 그런 이름들은 이 여성들이 특정한 사령관의 가정에 들어가게 되는 순간 붙여져서 떠날 때는 되돌려주는 것으로 되어 있습니다.

문서의 다른 이름들 역시 신분을 파악하고 문서의 진위를 입증하기 위한 목적으로 보면 전혀 쓸모가 없습니다. '루크'와 '닉'은 '모이라'나 '재닌'과 마찬가지로 아무 의미도 없습니다. 테이프가 발견될 경우 이런 개인들을 보호하기 위하여 가명을 썼을 가능성이 있으니 말입니다. 그렇다면, 이는 이 테이프들이 외부에서 제작되어 메이데이라는 지하 조직에 의해 다시 밀반입된 게 아니라 길리어드 국내에 제작된 것이라는 우리의 견해를 공고하게 하는 증거인 셈입니다.

상기한 가능성을 제외하면 가능성은 하나만이 남습니다. 애매모호한 사령관의 정체를 밝혀낼 수 있다면, 최소한 약간의 진전이 있을 거라고 저희는 느꼈습니다. 우리는 그렇게 고위직의 인물이라면 틀림없이 초창기의 비밀 수뇌 조직인 '야곱의 아들들'의 일원일 거라고 추정했습니다. 이 수뇌부에서 길리어드의 국가 철학과 사회 골격이 만들어졌던 것입니다. 이 조직은 초강대국들의 군비 경쟁이 막을 내리고 극비로 이루어진 '세력권 조약'이 체결된 직후 조직되었습니다. 이 조약 때문에 초강대국들은 외부 간섭에 구애받지 않고 자기 제국 내에서 증가하는 반동 세력들을 마음대로 소탕할 수 있게 되었습니다. '야곱의 아들들' 회의에 대한 공식 기록들은 상당수의 길리어드 핵심 세력들을 불신임하고 제거한 중반기의 '대숙청' 이후 폐기되었습니다. 하지만 우리는 당대 사회생물학자 중 한 명인 윌프레드 림프킨이 암호로 남긴 일기를 통해 일부 정보를 얻을 수 있습니다. (아시다시피, 일부다처제의 필연성을 주장한 사회생물학 이론은 당시 정권의 괴이한 짓거리들을 과학적으로 정당화하는 데 이용되었습니다. 그 이전 시대의 이데올로기들이 다윈의 학설을 이용했던 것처럼 말입니다.)

림프킨의 일기에서 우리는 사령관의 후보로 두 명이 있다는 사실을 알게 되었습니다. 즉, '프레드'라는 요소를 내포하고 있는 이름을 가진 사람은 두 명으로서 하나는 프레드릭 R. 워터포드이며 또 하나는 B. 프레드릭 저드입니다. 두 사람 모두 전하는 사진은 없습니다. 하지만 림프킨은 후자가 딱딱하고 점잔 빼는 인간이라고 묘사한 바 있는데, 그의 말을 빌자면 "전희*라는 게 골프 코스에서 하는 건 줄 아는 사람"이었다고 합니다. (폭소) 림프킨 본인도 길리어드의 초창기를 무사히 넘기지 못했지만 우리 손에 일기가 들어오게 된 것은 그가 자신의 운명을 예견하고 일기를 캘거리의 형수에게 맡겨놓았기 때문입니다.

---

* foreplay, 플레이가 들어간다는 점을 이용한 농담.

워터포드와 저드는 둘 다 우리 조건에 걸맞는 특질들을 지니고 있습니다. 워터포드는 시장 조사에 종사했던 경력이 있으며, 림프킨에 따르면 그는 여성들의 옷 디자인을 책임지고 시녀들에게 빨간 옷을 입히자는 제안을 했다고 합니다. 아마도 그는 2차 세계 대전 중 캐나다의 '전쟁 포로' 수용소에 수감돼 있던 독일 포로들의 제복에서 아이디어를 빌려왔던 것으로 보입니다. 그는 또한 '참여 처형'이라는 말을 만들어 낸 사람으로 추정되는데, 이러한 처형은 20세기 후반 60~70년대경에 인기 있던 운동 프로그램에서 착안했다고 합니다. 그러나 집단적으로 밧줄을 잡아당기는 의식은 17세기 영국의 농촌 풍습에서 아이디어를 얻었다고 하는군요. '구제'라는 말 역시 그의 작품일지도 모릅니다. 이 말은 길리어드의 초창기에 필리핀 군도에서 퍼져 나와 정적을 제거하는 행위의 일반적 어휘로 자리 잡았지만 말입니다. 언젠가 다른 곳에서도 언급한 바 있습니다만, 길리어드에는 진정으로 독창적이거나 토착적인 것은 없었습니다. 그들의 탁월함은 '합성'에서 발휘되었지요.

반면 저드는 포장에는 별로 관심이 없었고 술책에 더 몰두했던 것 같습니다. 그는 외국 정부 전복에 대한 "CIA" 비밀 문서들을 '야곱의 아들들'을 위한 전술 지침서로 쓰자는 의견을 낸 장본인이었습니다. 그리고 그는 또한 당대의 저명한 '미국인들'의 암살 명단 초안을 작성하기도 했습니다. 그는 또한 '대통령 취임식 대학살'의 배후에서 조종한 장본인이라는 혐의를 받고 있기도 합니다. 이 사건은 의회를 둘러싼 보안 시스템을 뚫고 최대한의 인원을 침투시킨 사건이고, 이러한 방법이 아니고서는 헌법의 효력을 정지시키는 일은 불가능했

을 것입니다. '내셔널 홈랜드'와 유태인 보트 피플 계획 역시 둘 다
그의 아이디어였으며, 유태인의 본국 송환 계획을 민영화하자는 것
도 그의 계획이었습니다. 그 결과 적어도 한 척 이상의 배가 이익을
극대화하기 위해 수많은 유대인을 태웠다가 대서양 한가운데에서
가라앉았습니다. 우리가 저드에 대해 가지고 있는 정보로 볼 때, 그
는 이런 일에 눈 하나 꿈쩍하지 않을 사람이었습니다. 그는 강경파
였고, '우리의 최대 실수는 그들에게 글을 가르친 일이다. 다시는 그
런 짓을 하지 않을 것이다.'라고 말했다고 합니다.

　참여 처형 행사의 이름이 아니라 형태를 고안해 낸 사람이 바로
저드입니다. 그는 주장하기를, 그것이 전복적 요소들을 제거하는 대
단히 끔찍하고 효과적인 방법일 뿐만 아니라 길리어드가 지닌 여성
적 요소들의 증기 밸브로 작용할 것이라고 했습니다. 알려진 바대로
희생양들은 역사상 어느 시기에나 유용했습니다. 평상시 극도로 엄
격하게 통제받고 있는 이들 시녀에게도 가끔씩 맨손으로 남자를 찢
어죽이는 일이 상당히 만족스러웠던 게 분명합니다. 이 행사가 어찌
나 인기를 얻고 활용도가 컸는지 중반기에는 정규적으로 시행되어
1년에 네 번씩 동지, 하지, 춘분, 추분에 시행되었습니다. 고대 대지
의 여신에게 바치는 다산제의 흔적을 여기에서도 찾아볼 수 있습니
다. 어제 오후 주제 토론회에서 들었던 바지만, 길리어드는 외형상
의심의 여지가 없는 가부장제 국가였으나, 길리어드의 모태가 된 사
회 구조의 몇몇 영역이 그러하듯 내부적으로는 어느 정도 모계 사회
의 성격을 가지고 있었습니다. 길리어드의 건설자들이 알고 있었던
바와 같이 효과적인 전체주의 체제를, 아니 어떤 체제이든 정착시키

기 위해서는 빼앗은 혜택이나 자유의 대가로 적어도 소수의 특혜받은 사람들에게는 새로운 혜택이나 자유를 제공해야 하니까요.

이와 관계해서 아주머니라고 불리는 기막힌 여성 통제 기관에 대해 몇 마디 언급해야겠습니다. 림프킨의 자료에 따르면 저드는 처음부터 출산을 비롯한 여타 목적으로 여성을 통제하는 최고의, 그리고 가장 비용이 절감되는 방법은 여성들 자신이 통제하는 것이라고 믿고 있었다고 합니다. 이를 뒷받침하는 많은 역사적 전례들이 있습니다. 사실 무력이나 다른 수단을 써서 군림한 모든 제국에서 이런 선례를 찾아볼 수 있습니다. 토착민들을 내부 집단 성원으로 사용해 통제하는 것입니다. 길리어드의 경우, 아주머니로 봉사하겠다고 나서는 여성들은 상당히 많았습니다. 소위 '전통적 가치'를 진심으로 신봉하는 경우도 있었지만, 다른 부수적 이득을 노리는 경우도 있었지요. 권력이 귀해지면, 아주 하찮은 권력이라도 유혹적이거든요. 또한 부정적인 유인 요소도 있었습니다. 자식이 없거나 불임이거나 나이 든 독신 여성들의 경우 아주머니로 봉사하면서 잉여 인력이 되는 것을 모면하지 못하면 악명 높은 '콜로니'로 보내져야 했던 것입니다. '콜로니'는 소모적인 독극물 처리 팀으로 일하는 이동 인구들이 대부분이었습니다. 재수가 좋으면 면화 따기나 과일 추수 같은 덜 위험한 임무를 배당받을 수도 있었지만 말입니다.

이러한 아이디어는 저드의 머리에서 나온 것이었습니다. 그러나 이 계획의 이행 과정을 보면 워터포드의 흔적이 발견됩니다. '야곱의 아들' 수뇌부 중에서 아주머니들에게 당대에 인접한 길리어드 이전 시대의 여성용 상품들에 붙여졌던 이름을 부여하여, 친숙하고 안심이 되도록 한다는 생각을 해 낼 사람이 달리 어디 있단 말입니까? 화장품, 케이크 믹스, 냉동 디저트, 심지어 약품에서까지 이름을 따 왔으니까요. 이는 탁월한 아이디어로서 워터포드가 전성기에는 상당한 천재성을 발휘했던 사람이라는 사실을 알게 해 줍니다. 저드도 물론, 탁월한 인물이었고요.

이 신사들은 둘 다 자식이 없었던 것으로 알려져 있어서, 시녀를 받을 자격이 있었습니다. 웨이드 교수와 저는 공동 논문인 "초창기 길리어드에서 '정자'의 개념"에서(다른 사령관들과 마찬가지로) 이들 역시 길리어드 이전 시대에 이하선염 유발 유전자 추출 실험에서 생겨난 불임 바이러스와 접촉이 있었던 것 같다고 밝혔습니다. 이 바이러스는 모스크바의 고위 간부들이 먹는 캐비아에 넣도록 되어 있었습니다. (이 실험은 '세력권 조약' 체결 이후 폐기되었습니다. 바이러스는 통제가 불가능해 위험하다고 여기는 사람들이 많았기 때문입니다. 물론 인도에 살포하자는 의견도 있었습니다만.)

그러나 저드나 워터포드 둘 다 '팸'이나 '세레나 조이'라는 이름을 가진 여성과 결혼한 적이 없습니다. 이 후자의 인물은 작가가 악의적으로 만들어 낸 인물로 여겨집니다. 저드 아내의 이름은 밤비 메이였고 워터포드의 아내는 델마였습니다. 그러나 후자는 한때 여기에서 묘사된 바와 같은 성격의 텔레비전 연예인으로 활동한 적이 있습니다. 이는 림프킨의 자료로 알게 된 것으로써, 이에 대해서도 림프킨은 몇 마디 헐뜯는 발언을 하고 있습니다. 정권 자체도 과거의 실수를 감추기 위해 엘리트들의 배우자들이 지닌 정통성을 이용하고자 애쓰고 있었습니다.

전체적인 증거는 워터포드 쪽으로 기웁니다. 예컨대 우리는 그가 초창기 숙청에서 죽었다는 사실을 알고 있습니다. 아마도 작가가 묘사하고 있는 사건 직후였을지도 모릅니다. 그는 방탕함과, 불법으로 상당한 분량의 도해집과 책들을 소장한 혐의, 그리고 파괴 분자를 자택에 들인 죄로 숙청당했습니다. 이는 정권이 비밀 재판을 열기 이전이며 아직 전국에 텔레비전을 방영하던 때라서, 영국에서도 위성을 통해 사건을 녹화할 수 있었고 덕분에 우리의 보관소에 당시 장면이 비디오테이프로 보관되어 있습니다. 워터포드를 찍은 화면은 뚜렷하지 않지만, 머리카락이 회색이었다는 것을 확인할 수 있을 정도는 됩니다.

워터포드가 숨겨주었다는 파괴분자는 "오브프레드"였을 수도 있습니다. 그녀는 탈출로 인해 이런 범주에 속하게 되었을 겁니다. 그러나 그보다는 테이프가 존재한다는 사실에서 알 수 있듯이 "오브프레드"의 탈출을 도운 것이 분명한 "닉"일 가능성이 큽니다. 그가 일을 처리한 방식을 보면 그는 '언더그라운드 피메일로드'와는 별개의 단체이지만 관련이 있던 단체 '메이데이 지하 조직'의 일원으로 보입니다. 후자는 전적으로 구출 작전을 수행했으며, 전자는 세포 조직이었습니다. 메이데이 요원의 상당수는 길리어드 권력 계층의 상층부까지 침투한 것으로 알려져 있습니다. 특히 워터포드의 운전사로 잠입시켰다는 건 대단한 성공입니다. 더욱이 당시에 "닉"이 그런 운전사들이 대개 그렇듯 '눈'의 일원이기까지 했다는 사실을 보면 이중의 타격이라고 볼 수밖에요. 워터포드는 아마 틀림없이 이 사실을 알고 있었겠지만 당시 고위직 사령관들은 '눈'들의 상관이었으므로, 그리 신경 쓰지 않고 소소한 규칙 위반도 불사했을 것입니다. 훗날 숙청당한 대부분의 초창기 길리어드 사령관들이 그러했듯, 그 역시 자신의 권력이 어떤 공격에도 방패가 되어주리라 믿었지요. 중기 길리어드의 사령관들은 좀 더 신중해지죠.

이것이 우리가 추정한 바입니다. 이것이 사실이라고 가정할 경우, 워터포드가 정말로 우리의 "사령관"이었다고 추정한다 해도 아직 틈새가 많이 남아 있습니다. 우리의 작가가 약간만 사고방식을 달리 했더라도 채워질 수 있는 부분도 상당합니다만. 그녀에게 기자나 스파이의 자질이 조금만 더 있었더라도, 길리어드 제국의 운영에 대해 아주 많은 것을 알려줄 수 있었으리라는 아쉬움이 남는군요. 예컨대, 워터포드의 개인 컴퓨터에서 20페이지 정도만이라도 출력한 인쇄물을 얻을 수 있다면, 무엇이든 희생할 수 있을 것 같습니다. 하지만 역사의 여신이 우리에게 남겨 주신 빵 쪼가리로 만족해야겠지요.

화자가 밝혀지지 않은 채로 남아 있습니다. 그녀는 당시 캐나다였던 길리어드 국경 너머로 탈출했을까요? 거기서 영국까지 갈 수 있었을까요? 당시 캐나다는 강력한 이웃 국가와 적대시하는 것을 꺼려 망명자들을 체포, 추방했으므로 그 편이 현명했을 것입니다. 그랬다면, 어째서 테이프로 녹음한 이 이야기들을 가져가지 않았을까요? 아마 그녀의 여행은 갑작스럽게 이루어졌을지 모릅니다. 압류당할까 봐 걱정했을지도 모릅니다. 또는 다시 체포되었을 가능성도 있습니다. 정말로 영국에 도착했다면, 어째서 그녀는 다른 탈출자들처럼 자신의 이야기를 공개하지 않았을까요? 어쩌면 "루크"가 그때까지 살아 있었다는 가정하에서나(물론 불가능한 일입니다만) 딸에 대한 보복을 두려워했을지도 모릅니다. 길리어드 정권은 충분히 그런 짓을 할 만한 정권이었으며 외국에서의 적대적 폭로 활동을 뿌리 뽑기 위해 실제로도 그런 짓을 자행했으니까요. 조심성 없는 망명자들 중에, 진공 처리한 손, 귀, 발을 커피 깡통 같은 데에 집어넣은 것을 배달받은 사람이 한두 명이 아닙니다. 또는 어쩌면 그녀는 외부 세계에 적응하지 못해 고생했던 시녀 중 한 사람이었을지도 모릅니다. 보호받는 생활에 익숙해 있다가 외부 세계에 도착하니 적응하기 힘들었을 수도 있지요. 그래서 은둔자가 되었을지도 모릅니다. 알 수 없는 일입니다.

또한 "닉"이 그녀의 탈출을 계획하고 실행한 동기도 추론할 수만 있을 뿐입니다. 파트너였던 오브글렌의 '메이데이'와의 연관성이 드러나자, 그 역시 위험에 처했을지도 모르지요. 닉은 '눈'의 일원이었으니 잘 알았을 테고, 오브프레드 역시 심문당할 거라 생각했을 겁니다. 시녀와 불법으로 성관계를 가지면 처참한 형벌을 받았습니다. '눈'이라는 신분도 방패가 되어 주지는 못했겠지요. 길리어드 사회는 극단적인 비잔틴식 사회여서 아무리 사소한 범죄라도 정권 내의 숨겨진 정적에 의해 이용될 수 있었습니다. 그는 직접 오브프레드를 암살할 수도 있었을 것입니다. 그것이 훨씬 더 현명한 길이었을 테지요. 하지만 인간의 마음은 언제나 감정을 앞세울 가능성이 높습니다. 우리가 알다시피, 두 사람 모두 그녀가 아기를 가지고 있으리라고 생각했던 것입니다. 길리어드 시대의 남자들 중에 아버지가 된다는 향기로운 위상, 그 가치 있는 보상을 마다할 만한 이가 어디 있었겠습니까? 그래서 그는 '눈'으로 구성된 구출 팀을 불렀습니다. 이들은 진짜 '눈'들이었을지도 모르고 아닐지도 모르지만 어쨌든 닉의 지휘하에 있었던 것 같습니다. 이렇게 함으로써 그는 자신의 몰락을 초래했을 것입니다. 이 또한 우리로서는 알 수 없는 일입니다.

우리의 화자가 안전하게 외부 세계에 도달해 새로운 삶을 살게 되었을까요? 아니면 숨어 있던 다락방에서 체포되어 '콜로니'나 '이세벨의 집'에 보내지거나 처형을 당했을까요? 그 나름대로 상당히 웅변적인 우리의 문서도 이런 주제들에 대해 침묵을 지키고 있습니다. 죽은 자들 속에서 에우리디케를 불러올 수 있을지 몰라도, 그녀에게 대답들을 들을 수는 없습니다. 돌아서서 그녀를 쳐다보면, 그녀는 잠깐 모습을 보이지만 어느새 우리 손아귀를 빠져 나가 사라집니다. 모든 사학자들이 알고 있듯이, 과거는 위대한 암흑이오, 메아리로 가득 차 있습니다. 그 속에서 목소리들이 우리를 찾아올지 모릅니다. 하지만 그들이 하는 말들은 그들이 온 세상의 어둠에 흡수되고 있습니다. 그래서 아무리 노력해도, 우리는 우리 시대의 선명한 빛 속에서는 그 목소리를 정확히 해독할 수가 없는 것입니다.

(박수갈채)

혹시 질문 있으십니까?

옮긴이 | 김선형

1969년 서울에서 태어나서 서울대 영어영문학과와 동대학원을 졸업했다. 박사과정을 수료하고 현재 숭실대와 국민대, 서울대에 출강하고 있다. 번역서로는 『파라다이스』, 『재즈』, 『일곱 마리 고양이가 들려주는 삶의 지혜』 등이 있다.

시녀 이야기 리커버 일반판

1판 1쇄 펴냄 2018년 4월 26일
1판 19쇄 펴냄 2024년 9월 12일

지은이 | 마거릿 애트우드
옮긴이 | 김선형
발행인 | 박근섭
편집인 | 김준혁
펴낸곳 | 황금가지

출판등록 | 2009. 10. 8 (제2009-000273호)
주소 | 06027 서울 강남구 도산대로 1길 62 강남출판문화센터 5층
전화 | 영업부 515-2000 **편집부** 3446-8774 **팩시밀리** 515-2007
홈페이지 | www.goldenbough.co.kr

도서 파본 등의 이유로 반송이 필요할 경우에는 구매처에서 교환하시고
출판사 교환이 필요할 경우에는 아래 주소로 반송 사유를 적어 도서와 함께 보내주세요.
06027 서울 강남구 도산대로 1길 62 강남출판문화센터 6층 민음인 마케팅부

한국어판 ⓒ ㈜민음인, 2018. Printed in Seoul, Korea
ISBN 979-11-5888-384-3 03840

㈜민음인은 민음사 출판 그룹의 자회사입니다.
황금가지는 ㈜민음인의 픽션 전문 출간 브랜드입니다.